W0299246

L'Humour pour les Nuls

Gordon Zola

Ouvrage dirigé par Jean-Joseph Julaud

FIRST
Editions

L'Humour pour les Nuls

60 rue Mazarine
75006 Paris – France
Courriel : firstinfo@editionsfirst.fr
Site internet : www.pourlesnuls.fr

ISBN : 978-2-7540-1956-9
Dépôt légal : 4e trimestre 2010

Imprimé en France
par Hérissey
4, rue Lavoisier
27000 Évreux

Correction : Virginie Revault d'Allonnes
Illustrations de partie : Marc Chalvin
Photographies intérieures : Corbis-Photononstop
Couverture et mise en page : KN Conception
Production : Emmanuelle Clément

Sommaire

Introduction

Comme le disaient deux personnages de Michel Audiard :

« Le mariage est le propre de l'homme !

– Vous devez confondre avec le rire, ce n'est pourtant pas la même chose ! »

Cette amusante épigramme, rabelaisienne mâtinée d'Audiard, est juste et profonde… Le mariage est bâti sur des concessions, le rire n'en offre aucune ! Le rire est naturel, impromptu, incalculable, il sort du ventre sans prévenir, vous prend en traître, vous époumone par surprise, vous étrille les côtes, vous attrape au cœur, vous laisse sur le carreau… parfois pour une simple pique ! C'est magique, cela détend, cela repose… Ce sont quelques gouttes de bonheur.

Le corollaire du rire, le déclencheur sournois : l'humour !

Personne n'est insensible à un trait drôle et ravageur, à une boutade vacharde, une flèche du Parthe drolatique, une blague Carambar, un déjeuner contrepétant ou une soirée calembourdine…

Certains le dispensent, d'autres le reçoivent, mais tout le monde trouve sa place ou son compte dans le jeu de l'esprit ; il suffit pour s'en convaincre d'observer les rires qui fusent dans les salles de cinéma et les théâtres, d'écouter les comptoirs français et leurs inventions langagières, de regarder les émissions télévisées qui rêvent d'être pertinentes dans le sarcasme rigolard… Oui, le rire est partout, et surtout l'envie de rire…

« L'amour et l'humour ont cela de commun qu'en parler c'est ne pas le faire ! » (Gordon Zola)

Malgré un tel aphorisme frappé au coin du bon sens, notre démarche est de replacer l'humour dans un contexte historique, philosophique, artistique, politique et social.

Nous tenterons d'en comprendre certains ressorts, de montrer que l'humour est né avec l'homme et qu'il s'est décliné de multiples façons à travers les âges et les pays, qu'il possède ses philosophies, et qu'il est aussi une arme de séduction massive.

Notre analyse sera donc thématique, avec une certaine porosité d'un thème à l'autre.

À propos de ce livre

La difficulté première lorsque l'on parle de l'humour, est que bien souvent on ne le pratique pas. Or nous ne voudrions pas, à la manière de ces grands amants historiques qui parlent si mal de l'amour, parler des jeux de l'esprit sans y marquer un peu du nôtre.

Il ne faudra donc pas s'étonner de croiser dans ce périple à travers le temps et les pays quelques digressions étonnantes et amusantes, qu'il vous appartiendra d'observer avec un petit rire au bord des lèvres ou à gorge déployée.

Dans ce voyage au cœur de l'histoire du rire, vingt-deux chapitres vous seront présentés, qui nous permettront d'aborder tous les rivages de l'humour, d'en percevoir les prémices antiques, d'observer son évolution, d'en concevoir les différences, et pourquoi pas d'en capter l'essence.

Un guide insensé qui pourrait faire de vous un redoutable bretteur en société : calembours, traits d'esprit, flèche du Parthe, épigrammes assassines, contrepèteries, mots de la fin, blagues… Plus rien du lexique de l'humour ne vous sera étranger.

Le rire étant le propre de l'homme… vous voilà dans de beaux draps !

Comment ce livre est organisé

Notre choix s'est porté sur un découpage thématique en six parties, qui permettra de revenir sur différentes époques ou différents pays selon les thèmes abordés. Chaque partie tentera de répondre à un certain nombre de questions : L'homme préhistorique avait-il le sens du ridicule ? Les poètes romains le sens de l'humour ? Rit-on des mêmes choses d'un pays à l'autre ? Le rire est-il une philosophie ? L'humour est-il vraiment un art d'exister, comme le suggère l'écrivain Robert Escarpit ? Ou bien un excès de sérieux, comme le pensait Tristan Bernard ? Peut-on apprendre l'humour ou est-ce inné ?

Dans la conception empirique de cet ouvrage, l'universitaire y trouvera son compte et usera d'un sourire feutré et complice, le lecteur lambda pourra préférer une lecture sauvage et désorganisée pour s'arracher à la morosité d'un quotidien parfois gris…

Mais laissons voix aux chapitres :

Première partie : L'humour, une drôle d'histoire

Il ne faut pas être grand clerc pour se douter que l'humour est né avec l'homme ; aucune raison de penser qu'un homme de Cro-Magnon glissant sur une racine n'était pas instantanément la risée des autres chasseurs…

C'est amusant (et de circonstance), car nous avons bien du mal à imaginer Aristophane, Socrate ou Aristote partant d'un éclat de rire tonitruant à l'issue d'un bon mot un peu salace. Les visages barbus et austères que nous renvoient les statues des philosophes n'y engagent guère. Ces penseurs d'antan étaient-ils pour autant dépourvus d'humour ? Évidemment non. C'est ce que l'on découvrira dans cette première partie qui s'attachera, de la Grèce d'Homère aux journaux satiriques du XIXe siècle, à observer l'humour au cours de l'Histoire avec un grand H… un H inspiré, bien sûr.

Deuxième partie : Le tour du monde en 80 éclats de rire

L'humour n'est pas l'apanage d'un pays, mais de partout ; et au-delà d'un comique de situation, il est souvent une affaire de mots, des mots qui conditionnent les actes. Si le calembour est plutôt d'essence française, initié par un Rabelais plus rabelaisien que jamais, la litote ou le non-sens seraient l'apanage des Anglo-Saxons. Au fil du temps, l'humour juif, intellectuellement résumé comme une thérapie du malheur, a su imposer son auto-dérision.

Peut-on vraiment rire des mêmes choses à Moscou, Paris ou Montréal ? La notion du gag est-elle identique à Tokyo et à Soweto ? L'humour pousse dans le terreau d'une culture, et les cultures sont tellement multiples… Alors, pourrait-on faire pleurer un Coréen, un Lapon ou un Papou en lui décochant un trait drolatique du meilleur cru français ? L'histoire du « Mon petit doigt m'a dit » serait-il du meilleur goût face à un yakusa japonais ? Autant de questions primordiales sur l'humour des peuples, que vous appréhenderez dans ce tour du monde de l'humour.

Troisième partie : L'humour pratique : démo des mots

Une Histoire de l'humour n'aurait pas de sens (peut-être du non-sens) sans une partie réservée à la démonstration. Vous entrerez là dans une sorte d'atelier de l'humour, un laboratoire d'analyses amusantes, dans lequel seront démontés et remontés les ressorts de la mécanique qui provoque le rire. Vous y découvrirez l'histoire et la technique du calembour, de la contrepèterie, du trait d'esprit, de la charade à tiroirs, de la blague ou du gag.

Mieux encore, vous ne ressortirez pas la tête vide de cet atelier d'un genre particulier, puisque chaque visiteur se verra offrir le bréviaire des pensées qui rendent drôle en toutes occasions. Toute situation, la plus désespérée soit-elle, a sa solution humoristique… Comment s'attribuer les mots des hommes illustres en les faisant siens, et posséder de l'à-propos à revendre ? Comment devenir le héros d'une assemblée pendant les trente secondes qui suivent une saillie drolatique ?

Les rois du gag s'affineront, les esthètes de l'humour se décoinceront, et les autres apprendront par cœur.

Quatrième partie : Les arts au soleil : place aux humoristes

Voici une partie capitale, tournée vers les arts. De la littérature au cinéma en passant par le théâtre, c'est bien sûr dans ces domaines que l'humour s'est le mieux exprimé. De Don Quichotte, première véritable pièce littéraire emprunte de tragi-comique, à la légèreté clownesque d'un Gad Elmaleh, de l'humour surréaliste d'un Raymond Queneau aux facéties cinématographiques de Woody Allen, en passant par *La Mégère apprivoisée* de Shakespeare et les pitreries des Marx Brothers, c'est tout un pan de notre histoire culturelle qui vous sera révélé par le prisme de l'humour.

Cinquième partie : Pour aller plus loin

Nous engloberons dans cette partie une réflexion assez large sur l'humour et le rire du point de vue philosophique. Aucune crainte à avoir pour l'*homo deconnus*, nous ferons la part belle à l'étude critique de textes comiques.

Nous traiterons du rire d'Aristote ou de celui de Bergson, du rire dans la religion, de l'aspect philosophique de la blague dans la société.

Nous glisserons avec une élégance rare vers la dimension psychanalytique de l'humour, pour en arriver à sa réalité thérapeutique et à son rôle social. Avant de constater que l'humour est une véritable arme politique…

Sixième partie : La partie des Dix

Peut-on parler d'une partie récréative dans un ouvrage dédié à l'humour ? En tout cas cette ultime partie, bien connue des amis de la collection, fera la part belle aux dix meilleurs façons de se poiler.

Qu'il s'agisse de regarder les dix films les plus drôles de l'histoire du cinéma, parmi lesquels *La Grande Vadrouille* avec Louis de Funès, ou *La Party* avec Peter Sellers, ou de se régaler avec les dix livres les plus drôles que le monde de l'édition ait engendré, depuis la série *Wilt* de Tom Sharpe à *Dégâts des eaux* de Donald Westlake ; une nouvelle façon d'appréhender la culture.

Si vos soirées sont parfois trop longues, vous trouverez également une dizaine de façons de les accommoder à la sauce humour : une bonne énigme pour pimenter un repas entre amis, quelques « Monsieur et Madame ont un fils » pour le dessert, ou quelques perles pour accompagner le digestif.

Les icônes utilisées dans ce livre

Les icônes sont les petits dessins que vous apercevrez dans les marges de ce livre.

Connaissiez-vous le vrai nom de Courteline ? Saviez-vous que le chaudron d'Astérix s'inspirait de Plaute, que Léonard de Vinci n'était pas physionomiste, qu'il existait une machine à mesurer les cons, que les cimetières regorgeaient d'épitaphes hilarantes, ou qu'autrefois les médecins s'appelaient « humoristes » ? Eh bien si vous ne le saviez pas, désormais vous le saurez !

L'humour n'est jamais mieux servi que par les humoristes. Retrouvez des dizaines de portraits d'artistes ou de philosophes qui ont jalonné l'Histoire de l'esprit. D'Aristophane à Stéphane Guillon, de Plaute à Louis de Funès, vous découvrirez de drôles de zigotos dont la noble ambition était de nous faire rire.

Autant d'auteurs facétieux, autant d'oeuvres distrayantes qu'il convient de mettre en lumière pour s'y retrouver ; car au terreau de l'humour, on peut voir pousser des mauvaises herbes... Avec cet éclairage, telle œuvre à découvrir vous en évitera cent autres à fuir.

Toutes ces petites histoires, ces petits rus amusants qui font les rivières hilarantes, ces anecdotes indispensables pour combler l'essentiel, ces bruits de couloir qui rendent l'homme politique humain ou l'artiste bien fragile. Que s'est-il vraiment passé avec Cambronne à Warteloo ? Qu'a dit Belmondo à la suite d'une de ses plus surprenantes cascades ? Peut-on mourir en faisant des calembours ? Que d'anecdotes jonchent l'Histoire du rire !

Des centaines de répliques, de bons mots, de dialogues, de pensées décalées, de traits d'esprit, de gags affûtés, de méchancetés gratuites, de saillies payantes… Ces milliers de mots qui déclenchent d'abord le rire, puis l'admiration, et enfin la jalousie… Quelques mots d'auteur pour être à la hauteur de toutes les situations.

L'Histoire de l'humour à travers les pays et les âges, c'est bien certes, c'est cossu, érudit, surprenant même… Mais suivant les vieilles formules qui clament qu'un petit dessin vaut mieux qu'un long discours, ou que l'exemple fait loi, ce sont des kyrielles de blagues qui illustrent nos propos : du *Philogelos* grec aux paroles de papes, de l'Histoire juive à l'histoire belge, de l'humour anglais aux plaisanteries qui font rire les Chinois… Toutes ces blagues nous reposent avec le sourire.

Pour que la mécanique du rire fonctionne, il convient de bien la huiler. Nous vous offrons la petite burette en option afin de bien comprendre les rouages de la machine « humour ». Vous saurez ce qu'est un lazzi, vous connaîtrez le sens exact d'un quiproquo, vous découvrirez le mystère du zeugma… Vous ignoriez comment vous y prendre avec une contrepèterie ? Comment décrypter un calembour ou un acrostiche ? Pas de souci : les réponses sont là.

Première partie

L'humour, une drôle d'histoire

Dans cette partie…

Puisqu'il faut bien commencer quelque part et que seule notre intime conviction nous fait dire que les hommes préhistoriques avaient le sens de l'humour (aucune source sérieuse ne le confirme), nous commencerons par considérer la Grèce Antique comme fondatrice d'un certain esprit, où sarcasmes et ironie faisaient bon ménage.

Tous les chemins menant à Rome, celui de l'humour nous y conduira tout naturellement pour admirer cicéronnades ou autre Plaute attitude… Nous n'y arrêterons cependant pas notre char, car le Moyen Âge nous attend avec son lot de surprises. Passée cette grande période, nous picorerons de-ci, de-là d'amusants moments de cour, avant de pourfendre ce XIXe siècle que Léon Daudet avait traité de stupide !

Chapitre 1

La Grèce antique : premiers témoignages d'un humour caustique

Dans ce chapitre :

- Le Grec s'amuse au quotidien
- Le plus vieux recueil de blagues
- De la comédie, en veux-tu en voilà

Pour bien démarrer, partons en Grèce… Stop ! Et avant ? Nos ancêtres riaient-ils ?

Et avant la Grèce ?

Avant d'aller voir chez les Grecs, posons-nous une question d'importance : nos ancêtres australopithèques, paranthropes, homo erectus, néandertaliens ou Cro-Magnon avaient-ils le sens de la dérision, du ridicule, et donc de l'humour ?

Il est impossible d'imaginer le contraire. Si, comme l'a suggéré Rabelais, le rire est le propre de l'homme, il est donc né avec lui. Admettre le rire, c'est admettre le « faire rire ».

Hélas, si les peintures des grottes de Lascaux nous renseignent pleinement sur le *modus operandi* de la chasse et de la cueillette chez Cro-Magnon, elles sont dramatiquement muettes sur l'art de faire un bon gag. En déduire que grottes et cavernes n'entendaient jamais l'écho d'un rire serait trop simple.

Nous oserons donc, dans ce petit préambule à « l'humour dans l'Histoire », faire un peu de préhistorique-fiction en supposant que nos ancêtres, entre deux chasses au mammouth, n'étaient pas rétifs à la plaisanterie.

Imaginons que, marchant dans les grottes de Gien, nous avons le bonheur de découvrir des fresques rupestres ignorées, nous ouvrant à l'humour de nos ancêtres. Là, se dessine le coup du piège avec épieu recouvert de branchages, source de gags inépuisable ; la chute faussement impromptue est une plaisanterie vieille comme le monde. Ici apparaît la blague du feu ; nous découvrons que l'expression « Elle rit quand elle se brûle » vient du plaisir que déclenchait l'étincelle faite par la femme devant son foyer, en ces temps reculés où la flambée avait son importance. Nous avançons encore dans cette galerie pour distinguer, à la lueur de la torche, notre grand-aïeul se parant d'une peau de bête pour faire rire ses copains…

Nous pourrions trouver mille autres exemples qui prouveraient que l'humour est né avec l'homme, et que même Adam et Eve n'en étaient pas dépourvus, mais nous craindrions de faire passer cette encyclopédie de haute tenue morale pour une œuvre peu sérieuse ; or s'il y a bien un domaine qui doit être pris au sérieux, c'est l'humour !

L'humour baigne dans la Grèce…

On est en droit de se demander ce que font les Grecs quand ils ne font pas de la philosophie. Eh bien ils vivent, comme tout le monde, et c'est un petit recueil de blagues, extirpé de l'Histoire, qui nous en donne la meilleure des preuves. Le Grec s'y avère taquin et un poil cynique. Aristote (384-322 av. J.-C.) ne disait-il pas dans *La Rhétorique* : « Le sens de l'humour, c'est la violence bien élevée. » Et pour peu qu'un de ces humoristes du quotidien ait une plume un peu plus aiguë que celle de son voisin, et toc : une comédie !

Socrate, un humour corosif

Socrate (Ve siècle av. J.-C.) est considéré comme l'inventeur de la philosophie. Ce qui n'empêche pas les bons mots. Pour preuve :

« Savez-vous ce que je connais de plus rare au monde ? C'est un vieux tyran. »

« – Comme votre maison est petite, Socrate !
– Un peu trop grande encore, si je ne voulais la remplir que de vieux amis ! »

L'humour, un art de vivre

Pour beaucoup d'entres-nous, la Grèce antique n'est faite que de dieux et de penseurs en toge blanche, de guerriers héroïques et de trahisons de palais, d'îles magiques et de ruines... Car une idée reçue tend à faire croire que seules les comédies grecques seraient empreintes d'humour, et que Socrate, par son ironie philosophique, serait l'unique chantre grec du trait d'esprit. Faux ! L'humour était une pratique littéraire et sociale très répandue.

De l'humour au quotidien

Bien sûr, les Grecs ont inventé la philosophie, la démocratie et la tragédie, mais en tant que méridionaux, ils sont aussi partisans de la plaisanterie. Nombre d'anecdotes témoignent de l'humour de Sophocle, des dialogues épicés de Platon ou des facéties de Socrate. Comme tout un chacun, les Grecs ont un quotidien fait de petits plaisirs, de jalousies de voisinages, de corruptions mesquines, de secrets d'alcôve, de bavardages inutiles et de rires complices ou moqueurs. On se retrouve dans des banquets festifs pour rire, faire des blagues ou casser du sucre sur le dos du gouvernement.

Les banquets de la rigolade

Les philosophes Platon (v. 428-v. 347 av. J.-C.) ou Xénophon (v. 426 ou 430-v. 355 av. J.-C.) nous en parlent avec émotion, en Grèce tout est prétexte à organiser des banquets : une victoire sportive ou militaire, une fête de famille, le départ d'un ami, le retour d'un fils, un succès littéraire, une défaite politique... Tout est bon quand on veut faire le cochon ! Car le banquet grec, c'est quelque chose !

Après un *propoma* (sorte de mise en bouche apéritive), les invités abordent avec délectation et sans retenue aucune le *symposion* (réunion de buveurs), sorte d'apothéose festive.

Cherchant à outrance la vérité dans le vin, ce dernier coule à flots, jusqu'à l'élection du symposiarque : le roi du banquet, qui doit orchestrer les libations, organiser les jeux et donner des gages.

Le rire et le vin : voilà les deux mamelles d'un banquet grec !

On sait rire du politique

LE SAVIEZ-VOUS ?

Comme nous l'apprend le philosophe Plutarque (v. 46-v. 125 ap. J.-C.), Périclès (v. 495-429 av. J.-C.), grand stratège athénien, est souvent la proie des commentaires amusés lorsqu'il se rend à l'Assemblée. Les poètes comiques, très en verve, le surnomment « l'Olympien » en raison de ses discours plein de foudres et de tonnerre. La population, moins prudente car moins exposée aux représailles, le surnomme « Tête d'oignon » à cause de la forme de sa tête.

Moqueries chez le coiffeur

La convivialité n'est pas un vain mot chez les Hellènes qui se retrouvent sur la Pnyx (colline du centre d'Athènes, qui est le siège de l'assemblée des citoyens), sur l'Agora (lieu de rassemblement, marché de la cité), ou mieux encore chez le barbier pour se faire tailler la barbe tout en taillant une bavette.

D'ailleurs, le *Philogelos* (voir ci-dessous) nous renseigne sur une plaisanterie d'usage faite chez le barbier : lorsque ce dernier demande « Je vous les coupe comment ? », le facétieux lui répond « En silence ! ».

Voyez que le barbier ne rasait pas toujours !

« Les grosses têtes » chez Démosthène

Si du temps de Ronsard on se met à sept pour réfléchir à la résistance du vers, du temps de Démosthène on se met à soixante pour mettre un peu d'ordre dans la gaudriole.

Au cœur du temple d'Héraclès, une coterie de soixante gaillards se réunit régulièrement pour échanger et mettre au point des histoires drôles.

C'est lors de ces petits colloques que se distingue un certain Callimédon, surnommé « la Langouste » en raison de sa gourmandise pour les produits de la mer.

L'homme, abondamment ridiculisé par les poètes comiques, sera *pincé* au moment du soulèvement macédonien à Athènes.

On dit que Philippe de Macédoine lui-même paya grassement pour que toutes les plaisanteries de ces messieurs soient consignées par écrit.

Le Philogelos, le plus ancien recueil de blagues

Nous pénétrons là au cœur de l'humour grec, grâce à un petit recueil de plaisanteries tout à fait étonnant, qui nous plonge dans le quotidien des Athéniens. Le *Philogelos*, découvert au Xe siècle, date du IIIe ou du IVe siècle de notre ère.

Avant le Philogelos

La paternité de l'humour grec en général, et de la blague en particulier, est difficile à établir. Le poète Homère, Palamède (l'un des héros de la guerre de Troie), Hiéroclès, le public ? Les quatre, mon général !

Palamède, l'inventeur de la blague ?

Le héros grec Palamède, fils de Nauplios (roi de l'île d'Eubée), fut réputé pour avoir doublé Ulysse au moment de la guerre de Troie (qui a bien eu lieu, contrairement à ce que certaines rumeurs peuvent laisser croire). Il est souvent considéré comme l'inventeur de la blague. Il nous appartient d'y apporter un bémol puisque Palamède serait aussi l'inventeur mythique de l'alphabet, du phare, des jeux de dés, du jeu d'échecs, des signaux de feu et des repas pris à intervalles réguliers. L'information est donc à prendre à la fois avec des pincettes et avec de l'humour.

Y'a pas qu'Ulysse hélas, c'est là qu'est l'os

Margitès, le crétin des Hellènes, est un personnage créé par le mystérieux Homère (VIIIe siècle av. J.-C.) en personne. Il est l'opposé d'Ulysse : un personnage stupide se prenant les pieds dans les tapis, « capable de s'écorcher le nez en tombant sur le dos ».

Le poème, appelé Le *Margitès*, du nom de cet anti-héros, fut composé aux alentours du VIIIe siècle av. J.-C., et Aristote nous dit qu'il serait à l'origine du genre comique tout entier.

« Celui qui aime rire »

Le *Philogelos*, qui signifie littéralement « l'ami du rire » ou « celui qui aime rire », est le plus vieux recueil de blagues découvert en Occident. Il est bien sûr difficile de le dater précisément puisque la galéjade, la raillerie, la fable, le proverbe ou l'histoire drôle ont longtemps été transmis uniquement par bouche-à-oreille. Les spécialistes s'accordent néanmoins pour situer cette compilation autour du IIIe ou du IVe siècle de notre ère, car l'une des plaisanteries mentionne le millénaire de la fondation de Rome, célébrée le 21 avril 248.

Ce *Philogelos* est un rescapé !

Extrait du *Philogelos*, une plaisanterie qui décoiffe !

« C'est un intellectuel, un chauve et un coiffeur qui voyagent ensemble. Ils bivouaquent dans un endroit désert et décident de faire des tours de veille de quatre heures chacun pour surveiller leurs affaires. C'est au coiffeur que revient la première veille et, pour s'amuser, il rase l'intellectuel pendant son sommeil ; puis il le réveille, une fois son quart terminé. L'intellectuel, en se réveillant, se gratte la tête et s'aperçoit qu'il n'a plus un cheveu. "Ah ! s'écrie-t-il, ce maudit coiffeur s'est trompé, au lieu de me réveiller, il a réveillé le chauve." »

Une origine incertaine

Ce recueil contient 264 blagues, dont beaucoup sont des redites ou des variantes, ce qui a fait dire à des érudits de la chose antique qu'il y avait sans doute deux auteurs. Il s'agirait de Hiéroclès et de Philagrios. Mais les deux plaisantins sont assez peu connus des fichiers de police historiques. Les supputations les plus osées évoquent Hiéroclès comme un philosophe alexandrin (n'ayant pas forcément les pieds sur terre) du Ve siècle ap. J.-C., et Philagrios comme un auteur de livres médicaux ayant vécu vers le IIIe siècle ap. J.-C.

LE SAVIEZ-VOUS ?

Il semble que le malheureux Hiéroclès ait été flagellé publiquement à Constantinople pour paganisme. Le récit, peu précis, semble être une salade (de Macédoine) composée d'humour antique picoré chez les orateurs, les fabulistes, les poètes ou les épistoliers.

Extrait du *Philogelos*, esprit de groupe

« C'est un intellectuel qui rencontre un de ses collègues :

– Félicitations pour le fils que tu viens d'avoir.

– Ça, répond le premier, c'est à vous que je le dois mon ami ! »

Une modernité étonnante

On pourrait penser qu'il s'agit là de quelque vieilles plaisanteries anglaises que se raconteraient deux Anglais pince-sans-rire dans le Glasgow-Londres. Ce sens appuyé du non-sens n'est-il pas tout britannique ? Et pourtant non ! Preuve par neuf que les bonnes vieilles blagues qui feront la fortune de Carambar ou de l'Almanach Vermot existaient déjà !

Extrait du *Philogelos*, tête à claques

« Nous sommes à Abdère. Un homme envoie son fils à la guerre. Le jeune homme, plein de sa fougue, promet à son père un retour triomphant :

– Cher père, je te rapporterai la tête d'un ennemi.

Le père pose sa main sur l'épaule de son fils et lui rétorque :

– Même si tu reviens sans tête, je serai heureux de te revoir ! »

Pas toujours au top

La forme du *Philogelos* est très concentrée et permet au rédacteur de poser une situation directe, aussitôt suivie de la chute. Mais ces blagues, courtes et piquantes, sont d'une efficacité drolatique inégale. Voyez plutôt :

« C'est un homme qui demande à un grincheux :

– Où habites-tu ?

– Chez moi, répond l'autre. »

En société, la blague fait un tabac

Les boutades de ce recueil antique sont riches d'enseignement sur la vie des Grecs : les cortèges funéraires, les processions, les salles de classe, les marchés, les bains publics et même la mode y sont passés au crible. Et quand on voit les piques que recevaient médecins et astrologues, on se dit qu'il n'y a décidemment rien de neuf sous le soleil.

Des personnages intemporels

Par commodité, le recueil est classé par tempérament ou par type de personnages, dans la pure tradition des *Caractères* de Théophraste (v. 372-v. 288 av. J.-C.). On y trouve une galerie de caricatures comme le coiffeur, l'avare, l'ivrogne, la femme facile ou frustrée, le vantard, l'homme à la mauvaise haleine, le goinfre… Le pétomane semble être le favori des auteurs du *Philogelos*, puisqu'il est l'objet de nombreuses plaisanteries.

Extrait du *Philogelos*, mauvais Hellène

« Un homme ayant mauvaise haleine n'arrête pas de vouloir embrasser sa femme, qui se détourne sans cesse :

– Chérie, pourquoi tu m'abhorres ?

– Parce que tu m'adores ! répond-elle. »

Joie des sons, des calembours et des allitérations.

Le cuistre, personnage de tout temps

On y trouve également un archétype classique : le *scholasticos*, ou l'intellectuel, le pédant, le professeur « tête en l'air ». Ce dernier, qui revient le plus souvent, peut être tour à tour jeune ou vieux, penseur ou niais, sage ou moqueur. On ne sait jamais s'il est conscient de ses calembours ou s'il prend ses mots pour argent comptant ; en revanche il semble affranchi de tous les tabous sociaux, comme le sexe ou la mort.

La blague « ethnique »

LE SAVIEZ-VOUS ?

Comme le dira le romancier Fernand Vandérem quelques siècles plus tard : « Selon les latitudes, la haine de l'étranger change de nom. En Europe elle s'appelle patriotisme, en Chine xénophobie. »

En parcourant les plaisanteries du *Philogelos*, on se rend compte que la blague ethnique ou xénophobe ne date pas d'aujourd'hui.

Ici, point de blagues sur les Suisses, les Belges, les Corses ou les Juifs, mais sur Abdère (cité grecque de la Thrace antique), Cymé (Éolide) ou Sidon (près de Tyr). Ces cités y sont raillées ou caricaturées, tout comme la Béotie, peuplée d'ignares, la Thessalie réputée pour sa lenteur, Sybaris emplie d'inconscients, ou Corinthe, dont les citoyens ne pensent qu'aux plaisirs de la chair.

Les habitants d'Abdère sont relativement « gâtés » : ils remportent la palme du grotesque et frôlent même la folie. Les Abdéritains, souvent débiles ou hystériques, sont un peu nos Belges.

Ne dit-on pas Abdère 1er, roi des Belges ?

Extrait du *Philogelos*, un sot périlleux

« C'est un Abdéritain qui voit un eunuque en pleine conversation avec une femme. Il demande à un voisin s'il s'agit de son épouse. Comme on lui fait remarquer que les eunuques ne peuvent pas avoir de femme, il enchaîne : "Alors, c'est sa fille, peut-être... ". »

Rien de neuf sous le soleil

Si les plaisanteries du *Philogelos* sont de qualités inégales, elles montrent néanmoins le côté intemporel de la moquerie, du désir constant de faire rire son voisin, sa femme, son ami, son collègue... Ce désir universel, inchangé malgré les siècles écoulés, de prendre un tiers comme bouc émissaire pour s'en amuser.

Et s'il peut sembler être un recueil de plaisanteries « faciles », il n'a parfois rien à envier aux travaux plus sérieux laissés par nos penseurs. Pour preuve, ce distique (groupe de deux vers) tiré de la prestigieuse *Anthologie Palatine* (recueil d'épigrammes grecs) :

« Je suis incapable de savoir si Diodore a baillé ou s'il a pété ! Il a la même haleine par le haut que par le bas. »

Un humour toujours dans le vent !

Homère ou ?

Homère (VIIIe siècle av. J.-C.), l'auteur de *L'Iliade et l'Odyssée*, a une biographie bien souvent contestée. Sauriez-vous trouver son véritable lieu de naissance ?

Bravo aux plus cultivés qui ont trouvé qu'il est né à Allaure. Ne dit-on pas : Homère d'Allaure ?

La comédie grecque, l'humour entre en scène

On sait tous que les mots s'envolent mais que les écrits restent (même les écrits vains), aussi intéressons-nous à ce qui marquera l'Histoire, à ce genre littéraire conçu dans le dessein d'arracher le rire : la comédie.

Avant Aristophane

La comédie n'est pas le premier ni le seul moteur à faire vibrer les zygomatiques.

Le poète Archiloque utilise la satire dès le VIIe siècle avant notre ère, Anacréon tinte ses odes d'ironie au VIe siècle avant notre ère, quant à Théocrite et Hérondas (IIIe siècle av. J.-C.), ils marient l'idylle (petit poème) et le mime avec un brio consommé.

Le vers est longtemps l'apanage du décalage, et la prose va mettre du temps à s'imposer pour faire rire. Mais tout ceci n'est que balbutiements avant l'arrivée de la comédie elle-même, qui va nous offrir toutes les formes de comique avec son plus brillant représentant : Aristophane.

Aristophane, le maître du rire

On qualifie souvent Aristophane (v. 450-386 av. J.-C.) de poète comique. Le terme, apparemment contradictoire, nous fait sourire. On le connaît essentiellement par ses œuvres. Il apparaît dans *Le Banquet* de Planton aux côtés de Socrate, mais les témoignages sur l'homme sont maigres.

On sait qu'il commence l'écriture théâtrale de bonne heure, et qu'il fait toujours preuve de conservatisme politique. Aux démagogues, aux novateurs et aux sophistes qu'il exècre, il préfère les paysans, garants de certaines valeurs morales.

Reconnu comme le fondateur de la comédie et comme l'un des hommes les plus drôles et les plus caustiques de son temps, il meurt à l'âge de soixante-cinq ans.

Les pièces fondatrices

Des 44 pièces de théâtre qu'il a écrit, 11 seulement nous sont parvenues.

- Dans *Lysistrata* (411 av. J.-C.), Aristophane met en scène des femmes qui luttent pour la paix en pratiquant le célibat. À ce propos, ouvrons une parenthèse pour dire que la misogynie qu'on lui prête ne va guère avec la place accordée aux femmes dans son œuvre.
- Dans *Les Guêpes* (422 av. J.-C.), il s'en prend aux cours de justice de l'époque.
- Dans *Les Oiseaux* (414 av. J.-C.), il ridiculise le goût des Athéniens pour les joutes oratoires.
- *Plutus* (388 av. J.-C.) montre l'absurdité de la redistribution des richesses pratiquée à Athènes.

- Dans *Les Nuées* (423 av. J.-C.) il s'attaque à Socrate, dont il juge l'attitude contraire aux intérêts de l'État. Avec cette pièce il s'attire le ressentiment de Platon, disciple de Socrate, qui l'accusera d'avoir contribué à faire exécuter son maître en donnant de lui une image négative.

On n'a plus le « droit » d'en rire

La hardiesse grandissante des poètes comiques (qui se moquent du retour au pouvoir du parti aristocratique et des malheurs d'Athènes) entraîne une réaction du pouvoir contre la liberté d'expression. Vers 388, une loi est adoptée qui interdit formellement les attaques contre les personnes existantes dans les pièces de théâtre.

La comédie ancienne voit là briller ses derniers feux.

La caricature et la parodie

Aristophane aime ridiculiser les célébrités de la politique et de la sophistique. Il s'en prend souvent à l'homme politique du moment, Cléon, qu'il raille à plaisir, mais aussi à Socrate ou au général Lamachos, ou encore à Euripide (480-406 av. J.-C.) et Agathon (v. 450-v. 405 av. J.-C.), deux auteurs tragiques qu'il trouve ridicules.

Le comique de situation

Dans *Les Acharniens* (425 av. J.-C.) un personnage nommé Dicéopolis frotte des casseroles à la place du général Lamachos qui fourbit ses armes. Dans *L'Assemblée des femmes*, des femmes se déguisent en homme.

Des audaces qui n'excluent pas une certaine grossièreté car, disons-le, Aristophane n'est pas avare de grivoiseries.

Le comique des mots

C'est l'un des aspects les plus étonnants et sans doute les plus modernes du travail d'Aristophane, qui le rend proche de notre humour gaulois. Son théâtre est plein d'inventions verbales, du néologisme au calembour en passant par le pastiche ou la plaisanterie. Dans *Les Oiseaux*, pour dire « Ouvre-moi la forêt » il choisi « Ouvre-moi le vert houx ».

La pièce maîtresse : Les Acharniens

ÉCLAIRAGE

Sa première pièce est un peu une première pierre à l'édifice du rire. Elle demande cependant un décodage afin de la dépouiller de ses oripeaux un peu austères pour les rigolos du XXIe siècle que vous êtes.

Dans cette œuvre, Aristophane défend la paix au détriment de la guerre, qu'il trouve absurde. Nous sommes à l'époque du stratège Périclès (v. 495-429 av. J.-C.), et les bruits courent que sa concubine Aspasie a beaucoup d'influence sur lui, aussi le comique fait-il porter à la jeune femme la responsabilité de la guerre du Péloponnèse :

« Mais il y a la gourgandine Simaitha : de jeunes fêtards éméchés font une virée à Mégare et l'enlèvent. Les Mégariens prennent ça très mal, la moutarde leur monte au nez, et ils enlèvent, en représailles, deux pensionnaires de la maison d'Aspasie. Et alors, c'est l'origine de la guerre : elle a éclaté entre tous les Grecs, à cause de trois catins. Et alors, courroux de Périclès : notre Olympien lance éclairs et tonnerres, met la Grèce en marmelade. »

Aristophane ne manque pas d'humour, car mettre la « Grèce en marmelade », c'est en réalité le début de la déconfiture.

Le terreau de cette satire est le conflit ardent qui oppose Athènes – la lumineuse – à Sparte – la rigoriste. Les généraux athéniens Cléon et Lamachus, partisans de la guerre à outrance, y sont ridiculisés par un simple citoyen, Diceopolis, qui ayant conclu une trêve secrète avec Sparte, vit dans la paix et l'abondance.

Les Acharchiens sont les habitants d'une circonscription d'Athènes. L'Acharne est une terre riche et fertile. Dans sa comédie, Aristophane fait des habitants des lieux des charbonniers, ce qui lui permet de parodier une scène de la tragédie d'Euripide : *Le Télèphe*.

Démocrite ou la sagesse d'en rire

Le philosophe Démocrite (460-370 av. J.-C.) fait très tôt de grands voyages qui le rendent heureux comme Ulysse, et surtout très instruit. Son observation des hommes et des choses lui permet de formuler une explication rationnelle de la nature. Ses successeurs, tels Épicure, Plutarque ou Sénèque, le considèrent comme « le plus subtil de tous les anciens ».

En fait, il est le précurseur de tous les courants de pensées qui réfutent la Providence, et de tous les penseurs qui conçoivent le monde comme une mécanique sans commencement ni buts.

En apparence, le bonhomme n'a pas l'air très drôle… Eh bien détrompez-vous ! Pour lui : « La conscience a été donnée à l'homme pour transformer la tragédie de la vie en une comédie. »

Avait-il une araignée au plafond ?

Démocrite est-il fou ? A-t-il perdu tout sens commun ? Partout, on l'entend rire pour un oui ou pour un non. Juvénal (Ier siècle ap. J.-C.) dira de lui dans ses célèbres *Satires* : « Un rire perpétuel secouait Démocrite. » Il se rit de tout : deuils, sanglots, malheur d'autrui, tout le fait pouffer, il n'est pas un drame qui ne lui arrache un fou rire… Et du fou rire au rire fou, il n'y a qu'un pas que ceux qui l'observent s'empressent de franchir.

Ne pas confondre « Hypocrate et Démocrite » avec « le démocrate est hypocrite »

Non seulement l'homme court un grave danger, mais il en fait courir un plus grand encore à la communauté. L'équilibre de tous est précaire, la cité frémit !

On en appelle au médecin du corps et de l'esprit, le grand Hypocrate (v. 460-v. 370 av. J.-C.), l'homme du serment *himself* !

Mais pour le plus célèbre médecin au monde qui vient, l'observe et l'écoute, les choses sont claires : « Ce n'est pas folie, c'est excessive vigueur de l'âme qui se manifeste en cet homme. »

Thérapie « t'es happy » !

En réalité, c'est d'un excès de science dont souffre le pauvre Démocrite. Il est la victime de l'esprit déficient de ses contemporains. Et plutôt que de pleurer sur l'ignorance des autres, sur leurs préjugés, leur mesquinerie, en bon philosophe il a choisi d'en rire.

Mais laissons parler l'intéressé lui-même :

MOTS D'AUTEUR

« Tu attribues deux causes à mon rire, les biens et les maux ; mais je ris d'un unique objet, l'homme plein de déraison, vide d'œuvres droites, puéril en tous ses projets […] fondant l'argent et l'or, ne cessant jamais d'en acquérir […] On entasse ici le sable qu'on avait extrait de là, on ouvre les veines de la terre, on fend les mottes pour s'enrichir ; de notre terre maternelle, on fait une terre ennemie, elle qui reste toujours la même, on l'admire et on la foule aux pieds. Quel rire, quand ces amoureux d'une terre épuisante et pleine de secrets font violence à celle qu'ils ont sous les yeux ! […] Ils sont pressés d'épouser des femmes, que peu après ils répudient […] Quel est ce vain et déraisonnable empressement, qui ne diffère en rien de la folie ? Ils font la guerre aux leurs ; sans jamais s'attacher à vivre en paix […] Fouillant la terre, ils cherchent de l'argent ; l'argent trouvé, ils veulent une terre ; la terre acquise, ils en vendent les fruits ; les fruits écoulés, ils remettent la main sur de l'argent […] toute leur fortune passe dans l'achat de statues, sous prétexte que l'œuvre sculptée semble parler, mais ils exècrent ceux qui parlent vraiment. Pourquoi donc, Hippocrate, m'as-tu reproché de rire ? Il n'y a pas un homme qui rie de sa propre déraison, il n'y a de moquerie que mutuelle : les uns rient des ivrognes, quand ils se croient sobres eux-mêmes… »

Mieux vaut un talent fou qu'un avis raisonnable

L'écrivain et journaliste royaliste Antoine Rivarol (1753-1801), peu de temps avant la Révolution française, résumera très bien cette situation décrite par Démocrite, avec un aphorisme frappé au coin du bon sens, c'est-à-dire celui de l'humour :

« Celui qui a raison vingt-quatre heures avant les autres se fait traiter de fou pendant vingt-quatre heures. »

Quittons les Grecs sur une petite pensée anachronique du réalisateur et acteur Woody Allen (né en 1935), qui pourrait presque s'inscrire dans le *Philogelos* :

« Si seulement Dyonisos vivait encore… Où prendrait-il ses repas ? »

Chapitre 2

Quand tous les chemins du rire mènent à Rome

Dans ce chapitre :

- Rome s'amuse
- Cicéron, l'avocat luron
- Plaute le farceur
- Rire et tyrannie
- Juvénal, le satiriste

Si le rire a marqué son empreinte en Thrace, si la Macédoine a mis l'humour en salade, si les beaux rivages de la Grèce ont été propices au développement de la comédie, et si les philosophes grecs ont su utiliser la dérision et la moquerie pour faire réfléchir, Rome la Merveilleuse n'est pas en reste pour amuser ses troupes. Ces bâtisseurs d'aqueducs, de viaducs et de *via romana*, ces envahisseurs civilisés porteurs de *pax* sont aussi sensibles aux joies de l'humour. Il suffit d'écouter les plaidoiries de Cicéron, les pièces de Plaute ou les satires de Juvénal (voir plus loin dans ce chapitre) pour s'en convaincre.

Rome erectus, Rome et rictus

Durant l'antiquité, Rome paraissait bien austère face aux excentricités d'une Grèce extravertie ou extra-divertie. Mais une fois les pays conquis, les routes pavées et les peuplades mises au pas, on ne songea plus dans la cité aux sept collines qu'à faire travailler les autres… et à s'amuser. Au début de notre ère, en ces temps bénis de décadence, Rome compte pas moins de 175 jours de fêtes !

À Rome, le rire se pratique sous toutes ses formes : le grotesque, le burlesque, l'ironie, le sarcasme, et le très prisé rire caustique.

Une certaine rusticité paysanne fournit les armes de la satire, du grotesque ou de la raillerie, qui n'hésite pas user de l'injure, de l'agression verbale, de l'attaque *ad hominen* (cette locution latine désigne le fait de confondre un adversaire en lui opposant ses propres paroles ou ses propres actes), de la gaillardise ou de la grivoiserie…

Pour s'enivrer avec un petit coup de Rome, suivez le guide.

Les Lupercales, des fêtes païennes et paillardes

Les fêtes romaines, telles les Ambarvales (procession romaine en l'honneur de la déesse Cérès, pour favoriser la récolte et contenir les fureurs du dieu Mars), les Saturnales (réjouissances célébrées en l'honneur du dieu Saturne, au cours desquelles les esclaves jouissent d'une apparente liberté) ou les Bacchanales (fêtes religieuses en l'honneur de Dionysos-Bacchus, dieu du vin, de l'ivresse et des débordements, notamment sexuels) fleurent bon la débauche mais aussi les Lupercales.

Les Lupercales sont des fêtes annuelles célébrées par les luperques : des adeptes de la facétie qui se couvrent des peaux de bêtes qu'ils viennent d'immoler et courrent dans les rues de Rome en frappant les passants à coups de fouet, pour leur assurer une meilleure fécondité. Ces fêtes excessives finiront par être interdites.

Des festivités à la limite de la barbarie

Le Lupercal est une grotte située au pied du mont Palatin, à Rome. C'est peut-être celle qui abrita la fameuse louve de Rémus et Romulus. C'est là que chaque année, entre le 13 et le 15 février, les Romains rendent hommage au dieu des troupeaux, Faunus Lupercus, en y sacrifiant un bouc.

S'il n'y a plus de pain, donnez leur des jeux !

Jeux du cirque, courses de chevaux, courses de chars, spectacles de rue… tout est bon pour s'amuser. Cet état de liesse permanent, entretenu à dessein par les Césars successifs, font écrire au précepteur de l'empereur romain Marc Aurèle (121-180 ap. J.-C.), Marcus Cornélius Fronton : « Les citoyens romains ne sont absorbés que par deux choses : leur ravitaillement et leur spectacle. »

De même, l'empereur Auguste (63 av. J.-C.-14 ap. J.-C) reprochait à Pylade, un mime célèbre, de nourrir les tablettes à scandales de l'époque. Sa réponse est terrible : « Il est dans ton intérêt, Auguste, que ce soit à un cabotin de mon espèce que le peuple s'intéresse. D'autres sujets de conversation et de réflexion pourraient devenir très vite dangereux pour le pays ! »

Les bons mots de Martial (Ier siècle ap. J.-C.)

« Paulla veut épouser Priscus. Ce n'est pas étonnant, elle a du goût. Mais Priscus ne veut pas se marier avec elle. Ce n'est pas étonnant : il a du goût aussi. »

« Gemellus désire se marier avec la riche Maronille. Il lui fait des avances pressantes, la supplie, la couvre de dons. Son entourage s'étonne :

– Est-elle vraiment si belle ?

– Au contraire, c'est la plus hideuse des personnes.

– Qu'est-ce donc qui l'attire ?

– Elle tousse ! »

Les Atellanes ou le rire grotesque

Non loin de Rome, dans la belle région de Campanie, la ville d'Atella connait une immense renommée grâce à une nouvelle forme de spectacle, faite de bouffonneries obscènes, à laquelle elle donnera son nom : les Atellanes.

Ces curieuses farces rustiques improvisées datent de la fin de la République, une centaine d'années avant Jésus-Christ.

Ces pièces décousues, où le rire gras fuse, seront à l'origine, quelques siècles plus tard, de la *commedia dell'arte* (voir chapitre 14).

La foule se tord de rire devant les joutes oratoires de Gros-dos (le bossu malin), d'Archmimus (le sans-gène cynique), de Pappus (le vieux gâteux édenté) ou du glouton Bucca.

Les Atellanes rencontrent un tel succès auprès du public que peu à peu, les citoyens interprètent eux-mêmes les rôles à la place des comédiens, en se dissimulant le visage sous des masques.

Publilius (85-43 av. J.-C.), un ancien esclave syrien reconverti dans l'écriture de mime, nous a laissé quelques bonnes répliques qui comblent le public de l'époque :

- « On ne surmonte jamais le danger… sans danger. »
- « C'est presque dire oui que dire non… gentiment. »
- « Les pleurs de l'héritier, sous le masque, sont rires. »
- « On a tort d'accuser Neptune lorsque l'on fait naufrage pour la deuxième fois. »

On ne plaisante pas avec Caligula

Au début de notre ère, les Atellanes dégénèrent et font le jeu d'acteurs vulgaires. Le terrible empereur Caligula (12-41 ap. J.-C.) – célèbre pour sa réplique : « Qu'ils me haïssent pourvu qu'ils me craignent » – fit brûler vif un auteur d'Atellanes qui avait osé écrire une repartie à double sens.

Quelques histoires qui font rire les Romains

Les Romains ne nous ont pas laissé l'équivalent du *Philogelos* des Grecs (voir chapitre 1), mais un certain nombre de plaisanteries nous sont néanmoins parvenues :

RÉCRÉATION

Antiochus, roi de Syrie, présentait une nouvelle armée au Carthaginois Hannibal, qui s'était réfugié chez lui après ses défaites. Il y avait de l'éléphant, du char, du cavalier, du soldat en tout genre et de l'armement en grand nombre… ça rutilait ! Le défilé n'en finissait pas et Antochius semblait fier de sa présentation :

« Alors Hannibal, cette fois-ci ai-je assez prévu pour mater les Romains ? Est-ce que cela va leur suffire ?

– Moi, maintenant je me méfie, répondit Hannibal, je n'ai jamais vu de gens aussi cupides : ils ne se contentent jamais de rien ! »

Quintus Ennius, grand tragédien romain, voulait travailler tranquillement chez lui et avait ordonné à sa servante de dire qu'il n'y était pour personne. Sur l'entrefaite, Scipion arrive et aperçoit son ami Ennius qui écrit dans l'atrium. Il n'est donc pas dupe du mensonge que la servante lui sert sur un plateau. Il se retire. Le lendemain, c'est au tour d'Ennius de venir lui rendre visite.

« Je ne suis pas là, lui dit Scipion.

– Comment tu n'es pas là, farceur ?

– C'est un comble, fait Scipion, hier j'ai cru ton esclave et toi aujourd'hui tu doutes de ma propre parole ! »

La disparition d'une somme colossale

Si l'on en croit le grammairien romain Suétone (Ier siècle ap. J.-C.), un certain Melissos, maître de l'empereur Auguste (63 av. J.-C.-14 ap. J.-C), aurait composé 150 volumes d'histoires drôles... Mais hélas, nous n'en avons plus aucune trace. Peut-on faire confiance au concepteur d'un traité sur les injures ? En tout cas, *loci* (bon mots), *Geloïa* (blagues) et autres *Ineptiae* (plaisanteries) ont tous disparu de la circulation.

Cicéron, un humour carré

« L'ironie est celle qui s'insinue le mieux dans l'esprit humain ; cette feinte qui consiste à dire autre chose que ce qu'on veut faire entendre. »

À première vue, Cicéron (106-43 av. J.-C.), l'avocat qui tortura tant de générations de latinistes, ne semble pas être le meilleur représentant de l'humour romain ; ses saillies peuvent paraître moins efficaces que les calembours de René Goscinny (1926-1977), car si pour l'humoriste français il n'est pas conseillé de « parler sèchement à un Numide » ou si « la pythie vient en mangeant », pour l'orateur romain l'épigramme est plus gracieuse, plus feutrée...

Parlant d'un domestique indélicat : « C'est le seul de ma maison pour lequel il n'est rien de scellé ni de fermé... Ce qui se dit aussi bien d'un esclave honnête. »

Voilà bien deux approches différentes du trait d'esprit.

Cicéron, le pois dans la balance

Les latins avaient l'habitude d'attribuer un surnom, un *cognomen*, souvent un sobriquet ridicule, à tous ceux qu'ils pouvaient. Cicéron en fait les frais, puisque *Cicero* signifie « pois chiche ».

Cicéron et la répartie fine

Derrière le brillant orateur, l'harangueur de foule volubile, le théoricien politique, l'avocat audacieux, pointe Cicéron le facétieux, l'ami des mots fléchés (entendez « mots envoyés comme des flèches »). Le chroniqueur

Quitilien (Ier siècle ap. J.-C.) est formel : « Cicéron avait le sens de la blague ! » L'homme serait un peu le Sacha Guitry antique, ayant toujours un bon mot, une pique un peu salace ou une vacherie assassine aux lèvres.

Prenons pour exemple le procès du magistrat romain, Milon, accusé d'avoir assassiné l'homme politique Publius Clodius Pulcher. Au cours d'une audience houleuse, Cicéron fait une grande plaidoirie pour tenter de sauver son client de la peine capitale (le bannissement à vie). Durant le procès, il est lui-même interrogé comme témoin ; à la question « Quand Clodius est-il mort ? », il répond « Sero », ce qui signifie à la fois « tard » et « trop tard ». Lorsqu'on sait que Clodius est mort le soir, et qu'il était également un ennemi juré de Cicéron, la pique prend toute sa dimension comique.

L'histoire n'est pas toujours écrite pas les vainqueurs

Une petite anecdote qui ne manque pas d'un humour salé : la plaidoirie de Cicéron lors du procès de Clodius, qui est étudiée dans les universités du vivant de l'orateur comme un modèle « d'équilibre et d'habilité », a été écrite après l'audience.

En effet, alors que Cicéron se lève pour entamer sa ligne de défense, il est soudainement conspué par la foule. Décontenancé, Cicéron perd à la fois ses moyens, sa voix et le procès. Clodius sera banni à 38 voix contre 13.

Dépité par un échec aussi cuisant, l'orateur reprendra sa plaidoirie dans la quiétude de son cabinet de travail !

Finalement, Cicéron avait peut-être plus le sens du ridicule que celui de la répartie.

L'usage de l'humour selon Cicéron

Dans son traité *De oratore*, Cicéron nous donne une interprétation toute personnelle de l'humour. Il s'intéresse au rire dans l'art oratoire. Il en fait un outil, une arme, un instrument, et en prouve l'efficacité pour apprendre, convaincre, attaquer ou réfuter.

« Ce genre admet aussi la plaisanterie, avantage précieux pour l'orateur. Il y a deux sortes de plaisanteries : l'enjouement et les bons mots. Il emploiera la première pour raconter agréablement ; la seconde s'il veut lancer quelques traits, jeter du ridicule. Nous nous contenterons d'avertir l'orateur de n'user de ridicule ni trop fréquemment : il passerait pour un bouffon ; ni contrairement à la décence : ce ne serait plus qu'un mime ; ni sans mesure : on le croirait méchant ; ni contre le malheur : ce serait de la cruauté ; ni contre le crime : le rire ne doit pas prendre la place de la haine. Il évitera aussi ces bons mots étudiés, médités à loisir, qu'on apporte tout faits, et qui, la plupart du temps, sont insipides. Il ne s'attaquera qu'à ses adversaires, et encore pas à tous, ni en tout temps, ni de toute manière. À cela près, il emploiera la plaisanterie, et l'assaisonnera de ce sel que n'ont pas nos prétendus attiques.

Telle est l'idée que je me forme de l'orateur du genre simple, qui n'en est pas moins grand orateur ; car tout ce qui, dans le style, est piquant et de bon goût, est le propre des attiques. »

Un humour qui ne manque pas de sel

On trouve souvent le mot « attique » dans les textes de Cicéron.

Ce terme signifie « qui est fin, délicat », par allusion à la délicatesse et à la finesse du goût athénien.

« Sel attique » se dit de tout ce qui porte le caractère de cette plaisanterie délicate et fine qui distingue les Athéniens.

Par extension, « C'est un attique » se dit d'un écrivain élégant et distingué.

Conseil d'avocat

Aujourd'hui encore, certains avocats utilisent les vieilles ficelles proposées par Cicéron :

« Trompez l'attente des auditeurs. Raillez les défauts d'autrui, jetez du ridicule par une comparaison plaisante, recourez à la caricature ou à l'ironie, lancez des naïvetés feintes, relevez la sottise de l'adversaire : voilà autant d'excellents moyens de susciter le rire. Pour faire rire, utilisez des phrases à contraste :

"Il ne lui manque rien à cet homme, messieurs… sauf la fortune et la vertu !" »

Dans un prétoire, ça calme !

Quelques piques épiques

- « Il n'y a point d'absurdité qui n'ait été soutenue par quelque philosophe. »
- « *O tempora ! O mores !* » (Quelle époque ! Quelles mœurs !)
- « Une inconvenance décemment exprimée est la chose dont nous rions le plus ! »

Il compte, Plaute

On ne peut pas aborder l'humour romain sans faire un petit tour du côté de chez Plaute (v. 254-184 av. J.-C.), cet auteur qui sut si bien exploiter toutes les formes du comique : mots (calembours, jurons pittoresques, obscénités…), gestes (mimiques, coups), situations, caractères, satire. Il est le boute-en-train qui adapta le théâtre des dramaturges grecs au goût romain.

Les prémices de la comédie de boulevard

Titus Maccius Plautus, dit Plaute, est né vers 254 avant Jésus-Christ à Sarsina, en Ombrie (région d'Italie se situant sous la Toscane). Tel un artiste de province qui rêve de gloire et de fortune, le jeune Plautus descend à Rome pour y chercher les prémices du succès. Quel meilleur endroit que le théâtre, tout à la fois scène de la vie et de la farce ? Mais le miroir aux alouettes réfléchit avec violence, et quelques mauvaises affaires menées en tant que directeur de troupe mènent le garçon à la ruine. Il décide de se fourrer dans le pétrin et s'engage dans un moulin.

Durant les vingt dernières années de sa vie, il écrit plus d'une centaine de pièces, dont seule une vingtaine nous parviendront. Les maîtres de la nouvelle comédie grecque (Ménandre, Philémon ou autre Diphile) lui servent de modèles. En saupoudrant ses pièces de références latines, de chants et de danses, Plaute capte rapidement l'auditoire romain et devient le chantre de la comédie. On dit même de lui qu'il est l'inventeur de l'opéra.

Car l'homme comprend vite que ses contemporains aiment les vrais divertissements. Il suffit pour s'en convaincre de voir le succès que remportent les jeux du cirque. Aussi fait-il de ses pièces des farces moins raffinées que celles des Grecs, mais beaucoup plus drôles.

Il campe des personnages truculents très typés, qu'il met en scène dans des histoires d'amour abracadabrantes. L'auteur est doté d'une verve farouche : les dialogues font mouche, les répliques sont vives et nerveuses ; il met dans la bouche de ses personnages une langue pittoresque et colorée.

Il distille même, pour la première fois dans le théâtre antique, du latin familier.

Les mensonges d'alcôve et les situations confuses introduisent les principales lignes du quiproquo (qui fera les grandes heures du théâtre de boulevard quelques siècles plus tard), et annoncent le grand Molière.

Plaute est l'auteur de parodies mythologiques célèbres, comme *Amphitryon* (que Molière reprendra à son compte en 1668), *La Cassette, Les Trois Écus, Le Marchand, La Comédie de l'âne, le Trompeur* ou encore *La Maisonnette*.

La Marmite, une œuvre qui a du pot

La comédie la plus célèbre de Plaute est sans doute *La Marmite*, qui inspirera Molière pour *L'Avare*.

Comment ne pas lire là, 150 ans avant Jésus-Christ, tous les arcanes de la comédie de Molière ou de Shakespeare ? Merveilleux Plaute qui sut détourner une grande partie de ses contemporains des arènes sanglantes pour les mener vers les théâtres !

Extrait de *La Marmite*

Lyconide – C'est moi qui suis l'auteur de votre chagrin, je l'avoue.

Euclion – Qu'entends-je ?

Lyconide – La vérité.

Euclion – Quel mal vous ai-je fait, jeune homme, pour me traiter ainsi et me perdre moi et mes enfants ?

Lyconide – C'est un dieu qui m'a séduit et m'a entraîné vers elle.

Euclion – Que dites-vous ?

Lyconide – J'ai tort, je l'avoue, et je sais que j'ai mérité d'être puni. Aussi viens-je vous supplier de daigner me pardonner.

Euclion – Comment avez-vous eu l'audace de toucher à ce qui ne vous appartenait pas?

Lyconide – Que voulez-vous ? Le mal est fait. Impossible d'y rien changer. Les dieux sans doute l'ont voulu ; car, sans leur volonté, cela ne serait point arrivé.

Euclion – Et moi je crois que les dieux veulent que je vous fasse mourir chez moi à la chaîne.

Lyconide – Ah ! ne dites pas cela.

Euclion. – Qui vous a permis de toucher malgré moi à mon bien ?

Lyconide – Le vin et l'amour m'ont égaré.

Euclion. – Et tu oses venir me tenir un pareil discours, monstre d'impudence? Si pareille excuse était recevable, nous n'aurions qu'à aller publiquement, en plein jour, arracher aux dames leurs bijoux ; et puis, si nous étions pris, nous en serions quittes pour dire : c'est l'ivresse, c'est l'amour. Le vin et l'amour sont à trop bon marché, si l'ivrogne et l'amant peuvent faire impunément ce qu'ils veulent.

Lyconide – Mais je viens de moi-même vous supplier de me pardonner ma folie.

Euclion – Je n'aime pas ces gens qui s'excusent après avoir mal fait. Vous saviez bien qu'elle n'était pas à vous ; il ne fallait pas y toucher.

Lyconide – Eh bien, puisque j'ai osé y porter la main, je ne demande pas mieux que de la garder.

Euclion – La garder, malgré moi, quand elle est à moi?

Lyconide – Pas contre votre gré, puisque je vous la demande ; mais je pense qu'il faut qu'elle soit à moi. Vous-même, Euclion, vous ne pouvez pas dire le contraire.

Euclion – Si vous ne me rendez…

Lyconide – Si je ne vous rends ?

Euclion – Ce trésor que vous m'avez dérobé, je vous traîne à l'instant devant le préteur et vous intente un procès.

Lyconide – Moi, je vous ai dérobé votre trésor ? Où ? De quoi s'agit-il ?

ÉCLAIRAGE

Une marmite pleine d'or a été trouvée par Euclion, un vieil homme qui vit désormais dans la crainte d'être volé, fait constamment le guet, s'inquiète et se tourmente. Lyconide en profite pour ravir l'honneur de sa fille, dont il est amoureux. Lorsque son riche voisin Mégadore vient demander sa fille en mariage, Euclion finit par accepter à condition qu'il l'épouse sans dot et qu'il paye le festin et les cuisiniers. La conversation entre le père et le prétendant offre à Plaute le moyen d'installer les bases d'un quiproquo. Euclion rapporte à son cher trésor tous les propos du jeune homme qui parle de sa fiancée.

Une référence plus de vingt siècles après

Dans l'épisode d'*Astérix et le chaudron*, le scénariste de bande dessinée René Goscinny (1926-1977) fait une référence directe à *La Marmite* de Plaute : Astérix et Obélix sont chargés de retrouver l'or volé dans un chaudron. Ils se retrouvent à Rome, où ils font la connaissance d'un comédien de la nouvelle scène romaine :

« Votre conception du théâtre est antique ! Aristophane, Plaute, Terence, c'est fini tout ça ! Place au théâtre [...] L'essentiel, c'est d'avoir quelque chose à dire.

– Moi, j'ai surtout un chaudron à remplir ! réplique Astérix.

– Admirable, étonnant ! Voilà une réplique qui va loin ! »

Ça Plaute dans tous les coins

La lecture de quelques-unes des pensées, citations et proverbes de Plaute nous permettent d'en apprécier la modernité :

MOTS D'AUTEUR

- « Eût-il tort, le maître a toujours raison. »
- « Il est plus dangereux de tomber en amour que du haut d'une falaise. »
- « La femme qui se tait vaut mieux que celle qui parle. »

Vers la satire

La légèreté d'un Plaute et son talent à détourner les foules des affres du quotidien ne peuvent faire oublier qu'en ces temps antiques, la liberté d'expression connaît des hauts et des bas. Au début de notre ère, les empereurs autocrates (qui ne partagent pas le pouvoir) se succèdent, et mieux vaut faire attention à ce que l'on dit ou écrit. Les temps ne sont plus ceux d'Auguste, et pour réussir à éclairer les despotes, une seule lumière : la satire.

Avant que ça dégénère

Si l'humour fut toujours une arme dirigée contre les tyrans de tout poil, il est aussi un formidable moyen de désamorcer les colères du peuple.

Les bons monarques savaient faire preuve d'humour et d'autodérision.

Temps Augustes révolus

L'anecdote fameuse attribuée à l'empereur Auguste (63 av. J.-C.-14 ap. J.-C), qu'on louait encore pour sa tolérance quatre siècles après sa mort, prouve que l'humour dithyrambique vaut mieux que dix tyrans biques sans humour !

Il semblerait qu'Auguste, hermétique aux quolibets et aux plaisanteries dont il faisait l'objet, soit l'auteur (ou plutôt l'objet, ce n'est pas lui qui a fait un bon mot, mais son interlocuteur) d'une des répliques les plus savoureuses de l'Antiquité :

L'empereur, drapé dans sa toge et sa dignité, déambule nonchalamment dans les couloirs de son Palais marmoréen, quand il aperçoit un homme venu de province qui lui ressemble étrangement. Guilleret, Auguste lui demande si sa mère n'a pas un jour travaillé au Palais… « Ma mère, non, mais mon père, oui ! » répond l'imprudent. Il s'en mord aussitôt la langue. Comment l'empereur va-t-il prendre cette insinuation ironique concernant sa paternité ? À quelle huile va-t-il être frit ? Du haut de quelle muraille va-t-il être précipité ? Et bien non, Auguste prend la chose avec le sourire qui, convenons-en, est la meilleure des philosophies.

Quand les despotes dépotent

De nombreux récits décrivent l'ambiance de ces temps parfois austères :

- Lors d'un banquet, l'empeureur Caligula (12-41 ap. J.-C.) se met à rire aux éclats en regardant deux de ses consuls. On lui demande la raison de son amusement : « Quand je pense que sur un seul geste de moi vous pouvez être égorgés tous les deux à l'instant ! » Voilà de quoi décourager les écarts de langage.
- L'empereur Néron (37-68 ap. J.-C.) tente de faire accuser sa vertueuse femme, Octavie, de s'être ruée dans les pires bacchanales. Pour ce faire, il essaye de faire avouer un esclave sous la torture, ce qui ne produit pas l'effet escompté puisque celui-ci affirme que : « La vulve d'Octavie est plus propre que la bouche de Tigellinus (préfet de Néron) ! » Charme, élégance, tact…

- L'empereur Domitien (51-92 ap. J.-C.) a pour petite manie de tuer les mouches avec la pointe de sa dague. Un jour qu'on demande à un certain Vibius Priscus s'il y a quelqu'un avec l'empereur, celui-ci répond : « Pas même une mouche ! » Domitien, piqué au vif, fait disparaître l'arrogant.
- On dit que la plaisanterie favorite de l'empereur Élagabal (IIIe siècle) est de faire asseoir ses invités sur des sièges gonflables qui se dégonflent peu à peu et les envoient rouler sous la table. Seuls les plus gonflés osent afficher leur réprobation… Peut-être avons-nous là l'ancêtre du coussin péteur !

Plus de tyrans qu'il n'en faut

Deux siècles après Jésus-Christ, la décadence de la civilisation romaine est en bonne marche, et nombreux sont les généraux qui profitent de l'affaiblissement de l'État pour usurper le titre d'empereur et devenir César à la place de César.

Dans un livre intitulé *Histoire d'Auguste*, un auteur anonyme du Ve siècle fait mention des trente tyrans qui auraient accéléré la chute de Rome – l'auteur s'inspire en fait des trente nobles de Sparte qui s'étaient constitué en oligarchie pour prendre le pouvoir à Athènes. Mais l'historien s'avère vite facétieux, et n'arrivant pas à trouver les trente usurpateurs requis, il s'amuse à noircir quelques biographies, à changer des dates, et même à en inventer ! On peut tout de même dénombrer une bonne quinzaine de vrais tyrans.

Une nouvelle esthétique du rire

Un siècle s'est écoulé depuis Cicéron – qui a fixé des limites au rire pour qu'il reste mesuré et poli tout en le rendant drôle et inventif – jusqu'au professeur de rhétorique Quintilien (30-95 ap. J.-C.), au cours duquel l'esthétique du rire a changé.

L'humour qui se distille en société devient, sous la plume de Quintilien dans son *Institution oratoire*, un objet « suspect, dérangeant et dangereux pour l'autorité ». Pour lui, le rire est un moyen bas, la manifestation d'une force obscure… « Plaisanter contre les malheureux est inhumain. »

Comme on le constate, la tendance n'est plus à la rigolade !

Satire dans tous les coins

La prolifération de ces empereurs tyranniques aux ambitions despotiques va entraîner le développement de la satire, comme une sorte de besoin vital qui sera le fondement même du rire romain.

La satire doit choquer, elle est faite pour ça…

Attaquer les vices de son temps en s'en moquant

La satire, typique de la littérature latine, est une œuvre critique, souvent moqueuse, qui s'attaque aussi bien aux individus qu'aux organisations ou aux États. On attribue généralement la paternité de ce genre littéraire (*satura*, qui signifie « pot-pourri ») au poète archaïque latin Lucilius (IIe siècle av. J.-C.).

Sous le terme de satire au sens strict, on ne retrouve que les *sermones* (causeries où sont de mise la liberté de ton et la polémique, que ce soit à propos de questions sociales, éthiques ou littéraires) d'Horace (65-8 av. J.-C.), les *Satires* de Lucilius, de Perse (Ier siècle ap. J.-C.) ou encore de Juvénal. Reconnaissons que le genre est assez malléable, et que quelques pièces d'inspiration satirique comme *Carmina* de Catulle (87-54 av. J.-C.) ou certaines *Épigrammes* de Martial (Ier siècle ap. J.-C.) pourraient figurer dans la liste de la satire pure.

Par précaution, sachez qu'aujourd'hui encore c'est avec cette forme d'humour qu'on s'attire des ennuis…

Les absents ont toujours tort

La civilisation romaine étant foncièrement conservatrice, la plupart des satiristes romains s'attaquent à la nouveauté ou aux étrangers : les Grecs en prennent pour leur grade, ainsi que les Gaulois, ces chevelus barbares.

Lorsque la satire s'en prend aux pouvoirs en place, c'est pour stigmatiser la décadence de la société, son orgueil, sa paresse, son avarice… Mais l'exercice n'est pas sans danger, et le dramaturge Naevius (264-194 av. J.-C.) en fait les frais lorsque Scipion, qu'il a égratigné, le récompense par quelques années de prison.

Jeu de Romain, jeu de vilain

Si le théâtre grec a son franc-parler, ce n'est pas le cas du théâtre romain, et ce pour une raison simple : les théâtreux, acteurs ou auteurs, ne sont généralement pas citoyens de Rome. Ces métiers, souvent taxés d'*infamia*, sont réservés aux esclaves, aux affranchis, voire aux étrangers, qui ne peuvent donc pas s'en prendre aux personnalités influentes. Les rares personnes qui ont osé attaquer le pouvoir en place ont frappé les imaginations, tels Naevius – qui l'a chèrement payé – ou l'orateur romain Curio – qui s'en est pris ouvertement aux mœurs sexuelles de Jules César en personne, en disant de lui : « César est le mari de toutes les femmes, et la femme de tous les maris ! »

Les plus audacieux

Voici quelques-uns des personnages qui ont tenté, par le vers ou par la prose, de se moquer de la chose établie et des pouvoirs en place :

- l'écrivain Ésope (VIIe siècle-VIe siècle av. J.-C.)
- le poète comique Aristophane (v. 450-v. 385 av. J.-C.)
- le poète Ennius (239-169 av. J-C.)
- le poète Lucilius (v. 180 -v. 102 av. J.-C.)
- l'écrivain et savant Varron (116-27 av. J.-C.)
- le poète Horace (65-8 av. J.-C.)
- le poète Ovide (43 av. J.-C.-17 ap. J.-C.)
- l'écrivain Pétrone (v. 12-v. 66 ap. J.-C.)
- le poète Martial (Ier siècle ap. J.-C.)
- le poète Juvénal (Ier siècle-IIe siècle ap. J.-C.)
- l'écrivain berbère Apulée (v. 125-v. 170 ap. J.-C.)

Juvénal, le plus grand satiriste de l'époque

Si l'on devait sortir un seul auteur de cette liste, ce serait sans aucun doute Juvénal. Celui que l'on peut considérer, sinon comme l'inventeur de la satire, du moins comme son plus farouche et violent représentant.

Personne n'est épargné

On a peu d'informations concernant la biographie de Juvénal, pourtant une vraie légende du contre-pouvoir, dont le travail fut l'un des meilleurs remparts contre la tyrannie !

Il serait né au tout début de notre ère, sous le règne de Claude, le fils de Marc Antoine, à Aquinum en Campanie. On ne peut décrypter sa vie qu'en regard de son œuvre.

La première qualité de Juvénal, c'est qu'il déteste Rome… « Il l'abhorre parce qu'elle l'adore » oserons-nous dire en paraphrasant le *Philogelos* (voir le chapitre 1). Car la ville aux sept collines a « mauvaise haleine », elle regorge de ces nouveaux riches, de ces gigolos enrichis, de ces empereurs englués dans la facilité qui entraînent le pays vers la décadence. Elle est veule, pervertie et corrompue.

Ses cibles sont de tout poil, de tout sexe, de toute tendance… Ses satires n'épargnent personne ! Ce qu'on appelle aujourd'hui le « politiquement correct » est une notion qui lui est étrangère. Homosexuels frustrés ou homophobes sont traités avec la même vigueur, les femmes faciles ou les pimbêches étriquées tapinent de concert dans la grande litanie des profiteurs ; étrangers spoliateurs, faux dévots et vrais hypocrites tombent sous le coup des mots caustiques du satiriste. Rien n'échappe à sa colère.

Des caractères brossés à la paille de fer

Juvénal nous propose une série de satires au vitriol sur les « insupportables » de son temps. Les mœurs décadentes sont épinglées par ce chasseur impénitent du vice social. On parle de plus de 500 manuscrits des *Satires*, qui traversèrent l'Europe pendant le Moyen Âge, et dans lesquels puisera à l'envi l'écrivain et poète Nicolas Boileau (1636-1711) pour ses propres travaux satiriques.

Les arrivistes

Imaginez le faussaire dont il brosse le portrait écroulé dans sa litière, sorte de gros bouddha vaniteux, les deux mains pleines de bagues laissées à la vue du petit peuple :

« Quand un homme de la plus vile populace d'Égypte, un Crispinus, autrefois esclave, rejette nonchalamment sur ses épaules la pourpre tyrienne, et, les doigts en sueur, agite ses bagues d'été, trop délicat pour supporter des anneaux plus pesants, il est bien difficile de se refuser à la satire. Lorsqu'un faussaire, qu'un sceau contrefait, qu'un testament supposé, comblèrent d'honneurs et de richesses, affecte dans sa litière, ouverte des deux côtés et portée par six esclaves, les airs d'un Mécène dédaigneux. Peut-on se taire quand on se voit légitime héritier, supplanté par ceux qui ne doivent leur place dans les testaments qu'à leur honteux service de nuit, et qui, des bras d'une vieille opulente, car c'est aujourd'hui le chemin de la fortune, s'élèvent jusqu'au faîte des honneurs ? »

L'empoisonneuse

Le sourire canin accroché au visage, l'œil rieur à la pensée d'un héritage aussi facile que cossu, voici l'empoisonneuse de vie qui s'apprête à empoisonner un verre :

« Voici cette noble matrone, qui, pour apaiser la soif de son époux, lui présente un vin dont la douceur perfide recèle le venin d'un reptile, et qui, plus consommée que Locuste, enseigne à ses parentes novices l'art d'envoyer au bûcher, à travers les rumeurs du peuple, les cadavres livides de leurs maris empoisonnés. »

La femme qui se voulait homme

Comme le dit l'auteur Hélène Scherzo, une pythie contemporaine : « La femme l'égale de l'homme ? Elle peut toujours repasser ! »

Juvénal n'en pensait sans doute pas moins :

« Qui ne sait qu'elles ont la manie de porter le manteau tyrien et de se frotter d'huile ainsi que les athlètes ? Qui ne les a vues, le bouclier au poing, saper un pieu avec toute la précision de l'art gladiatoire ? Matrones vraiment dignes de figurer aux jeux Floraux, si même elles ne méditent de livrer, sur la véritable arène, des combats plus réels. Quelle peut être sous un casque la pudeur d'une femme, qui déroge à son sexe pour usurper le nôtre ? Ne croyez pas cependant qu'elle voulût devenir homme ; elle entend trop bien ses plaisirs. »

La femme calculatrice

À la lecture de la satire suivante, on se demande si notre féroce Juvénal ne serait pas lui-même un poil cocu ! Trahi dans l'hyménée, il fait voile, toute vengeance dehors :

« La couche nuptiale est un théâtre éternel de discordes renaissantes ; le sommeil en est banni. Et quand tourmente-t-elle surtout son mari, plus furieuse qu'une tigresse privée de ses petits ? C'est lorsqu'elle a quelque perfidie à dissimuler : alors elle lui reproche, en gémissant, ou d'infâmes favoris, ou du moins une maîtresse imaginaire ; alors elle verse un torrent de larmes toujours prêtes, et qui n'attendent que son ordre pour couler à son gré. Sot époux ! Te figurant que l'amour les arrache, tu t'applaudis, et tes lèvres les sèchent aussitôt. Quelles lettres tu lirais, et quels billets, si l'on t'ouvrait les tablettes de cette jalouse adultère ! Mais la voici dans les bras d'un esclave ou d'un chevalier. "N'étions-nous pas convenus, dit-elle, que nous pourrions satisfaire, lui ses goûts, et moi tous mes penchants ? Qu'il éclate, qu'il tonne, je suis femme." Rien n'égale l'audace d'une femme surprise : elle est d'autant plus furieuse qu'elle est criminelle. »

Bois d'exil

Malgré cette langue acerbe que l'on peut qualifier de vipérine, Juvénal se garde bien, dans ses écrits, de toucher aux empereurs régnants. Nous sommes quand même en pleine Rome impériale, et un plongeon impromptu dans les eaux du Tibre ne lui dit rien qui vaille. Cela dit, ses précautions métaphoriques n'empêchent pas ses contemporains de voir des allusions quasi directes à l'actualité ; et dans ces cas-là, rien ne vaut un petit exil salutaire loin de la mère patrie, sous couvert d'une mission militaire. Voilà pourquoi l'infortuné Juvénal va finir sa vie en Égypte…

Toujours est-il qu'il y a un avant et un après Juvénal. Avec lui, le rire est devenu une composante de la vie sociale en démocratie, et a participé à l'élaboration des opinions.

Un dernier mot pour la route

Voici quelques aphorismes de l'impudent qui ont traversé le temps :

« La censure épargne les corbeaux et tourmente les colombes. »

« Mais qui garde ces gardiens ? »

« La paix des ménages est sans espoir tant que ta belle-mère est en bonne santé. »

Chapitre 3

Comment rit-on au Moyen Âge ?

Dans ce chapitre :

- Fous du roi et fête des fous
- Le Pogge et l'humour à l'italienne

Les choses se corsent lorsqu'il s'agit d'aborder l'humour au Moyen Âge, une période que nos contemporains semblent vouloir laisser dans l'ombre, l'austérité, la rigueur... Une longue période (du Ve au XVe siècle) qui n'aurait connu que les famines et les invasions. Nos ancêtres auraient donc été plus « bonnets de nuit » que nous ? Difficile à croire.

On se souvient des images transmises aux écoliers par le *Lagarde et Michard* : « Les paysans mangeaient des racines et se levaient la nuit pour faire taire les grenouilles, dont les coassements nuisaient au bon sommeil du seigneur. » Une vision assez cocasse et réductrice, sans doute censée montrer les bienfaits de la Révolution française.

Et pourtant, les chroniques d'antan fourmillent d'anecdotes croustillantes. N'y voyait-on pas des troubadours cocasses et audacieux ? Des rois cernés de fous ? Des fêtes pour célébrer les « innocents » ? Quant aux plaisanteries collectées par Le Pogge, cet humaniste facétieux, elles ne permettent plus le doute.

Une évolution en trois étapes

« Nous autres, gens du Moyen Âge, on n'était au courant de rien : on ne savait même pas que c'était la guerre de cent ans qui commençait ! »

Le médiéviste Jacques Le Goff distingue trois grandes tendances en ce qui concerne le rire ou l'humour au Moyen Âge dans *Rire au Moyen Âge* (Les Cahiers du centre de recherches historiques, 1989) :

- Du IVe au Xe siècle, le rire est tenu sous le boisseau, il est étouffé ; c'est le temps du rire diabolique.

- Entre le XIIe et le XIIIe siècle, les choses se libèrent et l'on commence à discerner un bon et un mauvais rire (à l'image du sourire des vierges sages face aux ricanements des vierges folles, représentées sur les sculptures gothiques).
- Au bas Moyen Âge (entre 987 et 1500), le comique explose, sous l'influence d'une langue vulgarisée. Les invasions et les épidémies de peste poussent les populations au « rire débridé ».

Mais concentrons-nous sur ce qui amusait nos ancêtres médiévaux, sur l'univers des bouffons du roi qui nous montre combien l'humour et l'esprit de décalage sont importants, voire essentiels aux hommes de pouvoir.

Ils en riaient…

Les chroniques du très sérieux moine et lettré anglais Bède (v. 672-735) ou du poète français Benoit de Sainte-More (XIIe siècle), ainsi que les chansons de geste qui régalent les cours des rois mentionnent tant d'anecdotes amusantes qu'il faut bien l'admettre : entre deux invasions, trois épidémies et quelques guerres, on rigolait bien au Moyen Âge.

Balade au marché d'esclaffe

C'est le docteur de l'Église Bède le Vénérable qui nous rapporte dans son *Histoire ecclésiastique du peuple anglais*, une anecdote des plus amusantes – et un poil ambigüe – sur le pape Grégoire (540-604) :

ANECDOTE

Nous sommes à Rome. Le pape Grégoire décide de faire un petit tour au marché des esclaves. Alors qu'il remarque la vente de deux jeunes hommes charmants à la peau bien blanche et au visage accorte, il s'étonne :

« D'où viennent-ils ?

– Ce sont des païens de Bretagne, votre Sainteté.

– Des païens, quel dommage ! Avoir la peau si blanche et l'âme si noire… »

L'entourage rit de son bon mot.

« Mais quelle race exactement ? continue le pape facétieux.

– Ils sont nés à Deïra, dans le Yorkshire, on les appelle des Angles.

– Des Angles de Deïra… Mais ce sont presque des Anges… et délivrés de la colère (*de ira*) de Dieu. Ils sont donc voués à la miséricorde du Christ ! Et comment se nomme le roi de leur pays ?

– Il s'agit du roi Aëlla.

– Aëlla, Aëlla ! Et pourquoi pas plutôt Alleluia, Alleluia ! Les louanges seront bientôt chantées dans ce pays ! »

Car non content d'avoir le sens de la répartie, le pape Grégoire avait aussi le don de double vue !

Un homme qui tombe fait toujours rire

Rollon (860-v. 933) est un chef viking pour les uns, un pirate sanguinaire pour les autres. Le roi de France Charles III dit le Simple (879-929) lui propose un marché afin de calmer ses ardeurs combattantes, d'atténuer son goût du pillage et de le convertir au catholicisme. Une offre qu'il ne peut pas refuser : le beau duché de Normandie. Seul problème, l'usage veut qu'un duc baise les pieds du roi en signe de soumission. Pas le genre de Rollon. La diplomatie franque insiste : « la Normandie vaut bien un pied ! » On trouve donc un compromis : un guerrier viking est chargé de déposer le baiser sur l'auguste pied carolingien. Hélas, le guerrier, peu au courant de l'étiquette, saisit vigoureusement le pied du monarque et le porte à sa bouche. Surpris, le roi perd l'équilibre et bascule en arrière, sous les rires de l'assistance.

Histoire de bouffons

Le Moyen Âge nous inspire l'image du bouffon avec son bonnet à clochettes, qui fait des pitreries pour égayer les agapes royales. Or les monarques d'Orient s'entourent de pitres chargés de les divertir depuis la nuit des temps.

Lazzi mineurs

C'est dans la mythologie grecque qu'apparaît pour la première fois la notion de « bouffon », avec un dieu mineur : Momos, fils de Nyx et d'Erèbes (les Ténèbres) et frère de Thanatos (qui personnifie la mort).

Malgré sa parenté, il incarne le sarcasme et la moquerie ; on le considère comme le dieu de la raillerie, des critiques taquines et des bons mots.

Il officie à la cour de Zeus comme bouffon des dieux de l'Olympe, et serait même à l'origine, dit-on, de la guerre de Troie.

Mais il est pris à son propre jeu : à force de railler tous les dieux de l'Olympe, il lasse les ego les mieux trempés. On lui conseille donc d'aller se faire voir, non pas chez les Grecs (il y est déjà) mais chez Dionysos (le dieu de la vigne, du vin et de ses excès), le seul capable de le comprendre.

Les premiers bouffons

C'est en Asie, chez les Perses, que l'on voit les premières représentations de personnages contrefaits et ridicules, illustrant des stèles funéraires.

L'historien grec Priscus (Ve siècle) mentionne dans son *Histoire byzantine* la présence auprès d'Attila, le chef des Huns, d'un bouffon chargé d'égayer le repas en faisant toutes sortes de singeries.

Les foufous du roi

Au Moyen Âge, les traités de bonne gouvernance recommandent chaudement l'emploi d'un « fou » aux côtés du monarque. Le fou du roi, malgré cette appellation quelque peu dévalorisante, tient un rôle essentiel. William Shakespeare lui-même vantera leur mérite : « C'est un métier aussi ardu que l'état de sage, car la folie dont il ne fait montre que sagement est ingénieuse. »

Depuis quand êtes-vous fou ?

C'est aux alentours du XIe siècle qu'on trouve une trace significative de la fonction de fou au cœur des cours féodales. On les appelle alors des « fous à gages ». Il s'agit selon certains de véritables agités pathologiques ou de monstres de foire, mais plus certainement de comédiens conscients de la fragilité de leur statut, et mimant la folie pour couvrir leurs faits et gestes. Ces pitres qui font profession de leur « folie » vont peu à peu s'installer durablement dans les cours d'Europe, à commencer par l'Angleterre.

Ce n'est qu'en 1316 qu'est créé le premier office de bouffon ; Geoffroy, le fol de Philippe V (1291-1322), devient alors le premier fou de la Fonction Publique.

Un fou qui a de la tenue

À partir de cette période, tous les rois de France se dotent d'un bouffon, et leur fonction devient alors quasi officielle.

Premier souci pour celui qui se sent apte à exercer la charge : savoir se faire reconnaître au premier coup d'œil. Cela passe par un costume adapté, qui doit symboliser la folie : une jacquette chamarrée jaune et vert découpée en angles aigus, une épée de fantoche passée dans la ceinture, un faux sceptre parfois équipé d'une vessie qui ne sert pas de lanterne mais de poche à pois secs, et la tête couverte d'un grand capuchon avec des oreilles rabattues et des clochettes pour signaler une présence festive.

Un métier qui fait rêver

Voici ce qu'en dit un gentil poète anonyme du XVe siècle :

« Pour mon souhait qui nuyt et jour m'assotte,

Je souhaite des choses nompareilles

Premierement une belle marotte,

Echapperon garny de grans oreilles,

Des sonnettes faisant bruyt à merveilles,

Fy desoucy, de chagrin et de deul,

Dancer de l'ait dessoubs buissons et treilles,

Bon appétit pour vuider pots, bouteilles,

Et à la fin pour trésor un linceul. »

Bien sûr, il s'agit de vieux françois.

Un succès fou

Il ne faut pas s'y tromper, si la fonction de fou rencontre un tel succès auprès des rois, c'est qu'elle répond à un véritable besoin. Mais n'est pas bouffon qui veut. Être fou est un métier qui demande un apprentissage. Il faut savoir danser ou sautiller de façon grotesque, jouer du rebec (instrument à cordes), de la vielle ou de la cornemuse ; il faut savoir des vers par milliers, avoir le sens de la réplique, pouvoir faire semblant de bavarder à tort et à travers, se répandre en saillies, sauter du coq-à-l'âne, dire des âneries de manière à rendre le spectateur plus intelligent, avoir toujours un conte à raconter, une énigme à proposer ou une histoire drôle à offrir… Bref, une vie intellectuelle intense.

Devinette d'antan

Voici un exemple d'énigme qu'un bouffon pouvait offrir à son roi :

« Blanc est le champ et noire est la semence.

L'homme qui la sème est de moult grande science.

De quoi s'agit-il ?

C'est le papier et l'encre de celui qui écrit ! »

Éloge de la folie et du fou

Le grand humaniste et théologien Érasme (v. 1466-1536) lui-même en fera l'éloge :

MOTS D'AUTEUR

« Les plus grands rois les goûtent si fort que plus d'un, sans eux, ne saurait se mettre à table ou faire un pas, ni se passer d'eux pendant une heure. Ils prisent les fous plus que les sages austères, qu'ils ont l'habitude d'entretenir par ostentation… Les bouffons, eux, procurent ce que les princes recherchent partout et à tout prix : l'amusement, le sourire, l'éclat de rire, le plaisir. » (*Éloge de la folie*, chapitre XXXVI)

Quand un talent fou rend les choses raisonnables

Mais attention, derrière l'homme aux mots amusants, le pitre sarcastique ou ironique, derrière l'amuseur dont la liberté d'expression est immense, se cache une autre fonction. Son accoutrement ridicule, son simulacre de sceptre surmonté d'une tête de roi hilare couverte de grelots masque à peine qu'il est en réalité l'envers du roi. Par sa drôlerie et ses excès, le fou rappelle au monarque qu'il est un homme, et qu'il ne doit pas devenir un tyran. Le bouffon est le miroir du prince. Il met le pouvoir en perspective, car le fou est en réalité un garde-fou !

Quelques bouffons célèbres

- L'italien Jester Gonella (XVe siècle), bouffon de la cour des Este.
- Triboulet (1479-1536), bouffon de la cour de France sous les règnes de Louis XII et François Ier.
- Brusquet (1512-1563), bouffon de la cour de France sous les règnes de François Ier et de ses successeurs.
- Nicolas Joubert, sieur d'Angoulevent (XVIIe siècle), bouffon sous Henri IV, surnommé le Prince des sots ou de la sottise.
- L'Angély (XVIIe siècle), fou du roi Louis XIII.
- Archibald Armstrong (XVIIe siècle), bouffon de Jacques Ier, roi d'Angleterre.
- Nicolas Ferry dit Bébé (1741-1764), bouffon nain de Stanislas, dernier duc de Lorraine.

La fête des fous ou des Innocents

Jusqu'au XVIIe siècle, de nombreux villages de France célèbrent une étrange pratique venue du Moyen Âge : la fête des fous. De nos jours, qui peut croire que l'Église, qui est alors montrée du doigt et accusée des pires inquisitions, permette ces libertés étonnantes où tous peuvent ripailler sur les autels et s'adonner aux pires folies ?

Qui fait la bête, fait l'âne

La fête des fous, aussi appelée fête de l'Âne, des Diacres-Saouls, des Libertés de Décembre, des Cornards ou autres joyeusetés, fut créée au Moyen Âge pour honorer l'âne qui porta Jésus dans Jérusalem. Elle autorise toutes les extravagances, tous les excès, et a pour théâtre les rues et les lieux sacrés (cathédrales, monastères, couvents, collégiales, églises...).

Tout à l'envers... comme Dagobert

La fête des fous est un terme générique qui décrit l'ensemble des manifestations de fin d'année. Y participent des chanoines, des vicaires, des chapelains, des enfants de chœur... Il s'agit d'inverser les rôles : les chanoines et le bas clergé échangent leurs habits liturgiques, on assiste à des représentations théâtrales satiriques, les « gros bonnets » servent la soupe à leurs subordonnés, on échange sa place au sein même du chapitre, les gestes liturgiques sont parodiés, caricaturés, c'est l'occasion de se parer d'habits « déshonnêtes » et de détourner les chants sacrés en chants profanes... tout cela de manière très officielle, comme en atteste une ordonnance capitulaire (découpée en courts chapitres ou articles).

Le sacrilège a ses limites

Pierre de Corbeil (XIIIe siècle), l'archevêque de Sens, codifie les inversions parodiques dans un livre de rituel, de manière à éviter les débordements. Par exemple, les évêques parodiques peuvent diriger l'office divin, mais pas le sacrifice de l'eucharistie pendant la messe.

On s'amuse comme des petits fous !

- Dès le début du mois de décembre et jusqu'à l'épiphanie, le Moyen Âge chrétien fait sa fête :
- La Saint-Nicolas (fête des enfants) est célébrée le 6 décembre.
- L'office d'O Radix Jesse (lithurgie du temps de l'avent) est célébrée le 19 décembre.
- La Saint-Étienne (en l'honneur de l'un des premiers diacres de l'Église) est célébrée le 26 décembre.
- La Saint-Jean-l'Évangéliste (en l'honneur de l'un des douze apôtres de Jésus) est fêtée le 27 décembre.
- La fête des Innocents (en l'honneur de l'âne qui porta Jésus lors de son entrée à Jérusalem) est fêtée du 26 au 28 décembre.

Mais la notion même de sacrilège est un non-sens dans le cadre de la fête des fous, car au Moyen Âge la parodie est tout à fait banale.

La fête descend dans la rue

Si la fête des fous commence comme une manifestation purement religieuse dans des villes abritant des cathédrales d'importance comme Autun ou Paris, elle descend rapidement dans la rue. Elle devient un événement public très attendu par la population, qui s'adonne à des réjouissances exubérantes. Théâtre en plein air, farces, mimes, jongleries…

Le clou du spectacle est l'élection du « pape des fous ». On choisit généralement un diacre, un étudiant ou même un simplet, qui prend la tête

Sous la plume de Victor Hugo

En 1831, le jeune Victor Hugo (1802-1885) publie *Notre-Dame de Paris*. Les premières scènes décrivent la fête des fous avec un certain humour provocateur :

« Le premier des personnages portait en main droite une épée, le second deux clefs d'or, le troisième une balance, le quatrième une bêche ; et pour aider les intelligences paresseuses qui n'auraient pas vu clair à travers la transparence de ces attributs, on pouvait lire en grosses lettres noires brodées : au bas de la robe de brocart, JE M'APPELLE NOBLESSE ; au bas de la robe de soie, JE M'APPELLE CLERGÉ ; au bas de la robe de laine, JE M'APPELLE MARCHANDISE ; au bas de la robe de toile, JE M'APPELLE LABOUR.– Votre nom ? demande l'huissier.

– Jacques Coppenole.

– Vos qualités ?

– Chaussetier, à l'enseigne des Trois Chaînettes, à Gand.

L'huissier recula. Annoncer des échevins et des bourgmestres, passe ; mais un chaussetier, c'était dur. Le cardinal était sur les épines. Tout le peuple écoutait et regardait. Voilà deux jours que son éminence s'évertuait à lécher ces ours flamands pour les rendre un peu plus présentables en public, et l'incartade était rude. Cependant Guillaume Rym, avec son fin sourire, s'approcha de l'huissier :

– Annoncez maître Jacques Coppenole, clerc des échevins de la ville de Gand, lui souffla-t-il très bas.

– Huissier, reprit le cardinal à haute voix, annoncez maître Jacques Coppenole, clerc des échevins de l'illustre ville de Gand.

Ce fut une faute. Guillaume Rym tout seul eu escamoté la difficulté ; mais Coppenole avait entendu le cardinal.

– Non, croix-Dieu ! s'écria-t-il avec sa voix de tonnerre, Jacques Coppenole, chaussetier. Entends-tu, huissier ? Rien de plus, rien de moins. Croix-Dieu ! Chaussetier, c'est assez beau. Monsieur l'archiduc a plus d'une fois cherché son gant dans mes chausses.

Les rires et les applaudissements éclatèrent. Un quolibet est tout de suite compris à Paris, et par conséquent toujours applaudit. »

d'une folle procession déambulant à travers les rues, où les chroniqueurs rapportent qu'il se passe les pires folies.

Cette fête devient peu à peu trop paillarde et subversive – comme l'avaient été autrefois les fêtes romaines dédiées à Saturne (voir les Saturnales, chapitre 2). Ces sources païennes trop évidentes ne peuvent que déplaire à l'Église médiévale, qui exerce tout son pouvoir pour faire interdire la fête des fous. Au XVIe siècle, ses manifestations ont presque entièrement disparu.

Le Pogge et l'apogée facétieuse

Tournons-nous vers l'Italie pour continuer notre voyage au cœur de l'humour médiéval. Poggio Bracciolini (1380-1459), dit Le Pogge, nous y régale de ses meilleures facéties. Nous sommes assez d'accord avec lui quand il nous dit : « Avis aux gens prudes de ne pas censurer le ton léger des facéties. » Pas de problème, Poggio, nous sommes bon public.

Poggio Bracciolini, le chatouilleur de pape

C'est en 1380, dans une petite commune italienne de la province d'Arrezo, que naît Poggio Bracciolini. Cet intellectuel doublé d'un humaniste aux connaissances abyssales ne semble pas, à première vue, être destiné à faire rire ses contemporains. Voyageur impénitent, il traverse l'Europe en long, en large et en travers, et devient secrétaire particulier du pape Eugène IV en 1431. Sa position lui permet de tirer profit d'une période trouble : le Grand schisme d'Occident ; sautant de papes en papes, l'érudit, bibliophile accompli, en profite pour partir à la chasse aux manuscrits antiques oubliés. On lui doit de belles exhumations, comme *Les Institutions oratoires* de Quintilien, une douzaine de comédies de Plaute, le *De rerum natura* de Lucrèce ou encore de nombreux discours de Cicéron, Pétrone, Tacite, et beaucoup d'autres encore.

Son *Histoire de Florence* et ses traités philosophiques lui valent une belle reconnaissance. Ses pamphlets, tel *Invectivae*, le font devenir l'une des plumes les plus redoutées du monde entier. Mais il gagne la postérité grâce à son fameux *Liber Facetiarum*, un recueil de facéties.

Des facéties qui font des fossettes

Depuis le IVe siècle grec qui nous avait ravi avec son *Philogelos* (voir le chapitre 1), la blague n'avait plus été mise à l'honneur. Il aura donc fallu attendre dix siècles pour qu'un intellectuel voyageur, proche de la Curie romaine, prenne la peine de compiler une série de plaisanteries.

Liber Facetiarum est un recueil de 273 textes courts, qui mêle bons mots, calembours, blagues ou autres anecdotes amusantes. Un certain nombre de ces plaisanteries proviennent des contes provençaux racontés oralement par les troubadours des XIIe et XIIIe siècles à travers les différentes cours européennes. Mais la majeure partie de ces blagues arrive directement… du Vatican !

Rire sous cape… pourpre

Lorsque les fastidieuses et longues journées passées à la rédaction des bulles papales (document scellé par lequel le pape pose un acte juridique important) ou autres encycliques (lettre circulaire adressée par le pape à tous les évêques) s'achèvent, les secrétaires pontificaux se réunissent pour décompresser. Ces hommes, au sérieux incontestable, en profitent alors pour laisser libre cours à la gaudriole et se raconter les derniers scandales.

Ce cercle un peu spécial est appelé « Bugiale ».

L'origine du « Bugiale »

Ce terme vient de *bugia*, qui signifie littéralement « la fabrique de mensonges ». Le Bugiale devient la niche à potins, la boîte à cancans, l'usine à blagues. C'est ainsi que les secrétaires de la Curie romaine nomment ce lieu de détente.

Rédaction loin des pestes

Au moment où la peste frappe Florence, Le Pogge choisit de s'exiler. C'est alors qu'il compose son recueil de facéties, dans l'isolement forcé de sa maison de campagne de Valdarno. Toutes ces histoires qu'il avait notées sur des feuilles volantes dans un latin de tradition composent un matériau des plus comiques. Ces réunions de vieux barbons qui se terminaient en délires potaches sont d'une productivité insoupçonnée. Les conversations étaient pimentées, voire salaces, et ne s'arrêtaient devant aucun détail, fut-il licencieux ; ils faisaient la part belle aux histoires piquantes, aux réparties délirantes ; cette ludique compagnie attaquait tout et tous, et n'hésitait pas à mettre sur la sellette le souverain pontife en personne. Ils ne respectaient rien, ni les grands du moment, ni les prêtres, ni les institutions. Huis clos terrible.

Le Pogge doit trouver un style, car la langue de vipère n'est pas homologuée.

Comme le *Philogelos* (voir le chapitre 1) en son temps, ce recueil nous en dit beaucoup plus sur les contemporains du Pogge que mille livres d'Histoire.

Ne lisez pas ça, Majesté !

La première édition française connue du *Liber Facetiarum* date de 1470. Guillaume Tardif (1440- ?), du Puy en Velay, réalise cette traduction pour divertir son maître, le roi de France Charles VIII, ainsi que sa souveraine, Anne de Bretagne. Les « bien-pensants » du moment le lui reprochent fortement, car ils voient dans ces histoires sans gène une insulte à la prose française. Pourtant, on apprend par le livre d'heures de la très prude et intègre Anne de Bretagne qu'elle n'est pas insensible aux exubérances vicieuses ni aux énormités langagières... Comme quoi, se vouloir plus royaliste que le roi ou plus rigoriste que la reine peut être du meilleur comique.

Extraits choisis

Pour bien comprendre pourquoi en 1802 William Shepherd, l'unique biographe du Pogge, s'indigne « qu'un secrétaire apostolique qui jouissait de l'amitié et de l'estime du pontife ait publié ces histoires qui outrepassent les lois de la décence et font rougir la pudeur », rien ne vaut quelques exemples :

L'intrigue vaut mieux que la vertu (facétie XIII)

MOTS D'AUTEUR

« Dans la Curie romaine, c'est presque toujours la faveur qui prédomine tout, et il y a très rarement place pour la vertu et le talent. L'intrigue et l'intérêt du moment dirigent tout, à moins que ce ne soit l'argent qui est là, vraiment, le maître de la terre. Un de mes amis supportait avec peine de se voir préférer des bien au-dessous de lui quant au savoir et à la vertu. Il se plaignait à Angeloto, cardinal de Saint-Marc, de ce qu'on ne tenait aucun compte de ses mérites, de ce qu'on lui préférait des gens qui ne le valaient sous aucun rapport, et faisait ressortir ses études laborieuses. Le cardinal, qui était toujours disposé à railler les vices de la Curie, lui dit : “Ici, la science et l'éducation ne servent à rien. Mais prends courage, et pendant quelque temps tâche de désapprendre ce que tu sais et d'apprendre les vices que tu ignores, tu pourras ainsi compter te faire bien voir du pape.” »

Nous sommes là dans la facétie cynique.

La nymphe au man (facétie XXIV)

MOTS D'AUTEUR

« Une femme de mon village, que l'on considérait comme frénétique, était conduite par son mari et ses parents vers une autre femme qui passait pour sorcière et sur laquelle on comptait beaucoup pour guérir la malade. Arrivé à un gué de l'Arno, on plaça la femme sur les épaules de l'homme le plus robuste ; aussitôt la voilà qui commence à remuer des fesses comme si elle besognait et à crier de toutes ses forces : “Je veux être f... ! Je veux être f… !" Elle faisait ainsi connaître sa maladie. Celui qui la portait fut pris d'un tel rire qu'il tomba avec elle dans l'eau. Les autres s'esclaffèrent pareillement en apprenant de quel mal souffrait la femme et quel remède lui était nécessaire pour guérir. Ils dirent alors au mari : "Vois-tu, ta femme n'a pas besoin de meilleur médecin que toi." Alors, pendant que ces gens rentraient chez eux, le mari administra le bon remède à son épouse et celle-ci recouvra son bon sens. Il n'y a pas meilleur remède à la folie des femmes. »

Voici une facétie un poil osée. Rappellons que l'histoire est racontée au XIVe siècle, dans une salle du Vatican.

La porte ouverte à la vanne (facétie XXVI)

MOTS D'AUTEUR

« Le père supérieur de Septime [Saint-Sauveur de Septime est un monastère bénédictin proche de Florence, en Italie], un homme de très forte corpulence, est en route vers Florence. Le soir tombant, il demande à un paysan : "Pensez-vous que je pourrai passer les portes de la ville ?" Il souhaitait savoir s'il arriverait avant la fermeture des portes de la cité. Le paysan, se moquant des formes du prélat, répond : "Pourquoi pas, si une charrette de foin passe, vous devriez réussir à passer aussi !" »

Cette facétie relève plus du bon mot vachard.

Chapitre 4

Le rire de la Renaissance à la Révolution

Dans ce chapitre :

- Érasme, le premier humoriste
- Le rire paysan
- Naissance du pamphlet
- Le rire des rois

L'humour, qui n'est pas encore nommé comme tel, suit son petit bonhomme de chemin. La Renaissance tend à prouver que le Moyen Âge n'était qu'obscurantisme, et qu'une aube nouvelle se lève.

La redécouverte des classiques grecs, notamment de Démocrite ou d'Aristophane, va permettre une nouvelle approche de l'humour. Cet humour qui, plus que jamais, devient une arme de défense contre le pouvoir. Pendant que les pamphlets se multiplient pour rire des puissants, les fabliaux paysans divertissent le peuple. Mais l'arrivée de Gutenberg et de son imprimerie va tout bouleverser, et offrir un tremplin formidable au rire. Érasme, Brantôme ou Noël du Fail en seront les précurseurs avisés.

Picorons de-ci de-là, comme des poules gourmandes, l'humour d'antan, cet ancien régime qui ne fait pas maigre rire !

À la Renaissance, un nouveau carburant

Le Moyen Âge est mort ! Vive la Renaissance ! Celle-ci voit le rire prendre de nouvelles formes grâce à des penseurs comme Érasme, mais aussi à travers les arts populaires avec l'exploitation du rire paysan. C'est également la naissance des véritables premiers pamphlets.

Érasme, l'humaniste humoriste

On peut dire sans crainte qu'Érasme (v. 1469-1536) contribua à l'avancée de la cause humoristique en Europe. Ce voyageur infatigable, érudit comme personne, évangéliste de la religion catholique qui ne croit pas au libre-arbitre de l'homme, traducteur du Nouveau Testament et militant pour la paix en Europe, est resté célèbre pour son *Éloge de la folie*, qui est un condensé de satire, d'ironie, de cynisme et de comique… Une dénonciation de la bêtise du temps.

C'est de la folie !

Avec ce livre, Érasme devient le premier grand « humoriste » au monde, et va faire la joie de ses lecteurs. Cette composition latine est une satire qui fait parler la folie. Par ce biais à peine voilé, Érasme est précurseur de l'humour absurde. Cette Folie fait tomber les masques de tous ces faux sages qui tiennent les rênes du pouvoir. Les princes de l'Église épicuriens, les moines paresseux, les penseurs un peu cuistres…

- « Les pédants qui travaillent trente ans à un discours dont ils ont quelquefois pillé la meilleure partie et qui le donnent ensuite comme un ouvrage qu'ils ont écrit en s'amusant. »
- « Pour le mariage, dit la Folie, quelle chance pour moi d'être assistée de mes deux suivantes et amies, la Démence et l'Oubli. Si elles n'existaient pas, personne n'existerait plus jamais ! »
- « Les femmes n'ont d'autres désirs dans cette vie que de plaire aux hommes. N'est-ce pas le but de ces fards, de ces bains, de ces frisures, de ces parfums, de ces odeurs et enfin de toutes ces préparations cosmétiques qui servent à embellir, à peindre ou à déguiser le visage, les yeux et la peau ? Et n'est-ce pas par la folie qu'elles peuvent atteindre à ce but si désiré ? Et si les hommes souffrent tous des femmes, n'est-ce pas uniquement dans la vue du plaisir qu'ils en attendent ! Et le plaisir, en quoi consiste-t-il ? Dans la folie ! On sera convaincu de cette vérité si l'on fait attention à toutes les fadaises que dit un homme, à toute les folies qu'il fait avec une femme toutes les fois qu'il lui prend envie de jouir de ses faveurs… »

Voilà hommes et femmes rhabillés pour l'hiver… en petite tenue.

Mentulla dans l'os

Érasme, afin de se mettre dans la poche les faveurs de la reine de Hongrie, Marie d'Autriche, sœur de l'empereur Charles Quint, lui dédia son ouvrage *Vidua Christiana* (*La Veuve chrétienne*). C'était sans compter sur la faute bête, la mouche typographique dans le lait de l'érudition, la coquille malencontreuse : dans la phrase « *Mente illa usam eam semper fuisse, quae talem feminam deceret* » que vous aurez tous traduit par « Elle fit toujours usage de l'esprit comme il convenait à une telle femme », les deux mots « *Mente illa* » furent écrits « *Mentulla* », qui signifie « pénis » en latin. La pieuse femme put donc lire : « Elle se servit toujours du pénis comme il convenait à une telle femme. »

Elle a dû apprécier !

Le rire paysan

Jusqu'à la Renaissance, même si contes et fabliaux narrent des histoires d'hommes aux champs qui peuvent être roublards ou « neuneu », le caractère du paysan comme héros central n'a pas encore été posé.

La comédie a besoin d'un arsenal de personnages stéréotypés dans lesquels, si on ne se reconnaît pas, on reconnaît l'autre, l'ahuri, l'idiot, le naïf, l'emmerdeur… On pense au gendarme ridiculisé, à la belle-mère insupportable, au militaire décérébré ou à l'avocat incapable. Classification arbitraire et injuste, comme le souligne Jean Nohain (1900-1981), puisqu'on trouve de tout dans toutes les corporations. Peu importe. Il fallait bien que le « bucolique » ait aussi son représentant, son bouc à misères.

Les Balivernes de Noël du Fail

PORTRAIT

Noël du Fail (1520-1591) est l'instigateur principal du genre « paysan » qui fera, quelques siècles plus tard, la gloire cinématographique des acteurs Noël-Noël, Bourvil ou Jean Richard. Ce seigneur breton, magistrat en charge à Rennes, décrit les mœurs paysannes de son temps, mettant clairement en avant que le gentilhomme, tout hobereau soit-il, est véritablement supérieur au reste de la population. Sur un ton truculent, il décrit la noblesse du travail agricole et met en garde le paysan contre le désir de changer de condition. Il lui rappelle, comme le fit Cicéron avant lui, le bonheur simple de l'homme des champs.

C'est en 1547 que paraît *Propos Rustiques*, une farce satirique à la langue riche qui met en scène les déboires pittoresques des habitants de deux villages bretons. On assiste à des discours ironiques entre quatre vieux paysans. Contemporain de Rabelais, l'ombre du maître n'est pas loin et le comique de Noël du Fail en est savamment imprégné.

Entre 1548 et 1585, deux autres livres sortiront, faisant de Noël de Fail l'auteur d'une des seules œuvres exclusivement tournées vers le monde paysan. *Les Baliverneries d'Eutrapel* et *Les Contes et discours d'Eutrapel* mettent en scène de façon burlesque Polygame, Lupold et le joyeux Eutrapel. Ce dernier est un bon vivant, cocasse et espiègle. Ses aventures enjouées ont même donné naissance à une amusante expression, certes un peu désuète : être eutrapélique (du grec *eutrapelos*, qui signifie enjoué). Incroyable, non ? Peut-être étiez-vous eutrapélique sans le savoir ? Un joli mot que le calembourdin que je suis ne peut laisser passer impunément : « Eutrapel comme on était heureux ! »

- « Dieu donne du bien aux hommes et non des hommes aux biens. »
- « Quand la bourse se rétrécit, la conscience s'élargit. »
- « Marchandise offerte est à demi vendue. »

Bonaventure Des Périers, c'est fou !

Secrétaire de Marguerite de Navarre (la sœur de François Ier), Bonaventure Des Périers (1510-v. 1544) est l'auteur des *Nouvelles récréations et joyeux devis* (parution posthume en 1558) et de courtes anecdotes satiriques. Son style plein d'esprit qui assaisonne les intégristes du pouvoir préfigure le travail de Noël de Fail dans la catégorie « champêtre ». Cet auteur de « contes à rire » devait néanmoins manquer de savoir-vivre, car il se suicida en se jetant sur son épée.

Le pamphlétaire atterre !

C'est en 1594 que le premier grand pamphlet à succès voit le jour. L'imprimerie est encore jeune, une petite cinquantaine d'années, et déjà elle fait preuve de caractère(s) en permettant la publication d'une œuvre collective au ton comique et ravageur : *Satire Ménippée.*

Un contexte historique ligueur

En ce mois de janvier 1593, on parle beaucoup d'un certain Henri de Navarre, qui pourrait bien être le prochain roi de France sous le nom de Henri IV. Si certains progressistes voient là la solution à l'ornière qu'impose la loi salique (l'éviction des femmes du pouvoir), les copains du duc de Mayenne, des catholiques durs et endurcis, ne perçoivent pas les choses du même œil et décident de convoquer des états généraux pour tenter d'imposer un roi catholique. Non mais !

Heureusement, certains observateurs se rendent compte de la dimension ridicule, voire tragiquement comique de l'événement et décident d'agir.

Il ne faut pas confondre le satyre mal nippée avec la Satire Ménippée

Une petite bande de frondeurs insolents et impertinents va donc se mettre à table pour accoucher d'un solide pamphlet. On a du chanoine avec Pierre Le Roy et Jacques Gillot, du poète avec Jean Passerat (1534-1602) et Gilles Durand, de l'homme de loi avec Nicolas Rapin (1535-1608) et Pierre Pithou (1539-1596), et de l'érudit avec Florent Chrestien (1540-1596).

Le titre s'impose, inspiré de l'œuvre d'un cynique grec : Ménippe de Sinope. Il s'agit d'une farce en deux parties écrite en vers et en prose, qui s'oppose avec humour et violence à la Sainte Ligue catholique fondée en 1576.

Farce et satrape

Le prologue de cette farce s'ouvre sur un discours entre deux charlatans, un Espagnol et un Lorrain. Les deux hommes s'émerveillent autour d'un produit miracle, le « catholicon ». Tout un programme ! Cette potion magique digne de celle d'Astérix le Gaulois autorise toutes les licences, tous les crimes dès lors qu'ils sont commis au nom de l'Église. Puis la comédie narre une procession burlesque des membres de la Ligue, et accumule les critiques virulentes sur les hauts dignitaires. Les satiristes s'en donnent à cœur joie et stigmatisent leurs victimes en leur prêtant des discours niais et frelatés. De cette masse d'imbéciles fats, seul sort grandi un membre du Tiers état qui réhabilite Henri de Navarre.

Les protagonistes sortent raillés de l'œuvre, pauvres dindons d'un farce implacable. Même leur emblème, la croix de Lorraine, est écorchée.

« Mais dites-moy que signifie
que les ligueurs ont double croix ?
– C'est qu'en la Ligue on crucifix
Jésus-Christ encore une fois. »

Le texte se veut amusant et corrosif, exempt de tout pédantisme, mais on sent nettement l'ombre du grand Rabelais qui plane alentour. J'en veux pour preuve :

« Il y eut aussi un peu de garbouil entre mesdames de Belin et de Bussy, à l'occasion que, l'une ayant lasché quelque mauvais vent pseudocatholique, Madame de Belin dit tout haut à la de Bussy : "Allons, procureuse, la queue vous fume !" »

Un vrai *vent* de folie quand on songe que la *Satire Ménippée* a grandement contribué à faire accéder Henri de Navarre à la couronne de France ! Un truc à vous mettre un roi en odeur de sainteté !

Ménippe de Sinope

Cet homme au nom étrange nous est connu grâce au doxographe grec du IIIe siècle : Diogène Laërce. Il s'agirait d'un philosophe cynique phénicien. Phénicien parce que né en Phénicie (aussi !), cynique car il passa sa vie à s'enrichir en prêtant de l'argent. D'ailleurs, Laërce l'épingle joliment d'une plaisanterie assassine :

« Phénicien de naissance mais chien de Crète,

Prêteur à la journée – ainsi l'avait-on surnommé –

Sans doute connais-tu Ménippe.

À Thèbes, quand un jour fut forcée sa maison

Et qu'il perdit tout son bien, ignorant ce qu'est un cynique,

Il se pendit. »

On lui attribue la *Satire Ménippée*, qui servira de titre générique à la Renaissance.

(Son sixième enfant s'appelait-il Sinope six ? L'histoire n'a en tout cas pas retenu ce scénario.)

C'est un peu baroque

Nous entrons dans l'ère de la poule au pot, des chevaux blancs, des bons mots royaux mais aussi des tribunaux de l'érection ! Vous ne nous croyez pas ? Suivez donc le guide du biroutard !

Henri IV, le roi comique

De tous les rois de France, c'est Henri IV (1553-1610) qui a laissé cette curieuse impression de gaudriole, de légèreté, de joie. Des siècles plus tard, on a presque l'impression d'entendre ce gros accent rocailleux du Béarn et ce rire tonitruant que nous décrivent les chroniqueurs de son temps. Même son tragique assassinat n'altère pas cette image. Il n'y croyait sans doute pas lui-même, lui qui s'est écrié : « Je suis blessé. » À ses côtés se trouvait l'écrivain Gédéon Tallemant des Réaux (1619-1692), qui rapporta quelques perles royales dans ses historiettes indiscrètes et d'amusantes chroniques.

Il y a comme une odeur...

« Henri IV a eu une quantité de maîtresses ; il n'était pas pourtant grand amateur de bois, aussi était-il toujours cocu. On disait en riant que son second avait été tué. Mme de Verneuil l'appela un jour Capitaine Bon Vouloir et une autre fois, elle lui dit que bien lui prenait d'être le roi, que sans cela on ne le pourrait souffrir tant il avait les pieds et le gousset fins... Quand jeune la reine coucha avec lui la première fois, quelque bien garnie qu'elle fut d'essence de son pays, elle ne s'en laissa pas que d'être terriblement parfumée... [Le feu roi Louis XIII, son fils] pensant faire le bon compagnon disait : «Je tiens de mon père, moi aussi je sens le gousset.» »

Tout cela est très élégamment dit pour exprimer que le roi fouettait des arpions et des dessous-de-bras. Aujourd'hui on ne prendrait certainement pas de tels gants.

Gousset d'ail

Autrefois, le gousset était une pièce triangulaire qui se cousait sous les aisselles afin de renforcer l'endroit en proie aux pires « excès ». Par extension (et par propagation), le gousset est devenue l'odeur qui émanait de cette région du corps.

Laissons parler l'écrivain Huysmans :

« Quand on songe que cette délicieuse reine Margot avait le corps macéré de parfums mais jambonné tel qu'un fond de poêle!

– Et Henri IV qui se flattait d'avoir les pieds fumants et le gousset fin ! »

Bons mots du bon roi

On sait Henri IV sensible aux jeux de l'esprit. Un jour qu'il faisait une halte dans un village, il fit mander un certain Gaillard, qui était réputé pour avoir de l'esprit à revendre.

« Assieds-toi en face de moi, lui dit Henri, et dînons ensemble. Comment t'appelles-tu ?

- Sire, répondit le manant, je m'appelle Gaillard.

- Ha ! Ha ! Gaillard ! Le beau nom que voilà... Et peux-tu me dire, mon ami, la différence qu'il y a entre un gaillard et un paillard ?

- Sire, répondit le paysan, il n'y a qu'une table entre eux.

- Ventre-saint-gris, j'en tiens ! Je ne croyais pas trouver si grand esprit dans un village si petit. »

(*Chroniques de Gédéon Tallemant des Réaux*)

Tallemant des Réaux raconte d'innombrables anecdotes au sujet de ce grand roi aussi à l'aise en politique qu'en jeux de mots.

Un soldat lui dit un jour : « Sire, trois mots : Argent ou congé. »

De répondre : « Soldat, quatre mots : Ni l'un ni l'autre ! »

Son jardinier plaintif : « Sire, sire, rien ne pousse ici. »

Henri IV lui rétorque : « Sème donc des Gascons, il en poussera partout ! »

Il était lui-même Gascon.

La poule au pot… de confiture

Le duc de Bellegarde, amant follement épris de la maîtresse du roi, Gabrielle d'Estrées, était chez la jeune femme et s'apprêtait à rendre les premiers hommages (ou les derniers outrages) quand les pas du roi se font entendre. Le duc, usant de la vieille recette de l'amant dans le placard, se jette sous le lit. Manque de bol, Henri vient pour souper et il s'installe, le sourire aux lèvres. Au bout d'un moment, où l'on imagine une Gabrielle aux mouvements compassés et un duc aux articulations grinçantes, le roi se saisit d'un petit pot de confiture qu'il fait rouler sous le lit. « Mon ami, que faites-vous donc ? » Le roi, qui avait compris le manège incongru du ménage impromptu, répond : « Il faut bien que tout le monde vive ! »

Quel panache dans cette déconfiture !

Un règne ouvert à tous les vents de l'humour

Qu'on se le dise, le règne de celui qu'on appelle le Vert galant en raison de sa verdeur envers les belles dames, est le témoin des pires licences… ou des meilleures. La crudité de ton (et non de thon) de Tallemant des Réaux montre une véritable liberté de langage, et les anecdotes d'un Agrippa d'Aubigné (1552-1630) ne nous vaccinent pas contre les errances verbales. J'en veux pour preuve cette anecdote truculente qui faisait tant rire la Cour :

Noblesse de robe ou noblesse des pets ?

Monsieur de Bellegarde, qui fut nommé Maréchal de France, était d'une profonde délicatesse et avait les gros mots en horreur. Une nuit, alors qu'il était à sa table de travail, il fut prit non d'une rage de dents mais d'une rage dedans : une « colique venteuse » des plus violentes. Ne pouvant se concentrer sur son travail, il fit appeler ses gens pour être assisté. Gêné par ces rafales intempestives, il faisait les cent pas en essayant de dissimuler les bruits par quelques grognements qui ne trompaient personne. De plus en plus rouge de honte, il tenta une diversion en interpellant un jeune garçon :

« Il y a longtemps que vous êtes là, Yvrande ? Je ne vous avais pas vu.

– Longtemps que je suis là ? Heu… Depuis le premier pet ! »

Réplique foireuse ! Un autre aurait dit : « Je suis arrivé en coup de vent ! »

Le congrès des impuissants

Qui oserait croire cela aujourd'hui ? Pendant près de deux siècles, un curieux congrès a sévi en France. Le verbe « sévir » n'est pas trop fort quand on connaît le rôle de ces drôles d'assises. Elles devaient juger de la bonne marche de monsieur dans un couple. Toute femme qui se sentait mal honorée par son mari pouvait exiger la réunion du Congrès (mot dont la première étymologie signifiait « rapport sexuel »). La plaignante allait voir le juge et accusait son époux de ne pouvoir « faire sa partie dans le duo conjugal ». Les magistrats réunissaient alors le couple, généralement dans un établissement de bains pourvu de lits, afin de mesurer la qualité des ébats.

Faut se la faire...

« Ça, au lit, ça ne doit pas être plus dangereux qu'une souris ! », « Taisez-vous ! Ce n'est pas de sa faute s'il est fatigué du milieu ! », « Hélas ! Plût à Dieu que j'eusse un mari fait comme cela ! » Autant de quolibets et railleries qui accompagnaient les époux se rendant aux fameuses « séances ». Car ces affaires-là s'ébruitaient vite. Une fois en place, face à quatre, huit ou douze témoins, un magistrat demandait aux époux de jurer qu'ils allaient tenter d'accomplir l'œuvre du mariage en toute bonne foi. Puis experts et médecins vérifiaient que rien ne puisse entraver la bonne marche de l'acte, car certaines femmes étaient prêtes à tout pour tenter de faire annuler un mariage.

Messire, houlà ! Elle me tord !

« Houlà, elle me tord ! » De tels cris n'étaient pas rares, et les témoins se précipitaient derrière le rideau pour sermonner la gourgandine qui ne jouait pas le jeu. Parfois : « Oh, oh, venez voir, j'y arrive ! » Et de se précipiter de nouveau pour voir un époux hilare brandissant sa carte de membre !

Ces histoires, relativement fréquentes, faisaient beaucoup rire nos ancêtres… Tallemant des Réaux nous le confirme, en parlant d'un congrès à Reims :

« La femme, par grâce, avait accordé au mari toute une nuit. Les experts étaient près du feu. Le pauvre homme se bourrait de noix confites. À tout bout de champ, il disait : "Venez, venez !", mais on ne trouvait toujours que blanque. La femme riait et disait : "Ne vous hâtez pas tant, je le connais bien !" Les experts disent qu'ils n'ont jamais tant ri ni moins dormi que cette nuit-là… »

Érection d'un monument de bêtise

Le cas de Mme de Langeais, fille d'un Maréchal de France, allait faire les choux gras des gazettes de l'époque pendant deux ans.

- « Soyez assurés que je reviendrai victorieuse, lançait la dame Langeais aux témoins, je sais à qui j'ai affaire ! »
- « Il y avait là, entre les matrones, Mme Pezé, âgée de quatre-vingts ans, nommée d'office, et qui fit cent folies. Elle allait de temps en temps voir en quel état il était et revenait renseigner les experts ! Il suait et changeait deux fois de chemise, parce que les drogues qu'il avait prises l'échauffaient. De rage, il se mettait à prier. "Vous n'êtes pas ici pour cela !" disait la patiente. Enfin, le temps expiré, on le fit sortir du lit… »

Vit de malheur

Ce pauvre Langeais, nous rapporte Rabelais (ou, selon certains, le poète Benserade), ridicule en diable, se cacha pour fuir la honte puis parvint à se remarier et même à faire des enfants. Enfants qu'il montrait partout comme on montre une médaille. « Voyez, voyez, messieurs… » « Mais nous n'avons jamais douté, écrivait Rabelais, que sa nouvelle femme puisse avoir des enfants ! » Ironie, quand tu nous tiens !

Ces pratiques perdurèrent plus de deux siècles. C'est comme si, aujourd'hui, des couples venaient à la télévision parler de leurs problèmes sexuels ! Impensable !

Grand Siècle et fin d'un monde

Une fois encore, l'Histoire est dans l'anecdote. Ces petits rus de l'accessoire qui font les grandes rivières de l'essentiel. Saint-Simon et ses vacheries enfilées comme des perles, les réflexions de Bontemps, valet de Louis XIV, les farces royales, les bons mots des philosophes où même des rois, comme le merveilleux « Excusez-moi, monsieur » de Marie-Antoinette montant sur l'échafaud… Toutes ces petites anecdotes accumulées qui donnent au grand H de l'Histoire un H inspiré… inspiré par les hommes qui, de tous temps, ont cherché à être polis avec le désespoir en lui opposant… le rire !

L'État, c'est moi ! Le mauvais état, c'est l'autre !

Cette grande phrase de Louis XIV (celle qu'il n'a jamais prononcée) reste un symbole de sa toute-puissance en cette fin de XVIIe siècle. Malgré tout, le règne du Roi-Soleil ne brûla pas tout sous ses rayons dispendieux, et engendra même Molière, Bossuet, La Fontaine ou Saint-Simon. Preuve que le potentat avait des potes en tas.

Une anecdote célèbre, que rapporta l'exquise Mme de Sévigné dans l'une de ses nombreuses lettres, montre assez l'humour dont disposait le monarque :

Un petit vers de trop

« Le roi se mêle depuis peu de faire des vers. MM. de Saint-Aignan et Dangeau lui apprennent comment il faut s'y prendre. Il fit l'autre jour un petit madrigal que lui-même ne trouva pas trop joli. Un matin, il dit au maréchal de Gramont :

“Monsieur le maréchal, lisez, je vous prie, ce petit madrigal, et voyez si vous en avez jamais vu d'aussi impertinent : parce qu'on sait que depuis peu j'aime les vers, on m'en apporte de toutes les façons.”

Le maréchal, après avoir lu, dit au roi :

“Sire, Votre Majesté juge divinement bien de toute chose ; il est vrai que voilà le plus sot et le plus ridicule madrigal que j'aie jamais lu.”

Le roi se mit à rire et lui dit :

“N'est-il pas vrai que celui qui l'a fait est bien fat ?

– Sire, il n'y a pas moyen de lui donner un autre nom.

– Oh bien, dit le roi, je suis ravi que vous m'en ayez parlé si bonnement ; c'est moi qui l'ai fait.

– Ah ! Sire, quelle trahison ! Que Votre Majesté me le rende… Je l'ai lu brusquement.

– Non, monsieur le maréchal : les premiers sentiments sont toujours les plus naturels !”

Le roi a fort ri de cette folie, et tout le monde trouve que voilà la plus cruelle chose que l'on puisse faire à un vieux courtisan… »

Le valet qui avalait les commissions

Bontemps était le premier valet de chambre de Louis XIV. Sa fonction le rendait très « stratégique » pour un grand nombre de courtisans ou de courtisanes qui désiraient « l'oreille » du roi. Invariablement, le pauvre domestique, plus sollicité qu'à son tour, répondait : « J'en parlerai au roi, j'en parlerai au roi… » Un jour que l'abbé de Choisy lui demandait l'heure, Bontemps lui répondit sur un ton protecteur : « J'en parlerai au roi, j'en parlerai au roi. »

Ménage au Grand Siècle

Gilles Ménage (1613-1692), grammairien émérite et historien ne manquant pas de mérites, nous a gratifié en l'an de grâce 1693 d'un curieux livre : un recueil de pensées, d'observations, de bons mots et d'anecdotes en tout genre intitulé *Le Menagiana*.

On retient de ce livre atypique un mot de l'auteur tout à fait savoureux, qui résume assez bien la mentalité de ces gens d'une « certaine condition » qui se retirent dans les couvents avec plus ou moins de conviction :

« On a quêté un jour pour une fille qui n'avait pu faire vœu de pauvreté, faute d'argent... »

Raymond Devos en aurait fait ses choux gras !

Chose amusante : ce fameux Ménage (tombé en poussière) est caricaturé par Molière dans *Les Femmes savantes* (1672) sous les traits du pédant Vadius.

Maximes de la Rochefoucault

Ne quittons pas le siècle du grand Louis sans quelques maximes de François de La Rochefoucauld (1613-1680), qui scandalise ses contemporains en raison de ses attaques violentes contre les fausses vertus de l'époque.

Disons-le tout net, ce pessimiste chrétien n'est pas un modèle de rigolo, toutefois il mérite sa place dans ce livre car il représente cet esprit à la française qui caractérise l'humour du XVIIe siècle.

Pensées en vrac

- « Il est plus facile de donner le bon conseil que le bon exemple. »
- « L'hypocrisie est l'hommage que le vice rend à la vertu. »
- « Il y a dans la jalousie plus d'amour-propre que d'amour. »
- « Il est plus aisé d'être sage pour les autres que pour soi-même. »
- « Le nœud est à la cravate ce que le cerveau est à l'homme. »
- « Aimez le chocolat à fond, sans complexe ni fausse honte, car rappelez-vous : "Sans un grain de folie, il n'est point d'homme raisonnable." »

(*Maximes* de la Rochefoucault)

C'est une révolte ? Non Sire, c'est une révolution !

Nous sommes au soir du 14 juillet 1789, la Bastille est aux mains des insurgés parisiens, et le duc de Liancourt vient en informer le Roi Louis XVI. Celui-ci lui demande : « Mais, c'est une révolte ? » ; et Liancourt de répondre : « Non Sire, c'est une révolution ! » Que voilà un bon mot qui joue sur la subtilité du langage, une réplique historique comme les aimera Michel Audiard (voir le chapitre 16). Mais cette réplique signe la fin d'un monde, car on sait qu'au jeu de la politique, Louis XVI perdit d'une tête.

Même si quelques penseurs des Lumières vont apporter leur éclairage à l'ironie, voire au cynisme, le « rire anecdotique n'est plus. Louis XV le bien-aimé avait connu un bain d'encens, celui de Louis XVI sera de sang. »

Enfin, il nous reste l'extravagant Chamfort et le redoutable Rivarol.

Le parfum Chamfort

Chamfort, de son vrai nom Sébastien-Roch Nicolas (1740-1794), est resté dans les esprits pour le côté moraliste de son œuvre. Ce journaliste accompli qui a participé à la création du *Vocabulaire français*, à l'élaboration du *Journal encyclopédique*, qui est l'éminence grise de Talleyrand (1754-1838) et le nègre de Mirabeau (1749-1791), mène une carrière littéraire qui le mènera à l'Académie française, mais on retient essentiellement ses maximes amères et fulgurantes qui font de lui le précurseur d'Ambrose Bierce ou de George Bernard Shaw (voir le chapitre 7).

Pensées diverses

- « La plupart des faiseurs de recueils de vers ou de bons mots ressemblent à ceux qui mangent des cerises ou des huîtres, choisissant d'abord les meilleures et finissant par tout manger. »
- « On souhaite la paresse d'un méchant et le silence d'un sot. »
- « Qu'est-ce qu'un philosophe ? C'est un homme qui oppose la nature à la loi, la raison à l'usage, sa conscience à l'opinion, et son jugement à l'erreur. »
- « La plus perdue de toutes les journées est celle où l'on n'a pas ri. »
- « Si les singes avaient le talent des perroquets, on en ferait volontiers des ministres. »

- « L'indépendant : il hait si fort le despotisme qu'il ne supporte plus le mot "ordonnance" du médecin. »

Le mariage selon Chamfort

RÉCRÉATION

De sa vie sentimentale très décousue et peu heureuse, il s'était fait une idée très personnelle du mariage :

« Vous marierez-vous ?

– Non.

– Pourquoi ?

– Parce que je serais chagrin.

– Pourquoi ?

– Parce que je serais jaloux.

– Et pourquoi seriez-vous jaloux ?

– Parce que je serais cocu.

– Qui vous a dit que vous seriez cocu ?

– Je serais cocu, parce que je le mériterais.

– Et pourquoi le mériteriez-vous ?

– Parce que je me serais marié.

– Vous avez trop mauvaise opinion des hommes ; il se fait beaucoup de biens.

– Le diable ne peut pas être partout. »

(Extrait tiré du recueil de ses bons mots : *Cliam-fortiana*, 1800)

Il faut être malade pour aller voir un médecin !

Chamfort, à l'instar de Molière, n'avait guère les médecins en estime :

« Un médecin de village allait visiter un malade au village prochain. Il prit avec lui un fusil pour chasser en chemin et se désennuyer. Un paysan le rencontra et lui demanda où il allait.

"Voir un malade.

– Vous avez peur de le manquer ?" »

Rivarol en or

Antoine de Rivarol (1753-1801) traverse les Lumières sans se faire éblouir. Profondément royaliste, il s'exile au bon moment et soutient la cause royale d'Allemagne. L'homme ne se distingue pas par un talent artistique quelconque… Ni poète, ni romancier, ni dramaturge, c'est un critique acerbe, un essayiste et un pamphlétaire redouté. La puissance de ses formules, la justesse de ses épigrammes et son humour constant face aux vicissitudes de ses contemporains font de lui un grand esprit de son temps.

Rivarol, le vachard !

Rivarol était réputé pour sa dent dure. Il composa un *Petit Almanach des grands hommes* où il brocardait toutes les sommités de son temps. Il y gagna beaucoup… d'ennemis.

Un jour qu'un homme de lettres un peu cuistre se vantait de connaître quatre langues, Rivarol lui répondit : « Tant mieux, cela vous fait quatre mots pour une idée ! »

L'auteur d'un livre de philosophie que tout le monde a aujourd'hui oublié lui dit un jour : « Que les gens sont donc méchants !

– Pourquoi ? répond Rivarol, parce que vous avez mis vingt ans à écrire un livre médiocre qu'ils ont oublié en un instant ? »

Le chevalier de la Rulhière :

« Je vous écris demain sans faute.

– Ne vous gênez pas, écrivez-moi comme d'habitude ! »

De l'esprit, toujours de l'esprit

- « C'est sans doute un terrible avantage que de n'avoir rien fait, mais il ne faut pas en abuser. »
- « C'est un terrible luxe que l'incrédulité. »
- « Il n'est rien de si absent que la présence d'esprit. »
- « Le style n'est rien, mais rien n'est sans le style. »
- « Plus d'un écrivain est persuadé qu'il a fait penser son lecteur quand il l'a fait suer. »
- « Il est plus facile de marcher sur les flots avec le Christ que de traverser la vie avec un éditeur. »
- « Sur dix personnes qui parlent de nous, neuf disent du mal, et souvent la seule personne qui dit du bien, le dit mal. »

Espèce de Buffon, va !

Un jour Buffon (1707-1788), le célèbre naturaliste, croise Rivarol et lui demande (grand mal lui en prit) ce qu'il pense de son fils.

« Je pense, répond Rivarol, qu'il est le plus mauvais chapitre de vos *Histoires Naturelles.* »

Chapitre 5

Un « stupide » XIXe siècle

Dans ce chapitre :

- Mais que fait Guignol ?
- L'humour Empire
- La dure vie des journaux satiriques
- Daumier et la caricature

Nous pénétrons à présent dans un siècle étonnant, un peu fou, riche en politique, en coups d'État, en révolutions, en guerres, en hommes de toutes statures, un XIXe siècle que le polémiste Léon Daudet qualifiera de stupide tellement il se contredit en permanence. Quand, après une Révolution sanglante un siècle vous offre un Empire, deux monarchies, une République, un Empire et encore une République, on est en droit de se dire que c'est un peu la foire… Ce que se permit de faire un certain nombre de joyeux drilles : des moqueurs anglais, un drôle de diplomate, un général déluré, un grand faisant le guignol pour les petits, des piliers de cabarets, des journaux satiriques, Daumier l'iconoclaste et un Karr (Alphonse) qu'il conviendra de ne pas rater. Rendez-vous avec l'humour d'une drôle d'époque.

Quand l'humour s'Empire

« Napoléon est mort à Sainte-Hélène,
Son fils Léon lui a crevé l'bidon.
On l'a r'trouvé, assis sur une baleine,
En train d'sucer les fils de son caleçon. »

Avoir conquis l'Europe pour en arriver là, quelle histoire ! De l'Empereur Napoléon, on se souvient du Code civil ou de la bataille d'Austerlitz, mais aussi de la caricature érigée en art, des bons mots de Talleyrand, du moins bon mot de Cambronne, bref, des grands hommes derrière lesquels on peut deviner la silhouette de Guignol.

Napoléon et la caricature

Adulé, détesté, vénéré, conspué, statufié, ridiculisé… Parler de Napoléon (1769-1821), c'est user de tous les verbes de la langue française. Il a été écrit autant de livres sur lui que de jours qui nous séparent de sa mort. Il a fasciné, il a fait trembler… Il a tout fait, on lui fera tout.

Si on lui doit de beaux champs de bataille, on lui doit aussi d'avoir nourri l'imagination fertile des caricaturistes. Car si la caricature a connu quelques belles envolées pendant la Révolution française, c'est sous Napoléon 1er qu'elle connaît son apogée.

« Messieurs les Anglais, tirez les premiers » aurions-nous envie de crier… Et à boulets rouges ! Ce qu'ils firent sous les pinceaux aiguisés des caricaturistes James Gillray (1757-1815) et Georges Woodward (1760-1809).

L'insulte insulaire

Entre 1780 et 1820, on recense en Angleterre plus de 15 000 caricatures portant essentiellement sur les guerres de la Révolution et de l'Empire. Compte tenu de la situation, il est assez logique de voir fleurir une production de caricatures antinapoléoniennes produites par des Britanniques. Napoléon y est dépeint comme un despote assoiffé ou un nain ridicule.

Le rire face au pouvoir

Les dessins, très détaillés, ne négligent pas l'importance du texte, souvent vulgaire voire scatologique. Chez les Anglais, qui ne sous-estiment pas l'importance politique de la caricature, le fantastique est souvent présent, car le public anglo-saxon en est assez friand.

En France, en revanche, la satire est considérée comme mineure, et s'apparente plutôt à l'imagerie populaire, comme celles d'Épinal.

Mais qui est John Bull ?

Dans un grand nombre de caricatures de cette époque, on remarque la présence d'un certain John Bull. Un esprit peu au fait de l'Histoire britannique pourrait penser qu'il s'agit d'un ministre ou d'un général anglais. Pas du tout ! John Bull est un peu à l'Angleterre ce que Marianne est à la France : un symbole. Mais un symbole plus amusant avec ce fameux *sens of humour* qui caractérise les Anglo-Saxons.

John Bull (Jean le Taureau) a été créé par John Arbuthnot (1667-1735) en 1712. C'est un bourgeois ventripotent au chapeau haut de forme, sorte de *gentleman-farmer* conservateur qui est utilisé dans la presse et le dessin pour galvaniser l'esprit patriotique. On comprend qu'il fit une guerre d'usure à son pire ennemi : Napoléon.

Le monde à l'envers

En France, les royalistes appellent souvent Napoléon « Nicolas » symbole du prénom roturier, voire paysan. Tout est bon pour dévaloriser l'Empereur en appuyant sur le côté usurpateur et aventurier du Corse. Les caricaturistes s'en serviront abondamment.

C'est amusant de penser qu'aujourd'hui, on traite un certain Nicolas de « petit Napoléon ».

Qu'en dit Napoléon ?

Malgré toutes les attaques dont il était l'objet, Napoléon ne manquait pas d'humour. Un grand nombre de ses réflexions le prouve :

- « C'est le succès qui fait les grands hommes. »
- « Il faut toujours se réserver le droit de rire le lendemain de ses idées de la veille. »
- « L'art de la police est de ne pas voir ce qu'il est inutile qu'elle voie. »
- « Le meilleur moyen de tenir sa parole est de ne jamais la donner. »
- « Les hommes sont comme les chiffres : ils n'acquièrent de valeur que par leur position. »
- « Un fonctionnaire français doit faire envie partout, jamais pitié. »
- « On ne va pas chercher une épaulette sur un champ de bataille quand on peut l'avoir dans une antichambre. »
- « Une révolution est un cercle vicieux : elle part de l'excès pour y revenir. »

Napoléon, descendant de Pépin, en créa pas mal

En attendant le chapitre des charades (voir le chapitre 12), voici un petit avant-goût qui ne manque pas d'à-propos :

Mon premier est ce que disaient des Corses en reconnaissant Napoléon,

Mon deuxième est ce que disait Napoléon en reconnaissant des Corses,

Mon troisième est ce que la mère de Napoléon disait pour l'endormir,

Mon quatrième est ce que répondait Napoléon à sa mère,

Mon tout est une préparation pharmaceutique.

Sirop d'écorce d'oranges amères (Sire !-Oh des Corses !-Dors, ange-Ah ! Mère)

Talleyrand dans un bas de soie

Parler de Napoléon, de l'Empire et de l'humour sans parler de Talleyrand (1754-1838), c'est comme parler de Laurel sans évoquer Hardy, aborder Marx sans considérer Groucho, ou voir Naples sans mourir après : c'est une faute de goût.

Talleyrand, le plus subtil des ministres de l'Empire, mais aussi le plus intrigant, celui qui inspira ces mots célèbres au maître : « Talleyrand vous êtes une merde dans un bas de soie. » Et qui fit répondre au « valet » : « Quel dommage qu'un si grand homme soit si mal élevé ».

Un bouc à misères

C'est comme ça. Le public et l'Histoire réclament des boucs émissaires, des porteurs de chapeau, des têtes, hautes de préférence, dont on peut se moquer. Ces têtes raillées nous rendent plus intelligents. Regardez ce bon roi Dagobert, qui fut un bon monarque, un peu sauteur, certes, mais un bon monarque ; eh bien l'Histoire ne garde de lui qu'une affaire de culotte à l'envers (qui n'est que le résultat d'une chanson paillarde et apocryphe).

Lucien Guitry (1860-1925), père de Sacha, disait en parlant du ministre de Napoléon : « le grand public français connaît plus de lignes fausses attribuées à Talleyrand que de vers véritables de Corneille ! » Et c'est vrai. C'est un peu ça, le génie français.

Quelques mots pour la fine bouche

- Un jour qu'un solliciteur impudent lui demandait une place vacante :

  « Sachez monsieur, que quand une place est vacante, elle est déjà donnée. »

- « Dites-vous que quand on traite quelqu'un de parvenu c'est que bien souvent, il est arrivé ! »

- Quand il reçut la visite de Louis-Philippe sur son lit de mort :

  « Sire, je souffre comme un damné… »

  Le roi murmura :

  « Déjà… »

Tu l'as voulu…

Homme de nombreux gouvernements, Talleyrand intriguait beaucoup. Un jour, le roi Louis XVIII lui demande comment il s'y est pris pour renverser le Directoire puis Bonaparte. Il répondit simplement, le regard droit : « Mon Dieu, Sire, je n'ai rien fait pour cela. C'est quelque chose que j'ai en moi et qui porte malheur aux gouvernements qui me négligent. »

Le roi le fera prince de Talleyrand et pair du royaume.

Cambronne, j'ai un mot à vous dire…

L'aventure de Cambronne (1770-1842), indissociable de l'Histoire de Napoléon, est plus injuste encore que celle de Dagobert, car son destin est scellé à l'Histoire du rire plus qu'à l'Histoire militaire. Pas meilleurs que d'autres, nous allons nous-mêmes en rajouter une couche, en forme d'hommage à ce grand soldat.

Quelle vie de… « mot de Cambronne » !

Une vie qui commence bien pourtant. Premières armes contre les Vendéens… Il ne débute pas en chouan mais en travaillant. Ses copains disent de lui que c'est un bon soldat, courageux et volontaire. Il obéit à Dumouriez, puis à Hoche et devient rapidement capitaine. Il sert Masséna et devient colonel à Iéna. Présent sur toutes les batailles, il est finalement promu général à Hanau (un vrai seigneur). Grand fidèle de Napoléon, il commande sa garde privée sur l'île d'Elbe. Aux Cent-Jours il est nommé comte d'Empire, et survit à la catastrophe que sera Waterloo.

Waterloo, le mot de trop

C'est le désastre. L'armée française est en pleine déroute. Napoléon réunit la vieille garde. Cambronne est à la tête d'un carré. Les Anglais réclament la reddition. « La garde meurt mais ne se rend pas ! » hurle le maréchal de camp. Les Anglais s'énervent et reposent la question… « Merde ! » Le panache français. C'est lapidaire et clair en même temps. À partir de ce moment là, pour les générations futures, ce mot effacera tous les faits d'armes du grand Cambronne.

Et pourtant…

C'est là que l'ironie et l'humour de l'Histoire entrent en jeu : car Cambronne n'a jamais dit cette phrase, et par voie de conséquence n'a jamais prononcé le fameux mot. Il s'en explique de la plus simple et de la plus humoristique des façons :

« Je n'ai pas pu dire "La garde se meurt mais ne se rend pas" parce que je ne suis pas mort et que je me suis rendu ! »

Tout est dit !

La légende

C'est ainsi, les Français préfèrent les belles légendes à la vérité historique. Ils ont raison, car ce sont les mythes qui cimentent le socle des nations. Quoiqu'il en soit, gageons que ce mot n'est pas resté collé uniquement à son nom, mais aussi à la semelle gauche de sa chaussure.

Laissons le dernier mot à Victor Hugo (1802-1885) : « Cambronne à Waterloo a enterré le premier Empire dans un mot où est né le second. »

Et dans *Les Misérables* : « L'homme qui a gagné la bataille de Waterloo, c'est Cambronne. Foudroyer d'un tel mot le tonnerre qui vous tue, c'est vaincre. »

Le témoin capital

Un des plus grands historiens de Napoléon, Frédéric Masson (1847-1923), se rendit un jour à Waterloo pour s'imprégner de l'endroit. Il y rencontra une paysanne qui avait vu la bataille de près dans sa jeunesse. Il ne put s'empêcher de la questionner sur la fameuse anecdote.

« Madame, vous qui étiez près de l'état-major, est-ce que vous auriez par hasard entendu le célèbre mot de Cambronne ?

– Oh oui, monsieur… Bien souvent… Mais pas ce jour-là. »

Merde, alors !

À cette époque, on fait le Guignol

C'est en plein cœur de l'Empire que va naître ce personnage qui allait faire rire des générations d'enfants. Guignol, ce petit personnage frondeur et insolent qui ridiculise la police et les pouvoirs, voit le jour à Lyon en 1808.

L'art c'est dentaire... mais pas sédentaire !

Dès 1793, alors que la Terreur rugit, que la monarchie est en vacance (d'étêtés), que la raie à la coupe a laissé place au couperet, que les aristos se taillent dans du bois d'exil, Laurent Mourguet (1769-1844), un jeune Lyonnais, traverse les villages pour vendre ses services. Car si beaucoup perdent la tête, il y en a plus encore qui ont mal aux dents. Eh oui, Laurent Mourguet est dentiste, enfin arracheur de dents comme on dit en ce temps-là. Quelques coups de tambour pour ameuter les souffreteux, et une bonne paire de tenailles pour les soulager de leur douleur. Ô rage de dents !

Mais au fond de lui, Laurent est un artiste, une nature créative qui aime son prochain. Les cris de ses patients l'impatientent, le rendent nerveux. C'est alors qu'il a l'idée de génie !

C'est guignolant ! C'est guignolant !

Laurent Mourguet crée un petit spectacle de marionnettes, et c'est en hurlant de rire que les spectateurs viennent à présent se faire tourmenter la mâchoire au cri de « C'est guignolant ! ». (Certains y voient même une possible origine du nom.) Le Lyonnais a reprit une vieille formule, celle de ces baladins médiévaux qui jouaient la comédie en plein air.

Quand il arrivait avec son petit théâtre (castelet), disait-on de lui : « Tiens, voilà l'autre qui ramène sa fraise » ? L'histoire ne le dit pas.

Étymologie ou Es-tu molle au logis ?

On se perd en conjectures sur l'origine du mot « Guignol ». On le dit venir de Lombardie, du village de Chignolo. On lui prête un cousinage avec les mots « guig'œil » (hélas, il ne « guigne » pas), on le dit s'inspirant d'un véritable personnage lyonnais. Le nom « Guignol », avéré dans la région de Lyon où la marionnette fut créée, rend l'hypothèse acceptable.

Nous émettons une hypothèse : pourquoi ce nom ne viendrait-il pas tout simplement de la ville de Lynfeau, en Autriche ? Ne dit-on pas les Guignols de Lynfeau ?

Mentir comme un arracheur de rire

Au début, les mésaventures de ces petites marionnettes à gaine étaient de simples improvisations destinées à faire rire les futurs opérés, mais peu à peu les frasques du trio Guignol, Gnafron et Madeleine face aux gendarmes trouvèrent leur public, et Laurent Mourguet en oublia sa paire de tenailles. Il n'arracha plus de dents mais des rires. Un artiste était né.

Sur des trames inspirées de la *commedia dell'arte*, il bâtit une série de petits scénarios qui s'inspirent de l'actualité. Les Guignols de l'info ne sont pas loin (voir le chapitre 19). Père de dix enfants, il utilise deux membres de son cheptel, Étienne et Rose-Pierrette, pour augmenter les personnages de ses comédies. À présent, il joue à bâton rompu et à guichet fermé.

Vraiment une tête de guignol !

La tête traditionnelle de Guignol, cette petite bouille ronde et un peu rouge avec des fossettes et un large sourire, est la réplique du visage de Laurent Mourguet, son créateur.

Figure 5.1 : Vraiment une tête de Guignol !

Le déménagement

Il s'agit là sans doute d'une des pièces les plus célèbres du répertoire de Guignol.

Nous sommes au moment où monsieur Canezou, le propriétaire, appelle Guignol qui n'a pas payé son loyer.

« Monsieur Canezou. – Guignol ! Guignol ! Veux-tu descendre !

Guignol. – Des cendres ?... C'est inutile ; j'en ai plein mon poêle !

Monsieur Canezou. – Tu me racontes des histoires à dormir debout !

Guignol. – Bonne idée, allons nous coucher ! »

Bâton ou bavard ?

Tristan Bernard (1866-1947), qui voyait dans Guignol un plaisir de l'œil, trouvait que ses « bons mots » étaient d'un comique tout à fait « résistible ».

Les journaux satiriques

Une des principales sources humoristiques du XIXe siècle est l'explosion des journaux satiriques. Le chaos politique permet toutes les audaces, tous les exils, tous les retours d'exils. La France n'est plus l'apanage des nantis mais des « antis ». Cette presse amusante et vitriolée, où les plus grandes plumes se trempent sans bouée, est sans doute une des plus riches et des plus variées au monde. Elle donne à notre pays une des meilleures raisons de croire à la liberté d'expression. Et pourtant...

La Silhouette se dessine

Le premier numéro de *La Silhouette* paraît en 1829, avec pour axe éditorial la volonté de réunir littérature et lithographie.

« Nous avons vu jusqu'à présent fort peu d'hommes de lettres s'adonner à la peinture, et fort peu de peintres s'occuper de littérature ; pourquoi, puisque les études et les observations sont les mêmes, ne pas s'exercer dans les deux genres ? » C'est ce que pense le dessinateur et journaliste Henry Monnier. Peu à peu, sous l'égide de Balzac ou des caricaturistes Traviès et Daumier, le journal artiste devient de plus en plus satiriste.

Un mot de monsieur de Balzac

« L'art, écrit Honoré de Balzac, et la caricature en particulier, est une puissance. »

L'écrivain, faisant référence à une estampe satirique publiée en 1815 durant les Cent-Jours, qui ridiculisait les armées de la Restauration, ajoute : « Cette caricature a exercé une influence prodigieuse. Un pouvoir despotique tombe à moins quand il est malade. »

Je pense donc jésuite

Les ennuis commencent réellement en avril 1830, quand *La Silhouette* fait paraître une lithographie sur bois non signée qui représente le roi Charles X déguisé en jésuite. Fureur au palais ! Le journal est aussitôt saisi et le gérant, Benjamin-Louis Bellet est condamné à six mois de prison et 1 000 francs d'amende pour « délit d'outrage à la personne du roi ».

Cette fois, on ne rigole plus.

Le ministre de la Culture parle à Stéphane Guillon*

« Vivez donc, monsieur, pour appeler les sarcasmes sur nos charges politiques et morales. Chacun sait que l'influence exercée par les caricatures est celle qui laisse après elles les plus profonds sillons. Guerre aux ridicules et liberté aux caricaturistes, telle doit être notre devise ; marchez d'un pas ferme et hardi dans cette carrière immense [...], et si, grâce à cette salutaire prescription, vous restez un jour à l'affût, sans croquis, et sans charge, c'est que, par une conséquence bien naturelle, tout sera enfin pour le mieux dans le meilleur des mondes possibles. »

* Poisson d'avril. C'est un patriote de 1830 qui s'adresse au rédacteur en chef de *La Silhouette*.

Satire à la ligne

Peu après la Révolution de juillet 1830 et l'accession de Louis-Philippe au pouvoir, des conflits d'intérêts internes secouent *La Silhouette*. La véritable éminence grise du journal, le dessinateur de la fameuse litho incriminée, s'appelle Charles Philipon (1800-1862) et prépare activement un nouveau journal. Le 2 janvier 1831, *La Silhouette* s'efface et laisse place à *La Caricature*.

La Caricature s'installe

Le premier numéro de *La Caricature* sort quelques semaines avant la fin de *La Silhouette*, le 4 novembre 1830. Il s'agit cette fois d'un journal satirique illustré qui annonce clairement la couleur par son titre : *La Caricature morale, religieuse, littéraire et scénique*.

Là encore, Balzac vient donner un coup de plume au fondateur, et lui livre une trentaine d'articles. Il y aura 251 numéros jusqu'en 1835. Le journal changera plusieurs fois de nom et s'arrêtera pendant trois ans en raison des lois contre la presse de 1835. Il sera absorbé en 1843 par *Le Charivari*, encore un canard satirique de l'infatigable Charles Philipon.

Les lois sur la presse de 1835

- Il est interdit aux journaux et écrits périodiques de rendre compte des procès pour outrages ou injures et des procès en diffamation où la preuve des faits diffamatoires n'est pas admise par la loi.
- Il est interdit aux journaux et écrits périodiques d'ouvrir et d'annoncer publiquement des souscriptions ayant pour objet d'indemniser des amendes prononcées par des condamnations judiciaires.
- Le cautionnement exigé des gérants de journaux et écrits périodiques est fixé à un niveau très élevé.
- Aucun dessin, aucune gravure, lithographie, médaille et estampe, aucun emblème ne peuvent être publiés, exposés ou mis en vente sans l'autorisation préalable du ministre de l'Intérieur à Paris et des préfets dans les départements.

Charles Philipon, un pionnier

Si Charles Philipon n'a pas laissé un grand nom dans l'Histoire, il nous a offert une grande idée : celle de la liberté d'expression. Depuis *La Silhouette*, cet illustrateur iconoclaste a trouvé sa voie : contester le pouvoir en place en riant à ses dépens.

La Caricature sera véritablement l'organe anti-louis-philippard, et il donnera de terribles coups de boutoir dans la machine royale, à tel point qu'on dira de Philipon qu'il passe plus de temps dans sa cellule à la prison de la Santé que dans son bureau. Bientôt à la tête de deux journaux, il ne dessine presque plus, mais grâce à son charisme et à son sens des affaires, il fédère et emploie les meilleurs artistes de l'époque. Le génial caricaturiste Daumier fera ses armes avec lui.

Un procès en forme de poire

Alors que Charles Philipon est à nouveau assis au banc des accusés pour s'être moqué du roi sur une lithographie, un vrai coup de théâtre a lieu à l'audience du 14 novembre 1831. Se sachant perdu, il tente le tout pour le tout et choisit une défense par l'absurde. Il tente de montrer au jury que « tout » peut ressembler à Louis-Philippe et qu'il ne peut être tenu pour responsable de ces ressemblances. Et de croquer face au public la tête de Louis-Philippe qu'il transforme en poire.

« Le peuple saisi par une image moqueuse, une image simple de conception et très simple de forme, se mit à imiter cette image partout où il trouva le moyen de charbonner, barbouiller, de gratter une poire. Les poires couvrirent bientôt toutes les murailles de Paris et se répandirent sur tous les pans de murs de France. »

Le Charivari : le combat continue !

Avec la création du nouveau journal *Le Charivari*, le combat continue. Philipon est infatigable, indémontable. Malgré les vingt procès qui éreinteront son canard, l'homme tient tête. Une tête de pioche contre une tête de poire ! Comme en témoigne Daumier, de son insolente lithographie.

Figure 5.2 : Vive la démocratie !

Daumier, à se fendre la poire !

Avec Gustave Doré (1832-1883), Honoré Daumier (1808-1879) est un des artistes les plus géniaux de son temps. Graveur, sculpteur, peintre et caricaturiste, il croque la vie sociale de ses contemporains avec le même réalisme dont use Balzac dans sa *Comédie humaine*.

Ce Marseillais commence sa carrière aux côtés de Charles Philipon, essentiellement dans la caricature politique, dans les colonnes du *Charivari*. Très vite, son employeur lui montre le chemin le plus rapide pour réussir : celui des tribunaux ! Sa caricature de Louis-Philippe en Gargantua lui offre un billet d'entrée directe pour la prison Sainte-Pélagie.

Il a le sens du trait, mais pas celui du retrait, aussi s'oriente-t-il vers la satire des mœurs bourgeoises… moins dangereuse. Prudent, on attendra sa mort pour reconnaître son génie, mais il fit hurler de rire la France pendant plus de trente ans.

Baudelaire dira de lui : « Un des hommes les plus importants, je ne dirai pas seulement de la caricature, mais encore de l'art moderne. »

Baudelaire, encore

« C'est véritablement une œuvre curieuse à contempler aujourd'hui que cette vaste série de bouffonneries historiques qu'on appelait *La Caricature*, grandes archives comiques, où tous les artistes de quelque valeur apportèrent leur contingent. C'est un tohu-bohu, un capharnaüm, une prodigieuse comédie satanique, tantôt bouffonne, tantôt sanglante, où défilent, affublées de costumes variés et grotesques, toutes les honorabilités politiques. Parmi tous ces grands hommes de la monarchie naissante, que de noms déjà oubliés ! Cette fantastique épopée est dominée, couronnée par la pyramidale et olympienne Poire de processive mémoire. »

Henry Monnier, l'homme qui partage son avis

En matière d'humour et d'attitude anti-louis-philipparde, on ne peut parler d'Honoré Daumier sans aborder Henry Monnier (1799-1877). Ce dernier, croqueur de vies, s'illustre d'abord dans des albums de lithographies où il épingle la petite bourgeoisie étriquée.

Avant de passer à l'écriture de pièces de théâtre dans lesquelles il jouera lui-même, il laisse à la postérité un personnage emblématique et drôle : Joseph Prudhomme.

Joseph Prudhomme, profession : bourgeois

Le nom paraît tellement authentique qu'on pourrait croire que l'homme existe. Il est en réalité sorti de l'imagination d'Henry Monnier pour symboliser le bourgeois de l'époque. Il apparaît pour la première fois en 1830 dans un recueil d'illustrations, *Scènes de province*. Le personnage est grassouillet, fat, conformiste et sentencieux. Balzac dit d'ailleurs de lui qu'il est « l'illustre type du bourgeois de Paris ».

Merci monsieur Prudhomme

Lorsque André Franquin (1924-1997) reprend *Spirou* en 1950, il s'inspire du personnage de Joseph Prudhomme pour créer le verbeux maire de Champignac.

Vous saurez à présent d'où vient la fameuse réplique de Claude Rich lancée à Lino Ventura dans *Les Tontons flingueurs* : « Ah ! J'attendais ça. Mes instruments de ménage. L'ironie du primate. Humour louis-philippard. Le sarcasme prudhommesque. Monsieur Naudin, vous faites sans doute autorité en matière de bulldozer, tracteur et Caterpillar, mais vos opinions sur la musique moderne et sur l'art en général, je vous conseille de ne les utiliser qu'en suppositoires. Et encore : pour enfants ! »

Hé oui, il avait des lettres, le grand Michel Audiard.

Monnier et ses bons mots

- « On devrait construire les villes à la campagne, l'air y est tellement plus pur ! »
- « C'est mon avis et je le partage. »
- « C'est l'ambition qui perd les hommes. Si Napoléon était resté officier d'artillerie, il serait encore sur le trône. »
- « Je jure de soutenir, de défendre nos institutions et au besoin de les combattre. »
- « La mer : une telle quantité d'eau frise le ridicule. »
- « La nature est prévoyante : elle fait pousser la pomme en Normandie sachant que c'est dans cette région qu'on boit le plus de cidre. »
- « La stratégie consiste à continuer à tirer pour faire croire à l'ennemi qu'on a encore des munitions. »
- « Un soldat doit être prêt à mourir pour sa patrie. Même au prix de sa vie. »

Alphonse Karr, un Guitry avant la lettre

Alphonse Karr (1808-1890) aurait sa place dans le chapitre consacré à la littérature, ne serait-ce que grâce à ses deux ouvrages : *Sous les tilleuls* et *Histoire de Romain d'Étretat*. Mais c'est ici son travail de journaliste satirique que nous allons célébrer. Un esprit de son époque, caustique et mordant, anticonformiste et cocasse. La création de son journal *Les Guêpes* montre toute la dimension de son humour, qui préfigure celui de Mark Twain ou de Sacha Guitry.

Balade en Karr et Karr à vannes

- « Le nombre des écrivains est déjà innombrable et ira toujours croissant, parce que c'est le seul métier, avec l'art de gouverner, qu'on ose faire sans l'avoir appris. »
- « Il est fort dangereux qu'une femme trouve son mari ridicule et qu'elle fasse cette découverte en collaboration avec un autre homme. »
- « Il n'est pas de moyen honteux qui ne soit honnêtement employé aujourd'hui pour se procurer de l'argent, parce que quelque honteux que soit ce moyen, il l'est beaucoup moins encore que de ne pas avoir d'argent. »
- « La politique : plus ça change, plus c'est la même chose. »
- « Défiez-vous des mots sonores : rien n'est plus sonore que ce qui est creux. »
- « Il y a deux manières d'être riche : élever son revenu au niveau de ses désirs, abaisser ses désirs au niveau de son revenu. »
- « En fait de livres, il y a beaucoup d'épelés et peu d'élus. »
- « Les savants sont des gens, qui sur la route des choses inconnues, s'embourbent un peu plus loin que les autres. »

Ça faisait bien rire en 1850

« Les peines infligées à la femme adultère ont singulièrement varié jusqu'à nos jours : les Locriens lui arrachaient les yeux. La loi de Moïse la condamnait à mort. Chez les anciens Saxons, on la pendait et on la brûlait. Le roi Canut, chez les Anglais, ordonna que la femme adultère eût les oreilles coupées. Chez les Égyptiens, on lui coupait le nez. En Crète, on l'obligeait à porter une couronne de laine et on la faisait esclave. Aujourd'hui, en France, quand une femme est surprise en adultère, on se moque de son mari. »

Les rires du Second Em...pire et de la Troisième République

Napoléon III trouve grâce à nos yeux car s'il a été bien souvent malmené par l'Histoire malgré ses qualités, il donne à penser et prête à rire. Quant à ces messieurs de la Troisième République, ils osèrent tous les humours, même involontaires.

Badinguet et Badinguette

On reproche souvent aux humoristes ou aux journalistes actuels de moquer le pouvoir et de l'affaiblir. C'est mal connaître l'esprit rebelle et gaulois du Français, qui fait de son insolence une tradition. Certes, Nicolas Sarkozy est souvent caricaturé, mais que dire de ses augustes prédécesseurs ? Songez que sous son règne on appelait Napoléon III : Badinguet ; et sa femme Eugénie de Montijo : Badinguette !

Le choc des mots, le poids des images

Deux versions se télescopent au sujet de l'origine du nom Badinguet :

- En 1840, le coup d'État raté contre Louis-Philippe mène Louis-Napoléon Bonaparte au fort de Ham. Il parvient à s'en évader grâce aux vêtements d'un maçon, Pinguet, que ses compagnons appellaient Badinguet.
- Un dessin de l'illustrateur Gavarni (1804-1866) paraît dans les colonnes du Charivari, qui représente Louis-Napoléon en personnage désinvolte. Une légende : Badinguet. Ce qui signifie « plaisantin ».

Sots... briquets !

Mais Badinguet n'est pas le seul sobriquet dont était affublé l'Empereur. Comme le rapporte l'écrivain et photographe Maxime Du Camp (1822-1894), c'est bien simple, dans les salons orléaniste on ne le nomme même pas ; on dit « Celui-ci », « Notre monsieur »... Même Gustave Flaubert, qui se dit amoureux de l'impératrice Eugénie, se gratte d'un : « Celui que la pudeur m'empêche de nommer. » Quant au peuple, il y va de son imagination... populaire : « Isidore le Taciturne », « le Perroquet mélancolique », « Boustrapa » (Boulogne-Strasbourg-Paris), et après le 4 septembre qui voit la nouvelle République naître, il devient « Sire Fich Ton-Kang ».

Il portait les surnoms comme d'autres des cornes.

Un Empereur lucide... in the sky !

Oui, Badinguet était assez lucide sur l'engouement que véhiculait son régime : « Personne n'aime l'Empire ; voyez, moi, je suis socialiste, l'impératrice est légitimiste, le prince Napoléon est républicain ; je ne connais que Persigny qui soit bonapartiste, et encore il est fou ! »

Si ça, ce n'est pas de l'humour !

Amitiés posthumes

Persigny (1808-1872), homme politique du Second Empire, voua une passion sans borne pour Napoléon III, qu'il accompagna tout au long de sa carrière politique. Détesté par beaucoup et peu aimé par les autres, il meurt seul à Nice à soixante-quatre ans. Il « reçoit » un télégramme de Napoléon III au lendemain de ses funérailles :

« Mon Cher Persigny,

J'apprends avec peine l'état de votre santé. J'espère que vous pourrez triompher de la maladie ; mais en attendant votre guérison, je tiens à vous dire que j'oublie ce qui a pu nous diviser pour ne me souvenir que des preuves de dévouement que vous m'avez données pendant de longues années. Croyez à ma sincère amitié. »

Le ridicule ne tuant pas...

Les bons mots de la Troisième République

On sait que les hommes politiques d'aujourd'hui ne sont pas à une fourche de langue près, et que micros et caméras de télévision sont là pour débusquer leurs singeries. Ô règne du bêtisier ! Mais les hommes politiques de la Troisième République ont eu, eux aussi, leurs errances.

- Le président Félix Faure (1841-1899) vient de s'écrouler dans les bras de sa maîtresse. Un prêtre est appelé d'urgence pour donner les derniers sacrements :

  « A-t-il encore sa connaissance ? demande le prêtre.

  – Non, elle vient de sortir par la porte de derrière ! » lui répond-on.

  Une porte et une femme dérobées, pourrions-nous ajouter.

- On raconte un jour à Clemenceau (1841-1929) que le président Paul Deschanel (1855-1922) est tombé du train. Il fait cette réponse admirable : « Monsieur Deschanel a toujours été si pressé d'arriver ! »

- Le président Émile Loubet (1838-1929) était réputé pour sa pudeur, pour ne pas dire sa pudibonderie. Le roi d'Angleterre Edouard VII, qui le recevait, avait pris soin de ne pas laisser de livre licencieux ou libertin dans sa chambre. Émile Loubet commenta : « Le Roi a raison, à mon âge, on ne relit pas ! »

Et Le Rire pour finir le siècle

France, terre des paradoxes ? C'est fin novembre 1894, au moment où explose l'affaire Dreyfus, que paraît le premier journal humoristique : *Le Rire*. Son fondateur Félix Juven va réunir sous sa bannière tous les courants de pensée français : anarchistes, socialistes, dreyfusards, antidreyfusards… pour faire rire les Français. Sous les crayons ou les plumes de Caran d'Ache, Jean-Louis Forain, Jules Grandjouan et bien d'autres, la presse humoristique va rapidement acquérir ses lettres de noblesse.

Artiste contre bourgeois

La mission des artistes qui entrent au journal est claire : « opposer la raillerie victorieuse aux imbéciles, aux importants, aux niais, aux coquins tout puissants. » Dans cette lutte par l'humour, de grands noms du moment s'associent, comme Toulouse-Lautrec ou Tristan Bernard.

Émile Zola, un ennemi récurrent

Dès le premier numéro, c'est Émile Zola qui sert de cible. Ce dernier fait savoir au journal *Le Gaulois* sa très vive aspiration à rencontrer le pape Léon XIII : « Avant tout, je tiens à me conduire en galant homme, en homme bien élevé, qui sait exactement ce qu'on doit au Souverain Pontife. » Il n'en faut pas plus aux joyeux drilles du Rire pour placarder Zola avec une petite chanson de leur cru : (Sur l'air de *Avec les femmes, faut toujours être galant*)

« Monsieur Zola, quand Vous irez à Rome,
Si Léon Treiz' consent à vous r'cevoir,
Afin de vous « conduire en galant homme »
Fait's un p'tit brin d'toilette, avant de l'voir.
Respectueux, devant l'vieillard austère,

Ne lui dit's pas, en lui tendant votr'pli :
“C'est épatant c'que tu r'ssembl's à Voltaire !”
Avec les pap's, faut toujours êtr'poli.
Dans l'entrevu', si notre Très Saint père
Vous interrog' sur les Rougon-Macquart,

N'lui parlez pas du Jésus-Christ d'la Terre ;
Tâchez d'laisser ce bon type à l'écart.
Si, malgré tout, faut lui raconter l'rôle
Qu'jou', dans votre œuvr'c'personnag'si joli !
Ne joignez pas l'exemple à la parole ;
Avec les pap's, faut toujours êtr'poli. »

Deuxième partie

Le tour du monde en 80 éclats de rire

Dans cette partie...

On le sait, on l'a déjà dit, le rire est le propre de l'homme, il est donc le propre de tous les hommes, quels que soient les pays et les latitudes. Mais le rire est également une affaire de culture. On ne rit pas des mêmes choses au pied du Fuji-Yama ou de la Tour Eiffel. Quand les Juifs « s'amusent » de leur malheur, l'enjeu est différent du Français qui s'esclaffent de son « cocu ». Le nomade de Sibérie s'écroulerait-il de rire face au pétomane ? L'homme du Nord serait-il plus drôle que l'homme du Sud ? Le soleil ou la neige auraient-ils des incidences sur les formes humoristiques ?

C'est cette géographie du rire que nous tenterons de reconstituer, de la France à la Chine en passant par l'Angleterre, les États-Unis, l'Asie et l'Afrique. Une carte aux accents un peu fous, dans laquelle nous planterons un seul drapeau : celui du rire.

Chapitre 6

L'humour français : malice au pays des merveilles

Dans ce chapitre :

- Humour et étymologie
- La fonction et l'utilisation des mots
- Les grands représentants de l'humour à la française

Qu'est-ce qui peut bien différencier l'humour français d'un autre humour ? Sa culture bien sûr, mais surtout sa langue. Car l'humour en général peut se passer des mots : les pitreries de l'acteur Louis de Funès fonctionnent à l'étranger, la poésie amusante du cinéaste Georges Méliès aussi, les délires de l'acteur Max Linder également, lui qui engendra le Charlot de Charlie Chaplin. Que dire de Jacques Tati, qui fit de ses silences un modèle d'humour à travers le monde ? Oui, l'humour de situation est de partout, mais pour qualifier un humour de Français, il faut des mots : des bons mots, des gros mots, des mots torturés, ordonnés, triturés, agencés, malaxés, malmenés, des mots que l'on phrase, que l'on périphrase, que l'on jargonne, que l'on patoise, que l'on argote, que l'on ergote, que l'on décale, que l'on dessale… L'humour français, c'est le pays des mots.

Voici donc une petite balade dans cette belle contrée du langage, où nous ferons escale chez quelques-uns de ses habitants les plus « serviables ».

Le sens des mots

Faire rire par les mots, c'est une chose, encore faut-il savoir comment. Il ne suffit pas d'aligner les effets de styles, d'enfiler les gags comme des perles ou d'embrocher les bons mots en rang d'oignon (même si l'oignon fait la farce), encore faut-il maîtriser son verbe, ne pas faire de la prose sans le savoir… La langue et l'humour ont des principes, il convient de les accorder. Après lecture de ce qui suit, le zeugma ou l'antanaclase ne seront plus pour vous des injures ou des fautes de français, mais de jubilatoires petits procédés de langage.

Aux origines : l'humour des biles !

Accordons aux Anglais que le mot « humour » leur appartient. Accordons-leur avec d'autant plus de simplicité que *humor* vient directement du mot français « humeur », qui vient lui-même du latin *humor*. Au Moyen Âge, ce mot désignait les quatre liquides d'humeur : le sang, la lymphe (ou flegme), la bile (jaune) et l'atrabile (noire) qui permettaient à l'humoriste de l'époque (spécialiste des humeurs) de diagnostiquer un caractère sanguin, flegmatique, coléreux ou mélancolique.

J'ai un rire jaune, docteur !

Contrairement à certaines apparences (celles qui sont souvent trompeuses), l'expression bien connue « rire jaune » n'a rien à voir avec le rire asiatique. Elle vient des hépatiques, les gens malades du foie qui sont régulièrement de mauvaise humeur et qui se « font de la bile ». Bile qui donne à leur visage une teinte jaune quand ils s'énervent ou quand ils se forcent à rire. Par extension, l'expression désigne toute personne qui rit contre son gré.

Un mot de Voltaire

Pour être un poil caricatural : dans la France du XVIIIe siècle, l'esprit sied à la noblesse, et la farce aux gens du peuple. L'humour que pratiquent les Anglais s'adresse aux classes moyennes, en pleine expansion à cette époque. Voltaire (1694-1778), après un voyage en Angleterre, s'en amuse :

« Les Anglais ont un terme pour signifier cette plaisanterie, ce vrai comique, cette urbanité, ces saillies qui échappent à un homme sans qu'il s'en doute ; et ils rendent cette idée par le mot humour, et ils croient qu'ils ont seuls cette humeur, que les autres nations n'ont point de terme pour exprimer ce caractère d'esprit ; cependant, c'est un ancien mot de notre langue en ce sens dans plusieurs comédies de Corneille. »

Et la rhétorique, alors ?

Qui se souvient d'un temps où la rhétorique était enseignée à l'école, où le sens des mots avait… un sens ? Certes, avec la bande dessinée (qu'elle soit belge, américaine ou japonaise) et ses onomatopées, avec le cinéma américain et ses répliques lapidaires (« I'll be back » disait Terminator), avec les mots fourre-tout et parasites dont s'est emparé la jeunesse (super, génial, genre, trop cool, n'importe na wak, ça déchire, kiffer grave, ça c'est fait...), il n'est pas aisé de se réapproprier la langue française et ses subtilités.

Voyons là quelques figures qui prêtent à rire.

Rhétorique, oui, barbare, non !

Le nom « rhétorique » provient du latin *rhetorica*, qui lui-même vient du grec *rhêtorikê* qui signifie « art oratoire », c'est-à-dire « l'art du bien parler » ou l'art de convaincre par le langage.

Les noms des figures de rhétorique (catachrèse, apophtegme, euphémisme...) viennent essentiellement du grec et nous paraissent aujourd'hui barbares. Il est amusant de songer que pour les Grecs, était barbare ce qui ne venait pas de Grèce.

L'hallali de l'allitération, ah là là !

L'allitération est un procédé qui consiste à répéter plusieurs fois les mêmes lettres, ou mieux, les mêmes sonorités, de manière à donner une force rythmique à la phrase, une tonalité harmonieuse ou un effet surprenant et humoristique.

- « Pour qui sont ces serpents qui sifflent sur vos têtes ? (Racine, *Andromaque*)
- Si six sangsues sont sur son sein sans sucer son sang, ces six sangsues sont sans souci. (Anonyme)
- « Y'a pas d'hélice, hélas !

  – C'est là qu'est l'os ! » (Bourvil et de Funès dans *La Grande Vadrouille*, Gérard Oury)

Le virelangue ou le trompe-oreilles

Le principe de l'allitération, qui est d'origine littéraire, a bien sûr fait le jeu des humoristes du langage, transformant le procédé en *virelangue* : une locution à caractère ludique très difficile à prononcer. Le néologisme « virelangue » est la traduction littérale de l'anglais *tongue-twister* (qui fait tordre la langue).

On y trouve les incontournables :

– Chez les Papous, il y a des Papous papas et des Papous pas papas. Il y a aussi des Papous papas à poux et des Papous papas pas à poux. Parmi les poux, il y a les poux papas et les poux pas papas. Il y a donc des Papous papas à poux papas, des Papous papas à poux pas papas, des Papous pas papas à poux papas et des Papoux pas papas à poux pas papas.

– Un chasseur sachant chasser sans son chien de chasse est un chasseur qui chasse assez bien.

– Les chaussettes de l'archiduchesse sont-elles sèches ou archi-sèches ?

« Il était une fois,
Une marchande de foie,
Qui vendait du foie,
Dans la ville de Foix.
Elle se dit ma foi,
C'est la première fois
Et la dernière fois,
Que je vends du foie,
Dans la ville de Foix. »

Zeugma, jeu de vilain

UN PEU DE TECHNIQUE

Derrière le mot un peu barbare « zeugma », qui signifie « réunion » en grec, se cache justement un barbarisme grammatical. Le procédé consiste à rattacher deux ou plusieurs mots à un adjectif ou à un verbe qui ne se rapporte qu'à un seul des mots.

Pour plus de clarté, voici le fameux zeugma d'André Gide (1869-1951) : « En achevant ses mots, Damoclès tira de sa poitrine un soupir et de sa redingote une enveloppe jaune et salie. »

Qui est beaucoup plus sérieux que celui de l'écrivain Hervé Le Tellier (né en 1957) : « Il lui fit l'amour et des zeugmes aux plats. »

Cette figure de rhétorique s'appelle aussi « zeugme » ou « attelage ».

L'exercice peut être emprunt d'un certain lyrisme poétique lorsque Victor Hugo ou Apollinaire s'y essayent :

- « Vêtu de probité candide et de lin blanc. » (Victor Hugo)
- « Sous le pont Mirabeau coule la Seine,
  Et nos amours [...] » (Guillaume Apollinaire)

Puis l'humour s'installe chez les poètes et les romanciers :

- « Tout jeune Napoléon était très maigre et officier d'artillerie, plus tard il devint empereur alors il prit du ventre et beaucoup de pays. » (Jacques Prévert)
- « Les grands pots rouges des deux côtés du perron, transformés en Indiens sauvages par la nuit qui venait et les incertitudes de l'orthographe. » (Boris Vian)

Le zeugma prend tout son charme, voire son véritable intérêt, quand les humoristes s'en emparent :

- « Après avoir sauté sa belle-sœur et le repas du midi, le Petit Prince reprit enfin ses esprits et une banane. » (Pierre Desproges)
- « L'inspecteur Poileau Luc s'enfonça dans le brouillard et un clou dans la fesse droite. » (Pierre Dac)
- « Napoléon, descendant de Pépin, en créa pas mal. » (Gordon Zola)

Fait volontairement, il s'agit d'un exercice de style au panache certain ; involontaire, c'est une grosse faute de français. On ne peut manquer de citer cette belle boulette du feuilletoniste Ponson du Terrail (1829-1871), que le rythme effréné d'écriture poussait parfois à la faute.

« Bon ! Bon ! maugréa-t-il en silence et en bas-breton. »

Antanaclase, mais sans abuser

L'antanaclase, du grec *anti* (contre) et *anaklasis* (répercussion) consiste à répéter un mot ou une expression en lui attribuant un sens différent, mais toujours au sens propre. Cette figure de style vise en général l'effet comique, qui peut être assez proche du calembour. Dans une joute oratoire, elle permet de reprendre un mot de l'adversaire pour ridiculiser ses arguments. Voici quelques classiques pour bien comprendre :

- « Le cœur a ses raisons que la raison ne connaît pas. » (Pascal)
- « L'Histoire n'est qu'une histoire à dormir debout. » (Jules Renard)

Si d'aventure il vous prenait des envies d'antanaclase, vous pouvez corser l'exercice en ajoutant à l'antanaclase classique, l'antanaclase elliptique où le mot n'est utilisé qu'une seule fois, et qui fait les délices des humoristes :

- « La culture, c'est comme la confiture, moins on en a, plus on l'étale. » (Jean Théodore Delacour)
- « Les étudiants sèchent, le linge aussi. » (Coluche)
- « L'intelligence, c'est comme les parachutes, quand on n'en a pas, on s'écrase. » (Pierre Desproges)

- « Les gardiens de la paix, au lieu de la garder, ils feraient mieux de nous la foutre. » (Coluche)

Too many mots

Écrivains, penseurs, épistoliers, scénaristes, humoristes sont bien souvent des Monsieur Jourdain en puissance, et prosent à tout va sans le savoir. Est-ce anormal ? Non, quand on sait qu'après l'allitération, le zeugma ou l'antanaclase, on peut encore faire :

- des *anacoluthes* (rupture voulue de la construction syntaxique qui conserve le sens et la facilité de compréhension en apportant un avantage à l'expression),
- des anaphores (commencer des vers ou des phrases par les mêmes mots ou les mêmes syntagmes),
- des antiphrases (emploi, par ironie ou par euphémisme, d'un mot ou d'une phrase dans un sens contraire à sa véritable signification),
- des asyndètes (suppression des liens logiques et des conjonctions dans une phrase),
- des apostrophes (interruption d'un discours ou d'un récit pour s'adresser subitement à un destinataire, qui peut être absent ou fictif),
- des chiasmes (croisement d'éléments dans une phrase),
- des hyperboles (exagération d'une expression, d'une idée ou d'une réalité pour la mettre en relief),
- des oxymores (rapprochement de deux termes que leur sens devrait éloigner, dans une formule en apparence contradictoire),
- des syllepses (discours répondant à notre pensée plutôt qu'aux règles grammaticales),
- des tmèses (séparation de deux parties d'un mot par un ou plusieurs mots),
- des euphémismes (atténuation ou adoucissemnt d'une idée déplaisante en ayant recours à une litote ou à une périphrase),
- des hypallages (construction de mots où deux termes sont liés syntaxiquement alors qu'on s'attendrait à voir l'un des deux rattaché à un troisième),
- des enthymènes (syllogisme qui a reçu successivement deux significations)…

Bonne chance au pays des mots dits !

Le jeu des mots

Rendons hommage à l'esprit français qui aime jouer avec sa langue. Les mots posés les uns derrière les autres pour faire des phrases ne lui suffisent pas, car le Français est joueur. Il faut qu'il autographe, qu'il parodie, qu'il pastiche, qu'il anagramme, qu'il acrostiche, qu'il palindrome, qu'il syllogisme, bref, il veut faire parler le mot… À tout prix ! Et s'il faut user du troisième degré pour faire comprendre le deuxième, il le fera, la preuve :

Le gang des acrostiches

UN PEU DE TECHNIQUE

L'acrostiche est un jeu amusant qui passionna très tôt nos ancêtres. Il cumule le sens du jeu et du secret, deux notions qui font tant l'unanimité que l'humanité. Il s'agit d'un poème dont les premières lettres de chaque vers, lues verticalement, forment un mot, un nom ou une phrase.

François Villon, la langue bien pendue

Le grand poète François Villon (1431-1463) aimait les acrostiches, qu'il accrocha à un certain nombre de ses ballades.

Voici *Ballade pour prier Nostre-Dame* (petit détail qui a son importance : en ancien français, la lettre I se confondait avec la lettre J) :

« **V**ous portâtes, digne vierge, Princesse ;

Jésus régnant qui n'a ni fin ni cesse ;

Le Tout-Puissant, prenant notre faiblesse

Laissa les Cieux et nous vint secourir,

Offrit à Mort sa très claire jeunesse

Notre Seigneur, tel est, tel le confesse :

En cette foi, je veux vivre et mourir. »

Corneille, le petit malicieux

Le dramaturge Pierre Corneille (1606-1684), normand de son état (il est né à Rouen), n'aurait pas dû abuser du Cid(re). Il aurait ainsi évité de faire un acrostiche involontaire. À moins qu'il ne l'ait fait exprès… Oh non, vous croyez ?

« **S**'attacher au combat contre un autre soi-même,

Attaquer un parti qui prend pour défenseur

Le frère d'une femme et l'amant d'une sœur,

Et rompant tous ces nœuds, s'armer pour la patrie

Contre un sang qu'on voudrait racheter de sa vie,

Une telle vertu n'appartenait qu'à nous ;

L'éclat de son grand nom lui fait peu de jaloux. »

(*Horace*, 1640)

Prenez le Sand interdit

Gardons le meilleur pour la fin. Le meilleur, car le plus coquin. N'est-ce pas là que l'acrostiche peut prendre toute sa valeur ? Nous le devons à l'écrivain George Sand (1804-1876), maîtresse femme qui, visiblement, a grande envie de faire de la poésie avec son ami Alfred de Musset (1810-1857).

Lettre de George Sand à Alfred de Musset

« Cher ami,
Je suis très émue de vous dire que j'ai
bien compris l'autre soir que vous aviez
toujours une envie folle de me faire
danser. Je garde le souvenir de votre
baiser et je voudrais bien que ce soit
là une preuve que je puisse être aimée
par vous. Je suis prête à vous montrer mon
affection toute désintéressée et sans cal-
cul, et si vous voulez me voir aussi
vous dévoiler sans artifice mon âme
toute nue, venez me faire une visite.
Nous causerons en amis, franchement.
Je vous prouverai que je suis la femme
sincère, capable de vous offrir l'affection
la plus profonde comme la plus étroite
en amitié, en un mot la meilleure preuve
dont vous puissiez rêver, puisque votre
âme est libre. Pensez que la solitude où j'ha-
bite est bien longue, bien dure, et souvent
difficile. Ainsi en y songeant j'ai l'âme
grosse. Accourrez donc vite et venez me la
Faire oublier par l'amour où je veux me sous-
Mettre entièrement
Votre poupée »

Lettre d'Alfred de Musset à Georges Sand

« **Quand** je mets à vos pieds un éternel hommage
Voulez-vous qu'un instant je change de visage ?
Vous avez capturé les sentiments d'un cœur
Que pour vous adorer forma le créateur.
Je vous chéris, amour, et ma plume en délire
Couche sur le papier ce que je n'ose dire.
Avec soin, de mes vers lisez les premiers mots
Vous saurez quel remède apporter à mes maux. »

Réponse de Georges Sand :

« **Cette** insigne faveur que votre cœur réclame

Nuit à ma renommée et répugne à mon âme. »

Aphorisme… vérité vraie

Le mot « aphorisme » vient du grec *aphorismos* qui signifie « délimiter » ou « définition ». Il s'agit d'une sentence, une phrase courte qui résume un principe. Si l'aphorisme servait autrefois aux médecins qui les assenaient comme des petites recettes de guérison, du genre « Pour que la nuit te soit légère, fais ton dîner court », ou encore aux juristes de l'Ancien Régime pour qui « Le comble du droit est le comble de l'injustice », il est devenu, depuis deux siècles, une petite phrase combattante, souvent épineuse et parfois drôle.

Pensées diverses

- « Qui a de l'humour a déjà presque du génie. Celui qui n'est que spirituel n'a généralement même pas d'esprit. » (Arthur Schnitzler)
- « L'humour est une façon de se tirer d'embarras, sans se tirer d'affaire. » (Louis Scutenaire)
- « La laideur a ceci de supérieur à la beauté, c'est qu'elle dure ! » (Serge Gainsbourg)
- « Les absents ont toujours tort… de revenir. » (Jules Renard)
- « Il est regrettable pour l'éducation de la jeunesse que les souvenirs sur la guerre soient toujours écrits par des gens que la guerre n'a pas tués. » (Louis Scutenaire)
- « Les chats ont de la veine, l'obscurité ne les empêche pas de lire. » (Louis Scutenaire)
- « Ne pas reconnaître son talent, c'est favoriser la réussite des médiocres. » (Michel Audiard)

Palindrome… mais presque

Avec le palindrome, vous serez en mesure de retourner toutes les situations… enfin, celles qui s'y prêtent. Du grec *palin* (en arrière) et *dromos* (course), on pourrait traduire le palindrome comme une course en arrière ou « nouveau parcours de la phrase ». Il s'agit donc d'une phrase ou d'un mot qui se lit dans les deux sens en gardant la même signification. Un véritable travail mathématique que cette recherche de la phrase miroir. « Bob » étant l'exemple le plus concis qui me vienne à l'esprit.

Mise en bouche

Le travail palindromique sur de simples mots est relativement aisé. Vous trouverez quelques noms communs comme radar, kayak, rotor, tôt, erre, selles, gag, lol ; des noms propres comme Bob, Hannah, Otto, Abba, Eve ; des noms de villes comme Laval, Noyon, Noron, Sées ; ou encore des hommes célèbres comme Michel Serres, Carlos Menem, Fred Kassak…

Né de l'Éden : ça se complique

Le plus difficile dans l'art du palindrome ne consiste pas à trouver les petits mots pervers qui s'inversent facilement, mais de construire des phrases entières. Un exercice délicat compte tenu du fait que la langue française ne s'y prête guère avec ses articles à répétitions et ses conjugaisons vicieuses. Le plus célèbre des palindromes, que l'on cite souvent en référence, est « Esope reste ici et se repose ».

Le chemin ardu du palindrome

L'écrivain Claude Gagnière (1928-2003) a cheminé sur la route du palindrome, et y a souffert avec l'humour qui le caractérisait :

« Je me suis rendu compte que l'adverbe *trop* faisait *port* à l'envers, et qu'*un* était le contraire de *nu*, alors j'ai posé sur le papier *un port trop nu*. Timide, j'ai ajouté l'été à droite de la phrase en souhaitant que le dictionnaire des noms propres me propose Etel… Gagné ! C'est un port du Morbihan. Donc : "Etel, un port trop nu l'été". Il ne reste plus qu'à espérer qu'Etel soit un repaire de nudistes, et le tour serait parfait. »

Morceaux de bravoure

Un certain Mathieu Godbout tenta l'impossible pour caser le mot « palindrome » dans un palindrome… Voilà de quoi accoucha ce garçon tenace : « Caser vite ce palindrome ne mord ni lape cet ivre sac ». Que voulez-vous, quand ça débarrasse et que ça fait plaisir !

Voici quelques beaux exemples :

- « Eh ! Ça va, la vache ? » (Louise de Vilmorin)
- « Un drôle de lord nu. » (Anonyme)
- « La mariée ira mal. » (Anonyme)
- « Car, tel Ali, il a le trac. » (Anonyme)
- « Suce ses écus. » (Louise de Vilmorin)

- « À l'étape, épate-là ! » (Louise de Vilmorin)
- « Zeus a été à Suez. » (Anonyme)

La palme revient toutefois à l'écrivain oulipien Georges Perec (1936-1982), qui publia en 1969 le livre *9691*, un palindrome géant de 5 000 mots !

Do, ré, mi, fa, sol, la, si, do

Le palindrome fonctionne avec les chiffres, bien sûr, mais également avec les notes de musique. Le compositeur allemand Joseph Haydn (1732-1809), contemporain de Mozart, intitula sa quarante-septième symphonie *Le Palindrome.* Pour obtenir la deuxième partie du mouvement, il suffit de jouer à l'envers les dix premières mesures de la première partie.

Aux sources des mots : les dictionnaires

Léger = inconséquent ; inconséquent = maladroit ; maladroit = gauche ; gauche = lourd ; donc lourd = léger (sic). Dans une langue qui peut vous faire croire que légèreté est synonyme de lourdeur, on comprend l'importance des dictionnaires. Ils permettent de ne pas se laisser abuser trop facilement. Il en existe de toutes sortes, sur les injures, la bêtise, la mort, les synonymes, les idées reçues, les assassins, les noms propres, sans parler du dictionnaire du français non conventionnel (le fameux non.con)… Bref, une ribambelle de dicos qui prouve bien que nous sommes au pays des mots.

Le dictionnaire des mots retrouvés

La liste de tous les dictionnaires eut été trop longue, aussi nous concentrons-nous sur celui qui, à nos yeux, est le plus digne d'intérêt et de sérieux, j'ai nommé *Le Dictionnaire des idées retrouvées*. Il fut composé dans les années 1930 par une bande de savants anonymes qui font figure, reconnaissons-le, d'archéologues érudits. De la mine de l'humour, ces nouveaux Champollion ont réussi a extirpé de belle pièces d'amusés :

- Ballerine, s.f. Matelas de plume, très doux, utilisé pour les divans. *Il s'allongea de tout son long sur la ballerine*.
- Bordel, s.m. Petit berceau à roulettes en usage dans le Bordelais (d'où son nom). *Elle mit sa fille au bordel.*
- Diarrhée, n.p.f. Princesse mérovingienne célèbre par ses débordements. Épouse de Lenthéric Ier, roi des Mégoths.
- Incunable, s.m. Expression désuète désignant les homosexuels.

- Renommée, n.p.f. Courtisane célèbre de la Renaissance. Par extension, désigne une femme élégante et facile. *Jouir d'une belle renommée.*

Ces grands enfants qui nous amusent

Choix cornélien s'il en fut, mais choix nécessaire pour établir cette courte liste d'auteurs incontournables. Qui choisir pour incarner ce sens de l'humour exacerbé si cher à l'esprit français ? Sacha Guitry et Feydeau avaient leur place au théâtre, Coluche, Pierre Desproges ou Devos sur la scène des humoristes, Michel Audiard, Francis Veber ou Henri Jeanson au cinéma, Jules Renard et Frédéric Dard en littérature, Gotlib et Goscinny au rayon BD, alors qui ? Quatre noms se détachent pour symboliser, à nos yeux, la *french* malice : Alphonse Allais, bien sûr, Tristan Bernard *of course*, Pierre Dac, indubitablement, et Francis Blanche qui inspira tant d'hurluberlus contemporains.

Alphonse Allais, il nous a tout fait !

Alphonse Allais est le maître incontesté de l'humour à la française tel qu'on le conçoit encore aujourd'hui. Il a tout inventé, et on peut même considérer qu'il y a de nos jours deux sortes d'humoristes : ceux qui se revendiquent de lui et ceux qui ne le disent pas. Jules Renard disait de lui : « Comme Dieu, il créait à chaque instant. De rien. » Gags potaches, jeux de l'esprit, répliques cinglantes ou bons mots tous azimuts, la langue d'Allais ne s'interdit rien.

Alphonse, un pis Allais

Alphonse Allais est né à Honfleur, le 20 octobre 1854, le même jour qu'Arthur Rimbaud (ici s'arrête la comparaison). Sa jeunesse se passe sous le signe de la petite bourgeoisie de province, sous l'œil vigilant d'un père pharmacien. On retiendra de son passage au service militaire un retentissant : « Bonjour m'sieurs-dames ! » lancé dans une salle pleine d'officiers, et de ses études un échec à l'examen de pharmacien. Voulant être humoriste, il devient rédacteur en chef du *Journal du Chat Noir* et collabore aux *Hydropathes*, au *Tintamarre*, à *L'Anti-concierge*, au *Tout-Paris*, au *Courrier français*, au *Mirliton* et au *Sourire*. C'est dans toutes ces colonnes que pendant vingt-cinq ans il publiera des fables-express, des olorimes, des combles, et qu'il accouchera de 1 600 contes. Un travail humoristiquement titanesque. « Si je travaille, c'est dans le but unique de subvenir à mes débauches. » Il meurt à cinquante-et-un an d'une embolie foudroyante qui n'avait aucun humour.

Le devin passa

Peu avant sa mort, en 1905, Alphonse Allais habitait à l'hôtel Britannia, à Paris. Alors qu'il rencontre un ami, il lui demande de le raccompagner à sa chambre et lui dit : « Demain, je serai mort ! » L'autre rit. « Vous riez ! Mais moi, je ne ris pas, demain je serai mort ! »

Il mourrait le lendemain à 8 heures du matin.

Allez, oh l'or rime !

UN PEU DE TECHNIQUE

L'humoriste aimait particulièrement cette figure de style que l'on nomme *holorime*, qui est un poème de deux vers qui riment exactement entre eux, en fournissant deux sens différents. Holorimes qu'Allais s'amusait souvent à mettre en scène :

« Alphonse Allais de l'âme erre et se fout à l'eau.
Ah ! l'fond salé de la mer ! Hé ! Ce fou ! Hallo ! »

Conseil à un voyageur timoré qui s'apprêtait à traverser une forêt hantée par des êtres surnaturels :

« Par les bois du djinn, où s'entasse l'effroi,
Parle et bois du Gin ou cent tasses de lait froid. »

Exhortation au pauvre Dante :

« Ah ! Va au pont du Loing ! De la vogue en mer Dante !
Have oiseau, pondu loin de la vogue ennuyeuse. »
(La rime n'est pas très riche mais j'aime mieux ça que la trivialité.)

Le cachet de la poste faisant mauvaise foi

Alphonse Allais avait le sens de la formule et le sens du gag à chaque instant. Voici ce qu'il répond à Jules Renard, avec trois mois de retard : « Excuse-moi d'avoir tardé à te répondre mais lorsque ta lettre est arrivée, j'étais au fond du jardin. »

L'histoire selon Allais

Homme de culture, Alphonse ne détestait pas montrer l'étendue de ses connaissances.

- « Je ne comprends pas les Anglais ! Tandis qu'en France nous donnons à nos rues des noms de victoires : Wagram, Austerlitz… Là-bas, on leur colle des noms de défaites : Trafalgar Square, Waterloo Place… »
- « Si le nez de Cléopâtre avait été plus long, sa face aurait été changée. »
- « Shakespeare n'a jamais existé. Toutes ses pièces ont été écrites par un inconnu qui portait le même nom que lui. »
- « Il faisait dire "Enchanté" à Merlin et à Saint-Pierre : "On est prié de ne pas claquer l'apôtre". »

Fables-express

S'il est un genre où Alphonse Allais se surpassa, c'est celui de la fable-express (voir le chapitre 12), ces petites pièces en vers qui accouchent d'une morale délirante.

Le cadeau

« Sur elle n'ayant pas d'argent, l'accorte blonde
Offrit à son amant un joli… coryza.
Moralité :
La plus belle fille du monde ne peut donner que ce qu'elle a. »

De L'ourcq

« De L'ourcq un beau matin un pêcheur retira
Un pli qu'à l'Élysée aussitôt il porta
Et qui chose bizarre était relatif à l'affaire.
Moralité :
Loubet lit ce que l'Ourcq sort. » (L'obélisque de Louxor)

(Émile Loubet fut l'un des présidents de la République pendant l'affaire Dreyfus)

Le jeune homme sans soi et en plus irrespectueux

« Sans la moindre mitaine
Il lit l'œuvre de Taine.
Son thon de l'aquarium
S'évade et file à Riom.
À son excellent père
Il parle avec colère.
Surveille mieux, fiston
Ton thon, ton Taine et ton ton. »

L'émolument historique

Jeune journaliste, il venait chercher sa paye chaque mois à la comptabilité du journal.

« Bonjour, je viens toucher mon appointement. »

Et de recommencer chaque mois ce petit barbarisme. Un jour, le caissier agacé finit par lui dire qu'on ne dit pas *mon* appointement mais *mes* appointements.

« C'est vrai, répond Allais, mais on ne va tout de même pas déplacer le pluriel pour si peu de choses ! »

Le rire ça fait Allais

La France a engendré de grands savants, de grands écrivains, de grands musiciens, de grands peintres, il fallait donc de grands philosophes pour comprendre tout ça… et de grands humoristes pour en rire.

- « Dieu a agi sagement en plaçant la naissance avant la mort : sans cela, que saurait-on de la vie ? »
- « Il faut demander plus à l'impôt et moins au contribuable. »
- « L'homme propose (la femme accepte souvent) et Dieu dispose. »
- « Le rire est à l'homme ce que la bière est à la pression. »
- « Plus les galets ont roulé plus ils sont polis. Pour les cochers c'est le contraire. »
- « C'est quand on serre une femme de trop près qu'elle trouve qu'on va trop loin. »
- « J'ai connu bien des filles de joie qui avaient pour père un homme de peine. »

Piss and laugh

Un jour qu'il était à Londres, il entre précipitamment dans une pharmacie.

« Faites-vous des analyses d'urine ?

– *Of course.*

– Alors donnez-moi un bocal. »

On lui donne un bocal qu'il remplit consciencieusement, et annonce qu'il repassera dans la soirée. Ce qu'il ne fit pas, puisqu'il avait juste une envie pressante à assouvir.

Tristan Bernard, le paresseux contrarié

PORTRAIT

Tristan Bernard (1866-1947) est né à Besançon dans la même rue que Victor Hugo. « Le grand poète est venu au monde au numéro 138, alors que moi, plus modestement, je ne suis né qu'au 23. » Celui qui s'appelle Paul et qui deviendra Tristan en hommage à un cheval gagnant est lucide. En attendant, ses études le mènent au barreau de Paris où il officie comme avocat, avant de prendre la direction d'une usine d'aluminium… Un matériau peu malléable à son humour qu'il préfére mettre au service de sa plume. C'est dans *La Revue Blanche* que paraissent ses premiers écrits en 1891. Il s'adonne un peu au roman (*Mémoires d'un jeune homme rangé*), invente l'humour dans les définitions de mots croisés, s'initie timidement au cinéma, mais c'est au théâtre qu'il triomphe avec une cinquantaine de pièces. Pas mal pour celui qui disait : « Un paresseux est un homme qui ne fait pas semblant de travailler » ou encore : « La vraie paresse, c'est de se lever à 6 heures du matin pour avoir plus de temps à ne rien faire. »

Pied de nez au pied levé

En 1895 paraît la première pièce en un acte de Tristan Bernard, intitulée *Les Pieds nickelés*. Un titre qu'utilisera le dessinateur Louis Forton en 1908 pour créer ses célèbres escrocs. Pour la petite histoire, des pieds nickelés sont des pieds inaptes au travail.

Démon croisé

Grand spécialiste de mots croisés, Tristan Bernard nous gratifia de quelques grandes définitions humoristiques. En voici quelques-unes :

- Ne reste pas longtemps ingrat. (Solution : âge)
- Manque un peu d'esprit de repartie. (Solution : écho)
- Cadeau bon marché. (Solution : conseil)
- Muet de naissance. (Solution : cinéma)
- Nom d'emprunt. (Solution : or)
- Agent de la circulation. (Solution : aorte)
- Tenue de débutant. (Solution : nu)

Rire à tout prix

Tristan Bernard était juif, et c'est au milieu de nombreux autres porteurs d'étoiles jaunes qu'il se réfugia à Cannes (à Khan, disait-il) pendant l'Occupation. Il s'y ennuya : « Comment peut-on être si désœuvré quand la France est tellement occupée. » On remédia toutefois à son ennui en le déportant vers le camp de Drancy. Lorsque Sacha Guitry, qui réussira à le faire sortir quelque temps plus tard, lui demande de quoi il a besoin, il répond : « D'un cache-nez ». L'humour n'avait jamais autant été la politesse du désespoir.

Merci Bernard

L'esprit de Tristan Bernard est réclamé de tous, et il ne se passe pas une semaine sans qu'il soit invité aux tables les plus huppées de la capitale, où il régale les convives de ses bons mots.

- « Dans la vie, il ne faut compter que sur soi… et encore, pas beaucoup. »
- « On ne perd rien à être poli sauf sa place dans le métro. »
- « On ne prête qu'aux riches et on a raison, les pauvres remboursent difficilement. »
- « L'homme n'est pas fait pour travailler, la preuve, ça le fatigue. »
- « Je ne retomberai jamais en enfance, je ne l'ai jamais quittée. »
- « Il était à la fois aveugle et paralytique et ne trouvait aucun avantage au cumul de ses deux infirmités. »
- « En 1914, on disait "on les aura", eh bien, maintenant, on les a. »

Rien n'est triste en Bernard

Un jeune auteur de théâtre vient un jour solliciter son avis pour le titre à donner à sa nouvelle pièce.

« Voyons, mon jeune ami, y a-t-il des tambours dans votre pièce ?

– Non maître.

– Y a-t-il des trompettes ?

– Non maître.

– Eh bien, à votre place, j'appellerais votre pièce : "Sans tambour ni trompette". »

Un autre jour, une comédienne lui demande de l'aide pour choisir un nom de scène.

« Quel est votre prénom ?

– Maude.

– Appelez-vous donc Maude Cambronne. »

Une autre fois :

« La jeune première n'est pas fameuse.

– Exact, mais c'est la petite amie du directeur.

– D'accord, mais ce n'est pas assez bien expliqué au premier acte. »

Pierre Dac, le loufoque impérial

« Gloire à ceux qui ont forgé silencieusement mais efficacement le fier levain qui, demain ou après-demain au plus tard, fera germer le grain fécond du ciment victorieux, au sein duquel, enfin, sera ficelée, entre les deux mamelles de l'harmonie universelle, la prestigieuse clef de voûte qui ouvrira à deux battants la porte cochère d'un avenir meilleur sur le péristyle d'un monde nouveau. »

Et voilà Pierre Dac, le dynamiteur des idées creuses et des discours vides, celui que nous envie les Anglais pour son sens du nons-sens, que nous jalouse Woody Allen pour son fol esprit, le voilà tel qu'en lui-même.

Du tac au Dac

Pierre Dac (1893-1975) n'est pas né comme ça ! Il s'appelle d'abord André Isaac. « J'ai vu le jour dans la nuit du 15 août de l'année de ma naissance à Châlons-sur-Marne. » Son père, Juif alsacien, avait l'habit de boucher mais n'avait pas pour autant une tête de cochon. Le petit Dédé suit des études sans histoire qui se confondent avec une histoire sans études, et débarque à vingt ans en pleine guerre avec l'habit de tranchée. Blessé au bras, il décide de travailler de la tête, mais passe néanmoins par une kyrielle de petits métiers comme homme-sandwich, chauffeur de taxi, vendeur de savonnettes. En 1926, il devient chansonnier et va, pendant dix ans, assener au public des Deux-Ânes et de la Lune Rousse des maximes nonsensiques. En 1937, il lance sur les ondes *Le club des loufoques*. Avant de mourir en 1975, il connaît une deuxième guerre, crée le journal *L'Os à moelle*, joue dans une vingtaine de films, écrit des tonnes de chansons, de préfaces, et publie une dizaine de livres.

L'Os à moelle donne la pêche !

En 1938, la sortie du premier numéro de *L'Os à moelle* fait l'effet d'une bombe qui éclate dans une mare sans pavé. Les Français prennent de plein fouet un journal qui met en avant l'absurde et l'irrationnel. « Le premier ministère loufoque vient d'être constitué », précise le prince-en-rire :

- Roger Saldaderne, ministre du bœuf en daube.
- Robert Rocca, ministre des vieux dentiers et jaunes d'œuf.
- Fernand Rauzena, ministre des moules à gaufres et sinapismes (cataplasme).

Le journal s'arrête au numéro 108 mais tout n'est pas perdu car c'est la guerre qui commence (qui sera perdue). Nous sommes en 1940.

Rabelais à l'ordre

Le nom de l'organe officiel des Loufoques, *L'Os à moelle*, fut inspiré par Rabelais. Souvenez-vous dans *Gargantua* : « À l'exemple de ce chien, il vous convient d'avoir, léger à la poursuite et hardi à l'attaque, le discernement de humer, sentir et apprécier ces beaux livres de haute graisse ; puis, par une lecture attentive et une réflexion assidue, rompre l'os et sucer la substantifique moelle avec le ferme espoir de devenir avisé et vertueux grâce à cette lecture... »

De plus le mot « loufoque » vient de l'argot des bouchers le *louchebem*, qui signifie fou. Souvenez-vous : le père de Pierre Dac était boucher.

Les folles petites annonces

L'Os à moelle fournit une quantité incroyable de petites annonces délirantes qui donnèrent peut-être l'idée à Élie Semoun de faire les siennes (voir le chapitre 17).

- « Dame cherche nourrice aveugle pour enfant qui braille. »
- « Monsieur à qui on ne la fait pas cherche dame à qui on ne l'a pas fait. »
- « Professeur bègue donne répétitions. »
- « Monsieur atteint strabisme divergent cherche monsieur strabisme convergent pour pouvoir ensemble regarder les choses en face. »

Ils sont vareuses ! Non, ils sont uniques !

En 1951, Pierre Dac fait une rencontre décisive avec Francis Blanche, avec qui il lance la plus délirante des émissions de radio : *Signé Furax*, qui fera rire la France entière. De cette association prestigieuse et loufoque, la postérité gardera surtout le fameux sketch du *Sâr Rabindranath Duval*, qui parodie les spectacles de music-hall de divination à grand renfort de calembours.

« Votre don de double vue, c'est atavique ?

– Non, c'est à moi.

– Non, je veux dire, c'est congénital ?

– Non, c'est quand j'ai trop bu. [...]

– Les Sârs dînent de quoi ?

– Les Sârs dînent à l'huile. [...]

– Cette femme aura des enfants ?

– Oui, des jumelles.

– Des jumelles ! Combien ?

– Une paire... avec la courroie et l'étui. »

Grandiose !

Pensées et maximes

Ses phrases absurdes et nonsensiques ont traversé les décennies ; ce poète de l'absurde, inventeur du Schmilblick, de la houille dormante, du slip à percussion centrale ou de la peinture au râteau est toujours aussi drôle. La preuve en mots :

- « Il vaut mieux qu'il pleuve aujourd'hui plutôt qu'un jour où il fait beau ! »
- « Quand on ne travaillera plus les lendemains de jours de repos, la fatigue sera enfin vaincue. »
- « Le Schmilblick ne sert à rien et peut donc servir à tout car il est rigoureusement intégral. »
- « Le tabac augmente, fumez du saumon ! »
- « Celui qui, dans la vie, est parti de zéro pour n'arriver à rien, n'a de merci à dire à personne. »
- « Donner avec ostentation, ce n'est pas très joli ; mais ne rien donner avec discrétion, ça ne vaut guère mieux. »
- « En hiver on chauffe l'intérieur alors que c'est dehors qu'il fait froid. »
- « Se laisser aller à la facilité c'est faciliter le laisser-aller. »
- « Il est beau le progrès ! Quand on pense que la police n'est même pas fichue de l'arrêter. »
- « La mort est un manque de savoir-vivre. »
- « Rien ne sert de penser, il faut réfléchir avant. »

Francis Blanche dépasse toujours la ligne

Celui qui disait « Je suis né pendant la Paix de 1918-1939 » est le plus méconnu des grands humoristes français. Peut-être l'un des plus géniaux de la deuxième partie du XXe siècle, puisque toutes ses audaces et ses gags seront repris par de nombreux comiques, de Coluche à Gad Elmaleh en passant par Jean-Yves Lafesse.

Francis Blanche (1921-1974) est un enfant de la balle qui osa tous les rebonds, dans toutes les formes de spectacle. Ce gars barré commença au cabaret, passa par la chanson, courut au théâtre (mais jamais à la ruine), excella en radio (où il en connaissait un rayon), fit de la poésie (à la hauteur de son luth), opéra un virage vers l'opérette, revint à la pub (dont il fut un fils fondateur) et brilla au cinéma. Enfant prodigue du spectacle, il excella partout en imprimant sa patte : « Je suis presque aussi célèbre que de Gaulle. Vous en connaissez vous des auteurs à qui on a donné le nom d'une rue et d'une place de son vivant ? »

Pas d'idées noires pour le chansonnier Blanche

Francis Blanche écrivit 676 chansons, et laissa quelques perles comme *La truite*, inspirée de celle de Schubert, qui siéra si bien aux Frères Jacques. Idem pour le groupe des Quatre barbus, à qui il confia sa fameuse *Pince à linge*. Quant au *Débit de lait, débit de l'eau* de Charles Trenet, c'est encore lui !

Je brûle ? Non, c'est glacé !

Francis Blanche revenait de Suisse avec sa femme où ils avaient acheté un mini-réfrigérateur. Blanche avait soigneusement rangé l'objet dans le coffre de sa voiture, prenant bien soin de le recouvrir du contenu de la valise de sa femme. À la frontière, les douaniers sourient, ils ont reconnu le comédien. Ils n'en font pas moins les formalités d'usage.

« Vous n'avez rien à déclarer ?

– Si, un réfrigérateur.

– Bon, et où est-il ?

– Sous les jupes de ma femme ! »

Les douaniers explosent de rire et laissent passer le comique.

Fils de pub ?

C'est juste après la guerre, en 1945, que Francis Blanche se lance sérieusement dans la publicité, comme en témoignent les annonces qu'il fait dans l'émission *Sans rime ni raison* :

- Si vous ne vous sentez pas bien, faites-vous sentir par un autre !
- Mesdames, si votre poitrine tombe, posez-la par terre !
- Qui aime bien ses lunettes, ménage sa monture.

Quel cinéma !

Cet homme entier, plein de cette énergie revigorante, ce Clark Gable de l'humour ne pouvait passer à côté du septième art. Cette silhouette un peu ronde, au ton légèrement éraillé et à l'œil pétillant accrocha la pellicule une bonne centaine de fois. On retiendra le général gestapiste Schultz dans *Babette s'en va en guerre* avec Brigitte Bardot, le « Touche pas au grisbi, salope ! » de l'inénarrable Maître Folace des *Tontons flingueurs*, ou les chants russes de l'espion dans *Les Barbouzes*.

La littérature blanche

Fabricant de bons mots à la pelle, on comprend qu'il s'entendit comme luron en foire avec Pierre Dac.

- « Tout corps plongé dans une baignoire reçoit aussitôt un coup de fil. »
- « La monogamie laisse beaucoup à désirer. »
- « C'est en sciant que Léonard devint scie. »
- « Vous me demandez si je suis athée ? Je suis plus intéressé par le vin d'ici que par leur au-delà. »
- « Pour le week-end, nous avons voulu faire les Châteaux de la Loire. Malheureusement, ils étaient déjà faits. »
- « Un érudit lorrain collectionne les casiers judiciaires des grands hommes. Parmi les condamnations les plus inattendues, citons celle de Chopin, poursuivi en 1841 pour tapage de *Nocturnes* ; de Charles Gounod en 1859 pour *Faust* et usage de *Faust* ; Hugo, lui, fut condamné en 1877 pour abus de Conscience ; et José-Maria de Heredia pour Vol de gerfaut hors du charnier natal. »

Chapitre 7

L'humour anglo-saxon, ou le fair-play (sir)

Dans ce chapitre :

- L'humour est-il anglais ?
- Mais de quelle pâte sont donc faits les Anglais ?
- L'humour noir
- Les grands représentants de l'humour anglais

« Vous savez très bien que notre nation est plus célèbre que tout autre pays au monde grâce à ce genre d'homme appelé "plaisantin" et "humoriste" ; c'est pourquoi il est de notoriété publique que notre comédie anglaise surpasse celle de toutes les autres nations par la nouveauté et la variété de ses personnages. »

Voilà ce que nous annonce dès le XVIIIe siècle le journaliste et écrivain Joseph Addison (1672-1719). Fichtre ! Il n'y va pas avec le dos de la cuillère ! Traversons donc la Manche pour nous rendre compte de ce fameux *sens of humor* tant vanté, avant de faire un tour chez leurs cousins américains.

L'humour : un héritage anglais, est-ce vraiment sérieux ?

Ah ! Querelle sur les origines, quand tu nous tiens ! Le Mont-Saint-Michel est bien en Normandie, n'y revenons pas ; l'Alsace et la Lorraine sont bien françaises, c'est admis ; et Yves Robert est basque (dixit Jean Carmet), soit… Mais l'humour ? Est-il vraiment anglais ?

La comédie des humeurs

Le procédé qui consiste a développer un personnage essentiellement identifié par un trait de caractère spécifique (le colérique, le mélancolique, le sanguin, le flegmatique) n'est pas nouveau, puisque Plaute ou Aristophane en usèrent en leur temps (voir le chapitre 1). Mais c'est l'auteur anglais Ben Jonson (1572-1637) qui en systématise l'emploi. Cette « comédie des humeurs » deviendra la comédie de mœurs.

L'humour chimique

En 1599, le dramaturge Ben Jonson publie *Every man out of his humour (Chacun hors de son caractère)*, où il propose cette première définition du mot humour : « Ainsi dans tout corps humain, la bile, l'atrabile, le flegme, le sang, coulant continuellement dans un certain sens et ne pouvant être contenus, reçoivent le nom d'humeurs. Cela étant, ce nom peut, par métaphore, s'appliquer à la disposition générale du caractère : par exemple, lorsqu'une qualité particulière possède un homme à tel point qu'elle force ses sentiments, ses esprits, ses talents, leurs flux mélangés, à s'écouler tous dans le même sens, alors, oui, on peut dire qu'il y a là un humour. »

Avec Joseph Addison, le ton change

C'est au début du XVIIIe siècle que le mot change de sens. Cet humoriste qui décrivait l'homme « dans son humeur », devient celui qui décrit les errances humorales : c'est-à-dire l'artiste, l'auteur qui s'amuse des excentricités d'autrui.

L'écrivain Joseph Addison (1672-1719) va donner corps au mot en créant avec son comparse Richard Steele (1672-1729) le journal *Le Spectateur*. L'humour de ces deux pamphlétaires énergiques eut un succès retentissant dans la classe moyenne anglaise. Ainsi apparut à la conscience universelle un nouveau concept.

La famille tuyau de poêle

C'est en 1711, dans le numéro 35 de sa revue *Le Spectateur*, que Joseph Addison nous brosse un portrait généalogique de l'humour :

« La Vérité fut la fondatrice de la famille et engendra le Bon Sens. Le Bon Sens engendra l'Esprit, qui épousa une dame d'une branche collatérale, nommée Gaîté, dont il eut un fils : l'Humour. L'Humour est donc le plus jeune de cette illustre famille. [...] On le voit parfois prendre des airs graves et des allures solennelles, parfois faire le désinvolte et s'habiller avec extravagance, de sorte qu'il paraît parfois sérieux comme un juge, des fois farceur comme un saltimbanque. Mais il tient beaucoup de sa mère, et quel que soit son état d'âme, il ne manque jamais de faire rire la compagnie. »

So british

- « Le calembour est la forme la plus grossière de l'humour : pour celui qui n'en a pas eu l'idée le premier. »
- « Tout est drôle, tant que cela arrive aux autres. »
- « Le sens de l'humour c'est la capacité de rire de vos propres plaisanteries quand c'est votre femme qui les raconte. »
- « Il ne suffit pas d'avoir de l'esprit. Il faut en avoir assez pour éviter d'en avoir trop. »
- « Chéri, tu préfères une femme belle ou intelligente ?

  – Ni l'une ni l'autre, mon amour, tu sais que je n'aime que toi. »

Mais où et quand rient-ils ?

Pas facile d'imposer son invention. Le chroniqueur Jean Froissart (1337-1404) disait d'eux : « Les Anglais s'amusent tristement, selon l'usage de leur pays. » En effet, il était assez difficile pour un visiteur étranger de percevoir une quelconque trace de jubilation, ni même d'entendre l'éclat d'un rire entre la Tamise et Soho. On est vite la proie des apparences.

C'est que l'Anglais n'a pas le rire latin. Quand le Parisien rit, danse et s'embrasse dans la rue, l'Anglais s'enferme pour s'amuser, se claquemure pour boire, s'entoure de haies pour rire. Comme l'écrivait l'auteur britannique John Boynton Priestley (1894-1984) : « La vie en France est relevée par l'esprit, alors que la vie en Angleterre est relevée par l'humour. »

D'accord, l'humour est une invention anglaise

Rangeons-nous à l'avis d'Yvon Gattaz, l'ancien président de l'Académie des sciences morales (nous n'avons pas trouvé plus sérieux), et clôturons le débat. L'humour est bien anglais.

« D'origine britannique et ayant pour maître Swift et Dickens, l'humour consiste à conserver une apparence paisible – glacée même – pour décrire des faits ou exposer des idées sans tomber dans l'indignation, la véhémence ou la haine, traits de caractère qui ne conviennent pas à un parfait gentleman. C'est ce moyen d'exprimer avec correction et courtoisie certains sentiments ou certaines idées dont l'expression serait sans cela insupportable. » (Yvon Gattaz)

On pourra lui préférer la définition de Pierre Desproges :

« Comment reconnaître l'humour anglais de l'humour français ? L'humour anglais souligne avec amertume et désarroi l'absurdité du monde. L'humour français rit de ma belle-mère. »

Attention, Paul Valéry n'est pas un humoriste !

L'écrivain et poète Paul Valéry (1871-1945) ne nous donnerait-il pas une des meilleures définitions du mot « humour » ?

« Le mot "humour" est intraduisible. S'il ne l'était pas, les Français ne l'emploieraient pas. Mais ils l'emploient précisément à cause de l'indéterminé qu'ils y mettent et qui en fait un mot très convenable, à la dispute des goûts et des couleurs. Chaque proposition qui le contient en modifie le sens : tellement que ce sens lui-même n'est rigoureusement que l'ensemble statistique de toutes les phrases qui le contiennent et qui viendront le contenir. »

Avouez que vous n'aviez jamais songé à l'humour comme un « ensemble statistique » !

Anglais contre Français

On ne peut comprendre l'humour anglo-saxon sans cette explication de l'auteur britannique E.M. Delafield (1890-1943) : « La plupart des Anglais sont convaincus que Dieu est un Anglais, probablement élevé à Eton, que toutes les femmes bien sont naturellement frigides, que l'Angleterre est le plus grand pays du monde, que tous les étrangers sont un peu fous et que quiconque est en désaccord là-dessus devrait être fusillé. »

Voyons un peu nos différences.

Les pauvres !

Un « beau » jour qu'une tempête faisait rage sur l'Europe, au point que les bateaux restaient à quai et les avions ronflaient au sol, le *Times* titra sans vergogne, avec cet humour britannique teinté de sincérité : « Continent isolé ».

Nos différences, no déférence...

L'humour est bien souvent basé sur une culture commune, et en Angleterre il est plus une façon d'être qu'un trait d'esprit. Comme le rapporte l'écrivain Georges Mike : « En Angleterre, tout est à l'envers. Sur le continent, il y a un sujet de conversation à éviter : le temps ; en Angleterre, si vous ne dîtes pas deux cents fois par jour : "*Lovely day, isn't it ?*" (belle journée, vous ne trouvez pas ?), vous passez pour un raseur. Sur le continent, les autochtones mentent... ou ne mentent pas. Sur le gazon anglais, les gens ne mentent jamais... mais ils ne pensent pas à dire la vérité. » On comprend dès lors qu'il y ait des sujets de plaisanterie qui n'arrachent pas un sourire à un Anglais tandis qu'ils ôtent toute pudeur à son vis-à-vis continental.

Famille, je vous ai

Même si les Anglais ont leur comique familial, il diffère de celui des Français car ils ne vivent pas en famille, comme on le faisait il n'y a pas si longtemps en France. La belle-mère enquiquineuse qui ruine la tranquillité des jeunes épousés, s'il est un sujet inépuisable chez nous, tombe à plat en Angleterre. Il n'est pas dans leurs mœurs de s'occuper à domicile du vieil oncle ou de la sœur (un peu vieille fille sur les bords). Ils ne comprennent pas le film *Tatie Danielle* (1990) par exemple.

En Angleterre, l'Eton College

Il en va de même pour les enfants terribles qui font trembler tant de jeunes parents français. En Angleterre, l'habitude de l'internat assure un minimum garanti... de tranquillité.

RÉCRÉATION

- « Tout individu ayant fréquenté un grand collège anglais se sentira toujours plus ou moins comme chez lui en prison. » (Evelyn Waugh)
- « J'ai aimé Eton, sauf dans les domaines suivants : le travail et les jeux, les élèves et les professeurs. » (Anonyme)
- « L'avantage d'une formation classique, c'est qu'elle vous permet de mépriser la richesse qu'elle vous empêche de gagner. » (Anonyme)
- « Regarde, papa. Voici mon bulletin. Examine-le bien, s'il te plaît, et vois si je peux porter plainte pour diffamation. » (J. Marshall)

L'adultère ? Connaît pas !

Les plaisanteries sur l'adultère, qui font tellement rire les Français (enfin, surtout les observateurs), n'ont presque pas cours en Angleterre. Les oreilles des Anglais bougeraient-elles moins ? Pas sûr, mais elles sont sourdes à ce type d'agissement. Loi du silence. L'omertà de la fesse. Cela provient sans doute du puritanisme des Anglicans qui leur interdisait les bienfaits de la confession. Nous vous mettons au défi de trouver une plaisanterie sur les cocus dans un recueil de blagues anglaises. Par contre, leurs histoires regorgent d'infidèles en devenir.

RÉCRÉATION

- « La bigamie, c'est quand il y a une femme de trop. La monogamie aussi. »
- « Quand une femme se marie, elle échange l'attention de nombreux hommes contre l'inattention d'un seul. »
- « Qui vous a présenté votre femme ?

  – Nous nous sommes rencontrés par hasard, je ne blâme personne. »
- « Quand tu rentres le soir à la maison pour trouver une femme qui te donne un peu d'amour, un peu d'affection, un peu de tendresse… Eh bien, c'est que tu t'es trompé de maison. »

Savoir mettre l'accent dessus

Un Anglais appréciera que, vous, étranger en visite dans « le pays le plus civilisé du monde », fassiez des efforts pour parler la langue nationale, et plus particulièrement pour soigner votre accent. Une syntaxe approximative vous sera pardonnée, mais un bon accent leur fera la meilleure des impressions. N'ai-je pas entendu : « De quoi vous plaignez-vous ? Vous parlez le meilleur accent du monde sans le moindre anglais ! »

So british

Les Français ont leurs Auvergnats, les Américains ont leurs Juifs, les Anglais ont leurs Écossais. Impossible de concevoir l'humour britannique sans ces petites piques aux gens du Nord, réputés pour leur avarice.

- Le fils Mac Farlane rentre de l'école, radieux :

« Papa, tu vas être content, j'ai économisé une livre. Au lieu de prendre l'autobus, j'ai couru derrière.

– Idiot, reprend le père, il fallait courir derrière un taxi, tu en aurais économisé dix. »

- Un représentant de commerce est retenu aux îles Shetland par une terrible tempête qui s'éternise. Il appelle sa firme à Aberdeen et explique la situation. Son patron lui répond : « Très bien, vous êtes en vacances d'été depuis hier. »

Goûtez nos spécialités : litotes et non-sens

La tradition française a opté pour le jeu de mots, l'épigramme, le trait spirituel. En France, l'homme d'esprit est un peu comme un archer qui se place face à sa victime pour lui décocher ses flèches et tenter de l'abattre par le ridicule (qui ne tue pas, rappelons-le). En Angleterre, l'humoriste travaille sur la distance ; il se place derrière sa cible, l'observe et la singe. Il n'a pas eu, comme le Français, besoin de briller artificiellement à la cour des rois. Ses véritables armes sont la litote et le non-sens.

L'art de la litote

Un certain type d'humour anglais tient à leur éducation. Comme un Chinois ne doit pas montrer son ignorance, un Anglais ne doit pas laisser paraître ses sentiments. Il doit modérer faits et gestes, rester un gentleman en toutes occasions. Il use de ce qu'il appelle l'*understatement* (l'emploi d'une expression trop modérée par rapport à l'événement), que nous appelons en France « litote » (tiré du grec, qui signifie simplicité) : « Va, je ne te hais point », dit ainsi Chimène à Rodrigue pour lui dire qu'elle est raide dingue de lui.

Tête de litote

Voilà quelques exemples d'*understatment* :

- Une belle demeure anglaise est la proie des flammes. Autour de la maison, les pompiers s'agitent. Le maître de maison a le dos tourné aux flammes et regarde l'horizon, l'air absorbé. Non loin, sa femme est là en robe de chambre et regarde sévèrement son fils de cinq ans : « Va dire à papa que tu regrettes. »
- « La fascination de la chasse comme sport dépend entièrement du fait que vous soyez derrière ou devant le fusil. » (P. G. Wodehouse)

L'art du non-sens

Ce type d'humour est peut-être celui qui fait la plus grosse différence entre l'humour des deux pays, même si un Pierre Dac, issu des surréalistes, a mis la barre assez haute dans le genre. En France, l'absurde est toujours militant donc préparé, voulu dans le but de combattre. Les Alfred Jarry, Robert Desnos ou autre André Breton ont créé des mouvements intellectuels qui usent de l'absurde pour dénoncer les excès de pouvoir ou railler les académismes artistiques. En même temps, les Français ne goûtent guère les histoires trop absurdes qui les éloignent du mot d'esprit. En revanche, le non-sens est une seconde peau chez les Anglo-Saxons, ils l'utilisent en toute gratuité.

Sans le clin d'œil, j'étais cuit !

« Et n'y a-t-il pas des humoristes français ? Mais si. Rabelais, Voltaire dans *Candide*, Jules Renard, Tristan Bernard et tous les jeunes adeptes de l'humour noir sont d'excellents humoristes. La différence est que le Français, plus fervent de la raison, éprouve le besoin, quand il se risque dans l'absurde, de rassurer le lecteur par un clin d'œil complice ; c'est ainsi que, si la France a des humoristes, l'humour n'y est pas, comme chez les Anglo-Saxons, un trait national. »

Un siècle d'humour anglo-américain (Collectif) © les Productions de Paris, 1960.

Vous pourriez répéter ?

Il est amusant de constater que certaines histoires font assez peu d'effet sur le public français. Testez donc votre part, non pas de féminité, mais d'« anglicité » :

- « Ma chérie, il y a deux choses que je déteste en toi…

  – C'est quoi ?

  – Ton visage ! »
- « Messieurs, dit le directeur d'une banque, il y a trois sortes d'économistes, ceux qui savent compter et ceux qui n'y arrivent pas. »

Ces plaisanteries font hurler de rire les Anglais car elles jouent sur le non-sens gratuit. On ne cherche pas une chute rationnelle. Souvent, dans la seconde plaisanterie le Français ne voit pas l'astuce, à savoir que le directeur ne sait lui-même pas compter puisqu'il n'a cité que deux économistes et non trois.

Non-sens ne fit qu'un tour !

- « Est-ce bien l'endroit où le duc de Wellington a prononcé ces paroles ?

  – Oui, c'est bien l'endroit, mais les paroles, il ne les a jamais prononcées. »
- « Je plains les petites gens. Ils sont les derniers à savoir quand il pleut. » (Peter Ustinov)
- « Que redoutez-vous le plus ? Les pellicules ou la bombe atomique ?

  – La bombe atomique, vu qu'on a déjà des pellicules. » (Les Beatles lors d'une interview)
- « La réponse est oui. Mais quelle peut bien être la question ? » (Woody Allen)
- « Un comportement bon et honnête n'est pas seulement moral, mais peut également être pratiqué par téléphone. » (Woody Allen)
- « Je hais la réalité mais c'est quand même le seul endroit où se faire servir un bon steak. » (Woody Allen)

Hitchcock et son MacGuffin

Alfred Hitchcock (1899-1980), le maître du suspense au cinéma, est un bon exemple de l'humour anglais non-sensique, lui qui ponctua ses films de dizaines de petits gags. Il popularisa notamment la notion de MacGuffin, qui est un objet matériel et mystérieux servant de prétexte au développement d'une histoire. Il en fit une définition très amusante lors de ses entretiens avec François Truffaut :

« Deux voyageurs se trouvent dans un train allant de Londres à Édimbourg. L'un dit à l'autre :

"Excusez-moi, monsieur, mais qu'est-ce que ce paquet à l'aspect bizarre que vous avez placé dans le filet au-dessus de votre tête ?

– Ah ça, c'est un MacGuffin.

– Qu'est-ce que c'est un MacGuffin ?

– Eh bien c'est un appareil pour attraper les lions dans les montagnes d'Écosse.

– Mais il n'y a pas de lions dans les montagnes d'Écosse.

– Dans ce cas, ce n'est pas un MacGuffin." »

Quand les grands esprits se racontent

Certes, chaque Anglais porte en lui cette autodérision, ce plaisir pince-sans-rire, ce sens du non-sens, cet instinct de la litote, mais en toute chose il y a les sujets et les rois. L'humour ne fait pas exception à la règle. Les Anglo-Saxons aussi ont leurs champions : si Oscar Wilde ou Lewis Carroll sont des précurseurs, les Jerome K. Jerome, P. G. Wodehouse, Tom Sharpe et autres Monty Python ont bien appris la leçon.

Oscar Wilde, portrait de bon gré

PORTRAIT

Oscar Wilde (1854-1900) est sans doute le Britannique (il est irlandais) le plus célèbre avec Winston Churchill, Agatha Christie et Les Beatles. Quelques contes, quelques poésies, quelques pièces de théâtre, quelques essais et un roman (*Le Portrait de Dorian Gray*) firent l'artiste, mais sa verve et son esprit (qui surclassèrent presque son œuvre) lui ouvrirent les portes de la postérité. Son nom fut associé à quelques scandales : son père, alcoolique et sauteur notoire, lui offrit le premier ; sa mère, poétesse évanescente, l'éleva comme une fille et lui donna peut-être ce goût excessif de lui-même (« S'aimer soi-même, c'est l'assurance d'une longue histoire d'amour ») ; le tout le mena des années plus tard devant les tribunaux, puis en prison pour homosexualité, d'où il sortit deux ans plus tard brisé, ruiné, anéanti. Entre-temps il avait brillé comme une étoile et offert son génie à ses accusateurs.

Les mots d'Oscar

MOTS D'AUTEUR

- « Les jeunes gens voudraient être fidèles et ne le sont pas. Les vieux voudraient être infidèles et ne le peuvent plus. »
- « Qu'est-ce qu'un cynique ? C'est un homme qui connaît le prix de tout et la valeur de rien. »
- « Le public est extraordinairement tolérant. Il pardonne tout, sauf le génie. »
- « Il y a des gens que je ne reconnais plus tellement j'ai changé. »
- « Les seules personnes qui songent plus à l'argent que les riches, ce sont les pauvres. »
- « Je déteste les gens qui parlent d'eux quand j'ai envie de parler de moi. »

Lewis Carroll, non-sens mais c'est bien sûr

PORTRAIT

Le nom de Lewis Carroll (1832-1898), mathématicien de son état, a fait le tour du monde grâce à une œuvre majeure du répertoire anglais et de l'univers jeunesse : *Les Aventures d'Alice au pays des merveilles*. L'ouvrage fait partie de ces miracles de la création que tout le monde connaît, mais que finalement peu de gens ont lu tellement leur rayonnement est immense. Ce livre fut écrit pour amuser une jeune amie de Lewis Carroll (de son vrai nom Charles Dodgson). Gauche, gaucher, pédant, complexé, bégayeur et photographe (ce qui n'a rien à voir), le créateur d'Alice, peu à l'aise avec les adultes, ne trouve refuge que « de l'autre côté du miroir ».

Le non-sens, une arme critique

Ce roman est écrit sous le signe de la féerie, mais c'est en réalité un prétexte qui permet à l'auteur de casser les formes et d'inverser les valeurs d'une société pesante et moralisatrice (la société victorienne). Si la parodie y est constante (la citrouille qui ne veut pas devenir carrosse), c'est l'art du non-sens qui y est le mieux exploité. Le lecteur est sans cesse piégé et ne trouve jamais la solution attendue.

Dixit ce zozo là

Dans *Les Aventures d'Alice au pays des merveilles*, le dronte, appelé aussi dodo, évoque Lewis Carroll lui-même. Dans la vie, son bégaiement le poussait à se présenter en disant : « Do-Do-Dodgson. »

Lewis Carroll en chair et en mots

- « Ne soyez pas si pressée de croire tout ce qu'on vous raconte. »
- « S'il est impossible de ne pas penser à quelque chose, il reste encore possible de penser à autre chose. »
- « Soyez ce que vous voudriez avoir l'air d'être. »
- « Nul n'achète le *Times* s'il n'a pas reçu une bonne éducation.

  La plupart des hérissons ne reçoivent pas de bonne éducation.

  La plupart des hérissons n'achètent pas le *Times*. »

George Bernard Shaw, le provocateur

George Bernard Shaw (1856-1950), prix Nobel de littérature en 1925, ne sera jamais si drôle que dans son théâtre, où il ridiculise le conformisme social. Certaines de ses piques sont restées célèbres :

- « Je me cite souvent, cela apporte du piment dans ma conversation. »
- « Donnez aux femmes le droit de vote et dans cinq ans vous aurez un impôt sur les célibataires. »
- « Une banque vous prête un parapluie quand il fait beau et vous le reprend quand il pleut. »
- « À notre époque on refuse de croire qu'on peut changer le plomb en or... jusqu'au moment où l'on voit la facture du plombier. »
- « Ma spécialité est d'avoir raison quand les autres ont tort. »
- « Ne pas être de gauche (anarchiste) à vingt ans, c'est ne pas avoir de cœur ; l'être à quarante, c'est ne pas avoir de tête. »

Les plumes insensées du XXe siècle

Après des pères fondateurs tels qu'Oscar Wilde et Lewis Carroll, les humoristes anglais du XXe siècle ne pouvaient que mal se tenir. C'est ce qu'ils firent avec un parfait manque de sérieux.

Jerome K. Jerome nous mène en bateau

Jerome K. Jerome (1858-1927) est une sorte de père fondateur de la littérature humoristique anglo-saxonne. Avec son best-seller *Trois hommes dans un bateau*, il impose un style simple, faussement sérieux, où l'absurde pointe son nez à chaque page. Trois Anglais remontent la Tamise, intercalant anecdotes comiques et réflexions philosophiques. Tout était déjà dans le titre original qui donnait l'ambiance de l'ouvrage : *Trois hommes dans un bateau (sans parler du chien)*. L'éditeur a dû juger plus opportun d'écarter la parenthèse.

P. G. Wodehouse, l'humour sur un plateau

Pehlam Grenville Wodehouse (1881-1975), dit P. G. Wodehouse, fit hurler de rire toute l'Angleterre pendant l'entre-deux-guerres, avec une production romanesque conséquente (soixante-dix romans et deux cents nouvelles). Ses histoires se passent essentiellement dans la *gentry* britannique et sont loufoques en diable. Ses intrigues se rapprochent du vaudeville et du théâtre de boulevard, et mettent en scène des personnages excentriques. Son personnage le plus célèbre reste le majordome Jeeve, un domestique flegmatique et cultivé à l'élégance toute britannique, qui sort son gentleman de patron de tous les imbroglios possibles.

- « Peu de choses altèrent aussi rapidement les sentiments d'amour chez un oncle qu'une balle de carabine à air comprimé, tirée par son neveu dans le mollet. »
- « J'ouvris donc la porte et fus immédiatement renversé par un corps solide muni d'une langue de fourmilier. »
- « Pendant la guerre, il arriva fréquemment que nos jeunes filles envoient à leur amoureux un chandail qui aurait fait périr de suffocation leur petit frère. En ces temps-là, le tricot amateur travaillait pratiquement main dans la main avec la propagande allemande. »
- « C'était une de ces réceptions où vous toussotez plusieurs fois avant de vous décider à parler et où finalement vous vous décidez à ne pas parler du tout. »

Roald Dahl, humour et libertinage

Roald Dahl (1916 -1990) est un auteur gallois célèbre pour son génie. Pendant cinquante ans, il va régner en maître sur la littérature anglo-saxonne pour la jeunesse, en produisant *Sacrées Sorcières, Charlie et la chocolaterie, James et la Grosse Pêche, Matilda*… Autant de chefs-d'œuvre qui lui assurent une renommée internationale. Dans le tas, il en profite pour écrire des nouvelles d'humour noir ahurissantes, et accoucher d'un *must* de la littérature humoristique : *Mon oncle Oswald*. Oswald, un jouisseur mondain, découvre en 1910 une recette pour conserver le sperme et décide, en s'associant les services d'une splendide prostituée, de récolter la semence de toutes les gloires de l'époque afin de revendre le « produit » à de riches rombières. « Imaginez, ma chère, si nous avions pu récolter le sperme de Beethoven, quelles heureuses et quelle fortune nous aurions fait ! » Fort de cette idée, le duo infernal part à l'assaut de Renoir, Monet, Picasso, Puccini, Proust, Stravinski, Freud, Einstein, Kipling ou encore Arthur Conan Doyle… Un régal.

Tom Sharpe, ou comment continuer à rire sans le connaître

Tom Sharpe (né en 1928) est sans doute la plus grande plume de l'humour anglais. Depuis la création en 1976 de la série *Wilt*, il est le meilleur ! À la fois satiriste virulent et concepteur d'histoires hors pair. Tout y passe : l'administration, l'enseignement, l'apartheid… Bref, la bêtise en général, les imbéciles en particulier. Ses romans hilarants, dans un burlesque rarement égalé, sont de véritables tranches de vie. Quelques titres évocateurs :

- *Mêlée ouverte au Zoulouland* (1971)
- *La Route sanglante du jardinier Blott* (1975)
- *Wilt 1 ou Comment se sortir d'une poupée gonflable et de beaucoup d'autres ennuis encore* (1976)
- *La Grande poursuite* (1977)
- *Le Bâtard récalcitrant* (1978)
- *Wilt 2 ou Comment se débarrasser d'un crocodile, de terroristes et d'une jeune fille au pair* (1979)
- *Le Cru de la Comtesse* (1983)
- *Fumiers et Cie* (1996)
- *Comment échapper à sa femme et ses quadruplées en épousant une théorie marxiste* (2004)
- *Le gang des mégères inapprivoisées ou Comment kidnapper un mari quand on n'a rien pour plaire* (2010)

Comment kidnapper un mari quand on n'a rien pour plaire

« Mme Burnes n'était pas une femme à qui l'on déniait le droit d'être mère. Grande et frivole, avec un appétit insatiable pour les histoires à l'eau de rose les plus mièvres et les plus bêtes, elle avait acquis une passion inextinguible pour l'Amour. En d'autres termes, elle vivait dans un monde où les hommes, tous aristocrates, faisaient leur demande en mariage au sommet d'une falaise, une nuit de pleine lune, tandis qu'en contrebas les vagues se fracassaient contre les rochers. Leur requête était acceptée avec un mélange de ravissement et de pudeur, après quoi ils étreignaient leur pure fiancée contre leur torse viril. »

Le gang des mégères inapprivoisées © Éditions Belfond, 2010.

Terry Pratchett et son Disque-monde

Influencé par Jerome K. Jerome et son goût pour l'absurde, Terry Pratchett (né en 1948) est connu pour ses *Annales du Disque-monde*, série de trente-sept volumes avec laquelle il embarque son lecteur dans un univers de *fantasy* burlesque. Chef-d'œuvre du récit d'anticipation que l'on situe entre *Le Seigneur des anneaux*, *Peter Pan* et l'humour des Monty Python, *Les Annales du Disque-monde* sont une vaste parodie jubilatoire d'à peu près tout ce qui fait notre monde. On trouve dans cette somme vertigineuse un univers parallèle aux parodies permanentes. Genres littéraires, films et chansons, inventions, pays, animaux ou idéologies, rien n'échappe à la satire de Terry Pratchett.

Un peu de géographie

Le Disque-monde étant un disque, les points cardinaux n'existent pas et sont remplacés par les directions suivantes : Vers le moyeu, Vers le bord, Sens direct et Sens rétrograde.

Il y a quatre continents sur le Disque-monde : le premier, anonyme, sur lequel se déroule la plupart des histoires ; le deuxième est le Klatch, inspiré de l'Afrique, du monde Arabe et de l'Inde ; le troisième est le continent Contrepoids, inspiré de la Chine et de sa grande muraille ; le quatrième est le continent XXXX (prononcé « quatrix »), quasiment inconnu et souvent considéré comme un mythe.

Gideon Defoe, pirate de l'humour

Nous étions à deux doigts de nous inquiéter pour la relève, quant apparut soudain sur le marché le jeune Gideon Defoe (né en 1976). Ouf ! Il n'amorce pas sa carrière n'importe comment puisqu'il s'en prend à une noble institution (apatride, cependant) : les pirates ! Oui, il ose voler, piller le nouveau pré carré de Walt Disney. Grâce à Defoe, qui a bien du mal à nous prouver sa descendance avec Daniel, vous allez enfin pouvoir enfin rencontrer des vrais pirates, mais attention, des coriaces, des durs-qui-ne-plaisantent-pas, des affamés de pitance et de richesses, armés jusqu'aux dents de sabres et de jambons. L'auteur manie avec délice la parodie du genre, enfonce tous les clichés dans des intrigues qui partent dans tous les sens (en sucette, dirions-nous)... On suit dans un grand éclat de rire les tracas et déboires de ses prétendus chasseurs de trésors génialement crétins, et au langage très élaboré... Jugez plutôt :

« "Aaarrr !" grogna le capitaine pirate, car cela lui paraissait un bon moyen de clore la conversation. »

Personne ne descendit mais on vit Monty Python

Les Monty Python sont à l'humour ce que Les Beatles sont à la musique ou les cornichons à la charcuterie : une évidence. Lorsqu'en 1969 la télévision britannique laisse passer la série *Monty Python's Flying Circus*, elle fait preuve de génie ou d'inconscience. Les six membres de la troupe : John Cleese, Terry Jones, Terry Gilliam, Graham Chapman, Eric Idle et Michael Palin vont révolutionner l'univers de la comédie en jouant sur tous les registres de la parodie, du non-sens et de l'absurde. Iconoclastes en diable, rien ne les arrête. Le cinéma leur ouvre ses portes ; ils fournissent l'invraisemblable *Monty Python : Sacré Graal !* qui parodie les chevaliers de la Table Ronde, *Monty Python : La Vie de Brian* qui retrace « scrupuleusement » la vie du Christ, et *Monty Python : Le Sens de la vie* qui pastiche les différentes étapes de la vie et le sens que l'on y donne. L'apport des Monty Python dans le délire humoristique est considérable, et Les Nuls (voir le chapitre 17) ou Les Robins des bois s'en réclament. Ils sont à l'écran les dignes représentants des humoristes de la littérature cités précédemment.

J'ai reçu un jambon par mail !

Dans les années 1980, lors d'un sketch, les Monty Python se jetaient des morceaux de jambon au visage en criant en boucle : « *spam, spam, spam, spam* ! » Spam étant la contraction des deux mots *spices ham* (jambon épicé). Cette saynète est considérée comme l'origine du mot *spam*, qui désigne les courriers indésirables que l'on reçoit constamment sur notre boîte mail : *spam, spam, spam, spam.*

L'Amérique, l'Amérique

Les Anglo-Saxons, non contents d'avoir inventé l'humour, les Rolling Stones, les Monty Python, la mini-jupe, les sandwiches, Agatha Christie et le brouillard londonien, ont également développé un goût pervers pour la colonisation (le climat anglais favorisant ce type d'initiative). Ils colonisèrent notamment les États-Unis, territoire où l'humour put agrandir sa toile. Bien sûr, après Mark Twain, l'humoriste américain s'est émancipé de l'humour anglais, et s'est plutôt mis à cultiver, contre l'*understatement* (la litote), l'*overstatement* (l'exagération). Ne soyons pas mesquins pour un sioux, et allons faire un tour du côté de ces drôles d'Américains.

Du bois de flèche dont on fait les hommes

Un trappeur arrive dans un camp du Far West. Il trouve tous les habitants massacrés par des Indiens, à l'exception d'un homme qui, malgré une flèche plantée dans la poitrine, respire encore.

« Quand est-ce arrivé ?

– Il y a deux semaines.

– Et vous vivez encore ? Cette flèche ne vous gêne pas ?

– Seulement quand je ris. »

Mark Twain, de l'humour à revendre (à un bon prix)

« Si on est capable de rire de soi, on est assuré de rire longtemps », affirmait le maître de l'autodérision. Considéré comme le père de l'humour noir, Mark Twain (1835-1910) s'est d'abord fait connaître avec *Les Aventures de Tom Sawyer* (1876) et *Les Aventures de Huckleberry Finn* (1884). Il fut l'un des premiers écrivains américains à retranscrire l'accent du sud des États-Unis dans ses écrits, leur donnant une connotation pittoresque. Considéré comme l'un des plus grands humoristes de son temps, ce journaliste-écrivain fut reçu en Europe comme un ambassadeur par le Kaiser et le Pape. Ses aphorismes sont passés à la postérité.

Les folles pensées de Mark Twain

- « Consommée avec modération, l'eau ne peut pas faire de mal. »
- « Rien n'est plus facile d'arrêter de fumer. Moi-même, j'ai arrêté plus de cent fois. »
- « Le lit est l'endroit le plus dangereux du monde, plus de 80 % des gens y meurent. »
- « Quelle est la différence entre un taxidermiste et un percepteur ? Le taxidermiste ne prend que la peau. »
- « À Paris, quand je leur parle français, les gens me regardent avec des yeux ronds. Je n'ai pas réussi à obtenir que ces imbéciles comprennent leur propre langue. »
- « Adam est le seul homme qui, quand il disait quelque chose d'épatant, était sûr que personne ne l'avait dit avant lui. »
- « Un Anglais fait les choses parce qu'elles ont déjà été faites, un Américain parce qu'elles n'ont pas été faites. »

Nom d'une pipe !

Le véritable nom de l'humoriste était Samuel Langhorne Clemens, mais ce pseudonyme de Mark Twain relève du gag car il vient du cri « *Mark Twain (fathoms)* » signifiant « Marque deux (brasses) » utilisé par les pilotes de bateaux à vapeur sur le Mississipi.

Ambrose Bierce, Le Dictionnaire du Diable

Ambrose Bierce (1842-1914), talentueux auteur de nouvelles à l'humour très noir (*Ce qui se passa sur le pont de Owl Creek*), écrit en 1911 le magistral *Dictionnaire du Diable*, où il invente des définitions aussi impertinentes que… pertinentes. *Have a look* :

- **Amour** : Folie temporaire que l'on peut guérir par le mariage ou en retirant le patient du champ d'influence qui est à la source de l'indisposition.
- **Beauté** : Pouvoir qui permet à la femme de charmer un amoureux et de terrifier un mari.
- **Confident(e)** : Personne instruite par A des secrets de B, confiés personnellement par ce dernier à C.
- **Distance** : La seule chose que les riches soient prêts à accorder aux pauvres, en souhaitant qu'ils la gardent.

Un livre pour île déserte

Des nouvelles absurdes du Canadien Stephen Leacock (1869-1944) jusqu'au chef-d'œuvre « évolutionniste » de Roy Lewis (1913-1996) *Pourquoi j'ai mangé mon père*, en passant par *Fantasia chez les ploucs* de Charles Williams (1909-1975), l'Amérique a engendré des tonnes de romans délirants, et il est impossible de tous les citer. Mais il en est un qui surclasse tous les autres, un chef-d'œuvre unique, sans précédent, un condensé de satire, de burlesque et d'érudition : *La Conjuration des imbéciles* de John Kennedy Toole (1937-1969).

La Conjuration des imbéciles

Ce livre met en scène l'épopée tragi-comique d'Ignatius J. Reilly, sorte de Don Quichotte moderne, paranoïaque et hypocondriaque. Cet obèse, spécialiste de Platon, Diogène, Boèce et de la philosophie scolastique du XIIIe siècle, vit encore chez sa mère mais n'en reste pas moins attachant par son inaptitude à vivre à notre époque, qu'il déteste. John Kennedy Toole y dépeint les archétypes de l'Amérique contemporaine (celle des années 1960), comme les Beatniks, les féministes, les chrétiens fondamentaux ou les vendeurs de hot-dogs…

John Kennedy Toole, le génie ignoré

Salué aujourd'hui comme l'un des romans les plus importants de la littérature humoristique américaine, *La Conjuration des imbéciles* n'a pourtant été publié qu'en 1980, n'apportant à son auteur qu'une gloire posthume. En effet, John Kennedy Toole s'est suicidé en 1969 sans avoir jamais trouvé d'éditeur… Ironie du sort : le titre lui fut inspiré par une phrase de Swift : « Quand un vrai génie apparaît en ce bas monde, on le peut reconnaître à ce signe que les imbéciles sont tous ligués contre lui. »

Chapitre 8

L'humour juif

Dans ce chapitre :

- Les sources de l'humour juif
- Les histoires juives
- L'humour juif du cinéma à la scène

Qu'est-ce que l'humour juif ? On parle souvent des spécificités des gastronomies françaises, chinoises ou italiennes, comme des spécificités de l'humour anglo-saxon ou de l'humour juif… Mais qu'appelle-t-on « l'humour juif » au juste ? D'où vient-il et quelle est sa typicité ? Peu de pays, encore moins de communautés, peuvent se targuer d'avoir un humour qui leur est propre. Seuls les Anglais, avec leur *sens of humor so british*, avaient réussi ce tour de force. Alors comment cet humour si particulier a-t-il pris corps dans nos sociétés, et comment a-t-il acquis ses lettres de noblesse dans les milieux artistiques ? Nous rendrons visite à ses meilleurs messagers, de Woody Allen à Popeck en passant par Joann Sfar.

Folklore et histoires juives

L'humour juif s'enracine loin dans l'Histoire du monde, et trouve son originalité tant dans la souffrance qu'il véhicule que dans le choix des thèmes récurrents qu'il aborde. Il est étrange de constater qu'on ne dit pas impunément une « blague juive » mais plutôt une « histoire juive », comme si derrière l'humour on était aussitôt rattrapé par la tragédie.

Des milliers de branches et un seul tronc

L'humour juif passe par ses histoires drôles. Les histoires juives *sont* l'Histoire des Juifs. C'est ce regard qu'ils portent sur eux-mêmes et sur leur souffrance. Quel que soit l'endroit où ils se trouvent, les Juifs ont un destin commun, une Histoire et des références communes : la Bible, la Torah, le

Talmud, la diaspora ou Israël. Destin commun bien souvent tragique, qui a renforcé le caractère défensif et autodérisoire de leur humour.

Le malheur, terreau humoristique

Comme les chants gospels et le jazz qui soutinrent les esclaves noirs, l'humour peut-être une sorte de thérapie face au malheur.

On se souvient de la force de cette phrase prononcée par les Juifs autrichiens après l'Anschluss (annexion de l'Autriche par l'Allemagne nazie en 1938) : « La situation est catastrophique mais pas grave. » Ou de cette réflexion de l'humoriste juif Tristan Bernard (1866-1947), alors qu'il montait dans le fourgon l'emmenant au camp de Drancy pendant la guerre : « En fait de peuple élu, nous sommes plutôt en ballotage. »

Oui, l'humour juif c'est bien souvent « rire pour ne pas pleurer ».

Comment distinguer une histoire juive d'une histoire antisémite ?

Pour qu'une histoire soit réellement juive, il faut qu'elle soit inventée par un Juif et qu'elle traite d'un problème propre aux Juifs. Voilà deux répliques qui permettent de comprendre la nuance, parfois ténue :

- Seigneur, tu nous a choisi entre tous les peuples : pourquoi fallait-il que tu tombes justement sur les Juifs ?
- Quelle drôle d'idée a eu Dieu d'avoir choisi les Juifs !

La seconde occurrence est plus cruelle et montre bien qu'il n'y a là aucune autodérision. Elle n'est pas propre à une histoire juive.

- Un Juif dans un train dit à son compagnon :

  « Le contrôleur m'a regardé comme si j'avais un billet.

  – Et alors, qu'as-tu fait ?

  – Je l'ai regardé comme si j'en avais un. »
- Quelle est la différence entre le plombier et le Messie ?

  – Le Messie finira bien par arriver un jour.

L'humour ashkénaze au cœur de l'Europe

Un grand nombre des histoires juives qui nous sont rapportées ont été écrites en yiddish, car elles proviennent exclusivement des pays du centre de l'Europe, peuplée de Juifs ashkénazes (Achkenaz était un des arrière-petit-fils de Noé). Selon les conditions de vie de chaque pays, l'humour a évolué de façon différente.

Yiddish et je retiens un

Le yiddish est une langue d'origine germanique mêlée de vocabulaire hébraïque et slave. Il a servi de langue vernaculaire aux communautés juives d'Europe centrale, du Moyen Âge jusqu'après la Seconde Guerre mondiale. C'est une langue colorée, apte à la défense, comme en témoignent ces quelques anathèmes :

- Que tu perdes toutes tes dents sauf une, pour que tu puisses encore avoir mal aux dents.
- Que tu sois comme un calendrier et que chaque jour on arrache quelque chose de toi.
- Que tu sois comme une lampe, pendu le jour et brûlant la nuit.

On vous rassure, le yiddish ne sert pas qu'à cela !

Personnages pittoresques de Russie

Au XIXe siècle, l'immense majorité des Russes était pauvre, mais les communautés juives étaient souvent parquées dans des « zones de résidence » plus pauvres encore. Ce qui explique un humour essentiellement porté sur la misère.

Un homme vient trouver le rabbin pour l'entretenir d'une veuve très pauvre qui ne peut plus subvenir à ses besoins et qui risque d'être expulsée d'un jour à l'autre. Le rabbin, touché par cette histoire, promet d'alerter la communauté pour lui venir en aide, et n'hésite pas lui-même à donner quelques sous. Puis il demande à son visiteur comment il a eu vent de cette triste affaire : « C'est que je suis… son propriétaire. »

Un certain nombre de personnages tout à fait typiques égrènent le quotidien des petites villes et inspirent beaucoup les faiseurs d'histoires. On trouve :

- le *schlemiel* (le maladroit qui se prend les pieds dans tous les tapis)
- le *schnorrer* (un indigent qui quémande sa pitance)

Un homme riche donnait chaque jour de l'argent à un *schnorrer*. Un jour, il lui annonce qu'il ne peut rien lui donner parce qu'il a dû faire d'importantes dépenses pour sa femme. « Avec mon argent ? » s'indigne les chnorrer.

- Le *schadchen* (le marieur)

  « Que vaut-il mieux avoir ? Six millions ou six filles ?

  – Six millions, bien sûr !

  – Non. Si l'on possède six millions, on en veut encore, tandis que celui qui a six filles trouve que c'est suffisant. »

- Le *melamed* (qui enseigne l'hébreu et la religion)

  « Pourquoi un chien remue-t-il la queue ? demande l'élève au *melamed*.

  – Parce que le chien est beaucoup plus fort que sa queue. Si la queue était plus forte, c'est elle qui remuerait le chien. »

Allemagne : un petit tour et puis s'en va

Il est difficile de parler d'humour juif en Allemagne, même si l'on sait que les pires dictatures sont les meilleurs engrais de la dérision… Comme le prouve cette histoire :

Un Juif rencontre un de ses amis qui lit *Der Stürmer*, un journal violemment antisémite :

« Tu n'as pas honte de lire ce torchon ? »

L'autre sourit :

« Quand je lis un journal juif je ne vois que catastrophes, pleurs et désolation. Des persécutions, des exils, alors que là, j'apprends que nous dominons le monde, que nous tenons entre nos mains la banque, la finance, la presse. C'est tout de même plus réconfortant. »

Stratégie militaire

« Pourquoi avons-nous perdu la guerre de 14-18 ? demande l'instituteur à ses élèves.

– C'est la faute aux généraux juifs ! s'écrit Salomon.

– Mais nous n'avions pas de généraux juifs !

– Non, mais les autres en avaient. »

La France met l'accent sur l'humour

Après les pogroms russes (assaut, avec pillage et meurtres, d'une partie de la population contre une autre) de la fin du XIXe siècle, une forte immigration juive rejoint la France, terre d'accueil. Ces immigrations continuent dans les années 1930 en provenance de la Pologne ou de l'Allemagne, en raison des tristes bouleversements politiques que l'on connaît. Arrivant dans un pays où personne ne pratique le yiddish, ce sont les problèmes d'accent qui sont mis à l'honneur dans l'humour juif.

« Jé vais aller quéyir des flers », dit Dinah.

Son ami lui répond :

« Dinah, ti sauras jamais parler français. On ne dit pas ine fler, on dit ine flor. »

Rien ne se perd

La plus célèbre des plaisanteries sur les quiproquos engendrés par l'accent yiddish est sans doute la suivante :

Un Juif entre dans un bureau de poste pour envoyer un télégramme.

« Votre nom ?

– Stratzansky.

– Vous m'épelez, ajoute la jolie employée.

– Vous aussi vous mé plaît. »

Gérard Oury (1919-2006), le célèbre réalisateur de *La Grande Vadrouille*, juif lui-même, l'avait sans doute entendue enfant car il mit la plaisanterie dans la bouche de Bourvil dans *Le Corniaud*, quand ce dernier essaye de draguer son auto-stoppeuse allemande.

La conquête américaine

C'est bien sûr aux États-Unis que l'immigration juive fut la plus importante, ce qui explique aujourd'hui sa forte représentation dans le pays. Quand on sait l'importance de l'humour dans la société américaine, on comprend que les Juifs aient acquis cette place prépondérante dans la comédie, des Marx Brothers aux frères Zucker en passant par Jerry Lewis ou Mel Brooks. Des tailleurs aux psys, il ne leur fallut qu'une génération pour changer de statut.

Dans une grande rue de New York, le propriétaire d'un grand magasin de vêtements met sur sa vitrine : « Ici, le meilleur tailleur de New York ». Un concurrent, voyant ça, met sur sa propre vitrine : « Ici, le meilleur tailleur des États-Unis ». Un troisième voulant renchérir met : « Ici, le meilleur tailleur du monde ». Dans la même rue se trouvait un petit tailleur ne payant pas de mine. Il observa le manège de ses concurrents puis écrivit sur sa vitrine : « Ici, le meilleur tailleur de la rue. »

Les histoires à se tordre… la vérité !

Les histoires juives ont des thèmes récurrents qui en font tout le sel, et qui permettent de les identifier immédiatement. Ce sont bien sûr la mère juive, l'argent ou l'antisémitisme.

La mère juive

La mère juive est le personnage par excellence du folklore juif. Exubérante jusqu'à l'excès quand il s'agit de son fils, elle trouve qu'il ne mange pas suffisamment ou qu'il ne s'occupe pas assez de sa mère, l'ingrat ! Ce personnage d'éternelle insatisfaite est devenu une perpétuelle source de comédie. À l'écran, elle est admirablement campée par la comédienne française d'origine pied-noir Marthe Villalonga (née en 1932).

RÉCRÉATION

- Quelle est la meilleure preuve que Jésus était Juif ? À trente ans il habitait encore chez ses parents, il adorait sa mère et sa mère le prenait pour un dieu.
- Une mère juive offre à son fils deux cravates, une rouge et une bleue. Le week-end suivant, pour lui faire plaisir, le fils vient la voir en portant la cravate bleue. La mère prend un air triste : « Je savais bien qu'elle ne te plaisait pas la rouge ! »

L'argent n'a pas d'odeur... de sainteté

Là encore, il faut faire la distinction entre l'histoire moqueuse (« antisémiste » diraient les plus extrêmes) à l'égard des Juifs, et celle conçue par les Ashkénazes eux-mêmes. L'argent est un thème récurrent qui vient en partie du Moyen Âge, où seul les Juifs pouvaient pratiquer l'usure (les prêts), interdite aux catholiques.

RÉCRÉATION

- Dans une épicerie juive, une cliente veut acheter des harengs.

  « C'est dix euros le kilo, lui dit l'épicier.

  – C'est très cher, l'épicier d'en face les vend seulement huit euros.

  – Achetez-les chez lui, alors !

  – Mais il n'en a pas en ce moment.

  – Hé, chez moi, quand je n'en ai pas c'est six euros ! »

- Une nuit, Chloïmé n'arrive pas à trouver le sommeil. Sa femme lui demande la raison de son agitation.

  « Je dois rendre quinze mille euros à Yankel demain matin et je n'ai pas le premier sou. »

  Il se trouve que Yankel habite en face. La femme de Chloïmé ouvre la fenêtre et crie :

  « Yankel ! Yankel !

  – Quoi ?

  – C'est vrai que Chloïmé te doit quinze mille euros ?

  – Oui.

  – Eh bien, il ne les a pas ! »

  Elle referme la fenêtre, se recouche et dit à son mari :

  « Tu peux dormir maintenant, c'est lui qui ne dormira pas. »

- « Papa, c'est quoi l'éthique ?

  – Je vais te donner un exemple. Un client vient acheter un vêtement au magasin. Quand il est parti, je m'aperçois qu'il a oublié sa monnaie. Ici commence l'éthique : dois-je garder l'argent pour moi ou partager avec mon associé ? »

L'antisémitisme, histoires d'en rire

L'antisémiste est certes un sujet délicat, mais il est au cœur de l'histoire juive, qui a subi tant de persécutions. Nous faisons la distinction entre l'autodérision et la moquerie « goy » (d'un non-Juif).

- Un homme entre dans un bistrot et s'écrie :

  « Vous connaissez la nouvelle ? On va tuer les Juifs et les coiffeurs !

  – Pourquoi les coiffeurs ? »

- Nous sommes à l'issue de la conférence de paix de 14-18. Le délégué de la Pologne insiste pour que l'on accorde à la Pologne tout ce qu'elle demande :

  « Sinon, ils seront très mécontents et iront massacrer des Juifs.

  – Et si on leur accorde tout ce qu'ils souhaitent ?

  – Ils seront tellement contents qu'ils s'enivreront et iront massacrer tous les Juifs ! »

- Un Juif se plaint à la police qu'un Cosaque lui a volé son cheval.

  « Je ne l'ai pas volé, je l'ai trouvé, déclare le Cosaque au policier.

  – Mais j'étais dessus ! s'offusque le Juif.

  – Le Juif ne m'intéressait pas, précise le Cosaque.

L'humour sépharade

C'est en Espagne en 1492, après la défaite des Maures et la chute de Grenade, qu'Isabelle la Catholique, par son décret de l'Alhambra, pousse les Juifs à quitter le pays ou à se convertir au catholisisme. Ces très nombreux exilés, partis rejoindre l'Afrique du Nord, sont appelés les Sépharades (mot hébreu qui désigne la péninsule ibérique).

L'humour sépharade est beaucoup moins marqué que l'humour ashkénaze. Il est essentiellement composé d'histoires typiques ou de proverbes et appelle plus à la réflexion qu'au rire :

En ce monde, nous souffrons parce que nous sommes Juifs ; dans l'autre nous souffrirons pour ne pas l'avoir été assez.

Les arts et l'humour juif

De la scène au cinéma, des humoristes aux écrivains, l'humour juif s'est infiltré dans tous les domaines de la vie artistique. Cette autodérision subtile, cousine germaine de l'humour noir, est un terreau formidable pour déclencher les rires, même quand les larmes ne sont pas loin. Toutefois, si beaucoup d'artistes comiques sont juifs, comme l'acteur réalisateur et producteur américain Mel Brooks (né en 1926), le chanteur et acteur américain Danny Kaye (1913-1987), l'acteur réalisateur et producteur américain Jerry Lewis (né en 1926), l'écrivain et scénariste de bande dessinée français René Goscinny (1926-1977), l'humoriste et acteur franco-marocain Gad Elmaleh (né en 1971), l'humoriste française Anne Roumanoff (née en 1965), l'acteur réalisateur et producteur britannique Charlie Chaplin (1889-1977) et tant d'autres, peu d'entre eux ont mis l'humour juif au cœur de leur travail.

Pleins feux sur quelques travaux d'exceptions :

Woody Allen, marxiste tendance Groucho

Allen Stewart Königsberg, alias Woody Allen (né en 1935) est l'un des plus grands humoristes, cinéastes et auteurs de notre époque. Sa silhouette de timide malchanceux et d'intellectuel névrosé qu'il met lui-même en scène de film en film, représente bien ce que les Juifs appellent le *schlemiel* : l'éternelle victime de la société et de ses contemporains. Au travers d'une filmographie imposante (plus d'une quarantaine de films), il va développer ce personnage inquiet, obsédé par les questions métaphysiques (mort, religion, Dieu, amour). Bien qu'une partie de son œuvre filmographique (comme *Manhattan*, *Annie Hall*, ou *Intérieurs*) soit plutôt sérieuse, son génie comique s'impose dans la majeure partie de ses créations.

Aux États-Unis, 80 % des comiques sont juifs. Ce qui fait dire à Woody Allen : « La cérémonie des Oscars à Hollywood est la plus grande fête juive au monde. »

Woody et la métaphysique

Les interrogations métaphysiques de Woody Allen ne prennent jamais une forme anodine :

- « La vie est une maladie mortelle sexuellement transmissible. »
- « Je n'ai pas peur de mourir mais je préfère ne pas être là quand cela va arriver. »
- « Si Dieu n'existe pas, j'ai payé ma moquette trop cher. »
- « Marx est mort. Freud est mort. Dieu est mort. Et moi-même, je ne me sens pas très bien. »

Woody et l'humour juif

Les films de Woody Allen sont truffés de petites références talmudiques ; il fut même élu « théologien de l'année » en 1974 par un groupe de protestants évangélistes. Il n'est pas de journaux religieux américains qui ne proclament qu'Allen est un enfant juif de Brooklyn. Lui-même le revendique : « J'ai été élevé dans la tradition juive, on m'a enseigné de ne jamais épouser une femme non juive, ni de se raser le samedi, et plus particulièrement de ne jamais raser une femme non juive le samedi. »

- « Quand j'ai été kidnappé, mes parents ont tout de suite réagi : ils ont loué ma chambre. »
- « Si seulement Dieu pouvait me faire un signe ! Comme faire un gros dépôt à mon nom dans une banque suisse. Si seulement Il pouvait me parler, au moins une fois, ou simplement tousser ; si je pouvais voir un buisson-ardent, voir la mer se diviser en deux, ou voir mon oncle Sacha payer la note du restaurant au moins une fois dans sa vie. »
- « Je tiens beaucoup à ma montre, c'est mon grand-père qui me l'a vendue sur son lit de mort. »

Pensées diverses et stupidement vraies

- « Une auto-stoppeuse est une jeune femme, généralement jolie et court vêtue, qui se trouve sur votre route quand vous êtes avec votre femme. »
- « Les mots les plus doux ne sont pas du tout "Je t'aime" mais "C'est bénin". »
- « Il m'a demandé si je trouvais que l'amour physique était sale, j'ai répondu : « Ça l'est si on le pratique correctement. »
- « Dans cent ans, qu'aimeriez-vous qu'on dise de vous ?

  – J'aimerais qu'on dise : "Il se porte bien pour son âge". »

Les Aventures de Rabbi Jacob

Au cinéma, l'année 1973 est marquée par la sortie des immanquables *Aventures de Rabbi Jacob*, le sixième film de Gérard Oury (1919-2006), et surtout le nouveau Louis de Funès. À cette époque, les films du comique sont attendus comme l'arrivée du Messie. Celui-ci qui est au cinéma français l'une des plus fameuses illustrations de l'humour juif, dépasse les sept millions d'entrées.

Un film historique

C'est la première fois qu'un réalisateur s'attaque de façon humoristique au problème israélo-palestinien, qui commence réellement à inquiéter la communauté internationale, d'autant que quinze jours avant la sortie du film, le 6 octobre 1973, éclate la guerre du Kippour entre Israël et les pays arabes voisins. La Première du film se fait dans la plus grande inquiétude, mais les rires massifs des spectateurs français montre une fois encore que des artistes comiques peuvent avoir raison de tous les conformismes. Les audaces de Guignol, faute d'arrêter les guerres, détendent les peuples.

Quelques répliques cultes

Dans *Les Aventures de Rabbi Jacob*, Louis de Funès campe un industriel teigneux et raciste (Victor Pivert) sur le point de marier sa fille, qui se trouve pris entre deux feux : d'un côté des Juifs, de l'autre un Arabe.

- « Comment ça, Salomon, vous êtes juif ?

  – Oui, et mon oncle Jacob est rabbin.

  – Mais il n'est pas juif ?

  – Ben si. »

- « La révolution est comme une bicyclette : quand elle n'avance plus, elle tombe.

  – Eddy Merckx !

  – Non, Che Guevara. »

- « Dites-moi Salomon, pour moi, vous pouvez faire une exception ! Je vous donnerai deux shabbats la semaine prochaine ! »

Bad gad et non pas Bagdad

Le comédien français Marcel Dalio (1900-1983) n'appréciait guère que Gérard Oury l'appelle *the thief of bad gags* (le voleur de mauvaises plaisanteries), un calembour sur le titre du film *The Thief of Bagdad* (Le Voleur de Bagdad). Quelques années auparavant, Marcel Dalio avait usé du même gag que dans *Rabbi Jacob*, en jouant un Juif qui chante « J'irai revoir ma Normandie » dans un film de Georges Lautner : *Le Monocle rit jaune*.

On ne change pas un gag qui gagne !

La Vérité si je mens !

En 1997, une surprise attend le box-office français. Avec cinq millions d'entrées, le film de Thomas Gilou (né en 1955) *La Vérité si je mens !* crée le miracle. Un scénario que certains jugent communautaire fait un carton. Les histoires du Sentier intéresseraient donc le public français ! Les frasques d'Eddie Vuibert, un jeune « goy » tombé en pleine communauté juive, a fait découvrir à la France une facette de l'humour juif. Le scénariste Gérard

Bitton joue sans complexe avec la communauté, et fait mouche sans caricaturer. Les efforts de Richard Anconina (Vuibert) pour tenter de se faire passer pour un Juif sont hilarants. Le film permet de faire exploser la popularité des comédiens Bruno Solo (né en 1964), José Garcia (né en 1966) et Gilbert Melki (né en 1958).

Le succès est tel qu'en 2001, les comédiens resservent le couvert et s'embarquent dans un nouveau succès (*La Vérité si je mens ! 2*), faisant quasiment de « La Vérité si je mens ! » une marque déposée.

Répliques in-cultes !

- « C'est la porte ouverte à toutes les fenêtres. »
- « Et pour le traiteur, j'ai pensé qu'on pourrait prendre "Lenôtre".

  – Pourquoi pas ? Et qui c'est ?

  – Comment ?

  – Le traiteur, qui c'est ?

  – C'est Lenôtre. Mais si vous préférez prendre le vôtre… »
- « En fait, j'ai une bonne et une mauvaise nouvelle à t'annoncer, je suis enceinte.

  – C'est quoi la bonne nouvelle… enfin la mauvaise nouvelle, pardon. »
- « Et alors il est pas Juif ! Sa mère elle est « goy » ! Eh ! La vérité si je mens, et ça l'empêche pas d'aller passer les fêtes de Pessah à Courchevel !

  – Il est con lui, où t'as vu qu'il fallait être juif pour aller à Courchevel, toi ? »
- « Lyly Dayant c'est pas une chatte qu'elle a, c'est un allume-cigare ! »

Le Chat du Rabbin

Même si certains veulent faire de Superman un héros juif parce que créé par des auteurs juifs (sic), c'est véritablement le dessinateur et scénariste de bande dessinée Joann Sfar (né en 1971) qui développera avec humour un sujet jusqu'alors délaissé par la bande dessinée : l'exploration de la religion et de la culture juive en Algérie, à travers la série *Le Chat du Rabbin*.

Un chat bavard

Comme le cheval de Louis de Funès dans *Fantômas contre Scotland Yard*, le chat du rabbin parle. Il parle même très bien grâce au perroquet qu'il a dévoré. Mais il parle si bien qu'il parle trop bien, à tel point que ses pensées souvent blessantes ne conviennent pas aux oreilles chastes de Zlabya, la fille du rabbin. Une seule solution : lui enseigner la Torah.

Une série culte

Joann Sfar, scénariste cultivé qui ne manque pas de faire des clins d'œil appuyés à la littérature d'Albert Cohen (1895-1981), délivre une œuvre étonnante, drôle et riche en culture séfarade.

- *La Bar-Mitsva* (2002)
- *Le Malka des Lions* (2002)
- *L'Exode* (2003)
- *Le Paradis terrestre* (2005)
- *Jérusalem d'Afrique* (2006)

Popeck, le représentant en layettes

Du fait de son immigration nord-africaine, la France a plutôt développé un humour juif séfarade, dont les meilleurs représentants sont Michel Boujenah (né en 1952) ou Élie Kakou (1960-1999), mais c'est sans doute le comique Popeck (né en 1936) qui se place, lui, dans la tradition ashkénaze, qui est le plus représentatif de l'humour juif.

C'est en 1966 que le comédien Judka Herpstu fait son apparition au cinéma dans *Le Chien fou* d'Eddy Matalon, sous le pseudonyme Jean Herbert. Le film ne frappe pas les esprits, mais on retrouve l'acteur en 1968 dans une série mythique de la télévision : *Les Compagnons de Baal*. Entre deux pièces de théâtre, il n'abandonne pas le cinéma et joue dans *Les Aventures de Rabbi Jacob* (1973) ou dans *C'est pas parce qu'on a rien à dire qu'il faut fermer sa gueule* (1974). Sa carrière prend un nouveau tournant en 1978, lorsqu'il change de pseudonyme pour Popeck et crée un personnage unique sur la scène française : un petit exilé roumain vendeur de caleçons molletonnés, grognon et râleur, à l'impossible accent yiddish. Popeck séduit aussitôt son public, notamment avec cette célèbre réplique :

« On n'est pas des sauvages tout de même. »

On n'est pas des sauvages, tout de même !

- « On devient vieux à partir du moment où on ne comprend plus les jeunes. »
- « Un homme riche n'est jamais vieux, jamais laid, pour une jolie fille opportuniste. »
- « Les hommes naissent égaux en droits : c'est pourquoi les femmes se battent toujours pour avoir les mêmes. »
- « Que Dieu soit loué, mais pas trop cher ! »

- « L'humour juif, c'est de faire rire avec une histoire qui a un double sens et qu'on ne comprend qu'à moitié. »

Une histoire qui nous intéresse : la nôtre !

Le premier Juif, Moïse, a dit : « Tout est loi. »

Le deuxième Juif, Jésus, a dit : « Tout est amour. »

Le troisième Juif, Marx, a dit : « Tout est argent. »

Le quatrième Juif, Freud, a dit : « Tout est sexe. »

Le cinquième Juif, Einstein, a dit : « Tout est relatif. »

On demande un jour à quatre hommes : un Français, un Anglais, un Allemand et un Juif (sans nationalité précise) d'écrire un texte sur les éléphants. Quelques jours plus tard, le Français revient avec un petit texte intitulé « l'Amour chez les éléphants » ; un peu plus tard, l'Anglais revient avec « Les éléphants et le commerce international » ; c'est au tour de l'Allemand qui revient plusieurs mois plus tard avec un gros pavé, « Introduction au pas militaire chez l'éléphant » ; enfin le Juif arrive une bonne année plus tard avec « Les éléphants et la question juive ».

Chapitre 9

L'humour dans le reste du monde

Dans ce chapitre :

- L'Asie et les antipodes du rire
- Rire d'Afrique
- Petit tour d'Europe

L'esprit français, certes, l'*english humour*, soit, l'humour juif, convenons-en, mais qu'en est-il de l'humour ailleurs ? L'Extrême-Orient rit-il jaune ? Indien vaut-il mieux que deux tu l'auras ? Le continent africain pratique-t-il l'humour noir ? Les pays de l'Est grimpent-ils au rideau de fer ? L'Espagne est-elle olé olé ? S'amuse-t-on par gestes chez les Italiens ? Que fait un Belge s'enflammant ? Le rire suisse est-il bon pour le mental ? L'humour allemand est-il une légère manie ? Partons en voyage et sautons vite dans le train du rire, celui qu'on appelle le boute-en-train !

En Asie

Mystère de l'Orient, charme de l'extrême, miracle des contraires… À nos antipodes, l'humour est-il si bridé qu'on pourrait le penser ? L'humour des Huns est-il celui des autres ? Est-ce que la Chine, l'Inde, l'Indonésie ou le Japon sont grands consommateurs d'œufs au riz (euphorie) ? Voyons la chose de plus près.

Le Japon et les Nippons la joie

En toute chose, le Japon est pour nous terre de dépaysement. On ne se retrouve en rien dans ce curieux peuple qui a su mêler étroitement modernité futuriste et traditions d'un autre âge.

Alors qu'en est-il de leur humour ? Pour certains, il n'existe pas ! Les Japonais seraient dénués du moindre sens de l'humour… Vrai ou faux ?

En un mot commençant

Souvent, les actions sont dans les mots avant d'être dans les faits, or le mot « humour » n'existe pas au Japon, du moins pas de façon ancestrale. Ce qui désigne l'humour n'est que sa traduction de l'anglais, qui donne le mot : *yumoa.*

Le non-humour japonais

L'humour ou le non-humour japonais n'a jamais était mieux illustré que par l'anecdote rapportée par le grand spécialiste du Japon, Jean A. Keim. Surpris de ne pas capter de soubresauts d'humour chez ses hôtes, il demande à un journaliste nippon de lui définir la notion d'humour.

« Il n'y a pas d'humour japonais ! répond ce dernier.

– Les Japonais ne rient donc jamais ? » insiste Keim.

Le journaliste éclate de rire, trouvant la question du plus haut comique.

De quoi se faire un sang d'encre

- Un Européen arrive à Tokyo un samedi pour affaires, mais petite maladresse, dès le premier jour il renverse une bouteille d'encre sur son pantalon blanc. Catastrophe ! Les teinturiers sont fermés. Il se rend chez un couturier et demande qu'on lui fasse en urgence le même pantalon. « Mes ouvriers travailleront toute la nuit et votre pantalon sera prêt demain matin à huit heures. »

  Le Japonais est un homme de parole. Le lendemain, l'Européen récupère un pantalon neuf, identique à l'autre… avec une tache merveilleusement répliquée !

  On pourrait croire que le Japonais, ne faisant pas de bon esprit en fasse du mauvais, mais non… Simplement, il n'a aucune notion du second degré. La preuve :

- Un Français, grand orientaliste, entre dans une boutique de Tokyo pour faire l'acquisition d'un stylo. Son choix se porte sur un grand plume. Il remarque alors qu'il s'est mis à pleuvoir des cordes. Avec un léger sourire, il demande s'il n'existe pas le même stylo avec un parapluie au bout. Le Japonais rend le sourire et disparaît dans l'arrière-boutique. Il revient cinq minutes plus tard. « Je viens d'appeler l'usine, pour votre parapluie-stylo, vous aurez le devis dans un quart d'heure ! »

  Je vous le dis, technique, oui, second degré, zéro.

Ils se méfient du rire

Chez les Japonais, le rire est synonyme de moquerie. Un rire mal compris peut entacher ce sens de l'honneur si important chez eux. Si, en tant qu'Occidental, vous plaisantez, vous devez sortir une pancarte qui l'annonce : « Attention, je vais plaisanter ! » Le rire est une question d'étiquette, et il ne faut surtout pas mélanger les genres.

Si votre interlocuteur rit, ce sera par politesse. En revanche, ce qui amuse vraiment le Japonais, c'est le ridicule qu'à ses yeux l'Occidental affiche avec sa « finesse » d'esprit. Rien n'est plus drôle que de se moquer d'un Occidental qui parle un japonais de cuisine.

Humour et violence

À la « finesse » occidentale, le Japonais préfèrera un délire plus grossier, voire scatologique. Il suffit pour s'en convaincre de voir les émissions de télévision qui les font hurler de rire. C'est le cas de la grande émission de jeu : *Takeshi's Castle*, un redoutable divertissement où des candidats déguisés en samouraïs modernes sont enfermés dans un château pour y subir les pires sévices. Voyeurisme, impudeur et sado-masochisme sont à la carte de la télévision japonaise. Ce n'est pas l'invasion des mangas dans un Occident désorienté qui prouvera le contraire.

C'est gai ça

Voici quelques plaisanteries qui font rire les Japonais :

- Une jeune femme dit à un mendiant :

  « Vous êtes bien constitué, vous semblez bien portant ; pourquoi ne prenez-vous pas un métier ?

  – Madame, vous avez un charme extraordinaire et pourtant vous ne montez pas sur les planches.

  – Mais le théâtre n'est pas ma vocation.

  – Je me dis la même chose avec le travail. »

- Une vieille dame murmure à son mari :

  « Demain, nous fêterons nos noces d'argent, pourquoi ne pas faire cuire le poulet ?

  – C'est bien vrai que nous sommes mariés depuis vingt-cinq ans, mais ce n'est pas la faute du poulet ! »

- « Je vous ai tellement entendu de fois déclarer que vous vouliez vendre votre maison, dit un ami à son voisin. Et vous continuez toujours à y vivre… Pourquoi ne la vendez-vous pas ?

  – J'ai essayé, mais quand j'ai lu l'annonce dans le journal, j'ai trouvé que c'était exactement ce que je cherchais, alors je suis resté. »

Ne pas regarder sous le Japon des dames

C'est dans les restaurants qu'humour et philosophie se rencontrent au quotidien. Les cure-dents sont souvent accompagnés de petits rouleaux qui dévoilent pensées ou aphorismes… souvent sexistes. Un exemple :

Deux femmes parlent ensemble. La première :

« Désolée, je ne trouve vraiment rien à critiquer chez cette femme.

– Dans ce cas, répond la deuxième, parlons d'une autre. »

En Chine, le péquin a-t-il de l'humour ?

« Quand la Chine s'éveillera le monde tremblera » nous assène Napoléon, mais quand la Chine rigole, que se passe t-il ? Fait-elle trembler le Japon ?

Terre d'ampleur, terre de pleurs, pour le sinologue Robert Guillain, la Chine renferme plus d'un milliard d'humoristes, parce que « les Chinois pratiquent le rire silencieux », celui qui permet de sourire du malheur.

Philosophie du rire

Un grand écrivain Chinois, Lin Yutang (1895-1976) nous dit qu'il est impossible de comprendre la Chine sans prendre en compte le sens de l'humour. « Les Chinois ont un humour solide qui est fondé sur leur philosophie de la vie et sur leur bon sens. Ils sont prêts à se moquer de tout pour dégonfler les ballons de baudruche. »

Le petit-fils de Confucius, Meng Tzeu, résume bien cet état d'esprit : « Celui qui a une juste idée de la providence ne se tient pas au pied d'un mur qui menace de tomber en ruine. »

Le bon sens dans le bon mot.

L'impôt du tigre

Confucius rencontre un jour une vieille femme assise au milieu d'un champ de tombes fraîches. Ce sont les tombes de son père, de son mari et de ses deux fils.

« De quoi sont-ils morts ? demande le philosophe.

– Du tigre qui les a dévorés ! dit la vieille avec un rire sonore.

– Mais quelle idée de venir vivre dans un endroit aussi dangereux ?

– On est très bien ici, rétorque la vieille en riant plus haut encore. Ici, nous n'avons que le tigre, là-bas, vous avez le gouvernement ! »

On fait de l'humour comme de la prose

Comme le Monsieur Jourdain de Molière qui faisait de la prose sans le savoir, les Chinois le font avec l'humour. De par son éducation, le Chinois doit « sauver la face », aussi grime-t-il la douleur en s'accrochant un masque de sourire sur le visage. Il doit sauver les apparences coûte que coûte. Intérieurement, il rit de la vacuité de la condition humaine.

L'histoire du poisson rouge résume bien cette philosophie :

Agité du bocal ?

À Shanghaï, avant la Seconde Guerre mondiale, un consul anglais avait pour habitude d'organiser des cocktails où la descente était sévère. Un soir où les ébriétés étaient peut-être plus avancées qu'à l'accoutumée, le consul verse un doigt de whisky dans le bocal du poisson rouge, et tout le monde de s'amuser des frétillements du poisson. Le lendemain, le carassin (poisson rouge asiatique) est en pleine forme, ce qui met le consul en joie. Il réitère l'opération et ce pendant plusieurs jours d'affilée. Bientôt le poisson buveur de whisky devient célèbre dans tout Shanghaï, et le beau monde vient assister au nouveau protocole.

À la fin du mois, il faut se rendre à l'évidence : les poissons rouges peuvent vivre dans le whisky !

Toutefois, le consul déchante vite quand le premier boy des cuisines lui apporte la note mensuelle. Dans le détail de l'addition figurent les mots : « Poissons rouges : 1 dollar la pièce, soit 30 dollars les trente poissons. »

En effet, chaque matin le majordome chinois remplaçait le poisson mort par un nouveau poisson.

C'est ça l'humour chinois !

Rit-on des mêmes choses ?

Avec l'humoriste sinophile Mark Rowswell (né en 1965), qui travaille sur une chaîne de télévision chinoise (sous le pseudonyme de Dashan), on sait que l'humour de Benny Hill, des Monty Python ou de Bob Hope ne passe pas du tout auprès des Chinois. Cependant, le tronc commun à toutes les cultures est le besoin de lutter par le rire contre les interdits. Bien sûr, le subversif peut changer d'un pays à l'autre. Le problème national chinois étant la natalité, c'est là que doit se nicher le politiquement incorrect.

Choc des civilisations

Nous sommes à Pékin et un vénérable érudit chinois est invité dans un cercle sportif par des amis européens. Alors que les amis boivent un verre en terrasse au bord des terrains de tennis, le lettré s'étonne en observant deux joueurs acharnés en train de disputer une partie.

« Être obligés de travailler par une telle chaleur ! Pauvres gens !

– Comment ? lui répond-on, mais ce sont des gens très riches : l'un est directeur de banque et l'autre est un important actionnaire d'un grosse société immobilière ! »

Le Chinois reste perplexe.

« Alors pourquoi ne paient-il pas des *coolies* pour taper sur les balles ? »

Hé oui... Ça fait réfléchir.

Chacun son mot

LE SAVIEZ-VOUS ?

En vieux chinois, le mot « humour » se dit *huaji* qui signifie « tour glissant ». Ces *huaji* servaient aux bouffons de cours ou aux philosophes pour mettre les rois en garde avec d'habiles métaphores ou des bons mots.

Bouffons du roi... en salade !

« Imaginez, Sire, que l'un de vos sujets confie femme et enfants à un ami et qu'à son retour, il retrouve sa famille dans le plus extrême dénuement, que ferait Votre Majesté ?

– Je ne prendrais plus cet homme pour ami, répond le roi.

– Et si un professeur ne pouvait plus diriger ses élèves ?

– Je le renverrais, dit le roi.

– Et si c'était l'État tout entier qui était négligé ? »

Alors le roi se tourna vers ses compagnons et parla d'autre chose.

Le Chinois est festif

Les Chinois ont besoin du rire et du bruit. Les nombreuses fêtes qui jalonnent leur calendrier le prouvent bien. Tout y explose : les exubérances les plus diverses, les cris, les rires, les pétards.

Tripots et salles de jeux sont bourrés à craquer car les Chinois aiment passionnément s'amuser, autant que le théâtre qui les fascine. Théâtre où l'humour de situation est constant. Manque de décors, manque d'argent, qu'à cela ne tienne, une table fera une muraille, un homme trottant fera un cheval… Tout est bon pour arracher le rire.

Rire et philosophie

En Chine, la philosophie n'est jamais très loin de la boutade… et inversement. Voici quelques plaisanteries qui amusent les Chinois :

- ***La victime philosophe :***

  La nuit, un voleur s'introduit dans une petite maison. Mais une fois à l'intérieur, il se rend compte qu'il s'est donné bien du mal pour pas grand chose. C'est une maigre maison où il n'y a rien à voler. Il s'apprête à repartir quand le propriétaire, qui était couché, l'interpelle, furieux :

  « La porte !

  – Tu n'as qu'à la fermer toi-même, paresseux ! Tu n'es qu'un feignant ! Au lieu de travailler, tu restes au lit et tu ne possèdes rien qui vaille la peine dans ta maison, tu es pauvre et minable ! Ce n'est pas comme ça que tu arriveras à quelque chose dans la vie !

  – Ah, la barbe, fait le Chinois qui se rendort. Travailler, travailler, pour que tu viennes me prendre tout ! »

- ***L'élève philosophe :***

  Un professeur s'endort en classe. En se réveillant, pour se justifier il raconte un mensonge à ses élèves : « J'avais rendez-vous avec lord Chou au pays du rêve. » Le lendemain, un des élèves s'endort à son tour. Le professeur l'éveille, fou de rage :

  « Comment oses-tu t'endormir en classe ?

  – Maître, dit le garçon, moi aussi j'avais rendez-vous avec lord Chou.

  – Et que t'as dit lord Chou, petit sot ?

  – Il m'a dit : "Tiens, je n'ai pas vu votre maître aujourd'hui". »

- ***Le professeur philosophe :***

  « De tout l'univers, la femme et la perle sont les deux plus belles merveilles qu'il se puisse concevoir, principalement la perle ». Le jeune disciple qui lit cette pensée de Confucius en demande le sens à son maître.

  « Ô, jeune disciple, sache donc du plus loin de ton inexpérience que, s'il est vrai qu'autant la femme que la perle se peuvent enfiler, la perle, elle, le peut être par les deux bouts.

  – Excusez mon inexpérience, Maître, et châtiez-moi si besoin, mais la femme ne peut-elle pas être également enfilée par les deux bouts ?

  – Dans ce cas, fait le maître en levant les yeux au ciel, c'est une perle ! »

L'Inde

Pour nous Occidentaux, l'Inde n'est pas nécessairement synonyme de gaudriole ou de bons mots de fin de repas. Pays de religion aux brahmanes austères, c'est aussi un pays aux mille facettes. Comme le rapporta le premier ministre Pandit Nerhu (1889-1964) : « Sans humour, Gandhi n'aurait pas pu vivre. »

Gandhi, la paix par l'humour

On ne peut aborder l'Inde sans parler du Mahatma Gandhi (1869-1948), qui à maintes reprises a prouvé que politique et diplomatie pouvaient se traiter avec non-violence et avec humour.

Se méfier du Gandhi raton ?

Le Mahatma Gandhi, chantre de la non-violence, eut une parole admirable qui montre son sens parfait de la réplique. Alors qu'on lui demandait ce qu'il pensait de la religion chrétienne, il répondit : « Je pense que ce serait une bonne idée… »

La messe est dite… si je puis dire.

Fine lame en politique

Il reçut un jour un courrier officiel de la part du gouvernement britannique. Une lectrice se mit à lire la lettre à voix haute avec le sérieux que nécessitait un jargon hautement impérial pour traiter d'un problème politiquement grave. La lecture terminée, Gandhi, sous le regard attentif de l'assistance, resta pensif un moment puis : « Cela aurait pu être mieux. Donnez-moi la lettre : ils laissent toujours des marges immenses ; cela doit être pour que je puisse leur répondre. »

Sous l'œil surpris et amusé de son entourage, il découpa soigneusement le blanc du papier qui entourait le texte.

Humour tamoul

Difficile d'établir une géographie du rire dans un pays qui compte plus de vingt langues, toutefois il convient de remettre la palme aux Indiens du Sud. Le folklore tamoul est en effet riche en histoires comiques de toutes sortes. Un grand nombre de ces histoires anciennes ont pour héros un bouffon nommé Tenali Râman, sorte de Toto local, et rencontrent toujours autant de succès aujourd'hui.

L'histoire du grand gourou

Au XVIIIe siècle, le jésuite italien Constantin Beschi (1680-1747) avait imaginé évangéliser les populations indigènes par le rire. Il composa, en langue tamoul, un recueil intitulé *Histoires de Paramârtha Gourou* qui traite des aventures d'un gourou présomptueux. Il s'était inspiré du Thomas Diafoirus de Molière (*Le Malade imaginaire*) pour faire rire des Indiens.

L'Inde fabuleuse

Les cochons de La Fontaine étaient-ils d'Inde ? La question mérite d'être posée quand on voit le nombre de recueils sanscrits de fables animalières. On trouve notamment le *Kâdambarî* qui collectionne des histoires d'animaux empruntes d'ironie. Pas étonnant au pays de la vache sacrée.

Plaisanterie tamoule… pour cake

Voici une petite blague qui prouve que la notion de calembour a du sens en Inde :

Un explorateur revient de voyage et croise un ami à qui il raconte ses aventures :

« … Et puis je me suis retrouvé dans un désert. Je n'avais absolument plus rien à boire. J'avais beau chercher, rien à faire.

– Tu aurais pu mourir de soif, comment as-tu fait pour en réchapper ?

– J'ai simplement pensé à toutes sortes de bonnes choses et ça m'a mis l'eau à la bouche ! »

La faim justifie-t-elle tous les moyens ?

Un veau pénètre dans la cour intérieure d'une ferme et avise un pot qu'il espère plein de nourriture. Il s'approche et fourre sa tête à l'intérieur. Le pot est vide mais l'animal est incapable de retirer sa tête. Le fermier arrive catastrophé et tente de libérer son veau, prenant garde de ne pas lui faire de mal. Rien à faire. Désespéré, il va demander conseil au Mahadenamutha, le seigneur de la région qui passe non loin, chevauchant son éléphant avec arrogance.

« Tu as bien fait de m'appeler, je vais te tirer d'embarras. »

Le gros poussah commence par faire abattre les murs de la ferme pour faire passer son éléphant. Il voit le veau qui dodeline…

« Qu'on lui tranche la tête. »

La chose fut faite devant le fermier désespéré.

« Mais le pot ?

– Idiot ! Il suffit de le briser avec une hache ! »

Le fermier, furieux, regarde son mur en ruine, son veau mort et son pot brisé. Le Mahadenamutha, content de lui, repart :

« Mais comment ferez-vous donc le jour où je ne serai plus là ! »

Maîtres à valets

Comme dans beaucoup de pays du monde, les anecdotes sur les rapports dominants/dominés foisonnent. Un sentiment peut-être plus fort en Inde qu'ailleurs du fait de la domination anglaise entre 1858 et 1947. Les sâhibs (seigneurs) de Rudyard Kipling (dans son livre *Kipling Sahib : India and the Making of Rudyard Kipling*) ne sont pas toujours bien perçus, même aujourd'hui. Cependant, les vieilles histoires de maharajahs indolents et idiots amusent toujours.

Les femmes qui portent la culotte

En Inde, la femme est un sujet d'humour autant qu'ailleurs. Et comme partout, le mari effacé devant la porteuse de culottes fait rire. Tout comme la femme bavarde :

« Il faut absolument que tu viennes voir ma nouvelle maison. Tous ceux qui la voient en restent muets d'admiration.

– Muets, vraiment ?

– Oui.

– Alors j'amènerai ma femme ! »

Histoires à faire rire un Indien

Quelques plaisanteries qui amusent les Indiens. On sent que le travail les... travaille beaucoup :

- Un commerçant est sur son lit de mort. Il a convoqué ses enfants.

  « Tu es là Râm ? Approche toi, mon enfant. Est-ce que Soupan est venu ? Et où donc est Koumaran ?

  – Ils sont tous là, regarde bien, fait sa femme.

  – Sacrebleu, il n'y a donc personne au magasin ? »

- Quelqu'un se présente pour une place de domestique.

  « Pouvez-vous me montrer un témoignage de votre savoir-faire ? lui demande son futur employeur.

  – Voilà la montre en or de mon ancien patron. »

- Le maître d'école reçoit un coup de téléphone.

  « Que dites-vous ? Que le jeune Vichnou est malade et qu'il ne viendra pas aujourd'hui... Mais qui est à l'appareil ?

  – C'est mon papa, m'sieur ! »

Cochons d'Inde

On jugera du degré d'humour des Indiens par cette mise en garde imprimée dans une brochure de Air India (certes dans les années 1950) et qui semble s'adresser aux adeptes du voile. Une anecdote diablement d'actualité.

« En ce qui concerne les dames que leur bien-aimé tient à envelopper d'une moustiquaire, nous vous informons que nous n'avons pas de compartiments réservés. Mais si vous y tenez absolument, vous pouvez faire passer votre Dulcinée dans la cabine de pilotage, où le navigateur et le radio, saints hommes et craignant Dieu, prendront soin d'elle. »

Rire d'Afrique

Vaste continent aux mille cultures, aux religions mélangées, terre de nomades ou de paysans ancestraux, pays colonisé, sol libéré, terre de contrastes. Un éclat jaillit de partout : son rire ! Du Maroc au Mozambique, du Sénégal à la Tanzanie, l'Afrique rit. Elle souffre souvent mais elle s'esclaffe toujours.

L'Afrique ne perd pas le nord

On ne peut évoquer l'humour de l'Afrique du Nord sans parler du rire musulman. Car c'est parmi les Musulmans que naquit un jour Nasr Eddin Hodja, l'un des personnages les plus joyeux de leur culture.

Nasr Eddin Hodja, l'ami des Musulmans

Ah ! Ce brave Nasr Eddin Hodja, ouléma (théologien) de profession, est un drôle de personnage. Né vers le XIIIe siècle, vraisemblablement en Turquie, sa renommée le mène des Balkans à la Mongolie sur son petit âne. Il est le héros de dizaines de contes qui rappellent, en arabe, nos fabliaux français du Moyen Âge. Personnage ingénu, faussement naïf, il représente le bon sens et l'ironie.

La critique est aisée mais l'âne est délicat

Nasr Eddin Hodja se rend au marché avec son fils qui boite. Pour son confort, il l'installe sur son âne. Chemin faisant, ils rencontrent les premiers bougons : « Si ce n'est pas malheureux de voir un vieil homme marcher alors que cet adolescent se prélasse ! » Le garçon est confus et demande à son père de prendre sa place. Le Hodja s'exécute et les rôles s'inversent, mais un autre passant s'écrie bientôt : « N'est-ce pas honteux de voir ce vieux qui fait courir ce pauvre enfant boiteux derrière lui ! » Excédé, Nasr Eddin Hodja prend son fils en croupe. Un troisième quidam lève les yeux au ciel : « Ces gens n'ont aucune pitié pour ce pauvre âne ! Et dire que l'un d'eux est un Hodja ! » Fatigués de tant de critiques, le père et le fils descendent de l'âne pour continuer leur chemin tranquillement. C'est alors qu'ils croisent un groupe de villageois : « Quelle sottise, ils laissent trotter l'âne tranquillement tandis qu'ils usent leurs semelles ! C'est bien la peine d'être Hodja ! »

Sourire philosophe de Nasr Eddin à son fils : « Vois-tu, mon fils, on ne peut jamais contenter tout le monde. Fais à ta tête et tu t'en trouveras bien. »

Hodja le grand voyageur

Les aventures de Nasr Eddin Hodja sont traduites dans des dizaines de langues, du persan au turc, du russe à l'arabe. Au Maroc il s'appelle Abu Nacr Hojja, en Algérie et en Tunisie Jeha, en Lybie il devient Goha. Partout, il représente la joie et la bonne humeur pour les Musulmans. Toutefois, ses contes sont aussi source de réflexions, et bien souvent d'insolence face au pouvoir.

Tu cherches, tu trouves !

Nasr Eddin est souvent décrit comme un personnage assez laid, qui louche.

Timour Shâh, prince d'Afghanistan, qui ne se prive pas pour faire des plaisanteries, l'apostrophe ainsi devant tous ses invités :

« Dis-nous, bigleux : est-ce vrai que lorsqu'on louche comme toi, on voit double ?

– C'est exact, seigneur.

– Alors, quand tu me regardes, tu vois deux grands conquérants ?

– Non, seigneur, je vois un quadrupède. »

Le prince, lui, dut voir rouge !

L'Égypte si King

On a coutume de dire en Afrique du Nord que les Égyptiens sont les plus gais, les rois du rire. Chez eux, la fête du printemps, le *Sham el-Nessim* (qui signifie : « respirer l'air nouveau, frais et tendre ») prend des proportions pharaoniques… C'est bien normal, elle date de l'Égypte ancienne. Là, face aux pyramides, sous le nom de Goha, Nasr Eddin Hodja est toujours présent et prodigue ses contes… sans compter. Alors qu'il passe un pied en Lybie, voici ce qu'il nous raconte :

Un prince lybien avait fait venir des Indes un habit splendide de soie et d'or recouvert de pierres précieuses. Cet habit était tissé avec tellement d'élégance et de finesse que seuls les êtres d'exception pouvaient le voir. Le prince paradait ainsi devant les courtisans qui s'extasiaient avec mille compliments bien qu'ils ne vissent absolument rien. Soudain, un petit garçon s'approche et dit ingénument : « Tiens, il est tout nu notre prince ! »

Tiens donc ! Cela ne vous rappelle rien ? Le fameux Andersen n'aurait-il pas croisé Nasr Eddin Hodja quelque part ?

Les petits riens qui forment un tout

Les habitants d'un petit village ont besoin d'un sage pour leur apprendre le monde. Ils vont chercher Nasr Eddin et l'amènent en place publique.

« Que voulez-vous que je vous apprenne que vous ne savez pas ?

– Tout !

– Je n'ai rien à faire avec de tels ignorants. »

Et Nasr Eddin s'en va. Les dignitaires réfléchissent et demandent au peuple de répondre sans froisser le grand sage. Ils vont rechercher Nasr Eddin qui demande :

« Que voulez-vous que je vous apprenne que vous ne savez pas ?

– Rien !

– Alors si vous savez tout, je m'en vais. »

Et Nasr Eddin s'en va, énervé. Les dignitaires réfléchissent de nouveau et demandent cette fois-ci au peuple un peu plus de compréhension avec une telle sagesse. Ils vont trouver Nasr Eddin et le ramènent en ville.

« Que voulez-vous que je vous apprenne que vous ne savez pas ? »

Une moitié crie :« Rien ! »

Et l'autre moitié :

« Tout ! »

Alors Nasr Eddin excédé, dit :

« Hé bien, que ceux qui savent apprennent à ceux qui ne savent pas. »

Pessimisme de roi

Dans les années 1950, un peu avant la mort du roi d'Angleterre Georges VI, l'ex-roi Farouk s'entretenait avec un de ses proches collaborateurs sur les malheurs de la royauté à travers le monde :

« Sire, combien croyez-vous qu'il restera de roi dans vingt-cinq ans ?

– Cinq, répond Farouk : le roi de cœur, le roi de trèfle, le roi de carreau, le roi de pique et le roi d'Angleterre.

Afrique noire, mais propre au rire

Pour l'écrivain français Maurice Bedel (1883-1954), « le rire est le propre de l'homme… noir ». Un rire franc, ouvert à tous, un rire où l'ironie, parente du sarcasme cher aux peuples occidentaux, n'est pas de mise. C'est un rire qui est parfois cruel, lui qui se joue du malheur des autres, de la maladie ou de la mort. C'est un rire qui conjure le mauvais sort ou l'attaque des esprits malins.

Un avenir noir

Le célèbre animateur de télévision Jean Nohain (1900-1981) rapportait les propos d'un ami sénégalais à propos du rire africain : « Nous rions parce que nous sommes des enfants, et heureux comme des enfants qui savent si bien maintenant qu'ils vont devenir des hommes très importants dans le monde de demain.

Notre littérature comique africaine naît à peine. Vous-même, amis de France, n'avez pas toujours eu Rabelais ou Molière… Comme nous, vous en avez connu des problèmes à régler avant de produire vos merveilleux auteurs. Pensez à cette merveilleuse pépinière qu'est l'Afrique et regardez mes compatriotes, comme ils savent bien rire, un rire limpide, net, sans sous-entendu. Un peuple qui rit sainement comme le nôtre donnera des auteurs comiques bien portants. »

Pour vivre heureux vivons tassés !

De quoi rit-il cet Africain du Togo, du Zambèze ou du Sénégal ? De tout. Toutes les occasions sont bonnes pour rire, même la mort. Car le secret du rire africain, c'est son appartenance ethnique. En Afrique, l'individualisme n'est ni une notion culturelle, ni une notion économique. L'homme n'est jamais seul. C'est le « coudoiement moral ». Les Africains, s'ils connaissent souvent la pauvreté, ne connaissent pas la solitude. Chacun est soutenu par un parent, un ami, un voisin. Le sourire passe de l'un à l'autre, c'est la philosophie de la générosité. Une philosophie qui n'entraîne jamais la mine sombre et terne qu'on trouve trop souvent entre les murs de nos capitales.

Mieux vaut être né griot que négrier

En Afrique, le griot est celui qui sert de lien avec la tradition. Il transmet la culture par voie orale. Il peut être fabuliste, conteur, philosophe, bouffon, troubadour, un peu sorcier parfois, souvent craint mais toujours convié à raconter des histoires.

La tortue est le roi des animaux

Un griot camerounais raconte cette histoire gaie d'une tortue rusée comme un singe :

Au cours d'une discussion avec un éléphant et un hippopotame, la tortue les provoque en duel. Elle commence par l'éléphant et lui soutient *mordicus* qu'elle sera la plus forte au jeu de la corde. Le pachyderme rigole et serre le chanvre avec sa trompe. La tortue va voir l'hippopotame et fait de même avec lui, qui embouche l'autre extrémité de la corde. La tortue va se cacher, donne un grand coup de sifflet, et les deux mastodontes de tirer de toutes leurs forces sur la corde. De force égale, ils n'arrivent à rien et en viennent à la conclusion évidente que la tortue est le plus fort de tous les animaux... Sans se douter qu'elle n'est en réalité que la plus maligne.

En Europe

Nous voilà partis pour un petit tour d'Europe, un voyage culturel au gré de tous ces rires souvent bien différents. On sait que l'humour est culturel, et chaque peuple à sa culture propre et donc son propre sens de l'humour. Impossible de rire de la même façon entre Brest et Vladivostok.

En Espagne, l'humour, quelle corrida !

Doit-on mettre sur le dos des dictatures successives (de l'Inquisition au franquisme) le fait que l'humour espagnol soit essentiellement oral ? C'est possible. En tout cas, ce n'est guère dans le roman ou le théâtre que le sens de l'humour espagnol se révèle, mais bel et bien dans les anecdotes parlées.

Les cocus n'ont pas la cote !

Disons-le tout net : les Espagnols n'ont pas le rire facile. Le Français s'amuse d'un dialogue savoureux, d'un calembour impromptu, l'Allemand n'est pas retors à une plaisanterie facile, l'Anglais aime l'autodérision, l'Espagnol, lui, hidalgo dans l'âme, a certaines pudeurs. Il est par exemple hermétique aux deux sujets qui font rire le monde entier : les cocus et les femmes qui portent la culotte. Quand les humoristes s'y collent, c'est pour stigmatiser la victime trompée.

Elle s'occupe du four et lui du moulin

En Espagne, si la femme doit être de ménage, l'homme ne peut qu'être de méninges. Voilà un autre sujet sur lequel il ne faut pas titiller le macho espagnol. Ne plaisantez jamais avec un Espagnol sur la possibilité qu'il passe un jour derrière un évier. La seule évocation d'un homme récurant une casserole fera bondir le phallocrate de service.

Je fais d'elle tout ce qu'elle veut !

Voici une blague qui dépasse un peu les frontières espagnoles, mais qui résume bien la situation :

« Mon mari se charge des décisions vraiment importantes dans notre ménage, comme le désarmement nucléaire, le réchauffement climatique ou les effets de la mondialisation, alors que moi je ne m'occupe que des détails domestiques subalternes, comme l'achat de notre maison, le choix de l'école des enfants ou le lieu de nos vacances. »

À la mort, à l'humour

Les mots de l'écrivain français Alexandre Vialatte (1901-1971) pour décrire l'humour espagnol sont rudes (comme les Ibères) :

« L'humour noir est bien nécessaire car il permet de plaisanter de la tombe. L'Espagnol ne craint pas le macabre. Il enterre l'homme avec emphase et se passionne pour la passion. Pour lui la vie, c'est beau mais la mort, c'est magnifique ! »

Ah ! oui, quand même…

Opérette d'opérette

On donne en représentation une pièce de Pedro Muños Seca (1879-1936), *Los extremeños se tocan (Les Extrêmes se touchent)*, annoncée comme une opérette. Dès le premier acte, un acteur déclare qu'ils ont égaré la partition, et les spectateurs assistent alors à une opérette sans musique. L'imprévu et l'absurde déclenchèrent de véritables fous rires.

Parodies tauromachiques

Il y a encore quelques années, chaque été l'Espagne respirait au rythme de la parodie en se moquant d'une de ses plus nobles institutions : les courses de taureaux. Avec les *charlotadas*, les Espagnols singeaient les corridas en remplaçant le taureau par un veau et les toreros par des nains.

Charlot dans l'arène

L'un des toreros comiques les plus célèbres des années 1930 fut le Barcelonais Carmelo Tusquellas. C'est lui qui donna son nom aux *charlotadas* (charlotades en français). En effet, sa spécialité était de se déguiser en Charlot. Affublé du célèbre costume noir, du chapeau melon et de la canne en guise de *muleta* (le drapeau rouge du torero), il faisait le pitre dans l'arène en attendant la partie plus sérieuse de la corrida.

Aujourd'hui encore, les spectateurs déçus d'un mauvais spectacle de tauromachie le traitent de charlotade.

Bon sens… de l'humour

Celui qui donne des conseils à qui lui demande de l'argent perd son temps, et si de plus il lui donne de l'argent, il perd les deux.

Dans tous les pays du monde, les femmes rient moins que les hommes et pleurent plus. Il en résulte que, quand il est question de rire, les hommes recherchent la compagnie des autres hommes, et les femmes, quand il est seulement question de pleurer, cherchent la compagnie des autres femmes. On a cependant remarqué qu'à d'autres occasions les hommes et les femmes se recherchaient mutuellement.

En Italie, l'humour botté en touche

Il est difficile d'appréhender l'humour italien car l'unité du pays est récente. Avant 1870, la botte n'était composée que de multiples cultures locales. Entre un Vénitien et un Calabrais, un Sicilien et un Piémontais, le sens du rire n'est pas toujours le même. Il y aurait même un baromètre du rire italien : plus on descend vers le Sud, plus on est triste. Mais d'une façon générale, malgré son geste facile et son accent chantant, l'Italien se laisse facilement aller à la mélancolie.

Les gens graves ne sont pas sérieux

Pour les Italiens, l'esprit français reste suspect et l'humour anglo-saxon insondable, aussi, même si chez eux tout est spectacle, de la tragédie romaine au match de foot en passant par les enterrements, tout est dans la démesure du drame. Derrière un rire, même cinématographique, les larmes ne sont jamais bien loin.

Échangerais sens de l'étiquette contre sens de l'humour

Le sens de l'étiquette a beaucoup d'importance en Italie. Les apparences comptent, au point que les hommes accordent beaucoup de sérieux à leur titre. Titre acquis par le hasard de la naissance, l'état de la fonction ou la qualité du diplôme. Il est vulgaire de s'appeler *Signore*, on préfèrera *Professore* ou *Dottore* ; une carte de visite mettra l'accent sur *Ingeniere* ou *Commendator*... Un Italien sans titre peut être pris pour un anarchiste. D'ailleurs, même pas... puisque les anarchistes se font appeler *Compagno*.

Plainte contre X

Comme on le voit dans la plaisanterie suivante, le sens de l'étiquette peut avoir ses avantages :

Une femme est trouvée en galante compagnie par son mari, qui entre dans une colère noire.

« Je ne vois pas ce qui t'inquiète chez ce monsieur, répond la femme surprise, je ne connais même pas son nom. »

L'histoire de Totò

Antonio de Curtis, dit Totò (1898-1967), fut sans doute l'acteur le plus populaire d'Italie, mais au-delà de ce succès cinématographique, il est le meilleur exemple de l'importance intrinsèque du « titre » en Italie.

Admirez : il se dit descendant des empereurs de Byzance, et se nomme en réalité Son Altesse Impériale Ange, Flavius, Duca, Comnène de Byzance, prince Antoine de Curtis. Une partie de sa colossale fortune servit à financer des recherches héraldiques et un nombre incalculable de procès intentés aux journalistes pour diffamation. Dans les années 1950, le bien-fondé de ses titres sera reconnu par les tribunaux.

Attention, chiants méchants

On ne peut évoquer les hommes politiques français sans penser à nos *Guignols de l'info* ou aux humoristes qui les ont égratigné, de Le Luron à Laurent Gerra en passant par Guy Bedos. Eh bien, ce n'est pas le cas en

Italie, où la satire politique est très peu représentée. Il n'y a pas de théâtres de boulevards, pas plus que d'école de chansonniers. La critique sait être méchante, corrosive, mais drôle, non.

Le français, non, la Gaule, oui !

Dans ses gènes, l'Italien sent qu'il est le conquérant de la Gaule… En tout Italien, il y a un César qui sommeille, et tout vainqueur qui se respecte se nourrit de sa conquête. Cela explique sans doute ce plaisir grivois légèrement égrillard qui titille les humoristes de la botte. Ceux-ci s'attaquent bien souvent à l'habitude que le mâle méditerranéen a de se vanter de ses conquêtes galantes.

L'homme et ses états dame

- L'Italie est heureusement un pays démocratique dans lequel un homme peut encore y faire ce que veut sa femme.
- Deux épouses parlent de leur mari : « Ah ! Que veux-tu, le mien est toujours en voyage. Il ne reste chez nous qu'un mois par an.

  – Ce doit être triste pour toi ?

  – Bah, un mois est si vite passé ! »

Excusez-moi, j'aurais un geste à vous faire !

L'Italie est peut-être un pays réputé pour être bavard, mais monologue ne veut pas dire dialogue, et le sens de la répartie a du mal à faire son trou. Le bons mots de Sacha Guitry ou les répliques cinglantes d'un Michel Audiard n'y trouvent guère de public, qui préfèrera les facéties d'un de Funès, digne de la *commedia dell'arte*.

Cette langue chantante, souple et imagée peut pourtant offrir toute les audaces de la transformation, elle qui peut faire d'un homme (*uomo*) un pauvre petit homme (*omino*), un nain (*ometto*), un gros bonhomme (*omone*), un balourd (*omaccione*), un homme méchant (*omaccio*)…

Mais pour exprimer l'ironie, le sarcasme, la colère, la joie ou la jalousie, c'est encore dans le geste que l'Italien a trouvé sa meilleure expression.

Folle et prise

Une starlette racontait au réalisateur Vittorio De Sica (1901-1974) son aventure avec le fils d'un milliardaire.

« Je suis sûre de lui, je suis sûre qu'il ne regarde aucune autre femme que moi depuis qu'il me connaît.

– Comment peux-tu en être si sûre ?

– Comment ? Mais il est fou de moi !

– Attention, les fous ont parfois des instants de lucidité ! »

L'Allemagne, ou comment rire en uhlan

Entre la mélancolie des poètes romantiques et la pesanteur des philosophes allemands, il n'est guère facile de trouver un créneau pour le rire en République fédérale d'Allemagne. Sauriez-vous me citer un humoriste allemand ? Ah ! La question piège ! Quelle différence y a-t-il entre Bach, Beethoven, Heidegger, Martin Luther, Kant, Goethe, Junger ? Oui, vous avez trouvé : un sens de l'humour occulte. Pour autant, les Allemands ne rient-ils qu'aux fêtes de la bière ? C'est à voir…

300 chefs d'éclats… de rire

Si l'Allemagne a connu au Moyen Âge un Saint-Empire romain germanique, celui-ci fut éclaté à la fin de la guerre de Trente Ans (1648), suite aux traités de Westphalie qui transformèrent l'Empire en trois cents États. Il faudra attendre la Prusse et Bismarck pour que l'Allemagne retrouve son sentiment national en 1870.

Difficile de donner de l'unité à son rire dans de pareilles circonstances !

C'est pas une région pour rire !

Le rire allemand est lui aussi assujetti à la spécificité régionale : l'amateur de bière munichois n'apprécie guère la plaisanterie du petit gars de Coblence qui s'abreuve de vins plus légers, qui lui-même fait la sourde oreille à la finesse rhénane, qui n'entend rien à l'humour pince-sans-rire de Hambourg.

Rire d'Hambourg… battant

Un commerçant cherche depuis plusieurs mois à se faire payer par un client qui rechigne. Il a alors l'idée de joindre à sa requête la photo de sa petite-fille : « Voilà pourquoi il me faut mon argent », écrit-il au dos de la photo. Le surlendemain, il reçoit la photo d'une très jolie blonde où il est écrit : « Voilà pourquoi je suis incapable de vous payer ! »

Grosse farce !

Gérald Ford (1913-2006), l'ancien vice-président américain, était considéré comme un grand maladroit ; on disait même qu'à force d'avoir trop longtemps joué au football sans casque, il ne pouvait plus mâcher un chewing-gum et marcher en même temps. Une plaisanterie courut sur lui en Allemagne où il devait venir faire un discours ; tous avaient en tête la célèbre phrase de Kennedy, de passage à Berlin : « *Ich bine ein Berliner !* ». Gérald Ford devant discourir à Hambourg, les autorités du pays en dissuadèrent ses collaborateurs de peur qu'il ne s'écrie : « *Ich bine ein Hamburger !* »

Dis Teuton, pourquoi tu tousses ?

Force est de constater que l'humour allemand manque de légèreté. Le résultat sans doute d'une forte tradition du guerrier prussien, où le rire était puisé dans l'univers militaire.

On se souvient de cette allocution dans un cercle d'anciens combattants prussiens :

« Chers amis, mon grand-père était Uhlan (cavalier armé d'une lance), mon père était Uhlan, et ce soir je vous parle moi même en tant qu'Uhlan. »

Gageons que cette plaisanterie provient d'une région proche de la frontière française (l'Alsace, par exemple), car les Berlinois goûtent assez peu le calembour.

Attention, voitures dangereuses !

Voici deux histoires qui symbolisent bien l'humour allemand d'après-guerre, et le pessimisme outre-Rhin qui fait dire : « l'humour, c'est quand on rit quand même. »

- À Berlin, un piéton est écrasé par une voiture. Le chauffeur fait marche arrière et roule à nouveau sur sa victime. Il descend de son véhicule et se penche sur le malheureux :

  « Vous souffrez beaucoup, mon pauvre ami ?

  – Oui, répond l'écrabouillé, surtout quand je ris. »

- « Je ne sais vraiment pas à quoi cela tient, raconte Fritz à un ami. Je travaille dans une usine qui fabrique des pièces détachées pour voitures d'enfant. L'autre jour, j'ai voulu m'amuser à assembler moi-même les pièces. J'ai essayé dans tous les sens. Eh bien, chaque fois ça donnait une mitrailleuse. »

Le chemin du rire

Même s'il fut difficile pour les Allemands de retrouver le chemin du rire après la Seconde Guerre mondiale, un grand nombre d'histoires sur le communisme ou le nazisme se mirent à fleurir pour tenter d'enterrer le passé par la dérision.

Aujourd'hui, des programmes de formation d'humour sont offerts au personnel de la compagnie aérienne *Deutsche B.A* pour dérider ses hommes d'affaires trop sérieux. Les Allemands ont également ouvert une kyrielle de « clubs du rire » pour faire remonter les statistiques qui indiquent que la population ne rit plus que six minutes par jour contre vingt autrefois.

Quand les extrêmes font rire

- « Passerai soirée au club communiste. Vive le parti ! Papa. »

  « Ne m'attendez pas, repasse le linge du commissaire. Vive le parti ! Maman. »

  « Obligé d'assister à une lecture idéologique. Vive le parti ! Fifi. »

  « Football obligatoire jusqu'à onze heures. Vive le parti ! Riquet. »

  « Ai raflé le contenu de votre appartement. Vive le parti ! Voleur. »

- Dieu observe la Terre et se désole de voir l'incurie des humains. Il est à bout d'idées. Il décide d'appeler Hitler pour lui demander un conseil.

  « Moi, je serais vous, dit le *fuhrer*, j'éliminerais six millions de Juifs et un Français. »

  Dieu fronce les sourcils, étonné :

  « Pourquoi *un* Français ?

  – Ah ! Voyez que vous aussi, vous vous en fichez des Juifs ! »

La Belgique s'enflammant

En Belgique, terreau du surréalisme, on aime rire, même si le rire est parfois gras. Le Belge n'apprécie guère le sous-entendu et préfère un humour plus direct. Le comique de situation y est d'ailleurs mieux perçu que le comique verbal. Les Belges, grands enfants, ont besoin de voir ce qui les fait rire. Ce n'est pas une coïncidence s'ils sont quasiment les inventeurs de la bande dessinée, ni si leur humour a quelques tabous. La plaisanterie ecclésiastique ne dépasse jamais l'évêque, on évite de se moquer de la famille royale, et le rire du sexe explicite se conçoit à petites doses.

Pourquoi les blagues « belges » ?

À la fin du siècle dernier, les Belges sont venus en grand nombre grossir la main d'œuvre dans les mines du Nord de la France.

Bien sûr, les ouvriers locaux n'ont pas vu leur arrivée d'un si bon œil, et les quolibets ont commencé à fuser. L'accent des gaillards, un poil marrant, accentua sans doute la moquerie : « Pourquoi les Belges descendent dans les mines en maillot de bain ? Pour voir la mer d'Houille ! »

Et toc ! De quoi mettre du baume dans les coups de grisou.

Dans *Germinal*, Émile Zola nous montre des Belges « casseurs de grève » et en 1864, Baudelaire lui-même écrivait : « Tous les Belges, sans exception, ont le crâne vide ».

Ajoutez à cela, un peuple à l'air bonhomme avec une propension à l'onirisme et au surréalisme hors du commun, un Coluche friand du genre « étrangers cocasses » et vous avez l'histoire de la blague belge.

Une histoire envahissante

Sa géographie particulière l'a mise au cœur des conflits, du Saint-Empire romain germanique à l'Empire français. Victime d'invasions multiples de la part des Espagnols, des Autrichiens, des Français et des Néerlandais, il n'est pas étonnant que la Belgique soit la proie des plaisanteries de toutes sortes. Plaisanteries qu'elle nourrit en son sein en se coupant en deux : Wallonie contre Flandres.

Non aux Wallons !

Deux usines, une flamande et l'autre wallone, se trouvent face à face. Un beau matin, on voit flotter sur la cheminée de l'usine wallone une banderole avec le slogan : « Ici, nous ne parlons pas le flamand. »

Le lendemain, la réponse ne se fait pas attendre et la banderole côté flamand indique : « Ici nous ne parlons pas, nous travaillons. »

Non aux Flamands !

- Pourquoi l'air est-il si pur en Flandres ? Parce que les Flamands dorment les fenêtres fermées.
- Qu'est-ce qu'un « primitif » flamand ? C'est un pléonasme.

La Suisse a-t-elle un rire neutre ?

Suisse : vingt-deux cantons, quatre langues officielles (l'allemand, le français, l'italien, le romanche), et des tonnes de dialectes locaux qui se perpétuent jalousement comme une sorte d'autodéfense. Allez déceler un humour là-dedans ! Malgré tout, le Suisse est fier, fier de son pays, de sa neutralité, de ses comptes bancaires, de sa propreté, de son armée, de son chocolat, de ses cigares, de la précision de ses montres, de ses couteaux, de ses montagnes, de ses lacs (où il n'y a jamais le feu), de sa différence, de son protectionnisme.

Vous êtes ici chez nous !

- Quelques plaisanteries qui font rire les Suisses :

  Le maître d'école demande à la classe :

  « Qui était le premier homme sur Terre ?

  – Guillaume Tel, m'sieur, répond fièrement Gustave.

  – Tu en es sûr ?

  – Pas de doute, c'est bien notre héros national.

  – Et Adam, alors ?

  – Ah, évidemment, si vous tenez compte des étrangers… »

- Menacé de perdre la vue, Oin-Oin (le naïf neuchatelois est la tête de turc de l'humour genevois) s'est décidé à consulter un spécialiste. Le médecin découvre la cause du mal, ordonne le traitement qui convient, puis déclare à son client :

  « Vous voilà guéri, mon ami. Vous avez complètement recouvré la vue. »

  Oin-Oin regarde la note :

  « Complètement ? Non. C'est curieux, je n'arrive pas à voir comment je vais vous payer ! »

Y'a pas le feu au lac !

La Suisse est donc une patrie aux humours multiples, changeant selon les cantons. Dans ce pays qui n'a pas connu les guerres, les ruines, les douleurs, l'odeur du sang, on comprend l'absence quasi totale d'humour noir. On comprend aussi que sa lenteur proverbiale agace les peuples limitrophes qui les raillent à plaisir. Railleries internationales qui auraient tendance à conforter le Suisse dans sa douce torpeur. Une attitude qui, selon le grand écrivain anglais Graham Green (1904-1991) a des inconvénients :

MOTS D'AUTEUR

« En Italie, pendant trente ans chez les Borgia il y a eu la guerre, la terreur, des meurtres sanglants. Cela a donné Michel-Ange, Léonard de Vinci, la Renaissance. En Suisse, ils ont eu cinq siècles de paix, et ça a donné quoi ? Le coucou ! »

Troisième partie

L'humour pratique : démo des mots

Dans cette partie…

C'est là que « les Athéniens s'atteignirent, que les Perses se percèrent, que les Satrapes s'attrapèrent, et que les Mèdes s'… » Tout un programme pour vous mettre le jeu de mots à la bouche, ou en bouche. Dans la grande cohorte des sévices textuels, ceux qui peuvent vous rendre drôle, ridicule ou vous hisser au statut de héros, on trouve le calembour, la contrepèterie, la charade, la blague, l'histoire drôle, la fable-express, le rébus, et au sommet : la réplique cinglante, le trait d'esprit impromptu, la saillie définitive qui fusille l'interlocuteur ! Histoire et techniques des genres, voilà de quoi vous transformer en véritable boute-en-train dans les soirées les plus sinistres.

Chapitre 10

Le calembour, ou savoir jouer avec les mots

Dans ce chapitre :

- Histoire de calembours
- Techniques et spécialistes

« Tu es Pierre et sur cette pierre, je bâtirai mon Église ! » Voilà un des premiers calembours que l'Histoire de notre civilisation a retenu. Excusez du peu, mais son auteur n'est autre que Jésus-Christ. Ce style d'humour qui consiste à jouer avec le double sens des mots est une des formes les plus courantes du jeu de mots. Il côtoie l'excellent, un tantinet poétique comme : « Ce n'était pas une lumière parce qu'il était niais », avec le plus facile comme : « La ville de Gien réputée pour ses grottes. » Brillant ou terne, précis ou approximatif, le calembour est une gymnastique de l'esprit qui peut être aussi nécessaire que les étirements du matin. Bien assené, il peut vous éreinter les zygomatiques en un tour de langue, ou vous rendre maître d'une soirée selon que vous soyez calembourdeur ou calembourdé. Un peu d'Histoire nous éclairera, beaucoup d'exemples nous amuseront.

Histoire du calembour bon

Des sources contestées, des origines mystérieuses, des détracteurs virulents, des admirateurs sans borne… Mais que se cache-t-il donc derrière ce petit mot qui fait couler tellement d'encre ?

Au début était la verve

Le premier calembour

Si l'on donne à Jésus-Christ la primeur du premier calembour de notre ère, Homère est incontestablement l'inventeur du premier calembour de l'Histoire.

Petit extrait de *L'Odyssée* :

Ulysse, qui fait un beau voyage, débarque sur l'île des Cyclopes où règne Polyphème, qui n'a d'yeux que pour sa maîtresse Galatée. Monstre à la vue basse, celui-ci se régale surtout de chair fraîche, et il a décidé d'en faire voir de toutes les couleurs à l'importun voyageur. Mais Ulysse ne tient pas à se faire croquer à l'œil.

« Qui es-tu ? demande Polyphème en voyant arriver Ulysse avec un pieu.

– Moi, répond le marin, je m'appelle Personne… C'est mon nom : Personne ! »

Quand plus tard Ulysse, armé de son pieu, crève la rétine du géant ivre, celui-ci hurle : « On m'a tué, on m'a tué ! On m'a tué par la ruse et non par la force… Ô dieux, et qui m'a tué ? Personne ! »

Pourquoi « calembour » et pas « camembert » ?

Bien que le calembour soit vieux comme les hommes (on en trouve chez Aristophane, Plaute ou Cicéron), au XVIe siècle il s'appelait « équivoque » ou « à-peu-près ». Les chercheurs les plus avertis ont tenté de percer le secret des origines de son étymologie. Il semblerait que trois hypothèses sérieuses se détachent.

Lien italien ?

Certains spécialistes de la langue soutiennent que l'origine de ce mot ne peut être qu'italienne venant de l'expression *calamajo burlare*, qui signifie « badiner avec la plume ». Pourquoi pas ? Cela pourrait tout aussi bien venir de *calamar burlesque*, de *la cale est bourrée* ou encore de *caleçon birman*…

Hypothèse étymologique ou éthylique

La deuxième hypothèse est plus technique, et peut-être plus cohérente. L'origine viendrait du mot *calembredaine*, qui décrit un propos extravagant, ridicule ou trompeur, couplé avec le mot bourde, bévue ou boulette. Ça se tient. Hélas, une troisième hypothèse vient brouiller les pistes.

Le comte de Kalhemberg

Au XVIIIe siècle, Versailles reçu en son sein le comte Kahlemburg, ambassadeur de l'Empire allemand. Ce dernier truffant son discours d'à-peu-près, de coq-à-l'âne, de phrases mal accentuées, se trouva peu à peu la victime des petits plaisantins de la Cour. Ces derniers n'avaient de cesse que de lui tendre des pièges dans lesquels le comte tombait pour le plus grand bonheur de son entourage. Bientôt, plus personne ne put entendre une errance de langage, une plaisanterie ou une bourde sans se référer à l'Allemand… Et le kahlemburg devint le calembour.

Qu'allant au bourg

On pourra cependant préférer aux hypothèses précédentes une quatrième théorie plus en adéquation avec le sujet : la fine analyse du linguiste Jean Sauteron, l'un des auteurs de *Merveilles et secrets de la langue française* :

« Autrefois, les cardeurs de matelas calaient leurs machines avec de la bourre de coton. Un jour, un apprenti, peu au courant des usages, demande où les cales sont et quelle matière fait cale. Le contremaître lui répond aussitôt : “Tiens ! Voilà deux cales en bourre !” Il fallut au brave garçon un cardeur pour comprendre. »

Pour ou contre, et non pas pur ou con

Comme en politique, lorsqu'un postulat fort est posé au départ, il se trouve toujours deux camps pour s'opposer avec la plus farouche des énergies. Le goût pour le calembour ne fait pas exception à la règle, et nous pouvons même assurer qu'il déchaîne bien souvent des envolées peu lyriques.

Pourquoi tant de N dans un mot qui n'en contient pas ?

Les anti pas gentils

« Le calembour, enfant gâté

Du mauvais goût et de l'oisiveté

Qui va guettant dans ses discours baroques

De nos jargons nouveaux les termes équivoques

Et, se jouant des phrases et des mots,

D'un terme obscur fait tout l'esprit des sots. »

C'est en ces termes hostiles que Jacques Delille (1738-1813), le poète descriptif que la postérité a laissé au Panthéon des inconnus célèbres, parle du calembour. Une condamnation sans appel qui fait fi des écrivains renommés ou des orateurs estimés qui en ont souvent abusé avec bonheur.

Mais d'autres que l'auteur des *Poésies fugitives* ont tiré à boulets rouges sur cette pratique verbale.

On se souvient du mot terrible d'André Chénier (1762-1794), qui comparait le calembour à Janus, le dieu à deux visages : « Le Janus à deux fronts, *l'hébété* calembour. »

Ou encore de celui de Voltaire (1694-1778), qui ne rendait pas hommage à un genre qu'il pratiqua pourtant souvent : « Il est l'esprit de ceux qui n'en ont pas. »

Quant à l'illustre académicien Gustave Émile Boissonade (1825-1910), laissons-le prendre l'entière responsabilité de ses propos : « Notre langue est toute pleine d'homonymes. De cette foule de mots qui ont des différences de signification avec des similitudes de son et d'orthographe, naît notre malheureuse facilité pour les équivoques, les jeux de mots, les calembours. Sans nos innombrables homonymes, le marquis de Bièvre n'eût jamais eu le triste talent de dire tant de sottises ; nous n'aurions pas été possédés, il y a quelques années, de cette fureur épidémique de calembour qui empoisonnait toutes les conversations et aujourd'hui encore, quelques tréteaux subalternes n'auraient pas une vogue contre laquelle le bon goût et la raison réclament vainement. »

Voici le procédé et ses amateurs rhabillés pour l'hiver. Comme disait le regretté Claude Gagnière (1928-2003), « laissons les gens sérieux mépriser le calembour : aux gens graves tout est lourd. »

Au secours du calembour, et non pas « Au secours ! Du calembour ! »

Heureusement, d'autres serviteurs, plus zélés et tout aussi prestigieux, ont pris la défense du calembour. Ce fut notamment le cas du grand Victor Hugo (1802-1885).

Dans *Les Misérables*, son œuvre phare, éclaireuse des consciences embrumées, Victor Hugo nous donne sa version du calembour : « Le calembour est la fiente de l'esprit qui vole. Le lazzi tombe n'importe où ; et l'esprit, après la ponte d'une bêtise, s'enfonce dans l'azur. Une tache blanchâtre qui s'aplatit sur le rocher n'empêche pas le condor de planer. Loin de moi l'insulte au calembour ! Je l'honore dans la proportion de ses mérites ; rien de plus. Tout ce qu'il y a de plus auguste, de plus sublime et de plus charmant dans l'humanité, et peut-être hors de l'humanité, a fait des jeux de mots. Jésus-Christ a fait un calembour sur saint Pierre, Moïse sur Isaac, Éschyle sur Polynice, Cléopâtre sur Octave. Et notez que ce calembour de Cléopâtre a précédé la bataille d'Actium, et que, sans lui, personne ne se souviendrait de la ville de Toryne, nom grec qui signifie cuiller à pot. »

Ça tronque, ça tronque !

Les détracteurs du calembour (il y en a encore… et toujours) utilisent souvent le début de cette phrase de Victor Hugo (« Le calembour est la fiente de l'esprit ») pour asseoir leur dédain sur une chaise cossue. Par ignorance, ils oublient l'esprit « qui vole », et trahissent ainsi le grand poète amateur de bons mots en faisant un contresens. Ne tombez plus dans ce piège de facture par trop élémentaire !

L'œuvre d'Hugo fut parsemée de calembours généralement médiocres, mais il s'y accrochait comme la lumière d'un phare sur de petits esquifs. On lui doit notamment :

« Dis-moi qui tu fréquentes et je te dirai qui tu hais »

Ou encore ce calembour pamphlétaire, un tantinet méchant, qu'il lança à la tête de Louis Veuillot (1813-1883), un journaliste catholique assez connu en son temps.

« O Veuillot, face immonde encor plus que sinistre,
Laid à faire avorter une femme, vraiment !
Quand on te qualifie et qu'on t'appelle cuistre,
ISTRE est un ornement. »

D'où l'intérêt d'être du côté des grands bretteurs du verbe.

Le marquis de Bièvre invente San-Antonio

Le XVIIIe siècle a eu son Pierre Dac ou son Frédéric Dard. Il s'agit de François-Georges Maréchal, marquis de Bièvre (1747-1789). On le connaît ou reconnaît parfois sous le nom de sieur de Bois-Flotté. Il se fit une réputation de plaisantin des plus épouvantables en se faisant le champion toutes catégories du calembour, à qui il donna ses lettres de noblesse.

Mais laissons parler madame de Montesson (1738-1806), amie de la duchesse d'Abrantès (1784-1838) :

« Son esprit, tourné à ce genre de rebus appelé calembour, acheva de se perdre par la réputation que le mauvais goût du temps lui donna. En ce voyant fameux, c'est le mot, parmi ses camarades et un certain monde dans lequel il régnait, M. de Bièvre devint insupportable. On le conduisit chez moi, car on en parlait tant qu'il fallait l'avoir vu pour être à la mode. Monsieur le duc d'Orléans, qui aimait beaucoup ce genre de plaisanteries, mais avec des mesures cependant, riait comme un enfant lorsque le marquis de Bièvre vint lire chez moi l'histoire de la comtesse Tation, et puis celle de la fée Lure et de l'ange Lure, son almanach des calembours, enfin une foule de pauvretés misérablement prônées. J'ai ri comme les autres en l'entendant pour la première fois ; mais j'avoue que cette continuelle tension d'esprit me fatiguait au point de me faire quitter le salon au milieu d'une de ses plus belles histoires du père Hoquet, de l'abbé Casse, du père Drix et de l'abbé Vue, qui n'y voyait pas clair… L'histoire de ce dernier était pourtant fort drôle. »

Léger florilège

En effet, l'homme ne pouvait s'empêcher de faire des jeux de mots à tout va, comme cet oncle facétieux et rigolard que connaissent presque toutes les familles… L'oncle qui amuse mais qui agace.

- Alors qu'il apprenait le décès d'un de ses amis, mort dans des conditions tragiques, il ne put s'empêcher une saillie :

  « Vous vous rendez compte, il s'est jeté dans un puits par désespoir d'amour ! N'est-ce pas là se conduire comme un fou !

  Et Bièvre de répliquer : Dites plutôt… comme un sot ! »

- « Je bois au beau sexe des deux hémisphères.

  – Et moi, je bois aux deux hémisphères du beau sexe. »

- Louis XV, vantant son esprit vif et ses facilités aux calembours sur toutes sortes de sujets, lui demande de faire un bon mot sur lui. « Oh, Sire ! Votre Majesté n'est pas un sujet ! »

- Son dernier mot fut lâché à Spa, où il était allé prendre les eaux : « Ah ! Mes amis ! Je m'en vais de ce pas (de ce Spa). »

- « On voit, jeune poète, que vos vers sont solitaires car ils sont longs et plats. »

Se faire coiffer avec l'arrêt au milieu… de la phrase

Louis XVI, voulant rivaliser d'esprit avec le brave marquis de Bièvre, lui demanda à quelle secte appartenaient les puces. Le calembouriste sécha.

« De la secte d'Épicure ! sourit le roi.

– Eh bien ! Sire, répliqua de Bièvre, de quelle secte sont les poux ?

Louis XVI resta sagement coi.

– De la secte d'Épictète. »

Le XIXe siècle sera spirituel... ou pas

Heureusement, le marquis de Bièvre n'emporta pas le secret du calembour dans sa tombe, et celui-ci continua de fleurir, même s'il fit une petite pause en 1789, une année qui fit date pour les gens de tête (qui avaient tendance à la perdre). N'oublions pas, comme je le dis moi-même, que : « Être guillotiné, c'est mourir sur le cou. »

Heureusement, le XIXe siècle s'annonçait sous les meilleurs auspices du calembour. J'en veux pour preuve la réplique célèbre de Louis XVIII sur son lit de mort, à l'adresse des médecins : « Allons, finissons-en, Charles attend ! » Charles, c'était son frère, le dixième du nom dans la lignée des rois de France. Oui, Charles attend pendant que les charlatans attendent.

Quelques dates phares vont faire beaucoup pour les Lettres... de noblesse du calembour.

1848 : la conspiration du Cas Lembourg

Nous sommes en 1848 et la Deuxième République vient d'être proclamée. Déjà, l'hémicycle, fort de ses 880 députés, commence à s'ennuyer. La télévision n'est pas encore là pour filmer les élus au travail, mais l'un d'entre eux va montrer l'exemple en retroussant ses manches. D'un naturel taquin, l'homme, dont l'Histoire taira le nom, s'aperçoit qu'un certain nombre de ses collègues ont des sobriquets tout à fait charmants qui peuvent prêter à rire. Partant du principe politique que farce fait loi, il associe certains de ces noms, qu'il faut lire à haute voix :

- Leblanc-Mouton-Beslay-Considérant-L'Herbette-Faucher
- Pierre Leroux-Person-Toupet
- Boulanger-Pèzerat-Dupin.

N'est-ce pas cela être fin politique ?

Mais le plus amusant de l'histoire, c'est que quelque temps plus tard, alors que le facétieux député continuait ses petits jeux de mots, la police tomba sur une de ses listes de noms. Évidence ! Il y avait complot. Les fins limiers comprirent aussitôt qu'ils étaient en présence d'un message codé et qu'il y avait de l'espion dans l'air. Voyons plutôt l'objet du crime :

Luce-*tu*-Crussol-*dat que*-Lefranc-Say-Feray-Salneuve (L'eusses-tu cru, soldat, que le français ferait salle neuve)

En effet, la patrie était en danger ! Des mots comme « français » ou « soldat » ne se manient pas à la légère.

1849 : la monnaie de sa pièce

En 1849, on commande au sculpteur Eugène-André Oudiné (1810-1887) la gravure de la pièce de 5 francs qui allait s'appeler la pièce Cérès (déesse romaine de l'agriculture), qui symbolise la République. Facétieux en diable, l'artiste articule son travail autour d'un calembour qui va donner du fil à retordre à tous les amateurs d'énigmes et de bons mots.

Figure 10.1 : Pièce de 5 francs (1849).

Allez, un petit effort ! Voyez-vous où se niche le calembour ?

Un indice : le contexte historique est important, car nous sommes au moment de la chute de Louis-Philippe et de l'avènement de la Deuxième République… Ce qui rend bien des aristocrates frustrés et critiques à l'égard de la nouvelle société. Alors ? Une idée ?

Voici la réponse : notez la signature de l'auteur Oudiné sous la tête de Cérès (qui représente la République), puis l'étoile au-dessus.

Met Oudiné sous Cérès la République… (Mais où dîner sous la République ? À la belle étoile !)

Ah, ces sculpteurs !

1853 : les Pensées d'un emballeur

1853, c'est l'année où l'Empereur Napoléon III épouse la comtesse espagnole Eugénie de Montijo ; c'est aussi l'année où le baron Haussmann commence ses tracés de rues du nouveau Paris ; moins agréable, nous sommes aux portes d'une nouvelle guerre, celle de Crimée (qui nous fait dire, pour rester dans le ton : À qui profite la Crimée ?).

Mais disons-le tout net, il s'agit surtout de l'année où le journaliste Jean Louis Auguste Commerson (1802-1879) publie un livre important pour l'Histoire du calembour : *Pensées d'un emballeur pour faire suite aux Maximes de François de La Rochefoucauld, ainsi que pour ses Binettes contemporaines.* Ce journaliste, auteur d'une bonne vingtaine de pièces de vaudeville, a de l'ambition. Que l'on juge de l'audace du bonhomme en survolant quelques-unes de ses trouvailles :

- « Voulez-vous être très connu ? Faites des dettes ; voulez-vous être inconnu ? Faites des vers. »
- « J'aime mieux être tiré à quatre épingles qu'à quatre chevaux. »
- « J'aimerais mieux aller hériter à la poste que d'aller à la postérité. »
- « C'est quand on est enrhumé qu'on aimerait manquait de toux. »

Très honnêtement, les pensées de François de La Rochefoucault peuvent-elles rivaliser avec les saillies calembourdesques du sieur Commerson ? On se le demande.

1871 : des phrases peu Commune

Les différentes chroniques du XIXe siècle nous montrent combien le calembour et le jeu de mots approximatif s'étaient répandus dans les couches de la société. C'est en 1871, en pleine Commune, un des pires moments de l'Histoire parisienne, qu'un jeune homme de vingt-sept ans, Jules-Paul Johannard (1843-1892), reprend à son compte les associations de noms du facétieux député de 1848.

Voici un petit texte découvert au bas d'une Déclaration des Droits de la Commune :

« En *Avrial* ou en *Ranvier* , quand les *Jourde* s'allongent, on voit les *Amouroux* se promener dans les *Vallès* ou près *Delescluze-Dupont.* S'ils ont le *Grousset* garni, on les voit *Assis* sur la *Verdure* ou *Courbet* sur la folle *Avoine*, manger des *Gambons*, des *Eudes* sur le plat et *Trinquet* sans *Miot* dire. »

Le mur défait des raies

On sait le sort funeste des Communards face aux Versaillais. Le courage et les consciences fusent de partout, mais il faut rendre un hommage particulier au jeune Jules-Paul Johannard qui, au moment de tomber sous les balles du peloton ennemi, s'écria : « Je ne puis me *Vesinier* à me *Courbet*, je demeure *Assis* ! » Courage sublime de l'homme qui, face à la mort, a cette présence d'esprit pour accoucher d'aussi mauvais jeux de mots. Les portes du ciel ont dû s'ouvrir sous un formidable éclat de rire.

1886 : l'almanach Vermot

La fin du XIXe siècle est marquée par l'apparition d'un curieux magazine, qui reflète assez bien la pensée de l'époque et l'esprit « gaulois » des Français. Il s'agit de l'*almanach Vermot*, créé en 1886 par Joseph Vermot, un éditeur de catalogues publicitaires du Doubs. En observant le succès d'un journal local (*Le Message boiteux*) qui affiche la couleur par son titre, Vermot décide de monter à Paris et lance le premier numéro de son almanach le 1er janvier 1886. À sa mort, huit ans plus tard, c'est son fils Maurice qui reprendra le flambeau jusqu'en 1937. Le tirage annuel de ce drôle de magazine est alors de 800 000 exemplaires.

Des lettres pas toujours nobles

L'*almanach Vermot* sera le meilleur vecteur du calembour, du plus osé au plus zozo. Bien sûr, « personne ne le lit », et les 800 000 acheteurs du magazine sont tous invisibles. Il fait pourtant la joie de milliers de foyers français.

Sa construction est simple : après avoir parcouru les généralités d'usage, comme la liste des hommes politiques avec leur photo, chaque page est consacrée à un jour de l'année. On y trouve la date, le saint du jour, l'heure de lever et de coucher du soleil, des conseils amusants, des recettes, une citation plutôt humoristique, des dessins, des blagues et des tonnes de calembours.

L'almanach ou l'art maniaque

- « Garçon, apportez-moi des fautes d'orthographe.

  Le garçon hébété :

  – Monsieur, nous n'en avons pas.

  – Alors pourquoi en mettez-vous sur la carte ? »

- Héberger : interpeller un gardien de troupeaux pour lui demander l'hospitalité.
- Nazareth : nez en forme de poisson.
- Un chat qui attend une souris n'est pas triste : il aime la guetter (la gaieté).
- Pensée d'un directeur de théâtre malheureux : « C'est bizarre, quand le public reste froid à l'audition d'une pièce, on dit que c'est un four. »

L'almanach

Voilà donc un mot étrange dont les origines sont contestées. D'aucuns parlent d'une origine hébraïque composé de l'article *al* et du mot *manah* (compter), d'autres penchent pour une provenance arabe d'après *al-munach* qui signifie étape ou climat.

Quoi qu'il en soit, le nom autant que la fonction de l'almanach sont très anciens. On en trouve trace chez les Grecs ou encore chez les Égyptiens. C'est à l'origine un simple calendrier qui indique les jours, les lunes et les fêtes. Il s'est étoffé avec le temps, jusqu'à fournir les informations les plus hétéroclites.

Au pays des calembours

« Le calembour est l'unique point de jonction entre un génie et un imbécile. » (Frédéric Dard)

Voilà qui paraît bien définitif, et pourtant elle a du sens cette phrase… et au prix des sens, mieux vaut avoir de l'humour. Le sot dont parle le père du commissaire San-Antonio est amateur de calembour, certes, mais comment l'appréhende-t-il ? De la pire des manières : sur un établi, comme un menuisier qui chérit et façonne son bois, qui le rabote, qui le chantourne, qui le larde, qui le lisse pour en faire une pièce d'art ou un meuble fonctionnel.

Lorsque le sot a préparé son forfait en laboratoire et qu'il a répété, répété, répété inlassablement, il cherche le bon moment, il se place au coin d'une conversation prêt à assener la répartie qu'il a mis tant de temps à façonner. Souvent, il la répète pour être sûr d'être entendu, sourit ouvertement pour signaler sa saillie… Évidemment, là, point d'esprit, juste une singerie. Le secret du calembour efficace, c'est l'improvisation sur le tas. Il doit jaillir sans prévenir, tomber là où on ne l'attend pas.

Réplique à chaud

Nous sommes à table avec ma femme et mes trois filles. Les conversations vont bon train, alternant débat philosophique, prix des scoubidous, sujets du bac, système épilatoire à prise rapide, temps de cuisson de l'œuf mollet ou question de la subjectivité chez Jean-Paul Sartre, quand soudain le couperet tombe :

« Gordon, il va falloir changer les radiateurs !

– Aïe !

– Il va falloir me faire des chèques.

– Aïe ! (En tant qu'auteur, j'ai le sens de la réplique)

– Des chèques pour les radiateurs…

– Ouille !

Loulou, la cadette de répondre :

– Ce seront des chèques cuisants ! »

Respect ! C'est ça, le sens du calembour !

Pour mieux comprendre

Laissons donc à messieurs Voltaire (1694-1778) ou Delille (1738-1813) le soin de vilipender le calembour, de l'écraser de leur supériorité intellectuelle, pour s'efforcer de le mieux comprendre.

Comme on sépare le bon grain de l'ivraie ou le bon gré de l'ivresse, séparons le calembour laid du calembour bon. Voyons quelles sont les techniques à utiliser pour les concevoir et quels sont ses meilleurs bretteurs.

Famille tuyau de poêle

Le calembour fait partie de la grande famille des jeux de mots. Il est bâti sur l'homonymie ou l'homophonie (mots qui s'écrivent ou se prononcent de la même façon), sur la polysémie (mot ayant plusieurs sens) ou la paronymie (mots ayant une prononciation voisine). Autant de termes barbares qu'il convient de comprendre pour appréhender la construction du calembour.

Homophonie

Les homophones sont des mots dont la prononciation est identique, mais pas leur orthographe :

- Vers, ver, verre, vert, vair.
- Mer, mère, maire.
- Sot, seau, sceau, saut.

Ce qui peut donner :

- « Un sot est toujours périlleux (et certains sont triples… buses !). » (Jacques Deval)
- « Entre deux *mots*, il faut choisir le moindre. » (Paul Valéry)
- « J'ai toute confiance en mon médecin, il m'a placé sous les meilleurs auspices (qui sont les meilleurs des hospices). » (Gordon Zola)

Homonymie

Les homonymes parfaits sont des termes à l'orthographe et à la prononciation identiques :

- « Doux *présent* du *présent.* » (Jacques Prévert)
- « Nous *notions* clairement des *notions* pas claires. » (Gordon Zola)

Polysémie

Un mot ou une expression polysémiques peuvent avoir deux ou plusieurs sens différents :

- Le mot *hôte* peut représenter tour à tour la personne qui reçoit ou celle qui est reçue.
- Le mot *rouge* peut signifier la couleur, un communiste, le vin, une race, la colère.

Prenons cette simple phrase : « Je connaissais un indien communiste amateur de vêtements carmins qui s'énervait dès qu'il buvait du vin… », qui pourrait devenir sous la coupe d'un facétieux : « Un peau-rouge rouge vêtu de rouge voyait rouge dès qu'il buvait du rouge. »

- Le mot *souris* désigne aussi bien une souris d'ordinateur, la fiancée d'un caïd, un rongeur, une viande d'agneau ou un ordre intimant d'être heureux.

Dans la famille des calembours polysémiques, on trouve aussi le calembour synonymique, où l'on remplace un mot ou une syllabe par un synonyme :

- Analpha*bète* peut-être, mais analphacon, sûrement !

Par opposition avec le calembour synonymique, on trouve le calembour antonymique, qui joue sur l'opposition du sens :

- « On lui *prête* du génie mais il ne le *rend* jamais. » (Carlo Rim)

Paronymie

Le calembour paronymique est une des formes les plus appréciées du calembouriste. Il joue sur la similitude des sons. On dit de lui qu'il a de l'affinité par consonance. C'est joli à dire, mais beaucoup plus amusant encore à pratiquer.

Si vous connaissez un opticien qui s'occupe exclusivement des personnes âgées, et plus particulièrement des femmes, vous pourrez dire de lui qu'il est « l'opticien à sa mémère », en référence à l'expression « le p'tit chien à sa mémère ».

- « Tout ce qui est tatoué est à moué. » (Anonyme)
- « Je connaissais un couple de cambrioleurs dont la femme était réduite aux aguets (et non réduite aux acquets). » (Gordon Zola)
- « C'est comme chercher une église dans une boîte de foi. » (Gordon Zola)
- « Il vaut mieux être ivre mort que Yves Robert. » (Jacques Dutronc)
- « Mon Panthéon est décousu (voit-on le trou de mon… âme ?). » (Francis Perrin)
- Qui ne connaît le fameux doute Massaï ?

Le calembour allusif

Le calembour paronymique nous mène rapidement au calembour par allusion. Ce calembour « parasite » qui détourne une phrase connue, un titre célèbre, un slogan, une citation, un proverbe…

Latin de garenne

UN PEU DE TECHNIQUE

« Allusion » est un mot dérivé de la racine latine *ludere*, qui signifie jouer.

Alors, jouons !

Comme dans les vrais romans

Voici quelques calembours inspirés de la littérature :

- Certaines personnes sont, à l'instar de Marcel Proust, à la recherche du temps perdu ; d'autres, plus nostalgiques de leur jeunesse, sont à la recherche du gland perdu. Ce qui fera dire à l'un « longtemps je me suis couché de bonne heure », et à l'autre « longtemps je me suis touché de bonne heure ».
- Le merveilleux livre d'Ernest Hemingway, *Pour qui sonne le glas*, allait servir de support aux journalistes du *Canard enchaîné* lors de l'affaire américaine du Watergate : « Pour Nixon le glas ».
- Quand Alexandre Breffort, qui fut au *Canard enchaîné* ce que la farce et à la tomate, se rendit compte de l'inefficacité de son traitement médical, il demanda du renfort à Balzac et se fendit d'un merveilleux « Splendeurs et misères des cortisones ».

Rimbault, le poète calembouriste

Dès le XIXe siècle et surtout au XXe siècle, les chansonniers ou les journalistes qui œuvraient dans les journaux satiriques comprirent tout le parti qu'on pouvait tirer d'un tel procédé. Ce fut le cas de Rimbault. Non, pas Arthur Rimbaud mais Eugène Rimbault, un chansonnier qui s'amusa à calembourder quelques best-sellers de la littérature.

Les bouquins rigolos

J'viens d'ach'ter sur les quais des bouquins rigoles ;

J'vais avec les sujets, dir' les titres en quèqu's mots.

Je commence :

Godard dans son ballon, pour avoir chaud aux pieds

De quelques bonn's semell's garnissait ses souliers :

Cinq semelles en ballon.

Une dompteus' de serpents, jolie comme un amour,

Possède un gros boa qui roupill' nuit et jour :

La belle au boa dormant.

Un chat qui était très vieux fut pris d'un gros besoin,

Il fit tout's ses ordur's et mourut dans un coin :

Les œuvres complètes du chat qu'expire.

Michel, qu'a dix-huit ans, veut aller sur l'terrain

Mais on lui fait r'marquer qu'il est par trop gamin :

Michel c'trop gosse.

Un enfant qui voulait un jour être confessé

S'assit sur la lunett' pour dir' la vérité :

La confession d'un enfant su'l siège.

Mad'moisell' Virginie s'désolait tant et plus

En voyant qu'elle avait les mollets tout poilus :

Poil et Virginie.

Mad'moisell' Manon qu'est rond' comme un tambour

Fait constamment sauter ses nichons quand elle court :

Manon les s'coue.

L'fameux Damoclès mangeait tant de haricots

Qu'il faisait constamment r'tentir les échos :

Les Pets de Damoclès.

Dans la pub

Le néophyte ne s'en rend pas forcément compte, mais sa vie de tous les jours est jonchée de calembours. La publicité, qu'elle soit radiophonique, télévisuelle ou murale, use et parfois abuse du procédé.

- On se souvient d'une publicité pour une marque de whisky qui titrait : « L'esprit du malt ».

- L'enseigne Auchan n'hésita pas à parodier Jean de La Fontaine pour sa semaine du blanc : « Draps des villes, draps d'Auchan ».
- Certaines stations essence ne se génèrent pas pour pomper : « Shell que j'aime ».

La sentence est prononcée

Paul Léautaud (1872-1956) disait : « Donnez-moi une sentence, je vous en trouverai une autre qui dit le contraire. » Cela est si vrai que certains farceurs n'hésitent pas à maltraiter les vérités premières en accouchant de quelques faux proverbes qui fleurent bon le calembour :

- Qui trop embrase mal éteint.
- Partir, c'est crever un pneu.
- La Bible ne fait pas le moine.
- On ne fait pas d'homélie sans caser Dieu.
- Qui vole un neuf vole un vieux.

Les grands bretteurs

Jusqu'au XIXe siècle, le calembour a mis du temps a acquérir ses lettres de noblesse et les nouvelles vagues successives, intellectuelles et sérieuses du XXe siècle, l'ont souvent mis à mal. Heureusement, quelques esprits forts, toujours vaillants, ont su garder le moral.

Faisons un petit tour d'horizon de ces chevaliers du verbe haut et coloré.

Mais au fait comment les appelle-t-on ces faiseurs de calembours ?

Amateurs de sévices textuels

Voilà une question des plus intéressantes, car personne ne sait comment appeler ces fous du calembour, ces bretteurs de la joute verbale : des bretteurs sur gages ? Non, tous ne sont pas payés pour dire des calembredaines.

Dès 1777 on trouve le terme « calembourdiste », puis en 1801 un certain Mercier enregistre la forme « calembourgiste ». En 1877, M. Pommier, interpellant l'esprit du faux plaisant, retient « calembouriste ». Balzac, lui, préfèrera « calembourdier ».

Les réponses n'étant ni claires ni arrêtées, nous proposons ici notre propre choix, en fonction des situations :

- Le « calembouriste » ou « calembourdiste » : il s'agit du spécialiste, de l'homme qui connaît son affaire et qui peut vous raconter l'histoire du calembour sous toutes ses coutures. Ses exemples seront choisis avec précision et garderont une certaine tenue. On le trouve dans certaines rédactions de journaux.
- Le « calembourdier » ou « calembourier » : c'est l'amateur populaire. C'est du gras ; il travaille sans filet, sans retenue et fait feu de tout bois en matière de bons mots. On le trouve généralement dans les réunions de chasseurs ou dans les amicales antialcooliques.
- Le « calembourbier » : c'est l'amateur né, celui qui veut faire de l'esprit coûte que coûte et qui s'embourbe au moindre mot. Peu importe. Il est à l'homme d'esprit ce que le joueur de minigolf est au golfeur de dix-huit trous. Il n'est jamais pathétique, car drôle dans son obstination.
- Le « calambourin » : lui est exclusivement pathétique, car il passe par tous les stades du ridicule pour accoucher d'un bon mot qu'il aura mis la nuit à concocter. Pour son entourage, il devient rapidement un « calembourreau ».
- Le « calembougeois » : il est le roturier de l'humour. Ses plaisanteries sont d'ordre social et républicain. Il s'intéresse aux questions d'environnement et place son argent à 8 %. Chez ces gens-là, on rigole entre soi. Il est le coupeur de tête du « calembourbon ».
- Le « calembourbon » : il possède le sens du calembour officiel. C'est lui, par exemple, qui met le Roi-Soleil en garde contre les miroirs, leur réflexion pouvant être dangereuse.
- Le « calembourdin » : c'est celui qui a notre faveur. C'est l'esthète du calembour. Finesse et légèreté, il est l'épicurien du bon mot. Il se promène au pays du verbe comme un flâneur insouciant. Avec lui, on ne sait jamais si ces saillies sont de l'hilare ou du cochon.

Willy, le prince du calembour

« Je le trouve d'une taille, et d'une essence, à inspirer et à supporter la curiosité. Ce qu'il faudrait écrire, c'est le roman de cet homme-là. » (Colette)

PORTRAIT

Henry Gauthier-Villars, dit Willy (1859-1931) est une sorte de dandy touche-à-tout. Journaliste, romancier, critique musical, il est (peut-être) l'auteur d'une grande quantité d'ouvrages divers. Homme influent de la vie parisienne à la fin du XIXe siècle, il est connu pour avoir été le mari et pygmalion de l'écrivain Colette (1873-1954).

L'homme est-il fréquentable ? Pas sûr. Pendant un temps, il endossa la paternité des *Claudine* écrits par sa femme (il endossa également les chèques), sans s'empêcher de courir la gueuse. Il fut jouisseur, tricheur, querelleur, antidreyfusard, bref, une synthèse !

Peut-on réhabiliter l'homme de littérature ? La réponse est incontestablement non, mais l'homme d'humour, oui, ô combien ! La langue maternelle de Willy était le calembour, et on retiendra cette phrase étonnante de Colette : « Le cas Willy présente une singularité unique : l'homme qui n'écrivait pas avait plus de talent que ceux qui écrivaient à sa place. »

Quelques livres

- *Bains de sons* (1893)
- *La Mouche des croches* (1894)
- *Notes sans portées* (1896)
- *À manger du foin* (1899)
- *La Colle aux quintes* (1899)
- *Garçon, l'audition !* (1901)

Symphonie des mots dits

Critique musical, il s'autorisait des audaces du genre :

- « Avoir couvert sept fois et demi l'emprunt russe ne suffisait donc pas ! Il a fallu avaler *La Marche slave* de Tchaïkovski. Je Cronstadt que cette moujik a ramassé une veste. Il n'y a caviar le public ! »
- « *Othello ?* Une tempête dans un Verdi ! »
- « *Lancelot du lac ?* Rien que le titre est pompier. »
- Parlant d'une chanteuse lyrique déficiente : « C'est l'aphonie des grandeurs ! »
- « Il ne faut pas poéter plus haut que son luth. »

Alexandre Breffort, l'employé du gag

Alexandre Breffort (1901-1971), avant d'être la plume calembourdine du *Canard enchaîné*, a connu plusieurs vie. Des études rapides et mal poursuivies le poussent aux mille métiers dans lesquels il aiguisera ce don étonnant pour le calembour. Quand petit sa mère lui demandait pourquoi il passait autant de temps aux toilettes, il répondait : « J'ai besoin de lunettes pour lire ». Évidemment, il s'en tirait par la chasse aux bons mots.

Ce début de vie le mène donc à pousser des chars à bras, tout en tirant le diable par la queue pour le compte des passementiers du Sentier. Il sera employé de bureau pour une maison d'électroménager, puis correcteur d'imprimerie, photographeur, déchargeur de péniche, fort des halles, courtier en assurance et surtout chauffeur de taxi… Mais au bout de cette longue liste de courses à travers Paris, c'est enfin la rencontre hasardeuse mais décisive avec un périodique grinçant comme une porte mal huilée : le *Canard enchaîné*. Il s'y coule comme un bonze dans un monastère. Il a trouvé sa voie… Il publiera des centaines de petites histoires, avec des personnages récurrents qui feront la joie du public, mais c'est le conte *Irma la douce* qui lui vaudra gloire et consécration. Avec Alexandre Breffort, le calembour est monté en grade… un grade double.

Bibliographie

- *Les Contes du grand-père Zig* (1946)
- *Paradis, fin de section* (1947)
- *Mon taxi et moi* (1951)
- *Les nouveaux contes du grand-père Zig* (1952)
- *Irma la Douce* (1960)

Quelques-uns de ses crimes

- « Ôte toi de là que je m'humecte. »
- « Né de paire inconnue. »
- « Une partouze, c'est l'amour avec un grand tas. »
- « Le mariage est une condamnation de drap commun. »
- « Trop au lit pour être honnête. »
- « Elle est très belle vue de dot. »

Jean-Paul Grousset, Canard enchaîné mais pas boîteux

Jean-Paul Grousset, journaliste au *Canard enchaîné*, est un peu le successeur d'Alexandre Breffort. Ses manchettes facétieuses font aujourd'hui encore la joie des lecteurs. Il fut l'auteur, en 1963, d'un recueil de 3 000 calembours intitulé : Si t'es gai, ris donc ! On lui doit quelques formules immortelles qu'il est bon d'avoir toujours sous le coude si on est en panne de répartie. Voici quelques manchettes célèbres :

Modeste prix pour mots d'esprit

- « Un seul hêtre vous manque et tout est des peupliers. »
- « Ne lâchons pas lamproie pour l'omble. »
- « C'est beau mais c'est twist. »
- « Être reçu England pompe. »
- « Je suis en congé de ma Lady. »
- « Un peu d'Eire ça fait Dublin. »
- « Chassez le naturel, il revient au bungalow. »

René Goscinny, il est venu, il a vu, il a vaincu

Voilà, pour donner un peu d'espoir aux cancres de partout, comment un des cinq génies comiques du XXe siècle aborda sa carrière : « Quand j'ai entendu dire : “le métier de scénariste ? C'est à la portée du premier imbécile venu”, j'ai compris que j'avais trouvé ma voie. » Qui n'aimerait pas faire fortune sur un tel postulat ?

En tout cas, une voie royale qu'il allait tracer en abandonnant sa première passion, le dessin, et en devenant le premier véritable scénariste reconnu de la bande dessinée. Même s'il innova sans cesse, des aventures de *Oumpah-Pah* aux délirants *Dingo Dossiers* avec Marcel Gotlib, il devra son immense popularité à quatre séries majeures : *Lucky Luke, Astérix, Le Petit Nicolas* (qui n'usera pas du calembour) et *Iznogoud.* À chaque fois associé à un dessinateur différent, il réussira le tour de force d'adapter son humour à l'esprit des personnages.

Lucky Luke

La première rencontre déterminante de René Goscinny se fait à New-York où il collabore comme dessinateur au studio Kurtzman (qui fondera le journal *Mad*), avec un certain Marcel de Bevere, alias Morris. Le héros dégingandé de l'ouest est déjà là mais il se cherche, il n'est pas encore ce *poor lonesome cowboy* pourvu d'un cheval qui pense et qui parle. L'homme, qui a déjà écrit plus vite que son ombre, va arranger ça.

- « Sur le point d'être pendu :

  “Tu as des dernières volontés, cow-boy ?

  – Vous savez, vous me prenez un peu de court”. »

- « Il me fallait un vrai pour faire un faux, sinon le faux n'aurait pas fait vrai, il aurait fait faux, pas vrai ? »
- Cherchant un arbre pour pendre Jesse James : « On déboise, on déboise, et après on regrette ! »

Astérix, la caution magique

C'est en 1959 qu'apparaît ce petit Gaulois rebelle qui servira parfaitement les affaires du gouvernement de Gaulle. Fichu de son gros ami (non, pas gros, enveloppé), porteur de menhir et fort comme un truc… tombé dans la potion magique, l'épine gauloise dans le pied romain va faire hurler de rire la France et plus de vingt pays (c'est la bande dessinée la plus traduite). René Goscinny y affinera son goût du calembour qu'il distille avec brio et qui fait souvent dire aux lecteurs : « Tiens, je l'avais pas vu celle-là ! ».

MOTS D'AUTEUR

- « Il ne faut jamais parler sèchement à un Numide. »
- « La Pythie vient en mangeant. »
- « Passe-moi le Celte. »
- « Rien ne serpe de courir. »
- « Chaque été, les Ibères sont rudes. »
- « Ta vie ne tient qu'à un fil, Téléféric. »

Classement alphabétique

René Goscinny, capable de faire trois pages de scénarios pour accoucher d'un bon mot, ne s'est pas gratté pour expliquer le choix du nom d'Astérix : « Commencer par la lettre A est un avantage indéniable pour les classements alphabétiques des futures encyclopédies de la bande dessinée. »

Jeux Olympiques épiques et collégram

« Cela commence par le défilé des Thermopyles. Ils sont suivis par ceux de Samothrace, sûrs de la victoire ; ceux de Milo sont venus aussi. Ceux de Cythère viennent de débarquer ; ceux de Marathon arrivent en courant ; ceux de Macédoine sont très mélangés ; les spartiates sont pieds nus. Rhodes n'a envoyé qu'un seul représentant, un colosse. »

Iznogoud, ou boire le calife jusqu'à l'hallali !

En 1961, les premières *Aventures du calife Haroun el Poussah*, dessinées par Tabary, voient le jour dans le journal *Record*. L'idée vint à Goscinny grâce au *Petit Nicolas* : dans une des aventures de l'écolier, un moniteur de colonies de vacances lui raconte l'histoire d'un grand vizir qui veut devenir calife à la place du calife. Merveilleux départ pour faire une parodie des *Contes des Mille et une nuits* ! Non content de cette trouvaille, René Goscinny de renchérir : « J'ai décidé que là je m'abandonnerais à mon péché mignon de trouver les calembours les plus atroces. » Il oublie de préciser que ses à-peu-près douteux accompagnaient des scénarios diaboliques.

- « Quel est ton nom ?

  – Bêtcépouhr Lahvi, je suis cantonnier. »

  Cantonnier Bêtcépouhr Lahvi ? Je n'ose croire qu'il y ait un calembour là-dessous !
- Je suis un djinn tonique.
- « Je viens d'Inde et je m'appelle Panndaluh, mage.

  – Ça démarre bien. »

Nous ne les oublions pas

Ne vous étonnez pas de ne pas trouver dans ce chapitre les champions du calembour qu'étaient Alphonse Allais, Frédéric Dard, Desproges, Coluche, Francis Blanche ou Pierre Dac. Ils ont tellement œuvré pour l'humour en tout genre que vous les retrouverez plus loin.

Pour ne pas conclure…

Voici un dernier petit florilège de calembours utiles en toute occasion.

- « Le flux et le reflux me font marée. » (Raymond Devos)
- « Je suis pour l'augmentation du goût de la vie. » (Jacques Dutronc)
- « Les cimetières sont éclairés au néant. » (Frédéric Dard)
- « Pour bien avancer, il faut un avis rond. » (Gordon Zola)
- « J'ai de la fuite dans les idées. » (Tomi Ungerer)
- « Ira bien qui rira le dernier. » (Gordon Zola)
- « J'ai connu un teinturier qui est mort à la tache. » (Pierre Doris)

- « Le temps passe et les œufs durent. » (Daniel Prévost)
- « Le beurre demi-sel ? C'est ce qu'on trouve dans les livres de messe, non ? » (Jean Yanne)
- « La chute d'Adam et Eve ? Une erreur de Genèse. » (Boris Vian)
- « La réussite passe par les chèques. » (Gordon Zola)
- « La théologie, c'est simple comme dieu et dieu font trois. » (Jacques Prévert)

Chapitre 11

La contrepèterie, tout un art

Dans ce chapitre :

- Petite histoire de la contrepèterie
- Ses meilleurs représentants
- Pour contrepéter en toute tranquillité

Attention, nous pénétrons là dans un curieux temple où les mots ne sont plus ce qu'ils semblent être, où les pièges se tendent à chaque pas, à chaque syllabe, à chaque phrase. Dans ce temple élevé à la gloire du décalage de sons, les acquis sont bousculés, les certitudes anéanties, les convenances laminées.

La contrepèterie n'est pas une petite insouciance de langage ni une vulgarité de fin de repas. C'est une science, un art qui est accessible à tous, pour peu de le vouloir.

Le monde de la contrepèterie a ses adeptes, ses fondus, ses amoureux, ses fous, ses intégristes, ses pervers… mais il a aussi ses détracteurs : les hostiles, les mal-comprenants, les hermétiques, les ceux-qui-veulent-rien-entendre. Souhaitons que ces derniers soient convertis à cette religion d'humour, et que les autres s'émerveillent encore et toujours du bonheur de « dé**c**aler les **s**ons », qui s'apparente tellement à la joie de « dé**s**aler les **c**ons », comme nous l'enseigne Joël Martin (voir plus loin).

En deux mots et quelques points sur les i

UN PEU DE TECHNIQUE

Nous reviendrons plus en détails sur la technique du contrepet, mais sachez déjà que la contrepèterie est l'inversion au cœur d'une phrase en apparence banale de deux lettres, de deux syllabes ou de deux mots, afin d'obtenir un nouveau sens, plutôt drôle et généralement grivois.

Un peu d'aide

On ne peut entrer au pays de la contrepèterie sans un minimum de bagages. Aussi, pour la clarté du discours contrepétant, nous **mettrons en gras** les lettres ou les syllabes inversées, afin que rien n'échappe aux plus rétifs.

D'autre part, certains néophytes ont pour habitude de présenter la contrepèterie à l'imitation des « ne dites pas, mais dites... ». Oubliez cette formule ! Vous seriez montré du doigt par les spécialistes. La coutume est de dire : « "Le petit garçon **bou**dait quand on touchait à son petit **ban**c", et non pas "Le petit garçon **ban**dait quand on touchait à son petit **bou**t". »

Histoire de contrepet

Il est difficile de donner une origine très précise à l'invention de la contrepèterie, puisque c'est essentiellement un art oral.

Nous allons donc remonter le cours du temps jusqu'au grand Rabelais, qui fournit la première trace écrite du contrepet à la française – on pourrait dire qu'il s'agit, pour la contrepèterie, des « **d**ébuts du **r**ire », et non pas des « **r**ébus du **d**ire ».

Ce petit voyage à travers les âges nous mènera au champion, qui détient aujourd'hui le titre du meilleur contrapétiste : l'impayable Joël Martin.

Le curé en perd son latin... à l'extérieur

Avant d'aborder Rabelais, il convient de rendre à César ce qui appartient à César.

En 1146, Bernard de Clairvaux (1090-1153) commence son prêche pour exhorter ses fidèles à la deuxième croisade. On crédite à ce docteur de l'Église la première véritable contrepèterie de l'histoire : « *Ô beat**a** sol**itudo**, Ô sol**a** beat**itudo*** (Ô béate solitude, seule béatitude). »

Bien sûr en français... ça ne le fait pas.

Rabelais, un pionnier

C'est avec François Rabelais que le jeu commence sérieusement en 1532, alors que paraît son premier livre : *Les horribles et épouvantables faits et prouesses du très renommé Pantagruel Roi des Dipsodes, fils du Grand Géant Gargantua*, plus généralement et plus simplement intitulé *Pantagruel.*

« Panurge disait qu'il n'y avait qu'une antistrophe entre femme **f**olle à la **m**esse et **f**emme **m**olle à la **f**esse » (*Pantagruel*, XVI).

Comme on peut le noter, le fringuant docteur qui vient d'entrer en littérature n'utilise pas encore le terme « contrepèterie » mais « antistrophe ».

Encouragé par le succès de ce premier livre iconoclaste, Rabelais enchaîne avec la parution de *Gargantua*. Il aura recours de nombreuses fois à ce procédé qui lui permet de se moquer du pouvoir et des dogmes en codant ses écrits.

Le comble de la contrepèterie

On peut également croiser une femme **f**olle de la **f**esse, qui formerait une contrepèterie belge (les meilleures), tout comme « Il fait **b**eau et **ch**aud » et non pas « il fait **ch**aud et **b**eau ».

Quelques mots pas tant cruels

- « **Oi**gnez vilain, il vous **poi**ndra » et non pas « **poi**gnez vilain, il vous **oi**ndra ».
- « Cette femme est une **l**ieuse de **ch**ardons » et non pas « cette femme est une **ch**ieuse de **l**ardons ».
- « **G**oûtez-moi cette **f**arce » et non pas « **f**outez-moi cette **g**arce ».
- Et le mécréant dragueur qui entre à l'église : « Madame, saichez que suis tant amoureux de vous que je ne peux ny **f**isser ny **p**ienter ; je ne sais comment l'entendez… »

Vocabulaire incontournable

Sans parler d'un lexique utile au contrapétiste, il convient de connaître le sens d'au moins deux mots tombés en désuétude :

- **Con** : qui provient de l'étymon latin *cunnus* (vulve), et qui désigne le sexe féminin.
- **Vit** : du latin *vectis* (barre ou levier), qui désigne le sexe masculin.

La contrepèterie de référence utilisant ces deux termes vient de Rabelais : « À beau**mont** le Vi**com**te » et non pas « à beau **con**, le vit **mon**te ».

Estienne Tabourot, inventeur du mot

Estienne Tabourot (1547-1590) est un poète dijonnais que l'on peut considérer comme l'un des premiers auteurs à avoir utilisé la contrainte dans l'élaboration de ses poèmes. Amateur d'épigrammes, d'anagrammes, d'acrostiches, de rébus, il reste célèbre pour avoir transformé le terme « antistrophe », cher à Rabelais, en « contrepèterie ».

Le premier hommage au genre

C'est en 1572 que paraît le livre fondateur de la contrepèterie, *Les Bigarrures et Touches du Seigneur des Accords*. Estienne Tabourot compose-là le véritable premier recueil du genre. Il dit avoir emprunté le verbe « contrepetter » (qui signifie contrefaire) au jargon des « bons compagnons ». Qui sont ces « bons compagnons » ? Impossible de le savoir.

Une méprise de taille

Estienne Tabourot fut appelé « sieur des Accords » en raison d'une méprise de taille : étant noble de naissance, il avait une devise familiale, « à tous accords », qu'il apposait parfois au bas de ses sonnets. La confusion fut rapidement faite, et voilà l'homme baptisé « seigneur des Accords ».

Tabourot démo

On doit au sieur des Accords quelques petits classiques assez simples qui ont mollement traversé les siècles :

- « En **f**aisant **b**outons » et non pas « en **b**aisant, **f**outons ».
- « Vous avez **v**endu votre **t**erre » et non pas « vous avez **t**endu votre **v**erre ».
- « À un **m**alade en sa **s**aison, il faut **s**alade en sa **m**aison ».
- « Bien **p**ris le **f**ait » et non pas « bien **f**rit le **p**et ».
- « Toutes les jeunes filles **d**outent de leur **f**oy » et non pas…

Aux XVIIe et XVIIIe siècles, on ne rigole pas

À peine inventée, voilà que la contrepèterie disparaît ! Un effet de mode ? Joël Martin diagnostique plutôt une histoire un peu compliquée pour la liberté d'expression : guerre de religions, assassinat d'Henri IV, les dragonnades de Louis XIV, terreur révolutionnaire, bref une ambiance délétère ou les contrapétistes ont la mine piteuse.

À l'aise Blaise

On notera tout de même une belle tentative de Blaise Pascal (1623-1662), l'auteur qui est dans toutes les pensées (surtout les siennes) :

« Ne pouvant **for**tifier la **justi**ce

On a **justi**fié la **for**ce. »

L'abbé ne fait pas le moine

Le XVIIIe siècle qui se veut galant en diable, dévergondé, débroussaillé, ne nous transmet quasiment aucune polissonnerie langagière, si ce n'est une belle audace de la part de l'abbé Poult de Joye (1710-1779) dans son *Manuel du galant chasseur* : « Les l**iè**vres n'aiment guère la chasse ».

Seuls les naïfs pourront croire que cet ecclésiastique amoureux de la chasse a commis une contrepèterie involontaire. Pourquoi donc les lièvres aimeraient-ils la chasse ? Coquin, va !

Victor Hugo, les sources du Bonheur

Dans un petit sonnet chaotique de Victor Hugo, *Le Tas de pierres* (1874), le poète nous gratifie d'un :

« J'ai fait le bo**ssu** co**cu**

J'ai fait le beau **cul** co**ssu**. »

Toujours le mot pour rire !

Où avez-vous pêché ces lubies ?

Le poète Philippe Soupault (1897-1990) avait remarqué quelques contrepèteries dissimulées dans l'œuvre poétique de Victor Hugo.

Dans *L'Art d'être grand-père*, il est encore vert : « Je ne te cache pas que j'aime aussi les b**ê**tes. »

Dans *La Légende des siècles*, il annonce la douleur : « Âpre **Vi**erge au v**o**l prompt », « Ah ! Peuple, te voilà **a**cculé dans l'**an**tre ! »

Dans *Les Quatre Vents de l'esprit*, il ne prend pas soin du matériel : « Nous sommes les proscrits, nous habi**t**ons l'ab**îme**. »

Rochefort, le polémiste contrepétant

Saluons le grand ami de Victor Hugo, Henri de Rochefort (1831-1913), le terrible polémiste de la Commune qui laissa échapper deux contrepèteries dans son journal satirique *La Lanterne* :

« J'ai **corrigé** bien des **épreuves**

Mais les **épreuves** ne m'ont pas **corrigé**. »

et

« On connaît le **boulevard** des Filles-du-**Calvaire**

On ne connaît pas assez le **calvaire** des filles de **boulevard**. »

Le XXe siècle voit le renouveau de la contrepèterie

Heureusement, après un XIXe siècle florissant d'humour qui a fait la part belle au calembour, la contrepèterie revient sur la pointe des pieds en 1909, avec le premier grand recueil qui lui est consacré sous la plume de Jacques Oncial, *Le Trésor des équivoques, antistrophes et contrepèteries*. Cet ouvrage, qui fut publié à 350 exemplaires, est aujourd'hui introuvable. Si d'aventure quelqu'un en possède un, il faut vite qu'il rende ce vieux bouquin, car il est le digne représentant d'un XXe siècle des plus contrapétiques.

Commandez la Redoute… des contrepèteries

C'est en 1934 que Louis Perceau (1883-1942) publie le livre-phare de la contrepèterie, *La Redoute des contrepèteries*. Comme il l'explique lui-même en exergue de son livre, la redoute est un petit fort qu'il faut prendre d'assaut pour s'en rendre maître. C'est pour lui l'exacte définition de l'exercice. L'ouvrage est une véritable somme qui réunit contrepèteries classiques et contemporaines.

Voici en vrac quelques-unes de ses humeurs, pour vous montrer que son **ar**t est dél**ire** ou que son **ir**e est de l'**art**.

- « La petite espiègle me **c**acha les **m**ouillettes. »
- « C'est le petit vieux qui **v**end de la **s**erge. »
- « Pour atteindre le trou du **fû**t, il faut écarter les **c**aisses. »
- « La Brésilienne **s**èche son **l**inge. »
- « Le **f**ard plaît aux **d**ames. »
- « Elle m'a **m**enti la **s**otte. »

Louis Perceau, le contrapétiste redouté

Avez-vous l**u** P**er**ceau ? Si ce n'est pas le cas, vous aurez l'**air** p**u**ceau… en contrepèterie, s'entend.

L'homme qui gratifia la France de cette célèbre *Redoute* est un drôle de personnage. Il est, dit-on, un anarchiste des premières heures, celles d'avant 1914, et se distingue par sa farouche opposition à Georges Clemenceau, une petite carrière politique qui n'éclipsent pas celles, non moins sérieuses, de chansonnier à Montmartre, de poète et d'homme de presse. Il croise un temps Apollinaire, est le spécialiste de la littérature licencieuse à la Bibliothèque Nationale, et est l'un des fondateurs du mouvement de Résistance Libération-Nord, en 1940.

Les artistes sont bien ceux que la muse habite

Sur cette vérité assenée par l'auteur Jacques Antel, qui sut traquer le contrepet au quotidien, admirons les errances contrapétiques de quelques autres grand zozoteurs.

Pour Boileau, il n'y a pas que *Les Embarras de Paris*, il y a aussi ceux de la langue : « En quelqu'endroit que j'aille, il faut **f**endre la **pr**esse. »

La marquise de Sévigné osa : « Je sais la b**eau**té de vos **hi**vers. »

Quant à Alfred de Musset, que l'on imagine plutôt en romantique évanescent : « Autrefois ignoré mais **con**tent de son s**or**t […] Mais l'amour de ton c**œur** s'appelle d'un beau n**om**. »

Dans la *Complainte de Minuccio*, on pourrait penser que la phrase suivante a été soufflée à Alfred de Musset par George Sand, pour qu'il ne soit jamais en retard à leurs rendez-vous galants : « Que dans mon c**œur** mon doux seigneur ait l**u**… »

C'est sans doute Alfred de Vigny qui fit la double contrepèterie la plus célèbre de la littérature : « J'aime le s**on** du c**or** le **s**oir au fond des **b**ois. »

Quant au pauvre Lamartine, les dieux du contrepet n'étaient pas avec lui lorsqu'il écrivit : « Je plains le flot du Rh**ô**ne où se peint son **i**mage. »

Les beaux VRP du contrepet

Quelques grandes plumes de notre littérature se firent ambassadeurs de la contrepèterie, et lui donnèrent ses lettres de noblesse.

Léon-Paul Fargue détourne le genre

En cette première partie du XXe siècle, l'écrivain et poète Léon-Paul Fargue (1876-1947) est un virtuose du contrepet, mieux, un poète. Il estime que le sens des mots parasite les mots eux-mêmes. Un de ses amis, promu à la rosette, fut promptement félicité d'avoir reçu « la ros**eur** de la légion d'honn**ête** ».

Au-delà du sens

Tocnurne est un pastiche où les mots prennent le pouvoir sur le sens. Léon-Paul Fargue nous régale d'un texte où la contrepèterie associe poésie et absurde.

« Bientôt ils firent bloc et foncèrent sur moi. Je les reconnus. Ils étaient tous là, les ratés, les déchets, les vadetravers, tous les **f**als **m**outus, tous les **m**ots **v**ornés : le **m**e**da**gogue, le démocrate **t**rès **ch**ien, le rassemblegauche dément, le **bl**éri**cop**ain **pu**pulaire, massés derrière le diplo**ta**m**e** en hurlant “**P**argue au **f**oteau !” »

Vous ne troupas-vez que c'est plour d'humain ?

> **Le cas Cazes**
>
> Léon-Paul Fargue avait fait de la brasserie Lipp sa cantine. Le célèbre restaurant employait à cette époque un chasseur d'assez petite taille, que l'écrivain s'était empressé de surnommer l'a**tome** de l'oncle **Cazes** ; contrepèterie parfaite du roman d'Harriet Beecher Stowe, *La Case de l'oncle Tom*, mais jeu de mots plus savoureux encore pour les initiés qui connaissaient le patron de la brasserie Lipp, un certain Marcellin Cazes.

Quenaud en fait un exercice de style

On ne peut décemment pas faire l'impasse sur les *Exercices de style* de Raymond Queneau (1903-1976) (voir Chapitre 18) ou sur les 99 façons qu'il a de raconter une histoire. Il en dédie une à la contrepèterie :

« Un jour vers midi, sur la plateforme arrière d'un autobus, je vis un homme au cou fort long et au chapeau entouré d'une ficelle tressée. Soudain ce type interpelle un voisin qui lui marchait sur les pieds. [...] »

et non pas

« Un mour vers jidi, sur la fateplorme autière d'un arrobus, je his vomme au fou lort cong et à l'entapeau chouré d'une tricelle fessée. Toudain, ce sype verpelle un intoisin qui lui parchait sur les mieds. [...] »

Exercices de style © Éditions Gallimard, 1947

Les mots de Prévert se ramassent à la pelle

Jacques Prévert (1900-1977) aime cet exercice des mots, lui qui dit « M**art**yr, c'est p**ourr**ir un peu ».

Quant à son *Cortège* de mots contrepétants :

« Un vieillard en **or** avec une montre en **deuil**

Une reine **de peine** avec un homme **d'Angleterre**

Et des travailleurs de la **paix** avec des gardiens de la **mer** [...] »

Paroles © Éditions Gallimard, 1949

Et vint le Canard déchaîné

C'est en 1915 que naît le *Canard enchaîné* (voir Chapitre 16), mais ce n'est qu'en 1951 que paraît la rubrique « l'album de la comtesse », sous la plume du journaliste Yvan Audouard, une rubrique consacrée exclusivement à la contrepèterie... Pour le plaisir de tous, il n'y a qu'Yv**an** Aud**ouard** (iv**oire** aux d**ents**) !

L'album de la comtesse

Son but est simple : faire sourire et décaler les sons tout en brocardant l'actualité. Généralement, les contrepèteries n'ont pas de lien particulier entre elles, mais l'ensemble s'attache à dézinguer grivoisement les personnalités du moment.

D'aucuns ont prétendu qu'on pouvait voir dans le titre : « Beaume sur le con de l'altesse », mais Joël Martin (l'actuel secrétaire) est formel, il n'y a aucun jeu de mots dans le titre de cette rubrique. Toutefois, à force de le chambouler, le retourner, le désosser (et plus si affinité), des furieux ont fini par découvrir : « Cet homme sale dont la queue brûle ». Tout en finesse !

Quand on fait poète-poète au Canard

Petit poème du Canard qui peut se lire de deux façons différentes :

« L'hommage de leurs **vers** qu'à l'en**vi** les poètes

À la **f**emme **d**éçue offrent toujours ardents

Flatte certes le **b**ut mais n'apaise la **qu**ête :

L'a**tt**ente a des plaisirs qu'on ne **f**ait qu'un moment. »

Luc Étienne, l'art de contrepéter

Après *La Redoute des contrepèteries* de Louis Perceau, *L'Art du contrepet* de Luc Étienne (1908-1984) fait date. L'ouvrage tente une approche explicative, et offre de nouveaux et nombreux exemples. Mieux, il est un manuel, un guide, un phare… L'ambition de ce mathématicien, physicien et pataphysicien est claire : réunir les hommes de bonne volonté autour du contrepet.

En 1970 il devient membre de l'Oulipo (voir Chapitre 6). Il restera le champion toutes catégories en matière d'humour, maniant avec brio le contrepet, l'argot, les palindromes, les charades ou les bouts-rimés. Il dirigera « l'album de la comtesse » au *Canard enchaîné* jusqu'en 1984.

Joël Martin, le décaleur de sons

C'est à la disparition de Luc Étienne qu'entre en piste un autre physicien, le sieur Joël Martin (né en 1941). Il est sans doute à ce jour l'un des meilleurs spécialistes du contrepet, et c'est en toute logique qu'il devient le quatrième époux de la comtesse et de son album, après Yvan Audouard, Henri Monnier et Luc Étienne.

La contrepèterie est-elle française ?

Il semblerait que non, puisque permuter des lettres est possible dans presque toutes les langues. Un petit coup d'œil chez nos voisins nous permet de voir qu'il existe des contrepets allemands et anglais. Mais nous sommes tout de même les champions du genre avec près de 50 000 contrepets en français contre un millier en anglais.

En anglais, contrepèterie se dit *spoonerism*. Ce terme vient du nom d'un professeur d'Oxford doté d'un humour ravageur, Archibald Spooner (1844-1930), véritable pitre du langage. On lui doit notamment :

« *What is the difference between a bum coming out of the Salvation Army and a girl getting out of a bathtub ?* (quelle différence y a-t-il entre un vagabond sortant de l'Armée du Salut et une fille sortant de sa baignoire ?)

*The bum has his **s**oul full of **h**ope and the girl has her **h**ole full of **s**oap* (l'esprit du vagabond est plein d'espoir, le trou de la fille est plein de savon). »

Technique du contrepet

Après ce bref aperçu de l'histoire du contrepet, il convient d'en connaître les usages, mais également d'en comprendre les mécanismes.

Comme le faisait remarquer l'écrivain Claude Gagnière (1928-2003), « on ne sait pas trop qui contrepèta le premier, il n'y a donc pas de raison de savoir qui contrepètera le dernier ! » Les inventions sont sans fin, et selon Louis Perceau et Luc Étienne, la technique est ouverte à tous.

Pour en user dans les règles

En matière de contrepèterie, nul besoin de s'intéresser particulièrement à l'orthographe – qui en prend souvent un coup –, car il s'agit essentiellement d'un art oral. Il y a néanmoins quelques règles auxquelles ils ne faut pas déroger.

Trois sinon rien

Si pour bien **d**îner il faut être **p**eu, pour bien contrepéter il faut être trois :

- Celui qui lance la contrepèterie.
- Celui qui la comprend (l'œil et l'oreille complices).
- Celui qui ne comprend rien.

Le plaisir jubilatoire des deux premiers est renforcé par la présence du troisième.

La franc-maçonnerie du verbe

Avouons-le, à l'exception de quelques spécialistes à l'esprit extrêmement bien (ou mal) tourné, comme l'immense Joël Martin qui contrepète comme il respire, la contrepèterie – à la différence du calembour – est bien souvent un délit d'initiés.

C'est un peu la franc-maçonnerie du verbe, la main occulte qui agit dans le secret, qui ne se divulgue pas. On l'ourdit dans l'ombre en essayant de repérer quelques adeptes par des approches subtiles. On tente un classique « il est arrivé à **p**ied par la **Ch**ine » ou un « ma belle-mère admire les r**ossi**gnols du ca**roub**ier », et on regarde si ça mord.

Y a-t-il un traducteur dans la salle ?

On sait que la contrepèterie recèle un sens équivoque, certes, mais une équivoque un poil salace. C'est du grivois de concours. Il convient donc de la restreindre aux initiés, aux avertis. La traduire vous ferait passer pour un grossier personnage.

Ce qu'il ne faut pas faire

Vous êtes à table lors d'un déjeuner de famille quand le dessert arrive. Vous remarquez que la petite cousine fait la fine bouche. Visiblement, elle n'aime pas le baba au rhum. L'œil glauque et le doigt tendu, vous jetez à la cantonade : « Si vous voulez que cette jeune fille **g**oûte, donnez-lui un **fl**an ! »

Silence, l'assemblée se retourne, le sourire coincé autant que médusé par cette intervention décalée… Vous êtes fier de cette victoire sur l'indifférence, vous vous emballez et là, vous commettez l'irréparable : « Ben oui, si vous voulez qu'elle **f**oute, donnez-lui un **gl**and ! »

La jeune cousine s'enfuit en hurlant, votre mère vous fusille du regard, votre père dodeline de la tête avec l'air de dire « il ne comprendra jamais rien », et votre renommée est faite dans la famille : le gland, c'est vous !

Quelques classiques

Avant de commencer l'apprentissage du contrepet, il est bon de se mettre quelques classiques en bouche.

- « Défense de **sc**ier dans le **ch**antier. »
- « C'est ici qu'on a **p**endu le **f**uselage de l'aviatrice. »

- « Le professeur admirait le **fa**ctum du **re**cteur. »
- « Que de **gî**tes la pauvre femme ha**bi**ta. »
- « La **c**uvette est pleine de **b**ouillon. »

Le contrepet dans tous ses états

Les contrepèteries sont de plusieurs natures, elles vont des plus simples au plus difficiles. Les classiques sont considérées comme les meilleures.

Le contrepet classique

Il consiste à permuter uniquement les premières consonnes de deux mots, comme dans : « Le **c**oureur de **f**ond » ou « Ma cousine joue au **t**ennis en **p**ension ».

C'est là l'essence même de la contrepèterie.

Cependant, Louis Perceau préconise de suivre la voie de Rabelais et d'en élargir la définition en ajoutant la permutation de consonnes à l'intérieur des mots :

- « J'aurais cru que vos per**l**es coû**t**aient davantage. »

Le contrepet décadent

En réalité, la contrepèterie devient vite décadente dès lors qu'elle porte sur la permutation de voyelles, groupes de voyelles, diphtongues, syllabes, fractions de mots ou mots entiers. Le lapsus devient moins naturel que par la permutation simple de consonnes mais le résultat est tout aussi jubilatoire.

Viennent ensuite les contrepèteries décadentes qui portent sur des voyelles :

- « Les enfants de Marie exposaient leur c**a**s au c**u**ré. »

Celles qui portent sur des fractions de mots :

- « L'amiral nous brou**ill**e l'écou**t**e avec sa panne de micro. »

Celles qui portent sur des syllabes :

- « **Goû**ter une **sau**ce. »

Celles qui portent sur des mots :

- « Le pont-**neuf** fait soixante **pieds**. »

Le contrepet irrégulier

La mécanique de la contrepèterie est évidemment sans limite.

On trouve le contrepet à un seul élément, où ne se déplace qu'une consonne (c'est le cas de : « Le tout de mon c**r**u ») ou qu'une seule voyelle (comme dans : « Le prêtre montrait sa v**i**erge derrière le panneau »).

Le contrepet enchevêtré

Comme Luc Étienne, vous pouvez compliquer les choses et permuter des couples de consonnes comme f-c et m-l, ce qui donne : « Le capitaine dut en**f**u**m**er sa **c**a**l**e. »

Le contrepet double

Si un train peut en cacher un autre, une contrepèterie aussi. Rien de tel pour s'arracher les cheveux en tentant de résoudre l'écheveau d'une contrepèterie que deux permutations classiques dans une même phrase : « Est-ce que les **n**ouilles **c**uisent au **j**us de **c**aneton ? »

Ajoutons une difficulté supplémentaire avec une même phrase ayant deux réponses possibles :

« C'est la discorde dans un ménage

Quand le beau-père est **b**ouilleur de **cr**u. »

Vous la voyez ? Très subtile, car le beau-père devient un « **br**ouilleur de **c**ul » et un « **c**ouilleur de **br**u ».

Au boulot !

Vous voilà fin prêt pour contrepéter en société. Mais n'oubliez pas, Louis Perceau, Luc Étienne et Joël Martin s'accordent à le dire : la contrepèterie ne doit pas faire long feu. Elle doit faire rire et doit se traduire facilement. C'est pour cette raison que les classiques sont souvent considérées comme les plus efficaces.

Soyez inconvenant

C'est presque une condition *sine qua non*. La contrepèterie parfaite est celle dont le sens premier est propre et lisse, cachant un second sens du pire mauvais goût. Sexe et scatologie sont vivement encouragés.

Par exemple « le **p**ont va **c**asser » peut faire sourire, mais pour plus d'irrévérence préférez plutôt : « La jeune fille **t**oussait en se **m**ouchant. » Ce que vous perdrez en succès féminin, vous le gagnerez en franche rigolade.

Ne manquez pas d'à-propos

Une règle d'or : ne jetez pas de contrepèteries à la cantonade, sans rapport avec la situation. Attendez le moment propice. La phrase « Les femmes s'habituent aisément à la v**i**e de la b**u**tte » aura plus d'intérêt prononcée devant Montmartre qu'en rase campagne ou au bord de la mer. De même, attendez qu'une de vos amies jette un œil langoureux sur un homme pour laisser négligemment tomber : « Elle scr**u**te le g**a**rs. » Si en plus les fesses la démangent, cela fera double emploi.

Ne pas faire...

Évitez les contrepèteries enchevêtrées qui sont souvent impossibles à traduire, comme : « L'aspirant habite Javel », qui donnerait « J'avais la bite en spirale ».

Bonne route, et bons vents !

Involontaire attitude

Bien sûr, le langage courant est ponctué de contrepèteries inattendues que nous n'avons pas toujours la chance de pouvoir saisir au vol. Dire à sa promise : « je ferais tout pour un m**ou** de v**eau** ! » au lieu de « je ferais tout pour un m**o**t de v**ous** », ou lui glisser : « votre **m**ère à l'air **p**utin » au lieu de « votre **p**ère à l'air **m**utin » peut avoir des conséquences fâcheuses.

En littérature, c'est peut-être moins grave, mais c'est tout aussi drôle.

Chapitre 12

Faut rigoler ! Charades, combles et fables express

Dans ce chapitre :

- Vous verrez de la charade
- Vous monterez dans les combles
- Vous passerez en coup de vent sur les fables express

Oui, comme le chantait le grand Henri Salvador, « il faut rigoler », rigoler à gorge bien employée, rigoler à s'en faire exploser la rate, rigoler pour ne pas pleurer, rigoler pour remettre la vie dans le droit chemin. Et comme on l'a vu, depuis la nuit des temps, les hommes ont cherché toutes les techniques, toutes les solutions pour être drôles… ou essayer de l'être.

La raison du plus drôle est toujours la meilleure !

S'il est vrai que le calembour et la contrepèterie sont deux des exercices les plus appréciés des farceurs du verbe, il y a d'autres vecteurs. En matière de « déconnage », l'imagination n'a pas de limite.

Partons pour une petite excursion au pays des charades, des fables express et des combles.

Mon tout est une charade

Jeu d'enfant par excellence, la charade a toujours fasciné, tant dans les salons du XVIIIe siècle que dans les cours de récréation de la République. Cependant, si elle a débuté taillée dans du bois brut sans grande subtilité, les menuisiers du verbe qui en ont usé lui ont peu à peu fabriqué de beaux tiroirs.

Dé-fi-ni-tion

Mon premier est un félin,

Mon deuxième fait la fierté de Toulon,

Mon tout est une devinette qui mêle jeux de mots et phonétique.

Charade (Chat-rade)

Voici la définition la plus claire de la charade.

On peut lui préférer celle du Larousse, plus académique :

« Énigme où l'on doit faire deviner un mot de plusieurs syllabes en le décomposant en parties qui forment elles-mêmes un mot, par la définition des parties et du tout. »

L'inverse n'est pas forcément vrai.

Un peu d'histoire

C'est un peu avant la Révolution que les salons à la mode s'accaparent ce nouveau jeu, qui semble venir de province si on en croit son origine étymologique.

Quand on en sait si peu…

Le mot viendrait du languedocien *charrada*, qui signifie « causerie » ou « discours pour tuer le temps ». Certains spécialistes évoquent plutôt un mot construit par métaphore avec « charrette » : une charretée de mots.

Quel beau patronage !

Un certain nombre de personnalités du siècle des Lumières ont laissé de dramatiques souvenirs dans l'Histoire de la charade.

Vol-taire

Nous pourrions commencer par :

Mon premier est en vol,

Mon deuxième est à terre,

Mon tout est un écrivain et philosophe du XVIIIe siècle

mais l'astuce serait un peu simple.

Voltaire (1694-1778), l'auteur de *Zaïre*, de *Tancrède*, le défenseur de Calas, nous gratifia en son temps d'une magnifique charade. Notez qu'il aurait pu s'abstenir, voyez plutôt :

Mon premier est une voiture,

Mon second est une voiture,

Mon tout est une voiture.

Carosse (Car-Rosse)

Am-père

Nous avons à l'endroit du physicien et mathématicien André-Marie Ampère (1775-1836) le même type de reproche que celui fait à Voltaire. Le scientifique qui laissa son nom à l'unité électrique, qui inventa le télégraphe électrique et qui énonça la théorie de l'électromagnétisme, bref, l'homme qui éclaira les Lumières, s'est fendu d'un :

Mon premier marche,

Mon deuxième nage,

Mon tout vole.

Hanneton (Âne-Thon)

Désolé, mais j'Ampère mon latin.

Vic-tor Hu-go

MOTS D'AUTEUR

Si le grand poète ne déteste pas un bon (ou un mauvais) calembour, il en va de même pour les charades. Entre deux ou trois vers (bien pleins), Victor Hugo (1802-1885) en a fabriqué au kilomètre. Nous abandonnons les misérables au profit des meilleures.

Mon premier est un étudiant en médecine assis au sommet d'un amphithéâtre,

Mon second se compose des dernières du journal,

Mon tout est un chant révolutionnaire.

International (Interne assis haut-Nal)

Mon premier est ce que l'on dit d'un menuisier qui a compté sur sa note des copeaux en trop,

Mon second est la fin de l'homme,

Mon tout est un mets délicieux.

Bifteck aux pommes (Biffe tes copeaux-Me)

La charade se com-pli-que

La charade syllabique est bien jolie pour les cours de récréation, mais elle fatigue vite une assemblée de vieux copains.

LE SAVIEZ-VOUS ?

Le Journal de tranchées, qui voit le jour pendant la guerre de 1914, fait tout pour remonter le moral des troupes et multiplie les audaces :

Mon premier est la canne à pêche d'un prêtre bouddhiste détestant l'eau,

Mon second est un plantigrade entouré de maisons d'oiseaux,

Mon tout est une enseigne que l'on pouvait lire autrefois sur un petit café de la rue du Faubourg-Saint-Denis.

L'on boit du bon cidre au faubourg Saint-Denis (Long bois du bonze hydrophobe-Ours ceint de nids)

Avouez que ce n'est pas la charade de tout le monde !

Encore plus compliqué :

Mon premier est un oiseau,

Mon second est ce que disait Alexandre Dumas fils à son père lorsqu'il lui demandait de faire voir l'heure à leurs domestiques sans ouvrir la porte,

Mon tout est ce qu'on dit quand on a perdu sa montre à Nogent-le-Rotrou.

J'ai perdu ma montre à Nogent-le-Rotrou (Geai-Père Dumas, montre à nos gens l'heure au trou)

Puis il y a la charade basée sur le calembour ou l'à-peu-près :

Mon premier, c'est abominable,

Mon deuxième est de travers,

Mon troisième se lance sur un vampire,

Mon tout est un film de science-fiction.

Le Retour du Jedi (L'horreur-Tordu-Jet d'ail)

La charade pi-è-gée

Même si le niveau de difficulté augmente, nous sommes encore dans la charade sans tiroir.

Le principe de la charade piégée : la réponse se trouve en fait dans la question. Essayez, vous verrez que beaucoup y perdent quelques neurones.

Mon premier est bavard,

Mon deuxième est oiseau,

Mon troisième est chocolat,

Mon tout est un gâteau.

Bavaroise au chocolat (Bavard-Oiseau-Chocolat)

La charade avec accent

Ces charades sont les plus amusantes en société, car il convient de prendre l'accent adéquat pour les comprendre. Elles fonctionnent souvent sur le principe du calembour.

Avec le nez bouché

Mon premier est un poisson,

Mon deuxième est un arbre fruitier,

Mon tout est un roi de France.

François 1er (Anchois-Pommier)

Avec l'accent alsacien

Vous ferez un véritable triomphe du côté de Strasbourg.

Mon bremier il a tes tents,

Mon teussième il a aussi tes tents,

Mon droissième il a encore tes tents,

Mon dout mord comme s'il afait tes tents.

Jalousie (Chat-Loup-Scie)

La charade à répétition

La charade à répétition a ouvert de nouvelles perspectives.

Mon premier est une salade,

Mon deuxième est une salade,

Mon troisième est une salade,

Mon quatrième est une salade,

Mon cinquième est une salade,

Mon sixième est une salade,

Mon septième est une salade,

Mon huitième est une salade,

Mon tout a écrit *Alice au Pays des Merveilles*.

Lewis Carroll (Les huit scaroles)

La charade à tiroirs

Nous passons à présent dans la cour des grands. La charade à tiroirs est un exercice qui pourrait s'apparenter à la technique mathématique de la contrepèterie. Ce n'est d'ailleurs pas une coïncidence si, là encore, il faut se ranger sous le patronage de Luc Étienne qui composa en 1965 *L'Art de la charade à tiroirs*.

La solution est en général introuvable, et c'est tout l'intérêt de la chose, qui consiste à « remplacer la définition de chaque élément par un calembour ».

Victor Hugo, encore et toujours

C'est une fois de plus Victor Hugo qui ouvre le feu :

Mon premier a été volé,

Mon deuxième se bourre comme un pipe,

Mon troisième vaut cent francs,

Mon tout est une voiture légère.

Tilbury (Til parce que Alcali vola til [alcali volatile]-Bu parce que bu c'est phale [Bucéphale, le cheval d'Alexandre le Grand] et que phale s'bourre [Phalsbourg]-Ry parce que ri vaut li [Rivoli] et que li c'est cinq louis [lycée Saint-Louis])

Les tiroirs de l'indécence

Là encore, nous retrouvons ce qui fait le plaisir des contrepétistes : le sens caché, le grivois, l'occulte un peu salace. Ces gauloiseries de l'esprit s'adressent-elles plus aux hommes ? C'est probable, mais nous invitons la gent féminine à faire sauter les verrous de ces drôles de tiroirs coquins. Les plus farouches peuvent jeter la clef.

> Mon premier est homosexuel,
>
> Mon deuxième est homosexuel,
>
> Mon troisième est complice d'homosexuel,
>
> Mon quatrième ne dira rien de ce qu'il a vu,
>
> Mon tout est une corrida.

Tauromachie (To parce que To pine en bourre [topinambour]-Ro parce que Ro baise Pierre [Robespierre]-Ma parce que Ma cache Bono qui baise Ef [macache bono pendant que bono bézef]-Chi parce que Chi se taira [chistera])

C'est un comble !

Il faut bien l'avouer, le genre est un peu tombé en désuétude. Mais à la fin du XIXe siècle, à l'instar d'autres formes de plaisanteries douteuses, on aimait bien se jeter quelques combles à la face pour s'amuser en société.

Une technique simple

Un jeu de l'esprit des plus basiques : à la question « Quel est le comble de… ? », les interlocuteurs doivent trouver une réponse amusante, impertinente, grivoise, approximative…

Le jeu peut paraître simpliste, mais je dirais (en risquant un jeu de mot de facture assez élémentaire) que les combles ne sont pas faits que pour les caves !

Gage de qualité

Si nos lecteurs cultivés éprouvent quelque honte à se laisser combler par ces petits traits d'humour potaches, qu'ils soient rassurés : nous nous plaçons là sous le plus haut des patronages, puisque Marcel Proust (1871-1922) en personne nous livre dans *Sodome et Gomorrhe* que le comble de l'inattention est de prendre l'Édit de Nantes pour une Anglaise (Lady de Nantes).

Et ce n'est pas le seul auteur à s'être prêté au jeu :

- Quel est le comble pour un journaliste ?

  C'est d'être à l'article de la mort. (Jules Renard)
- Quel est le comble du patriotisme ?

  C'est de fuir un ciel bleu de Prusse. (Jules Renard)
- Quel est le comble de l'adresse ?

  C'est le bottin. (Tristan Bernard)

Le petit père comble

Connaissez-vous l'atropine ? Non ! C'est ce produit miracle qui permet aux ophtalmologues de vous dilater la pupille. Un petit détail technique qui vous permettra de mieux apprécier le comble suivant :

Quel est le comble pour un tuteur ?
C'est de dilater sa pupille en l'atropinant.

Il pourrait y avoir comme une contrepèterie dans l'air !

De fond en combles

Cela serait le comble de la prétention d'espérer être exhaustif, aussi nous rabattrons nous sur la qualité. Pour cela une seule solution, piocher dans la vache Allais… Alphonse de son prénom, qui nous en a fourni de fameuses.

Combles par métiers

- Quel est le comble du dentiste ?

  Trouver sa femme au lit avec un mâle dedans.

- Quel est le comble du mathématicien ?

  Passer la nuit sur une inconnue sans en trouver la solution !

- Quel est le comble du gynécologue ?

  C'est d'être le seul à travailler là où les autres s'amusent.

Combles par sentiments

- Quel est le comble de l'optimisme pour un homme ?

  Imaginer qu'une femme va quitter la cabine téléphonique parce qu'elle vient de dire « Au revoir » à sa correspondante.

- Quel est le comble de la patience ?

  Traire une puce avec des gants de boxe.

- Quel est le comble de l'économie ?

  Coucher sur la paille que l'on voit dans l'œil de son voisin et se chauffer avec la poutre qu'on a dans le sien.

Les fables-express

On a pu entendre parler des fables d'Ésope l'Ancien et chacun pourrait réciter sans trop de peine une fable de Jean de la Fontaine ; ces petites pièces qui tirent parfois en longueur et qui ont pour objectif de vous assener une petite moralité à la fin. Quelqu'un jugea aux alentours du XIXe siècle qu'il fallait non seulement réduire tout cela, mais aussi égayer ces morales bien sérieuses. C'est ainsi, qu'anonymement, naquit la fable express.

C'est non sans humour que l'écrivain Claude Gagnière (1928-2003), grand spécialiste des mots, tenta le rapprochement entre l'invention de la fable express et l'invention du chemin de fer : la fin du XIXe se veut plus rapide, les fables doivent le devenir également.

Technique express

Comme sa grande sœur, la fable express est soumise à des lois. Lois qu'il convient d'exploser quand vous en maîtrisez les rudiments originels. Elle doit être courte (de une à dix lignes), elle doit être en vers (mais pas contre tous) et doit accoucher d'une moralité humoristique, calembourdine, et pourquoi pas amorale.

La meilleure technique pour les amateurs qui veulent en composer est de trouver d'abord la morale, et de fabriquer le couplet ensuite.

Exemple préparatoire

Tout le monde connaît l'expression : « Malheur aux vaincus ! » Vous sentez poindre toute la malveillance que l'on peut mettre dans une telle phrase… Un anonyme osa cette fable express :

Brutus, Gaulois des plus sévères

Était père de vingt garçons ;

Il fouettait leur petit derrière

Quand ils ne savaient pas leurs leçons.

Moralité :

Malheur aux vaincus ! (malheur aux vingt culs !)

Variante des vaincus selon Alphonse Allais

Tamerlan, conquérant farouche

Dans un combat fit vingt captifs

Il les fit empaler tout vifs.

On n'dit pas si c'est par la bouche…

Malheur aux vaincus !

Les maîtres du genre

Willy, l'aiguisé mondain

PORTRAIT

Henry Gauthier-Villars, dit Willy (1859-1931), qui est surtout connu pour avoir été l'époux de Colette, fut le roi du calembour ; il ne pouvait passer à côté de la fable express, qui lui permettait d'assener les pires vacheries en société.

Voilà comme il s'amuse du compositeur italien Verdi :

« Que nul n'entre chez moi ! » dit l'auteur du *Trouvère*

Et pour faire observer la consigne sévère,
Il compte sur sa bonne, un monstre aux traits hideux.
Moralité :
La bonne à Verdi en vaut deux.

Un jour, le terrible Henri Jeanson, critique de spectacle redoutable autant que dialoguiste de génie, tombe à son tour dans les rets de Willy :

Quand Jeanson descend à l'hôtel de Sens
Il va voir, avant tout autre personne,
La grosse servante aux appâts puissants.
Moralité :
Sa première idée est toujours… la bonne.

Ton sur ton

L'écrivain humoriste Eugène Vachette (1827-1902) fut le concepteur de la plus courte des fables express :

Pépin le Bref est mort depuis bientôt mille ans.
Moralité :
Quand on est mort c'est pour longtemps.

Une fable qui ne laissa pas indifférent notre ami Willy, qui s'en servit pour égratigner Georges Ohnet (*Le Maître de forges*), auteur à succès décrié par la critique.

Un jour, un passant débonnaire
Ayant rencontré Georges Ohnet
Fut mordu soudain au poignet
Par ce romancier sanguinaire :
Il conserva huit mois la trace de ses dents.
Moralité :
Quand Ohnet mord, c'est pour longtemps.

Alphonse Allais, le pervers

Avec Alphonse Allais (1854-1905), la fable express trouve son maître. Le genre s'impose à lui. Il va la torturer, la malaxer, la pressurer, en extirper tout le jus… Rien ne l'arrête, même pas le pire. Commençons par celle-ci qui montre l'audace du personnage :

Un vieux garçon avait une bonne à tout faire
Dans laquelle il avait confiance absolument
Il la croyait franche et sincère ;
Il s'aperçut qu'elle lui ment
Et qu'elle se paye sa cafetière

Selon la belle expression de Brunetière.
Il ne put digérer cette pensée amère :
Il fut gravement malade,
Si gravement
Que trente jours après, c'était son enterr'ment.
Sa bonn' l'avait tué par sa mauvaise foi.
Moralité :
Les personnes dont la bonne ment expirent à la fin du mois.

Les plus courtes sont souvent les meilleures, il le prouve :

Un jeune enfant, sur son pot, s'efforçait.
Moralité :
Le petit poussait.

Mais il revient bien souvent au calembour, qu'il affectionne :

Madame, dont la taille augmente chaque jour
Et dont toute la joie
Est de coudre et de tailler pour le futur amour
Que le ciel lui envoie
Dans le madapolam, le coton ou la soie,
Couches, langes, layette
Et tabliers avec bavettes,
Madame, dans sa glace, un jour, se regardant
Se mit à rire effrontément.
Moralité :
La mère rit de son arrondissement.

RÉCRÉATION

Qui dit moins ?

Au jeu de la fable la plus express qui soit, Boris Vian (1920-1959) a tenté l'impossible en proposant :

Un seul être vous manque et tout est dépeuplé.
Moralité :
Concentrique ! (con sans trique)

Je vous propose plus serré encore :

Infarctus.
Moralité (mort alité) :
Cimetière

Les jeux sont ouverts…

Chapitre 13

Pensées pour être drôle en toutes occasions

Dans ce chapitre :

- Traits d'esprit
- Sens de la réplique et bons mots
- L'esprit jeune… de la vieillesse
- Les mots de la fin
- Les pièges de la langue

Une chose qui provoque l'ambition de pas mal de gens, le rêve de beaucoup et l'admiration de tous, c'est d'être drôle en toutes occasions. Avoir le sens inné de la réplique qui fait mouche, le trait d'esprit qui foudroie l'inconvenant, qui terrasse le cuistre, qui désamorce les situations les plus tendues, qui fait hurler de rire les amis, la famille, la jeune femme timide au bout de la table, ce bon mot frappé d'à-propos qui vous rend conquérant et vous ouvre les portes de la gloire, même un bref instant.

Ambition fantastique que de voir réunis en une seule et même personne la finesse d'un Chamfort, l'acuité d'un Talleyrand, le non-sens d'un Pierre Dac, le brio d'un Sacha Guitry, la profondeur d'un Jules Renard, la légèreté d'un Alphonse Allais, la folie d'un Raymond Queneau et les dialogues d'un Michel Audiard.

Impossible, bien sûr ! Mais impossible n'est pas français ! La solution : garder ce livre avec vous en toutes circonstances… jusqu'au mot de la fin !

À la source de l'esprit

Être drôle, spirituel, est peut-être le résultat d'une hérédité, d'un penchant naturel qui donne un regard légèrement décalé, mâtiné de dérision ; c'est peut-être aussi un environnement propre à la « déconnade », avec une enfance baignée dans le jeu de mots facile mais collant ; c'est peut-être un peu des deux.

Pour autant, l'humour devrait-il être le seul à ne pas se soumettre aux lois de l'éducation ? Et la vertu de l'exemple, alors ? Apprenons donc auprès des faiseurs de traits d'esprit, des fabricants de répliques immortelles, des concepteurs de pensées définitive…ment drôles.

Le trait d'esprit

Le trait d'esprit est cette petite chose légère, impalpable, qui donne du panache, de la classe à toute personne qui sait le tourner. Il a souvent ce côté « grand siècle », où la finesse supplante la vulgarité.

Esprit, es-tu là ?

Quel meilleur exemple que le mot divin de la diva, Sophie Arnould (1740-1802), qui s'adressant un jour à Voltaire lui donnait une belle preuve d'esprit :

« Monsieur, je serais heureuse que vous vinssiez demain dîner chez moi. Vous ne vous amuserez pas beaucoup parce que je n'ai pas beaucoup d'esprit… mais votre visite me permettra d'en avoir le lendemain, car j'ai de la mémoire. »

Esprit du tac au tact

ANECDOTE

Talleyrand, ministre de Napoléon, ne se départissait jamais de cet esprit qui faisait oublier la laideur de son pied-bot. Un jour de détente, il se promenait au bord de l'eau en compagnie de trois femmes : Madame de Staël dont la laideur et l'intelligence se livraient un combat quotidien, Mme de Flahaut que l'Histoire n'a guère retenue, et la très belle créole Mme Grand qui deviendra son épouse. Voulant l'embarrasser, Madame de Staël lui demande :

« Si nous tombions à l'eau toutes les trois, à laquelle porteriez-vous d'abord secours ?

– Oh baronne, je suis sûr que vous nagez comme un ange. »

N'est-ce pas là une aimable façon d'apprendre qu'un simple faux-pas vous fera boire le bouillon ?

C'est Ridicule !

En 1996, le réalisateur Patrice Leconte (né en 1947) nous offre le film *Ridicule*, tiré du livre éponyme de Rémi Waterhouse. On y voit les déboires du baron Ponceludon de Malavoy (Charles Berling) qui tente d'approcher le Roi en redoublant d'esprit pour se faire accepter de la cour.

« Vilecourt. – C'est votre premier séjour à Versailles ?

Ponceludon. – J'y ai vu le jour par hasard au cours d'un voyage.

Vilecourt. – Ah ! Courtisan de naissance !

Ponceludon. – On peut naître dans une écurie sans se croire cheval. […]

Vilecourt. – Que sollicitez-vous à Versailles ?

Ponceludon. – La charge d'assainir les marais de la Dombes, un paradis pour les moustiques. La vie d'un paysan n'y dépasse pas trente-cinq ans.

Vilecourt. – Pauvres gens. Comme un malheur ne vient jamais seul, leur simple évocation provoque l'ennui.

Ponceludon. – C'est que voyez-vous Monsieur, les paysans ne nourrissent pas seulement les moustiques, ils nourrissent aussi les aristocrates. […]

L'archevêque. – Sachez qu'on juge un homme à ses fréquentations.

Ponceludon. – On a tort Monseigneur. Judas avait d'excellentes fréquentations. »

L'intelligence du dialoguiste a été d'utiliser à bon escient des répliques célèbres de Rivarol ou du marquis de Bièvres, et de les attribuer à son personnage principal.

Esprit pratique

Alphonse Allais entre un jour dans la petite gare de Saint-Sauveur, près de Honfleur. Il s'approche du chef de gare.

« C'est pour une réclamation ? demande l'homme.

– Pas du tout, mon ami, répond Allais, au contraire. Toutes mes félicitations pour votre gare. Dommage qu'elle soit si mal placée, vous auriez ça à Paris vous feriez un argent fou. »

Quand le trait d'esprit devient du mauvais esprit

La vie n'étant pas un long fleuve tranquille, il peut arriver que, dans un mouvement d'humeur incontrôlé, vous ayiez besoin de vous défouler sur votre interlocuteur ou votre entourage. Faites-le avec panache. Évitez les insultes et les coups bas, faites de votre mauvaise foi ou de votre caractère de cochon un allié. Si vous n'avez pas encore l'esprit suffisamment aiguisé, appropriez-vous les phrases des autres. Assaisonnées à la sauce sincérité, elles feront mouche.

MOTS D'AUTEUR

- « Je vous cèderais volontiers ma place, mais elle est occupée. » (Groucho Marx)

- « J'ai passé une très bonne soirée. Vraiment. Ça m'a rappelé le procès de Nuremberg. » (Woody Allen)
- « Aux dernières étrennes, j'ai offert une chaise à ma belle-mère. Aux prochaines, je la ferai électrifier. » (Pierre Doris)
- « Les films français sont faits par des cons pour des gens intelligents. Je préfère les films américains, ils sont faits par des gens intelligents pour des cons. (Georges Wolinski)
- « Bon, assez parlé de moi, parlons un peu de toi. Quelle impression je te fais ? » (Bette Midler)
- « Mon mari m'a dit “Bette, si tu veux apprendre à cuisiner, on peut licencier notre chef”, et j'ai répondu “Martin, si tu veux apprendre à faire l'amour, on peut virer le chauffeur”. » (Bette Davis)
- « Quand vous dites que vous êtes allé à l'université, j'imagine que c'était pour que les autres étudient votre cas ? » (Anne Robinson)

Winston Churchill contre George Bernard Shaw

Au royaume de l'esprit vachard, les deux hommes se disputaient la palme :

Une pièce de George Bernard Shaw (1856-1950) allait être jouée à Londres. L'auteur, par courtoisie, envoie deux places au ministre Winston Churchill (1874-1965), réputé pour sa langue acérée, accompagnées d'un petit mot : « Je vous envoie deux places. Vous pourrez ainsi amener un ami… si vous en avez un ! »

Winston Churchill répondit par retour de courrier : « Merci pour les places que vous m'avez fait parvenir. Désolé ! Je ne suis pas libre ce soir-là, mais je viendrai à la seconde représentation… si toutefois il y en a une ! »

Le sens de la réplique

Le sens de la réplique, c'est cette petite pertinence instantanée, ce petit état de grâce qui fauche l'adversaire en une seconde. Vous ne l'aviez pas préparé mais c'est tombé là comme un couperet.

C'est une phrase que vous citez avec un à-propos proche du génie, ou une invention de votre part qui vous consacre. Dans les deux cas, on regardera à deux fois avant de vous asticoter la prochaine fois.

Observons les meilleurs représentants de la réplique définitive.

Définition d'un bon mot

Pour Boileau, « un bon mot n'est un bon mot qu'en ce qu'il dit une chose que chacun pensait et la dit d'une manière vive, fine et nouvelle. »

Talleyrand ou t'as l'air fin !

On surnommait le terrible Monsieur de Talleyrand le « diable boiteux » en raison d'un pied-bot qu'il avait depuis l'enfance et d'un sens de la duplicité excessif. Un jour qu'il croisait une « ennuyeuse » affligée d'un strabisme des plus divergents, il s'entend apostropher de cavalière manière :

« Alors Monseigneur, comment est-ce que ça marche ?

– Mais comme vous voyez, Madame ! »

La voilà rhabillée pour l'hiver.

Drôle d'atmosphère

À la Libération, Arletty (1898-1992), l'actrice française de *Hôtel du Nord*, s'était vu reprocher devant un tribunal d'avoir eu un faible pour un amant allemand. Superbe réponse de l'amoureuse : « Vous savez, monsieur le juge, je ne suis pas très résistante… » C'est également elle qui dira : « Mon cœur est français mais mon cul est international ! »

Ah ! La France, terre d'asile…

Quel tableau !

Quand, au sommet de sa gloire, le peintre espagnol Pablo Picasso (1881-1973) mangeait au restaurant, il lui arrivait de dessiner des croquis de toutes sortes sur la nappe. Un jour, un restaurateur un peu plus avisé que les autres demande au maître de lui abandonner son dessin en échange de la note. Le peintre accepte de bonne grâce, jusqu'au moment où le gargotier passe à la deuxième offensive : « Maître, pourriez-vous signer votre dessin ? » Alors Picasso, secouant la tête : « Non. Je paye la note mais je n'achète pas le restaurant. »

Antoine Blondin, un sage en hiver

ANECDOTE

Alors qu'on pressait Antoine Blondin (1922-1991) sur la sortie de son prochain livre :

« Alors, monsieur Blondin, quand nous pondez-vous quelque chose ?

– Je ne ponds plus, ça introduit trop de coquilles dans le texte. »

Un jour où il avait peut-être bu plus que de coutume, Blondin s'empara d'une bouteille d'encre qu'il commença à boire devant son entourage abasourdi :

« Que fais-tu, tu es fou ?

– On m'a demandé de pisser de la copie ! »

Le père Blondin savait lever le verbe aussi haut que le coude.

Léonard n'était pas physionomiste

Tout le monde connaît le célèbre tableau de Léonard de Vinci (1452-1519) : *La Cène*, qui fit récemment parler de lui avec le succès du *Da Vinci Code* de Dan Brown. On sait moins que sa réalisation dura plusieurs années. Le tableau touchait à sa fin et Léonard de Vinci cherchait désespérément un modèle pour « son » Judas lorsqu'il tomba sur un clochard à la mine parfaite. Il l'engagea, mais quelques jours plus tard il s'étonna tout de même :

« Ne nous sommes-nous pas déjà rencontrés ?

– Oui, répondit le modèle, il y a au moins sept ans, vous m'aviez fait poser pour Jésus. »

Faire son trou dans le cinéma

Alfred Hitchcock (1899-1980), le maître du film à suspense, était en plein tournage de *Lifeboat*, un diabolique huit-clos dans un canot de sauvetage, quand l'actrice Mary Anderson lui demande, de façon incongrue, quel est son meilleur profil. « Ma chère, vous êtes assise dessus. »

Réplique et calembour

« Vous voyez ce monsieur là-bas ? demande Alphonse Allais.

– Oui, eh bien ?

– C'est l'ancien député bonapartiste du Sud-Ouest.

– Pas possible ?

– Si, en Gers et en Auch (en chair et en os). »

Monsieur, que faites-vous ?

- « Monsieur Tristan Bernard, que feriez-vous si vous étiez roi ?

  – Si j'étais roi, je me méfierai des as. »

- « Monsieur Yvan Audouard, qu'emporteriez-vous sur une île déserte ?

  – Un bateau. »

- « Monsieur Jean-Luc Godard, mais qu'est-ce que vous faites-là ?

  – Je fais pitié ! »

Le philosophe Ermerson dit qu'« immédiatement après l'auteur d'une sentence vient celui qui la cite ».

Pensées d'un autre âge

« Si jeunesse savait… le sens de la vie… Si vieillesse pouvait… garder le sens du vit ! » Eh oui, quand passent les ans, quand passent les gens, quand passent les jambes… et que l'on reste impuissant, quand les jeux de l'amour s'éloignent, il reste quand même les « je » de l'humour.

Comme un vieillard en sort

Un monsieur d'un certain âge raconte sa rencontre avec un petit garçon qui est assis sur le bord d'une route et qui pleure à chaudes larmes. Il s'approche et lui demande ce qui lui cause un si grand chagrin.

« C'est parce que je voudrais faire l'amour comme les grands et que je ne peux pas. »

Pathétique.

Le vieil homme s'asseois à côté de lui et se met à pleurer aussi.

Sur la pointe de l'épié

Le maréchal de Richelieu (petit-neveu du cardinal), en fort mauvaise santé, se remaria à l'âge de 84 ans avec une jeune veuve des plus accortes. Au lendemain des noces, saisi d'une curiosité un peu malsaine, un de ses amis vient le voir :

« Comment diable à votre âge avez-vous pu vous en sortir ?

– Je vous avoue, cher ami, que le plus difficile n'était pas de sortir ! »

Être au vieux de sa forme

Nous sommes à une séance de l'Académie française dans les années 1950. L'amiral Lacaze, qui n'est plus une première jeunesse, s'emballe, s'exalte au point de se boursoufler et de prendre la couleur d'une écrevisse au court-bouillon. Son voisin, le chirurgien Mondor, mêlant le sens du verbe au sens médical, le met en garde : « Amiral, attention à vos vaisseaux ! »

Quel à-propos dans la réplique !

Le temps, c'est cool

Un jour que l'on fêtait l'immense talent de l'écrivain anglais William Somerset Maugham (1874-1965), ce dernier, en bout de table, se lève lentement, écrasé par le poids de l'âge, et observe l'assemblée qui attend son discours :

« Mes chers amis... Mon grand âge me permet bien des choses... La vieillesse est parée de mille vertus, oui mille vertus... »

Puis sa tête s'affaisse lentement sur sa poitrine... dix secondes, vingt secondes... Murmure dans l'assemblée, début d'inquiétude... Que se passe-t-il ? Le maître n'est-il pas en train de faire un malaise ? On s'apprête à bouger quand Somerset Maugham relève la tête avec un léger sourire narquois :

« Non, décidément, j'ai beau chercher, je n'en vois aucune ! »

Les pensées

Les pensées sont ces petites phrases qui accompagnent tous les sujets importants de nos vies. Moins définitives que des proverbes, souvent plus drôles, elles permettent de se sortir des situations les plus ennuyeuses. Usez-en à bon escient, elles peuvent vous donner de l'esprit par procuration.

Pensées sur le mariage

C'est peut-être moins le cas aujourd'hui, où l'institution du mariage a perdu de son éclat, de sa dimension sacrée, mais humoristes et philosophes d'hier ne se gênaient pas pour entailler le marbre des conventions.

- « Le mariage est comme une partie de baccarat : tant que vous avez de la veine, vous gardez la main. » (Feydeau)
- « Le mariage est comme le restaurant, à peine est-on servi qu'on regarde ce qu'il y a dans l'assiette du voisin. » (Sacha Guitry)
- « Quand un homme et une femme sont mariés, ils ne font plus qu'un. La première difficulté est de décider lequel. » (Georges Bernard Shaw)
- « Le mariage simplifie la vie et complique la journée. » (Jean Rostand)
- « Mariez-vous : si vous tombez sur une bonne épouse, vous serez heureux. Si vous tombez sur une mauvaise, vous deviendrez philosophe, ce qui est excellent pour l'homme. » (Socrate)
- « La plupart des hommes n'ont que ce qu'ils méritent. Les autres sont célibataires. » (Sacha Guitry)

Pensées sur les femmes

Depuis Ève, la femme n'est-elle pas le sujet principal de l'homme ? Il aurait pu choisir la pomme ou le serpent mais non, il a pris la femme, puis il s'est épris de la femme, puis il s'en est pris à la femme. Sujet d'amour, sujet d'humour, sujet tout court : la femme.

RÉCRÉATION

- « Quand une femme se tait, c'est qu'elle va dire quelque chose. » (Georges-Armand Masson)
- « Appeler les femmes "le sexe faible" est une diffamation. » (Gandhi)
- « Un gentleman c'est quelqu'un qui est capable de décrire Sophia Loren sans faire de gestes. » (Michel Audiard)
- « Ce qu'une femme appelle avoir raison, c'est n'avoir pas tous les torts. » (Sophie Arnould)
- « Il n'y a malheureusement pas de remède de bonne femme contre les mauvaises. » (Jules Renard)
- « Une femme qui se croit intelligente réclame les mêmes droits qu'un homme. Une femme intelligente y renonce. » (Colette)

Pensées sur les cocus

Voici l'un des sujets les plus traités et des plus appréciés dans l'histoire du théâtre et du cinéma. On le dit très français, car les Anglo-Saxons s'en amusent beaucoup moins. On garde une pudeur, une retenue, voire une douleur pour la femme trompée, mais on rigole du cocu. « Chose étrange que ce petit mot n'ait pas de féminin. » (Jules Renard) C'est comme ça ! Le cocu est un personnage de farce, qui se voit affublé de cornes en guise de chapeau. Le costume n'a pas de taille particulière et tout le monde peut y entrer, bourgeois, quidam, président, roi… Que monsieur se rassure s'il vient d'apprendre la mauvaise nouvelle, il rejoint dans les grands chapeautés de la ramure Socrate, César, Molière, Louis XVI, Napoléon, Victor Hugo et beaucoup d'autres…

RÉCRÉATION

- « Il vaut mieux être cocu que ministre, ça dure plus longtemps et on n'est pas obligé d'assister aux séances. » (Leo Campion)
- « Il y a des femmes dont l'infidélité est le seul lien qui les attache encore à leur mari. » (Sacha Guitry)
- « Ma femme ? Je ne saurais mieux la comparer à une invention française : c'est moi qui l'ai trouvé… et c'est les autres qui en profitent. » (Henri Duvernois)
- « J'ai souvent remarqué que les cocus épousaient de préférence des femmes adultères. » (Alphonse Allais)

Cornes d'abondance nuisent-elles ?

On connaît peu le marquis de Montespan, occulté par la renommée fessière de sa femme, devenue la favorite de Louis XIV. Lorsque le marquis apprit la nouvelle, il entra dans une fureur noire (couleur qu'il choisit pour se vêtir et se déclarer en deuil de sa femme). Impuissant face au Roi-Soleil, il fit orner les armoiries de son carrosse d'une immense paire de cornes. Embarrassé, le Roi le fit enfermer une huitaine de jours, histoire de lui apprendre qu'un cocu se doit au secret.

L'écrivain Jean Teulé fit récemment de cette histoire un livre très amusant : *Le Montespan.*

Pensées sur l'argent

Comment ne pas penser à l'argent dans nos sociétés consuméristes ? Avec le sexe et le pouvoir, il est l'un des trois composants qui mènent le monde. Cet argent dont on dit qu'il n'a pas d'odeur, qu'il ne fait pas le bonheur, et dont les plaies qu'il provoque ne sont pas mortelles. Pourtant il rend fou, il rend bête… Mais comme disait Alphonse Allais, son meilleur rôle n'est-il pas d'aider à supporter la pauvreté ?

RÉCRÉATION

- « L'argent ne fait pas le bonheur de celui qui n'en a pas. » (Boris Vian)
- « L'argent, c'est comme les femmes : pour le garder il faut s'en occuper un peu ou alors… il va faire le bonheur de quelqu'un d'autre. » (Édouard Bourdet)
- « Quand j'étais jeune, je croyais que, dans la vie, l'argent était ce qu'il y avait de plus important. Maintenant que je suis vieux, je le sais. » (Oscar Wilde)

Pensées sur les cons

Là, le programme est vaste, comme dirait l'autre. Le con est sans aucun doute le personnage le plus populaire de la langue française. Le mot qui fit sans doute la fortune de Coluche, de Frédéric Dard ou de Michel Audiard est sur toutes les lèvres et peut désigner affectueusement le copain déconneur ou le plus sombre des crétins. Étant donné que l'expression populaire affirme qu'on est toujours le con de quelqu'un, gardons-nous de crier « Mort aux cons ! » de peur d'être foudroyé dans l'instant. De ce joli mot court, concis et imagé, on a fait des livres, des pièces, des films et des phrases…

RÉCRÉATION

- « Le jour où on mettra les cons sur orbite, t'as pas fini de tourner. » (Michel Audiard)
- « Les cons ça osent tout, c'est même à ça qu'on les reconnaît. » (Michel Audiard)

- « Il ne faut jamais prendre les gens pour des cons, mais il ne faut pas oublier qu'ils le sont. » (Les Inconnus)
- « Traiter son prochain de con n'est pas un outrage mais un diagnostic. » (Frédéric Dard)
- « Un groupe de loups, c'est une horde. Un groupe de vaches, c'est un troupeau. Un groupe d'hommes, c'est souvent une bande de cons. » (Philippe Geluck)

La machine à mesurer les cons

Le conomètre est un appareil servant à mesurer la bêtise humaine. Il en existe plusieurs types : linéique, surfacique et temporel. Un conomètre se compose généralement d'une bobine de fil noir (c'est préférable) ou blanc (c'est encore mieux). La bobine de fil ordinaire se place derrière le revers de la veste. S'il n'y a pas de veste, il faut en acheter une. S'il y en a une, il faut l'endosser. La bobine de fil se met derrière le revers, et il est très important de faire dépasser un centimètre de fil par la boutonnière de la veste. Ça ne rate jamais : il y a toujours un quidam pour dire « Tu as un bout de fil qui dépasse, je vais te l'enlever. » Il ne reste plus alors qu'à mesurer la quantité de fil débitée avant que le quidam ne s'arrête. Il s'agit donc d'un instrument de mesure très précis, qu'on appelle aussi parfois un conomètre à fil perdu.

Les mots de la fin

Les « mots de la fin » ont toujours fasciné les peuples. Ceux des hommes illustres, bien sûr. Savoir ce qu'à dit tel ou tel génie ou tel homme politique au moment de rendre l'âme a quelque chose d'émouvant… et parfois de drôle. Il est vrai que ces phrases sont parfois apocryphes, car famille et amis ont envie de faire un peu perdurer la gloire du disparu et lui inventent alors une répartie qui pourra trouver sa place dans l'histoire des bons mots. Nous aimerions penser qu'Alphonse Allais, Pierre Dac ou un autre a vraiment dit en exhalant son dernier souffle : « J'aurais aimé rabibocher les œufs brouillés », mais dans le doute, abstenons-nous de… douter et rendons hommage au dernier trait d'esprit de nos chères élites.

Quand le politique sait mourir

- « Quel artiste périt avec moi ! » (Néron)
- « Que je sois pendu si je ne suis pas en train de mourir ! » (Edward Thurlow, homme d'État anglais)
- « Pour mon enterrement, docteur, je ne veux que le strict nécessaire.

– Qu'entendez-vous par le "strict nécessaire" ?

– Moi ! » (Georges Clemenceau)

- « N'oublie pas, bourreau, de montrer ma tête au peuple, elle en vaut la peine ! » (Danton sur la guillotine)

Mon épitaphe : ça tombe bien !

Quelle promenade que celle que l'on peut faire dans les cimetières à la recherche des derniers traits d'humour laissés par nos ancêtres.

Shakespeare faisait peu de cas de l'esprit fétichiste, lui qui fit inscrire :

Ici, il n'y a qu'un tas d'ossements sans importance.

Passant, fous le camp !

Sur la tombe de Louise de Vilmorin, Julien Green a fait graver :

Au secours !

Sur une tombe anonyme dont le propriétaire devait cultiver l'humour :

Je vous l'avais bien dit que j'étais malade !

Du même tonneau, mais pas du même tombeau :

Je m'y attendais.

Le poète Jacques Du Lorens rendit hommage à son emmerdeuse de femme en faisant graver sur sa pierre :

Ci-gît ma femme : Oh ! qu'elle est bien,

Pour son repos et pour le mien !

Artistes jusqu'au bout

- « Tirez le rideau, la farce est terminée ! » (François Rabelais)
- « Je m'arrêterais de mourir s'il me venait un bon mot ou une bonne idée. » (Voltaire)
- « Ou c'est ce papier peint qui disparaît, ou c'est moi. » (Oscar Wilde)
- « Je m'ennuie déjà. » (Francis de Croisset)
- « Ah quel talent je vais avoir demain ! » (Hector Berlioz)
- Avisant les livres qui tapissaient les murs de sa chambre : « Tout ça ne vaut quand même pas une belle paire de fesses ! » (Paul Valéry)
- « Ne me regarde pas chérie, je ne suis plus un spectacle. » (Sacha Guitry)

Culture, mère de l'esprit

L'humour, l'esprit, on le sait, n'ont de réalité que pour des gens qui ont une culture commune. Par la langue quand il s'agit de jeux de mots ou d'idiomes se référant à notre Histoire, mais aussi par la culture générale de chacun. Sachez briller en société en citant vos sources à bon escient, et amusez la galerie en soulevant quelques lièvres amusants que proposent la langue française.

Vous êtes sûr que c'est de lui ?

Notre langue et nos facétieux auteurs ont accouché de tellement de bons mots qu'il arrive souvent que l'on attribue à l'un la réplique d'un autre. Ainsi, Sacha Guitry ou Jules Renard, grands réservoirs de pensées profondes, se sont vus attribuer des phrases qu'ils n'avaient jamais prononcées. Les Français, c'est bien naturel, aiment à fleurir leur conversation d'aphorismes ou de proverbes, mais sont incapables de citer leur véritable auteur. Voici un petit florilège pour vous aider à rendre à Jules ce qu'avait dit César.

- « Les absents ont toujours tort. » (Philippe Néricault Destouches, dans le premier acte de *L'Obstacle imprévu*)
- « L'appétit vient en mangeant, la soif s'en va en buvant. » (Rabelais, dans *Gargantua*)
- « Chacun son métier et les vaches seront bien gardées. » (Jean-Pierre Claris de Florian, dans la fable *Le Vacher et le garde-chasse*)
- « Chassez le naturel, il revient au galop. » (Philippe Néricault Destouches, dans l'acte III des *Glorieux*)
- « La critique est aisée et l'art difficile. » (Philippe Néricault Destouches, dans l'acte II des *Glorieux*)
- « Couvrez ce sein que je ne saurais voir. » (Molière, dans l'acte III de *Tartuffe*)
- « L'ennui naquit un jour de l'uniformité. » (Antoine La Motte-Houdar, dans la fable *Les amis trop d'accord*)
- « Et le jeu comme on dit, n'en vaut pas la chandelle. » (Corneille, dans l'acte I du *Menteur*)
- « L'exactitude est la politesse des rois. » (Louis XVIII)
- « Il ne faut pas être plus royaliste que le roi. » (Chateaubriand, dans *La Monarchie selon la charte*)
- « Partir, c'est mourir un peu. » (Edmond Haraucourt, dans *Rondel de l'adieu*)
- « Rira bien qui rira le dernier. » (Jean-Pierre Claris de Florian, dans la fable *Les deux paysans et le nuage*)
- « Si jeunesse savait… si vieillesse pouvait. » (Henri Estienne, dans *Les Prémices*)

Quatrième partie

Les arts au soleil : place aux humoristes

Dans cette partie…

Hormis les politiciens capables de saillies décapantes et les brèves de comptoirs qui enrichissent le quotidien des buveurs, le meilleur vecteur de l'humour reste tout de même les arts. Ces arts auxquels il faut bien rendre ce qui leur appartient : les artistes. Ils furent nombreux, et dans tous les domaines, à sillonner les chemins de l'humour, du théâtre de Molière à celui de Tardieu, du cinéma de Georges Méliès à celui de Woody Allen, des chansons paillardes aux chansons d'Anaïs, des effets de souffle du Pétomane aux facéties irrésistibles de Franck Dubosc. C'est ce grand voyage que nous allons entreprendre à travers l'esprit de ces artistes un peu zinzins qui sont les meilleurs garants de notre raison, et les plus beaux serviteurs de notre plaisir.

Chapitre 14

Théâtre, mon humour

Dans ce chapitre :

- L'humour dans le théâtre classique : de la farce à la comédie de caractères, sans oublier Shakespeare
- Le théâtre de boulevard : le vaudeville sous toutes les coutures
- Le théâtre de l'absurde : les caractéristiques de l'humour absurde et de ses auteurs (Ionesco, Beckett et Tardieu)

Vous êtes bien calé dans un fauteuil moelleux au tissu soyeux, votre regard embrasse la pièce aux lourds drapés rouges et aux lambris dorés, avec la rampe sous les feux des projecteurs et le rideau encore baissé, quand vous entendez distinctement trois coups frappés. Un sourire s'esquisse alors sur votre visage ; vous êtes prêt à tout entendre : comédies, farces et attrapes, vaudeville… pourvu qu'un rire puissant jaillisse de vos entrailles, vous plie en deux et vous fasse pleurer. Le rire ! Voici ce que de nombreux auteurs de théâtre cherchent depuis Aristophane. De Shakespeare à Laurent Ruquier en passant par Feydeau, provoquer le rire du public est le rêve de bien des auteurs. Que ne donneraient-ils pas pour entendre une déferlante gutturale secouer la salle, avant de venir saluer bien bas la foule en délire une fois le rideau tombé ? Mais comment s'y prennent-ils ? Une plongée dans l'Histoire du théâtre, des premières farces au théâtre de l'absurde en passant par le théâtre de boulevard, vous fera découvrir les différents genres comiques et toutes les combines et ficelles humoristiques de l'art de la représentation.

Maître Pathelin, le premier des farceurs

L'humour au théâtre ? Aristophane y avait déjà pensé, me direz-vous… Qu'à cela ne tienne, considérée comme la première pièce comique en France, *La Farce de Maître Pathelin* remet l'humour à l'ordre du jour vers 1460. Bien que des doutes existent toujours sur l'identité de l'auteur anonyme, Guillaume d'Alexis et François Villon (1431-1463) en revendiqueraient la paternité.

Emblématique du genre de la farce médiévale, cette pièce est constituée d'une suite de ruses et de friponneries. Les personnages sont, en effet, de réjouissantes canailles, au premier rang desquels Maître Pathelin et sa femme, qui essaient de duper Guillaume le drapier.

À malin, malin et demi

Aujourd'hui, l'adjectif « pathelin » désigne une personne fourbe et hypocrite.

L'écriture de *La Farce de Maître Pathelin*, en vers octosyllabiques, est très maîtrisée et émaillée de nombreuses expressions qui, par la suite, deviendront proverbiales, comme « À trompeur, trompeur et demi ».

Une bonne farce

Ancêtre des comédies modernes, la farce apparaît au Moyen Âge, vers le XIVe siècle. Pour la plupart issues de la tradition orale, les farces mettent en scène des personnages peu nombreux, appartenant au peuple (berger, artisan, avocat…). Cocasses et saugrenus, ces derniers cherchent constamment à ruser leurs prochains ; le trompeur devenant à son tour le trompé. L'aspect satirique de la farce s'inscrit dans une tradition française en dénonçant les vices des personnages, sans toutefois formuler de positions morales. L'intrigue est relativement simple, et les bons mots, gestes et insultes en constituent les principaux procédés humoristiques.

La farce se distingue de la fable par :

- L'introduction de didascalies (indications définissant le comportement du personnage, comme le ton de sa voix ou l'expression de son visage).
- Le jeu d'aparté (le comédien formule des pensées tout haut afin que le public les entende, ce qui crée une complicité entre les deux, aux dépens d'un autre personnage).
- L'emploi d'onomatopées ; dans l'extrait suivant, Maître Pathelin demande au berger de jouer le rôle d'un simplet lors d'un procès en ne répondant aux questions que par des bêlements !

La cueillette des « bées »

« Pathelin. – L'Agnelet, c'est maint agneaux de lait que tu lui as chapardé à ton maître ?

Le berger. – Par mon serment, il est fort possible que j'en aie mangé plus de trente en trois ans !

Pathelin. – Cela fait dix de rente pour tes dés et pour ta chandelle. (*À part*) Je crois que je vais lui jouer un bon tour. (*Haut*) Penses-tu qu'il puisse trouver sur pied des gens pour prouver tes dires ? C'est le point capital du procès.

Le berger. – Prouver, seigneur ? Sainte Marie ! Par tous les saints du paradis, il en trouvera dix pour un qui déposeront contre moi.

Pathelin. – C'est une circonstance qui peut faire le plus grand tort à ta cause. Voici ce à quoi je pensais : je ferai semblant de ne pas te connaître et de ne t'avoir jamais vu.

Le berger. – Dieu, vous ne ferez pas cela !

Pathelin. – Non, jamais de la vie ! Mais voici ce qu'il conviendra de faire. Si tu parles, on multipliera les questions pour que tu te coupes dans tes réponses. En de tels cas, les aveux sont si préjudiciables et nuisent tellement que ce sont des diables ! Voici donc qui arrangera les choses. Aussitôt qu'on t'appellera pour comparaître en jugement, tu ne répondras rien d'autre que "bée" quoi qu'on te dise, et s'il arrive qu'on te maudisse en te disant "Hé, cornard puant ! Que Dieu vous donne une mauvaise année, truand ! Vous moquez-vous de la justice ?", dis : "Bée". "Ha !" dirai-je, "il est simplet : il croit parler à ses bêtes", mais dussent-ils rompre leurs têtes, qu'aucun autre mot ne sorte de ta bouche ! Garde-t-en bien ! »

L'humour dans le théâtre classique

Les apports de la *commedia dell'arte* vont entraîner de grands changements dans le théâtre comique, en particulier en France où Molière s'applique à donner au genre ses lettres de noblesse. Les héritiers du maître, tels Carlo Goldoni (1707-1793), spécialiste de la comédie de caractère, ou Beaumarchais (1732-1799), le virtuose de l'intrigue, reprennent également, à leur façon, les tours des comédiens italiens pour développer la comédie de mœurs et la satire sociale. L'humour shakespearien n'est pas non plus oublié : les ressorts de ses comédies romantiques n'auront bientôt plus de secret pour vous.

La commedia dell'arte, ou Polichinelle et son tiroir

Genre théâtral populaire par excellence, la *commedia dell'arte* apparaît en Italie au milieu du XVIe siècle avec les premières troupes de comédiens professionnels, qui mêlent improvisations, chants, mimes, jongleries et acrobaties. Les intrigues de ces comédies sont le plus souvent centrées sur les rapports entre maîtres et domestiques, vieillards gâteux et jeunes pucelles, ou autour de vieux avares paranoïaques. En raison de son oralité, peu de pièces issues de la *commedia dell'arte* ont été conservées, hormis quelques canevas indiquant la trame d'une histoire et le caractère de ses personnages. Les comédiens introduisaient avec facilité une part d'improvisation dans leur jeu, le dialogue des pièces étant toujours sous-entendu par des situations-types, et l'enchaînement des répliques se faisant de façon quasi automatique.

À partir du XVIIe siècle, les troupes de comédiens professionnels italiens partent se produire à travers l'Europe et exercent une influence décisive sur le théâtre comique, en particulier en France où de nombreux dramaturges (dont Molière qui fréquentera longtemps les comédiens italiens) s'inspirent des techniques et des procédés humoristiques de la *commedia dell'arte*.

Les lazzi, liens fidèles

Des *lazzi* sont employés sur scène afin de créer des effets visuels comiques. Ce terme technique désigne à la fois des effets comiques verbaux (jeux de mots, allusions, double sens, onomatopées…) ou corporels (mimiques, grimaces, gestes, acrobaties…) que les comédiens utilisent à leur gré, selon le type de personnage joué. Repris ultérieurement par Molière dans une pure intention comique, le *lazzi* sert aussi à révéler la psychologie et le caractère des personnages.

Les personnages de la commedia dell'arte

La *commedia dell'arte* offre une galerie de personnages stéréotypés, qui chacun représente un statut social, une profession et un caractère type. On retrouve ainsi Pantalon le marchand (symbole du pouvoir et de la richesse), le Docteur (symbole du pouvoir intellectuel), la Sorcière, le Capitaine Matamore (qui représente l'Armée), Lélio et Isabelle (jeunes premiers aristocrates), Colombine (la suivante), ainsi qu'une ribambelle de valets aux différents traits de caractère. Pierrot est un valet naïf et honnête, Brighella est un aubergiste plutôt rusé, Polichinelle est fourbe, Arlequin est fantasque, tandis que Scaramouche est menteur quoique doté d'un bel esprit et d'une agilité de gymnaste. Des costumes et des masques spécifiques sont utilisés par les comédiens pour représenter chacun des personnages, accentuant l'importance du corps et de la gestuelle dans ce genre théâtral.

Collection Arlequin

Le plus connu des personnages de la *commedia dell'arte* reste Arlequin, le valet comique qui représente la fantaisie, l'action et la joie de vivre. Reconnaissable par son costume fait de losanges très colorés et dont la signification est multiple (certains y voient un patchwork de bouts de tissus misérables, d'autres un symbole des différentes facettes du personnage), le frétillant jeune homme porte aussi un chapeau aux bords relevés et des chaussures plates et légères lui permettant de bondir et d'accomplir des pirouettes. Notre coquin a, enfin, une batte à la main qui lui sert de gourdin. Arlequin est dépeint dans les premières pièces comiques comme un personnage paresseux et gourmand, un rustre naïf et balourd, avant de voir ses traits de caractère évoluer, devenant plus vif, rusé et cynique, tout en gardant son esprit enfantin.

Jean-Baptiste Poquelin : le Molière du rire

Allons maintenant à la rencontre de celui qui sut hisser la comédie, considérée comme un art mineur, au rang de la tragédie, en « peignant l'homme tel qu'il est ».

PORTRAIT

Après des débuts difficiles à la tête de sa troupe de théâtre, Molière, de son vrai nom Jean-Baptiste Poquelin (1622-1673), se met à écrire des farces, puis crée ses premières comédies. Il s'inspire à la fois de la tradition savante, dont Pierre Corneille (1606-1684) est l'une des personnes les plus emblématiques, mais aussi de la tradition populaire, sur le modèle de la *commedia dell'arte*. De retour à Paris, il se produit devant le Roi en 1658 dans une farce : *Le Docteur amoureux*. C'est un triomphe, et Molière peut désormais jouer ses pièces au théâtre du Petit-Bourdon, en alternance avec la troupe italienne Scaramouche. Il y joue notamment avec succès *Les Précieuses ridicules*, avant de s'installer au Palais-Royal en 1661. Il y crée une comédie-ballet (pièce mêlant danse, musique et dialogues), *Les Fâcheux*, ainsi que la comédie *Sganarelle ou le Cocu imaginaire*, puis ose s'attaquer au thème de la condition féminine dans *L'École des femmes*. Comme l'a dit notre ami Blaise, « un roi sans divertissement est un homme plein de misères » ; Molière est donc nommé responsable des divertissements de la Cour de Sa Majesté en 1664, et présentera à Versailles bon nombre de pièces à succès : *Dom Juan ou le Festin de pierre* (1665), *Le Misanthrope ou l'Atrabilaire amoureux* (1666), *Le Médecin malgré lui* (1666), suivi d'*Amphitryon* et de *L'Avare ou l'École du mensonge* en 1668. *Tartuffe ou l'Imposteur*, interdit de représentation par Louis XIV sous la pression des dévots, est finalement autorisé en 1669. Molière crée la même année des comédies-ballets en collaboration avec Jean-Baptiste Lully (1632-1687), dont *Le Bourgeois gentilhomme*, avant de présenter de nouvelles comédies comme *Les Fourberies de Scapin* (1671) ou *Les Femmes savantes* (1672). Sa dernière pièce, *Le Malade imaginaire*, ne sera pas représentée à la Cour, Molière ayant perdu les faveurs du roi. Il s'effondre lors de la quatrième représentation de la pièce, au Palais-Royal, et meurt quelques heures plus tard, le 17 février 1673.

Corneille, le nègre de Molière ?

En 1919, l'écrivain Pierre Louÿs (1870-1925) jette un pavé dans la mare en publiant un article intitulé : « Molière, un chef-d'œuvre de Corneille », où il tente de démontrer que suivant un procédé classique à l'époque, Molière serait le prête-nom de Corneille, utilisé pour écrire des pièces comiques. Le ver est dans le fruit. Régulièrement, la théorie remonte à la surface et les meilleurs spécialistes s'écharpent sur la question sans pouvoir véritablement assener la vérité, puisqu'il est vrai que les deux auteurs ont régulièrement travaillé ensemble.

Molière ou l'humour roi

« Corriger les mœurs par le rire » (*Castigat ridendo mores*, selon l'adage latin). Pour Molière, il s'agit de « corriger les hommes en les divertissant ». En appuyant sur les traits de caractère de certains de ses personnages, Molière dénonce les travers de la société française et de ses institutions. La justice, la médecine ou la Cour du Roi sont autant de sujets dont Molière s'inspire pour se moquer de la petitesse de chacun (avarice, préciosité, égocentrisme, goût du paraître…). Ses pièces sont à la fois des comédies de caractère, de mœurs, et des comédies d'intrigues où mille actions fourmillent.

Les trois genres comiques

Voyons maintenant quels sont les ressorts de l'humour moliéresque. Pour créer le rire, les procédés sont multiples : Molière joue à la fois sur le comique de mots (double-sens, choix de registre de langue), de gestes (postures, attitudes, mimiques) ou de si *Le Misanthrope* tuations (quiproquos, coups de théâtre, personnages cachés ou déguisés…).

Le comique de gestes

L'héritage du *lazzi* de la *commedia dell'arte* est particulièrement prisé de Molière qui introduit, par exemple, de nombreuses poursuites, bastonnades ou soufflets dans ses pièces. On se souvient ainsi des coups de bâton administrés à Sganarelle, Maître Jacques ou Géronte, ou de la gifle qu'Alain veut donner à Georgette (la suivante) et qui touche par erreur son maître Arnolphe dans *L'École des femmes*. Costumes et accessoires sont également des éléments essentiels au comique de gestes, et donnent des indications sur le caractère et le statut des personnages (l'extravagance ou le ridicule de Monsieur Jourdain, l'étudiant en « gentillhommerie » dans *Le Bourgeois gentilhomme*, ou de Mascarille dans *Les Précieuses ridicules*).

Le comique de mots

Molière aime à employer le comique de répétition dans ses dialogues, qui est une façon de montrer la monomanie de certains de ses personnages. Ainsi, dans *Le Bourgeois gentilhomme,* Monsieur Jourdain, obsédé par l'idée de devenir noble, ne cesse de répéter « gens de qualité ». L'expression est ensuite reprise par le tailleur, pour le flatter et l'inciter à acheter ses habits. Molière utilise également le comique de contraste afin de créer des déséquilibres et des inadéquations propices au rire. Il joue pour cela sur le décalage entre les niveaux de langue et les sujets traités, les statuts et les caractères de ses personnages. Arnolphe (dans *L'École des femmes*) et Mascarille (dans *Les Précieuses ridicules*) illustrent, par exemple, l'emploi du style héroïcomique. Le premier utilise un niveau de langage élevé, se prêtant de nobles aspirations amoureuses alors que ses préoccupations sont bien plus triviales, tandis que le deuxième parle de ses fourberies comme un général fier de sa victoire après une bataille.

Le comique de parodie

Molière manie le comique de parodie dans une intention satirique, afin de se moquer des mœurs contemporaines (*Les Précieuses ridicules*), du jargon médical (*Le Médecin malgré lui*) ou du théâtre tragique (*Le Misanthrope*).

L'avare, Prince, sans rire, de la comédie

ÉCLAIRAGE

Fortement inspirée de *La Marmite* de Plaute (voir le chapitre 1), *L'Avare ou l'École du mensonge* est une pièce en cinq actes écrite en prose. Elle met en scène Harpagon (dont le nom signifie crochet, voleur, en latin), le plus célèbre des avares, homme tyrannique et égoïste, paranoïaque et aimant davantage son argent que ses proches. Obsédé à l'idée qu'on puisse lui voler sa cassette remplie de dix mille écus d'or, il se défie de tous, y compris de ses propres enfants, Élise et Cléante. La pièce comporte pas moins de quatre actions : le mariage d'Élise, les mésaventures de Cléante, le remariage souhaité par Harpagon avec la belle Marianne, et enfin le vol de la cassette et ses conséquences. Insensible aux désirs de ses enfants, Harpagon voit finalement ses projets ruinés et finit seul, les doigts crispés sur sa cassette. Harpagon est également le représentant de la bourgeoisie, cette classe méprisée par les nobles mais qui s'enrichit considérablement sous Louis XIV. La pièce contient des scènes de farces, de quiproquos et des jeux issus de la *commedia dell'arte* qui amusent et éclairent le public sur les personnages en forçant certains traits de caractère. Le tour de force de Molière est donc ici de parvenir à faire rire le public avec une pièce à la tonalité sombre et aux personnages peu sympathiques.

Le quiproquo, un procédé du comique de situation

Molière en était féru. Créer le quiproquo, la méprise, le malentendu, entretenir la confusion entre deux personnages, chacun étant persuadé de parler de la même chose que l'autre. Voici un extrait du célèbre quiproquo de *L'Avare*, au moment où Harpagon accuse Valère du vol de sa cassette, tandis que ce dernier croit qu'il lui reproche son amour pour Élise, sa fille.

« Harpagon. – Approche : viens confesser l'action la plus noire qui jamais ait été commise. [...]

Valère. – De grâce, ne vous mettez pas en colère. Quand vous m'aurez ouï, vous verrez que le mal n'est pas si grand que vous le faites.

Harpagon. – Le mal n'est pas si grand que je le fais ! Quoi ? Mon sang, mes entrailles, pendard ?

Valère. – Votre sang, Monsieur, n'est pas tombé dans de mauvaises mains. Je suis d'une condition à ne lui point faire de tort, et il n'y a rien en tout ceci que je ne puisse bien réparer.

Harpagon. – C'est bien mon intention, et que tu me restitues ce que tu m'as ravi.

Mais voyez quelle insolence de vouloir retenir le vol qu'il m'a fait ! [...]

Valère. – Appelez-vous cela un vol ?

Harpagon. – Si je l'appelle un vol ? Un trésor comme celui-là !

Valère. – C'est un trésor, il est vrai, et le plus précieux que vous ayez sans doute, mais ce ne sera pas le perdre que de me le laisser. [...]

Harpagon. – Hé ! Dis-moi donc un peu : tu n'y as point touché ?

Valère. – Moi, y toucher ? Ah ! Vous lui faites tort, aussi bien qu'à moi ; et c'est d'une ardeur toute pure et respectueuse que j'ai brûlé pour elle.

Harpagon. – Brûlé pour ma cassette !

Valère. – J'aimerais mieux mourir que de lui avoir fait paraître aucune pensée offensante : elle est trop sage et trop honnête pour cela.

Harpagon. – Ma cassette trop honnête !

Valère. – Tous mes désirs se sont bornés à jouir de sa vue ; et rien de criminel n'a profané la passion que ses beaux yeux m'ont inspirée.

Harpagon. – Les beaux yeux de ma cassette ! Il parle d'elle comme un amant d'une maîtresse. »

Cela ne vous rappelle rien ?

Harpagon ou la folie de l'avarice

Célébrissime personnage du théâtre de Molière, Harpagon est le symbole de l'avare, du pingre aux doigts crochus, du Gripsous… Bref, c'est un personnage intemporel qui traverse le temps. Dans l'extrait suivant, Harpagon découvre la disparition de sa chère cassette et hurle sa colère dans un long monologue. Ici, le rire est suscité par le ridicule du personnage et le décalage entre sa réaction et la réalité.

« Au voleur ! Au voleur ! À l'assassin ! Au meurtrier ! Justice, juste ciel ! Je suis perdu, je suis assassiné ! On m'a coupé la gorge, on m'a dérobé mon argent ! Qui peut-ce être ? Qu'est-il devenu ? Où est-il ? Où se cache-t-il ? Que ferai-je pour le trouver ? Où courir ? Où ne pas courir ? N'est-il point là ? N'est-il point ici ? Qui est-ce ? Arrête ! (Il se prend lui-même le bras.) Rends-moi mon argent, coquin !... Ah ! C'est moi. Mon esprit est troublé, et j'ignore où je suis, qui je suis, et ce que je fais. – Hélas ! Mon pauvre argent, mon pauvre argent, mon cher ami, on m'a privé de toi ! Et, puisque tu m'es enlevé, j'ai perdu mon support, ma consolation, ma joie ; tout est fini pour moi, et je n'ai plus que faire au monde ! Sans toi, il m'est impossible de vivre. C'en est fait, je n'en puis plus, je me meurs, je suis mort, je suis enterré ! [...] Allons, vite, des commissaires, des archers, des prévôts, des juges, des gênes, des potences et des bourreaux ! Je veux faire pendre tout le monde ; et, si je ne retrouve mon argent, je me pendrai moi-même après ! »

Molière, le chahuteur de règles

Des comédies telles que *L'École des femmes, Dom Juan* ou *Tartuffe* connaissent un grand succès à la cour du roi Louis XIV, ce qui, dans la bonne société du XVIIe siècle où moralistes et théologiens dominent, n'est pas chose aisée. En effet, le rire, difformité du visage et de l'âme, est alors perçu par certains comme démoniaque et irrationnel. Molière parvient non seulement à imposer le genre de la comédie, mais n'hésite pas non plus à critiquer ceux qui considèrent la fameuse règle des trois unités (de temps, de lieu, d'action), ou le respect de la vraisemblance et de la bienséance comme des incontournables de l'art classique. On lui attribue notamment cette célèbre protestation : « Je voudrais bien savoir si la grande règle de toutes les règles n'est pas de plaire, et si une pièce de théâtre qui a attrapé son but n'a pas suivi un bon chemin ».

La patte de Molière est al dente

Humour satirique :

- « Elle est morte de quatre médecins et deux apothicaires ! » (*L'Amour médecin*)
- « Vite, voiturez-nous ici les commodités de la conversation. » (*Les Précieuses ridicules*)
- « Hors de Paris il n'y a point de salut pour les honnêtes gens. » (*Les Précieuses ridicules*)
- « Madame, ce m'est une gloire bien grande de me voir assez fortuné pour être si heureux que d'avoir le bonheur que vous ayez eu la bonté de m'accorder la grâce de me faire l'honneur de m'honorer de la faveur de votre présence ; et si j'avais aussi le mérite pour mériter un mérite comme le vôtre, et que le Ciel, envieux de mon bien, m'eût accordé... l'avantage de me voir digne... des... » (*Le Tartuffe*)

Humour philosophique :

- « On ne meurt qu'une fois, et c'est pour longtemps. » (*Le Dépit amoureux*)
- « Vous êtes un sot en trois lettres, mon fils. » (*Le Tartuffe*)
- « Sganarelle. – Monsieur, je vous dirai franchement que je n'approuve point votre méthode, et que je trouve fort vilain d'aimer de tous cotés comme vous faites.

  Don Juan. – Quoi ? Tu veux qu'on se lie à demeurer au premier objet qui nous prend, qu'on renonce au monde pour lui, et qu'on n'ait plus d'yeux pour personne ? La belle chose de vouloir se piquer d'un faux honneur d'être fidèle, de s'ensevelir pour toujours dans une passion, et d'être mort dès sa jeunesse à toutes les autres beautés qui nous peuvent frapper les yeux ! Non, non : la constance n'est bonne que pour des ridicules ; toutes les belles ont le droit de nous charmer, et l'avantage d'être rencontrée la première ne doit point dérober aux autres les justes prétentions qu'elles ont toutes sur nos cœurs. » (*Don Juan*)

Carlo Goldoni, l'héritier de la commedia dell'arte et de Molière

PORTRAIT

Fondateur de la comédie italienne moderne, Carlo Goldoni (1707-1793), cet héritier de la *commedia dell'arte* et de Molière, se met à écrire des comédies de caractères à partir de 1738 avec *L'Homme du monde*. Il se différencie cependant du dramaturge français par son optimisme et la légèreté des thèmes abordés dans ses pièces. Devenu l'auteur attitré du théâtre San Samuele de Venise, puis directeur du Teatro Sant'Angelo de Venise, il persévère dans l'écriture de comédies avec *Momolo courtisan* (1739), *La Brave Femme* (1744) ou *Arlequin, serviteur de deux maîtres* (1745). Parmi ses comédies de caractères qui font la part belle à des personnages types hauts en couleur, joués par des comédiens sans masque, *La Locanderia* (1753), *Le Carrefour* (1756), *La Villégiature* (1761) et *Baroufe à Chioggia* (1762) sont les plus connues. Face à lui, les partisans du théâtre classique et de la langue pure, comme le comte Carlo Gozzi (1720-1806), se déchaînent, formulant des critiques acerbes sur ses pièces qu'ils jugent triviales. Las de ces critiques et touché par la désaffection du public, Carlo Goldoni préfère s'exiler en France pour demeurer quelques années à la Comédie-Française. Il écrit en français une pièce au succès tardif pour le mariage de Louis XVI : *Le Bourru bienfaisant* (1771), suivi de *L'Avare fastueux* (1776), avant de se tourner vers l'enseignement de l'italien.

Le théâtre comique de Goldoni

Goldoni expose les principes théoriques de son art dans *Le théâtre comique*, délaissant les canevas de la *commedia dell'arte* pour des comédies écrites de bout en bout et s'inspirant de la réalité sociale. Il souhaite également « épurer » la *commedia dell'arte* en se concentrant sur l'intrigue de la pièce, plus fournie, et en évitant que les scènes ne soient trop entrecoupées de *lazzi*.

La comédie de caractères... bons et mauvais

Les comédies de Goldoni mettent l'accent sur les caractères des personnages. Ce sont souvent des personnages ordinaires qui représentent le peuple ou la bourgeoisie et sur lesquels Goldoni porte un regard moqueur, critiquant les vices de chacun sans toutefois se départir d'un humanisme profond. Défenseur des valeurs de l'honnête homme contre celles du bourgeois, il se rapproche, en cela, du théâtre de Marivaux (1688-1763). Les comédies de Goldoni écrites en France sont également remarquées pour leur ton anticlérical et leur critique de l'hypocrisie du clergé.

Le Jeu de l'amour et du hasard de Marivaux

Autre héritier de Molière, Marivaux (de son vrai nom : Pierre Carlet de Chamblain de Marivaux) a écrit pour les Comédiens Italiens, au début du XVIIIe siècle, des comédies au ton nouveau, attentives à la psychologie des personnages et utilisant un « langage de conversation ». *Le Jeu de l'amour et du hasard* en est l'illustration. Marivaux introduit dans cette pièce une comédie dans la comédie par l'inversion des rapports maîtres-valets, qui a également une valeur critique des rapports de domination. Mademoiselle Silvia, fille de Monsieur Orgon, se fait passer pour sa servante Lisette afin d'observer à son aise son prétendant Dorante, qui n'est autre qu'Arlequin, le valet de ce dernier. Les « jeux de l'amour et du hasard » se faisant, les jeunes gens se retrouvent pris à leur propre piège et déplorent, chacun de leur côté, le rang de celui ou de celle qu'ils courtisent, pour le plus grand plaisir du public qui, lui, connaît l'identité réelle des personnages. L'humour fonctionne aussi grâce aux quiproquos qui résultent de ces travestissements et des nombreux apartés joués par les personnages pour mettre le spectateur de connivence. Finalement, Dorante, le prétendu valet, apprend l'amour que Silvia lui porte et lui demande de l'épouser malgré son rang. Les masques tombent alors, et les quatre personnages s'avouent leur véritable identité. La pièce s'achève sur l'annonce des deux unions ; celle des maîtres et celle des valets.

Beaumarchais, le figaro qui ne rasait pas

Homme des Lumières, Beaumarchais (1732-1799) est autant connu pour sa vie romanesque que pour son œuvre théâtrale. Il a notamment écrit la trilogie *Le Barbier de Séville* (1775), *Le Mariage de Figaro* (1784) et *La Mère coupable* (1792), dans laquelle il met en scène son personnage type : Figaro. En héritier de la farce, de la *commedia dell'arte* et du théâtre de Molière, il crée des personnages plutôt gais de caractère et réputés pour leur franc-parler. Les comédies de Beaumarchais, toujours riches en rebondissements, se distinguent également par l'enchevêtrement de leurs intrigues et leurs effets de surprise. L'introduction de jeux de scène crée un effet comique et permet de tenir le public en haleine. Beaumarchais a, pour cela, recours au comique de mots, de gestes et de situations. À titre d'exemple, Figaro, personnage flamboyant, n'hésite pas à frapper du pied ou à se prosterner ventre à terre. L'auteur se plaît également à créer des situations burlesques avec de nombreuses usurpations d'identités, ou à jouer sur la mise en abyme. Ses personnages se mettent à leur tour à jouer la comédie, comme la comtesse qui feint d'être déçue par son mari dans *Le Mariage de Figaro*. Mais c'est surtout le comique de mots qui domine dans les pièces de Beaumarchais (jeux de mots, double sens, pastiche, calembour, apartés…).

Dans *Le Mariage de Figaro*, Antonio le jardinier affirme que sa « réputation est effleurée » parce que ses giroflées ont été écrasées… On y retrouve aussi un jeu d'aparté qui donne ce petit dialogue amusant entre le comte et la comtesse :

« Le Comte. – On l'oublie trop.

La Comtesse. – Ce ne sera pas moi.

Le Comte. – Ni moi.

Figaro (*à part*). – Ni moi.

Suzanne (*à part*). – Ni moi.

Le Comte. – Il y a de l'écho ici… »

La folle journée de Figaro

Pièce écrite en 1778, prémonitoire pour certains, *La Folle journée, ou le Mariage de Figaro* est une comédie de mœurs au mouvement endiablé. Beaumarchais met de nouveau en scène les personnages du *Barbier de Séville*, au premier rang desquels Figaro, figure enjouée et rusée, dans la lignée des valets de Molière. « Ce n'est pas moi qui mens, c'est ma physionomie » ose affirmer celui qui fait de la gaieté sa devise : « Je me presse de rire de tout, de peur d'être obligé d'en pleurer. » Beaumarchais en fait toutefois un valet obstiné, osant tenir tête à son maître. Il lui lance notamment cette réplique devenue culte : « Parce que vous êtes un grand seigneur, vous vous croyez un grand génie !… Noblesse, fortune, un rang, des places ; tout cela rend si fier ! Qu'avez-vous fait pour tant de biens ! Vous vous êtes donné la peine de naître, et rien de plus. Du reste homme assez ordinaire ! Tandis que moi, morbleu ! Perdu dans la foule obscure, il m'a fallu déployer plus de science et de calculs pour subsister seulement, qu'on n'en a mis depuis cent ans à gouverner toutes les Espagnes. » Tel sa devise : « Maître ici, valet là, selon qu'il plaît à la fortune ! », Figaro cherche à casser les barrières de classe et revendique sa liberté. Toutefois, il reprend du service auprès du comte Almaviva dans la pièce suivante (*La Mère coupable*). On est donc loin du héros révolutionnaire, sa présence dans la pièce visant avant tout à faire rire.

Un héros Figaro, ça ne marchera jamais !

Quand Beaumarchais publie *Le Barbier de Séville*, il note : « Comédie représentée et tombée le 23 février 1775 ». En effet, le soir de la première est un désastre. On rit à peine au premier acte, silence au deuxième, et sifflets au troisième. Il ajoute : « La plus triste soirée. Vous eussiez vu les faibles amis du *Barbier* se disperser, se cacher le visage ou s'enfuir, les femmes, toujours si braves quand elles protègent, enfoncées dans les coqueluchons jusqu'au panache et faisant des yeux confus, les hommes courant se visiter, se faire amende honorable du bien qu'ils avaient dit de ma pièce... C'était une désertion totale, une vraie désolation. Les uns lorgnaient à gauche en me sentant passer à droite, et ne faisaient plus semblant de me voir, ah dieux ! D'autres, plus courageux, mais s'assurant bien si personne ne les regardait, m'attiraient dans un coin pour me dire : "Eh ! Comment avez-vous produit en nous cette illusion ? Car il faut en convenir, mon ami, votre pièce est la plus grande platitude du monde". »

Shakespeare in laugh

Avant de quitter le théâtre classique, faisons un petit détour par l'Angleterre, du côté de chez William Shakespeare (1564-1616), pour goûter aux joies de la comédie romantique...

Les comédies du dramaturge

Le prince du drame sur scène sait aussi nous faire rire. On lui connaît dix-sept comédies, parmi lesquelles *Beaucoup de bruit pour rien, Le Marchand de Venise, Le Songe d'une nuit d'été* ou *La Mégère apprivoisée*. Les comédies *Mesure pour mesure* et *Tout est bien qui finit bien* se distinguent cependant par leur ton plus grave, et les dernières pièces de Shakespeare, notamment *La Tempête, Péricles, prince de Tyr* ou *Le Conte d'hiver*, se rapprochent du genre tragi-comique, ce qui rend leur classification délicate.

Figure 14.1 : Belle moustache, William !

Shakespeare s'appelait en réalité Shakespeare

La paternité des œuvres de Shakespeare a souvent été l'objet d'interrogations… Certains spécialistes pensent que le philosophe Francis Bacon (1561-1626) en est le véritable auteur. D'autres noms ont été avancés, comme celui du comte de Derby, d'Oxford, de Rutland, d'Essex ou même celui de la reine Elisabeth. On attribue également l'œuvre de Shakespeare à certains dramaturges comme Christopher Marlowe (1564-1593) ou Robert Greene (1558-1592). Au total, la liste des prétendants à la création d'une partie ou de la totalité des œuvres de Shakespeare est longue d'une cinquantaine de noms. Il est, en effet, difficile de déterminer les textes écrits de la main du maître, à une époque où les collaborations entre auteurs étaient fréquentes. Alphonse Allais s'est plu à souligner la vanité de ces querelles d'école en écrivant : « Shakespeare n'a jamais existé. Toutes ses pièces ont été écrites par un inconnu qui, d'ailleurs, s'appelait Shakespeare. »

Humour contre puritanisme

Shakespeare utilise l'humour comme un moyen de s'opposer aux puritains de l'époque, qui qualifiaient le théâtre ou toutes autres formes d'art dramatique de « foyer satanique de la tentation », notamment à travers le personnage de Melvolio dans *La Nuit des rois*, décrit par Maria comme une personne ayant « des façons de puritain ». Son ego suraffirmé, son autosatisfaction, sa préciosité et son arrogance y sont tournés en dérision. Sir Toby, bon vivant, demande ainsi à Melvolio : « Crois-tu donc qu'à cause de ta vertu il n'y aura plus de brioches ni de bamboches ? »

Shakespeare dans le texte

Les comédies de Shakespeare ont été écrites sous le règne de la reine Elisabeth Ire, entre 1558 et 1603, et respectent donc quelques convenances du théâtre élisabéthain. Les personnages évoluent dans un monde ordonné par les dieux, dont la transgression les propulse dans un univers chaotique. Seul le retour à la raison les sauvera.

Les comédies shakespeariennes ont plusieurs caractéristiques :

- Le dénouement heureux rime avec « *happy wedding* » ou « *just married* », puisque bon nombre de ses pièces se terminent par un mariage sur le mode : « Ils vécurent heureux et eurent de nombreux enfants… »
- Les rôles principaux sont tenus par de jeunes gens, placés sous l'influence des dieux et oscillant entre l'amour (Apollon) et l'hybris (Dionysos). L'intrigue de la pièce se noue autour de ces conflits internes de personnalités, ainsi qu'autour des nombreux obstacles extérieurs aux personnages, qui leur sont souvent tendus par leurs aînés.

- Des servantes ou valets rusés ne sont pas non plus en reste et n'hésitent pas à ajouter leur grain de sel à l'histoire.
- L'élément pastoral est présent (les personnages idéalisant la vie champêtre), mais parodié de manière à rendre un effet comique.

To marry or not to be married, that is the question !

Beaucoup de bruit pour rien est une pièce publiée en 1600. Elle se rapproche du genre de la comédie romantique par son alternance entre les scènes d'humour et les scènes plus émouvantes. La pièce se distingue néanmoins par l'introduction de dialogues décapants entre Béatrice et Bénédict, un des deux couples de la pièce autour duquel se noue une histoire d'amour. Le public est très vite captivé par leur verve étourdissante aux calembours parfois grivois et aux métaphores poétiques. Shakespeare joue, pour cela, sur l'opposition des caractères et des statuts (Béatrice étant plus excentrique et Bénédict plus soucieux de son honneur).

Boulevard du rire

À côté du « grand théâtre » (celui des tragédies classiques), existe une tradition du théâtre populaire. « C'est vivant, ça saute, ça remue » écrivait Jacques Prévert (1900-1977) dans *Les Enfants du paradis* pour qualifier ce théâtre de boulevard, qui s'est, comme son nom l'indique, développé le long des grands boulevards parisiens dès la fin de l'Empire, et dont le vaudeville est le genre le plus emblématique. À la fin du XIXe siècle, des pièces mettant en scène Napoléon (comme *Madame Sans Gêne* de Victorien Sardou et Émile Moreau) connaissent un grand succès.

Tristan Bernard, Georges Courteline et Georges Feydeau reprennent le flambeau au tournant du XXe siècle, avec une verve plus vigoureuse et plus décidée que jamais. Le vaudeville atteint alors son apogée. Des pièces drôlatiques aux personnages hétéroclites et loufoques, comme *La Dame de chez Maxim* de Feydeau, dépeignent ainsi la vulgarité des fêtards et des cocottes de la Belle Époque.

Le vaudeville, c'est quoi au juste ?

Comédie de mœurs au dénouement heureux qui inscrit ses personnages dans leur milieu social, le vaudeville met souvent en scène des bourgeois, dont la médiocrité est tournée en ridicule autour du triptyque obligé : le mari trompé, la femme rouée et l'amant empêtré. Avec des procédés qui se rattachent à la parodie et une mise en scène légère, le vaudeville est fait de nombreux rebondissements, quiproquos et anecdotes, plongeant les personnages dans des situations burlesques.

La recette d'une bonne blanquette de veau-de-ville à l'ancienne

Ingrédients : servante, valet, homme, femme, amant, maîtresse, placard, lit, rebondissements, infidélité, histoire de mœurs, satire sociale, burlesque…

Bien faire revenir le quiproquo jusqu'à ce que les personnages soient dorés. Saupoudrer de 2 ou 3 cuillères de méli-mélo. Bien remuer. Ajouter plusieurs verres de chassé-croisé et battre à un rythme effréné. Mettre 2 cubes d'anticonformisme et 1 soupçon d'impertinence. Ajouter la femme et couvrir l'amant jusqu'à ébullition. Laisser mijoter le mari à feu très doux environ 1h30 à 2h sans cesser de remuer. Couper les bourgeois en rondelles, puis napper d'intrigues amoureuses, et décorer avec quelques affaires d'argent. Si nécessaire, délayer avec de la poudre d'excentricité.

Ciel mon mari !

Le vaudeville évoluera beaucoup à travers le temps et en fonction des auteurs.

À l'origine, le vaudeville est une chanson gaie célébrant la boisson ou une satire inspirée d'anecdotes de circonstance. Puis au début du XVIIIe siècle il subit une transformation qui s'opère au théâtre, et en particulier à Paris. Le dissipé précurseur du genre serait un certain Lesage (1668-1747), auteur de la pièce *Turcaret* (1709). Le nom de Pierre-Antoine-Augustin, chevalier de Piis (1755-1832) figure également aux origines du genre théâtral. Ce dernier est notamment l'auteur de *La Bonne femme*, une parodie d'*Alceste*, ainsi que d'une vingtaine de vaudevilles écrits en collaboration avec Pierre-Yves Barré (1749-1832), et dont les dialogues sont chantés. Alain-Réne Lesage, Louis Fuzelier (v. 1672-1752) et Jacques-Philippe d'Orneval, dit Dorneval (?-1766) écrivent également des pièces où les dialogues alternent avec des parties chantées pour le Théâtre de la Foire, à l'occasion des spectacles donnés pendant les foires annuelles.

Au début du XIXe siècle, l'œuvre d'Eugène Scribe (1791-1861), qui comprend plus de 400 titres dont certaines comédies-vaudeville, rencontre un très grand succès et permet au genre de s'installer durablement sur les scènes de théâtre. Sous la Restauration, les représentations vite montées se multiplient dans les théâtres parisiens (jusqu'à vingt par soir), mais sont aussi vite oubliées. Le vaudeville est également affaire d'entente ; on l'écrit souvent à deux ou trois. Ainsi, Félix-Auguste Duvert (1795-1876) et Augustin de Lauzanne (1805-1877) offriront au public *Harnali, ou la Contrainte par cor* (1830), parodie du *Hernani* de Victor Hugo. Le vaudeville est ensuite adopté sous le Second Empire par des auteurs comme Eugène Labiche, dont les pièces seront représentées au Palais-Royal.

Les yeux de Labiche... Eugène

À ceux qui lui demandaient d'expliquer sa drôlerie, Eugène Labiche (1815-1898) répondait : « La nature de mon talent, si talent il y a, est que ce que certains voient triste, moi je le vois gai, ce n'est pas ma faute, j'ai l'œil comme ça, je ne peux pas prendre l'homme au sérieux. »

Eugène Labiche s'essaye à la comédie, et plus précisément aux vaudevilles et aux farces, à partir de 1837, accompagné de ses deux compères Auguste Lefranc (1814-1878) et Marc-Michel (1812-1868), sous le pseudonyme collectif de Paul Dandré. La plupart du temps écrites à plusieurs mains, ses « roustissures », comme il les appelait, connaissent un grand succès dans les années 1860. Observateur lucide, Eugène Labiche ne se réclame pas de la « haute comédie » versifiée, dans la tradition de Molière, mais décide de se tourner vers la comédie de mœurs. La Comédie-Française, qui n'avait pas accepté ses pièces de son vivant, inscrira finalement à son répertoire *Le Voyage de monsieur Perrichon, Un chapeau de paille d'Italie, Un jeune homme pressé* et *Le Plus Heureux des trois*. Il continuera à écrire jusqu'à la fin des années 1870.

Labiche en titres

Quelques titres parmi les deux cent qui égrènent la production de cet auteur prolifique. Si on ne prenait pas garde, on pourrait penser qu'il s'agit-là des titres des aventures du commissaire San-Antonio de Frédéric Dard.

- *La Cuvette d'eau* (1837)
- *Les Circonstances atténuantes* (1842)
- *L'École buissonnière* (1845)
- *Rocambole le bateleur* (1846)
- *La Chasse aux jobards* (1847)
- *Histoire de rire* (1848)
- *Une dent sous Louis XV* (1849)
- *La Femme qui perd ses jarretières* (1851)
- *Ôtez votre fille, s'il vous plaît* (1854)
- *Si jamais je te pince !...* (1856)
- *Je croque ma tante* (1858)
- *En avant les Chinois !* (1858)
- *Le Voyage de monsieur Perrichon* (1860)
- *Les Vivacités du capitaine Tic* (1861)
- *La Poudre aux yeux* (1861)
- *La Station Champbaudet* (1862)
- *La Cagnotte* (1864)
- *Un mari qui lance sa femme* (1864)
- *La Clé* (1877)

Quelques mots du maître de l'incongru

- « Dès que le cœur d'un grand homme cesse de battre, on donne son nom à une artère. »
- « J'ai fini par m'apercevoir que je n'étais plus le seul à partager la fidélité de mon épouse. »
- « Les chanceux sont ceux qui arrivent à tout ; les malchanceux, ceux à qui tout arrive. »
- « Au cimetière de la gloire, il n'y a pas de concession à perpétuité. »
- « Je fais des pièces et ma femme des scènes. »

Georges Feydeau, quand la réplique devient un art

Georges Feydeau (1862-1921) est l'un des auteurs français ayant porté l'art du vaudeville à son sommet, produisant une quantité impressionnante de pièces, à la mécanique des mots bien huilée. Le supposé fils de Napoléon III (selon ses propres dires) signe son premier vaudeville (*Par la fenêtre*) en 1882. Ses pièces sont remarquées du public par leur rythme endiablé et les ressorts comiques du texte, qui tourne toujours autour du thème de l'adultère. Les rencontres saugrenues et involontaires entre les personnages et les multiples jeux de scène aux ficelles parfois un peu grosses et éculées rendent également cet effet comique. Feydeau a un grand talent pour mettre en scène des personnages atypiques, à l'accent prononcé ou jargonnant, tels un bègue, un prince slave ou un Belge…

L'essence du mot

Feydeau était réputé pour avoir, dans la vie de tous les jours, beaucoup d'humour ; un humour à froid. Il était connu pour « faire des mots ».

- Un de ses collègues avait la réputation d'emprunter ses mots pour se les approprier. Alors Feydeau disait : « Quand ce monsieur passe dans les restaurants, il demande toujours : "Est-ce qu'on n'a pas laissé un mot pour moi ?". »
- Un autre jour, une comédienne roumaine, ou polonaise, lui dit (en roulant les r) : « Ah, Maître, je vous ai joué partout, à Varsovie, à Cracovie, à Rome, en Allemagne… Je vous ai joué… » Il la regarde et lui répond : « Bah ! Je ne vous en veux pas ! »

Quelques pièces :

- *Champignol malgré lui* (1892)
- *Un fil à la patte* (1894)
- *Le Dindon* (1896)
- *La Dame de chez Maxim* (1899)
- *La Main passe* (1904)
- *La Puce à l'oreille* (1907)
- *Occupe-toi d'Amélie* (1908)
- *On purge bébé* (1910)
- *Mais n'te promène donc pas toute nue !* (1912).

Une mécanique bien huilée

« Faites sauter le boîtier d'une montre et penchez-vous sur ses organes : roues dentelées, petits ressorts et propulseurs. C'est une pièce de Feydeau qu'on observe de la coulisse. Remettez le boîtier et retournez la montre : c'est une pièce de Feydeau vue de la salle – les heures passent, naturelles, rapides, exquises. » (Sacha Guitry)

On ne s'endort pas avec Feydeau... deau !

Prince de la réplique, ses bons mots se comptent pas milliers.

Il sait être philosophe :

- « L'argent ne fait pas le bonheur. C'est même à se demander pourquoi les riches y tiennent tant. »

Il sait être gourmand :

- « Il n'y a plus d'anthropophages dans le pays depuis que nous avons mangé le dernier. »

Il sait être lucide :

- « Si cela entre par une oreille et que cela sort aussitôt par l'autre, c'est parce que, entre les deux, il n'y a rien pour le retenir. »
- « Ma seule gymnastique, c'est d'aller aux enterrements de mes amis qui faisaient de la gymnastique pour rester en bonne santé. »

Il sait être cocu :

- « Si les maris permettaient un ou deux amants à leur femme pour qu'elle puisse comparer, il y aurait beaucoup plus de femmes fidèles. »
- « Certains maris ne sont bons qu'à être cocus, et encore faut-il que leur femme les aide. »
- « Quel dommage qu'on ne puisse pas avoir un amant sans tromper son mari. »
- « Dans n'importe quel ménage, quand il y a deux hommes, c'est toujours le mari qui est le plus laid. »

Il sait être macho :

- « Il n'y a rien de menteur comme un homme, si ce n'est une femme. »
- « L'homme est fait pour la femme. La femme est faite pour l'homme… surtout en province, où il n'y a pas de distraction. »
- « Quand une femme parle, c'est pour ne rien dire, donc, quand elle ne dit rien, c'est qu'elle parle. »
- « La mère fait des ménages, la fille les défait. »

Georges Courteline, l'anti ronds-de-cuir

PORTRAIT

Enfant de la butte (Montmartre) par excellence, Georges Courteline (1858-1929) en vint presque à nier sa naissance à Tours. Il fait quelques études à Meaux et le voilà précipité au 13e régiment de chasseurs à cheval où il croise *Les Gaîtés de l'escadron*. Il joue les benêts pendant quatorze mois avant d'être réformé. Il entre ensuite dans l'administration : celle des Cultes. Son sens de l'observation lui donnera toute la documentation nécessaire pour ses futures pièces, où il s'en donne à cœur joie contre ces *Messieurs les ronds-de-cuir* et ces messieurs les militaires.

LE SAVIEZ-VOUS ?

Le terme rond-de-cuir qui, depuis Courteline, décrit le fonctionnaire poussif et procédurier, vient de ces petites pièces de cuir qu'on cousait aux coudes des vestes pour en empêcher l'usure.

Courteline par Guitry

« Il n'était pas spirituel, il était drôle – même, il était risible. Il était un de ses personnages. Il était petit, il était laid, il ne donnait pas l'impression d'un homme soigné. Il était vêtu d'une façon singulière – mais je ne suis pas éloigné de penser qu'il devait se trouver élégant. Il avait une voix perchée et criarde qui rendait plus drôles encore les choses qu'il disait.

Il disait, en vérité, tout ce qui lui passait par la tête. Or, il lui passait par la tête les idées les plus imprévues, les plus folles, les plus cocasses, les plus profondes – et, tout ce qu'il disait, il le disait le plus sérieusement du monde et sans jamais sourire. »

Petit, petit, petit…

Le vrai nom du dramaturge était Moinaux. Son pseudonyme vient, selon lui, du *Roman de Renart* où le moineau se nomme Courteline. L'auteur craignait-il d'être traité de drôle d'oiseau ? Son père Joseph Moinaux était un humoriste en vogue pendant le Second Empire, qui œuvrait au journal satirique *Le Charivari*. Il eut son heure de gloire avec trois livres inspirés de ses souvenirs.

Les (ana)thèmes de prédilection de Courteline

Comme l'écrit Jean Dutour, de l'Académie Française : « Il ne connaissait que trois sujets : l'armée, les bureaux et les femmes, mais il les connaissait à fond. » En effet, il a pratiqué les trois. Quand on y songe, c'est énorme. Avec son sens de la caricature, de la bouffonnerie et de l'humour noir, Courteline réussit à faire hurler de rire tous les publics. Il entre à l'Académie Goncourt en 1926.

Plaisanterie de bistrot

Peu de gens savent que Courteline est le créateur du conomètre (cité dans le chapitre 13, avec un autre mode de mesure : bobine de fil). Il s'agit d'un instrument tout à fait essentiel : un tube de verre gradué de 10 à 50, rempli d'alcool coloré, qui est relié par un long tuyau en caoutchouc au sous-sol. Le jeu consistait à faire tenir le tube par un « cobaye ». Dès lors, selon un langage convenu avec Courteline, un complice soufflait pour faire monter l'alcool dans le tube. En fonction de la victime, le comparse pouvait souffler très fort. Le patron du bar, ignorant la supercherie, passa l'épreuve et se trouva… éclaboussé !

Philosophie personnelle

Bougon comme pas deux, il notait dans un petit carnet toutes les bonnes ou mauvaises pensées qui lui passaient par la tête… Quelle tête !

- « S'il fallait tolérer aux autres tout ce qu'on se permet à soi-même, la vie ne serait plus tenable. »
- « Passer pour un imbécile aux yeux d'un idiot est une volupté de fin gourmet. »

- « La femme ne voit jamais ce que l'on fait pour elle, elle ne voit que ce qu'on ne fait pas. »
- « Je ne sais pas de spectacle plus sain, d'un comique plus réconfortant, que celui d'un monsieur recevant de main de maître une beigne qu'il avait cherchée. »

Allez, au coin !

On se souvient de l'adjudant Flick, sous-officier optu qui veut envoyer tout le monde au « trou » sous les prétextes les plus abscons qui soient. Gageons que le cavalier Moinaux faisait parler ses souvenirs.

- « Deux jours de police au brigadier La Guillaumette pour avoir pris le soleil dans une glace et l'avoir violemment jeté à la figure de son sous-officier. »
- « Huit jours au cavalier Gueswiller pour avoir, sur le passage du brigadier Cannart, imité le cri de cet animal. » (Quel zeugma !)

Sacha Guitry, le roi du boulevard

Sacha Guitry (1885-1957) fait partie de ces hommes rares qui auraient pu se trouver dans tous les chapitres de ce livre (ou presque). Il est l'homme d'esprit par excellence. Amoureux des arts, des artistes, des femmes, de la France, de la langue, il fit des livres, il fit des films (beaucoup), mais sa passion première fut et sera jusqu'à la fin le théâtre ; ce théâtre multiple où il excella.

L'homme de théâtre

« Le jour où l'on vous traitera de parvenu, tenez pour certain le fait que vous serez arrivé », disait celui qui s'impose très vite, dès le début du XXe siècle, comme le roi du boulevard. Né à Saint-Pétersbourg le 21 février 1885, Sacha Guitry est un dramaturge précoce : il signe sa première pièce (*Le Page,* opéra-bouffe en un acte) à l'âge de seize ans seulement. L'influence de son très célèbre acteur de père (Lucien Guitry) et de ses amis (Jules Renard, Alfred Capus, Tristan Bernard, Alphonse Allais) est déterminante pour le jeune Sacha, qui baigne dès son plus jeune âge dans le milieu du théâtre, où bons mots, traits d'esprit et ironie fleurissent.

Une bête de sommes… rondelettes

Ce touche-à-tout prolifique laisse au terme de sa longue carrière une œuvre monumentale : de son travail théâtral reste ainsi plus d'une centaine de pièces (128 exactement), qui balaient tout le registre comique (comédie, comédie musicale, opéra-bouffe, revue, féerie…). Bien que privilégiant le vaudeville, Sacha Guitry ne néglige aucun genre. Ses pièces sont à la fois différentes sur la forme (écrites en vers ou en prose, en un ou en plusieurs actes) et sur le fond (comédie, drame passionnel, pièces historiques et biographiques…).

Quelques pièces qui valent de l'or

- *Nono* (1905)
- *Chez les Zoaques* (1906)
- *L'Illusionniste* (1917)
- *Deburau* (1918)
- *Mon père avait raison* (1919)
- *Je t'aime* (1920)
- *Le Comédien* (1921)
- *On ne joue pas pour s'amuser* (1925),
- *Désiré* (1927)
- *Monsieur Prudhomme a-t-il vécu ?* (1931)
- *Le Nouveau Testament* (1934)
- *Quand jouons-nous la comédie ?* (1935)
- *Le Mot de Cambronne* (1936)
- *Quadrille* (1937)
- *Talleyrand ou le Diable boiteux* (1948)

Guitry, l'humour et les femmes

Charmeur invétéré, il écrit des pièces pour chacune de ses cinq épouses, dont les actrices Yvonne Printemps (1894-1977) et Jacqueline Delubac (1907-1997). Il n'y a pas eu plus grand amoureux des femmes que celui qu'on traita de misogyne. On oublie trop souvent que la quantité incroyable de bons mots qu'il fit sur la gent féminine sont tirés de ses pièces.

MOTS D'AUTEUR

- « Une femme doit avoir trois hommes dans sa vie :

  – un de soixante ans pour le chèque,

  – un de quarante ans pour le chic,

  – et un de vingt ans pour le choc. »
- « Si le plus grand plaisir des hommes est de se payer le corps des femmes, le plus grand plaisir des femmes est de se payer la tête des hommes. »
- « C'est entre trente et trente-et-un ans que les femmes vivent les dix meilleures années de leur vie. »
- « Si les femmes savaient combien on les regrette, elles partiraient plus vite. »

- « C'est une erreur de croire que les femmes peuvent garder un secret. Elles le peuvent mais elles s'y mettent à plusieurs. »
- « Il y a deux sortes de femmes : celles qui sont jeunes et jolies et celles qui me trouvent encore bien. »
- « Le meilleur moyen de faire tourner la tête à une femme, c'est de lui dire qu'elle a un joli profil. »
- « Si elle est en retard, c'est qu'elle viendra. »
- « L'homme qui a réussi est celui qui peut gagner plus qu'une femme peut dépenser ; la femme qui a réussi est celle qui est arrivée à trouver un tel mari. »
- « Nous cessons de les aimer quand elles ne savent plus par quel bout nous prendre. »

Sensibilité à fleur d'impôt

Une année que le fisc lui réclamait des impôts qu'il jugeait indignes (c'était la rançon de son goût immodéré pour les œuvres d'art), il répliqua au ministre Edgar Faure : « Louis XIV n'a jamais demandé à Molière de payer des impôts ! »

L'homme de cinéma

Parallèlement à son travail de dramaturge, Sacha Guitry réalise une grande carrière au cinéma. Il tourne son premier long-métrage (*Pasteur*) en 1935, suivi du *Roman d'un tricheur* (1936) et de *Mon père avait raison* (1936). Il ne cessera pratiquement plus de tourner jusqu'à sa mort en 1957, adaptant au grand écran bon nombre de ses propres pièces. Il se fera une spécialité des grandes fresques historiques comme *Napoléon* (1955), *Si Versailles m'était conté…* (1953), *Les Perles de la couronne* (1937), ou *Deburau* (1951).

Le petit musée amusant

Grand collectionneur et véritable amoureux des œuvres d'art, Sacha Guitry possédait un petit musée personnel tout à fait étonnant, qui ne manquait pas d'un certain humour. On y trouvait :

- Le gilet de Marat (avant qu'il ne rentre dans la baignoire)
- Le jabot de Robespierre encore tâché de sang
- La baguette du chef d'orchestre Toscanini
- La canne de Courteline
- Le pinceau de Monet
- L'encrier dont Victor Hugo se servit pour écrire *L'Année terrible*
- La robe de chambre et la bague de Flaubert
- L'original d'*Athalie* avec une dédicace autographe de Racine
- Un exemplaire original de *L'École des femmes* avec une note de la main même de Molière.

Les mots éternels

Sacha Guitry nous a quitté en 1957, mais il a laissé derrière lui non seulement une œuvre théâtrale et cinématographique remarquable, mais surtout ce symbole de l'élégance et du panache de l'esprit français.

MOTS D'AUTEUR

- « Quel jour avez-vous été arrêté ?

  – Le jour de la Libération. »
- « Mon nom était fait, je me suis fait un prénom. »
- « Si ceux qui disent du mal de moi savaient exactement ce que je pense d'eux, ils en diraient bien davantage. »
- « Il y a des gens sur qui on peut compter. Ce sont généralement des gens dont on n'a pas besoin. »
- « Il y a des gens qui parlent, qui parlent jusqu'à ce qu'ils aient quelque chose à dire. »
- « Les directeurs de théâtre croient qu'ils sont intelligents quand ils ont des succès. Et quand ils ont un four, ils croient que le public est idiot. »
- « J'ai pris mon rhume en grippe. »
- « Regrettez-vous votre crime ?

  – Oui, si vous me condamnez. »

La belle avenue du Boulevard

Après la Seconde Guerre mondiale, malgré la place de plus en plus prépondérante du cinéma dans le cœur des spectateurs, le théâtre de divertissement ne faiblit pas. L'incroyable succès de la série « Au théâtre ce soir » le prouve, ainsi que les raz-de-marée provoqués par deux pièces mythique : *Oscar* et *La Cage aux folles*.

Au théâtre ce soir

Entre 1968 et 1984, la télévision offre, sous l'initiative du journaliste et producteur Pierre Sabbagh (1918-1994), une série de captations théâtrales des meilleures pièces de boulevard, contemporaines ou classiques, jouées au théâtre Marigny. Pendant seize ans, chaque semaine, le théâtre humoristique s'invite dans les foyers français, pour la plus grande joie des téléspectateurs. Qui ne se souvient des décors de Roger Harth (1927-1982) et des costumes de Donald Cardwell (1935-2004), ou des délires de Jacqueline Maillan (1923-1992), Robert Hirsch (né en 1925), Jean-Pierre Darras (1927-1999) et de centaines d'autres comédiens merveilleux ?

Une idée de génie

C'est au cours d'une grève prolongée de l'ORTF, en mars 1965, que l'idée de cette émission est née. Pour pallier l'absence de programmes, les directeurs de la programmation demandent à leurs collègues de la télévision belge (la RTBF) s'ils ont quelque chose à leur proposer en dépannage. Ceux-ci leur proposent une pièce avec Bourvil, *La Bonne planque*, enregistrée l'année d'avant au Théâtre du vaudeville, à Bruxelles, et qui, lors de sa diffusion en Belgique, a obtenu un énorme succès. Les jours suivant la diffusion, l'ORTF est submergée de courrier : des milliers de lettres qui sont unanimes : « Jamais on n'a autant ri en regardant la télévision ! On en veut d'autres ! ». Pierre Sabbagh décide alors de continuer l'aventure.

Quelques pièces

Pièces classiques ou contemporaines se succédèrent sur la scène du théâtre Marigny :

- *La Perruche et le poulet* de Robert Thomas
- *Le Minotaure* de Marcel Aymé
- *Le Don d'Adèle* de Pierre Barillet et Jean-Pierre Grédy
- *Noix de coco* de Marcel Achard

- *La Main passe* de Georges Feydeau
- *Les Œufs de l'autruche* d'André Roussin
- *Fric-Frac* d'Édouard Bourdet
- *Les affaires sont les affaires* d'Octave Mirbeau
- *La Facture* de Françoise Dorin
- *Folle Amanda* de Pierre Barillet et Jean-Pierre Grédy
- *Treize à table* de Marc-Gilbert Sauvajon

Oscar, le chef-d'œuvre du vaudeville

C'est en 1958 que l'auteur et scénariste Claude Magnier (1920-1983) lâche une véritable bombe sur la scène du boulevard français. Elle s'intitule *Oscar*. La pièce a une mécanique admirablement huilée, comme peuvent l'être les vaudevilles de Feydeau. Quiproquos, rebondissements, dialogues percutants ; tout est au rendez-vous pour que Louis de Funès s'attaque au rôle. L'acteur emmène la pièce vers le triomphe, et fera 600 représentations entre 1959 et 1960. Un succès tel qu'Édouard Molinaro l'adaptera pour le cinéma en 1967. Pour Louis de Funès : « Certaines critiques ont dit que la pièce n'était pas grand-chose et que c'était grâce à moi, pas du tout, c'est une véritable pièce en bronze, aussi forte qu'une pièce d'Anouilh ».

Conflit de génération

La fille de la maison essaye d'apprendre une « bonne » nouvelle à son père (joué par Louis de Funès) :

« La fille. – Mon petit papa, il y a quelque chose qui va te faire tomber des nues.

Le père. – J'en tombe depuis ce matin.

La fille. – Papa... Nous l'appellerons Blaise.

Le père. – Qui ça ?

La fille. – Son enfant.

Le père. – L'enfant de qui ?

La fille. – Le nôtre.

Le père. – Le vôtre ?

La fille. – Notre petit enfant, quoi. Tu comprends donc pas ?

Le père. – Non... (Il réalise.) C'est pas possible, ah non, c'est pas possible, je n'ai pas compris, c'en est trop dans la même matinée, dis-moi que ce n'est pas vrai... Vous n'allez pas l'appeler Blaise ! »

La Cage aux folles, le succès pris au mot

C'est l'événement de l'année 1973. Michel Serrault (1928-2007) et Jean Poiret (1926-1992), les deux comédiens qui avaient commencé leur carrière en duo humoristique, se retrouvent sur scène après une longue séparation pour jouer *La Cage aux folles*. Cette pièce écrite par Jean Poiret aborde un sujet à l'époque peu traité : celui des homosexuels. Le ton sera celui du vaudeville écrit dans les règles de l'art.

La pièce sera jouée 1 800 fois, soit trois fois plus qu'*Oscar*.

Vous en êtes ?

Alors que Michel Serrault répétait son rôle au restaurant, essayant de se pénétrer peu à peu du personnage de Zaza Napoli en travaillant ses regards langoureux, ses battements de cils et ses clins d'œil, un client de la table voisine, lassé, finit par chuchoter au directeur du restaurant :

« Il a changé de bord, Serrault ?

– Non, il travaille.

– Ah ? Drôle de boulot ! »

Le théâtre de l'absurde

L'apparition du théâtre de l'absurde (terme inventé par le critique Martin Essler en 1962) dans les années d'Après-Guerre constitue, avec la création des premières pièces d'Eugène Ionesco et de Samuel Beckett, un tournant majeur dans le théâtre, plus particulièrement dans l'emploi du langage et de l'humour au théâtre. L'expression de Ionesco, selon laquelle il faut : « sur un texte burlesque un jeu dramatique, sur un texte dramatique, un jeu burlesque » illustre bien la rupture introduite par cette nouvelle écriture avec les deux genres plus classiques de la comédie et de la tragédie. Le théâtre de l'absurde fait le lien entre les deux. Son humour est teinté d'une noirceur, empreint d'un certain désabusement qui n'est d'ailleurs pas sans rappeler l'humour anglais. Prêt pour un plongeon dans le grand bain acide de cet humour *borderline* ?

Surréaliste ! Les racines du théâtre de l'absurde

Difficile de trouver des points communs entre des auteurs tels qu'Eugène Ionesco (1909-1994), Samuel Beckett (1906-1989), Jean Genet (1910-1986), Arthur Adamov (1908-1970), Fernando Arrabal (né en 1932), Jean Vauthier (1910-1992) ou Jean Tardieu (1903-1995), au style très personnel. Héritage des surréalistes, leur théâtre s'inspire également des thèmes existentialistes d'Alfred Jarry et des écrits théoriques d'Antonin Artaud (*Le théâtre et son double*, 1938). De ces influences hétérogènes, le théâtre de l'absurde tire quelques caractéristiques : un refus du réalisme, des personnages de héros, de l'intrigue ou de la sacro-sainte division en actes, et adopte un ton résolument décalé.

Un comique de contre-emploi

Dans les pièces d'Eugène Ionesco, Samuel Beckett, Jean Genet ou Arthur Adamov, le comique est présent, mais à contre-emploi. Le ridicule des situations et les oppositions du langage sont utilisés pour exprimer le vide. Les éléments comiques se mêlent aux situations graves et à l'atmosphère lourde, pénètrent au cœur même des catastrophes, dans le but de trouver la dissonance, la faille, voire l'irrationalité ou l'illogisme. L'introduction du comique à ces moments-là déconcerte le public, qui ne s'y attend pas, et lui donne du recul afin de lui faire percevoir la situation sous un angle encore jamais considéré.

Des procédés d'écriture comme les onomatopées, les répétitions ou les consonances sont ainsi utilisés pour rendre le langage absurde et les scènes comiques. L'emploi d'invraisemblances systématiques, comme dans *La Leçon* de Ionesco (« J'ai mal aux dents. Nom d'un caniche à barbe ! Écoutez-moi ! »), provoque également cet effet comique.

La mise en scène au service de la parodie

À travers la mise en scène, les dramaturges du théâtre de l'absurde parodient les procédés de l'intrigue conventionnelle, de la prétention à la logique et à la vraisemblance que l'on retrouve habituellement dans les pièces de théâtre. Pour Ionesco, cela passe par des automatismes de langage et des effets de rupture dans les dialogues, mais aussi par le recours à de nombreuses techniques modernes dans l'éclairage, les décors ou la musique, afin d'offrir au public un « spectacle total ». Ionesco n'hésite pas à mélanger les genres, utilisant à la fois le registre noble, mais aussi les procédés comiques des farces, du Grand Guignol ou du cirque.

Eugène Ionesco, la rime au féroce

Considéré avec Samuel Beckett comme le père du théâtre de l'absurde, Eugène Ionesco (1909-1994) récuse toutefois cette dénomination : « Je préfère à l'expression absurde celle d'insolite », affirme le célèbre dramaturge franco-roumain.

Sa première pièce est jouée en 1950 : *La Cantatrice chauve*.

L'accueil est froid. D'autres pièces suivent mais peinent à trouver leur public car elles sont trop déroutantes. Ses pièces, sans véritable structure dans l'intrigue ou les personnages, sont jugées sévèrement par la critique. « Le comique étant l'intuition de l'absurde, il me semble plus désespérant que le tragique » disait Ionesco pour expliquer l'humour caustique, grinçant, mordant et le ton dérangeant de ses pièces. Sa capacité à provoquer le rire par l'insolite et le non-sens est reconnue grâce au succès de *Rhinocéros* (1957), tout comme son habileté à déconstruire le langage et à rendre floues les identités.

Quelques-unes de ses œuvres

- *Les Chaises* (1952)
- *Victimes du devoir (1953)*
- *Amédée ou Comment s'en débarrasser (1954)*
- *Rhinocéros (1957)*
- *Tueur sans gages (1959)*
- *Le roi se meurt* (1962)
- *La Soif et la Faim* (1965)
- *Jeux de massacre* (1970)
- *Macbett* (1972) (Reçu à l'Académie Française en 1970, il revisite l'œuvre de Shakespeare)

Et pourquoi pas La Cantatrice poilue ?

Certains qualifient *La Cantatrice chauve* de parodie de pièce, de doux traité de bêtise, d'autres de pièce à l'absurde génial. Peu savent en parler, encore moins l'expliquer. Car la Cantatrice chauve n'existe pas ; c'est un personnage dont on ne sait rien, mentionné seulement deux fois dans la pièce, et qui n'apparaît jamais. Ionesco devait, à l'origine, intituler sa pièce *L'anglais sans peine*, en référence à la fameuse méthode d'apprentissage de langues étrangères Assimil, dont il s'est inspirée pour écrire la pièce, notamment en y reprenant l'enchaînement des phrases, sans rapport les unes avec les autres. L'absurde y est omniprésent, du langage des personnages, ne s'exprimant que par clichés, à l'invraisemblance des situations et des identités : les Martin découvrent, par exemple, qu'ils sont maris et femmes, puis la bonne Mary nous apprend qu'en fait, ils ne sont pas les époux Martin mais qu'elle est Sherlock Holmes ! La pièce s'achève sur monsieur et madame Martin, assis comme les Smith dans la première scène, ce qui illustre la vacuité de ces personnages, dont les paroles n'ont pas de signification et qui sont donc interchangeables.

Ah ! Je ris de me voir si chauve en ce miroir

L'intitulé même de la pièce est un accident, et tiendrait d'un lapsus fait par l'acteur jouant le rôle du pompier qui, au lieu de dire « institutrice blonde » à la fin de sa tirade, se surprit à dire « cantatrice chauve ». (Il devait finir de lire *Les Bijoux de la Castafiore*).

Extrait de La Cantatrice chauve

« Smith (toujours avec son journal). – Il y a une chose que je ne comprends pas. Pourquoi à la rubrique de l'état civil, dans le journal, donne-t-on toujours l'âge des personnes décédées et jamais celui des nouveau-nés ? C'est un non-sens.

Mme Smith. – Je ne me le suis jamais demandé ! »

Macbett qui monte, qui monte…

Parodie de la célèbre tragédie de Shakespeare, *Macbett* reprend avec une ironie mordante le thème de la corruption et du pouvoir. Ionesco pousse les traits de caractèrs des personnages à leur paroxysme, faisant d'eux de grotesques et prétentieux tyrans assoiffés de pouvoir. Tous les éléments de la tragédie shakespearienne sont réunis (meurtres, complots, manipulations…) et volontairement noircis pour créer un décalage et un vertige, renforcés par les anachronismes et les comportements démesurés. Qualifiée de farce tragique au ton tragico-comique ou de drame bouffon, la pièce n'est pas sans s'inspirer du comique de gestes de la commedia dell'arte.

Moi pas compris !

Macbett tue Duncan et épouse celle qu'il croit être la reine (et qui est en fait une sorcière), avant de se faire tuer à son tour par le fils de son ancien allié, qu'il avait lui-même tué auparavant pour préserver son pouvoir… Vous me suivez toujours ? Non ? Ce n'est pas étonnant, car c'est à travers la métamorphose et le travestissement des personnages, l'enchaînement des meurtres, les jeux d'alliances et les trahisons que Ionesco nous perd pour nous montrer la vanité des ambitions et du pouvoir des hommes.

« Duncan (d'une voix douce à lady Duncan). – Ce discours est trop long ; Madame, ne vous ennuyez-vous pas ? Sans doute êtes-vous impatiente de voir la suite ? Non, non, il n'y aura pas de torture, de la mise à mort seulement. Cela vous déçoit ? Je vous ai réservé une surprise, chérie. Le spectacle sera plus copieux que vous ne le pensez. (*À tous*) Il est juste que les soldats qui ont servi Candor soient exécutés à sa suite. Ils ne sont pas très nombreux : cent trente-sept mille, ce n'est ni trop ni trop peu. »

Macbett, 1972.

En attendant Beckett

Surtout connu pour sa pièce *En attendant Godot* (1952), écrite en trois mois pour se distraire de ses romans, l'Irlandais Samuel Beckett (1906-1989) est, après Ionesco, l'un des pères fondateurs du théâtre de l'absurde.

Étudiant en langues étrangères au Trinity College de Dublin, il enseigne ensuite à l'École Normale Supérieure où il rencontre le romancier James Joyce (1882-1941), qui aura une influence considérable sur son œuvre. Il publie des essais et des poèmes, retourne en France pendant l'Occupation après un voyage en Irlande, publie quelques romans sans succès, avant d'écrire sa première pièce de théâtre (*En attendant Godot*) en 1948. Suivent *Fin de partie* (1957), *La Dernière bande* (1958) et *Oh les beaux jours* (1963), où il explore la fonction ludique du langage. Il reçoit le prix Nobel de littérature pour l'ensemble de son œuvre en 1969.

L'antithéâtre

Classées dans le genre de l'antithéâtre, ses pièces s'inscrivent en rupture complète avec le théâtre traditionnel. Beckett met en avant des personnages ridicules, empêtrés dans des situations saugrenues, un langage inabouti et des actions se réduisant à quelques gestes. D'un humour pessimiste, il parvient, par l'absurde, à nous faire rire de la manière dont les hommes cherchent à se persuader de leur existence. « Rien n'est plus drôle que le malheur… c'est la chose la plus comique du monde » fait-il dire à son personnage Nell dans *Fin de partie*. Le metteur en scène Peter Brook (né en 1925) de commenter : « Ce qu'il nous montre est affreux, et parce que c'est affreux, c'est également drôle. »

Extrait de Oh les beaux jours

« Clov. – Je te quitte.

Hamm. – Non !

Clov. – À quoi est-ce que je sers ?

Hamm. – À me donner la réplique. »

Jean Tardieu, le laborantin des mots

Celui qui avait pour noble ambition d'« aller jusqu'au bout du non-sens, faire bouger les mots, les allumer, les éteindre, les forcer à obtenir des étincelles jamais vues » est un original. Les pièces de Jean Tardieu (1903-1995) sont à son image : fantaisistes. Ce touche-à-tout inclassable, poète et écrivain, traducteur de Goethe et d'Hölderlin, employé chez Hachette puis à la Radiodiffusion Française, est l'auteur de nombreuses pièces. Il écrit, entre autres, *La Comédie du langage* et *Un mot pour un autre*, où il se sert du langage comme véritable champ d'expérimentation. Avec un humour cocasse et irrésistible, il nous révèle ainsi les automatismes de la langue et le stéréotype de certaines phrases.

La comédie du langage

Le concept est tout simple mais hilarant : c'est l'histoire de personnages quelconques, nommés A et B, mais nous précise l'auteur « pleins d'élan, comme s'ils étaient toujours sur le point de dire quelque chose d'explicite ». Ils sont « ni vieux, ni jeunes » et on ne sait rien d'eux. Ils se rencontrent « dans une rue quelconque, devant la terrasse d'un café ». Quoi de plus banal et ennuyeux en somme ? Sauf que ces deux-là ont la particularité de ne jamais finir leur phrase. Le résultat est désopilant.

Vous allez voir, c'est…

« Monsieur A. – Oh ! Chère amie. Quelle chance de vous…

Madame B. – Très heureuse, moi aussi. Très heureuse de… Vraiment oui !

Monsieur A. – Comment allez-vous, depuis que… ?

Madame B. – Depuis que ? Eh bien ! J'ai continué, vous savez, j'ai continué à…

Monsieur A. – Comme c'est… ! Enfin, oui vraiment, je trouve que c'est… »

La Comédie du langage © Éditions Gallimard, 1987.

Un mot pour un autre

Dans cette pièce, l'auteur remplace systématique un mot par un autre, qui n'a rien à voir. Effet paradoxal : le public peut quand même suivre le fil de l'action, du fait de la structure figée de certaines expressions ou des tournures typiques de certaines phrases. La teneur des répliques est également prévisible du fait de la profession et du statut des personnages. De plus, les didascalies, les gestes qui accompagnent le dialogue mais aussi les expressions du visage et l'intonation de la voix sont autant d'éléments qui donnent des repères au spectateur. Enfin, la pièce se situe dans le registre de la comédie de boulevard ; un genre dont il est facile de deviner les codes. Le cocasse des situations (une femme, qui attend son amant, voit débouler à sa place la femme de celui-ci, lorsque l'amant arrive enfin il doit trouver un prétexte à sa venue…) est renforcé par la substitution des mots, qui provoque des écarts de langage et fait naître des images incongrues.

Extrait de *Un mot pour un autre*

« Irma (entrant et apportant le courrier). – Madame, la poterne vient d'élimer le fourrage…

[…]

Madame (prenant le courrier). – C'est tronc !… Sourcil bien !… (Elle commence à examiner les lettres puis, s'apercevant qu'Irma est toujours là :) Eh bien, ma quille ! Pourquoi serpez-vous là ? (Geste de congédiement.) Vous pouvez vidanger ! »

Chapitre 15

Humour et littérature

Dans ce chapitre :

- Le bel esprit des farces et des fables dans la littérature du Moyen Âge, du XVIe et du XVIIe siècles
- Les contes et les romans humoristico-philosophiques dans la littérature du XVIIIe et du XIXe siècles
- Les figures humoristiques de la littérature du XXe siècle

Des Goliards aux Oulipiens : nombreux sont les écrivains qui ont voulu manier les mots avec humour et tremper leur plume dans l'acide de la satire, du burlesque ou du pamphlet. Leurs armes sont multiples : ironie, autodérision, parodie, provocation… Rien n'arrête nos joyeux trublions des lettres, qui abordent tous les sujets, même les plus irrévérencieux. L'humour passe d'abord par la farce, le roman carnavalesque de Rabelais, le roman picaresque de Cervantes ou les essais pince-sans-rire de Montaigne. Le rire emprunte ensuite l'apparence du conte (philosophique ou moral), qui vise à divertir mais aussi à corriger les mœurs, notamment à travers les œuvres de Voltaire et Diderot. Les écrivains romantiques du XIXe siècle ne sont pas non plus en reste et poursuivent, à leur manière, le genre des contes (drolatiques ou humoristiques), se découvrent pamphlétaires (Hugo) ou encyclopédistes de la bêtise (Flaubert). Enfin, l'humour se teinte de noir dans la littérature française et anglo-saxonne du XXe siècle, pour aborder avec une plus grande lucidité des thèmes parfois douloureux, mais en provoquant toujours l'étincelle comique.

Ouf ! Vous allez pouvoir, dans un grand éclat de rire, suivre de A à Z les aventures de l'humour au pays de la littérature.

Puisqu'il faut bien commencer…

Les Goliards, ancêtres des satiristes et des étudiants soiffards

Pour introduire ce chapitre, arrêtons-nous un instant sur l'ancêtre de l'écrivain comique, j'ai nommé le Goliard ; sorte de clerc errant, qualifié de vagabond ou de marginal par ses contemporains et qui se distingue par ses vers latins, dans lesquels il parodie psaumes et cantiques ou loue à demi-mots la cervoise fraîche. Le Goliard est un être profondément influencé par les trouvères et les troubadours, et sa verve s'inscrit dans la tradition satirique. Il rêve de liberté et laisse libre cours à ses désirs dans ses poèmes et ses chansons (à boire). Principalement issu des universités européennes, le Goliard et ses compères sont, vous l'aurez compris, de gros buveurs. Leurs comportements et leurs parodies des textes sacrés soulèvent les foudres de l'Église, qui leur interdit de participer aux offices en 1227. Ces jeunes impétueux allaient, en effet, jusqu'à s'en prendre au Pape lui-même…

Geoffrey Chaucer of England

Si les Goliards se déchaînent en France, le royaume d'Angleterre n'est pas en reste grâce au « père de la poésie anglaise» : Geoffrey Chaucer (1343-1400). Il est surtout connu pour ses *Contes de Canterbury*, l'une des toutes premières œuvres de la littérature anglaise, qui se distingue par son ton comico-grossier, et la diversité des caractères et des genres employés (romans de chevalerie, contes de fées, fables animalières…). Pier Paolo Pasolini (1922-1975), qui a adapté l'œuvre de Chaucer au cinéma, observait : « La grande qualité de Chaucer […] c'est sa capacité de bavardage. Ses narrateurs causent, bavardent, plus qu'ils ne racontent : leurs contes sont des occasions pour d'étonnants morceaux de bravoure comico-moraliste… »

Le XVIe siècle, l'hymne à la joie

À l'heure où la langue française est encore en pleine évolution, des auteurs comme François Rabelais s'empressent d'enrichir notre lexique avec des néologismes loufoques, des bons mots et des traits d'esprit. Le français, qui devient la langue officielle du royaume avec l'édit de Villers-Cotterêts, triomphe également en tant que langue littéraire sous la plume de Montaigne, un humoriste qui s'ignore mais qui invente l'autodérision.

Rabelais : « Pour ce que le rire est le propre de l'homme »

« Son éclat de rire énorme est un des gouffres de l'esprit » disait de lui Victor Hugo. On trouve, en effet, chez ce maître du rire tous les degrés du comique. Des farces grossières du Moyen Âge à la parodie en passant par la comédie de caractère ou d'intrigue, Rabelais (entre 1483 et 1494-1553) étonne par la puissance de son humour. Son œuvre s'adresse à tous les amateurs du rire... Alors pas de panique, il y en aura pour tous les goûts !

Gargantua et Pantagruel

Rabelais publie successivement en 1532 et 1534 *Les horribles et épouvantables faits et prouesses du très renommé Pantagruel Roi des Dispodes, fils du Grand Géant Gargantua*, et *La vie très horrifique du Grand Gargantua, père de Pantagruel*, qu'il signe du nom de maistre Alcofribas Nasier. L'auteur y conte avec un réalisme grotesque les aventures de ces deux géants, dotés d'une force et d'un appétit formidables. À la féerie, au fantastique et à la réalité historique, Rabelais mêle des récits comiques, tirés de ses lectures et de ses propres expériences estudiantines pour le moins mouvementées... À travers le personnage de Gargantua, Rabelais présente également une satire du monde de l'éducation, de la justice ou du catholicisme, et expose son idéal humaniste.

Aux buveurs illustres !

Dès l'avertissement en vers de Gargantua, Rabelais nous prévient : il a franchement l'intention de nous faire rigoler ! Il s'adresse aux « buveurs illustres », auxquelles il dédie ses écrits, en ces termes :

« Amis lecteurs, qui lisez ce livre,

Dépouillez-vous de toute passion

Et, en le lisant, ne soyez pas scandalisés.

Il ne contient ni mal ni corruption ;

Il est vrai qu'ici vous ne trouverez

Guère de perfection, sauf si on se met à rire ;

Autre sujet mon cœur ne peut choisir

À la vue du chagrin qui vous mine et consume

Il vaut mieux traiter du rire que des larmes

Parce que rire est le propre de l'homme. »

Comment Gargantua nasquit en façon bien estrange...

MOTS D'AUTEUR

Après nous avoir fait croire que Gargantua était sorti de l'oreille de sa mère, Rabelais poursuit le récit de sa naissance carnavalesque, qui préfigure déjà le caractère du géant :

« À sa naissance, Gargantua ne cria point comme les autres enfants : “Mies ! Mies ! Mies !” ; mais, à haute voix, il s’écria : “À boire ! À boire ! À boire !”, comme s’il invitait tout le monde à boire. Et si fort qu’il fut entendu dans tout le pays de Beuxes et le Bibarais. […] Le bonhomme Grandgoussier, qui buvait et s’amusait avec les autres, entendit l’horrible cri qu’avait poussé son fils en entrant dans la lumière de ce monde, quand il bramait : “À boire ! À boire ! À boire !”. C’est pourquoi il répondit : “Que grand tu as !” [le gosier]. Entendant cela, les invités déclarèrent que, vraiment, l’enfant devrait avoir Gargantua pour nom, puisque tel avait été le premier mot de son père au moment de sa naissance, suivant la coutume hébreux. Grandgoussier accepta, et cela plut beaucoup à Gargamelle. »

La langue rabelaisienne

L’étendu du vocabulaire employé dans l’œuvre de Rabelais est remarquable, l’auteur empruntant à tous les registres (agriculture, médecine, religion, commerce) et à différentes langues (latin, grec, dialectes provinciaux et langues étrangères), ce qui lui permet de procéder à des effets d’accumulation et d’exagération, de créer des néologismes, des jeux de mots ou d’avoir recours à des expressions consacrées, proverbes ou onomatopées. Son style est extrêmement souple et s’adapte à tous les registres de langue. Il sait ainsi être spontané dans ses dialogues, cicéronien dans les situations graves, ou primesautier dans ses satires, déclenchant le rire de ses lecteurs en jouant sur ces effets de contraste.

Quand Sainte-Beuve… rit !

Le livre de Rabelais est un grand festin. C’est une orgie enfumée, une ripaille bourgeoise, un réveillon de Noël. C’est encore, si l’on veut, une longue chanson à boire, dont les couplets piquants sont entremêlés de faridondaines (refrains de chanson) et de flonflons.

L’humeur de Montaigne

Michel de Montaigne (1533-1592), ancien maire de Bordeaux et grand ami de La Boétie, est avant tout connu pour ses *Essais* qui, bien plus que des mémoires, sont aussi une réflexion philosophique. Après une carrière de magistrat, il décide de se retirer en son château pour se consacrer à l’écriture de cet ouvrage, qu’il continue jusqu’à sa mort, en 1592. Livre sans précédent et sans équivalent dans la littérature française, *Les Essais* contiennent des observations à la fois sages et piquantes, inspirées des lectures et des expériences humaines de Montaigne.

Une question de taille… très actuelle

Dans *Les Essais*, livre dont il dit être la matière, Montaigne se décrit de cette manière : « Je suis d'une taille un peu au-dessous de la moyenne. Ce défaut n'est pas seulement de la laideur, mais encore de l'incommodité à ceux mêmement qui ont des commandements et des charges, car l'autorité qui donne une belle présence et majesté corporelle en est à dire… ». On perçoit déjà dans cette introduction le style pince-sans-rire et l'autodérision adoptée par Montaigne tout au long de ses *Essais*. Il parvient dans cette description distanciée de soi à faire rire et à créer un rapport d'intimité avec son lecteur.

Du rire dans Les Essais

En analyste désireux de mieux se connaître, Montaigne explique pourquoi, dans le chapitre « *De Democritus et Heraclitus* », il préfère le rire de Démocrite aux larmes d'Héraclite. Dans ce passage, Montaigne ne parle pas d'humour (le terme n'existe pas encore) mais d'humeur. On considère en effet, au XVIe siècle, que le rire est lié à la disposition du corps, aux tempéraments et à l'excentricité de l'esprit. La préférence de Montaigne pour le rire s'appuie sur la vile nature des hommes…

« J'aime mieux la première humeur, non parce qu'il est plus plaisant de rire que de pleurer : mais parce qu'elle est plus dédaigneuse, et qu'elle nous condamne plus que l'autre : et il me semble que nous ne pouvons jamais être assez méprisé selon notre mérite. »

Montaigne à cheval entre l'humour et l'ironie

Dans *Les Essais*, l'ironie est plutôt considérée comme un principe de vie. Elle est composée de la satire (qui attaque), du scepticisme (qui questionne) et d'une distanciation (qui permet de s'observer sans complaisance). Le recours aux boutades et aux plaisanteries est fréquent ; il n'y a qu'à voir comment sont ridiculisées ces figures de sages. Qui ne se souvient de la fameuse phrase : « Si avons nous beau monter sur des eschasses, car sur des eschasses encores faut-il marcher de nos jambes. Et au plus eslevé throne du monde si ne sommes assis que sus nostre cul. [Aussi haut que nous soyons assis, nous ne sommes toujours assis que sur notre cul.] » Ah ! Combien on devrait méditer sur cette phrase aujourd'hui…

Le XVIIe siècle ou le rire qui mord

C'est à présent le temps du burlesque, où des écrivains comme Cervantes, Scarron, la Fontaine ou La Bruyère se lancent dans la parodie du roman précieux et trempent leur plume dans l'encre acide de la satire. Ils dépeignent les caractères de leur temps en moralistes, mais ont aussi pour but (et c'est l'essentiel) de nous faire rire grâce à une ironie mordante.

Miguel de Cervantes, pas de four mais des moulins

C'est une vie d'aventurier que celle de Cervantes (1547-1616), une vie de soldat aussi car il participe à la célèbre bataille de Lépante (1571) qui oppose Chrétiens et Ottomans. C'est au cours de cette guerre qu'il perd l'usage d'un bras. Il rentre alors en Espagne, mais manque de chance son navire est pris en otage par des pirates barbaresques. Il tentera de s'évader à quatre reprises, mais devra attendre cinq ans à Alger avant d'être racheté avec d'autres prisonniers. De retour à la maison, Miguel de Cervantes s'assagit et prend la plume. Il écrit d'abord un roman pastoral (*La Galatea*) avant de se lancer dans ce qui sera son chef-d'œuvre : *L'ingénieux hidalgo Don Quichotte de la Manche*, dont la première partie est publiée en 1605, et qui emprunte à la tradition du roman picaresque.

Le roman picaresque n'est pas picart !

Genre développé en Espagne dès la fin du XVIe siècle, le roman picaresque narre les aventures rocambolesques d'un *picaro*, c'est-à-dire d'une canaille qui se révèle toutefois être un personnage plutôt sympathique au grand cœur. On trouve dans le premier roman picaresque un personnage emblématique du genre : Lazarillo de Tormes, enfant pauvre et rusé qui entre au service d'un mendiant aveugle et avare, sorte de maître-instructeur à qui il joue bien des tours. Autre particularité du roman picaresque : il s'agit d'un récit autobiographique constitué d'une série d'épreuves initiatiques, dont le *picaro* est à la fois l'auteur et l'acteur.

Don Quichotte de la Manche, le chevalier au Sancho

Parodie grandiose des romans de chevalerie et d'aventures, très courus du temps de son auteur, *Don Quichotte* raconte l'histoire d'un gentilhomme nommé Alonso Quijano, tellement passionné par les histoires de preux chevaliers qu'il ne tarde pas à se prendre pour l'un d'entre eux. Il décide alors de partir à travers l'Espagne sur le dos de Rossinante (son vieux canasson) pour réaliser exploits et prouesses et défendre les pauvres et les opprimés. Trompé par des promesses de récompenses, le crédule paysan Sancho Panza accepte d'entrer à son service. S'ensuivent alors de nombreuses péripéties, pour la plupart déclenchées inconsciemment par nos deux héros maladroits, considérés par leur entourage comme des illuminés. L'humour fonctionne sur le contraste entre le langage, l'accoutrement, les réactions de Don Quichotte qui se prend pour un chevalier errant, et la réalité, plus triviale.

Le complexe de Flaubert

Dans sa *Correspondance*, Flaubert (1821-1880) parle de cette œuvre en ces termes : « Ce qu'il y a de prodigieux dans *Don Quichotte*, c'est l'absence d'art et cette perpétuelle fusion de l'illusion et de la réalité qui en fait un livre si comique et si poétique. Quels nains que tous les autres à côté ! Comme on se sent petit, mon Dieu ! Comme on se sent petit ! »

Désolé, madame, j'aime ailleurs !

L'un des passages les plus drôles de *Don Quichotte* est sans doute celui où notre chevalier errant se méprend, aveuglé par une prostituée qu'il croit être la « déesse des amours ». Il refuse ses avances, arguant de sa fidélité envers la belle Dulcinée du Toboso, l'élue de son cœur qui n'est autre qu'une paysanne de son village.

« Je voudrais bien, haute et charmante dame, me trouver en passe de payer une faveur infinie comme celle que, par la vue de votre extrême beauté, vous m'avez octroyée ; mais la fortune, qui ne se lasse pas de persécuter les bons, a voulu me jeter dans ce lit, où je gis moulu et brisé, tellement que si ma volonté voulait correspondre à la vôtre, elle n'en aurait pas le pouvoir. Mais à cette impossibilité s'en ajoute une plus grande : c'est la foi que j'ai promise et donnée à la sans pareille Dulcinée du Toboso, unique dame de mes plus secrètes pensées. Certes, si ces obstacles ne venaient pas à la traverse, je ne serais pas un assez niais chevalier pour laisser passer en fumée l'heureuse occasion que m'offre votre infinie bonté. »

Paul Scarron, le raccourci de la misère humaine

Évêque du Mans et joyeux libertin malgré un physique difficile, Paul Scarron (1610-1660) s'illustre dans la littérature burlesque par son goût du réalisme et sa verve drue et malicieuse. Il publie de nombreuses farces et comédies (*Le Typhon, Le Virgile travesti*).

Le roman comique s'inachève

L'œuvre maîtresse de Scarron, *Le Roman comique*, est restée inachevée. Le texte parodie le style des romans chevaleresques pour nous raconter l'arrivée et les aventures rocambolesques et bouffonnes d'une troupe de comédiens dans la ville du Mans et de ses environs. Scarron bâti une série d'histoires autour de personnages-types, dont l'un des plus emblématiques reste Ragotin : petit avocat prétentieux et colérique, incorrigible pédant toujours copieusement rossé.

Dommage qu'il n'ai pas pensé à une Henriette (du Mans).

Le genre burlesque

Le genre burlesque (de l'italien *burlesco*, qui signifie « farce, plaisanterie ») naît en opposition avec la préciosité du début du XVIIe siècle. De tradition rabelaisienne et d'inspiration bourgeoise et populaire, ce nouveau genre s'amuse à parodier les histoires de princes et de bergers et autres histoires d'amour. Sorte de « préciosité inversée », le burlesque renverse les codes du haut vers le bas, s'amuse à travestir les nobles en bourgeois ou en domestiques, et joue sur la discordance des registres de langues et des situations, suggérant le ridicule et provoquant le rire. Le burlesque se caractérise par des rimes cocasses, des expressions familières, des anachronismes et des situations triviales.

Jean de La Fontaine, le libertin comique

Si Jean de La Fontaine (1621-1695) rencontre une certaine reconnaissance en publiant dès 1665 des recueils de *Contes et Nouvelles* inspirés de Boccace (1313-1375) et de l'Arioste (1474-1533), c'est avec ses *Fables* qu'il croise la gloire de son vivant. Reconnu comme poète galant et drôle, doublé d'un conteur talentueux, les portes des salons les plus côtoyés s'ouvrent à lui. L'homme est un bon vivant, humaniste, moraliste, libertin, et touche à tous les genres littéraires, du théâtre aux contes licencieux. Sous la protection de Marguerite de La Sablière, il peut mordre dans les superstitions et critiquer le pouvoir de Louis XIV.

La fable du cocu tranquille

Une chronique de l'époque rapporte une anecdote savoureuse sur la moralité de Jean de La Fontaine : « Son père l'a marié, et lui l'a fait par complaisance. Sa femme dit qu'il rêve tellement qu'il est quelquefois trois semaines sans croire être marié. C'est une coquette qui s'est assez mal gouvernée depuis quelque temps. Il ne s'en tourmente point. On lui dit : "Mais untel cajole votre femme !" "Ma foi, qu'il fasse ce qu'il pourra ; je ne m'en soucie point. Il s'en lassera comme je l'ai fait". »

Moralité : Tel épris qui croyait prendre.

Des animaux pas toujours affables

Les Fables de La Fontaine s'inscrivent dans la tradition des fabulistes anciens, dont les écrits visaient à délivrer une moralité. La Fontaine ne nie pas avoir des préoccupations morales : « Je me sers d'animaux pour instruire les hommes », disait-il. Pour cela, il a recours à la satire et au contraste, dénonçant, sous couvert du rire, les agissements des puissants. Car ses fables ont aussi un second but : celui d'« égayer » ses lecteurs.

La Fontaine, un affabulateur de première

En réalité, derrière le conteur et le fabuliste comblé se cache un humoriste frustré. Jean de La Fontaine se rêvait auteur comique. En 1654, il adapte *L'Eunuque* de Térence (190-159 av. J.-C.), une pièce qu'il adore et qui le fait mourir de rire. Très jeune, dans la demeure familiale de Château-Thierry en Picardie, il concocte des petites farces en vers.

Les Rieurs du Beau-Richard

Moins connus que *Le Corbeau et le Renard*, *Les Rieurs du Beau-Richard* nous dévoilent un La Fontaine plus coquin et amusant que jamais :

« Le Beau Richard tient ses grands jours,
Et va rétablir son empire.
L'année est fertile en bons tours ;
Jeunes gens, apprenez à rire !

Tout devient risible ici-bas,
Ce n'est que farce et comédie ;
On ne peut quasi faire un pas,
Ni tourner le pied qu'on en rie.

Qui ne riroit des précieux ?
Qui ne riroit de ces coquettes
En qui tout est mystérieux,
Et qui font tant les guillemettes ? »

Les bons proverbes du sieur Jean

Un petit apeçu de tout ce qu'il a dit à travers ses fables :

- Tout flatteur vit aux dépens de celui qui l'écoute. (*Le Corbeau et le Renard*)
- La raison du plus fort est toujours la meilleure. (*Le Loup et l'Agneau*)

- On a souvent besoin d'un plus petit que soi. (*Le Lion et le Rat*)
- La méfiance est mère de la sûreté. (*Le Chat et un vieux Rat*)
- Petit poisson deviendra grand. (*Le Petit Poisson et le Pêcheur*)
- Un tiens vaut, ce dit-on, mieux que deux tu l'auras. (*Le Petit Poisson et le Pêcheur*)
- Rien ne sert de courir ; il faut partir à point. (*Le Lièvre et la Tortue*)
- Aide-toi, le Ciel t'aidera. (*Le Chartier embourbé*)
- Tel est pris qui croyait prendre. (*Le Rat et l'Huître*)
- Il ne faut jamais vendre la peau de l'ours qu'on ne l'ait mis par terre. (*L'Ours et les deux Compagnons*)

La Bruyère, quels Caractères !

Jean de La Bruyère (1645-1696), célèbre pour *Les Caractères ou les Mœurs de ce siècle*, représente le style et l'esprit du XVIIe siècle. Le ton satirique de ses écrits, servi par des phrases incisives, courtes et saccadées, séduit et apparaît comme novateur à son époque. L'ironie perce sous la plume de ce bourgeois, observateur perspicace des comportements de ses contemporains. Qualifié de moraliste pour avoir traduit son expérience des hommes et de la société, il est également reconnu comme un styliste, développant une écriture qui use de l'hyperbole, de l'énigme, de l'anecdote, des parallèles ou de la parabole.

Les clefs du scandale

Paru en 1688, le succès des *Caractères* est immédiat. Le texte sera réédité neuf fois, La Bruyère corrigeant et ajoutant au total plus de 600 caractères à sa première version. Succès mérité dirons les uns, découvrant en La Bruyère un talentueux portraitiste de la « comédie humaine » de son temps ; succès de scandale dirons les autres. En effet, des « clefs » sont publiées, révélant le nom des modèles prétendus de l'écrivain, à mesure que les nouvelles éditions de ses *Caractères* paraissent. Toutefois, La Bruyère n'en a cure et continue à travailler sur son texte jusqu'à sa mort, en 1696.

Au pays des cuistres

Sous sa plume, les fausses dévotes ou les précieux sont raillés. Pour La Bruyère, l'affectation de ces derniers est un signe de sottise et de vanité. Il préfère louer la simplicité et le naturel, ce qu'il démontre dans cet étonnant dialogue fictif au ton très satirique :

« Que dites-vous ? Comment ? Je n'y suis pas ; vous plairait-il de recommencer ? J'y suis encore moins. Je devine enfin : vous voulez, Acis, me dire qu'il fait froid ; que ne disiez-vous : "Il fait froid" ? Vous voulez m'apprendre qu'il pleut ou qu'il neige ; dites : "Il pleut, il neige". Vous me trouvez bon visage, et vous désirez m'en féliciter ; dites : "Je vous trouve bon visage". "Mais, répondez-vous, cela est bien uni et bien clair ; et d'ailleurs, qui ne pourrait pas en dire autant ?" Qu'importe, Acis ? Est-ce un si grand mal d'être entendu quand on parle, et de parler comme tout le monde ? Une chose vous manque, Acis, à vous et à vos semblables, les diseurs de Phébus. Vous ne vous en défiez point, et je vais vous jeter dans l'étonnement : une chose vous manque, c'est l'esprit. Ce n'est pas tout : il y a en vous une chose de trop, qui est l'opinion d'en avoir plus que les autres ; voilà la source de votre pompeux galimatias, de vos phrases embrouillées, et de vos grands mots qui ne signifient rien. »

Le XVIIIe siècle ou le piquant comique des philosophes

Dans le sillage du roman picaresque et de la parodie du roman bourgeois amorcée par Scarron, le roman de mœurs se développe au XVIIIe siècle. Lesage donne au genre ses lettres de noblesse, puis Voltaire et Diderot ajoutent à la satire gaie une touche de réalisme et de morale.

Le picaresque Lesage

Précurseur du vaudeville avec sa pièce *Turcaret*, Alain-René Lesage (1668-1747) applique au roman ses recettes comiques, utilisant à bon escient ses dons d'observateur attentif et de satiriste. Il s'inspire des romans picaresques et des comédies religieuses du Siècle d'or espagnol, comme *El Diablo Cojuelo* de Luis Vélez de Guevara (1579-1644) qu'il popularise avec son *Diable boiteux* (1707). Adapté aux mœurs françaises, *Le Diable boiteux* est constitué d'une série d'aventures et de portraits enchâssés, formant une critique drôle et railleuse des différents types de caractères rencontrés. Lesage publie ensuite, entre 1715 et 1735, *Histoire de Gil Blas de Santillane*, roman picaresque par excellence. À travers Gil Blas, ballotté par les vicissitudes de la vie, Lesage traverse tous les milieux sociaux et nous en montre les mœurs et les vices avec un humour irrévérencieux.

Voltaire-à-terre

Voltaire (1694-1778) commence très tôt ses *Écrits satiriques* contre le poète de La Motte (1672-1731) puis contre le Régent, ce qui lui vaut de se faire embastiller à vingt-trois ans. Après un nouveau séjour à la Bastille quelques années plus tard, et alors qu'il est délaissé par ses amis nobles, il décide de s'exiler en Angleterre ; voyage qui lui inspire à son retour ses *Lettres anglaises*, transformées en *Lettres philosophiques*. Critiques de la société française, condamnées au feu, elles lui firent craindre une répression qui le pousse à se réfugier en Lorraine, puis chez son amie Émilie du Chatelet, où il poursuit son œuvre (*Zadig ou la Destinée*). Celui qui faisait de la variété sa devise, continue alors à livrer sa bataille philosophique contre les dogmes religieux, cible principale de son ironie, à travers de nombreux contes, pièces et pamphlets.

Les contes philosophiques

C'est à travers ses contes philosophiques que Voltaire manie avec le plus de talent sa verve satirique. Inaugurant ce genre avec *Zadig ou la Destinée* en 1747, Voltaire y développe à chaque fois un thème central pour nous faire partager sa vision du monde et dénoncer les préjugés de son temps (absurdité des religions, méfaits du fanatisme, médiocrité des hommes…). Le style n'est jamais lourd, et ces contes peuvent être lus comme des divertissements, grâce à leur esprit, leur ironie perçante, leur ton vif et piquant et leurs intrigues toujours pleines de fourmillements. Comme le dit l'auteur Patrice Delbourg (né en 1949) : « Nul n'a mieux maîtrisé l'art de tourner l'entendement en pirouette moqueuse. »

J'aimerais vous ivoire !

Les femmes étaient bien souvent les plus empressées pour rendre visite à Voltaire, cet homme à l'esprit si saillant et si réputé. Un jour, une de ses admiratrices, pour être reçue, se recommanda de son oncle, l'abbé Terray. À ce nom, Voltaire bondit de son fauteuil :

« Dites à cette dame que je n'ai plus qu'une dent et que je la garde contre son oncle ! »

Je ris et je vous emmerde !

Même s'il n'entend pas toute la subtilité de l'humour *bristish*, Voltaire fait grand cas de l'esprit et du rire. Lui qui n'aimait pas la croix crucifie (dans le *Dictionnaire philosophique*) Montesquieu (1689-1755), qui critiquait le rire orgueilleux.

« Les raisonneurs ont prétendu que ce rire naît de l'orgueil, qu'on se croit supérieur à celui qu'on rit. Il est vrai que l'homme, qui est un animal risible, est aussi un animal orgueilleux ; mais la fierté ne fait pas rire ; un enfant qui rit de tout son cœur ne s'abandonne point à ce plaisir parce qu'il se met au-dessus de ceux qui le font rire ; s'il rit parce qu'on le chatouille, ce n'est pas assurément parce qu'il est sujet au pêché mortel de l'orgueil. »

Voltaire ou la croisade anti-croisade

MOTS D'AUTEUR

Quand Voltaire, par le regard de son personnage Babouc le Scythe, use de son arme préférée, l'ironie assassine :

- « Il crut être dans un marché où l'on vendait des chaises de paille ; mais bientôt, voyant que plusieurs femmes se mettaient à genoux en faisant semblant de regarder fixement devant elles et en regardant les hommes de côté, il s'aperçut qu'il était dans un temple. »
- « La religion existe depuis que le premier hypocrite a rencontré le premier imbécile ! »
- « Si Dieu n'existait pas, il faudrait l'inventer. »
- « Si Dieu nous a fait à son image, nous lui avons bien rendu. »
- « Les Anglais ont mis Dieu à toutes les sauces et ils n'en ont qu'une à mettre dans leur assiette. »

Le XIXe siècle, grands écrivains… et drôles de conteurs

Peu connus pour leur humour, les grands écrivains romantiques du XIXe siècle ont cependant su tremper leur plume dans l'acide de la satire, peignant avec malice leurs personnages, ou su utiliser l'humour comme arme politique, tel Victor Hugo dans ses pamphlets. Certains, dans la tradition du XVIIIe siècle, continuent à écrire des contes : drolatiques pour Balzac, et humoristiques chez Théophile Gauthier. On se tournera, pour finir, vers un Flaubert que l'on connaît moins ; celui des *Correspondances* et du roman burlesque *Bouvard et Pécuchet*.

Victor Hugo : il sème des mots, il pousse des phrases

Notre poète lyrique national, connu pour ses grandes fresques romanesques (*Notre-Dame de Paris, Les Misérables*) n'en était pas moins, en privé, un joyeux luron, véritable boîte à humour. On connaît son amour du calembour, de la charade ou de la contrepèterie (voir le chapitre 11). Son œuvre « officielle » est certes assez sérieuse. On connaît mieux le Victor Hugo (1802-1885) polémiste, usant de sa verve cinglante contre des adversaires politiques, en particulier contre Louis Napoléon Bonaparte avec le pamphlet Napoléon le Petit : « Quoi, après Auguste, Augustule ! Parce que nous avons eu Napoléon le Grand, il faut que nous ayons *Napoléon le Petit* ! »

Bons baisers des îles et d'exil

Hugo est contraint à l'exil et passe alors quelques années au vert, sur les îles anglo-normandes de Jersey et Guernesey, où il continue son œuvre très féconde. Il amasse dans ses écrits toutes les choses qu'il a vues et entendues, y ajoute ses idées politiques ou philosophiques pour croquer des personnages et introduire des réparties parfois facétieuses, enveloppées d'un souffle lyrique et puissant. L'âge ne l'empêche pas de continuer à concocter des épigrammes virulents. Jugez plutôt celui-ci, adressé au maréchal Mac Mahon (1808-1893), qu'il compare au cruel militaire anglais George Monck (1608-1670) :

« Mac Mahon, tant de fois vaincu,
Es-tu donc avide de gloire
Au point de jouer dans l'Histoire
Le même rôle que Monck eut ? »

Quelques mots de lui :

- « On les voit tous les deux partout coude-à-coude. Ces deux hommes riment ensemble. »
- « Dieu n'avait fait que l'eau, mais l'homme a fait le vin. »
- « Il est bon d'être ancien, mauvais d'être vieux. »
- « Il est utile à un courtisan d'être un homme plat, il est désastreux pour une courtisane d'être une femme plate. »
- « Il y a des gens qui ont une bibliothèque comme des eunuques ont un harem. »

Quelques mots sur lui :

- « Le plus grand… hélas. » (André Gide)
- « Un immense bonhomme ! Sacré nom de Dieu, quel poète ! » (Flaubert)
- « Les écrivains qui n'aiment pas Hugo sont ennuyeux à lire même quand ils n'en parlent pas. » (Jules Renard)
- « Hugo était un fou qui se croyait Hugo ! » (Jean Cocteau)

Monsieur Balzac, très Honoré

Le plus amusant chez Honoré de Balzac (1799-1850), c'est qu'il créa le héros balzacien à son image. Sa soif de réussite, son amour de l'argent et des honneurs allaient donner tout le souffle de cette œuvre romanesque prodigieuse qui s'appelle *La Comédie humaine* et dans laquelle les héros se réinvitent de livres en livres. Hélas, la seule chose qui fera réellement concurrence à la qualité de ses livres sera le nombre de ses créanciers, qui le pousseront à écrire toujours plus. Mais s'il se perdit souvent dans des aventures ruineuses, il ne perdit jamais le sens de l'humour, qu'il distille dans ses romans, lui qui disait : « J'aime aussi les êtres exceptionnels, j'en suis un ! »

Problème d'argent ? Cherchez l'ananas !

Alors que Balzac fait l'acquisition d'une villa à Ville-d'Avray, sur un terrain pentu et argileux, il décide d'y entreprendre la culture industrielle des ananas. Qu'arriva-t-il ? Tout s'effondra et ses espoirs de richesses fruitières avec. Cherchez l'ananas !

Quelques mots légers

- « Les voyages déforment la jeunesse. »
- « Il est connu comme le houblon. »
- « Il l'atteignit si furieusement de son poignard qu'il le manqua. »
- « (La femme de chambre) lui cria deux mots à voix basse. »

Les Contes drolatiques

Souvent méconnus dans l'œuvre de Balzac, *Les Cent Contes drolatiques* sont perçus, dès leur première publication en 1832, comme pour le moins originaux. D'inspiration rabelaisienne, ces *Contes* imitent et parodient les archaïsmes de la langue du Moyen Âge. Balzac les a conçus avant tout comme un projet d'écriture ludique : aux archaïsmes de la langue, il ajoute des néologismes, des formules savantes, des expressions latines, mais aussi des dialectes, des formes burlesques et des calembours.

Certaines éditions de ces *Contes* ont été accompagnées de peintures et de caricatures délirantes de Gustave Doré (1832-1883) ou d'Albert Dupont.

Le prologue donne un aperçu du genre : « Cecy est ung livre de haulte digestion, plein de deducts de grant goust pour ces goutteulx trez-illustres et beuveurs trez-prétieulx auxquels s'adressoyt nostre digne compatriote, esterne honneur de Tourayne, François Rabelays. » On vous laisse le plaisir de traduire !

Gustave Flaubert d'un côté, Flaubert le gugus de l'autre

Entier dans son amour de la littérature, sacrifiant tout à son art, Gustave Flaubert (1821-1880), ce maniaque du style, tient ces propos féroces : « Il faut retourner tous les mots, sous tous les côtés et faire comme les pères spartiates, jeter impitoyablement au néant ceux qui ont les pieds boiteux ou la poitrine creuse. » À l'image de cette citation, son humour est sans concession, teinté de désabusement envers la nature de l'homme. Il en devient presque désolant. Humour que l'on retrouve bien sûr dans *Bouvard et Pécuchet*, encyclopédie de la bêtise humaine, mais surtout dans son *Dictionnaire des idées reçues*.

Bouvard et Pécuchet, les cuistres… de grenouilles

« Bouvard c'est moi, Pécuchet aussi » rugissait Flaubert, en boulimique des mots. Dans ce roman-fable philosophique, sans doute le plus radical et le plus impitoyable de son œuvre, Flaubert part en croisade contre la bêtise universelle, à grand renfort d'ironie et de tournures drolatiques. Quête inassouvie de connaissances, le roman est aussi une intrigue mentale composée d'énumérations absurdes et de questions abstraites, à la dramatisation comique. Les deux protagonistes de l'histoire, Bouvard et Pécuchet, décident de s'installer à la campagne pour y conduire des expériences scientifiques. Se gargarisant d'un savoir qu'ils n'ont pas, ils vont d'échecs en échecs et, lassés, reviennent à leur occupation première : la copie.

Un peu de gymnastique… c'est bon pour la tête

« Satisfaits de leur régime, ils voulurent s'améliorer le tempérament par de la gymnastique. Et ayant pris le manuel d'Amoros, ils en parcoururent l'atlas. Tous ces jeunes garçons, accroupis, renversés, debouts, pliant les jambes, écartant les bras, montrant le poing, soulevant des fardeaux, chevauchant des poutres, grimpant à des échelles, cabriolant sur des trapèzes, un tel déploiement de force et d'agilité excita leur envie […]. Il [Pécuchet] aborda les échasses. La nature semblait l'y avoir destiné ; car il employa tout de suite le grand modèle, ayant des palettes à quatre pieds du sol ; et tranquille là-dessus, il arpentait le jardin, pareil à une gigantesque cigogne qui se fût promenée. Bouvard à la fenêtre le vit tituber puis s'abattre d'un bloc sur les haricots, dont les rames en se fracassant amortirent sa chute. On le ramassa couvert de terreau, les narines saignantes, livide – et il croyait s'être donné un effort. Décidément la gymnastique ne convenait point à des hommes de leur âge ; ils l'abandonnèrent, n'osaient plus se mouvoir par crainte des accidents, et restaient tout le long du jour assis dans le muséum, à rêver d'autres occupations. »

La bêtise, c'est long !

La préparation de *Bouvard et Pécuchet* a demandé un travail titanesque. Flaubert indique dans sa *Correspondance* avoir annoté pas moins de 1 500 ouvrages en trois ans, et avoir rempli des carnets entiers de références bibliographiques. Au total, le « chantier documentaire » entamé par Flaubert se compose de près de quatre mille pages de notes et de brouillons, dont beaucoup devaient servir à l'écriture du deuxième volet de l'œuvre, interrompue par la mort de l'auteur en 1880. Flaubert préparait notamment un « sottisier » ; sorte de méli-mélo de la bêtise universelle, composé de citations par genres et de divers fragments narratifs (journaux, tracts, affiches...).

Quelques idées reçues

Le *Dictionnaire des idées reçues* sera publié en 1913 par l'éditeur Louis Conard. Il est bon de le savoir. L'idée reçue serait de penser que le livre et lui étaient faits pour se rencontrer.

- Académie française : La dénigrer, mais tâcher d'en faire partie si on peut.
- Achille : Ajouter « aux pieds légers » ; cela donne à croire qu'on a lu Homère.
- Ambition : Toujours précédée de « folle » quand elle n'est pas « noble ».
- Bibliothèque : Toujours en avoir une chez soi, principalement quand on habite la campagne.
- Chameau : A deux bosses et le dromadaire une seule. Ou bien le chameau a une bosse et le dromadaire deux (on s'y embrouille).
- Danton : « De l'audace, encore de l'audace, toujours de l'audace ! »
- Incapacité : Toujours notoire. Plus on est incapable, plus on doit être ambitieux.

Les figures humoristiques du XXe siècle

C'est le XXe siècle qui va fournir le plus grand réservoir de romanciers à la plume drôle et caustique. Un siècle qui a été témoin de deux guerres mondiales, de totalitarismes odieux, de la création de la CIA, de la découverte de la théorie de la relativité ou de la psychanalyse, et de l'immortalité de Michel Drucker ne pouvait qu'avoir envie de se changer les idées...

Ses écrivains aussi. De Jules Renard à Pascal Fioretto, de Vialatte à Tom Sharpe, de Frédéric Dard à Donald Westlake, l'humour en littérature a fait son chemin. Beaucoup d'auteurs se sont essayés à la gaudriole littéraire, beaucoup s'y sont cassés les dents. Mais ceux que la postérité nous a légués nous font encore hurler de rire.

Jules Renard, drôlement triste

Jules Renard (1864-1910), même s'il ne posa qu'un modeste pied dans le XXe siècle, y mérite sa place car ce petit monsieur au talent immense est un déclencheur. Il mène une vie tranquille de père de famille, une vie qu'il juge souvent un peu étriquée. Les problèmes d'argent seront un thème constant chez lui, « le métier des lettres est tout de même le seul où l'on puisse, sans ridicule, ne pas gagner d'argent. » Ses livres rencontrent un bon accueil de la critique, mais ni *L'Écornifleur*, ni *Coquecigrues*, ni même *Poil de carotte* ne trouvent leur public. « Pas un de mes livres n'arrive à un second tirage. » C'est son ami Lucien Guitry (1860-1925) qui lui ouvre enfin les portes de la gloire en jouant sa première pièce au théâtre, *Le Plaisir de Rompre* (1897).

Renard l'entomologiste

Renard a une ambition d'écrivain : faire vrai. Seule véritable façon de cerner ses contemporains comme un entomologiste observe les fourmis, ou comme le fit son maître : La Bruyère. Il traque les faux-semblants, les cuistres, crèvent les baudruches et s'attache au style comme un naufragé à sa bouée. Il ne déteste rien tant que ces auteurs qui « font le beau ». « On place des éloges comme on place son argent, pour qu'ils nous soient rendus avec les intérêts. » Il ne cerna jamais si bien l'être humain qu'en accouchant de cette terrible phrase teintée d'humour noir : « Ce n'est pas le tout d'être heureux, encore faut-il que les autres soient malheureux. »

X... roman impromptu

La vie littéraire de Jules Renard le fait s'entourer des meilleurs esprits du moment (Lucien Guitry ou Alphonse Allais, par exemple). Mais c'est avec quatre autres plumes en recherche de fortune qu'il va s'acoquiner en 1895 pour produire un petit roman délirant, *X... roman impromptu*. Un roman à cinq mains : Pierre Veber (1869-1942)(l'oncle de Francis), George Auriol (1863-1938), Tristan Bernard (1866-1947), Georges Courteline (1858-1929) et Jules Renard. Une histoire rocambolesque, burlesque et impromptue parce qu'écrite sans plan et sans but. Chacun s'attelle à la tâche en produisant un chapitre de son côté. Le cahier des charges est simple : tout est possible ! Mais c'est Jules Renard qui réussira l'impossible en essayant de redonner, à la fin du travail, une certaine cohérence à l'ensemble.

Le journal qui rend intelligent

C'est après la mort de l'écrivain que sa femme retrouvera le journal de Renard. Prudente et sans doute prude, elle en biffa une grande partie qu'elle jeta, fit recopier le reste, et le légua à la postérité. Un des chefs-d'œuvre de la littérature, où l'humour et la noirceur se côtoient avec élégance. *Le Journal de Jules Renard* sera le livre de chevet de bien des auteurs.

- « Je sais enfin ce qui sépare l'homme de la bête, ce sont les ennuis d'argent. »
- « Je sais que la littérature ne nourrit pas son homme. Par bonheur, je n'ai pas très faim. »
- « Mes mots feront fortune, pas moi. »
- « Il y a de bons écrivains et les grands, soyons les bons. »
- « Quelle haleine ! Il n'a jamais pu attraper une mouche vivante. »
- « Je n'ai plus l'âge de mourir jeune. »

Pierre Veber, un mousquetaire oublié

C'est Pierre Veber qui eut, dit-on, l'idée du fameux *X... roman impromptu.*

En 1892, Pierre Veber collabore à la revue humoristique *Le Chasseur de chevelures*, dirigée par Tristan Bernard. Dans les deux numéros qui verront le jour, Pierre Veber donne le ton en sous-titrant : « Tristand Bernard, rédacteur intègre, Pierre Veber, rédacteur vénal ».

Alexandre Vialatte, humoriste volcanique

Alexandre Vialatte (1901-1971) « sauf erreur, ne se trompe jamais », car il manie l'humour avec précision et délicatesse dans une langue savante et pondérée. Sa fantaisie est contenue, ses digressions sont maîtrisées. Mais le rire provoqué n'en est pas pour autant modéré, car ce traducteur de Kafka sait chroniquer sur à peu près tous les thèmes avec espièglerie. Ses billets humoristiques dans le journal *La Montagne* feront date : énumération rabelaisienne, fausses remarques scientifiques, références historiques approximatives. Il aime particulièrement tourner en dérision la grandiloquence et le style néo-classique qu'on lui prête : « La distinction demande des dons. Si on en manque, chercher à l'obtenir en cultivant habituellement des soucis élevés, tels que sauver la France, avoir les oreilles propres, employer le subjonctif, aimer la pauvreté, la maigreur, les grands sacrifices, les premiers Capétiens, le folklore breton et le vison bleu. »

La bonne boutade d'Auvergne

Né dans la Haute-Vienne mais ayant grandi à Clermont-Ferrand, Alexandre Vialatte est l'auteur de quelques saillies auvergnates pleines de non-sens…

- « Pascal aimait tellement l'Auvergne qu'il naquit à Clermont-Ferrand. »
- « En Auvergne, il y a plus de montées que de descentes. »
- « L'Auvergne produit des ministres, des fromages et des volcans. »
- « Une légende voudrait que la mite soit née comme spontanément du porte-monnaie d'un Auvergnat, un jour qu'il l'ouvrit par mégarde. Les Auvergnats s'amusent beaucoup de cette invention. "Zoologiquement, cette légende ne tient pas, a déclaré le professeur Mondor, le porte-monnaie de l'Auvergnat ne s'ouvre pas". »

Jacques Prévert, la verve subversive

« L'anartiste », comme le prénommait Dan Franck (né en 1952), aussi célèbre pour ses scénarios que pour ses poèmes, a le goût de la transgression. Cet anticlérical et antimilitariste se fait exclure du groupe des surréalistes, mais n'en continue pas moins ses farces et jeux de mots (calembours, néologismes…) à tout va. Il suscite le rire en créant des situations burlesques, des images insolites, et en usant des « jeux de sons ». Jacques Prévert (1900-1977) pratique avec virtuosité l'allitération, le rythme des phrases ou les rimes, pour détourner les expressions célèbres, les proverbes ou autres « stéréotypes du langage ». Surtout connu pour son recueil de poèmes *Paroles*, il écrit par la suite une œuvre considérable, aujourd'hui entrée dans la collection « La Pléiade ».

Jacques Prévert est passé maître dans le détournement d'expressions ou d'aphorismes :

- « On ne fait jamais d'erreur sans se tromper. »
- « Quand quelqu'un dit : "Je me tue à vous le dire", laissez-le mourir. »
- « Dans chaque église, il y a toujours quelque chose qui cloche. »
- « Bien sûr, des fois, j'ai pensé mettre fin à mes jours, mais je ne savais jamais par lequel commencer. »

Je vous donne mes Paroles

Édité en 1946, son livre *Paroles* connaît un succès immédiat et exceptionnel pour un recueil de poèmes. Composé de 95 textes de tous genres (prose, vers, saynètes, dialogues…), *Paroles* se distingue par l'oralité et la musicalité de son écriture, certaines répétitions pouvant être perçues comme des refrains. Prévert utilise différents procédés stylistiques pour déclencher le rire : expressions corrosives, parodies, jeux de mots, accumulations ou rimes. On obtient ainsi :

- « Notre père qui êtes aux cieux
  Restez-y… » (*Pater noster*)
- « L'élève Hamlet : être ou ne pas être dans les nuages ! »
- « De deux choses lune l'autre, c'est le soleil. »

Le Martyre de l'obèse

Dans ce vaudeville d'Henri Béraud (1885-1958) que l'Histoire a écarté pour de mauvaises raisons idéologiques, Angèle veut quitter son infidèle de mari et part avec le narrateur (le Bon Gros), fou amoureux d'elle. Poursuivis par ce mari pressant, le Bon Gros cherche désespérément à plaire à sa belle fuyarde qui, consciente de l'amour que lui porte le narrateur, le mène par le bout du nez et lui fait exaucer ses moindres désirs… Henri Béraud, redoutable polémiste à la plume truculente, n'était pas maigre pour sa part. Il dresse là un portrait caustique d'un membre de la confrérie des « Cent kilos ». *Le Martyre de l'obèse* traite avec une ironie acide le thème du poids … des apparences. Hilarant.

Raymond Queneau, l'humour savant

Raymond Queneau (1903-1976) est l'inventeur d'une belle langue, l'une des plus riches et des plus amusantes du XXe siècle. Il fit tellement d'émules qu'il fut à l'origine d'une école : le mouvement OuLiPo, qui promeut l'écriture à contrainte. Esprit fécond, l'écrivain touche à tout : aux mathématiques, à la science-fiction (comme le prouve son appartenance au Club des Savanturiers), au cinéma, à la poésie, à l'édition, à la bande dessinée et bien sûr à la littérature dans laquelle humour, poésie et surréalisme des mots et des idées se donnent la réplique. Ses œuvres les plus célèbres sont *Zazie dans le métro* et *Exercices de style*.

Fossoyeurs et vrai enterrement

Voici un exemple de phrase qu'affectionne Raymond Queneau, qui retravaille le style classique en s'inspirant du langage parlé :

« Un fossoyeur vint leur demander s'ils allaient encore rester longtemps là. C'était pas qu'elle les gênait, la famille, les fossoyeurs mais c'était l'heure d'aller déjeuner et ils finiraient de le remplir seulement après, les fossoyeurs, le trou. »

Exercices de style

Inspiré par *L'Art de la fugue* de Bach, Raymond Queneau écrit en 1947 ses célèbres *Exercices de style*, qui présentent avec humour 99 variantes d'une anecdote volontairement insignifiante, dans laquelle un jeune homme coiffé d'un chapeau s'emporte contre un passager qui voyage dans le même bus que lui. On y découvre la version « Litotes », « Alexandrins », « Maladroit », « Désinvolte », « Fantomatique », « Zoologique », « Ampoulé », « Vulgaire »...

On va pas chinoiser pour un casse-tête

En 1961, Raymond Queneau accouche du texte à contrainte par excellence : *Cent mille milliards de poèmes*, où un sonnet combinatoire permet autant de variantes. Il faut 190 258 751 années, en lisant vingt-quatre heures sur vingt-quatre tous les jours sans interruption, pour le lire en entier. Aux dernières nouvelles, personne n'y est encore parvenu.

Queneau en pensées

MOTS D'AUTEUR

- « Histoire de France : Les Huns piquant des deux arrivèrent à Troyes quatre à quatre. »
- « J'ai l'estomac dans les talons. On aimerait mieux avoir l'étalon dans l'estomac. »
- « Il y des gens qui trouvent toujours quelque chose à ne rien dire. »
- « Il y a deux sortes d'arbres : les hêtres et les non-hêtres. »
- « Luxure : 1 + 1 = 69. »
- « L'humour est une tentative pour décaper les grands sentiments de leur connerie. »
- « Elle était aussi bien de fesses que de face. »

OuLiPo ou comment faire compliqué

C'est en 1960 que l'OUvroir de LIttérature POtentielle fut créée sous l'égide de Raymond Queneau et du mathématicien François Le Lionnais (1901-1984). Constitué d'une bande de « fous des mots », l'OuLiPo se propose d'explorer scientifiquement la littérature et d'installer des contraintes d'écriture. Ses deux représentants les plus célèbres furent Queneau (*Exercices de style*) et Georges Perec (1936-1982). Ce dernier poussa l'écriture à contrainte dans des extrémités difficiles à égaler, comme dans son livre *La Disparition* : un roman qui n'utilise jamais la lettre « e » ! Les contrepèteries de Luc Étienne (voir le chapitre 11) en sont un autre exemple. Ces amoureux des lettres ont usé de tout ce que pouvait apporter la langue comme champ d'expérimentation.

Boris Vian, le faiseur de néologismes

À la fois écrivain, trompinettiste (la trompinette étant un instrument plus petit que la trompette), parolier, chanteur, scénariste et acteur, Boris Vian (1920-1959) a su développer tout au long de son œuvre un humour bien singulier : à la fois noir et sarcastique, mais aussi teinté de lyrisme et de poésie. Compagnon des intellectuels de la rive gauche (Sartre, Beauvoir, Queneau…), l'auteur du controversé *J'irai cracher sur vos tombes*, parodie des romans noirs américains, est condamné pour outrage aux bonnes mœurs en 1950. Il continue cependant à écrire des romans dans la même veine, aux titres évocateurs : *Les morts ont tous la même peau, Et on tuera tous les affreux* et *Elles se rendent pas compte*. Après l'échec de *L'Arrache-cœur* (roman où il narre avec fantaisie les aventures du psychiatre Jacquemort et d'une mère obsessive), il décide d'arrêter d'écrire.

L'Écume des jours

L'Écume des jours, publié en 1947, est l'un des premiers romans de Boris Vian, dans lequel il fait évoluer ses personnages dans un univers étrange, à la fois envoûtant, baignant dans la musique de jazz, mais aussi effrayant, poétique et drôle jusqu'à l'absurde. En impertinent jongleur de mots, Boris Vian invente des expressions loufoques et truffe son texte de nombreux jeux de mots pour créer un décalage et des effets burlesques.

Par exemple, il met en scène un certain… Jean Sol Partre ; philosophe grotesque et adulé. La fantaisie et l'ironie de Boris Vian permettent également d'aborder toutes les situations avec drôlerie et émotion.

Les mots-valises de Boris Vian

Les mots-valises naissent de la fusion de deux mots. Boris Vian en abusa avec délectation dans *L'Écume des jours* :

- **Le pianocktail** : cet objet onirique concocte des cocktails aux couleurs et goûts différents selon les touches sur lesquelles on appuie.
- **Le députodrome** : le lieu où se réunissent les députés, mot construit sur le modèle de l'aérodrome, de l'hippodrome, du vélodrome…
- **Les agents d'armes** : toute la poésie du gendarme.
- **Frigiploque** : Faux argot qui désigne un réfrigérateur.
- **Sacristoche** : terme dépréciatif pour désigner une sacristie.

Et cent autres comme doctoriser, peintureur, tourneur de disques, biglemoi, doublezon, zonzonner…

Un entretien d'embauche absurdement drôle

Le héros de *L'Écume des jours* se présente pour un emploi :

« Que savez-vous faire ? demanda le directeur.

– J'ai appris des rudiments… dit Colin.

– Je veux dire, dit le directeur, à quoi passez-vous votre temps ?

– Le plus clair de mon temps, dit Colin, je le passe à l'obscurcir.

[…]

– Ah !… Hum !… marmonna le directeur. Vous savez pour quel emploi on demande quelqu'un, ici ?

– Non, dit Colin.

– Moi non plus… dit le directeur. Il faut que je demande à mon sous-directeur. »

L'Écume des jours © Éditions Gallimard, 1947.

Pensées hétéroclites

- « À quoi est due la chute d'Adam et Eve ?

  – C'était une erreur de Genèse. »
- « Quand on se voit milliardaire, on se voit toujours en train de dépenser le milliard, jamais en train de le gagner. »
- « Un caporal, des caporaux, un maréchal, des maraîchers, un général dégénéré. »

- « Faut toujours voir le bon côté des choses.

  – D'accord, retournez-vous ! »
- « La presse française fait preuve d'une partialité révoltante et ne traite jamais que les mêmes sujets : les hommes politiques et les autres criminels. »
- « C'est drôle comme les gens qui se croient instruits éprouvent le besoin de faire chier le monde. »
- « Je me demande si je ne suis pas en train de jouer avec les mots. Et si les mots étaient faits pour ça ? »

Marcel Aymé, l'étalon vert

Marcel Aymé (1902-1967) est un électron libre de la littérature, et l'un de ses plus grands représentants au XXe siècle. Il connaît la gloire en 1933 avec *La Jument verte*, roman paysan avec lequel il impose sa verve et son goût d'une certaine grivoiserie gauloise. Succès qui ne se démentira pas avec *La Vouivre* (1941), *Le Passe-muraille* (1943) ou encore *Uranus* (1948). Il usera de tous les genres littéraires, de l'essai (*Le Confort intellectuel*) au théâtre (*Clérambard*), en passant par le roman jeunesse (*Les Contes du chat perché*). De son œuvre littéraire imposante se dégagent la générosité, la tolérance et un humour constant. Il dialoguera avec brio *La Traversée de Paris* (tiré de son propre roman) avec Gabin et Bourvil, dont la fameuse réplique « Salauds de pauvres » résonne encore à nos oreilles.

Vous aussi, vous faites du sport ?

Dans son roman *Travelingue*, Marcel Aymé s'en prend au snobisme parisien et aux querelles de clocher (son thème de prédilection) d'une France divisée par la guerre. Grâce à l'humour, ses portraits vitriolés sont sans méchanceté :

« Madame Lasquin [...] n'ayant eu que très rarement l'occasion d'entendre le mot "pédéraste" et sans qu'il s'accompagnât jamais d'aucun commentaire explicite, elle se laissait abuser par un fallacieux rapprochement d'étymologie et attribuait à ce terme le sens de coureur à pied.

– Mon gendre est un très grand pédéraste, dit-elle, mais depuis qu'il est marié, il ne peut plus courir autant qu'il le voudrait [...] Et c'est dommage. Il a une très bonne technique. J'ai eu l'occasion de le voir à l'œuvre et il n'y a pas longtemps. Quand il s'est rhabillé, il était aussi frais qu'avant de commencer... »

Travelingue © Éditions Gallimard, 1941.

Le bon mot au bon endroit

Marcel Aymé était réputé pour être assez réservé dans ses apparitions publiques, au point que ses silences étaient presque plus célèbres que lui. Un soir qu'il daigna se déplacer dans un dîner mondain où cela cancanait à tout va, sa jeune voisine se tourna vers lui : « Je sais, Monsieur, que vous n'aimez pas parler, mais j'ai parié avec quelques amis que vous me diriez au moins quatre mots, ce soir.

– Vous avez perdu ! »

Jacques Perret, le corsaire farceur des temps modernes

Pamphlétaire féroce, ce grand ironique sait cependant rester affectueux pour dénoncer les petites lâchetés et faiblesses de ses contemporains. Jacques Perret (1901-1992) entretient ses souvenirs dans ses livres, ainsi qu'une élégante moquerie de lui-même. L'écrivain et journaliste Jean Raspail (né en 1925) situe d'ailleurs ce vrai amateur de traditions « à mi-chemin entre le radotage et l'humour ». À la fois mousquetaire et corsaire, l'homme qui découvre la Guyane à 29 ans et s'échappe d'un camp de prisonnier en 1942 pour rejoindre le maquis, relate ses aventures avec humour dans *Le Caporal épinglé* et *Bande à part*.

Le Machin ou la démonstration impossible

Jacques Perret, styliste étonnant, a le sens de la mystification, et son livre *Le Machin* devrait être lu dans toutes les écoles dignes de ce nom. Marcel, le héros de cette nouvelle, hérite de sa tante d'un objet qu'il ne connaît pas et dont il ne comprend pas l'utilité. Il va donc faire le tour de Paris pour interroger toutes sortes de professionnels susceptibles de l'éclairer. Chacun possède son avis, son discours, son langage technique mais rien à faire, notre infortuné n'arrive pas à en savoir plus. Un chef-d'œuvre d'humour.

« Nous sommes, dit M. Guesdon, dans les salons de l'Office international de l'Objet. Vous voyez que je n'y vais pas avec le dos de la cuiller. […] Le but de cet organisme, à vrai dire, je l'ignore, mais je suppose qu'à l'image de beaucoup d'organismes, il se contente de fonctionner en tant qu'organisme. Toujours est-il que tout ce qui, dans le monde, se prévaut à tort ou à raison de la qualité légale d'objet ou du titre officieux de machin, passe par le contrôle de cet office. »

Le Machin © Éditions Gallimard, 1955.

Les grands buveurs

En littérature, il y a les grands fauves comme Joseph Kessel (1898-1979) ou André Malraux (1901-1976), et il y a les grands buveurs… La liste de cette catégorie serait sans doute longue à établir, mais nous avons en France deux illustres exemples qui ont manié avec un brio partagé la plume humoristique et la divine bouteille. Avec eux, l'alcoolisme prend du panache (et pas seulement du panaché), s'élève, prend une dimension quasi mystique. Les ivrognes tutoient les anges et l'ivrognerie devient un art consommé (sans modération). Trinquons à leur mémoire !

René Fallet, le braconnier des mots

Jamais auteur n'avait porté l'alcoolisme à un tel niveau de sacré. René Fallet (1927-1983) consacra tellement la bouteille qu'il sépara son œuvre en deux catégories : la veine « whisky » et la veine « beaujolais». L'homme est un poète et un humoriste, lui qui disait « dans son arrière-boutique, la fleuriste cultivait ses arrière-pensées ». Le cinéma comprit rapidement tout ce qu'offrait de fantaisie imagée la plume de ce romancier atypique ; il accoucha des *Vieux de la vieille*, du *Triporteur*, d'*Un idiot à Paris*, de *La Soupe aux choux*, du *Drapeau noir flotte sur la marmite*…

- « La soupe aux choux mon Blaise ça parfume jusqu'au trognon, ça fait du bien partout où qu'elle passe dans les boyaux. Ça tient au corps, ça vous fait même des gentillesses dans la tête. Tu veux qu't'y dise : ça rend meilleur. »
- « Non !! Alors !! Excuse moi camarade !!… Mais s'il y a que quand on pète ou quand on rote que ça te dis quelque chose on va pas causer souvent !!! »
- « Quelle est votre occupation favorite ?

  – L'occupation allemande. »

Antoine Blondin, voir la vie en cyrrhose

C'est bien sûr dans le célèbre *Singe en hiver* qu'Antoine Blondin (1922-1991) donnera toute la mesure de sa passion pour les boissons à degrés excessifs. Véritable ode au « bien boire ». Mais derrière le buveur se cache un seigneur des lettres. Avec simplement quelques romans, il offrira une œuvre mordante, ironique, lui qui se voulait héritier de Jules Renard. Amateur de calembours, on retiendra ses réparties poilantes dans le journal *L'Équipe* auquel il collabora activement : « Le col tue lentement », « Jaillis du bas-Luchon, ils se font la valise », « Je m'absinthe un moment. »

- « Assis sur le bord du trottoir, perdus dans leurs méditations individuelles, avec une gravité lointaine qui rejoint la mastication du casse-croûte, les hippies font chanvre à part. »

- « L'homme descend du songe. »
- « Il respire comme il ment : très mal. »
- « Méfiez-vous fillettes, il n'est jamais trottoir pour bien faire. »

Les Carnets de Pierre Daninos

En 1954, paraît un livre qui va faire l'effet d'une bombe : *Les Carnets du Major W. Marmaduke Thompson*. Cette bombe est remplie de gaz hilarant. Pierre Daninos (1913-2005), journaliste, devient un écrivain humoriste en « traduisant » les réflexions d'un Anglais sur la France. Un sujet qu'il reprendra à quatre reprises, au milieu d'une grande production d'œuvres satiriques.

- « Je ne suis pas bête pour deux sous. Mais pour un million, je deviens complètement idiot. »
- « Les Français peuvent être considérés comme les gens les plus hospitaliers du monde, pourvu que l'on ne veuille pas entrer chez eux. »
- « Nous étions au bord de l'abîme, mais depuis, nous avons fait un grand pas en avant. »
- « En Angleterre, l'art de la conversation consiste à savoir se taire. »
- « Si vous voulez obtenir quelque chose, adressez-vous à quelqu'un de très occupé : les autres n'ont pas le temps. »

Le polar humoristique

Parodie du roman policier, le polar humoristique en reprend les codes (enquêtes, présumés coupables…) pour mieux les tourner en dérision. Déjantés et monomaniaques, les héros de ces ouvrages sont parfois des incapables, des faux James Bond ou des personnages hors piste. Mais le trait commun à cette littérature d'évasion est très souvent la verve de ses auteurs, qui s'amusent des mots et des conventions d'écriture. De nombreux écrivains ont distillé de l'humour dans leurs œuvres, mais il y a incontestablement quatre plumes historiques qui en ont fait un sacerdoce : Frédéric Dard, Fred Kassak, Donald Westlake et Charles Exbrayat.

Frédéric Dard, alias San Antonio

Des écrits de ce perturbateur de service, poil-à-gratter de l'esprit de sérieux et anticonformiste, souffle un vent délirant et drôle. Auteur de plus de trois cents ouvrages, Frédéric Dard (1921-2000), qui prend le nom de plume de San-Antonio (péché au hasard dans un atlas en tombant sur la carte des États-Unis), se décrivait lui-même comme besogneux ou « petit-bourgeois de la logorrhée ». Fanatique de Simenon (1903-1989), sa verve s'inspire davantage de Rabelais ou de Céline (1894-1961) et manie en expert toutes les figures de style. Il finit par s'effacer complètement derrière son personnage : San-Antonio, dont il publia les aventures policières au rythme de trois à cinq ouvrages par an. Ses délires truculents et ses inventions verbales (on dit qu'il aurait torturé vingt mille mots) font de lui l'humoriste le plus célèbre de la littérature.

Le fils à l'air édité

À la mort de Frédéric Dard en 2000, c'est son fils, Patrice Dard qui reprend le flambeau avec *Les Nouvelles aventures de San-Antonio.* Les personnages sont toujours là : L'infâme Bérurier au cœur aussi gros que sa b..., sa femme Berthe, Pinaud le cacochyme, et San-A, bien sûr, toujours aussi philosophe avec les femmes. La verve est là, les mots s'invitent et s'inventent toujours, la fesse fluctue... Bref, le personnage n'est pas cuit car le fils est un bon cru.

Derrière les romans de gare, vite écrits, vite publiés, se trouve une œuvre gigantesque, pleine, vivante, truculente, inventive, un feu roulant de mots qui ne masquent pas cependant la lucidité de l'auteur face à la nature humaine... La preuve en mots :

- « Le sexe masculin est ce qu'il y a de plus léger au monde, une seule pensée le soulève. »
- « Ma femme est jeune, j'ai toute sa vie devant moi. »
- « En deux coups de cul hier à Pau. »
- « Être est plus indispensable qu'avoir. Le rêve, c'est d'avoir de quoi être. »
- « La plupart des écrivains font leurs livres chiants pour faire croire qu'ils sont longs. »
- « Si vous criez "bougre de con" dans la rue, tout le monde se retourne. »
- « Comment trouves-tu mes fesses ?

  – Très facilement. »

Marcel E. Grancher, le fer de lance

C'est au début des années 1930 que Marcel E. Grancher (1897-1976), journaliste et écrivain lyonnais, fonde les Éditions Lugdunum. C'est là qu'il embauche un tout jeune garçon qui s'appelle… Frédéric Dard. En 1942, *Le Charcutier de Mâchonville* assure à Grancher la reconnaissance du public dans le domaine qu'il préfère, celui du roman gai. C'est après la guerre, à la fin des années 1940, qu'il découvre la « Série noire » à laquelle il fournira des titres évocateurs comme *Pas de bégonias pour Madame Dugommier, Ce mec est contagieux, Poil au bilboquet, Quand les chinois s'épanouiront, Quand nous l'auront dans le cubain*… On sent que San-Antonio n'est pas loin d'arriver. D'ailleurs, c'est ce qu'il fit !

Fred Kassak, le palindrome fait homme

Cet ancien guide bilingue du musée Grévin, qui aime à ne parler qu'une seule langue, publie son premier roman d'espionnage *Tonnerre à Tana* en 1957. Il poursuit avec de nombreux autres romans policiers aux titres parlants : *Carambolages, Crêpe Suzette, Une chaumière et un meurtre, Voulez-vous tuer avec moi ?* ou *Qui a peur d'Ed Garpo ?* Fred Kassak (né en 1928) y mêle avec talent l'enquête policière et l'humour (noir de préférence), se plaît à entrainer ses personnages dans des machinations diaboliques et pratique avec un brio consommé l'art de la chute la plus improbable. Certains de ses ouvrages ont été adaptés au cinéma par Michel Audiard (*Elle boit pas, elle fume pas, elle drague pas, mais… elle cause !* et *Comment réussir quand on est con et pleurnichard*). Frédéric Dard dira de lui en découvrant ses livres : « J'ai du mouron à me faire. »

L'art de la chute

Kassak a le sens de la chute, comme on peut le constater dans sa nouvelle *Iceberg*, publiée en 1964, dans laquelle le narrateur relate son amour pour Irène qui semble, hélas, folle d'un certain Georges. Le narrateur met alors en place un stratagème pour éliminer son rival. Mais Irène s'en aperçoit et arrive à sauver Georges *in extremis* :

« – Georges, mon chéri, sanglote-t-elle, mon ange, mon trésor, mon tout-petit !

Elle le berce. Elle lui murmure des mots mystérieux, qu'il comprend et qui l'apaisent. Ils se sourient ; de nouveau les voilà ensemble, complices, dans un tête-à-tête dont je suis exclu. Je n'existe plus. Irène ne m'accorde pas un regard. Elle ne paraît pas soupçonner la responsabilité que j'ai eue dans l'accident. Si elle s'en doutait, me dénoncerait-elle ? Ça ferait bien l'affaire des journaux à sensation : "Un jeune homme tente de supprimer le bébé de trois mois pour épouser la mère…". »

Iceberg, 1964.

Charles Exbrayat, le policier burlesque

Ancien directeur du « Masque » (collection spécialisée dans le roman policier, dans laquelle les livres d'Agatha Christie ont été publiés), Charles Exbrayat (1906-1989) ne se tourne vers l'écriture humoristique qu'en 1957, avec un premier roman policier : *Elle avait trop de mémoire*. Il remporte l'année suivante le Grand Prix du roman d'aventures avec *Vous souvenez-vous de Paco ?* Mais c'est surtout les aventures de son héroïne Imogène McCarthery, rousse écossaise amatrice de rugby, de cornemuse et de whisky, au patriotisme exacerbé, qui le révèle au public. On retrouve cette enquêtrice farouchement entêtée, en guerre contre l'envahisseur anglais, dans sept tomes. Charles Exbrayat continuera à manier le polar avec humour en écrivant près d'une centaine d'ouvrages.

Encore vous, Imogène ?

Dans *Encore vous, Imogène ?*, on aperçoit le tempérament belliqueux de la rousse hystérique :

« Écoutez, Miss McCarthery, je suis disposé à encaisser toutes vos injures si vraiment vous partez.

– Je suis engagée au collège Pemberton !

– Pour laver la vaisselle ?

– Là Archie, vous exagérez... Malgré ma patience, en dépit de l'amitié que je vous porte... Si vous continuez sur ce ton, je gagnerai Pemberton avec votre barbe en signe de trophée. »

Encore vous, Imogène ? © Éditions du Masque, 1962.

Donald Westlake, « quand c'est impossible, c'est plus long »

Avec une centaine de romans, dont une bonne moitié dédiée à l'humour, Donald Westlake (1933-2008) est le maître incontesté du polar humoristique outre-Atlantique. On a dit de lui qu'il était l'écrivain le plus drôle du monde. C'est avec sa série des « John Dortmunder » qu'il fera hurler de rire les Américains, en décrivant les déboires de ce cambrioleur pathétique qui rate tout ce qu'il entreprend.

Son style bascule souvent dans l'absurde, ce qui illustre bien les têtes brûlées et les bras cassés dont s'entoure le héros Dortmunder :

« – Je voudrais bien regarder ce film tranquille.

– T'aimes pas les films.

– J'aime pas voir les films dans les salles de cinéma, dit Dortmunder, mais j'aime bien les vieux films qu'on passe à la télé.

– Et Kelp tu l'aimes bien aussi.

– Quand j'étais môme, j'aimais les cornichons aussi. Un jour je m'en suis tapé trois bocaux. »

May protesta :

« Andy Kelp n'est pas un cornichon. »

Dortmunder ne répondit pas, mais il se détourna un instant de l'écran, pour lancer un coup d'œil à May. Quand ils eurent, tous les deux, médité sur la vérité que May venait d'énoncer, Dortmunder reporta son attention sur la télévision. »

Chapitre 16

L'humour fait son cinéma

Dans ce chapitre :

- Des premières comédies françaises à *Bienvenue chez les Ch'tis*
- Les comédies à l'italienne
- De Charlot aux frères Coen, en passant par les réalisateurs corrosifs européens immigrés aux États-Unis et par la parodie

Nous allons pénétrer dans le monde merveilleux du septième art par la grande porte de l'humour. C'est par cette porte que choisirent d'entrer les frères Lumière ou Georges Méliès, les premiers aventuriers de la pellicule, comme si filmer le rire était une petite assurance contre l'échec. Nous ferons la lumière sur le génie français qui en est l'inventeur, nous glisserons vers l'Italie qui eut sa part de responsabilité dans l'humour cinématographique, puis nous rejoindrons les États-Unis qui ont fait de la comédie un joyau du divertissement.

Moteur !

Le cinéma muet cherche sa voix

Quelques tâtonnements puis c'est le grand départ. Le genre de la comédie s'installe très vite sur les écrans, avec des réalisateurs comme Georges Méliès, Louis Feuillade, Max Linder ou l'acteur Charles Prince-Rigadin. C'est donc dans la joie et la bonne humeur que commence l'Histoire du cinéma.

L'humour aux origines du cinéma

On trouve dans l'Histoire du « pré-cinéma », c'est-à-dire avant l'apparition du cinématographe Lumière en 1895, différentes techniques de projection et d'animation d'images, comme le praxinoscope, le tachyscope, le stéréoscope et le kinétoscope, qui donnent lieu à de réjouissants spectacles.

Figures de cire

Dès 1893, Georges Méliès (1861-1938) apporte une touche de fantaisie avec son spectacle de lanterne magique intitulé *Le Musée burlesque des figures de cire*, où il parodie avec un humour espiègle les scènes historiques présentées sur les plaques de verre.

Pantomimes lumineuses

Émile Reynaud (1844-1918) n'est pas en reste avec sa géniale invention : le théâtre optique, qui permet de projeter de longues bandes dessinées et coloriées à la main. Il propose au public de drôles de petits dessins animés, intitulés *Les Pantomimes lumineuses*, qui remportent un grand succès au musée Grévin entre 1892 et 1900.

L'apparition du cinématographe… et le cinéma fut

Dans la suite du théâtre optique et du kinétoscope, apparaît le cinématographe Lumière, inventé, vous l'aurez deviné, par les frères Lumière. Cette invention reprend les procédés iconographiques, techniques et narratifs de la lanterne magique, et permet de réaliser les premiers films, composés pour la plupart de saynètes de la vie quotidienne, de vues comiques ou de féerie.

La première séance

La toute première projection publique a lieu au Salon Indien du Grand Café de Paris, le 28 décembre 1895. Les spectateurs, dont un certain Georges Méliès, peuvent voir une série de dix films reprenant des saynètes de la vie quotidienne :

- La Sortie de l'usine Lumière à Lyon
- La Voltige
- La Pêche aux poissons rouges
- Le Débarquement du congrès de photographie à Lyon
- Les Forgerons
- Le Jardinier
- Le Repas (de bébé)
- Le Saut à la couverture
- La Place des Cordeliers à Lyon
- La Mer (Baignade en mer)

L'arroseur arrosé

Ce titre désigne deux vues comiques des Frères Lumière (*Le jardiner et le petit espiègle*), dans lesquelles on peut voir un coquin marcher sur le tuyau d'un jardinier et l'éclabousser… Le jardinier se retourne alors pour poursuivre le jeune homme et l'arroser à son tour. Projeté lors de la première projection publique, *L'arroseur arrosé* constitue le premier *slapstick* (genre d'humour impliquant une part de violence physique volontairement exagérée) de l'histoire du cinéma. Le film dure 49 secondes.

Le fantasmagorique Georges Méliès

Prestidigitateur et accessoiriste de génie, Georges Méliès est le premier réalisateur de l'Histoire du cinéma, mais aussi le père des premiers trucages ou encore l'inventeur du premier studio de cinéma (chez lui, à Montreuil). Il réalise des séries de bandes (films de quelques minutes) qu'il intitule *Scènes burlesques*, parmi lesquelles *Les Apaches, Un feu d'artifice improvisé* (1904), *Une chute de cinq étages* (1905) ou *La Colle universelle* (1907). Il y met en scène des gags et des situations incongrues, au surnaturel et à la bizarrerie cocasses qui se rapprochent du comique bouffon. On peut ainsi voir dans ces « films à trucs » un concierge se transformer en taureau, et la rue en arène, ou un cabaret en magasin de tissus…

Le Voyage dans la Lune (1902)

Que l'on se rassure, il n'est pas question ici d'une marque de suppositoires, mais bien du film de Georges Méliès, adapté du célèbre roman de Jules Verne : *De la Terre à la Lune*. Ce film qui inaugure le genre de la féerie raconte le périple du professeur Barbenfouillis (affublé d'un chapeau pointu et d'une robe étoilée) qui souhaite se rendre sur la lune. Propulsés au moyen d'un canon géant, le fantasque professeur et ses six compagnons d'aventure découvrent leur nouvel environnement lunaire et assistent à un « lever de Terre », avant d'être capturés par les Sélénites, la population autochtone… Parviendront-ils à revenir sur Terre ?

Les « cinés vaudeville » de Louis Feuillade

Nommé au poste de directeur artistique chez Gaumont, Louis Feuillade (1873-1925) produit des centaines de courts et moyens métrages burlesques. Tout doucement, il va allonger la durée de ses films en s'inspirant des vaudevilles (*La vie drôle, Belle humeur*). Après avoir réalisé sa première comédie (*C'est Papa qui prend la purge*,1905), il se tourne vers le feuilleton comique avec sa série *La trouvaille de Bébé*, dont le personnage principal est un espiègle bambin de cinq ans. Toutefois, c'est dans le drame que Feuillade gagnera ses galons pour la postérité, en réalisant les premiers *Fantômas* (1913) tirés des romans populaires de Pierre Souvestre et Marcel Allain.

Max Linder, le dandy vagabond

Réalisateur et acteur français, Max Linder (1883-1925) est considéré comme l'un des inventeurs du cinéma burlesque. Le grand Charlot se serait même inspiré de ses drôles de jeux et mimiques. Après quelques sketches et comédies (*Dix Femmes pour un Mari*, 1906), il crée le personnage de Max, jeune dandy hâbleur et séducteur, tour à tour professeur de tango, toréador, pédicure ou maître d'hôtel, et qui se retrouve toujours mêlé à des situations loufoques.

L'Étroit mousquetaire

Avant la guerre de 1914, Max Linder, qui a tourné plus de deux cents épisodes de *Max*, connaît un succès mondial. Mais c'est en 1922 qu'il tourne son véritable chef-d'œuvre, *L'Étroit mousquetaire*, une parodie rocambolesque du roman d'Alexandre Dumas. Lindertagnan, Constance Bonne-Aux-Fieux, le Cardinal Pauvre-Lieu et la Reine Ananas d'Autriche en sont les principaux protagonistes. Les gags y abondent et sont si inventifs que les Marx Brothers en reprendront un grand nombre. C'est notamment la première fois qu'un film utilise l'anachronisme ; Max n'hésite pas à s'enfuir en moto ou à téléphoner pour échapper aux hommes du cardinal.

Charles Prince-Rigadin ou le serial pas sérieux

À partir de 1909, un personnage d'idiot aux yeux ronds qui se prend les pieds dans tous les tapis fait son apparition sur les écrans, sous la houlette du réalisateur Georges Monca (1889-1940). Ce personnage c'est Rigadin, qu'interprétera pendant dix ans l'acteur Charles Prince-Rigadin (1872-1933), un comédien qui vient du théâtre des variétés. Même si la finesse du style n'est pas au rendez-vous, le succès de la série dépassera les frontières du pays. Le comédien participera à l'écriture de quelques scénarios de la série, comme *Rigadin aimé de sa dactylo, Rigadin n'aime pas le vendredi 13, Rigadin veut faire du cinéma, Rigadin est un fameux escrimeur, Les perruques de Rigadin…*

Jouez moins vite s'il vous plaît !

Les films muets ont cette particularité d'être saccadés, comme si les comédiens étaient pressés de jouer leur scène. En fait, pour obtenir une image « normale », il faut vingt-quatre images par seconde. À cette époque, on n'en utilisait que seize, d'où cet effet d'accélération qui, disons-le, fit beaucoup pour le succès du burlesque.

La comédie française se fait la voix

Dans les années 1930, Jean Renoir, Sacha Guitry ou Marcel Pagnol continuent de produire des comédies, genre qui triomphe après-guerre grâce à de grands comiques comme Fernandel, Bourvil ou Noël-Noël. Les années suivantes voient l'avènement de Jacques Tati, Louis de Funès, Pierre Richard. Aujourd'hui encore, des films d'Étienne Chatiliez à *Bienvenue chez les Ch'tis* de Dany Boon, les comédies sont toujours autant plébiscitées…

Marcel Pagnol, pour amuser la garrigue

Ce que l'on retient chez Marcel Pagnol (1895 -1974), ce poète des mots qui fit frissonner de plaisir nostalgique les lecteurs de *La Gloire de mon père* ou du *Château de ma mère*, c'est son humour sympathique : jamais excessif dans le burlesque, jamais méchant dans la satire. À l'écrit comme à l'écran, Pagnol a choisi de peindre la grande famille des gens du Sud. Il fut le premier « humoriste » à faire chanter l'accent de Marseille. Panisse, Escartefigue, César, Marius… autant de noms qui fleurent bon la Provence. Puis il découvre Fernandel (1903-1971), qu'il fait jouer dans quelques drames comme *Regain* ou *La Femme du boulanger*, sans négliger son potentiel comique qu'il fait exploser dans *Le Schpountz* et dans *Topaze*.

La fameuse trilogie *Marius* (réalisé par Alexander Korda, 1931), *Fanny* (réalisé par Marc Allégret, 1932), *César* (réalisé par Marcel Pagnol, 1936) est un régal pour les amoureux des mots et les amateurs de situations comiques.

La partie de cartes de Marius

Quatre amis jouent aux cartes à la terrasse d'un café. Mais le ton monte, les sangs s'échauffent, le doute s'installe... Marius tente une dernière ruse pour que son coéquipier coupe à cœur.

César (à Panisse). – Tu te rends compte comme c'est humiliant ce que tu fais là ? Tu me surveilles comme un tricheur. Réellement, ce n'est pas bien de ta part. Non, ce n'est pas bien.

Panisse (*presque ému*). – Allons, César, je t'ai fait de la peine ?

César (très ému). – Quand tu me parles sur ce ton, quand tu m'espinches comme si j'étais un scélérat... Je ne dis pas que je vais pleurer, non, mais moralement, tu me fends le cœur.

Panisse. – Allons, César, ne prends pas ça au tragique !

César (*mélancolique*). – C'est peut-être que sans en avoir l'air, je suis trop sentimental. (À Escartefigue) À moi, il me fend le cœur. Et à toi, il ne te fait rien ?

Quand Pagnol réplique

- « Si on ne peut plus tricher avec ses amis, ce n'est plus la peine de jouer aux cartes. » (*Marius*)
- « Tu n'es pas bon à rien, tu es mauvais à tout. » (*Le Schpountz*)
- « Quand on fera danser les couillons, tu seras pas à l'orchestre. » (*Marius*)
- « Les bavards sont ceux qui vous parlent des autres. Les raseurs sont ceux qui vous parlent d'eux-mêmes. Ceux qui vous parlent de vous sont de brillants causeurs. »

Fernandel, l'empereur du rire

PORTRAIT

Fernand Constandin, alias Fernandel (1903-1971) est le Mozart du cinéma. Né à Marseille dans une famille de saltimbanques, il monte sur les planches à l'âge de cinq ans, avant d'écumer tous les music-halls de Provence pendant vingt ans. Il monte à Paris en 1928 et débute au cinéma deux ans plus tard. Il enchaînera des dizaines de niaiseries militaires et vaudevillesques. *Les Gaietés de l'escadron* de Maurice Tourneur (1876-19361), tiré de la pièce de Georges Courteline, est un des rares films de cette époque encore regardables aujourd'hui. Bien que Marcel Pagnol lui offrit des rôles intenses comme dans *Regain* (1937), *La Fille du puisatier* (1940) ou *Naïs* (1945), Fernandel ne fut jamais réellement pris au sérieux. Pour le public, « sa « gueule de cheval », comme il disait lui-même, semble le destiner à n'être que drôle. Sa carrière parallèle de chanteur comique aux chansons « insondables » n'arrange rien. Bien que le tournage fut assez chaotique, c'est le film de Claude Autant-Lara

(1901-2000), *L'Auberge rouge*, qui lui ouvre les portes d'un comique moins outrancier. Il enfoncera le clou avec la série des Don Camillo.

Association de bienfaiteurs

Le réalisateur Henri Verneuil (1920-2002), qui travailla avec les plus grands comédiens (Gabin, Belmondo, Ventura, Delon...), tourna huit films avec Fernandel entre 1951 et 1959 : *La Table aux crevés* (1951), *Le Fruit défendu* (1952), *Le Boulanger de Valorgue* (1952), *Carnaval* (1953), *L'Ennemi public numéro un* (1953), *Le Mouton à cinq pattes* (1954), *Le Grand chef* (1959) et *La Vache et le prisonnier* (1959).

Le réalisateur disait qu'il était le seul acteur qui, dans la rue, ne déclenchait que des rires et des sourires sur son passage. Fernandel était un aphrodisiaque à bonheur.

Quelques comédies incontournables

Parmi les plus de cent trente films dans lesquels tourna Fernandel, citons quelques chef-d'œuvres intemporels de la comédie à la française :

- *Les Gaietés de l'escadron* de Maurice Tourneur (1932)
- *François Ier ou Les Amours de la Ferronnière* de Christian-Jaque (1936)
- *Les Dégourdis de la 11e* de Christian-Jaque (1937)
- *Le Schpountz ou La Fausse vocation* de Marcel Pagnol (1938)
- *Ernest le rebelle* de Christian-Jaque (1938)
- *Les Cinq Sous de Lavarède* de Maurice Cammage (1938)
- *Fric-Frac* de Maurice Lehmann (1939)
- *L'Armoire volante* de Carlo Rim (1948)
- *Topaze* de Marcel Pagnol (1951)
- *L'Auberge rouge* de Claude Autant-Lara (1951)
- *Le Petit Monde* de Don Camillo de Julien Duvivier (1951)
- *Coiffeur pour dames* de Jean Boyer (1952)
- *Le Retour de Don Camillo* de Julien Duvivier (1952)
- *Le Mouton à cinq pattes* d'Henri Verneuil (1954)
- *Ali Baba et les quarante voleurs* de Jacques Becker (1954)
- *La Grande Bagarre de Don Camillo* de Carmine Gallone (1955)

- *La Vache et le prisonnier* d'Henri Verneuil (1959)
- *Don Camillo Monseigneur* de Carmine Gallone (1961)
- *La Cuisine au beurre* de Gilles Grangier (1963)
- *Don Camillo en Russie* de Luigi Comencini (1965)

Michel Simon : quoi ma gueule !

En trois comédies avec trois réalisateurs différents (Jean Renoir, Claude Autant-Lara et Sacha Guitry), Michel Simon (1895-1975) impose sa « gueule » au cinéma français. Sans doute l'acteur le plus complet produit par le septième art, il est capable d'arracher rires et larmes avec une aisance déconcertante. Ce fils de charcutier, né en Suisse, explose au théâtre dès 1925 avec la pièce de René Fauchois, *Boudu sauvé des eaux*, qu'il reprendra au cinéma sept ans plus tard.

Boudu sauvé des eaux

Le film, réalisé en 1932 par Jean Renoir (1894-1979), est une satire du conformisme petit-bourgeois, de la bonne conscience et de l'hypocrisie sociale. Michel Simon y incarne avec une prouesse inégalée le clochard Boudu, recueilli par le brave libraire Monsieur Lestingois alors qu'il tentait de se noyer dans la Seine. Boudu sème alors la perturbation dans l'univers bien rangé du ménage Lestingois ; il salit l'appartement, courtise la bonne et réussit même à cocufier son protecteur ! Nous sommes là dans une variante de *L'Écornifleur* de Jules Renard.

Boudu, le suppôt de satin

Le film a été fort mal accueilli par le public et les critiques qui voyaient en Boudu un être profondément immoral. Pour Jean Renoir, ce qui choquait les dames « bien comme il faut » n'était pas tant « que Boudu séduise Madame Lestingois… mais bien qu'il essuie le cirage de ses chaussures dans le couvre-lit en satin. Le voilà bien le crime des crimes ! »

Fric-Frac

Fric-Frac (du verbe fric-fraquer : entrer par effraction) est une comédie réjouissante, adaptée en 1939 de la pièce à succès d'Édouard Bourdet (1887-1945) et réalisée par Maurice Lehmann (1895-1974) et Claude Autant-Lara (1901-2000). L'histoire est celle de Marcel (joué par Fernandel), commis de bijouterie, qui rencontre un couple pittoresque : Jo et Loulou (interprétés par Arletty et Michel Simon). Très vite, Marcel s'entiche de

Loulou l'aguicheuse, au grand dam de la fille de son patron. Mais Marcel ignore que Loulou et son acolyte Jo ne sont, en fait, qu'une bande de truands. Ces derniers profitent alors de la naïveté de Marcel pour lui soutirer des informations afin d'organiser le cambriolage de la bijouterie… Le film nous entraîne des arrière-salles de café aux parties de bonneteau en plein air, dans l'argot joyeux du Paris des années 1930.

La Poison

Dans cette délirante comédie de Sacha Guitry (1885-1957) sortie en 1951, Michel Simon interprète un monstre astucieux (Paul Braconnier). Cet horticulteur dilettante cherche par tous les moyens à tuer sa femme alcoolique, autoritaire et laide (Germaine Reuver). Pour cela il se rend à Paris afin de rencontrer un avocat « spécialisé » dans l'acquittement des assassins, et il lui confesse le crime qu'il n'a pas encore commis. L'avocat lui donne alors, sans le savoir, la marche à suivre pour commettre un meurtre parfait et éviter la guillotine…

Quand la prise n'est pas de bec !

Le film *La poison* fut tourné en seulement onze jours. Michel Simon nous explique pourquoi :

« Je dis à Guitry : "Il y a une chose que j'abomine, c'est de recommencer, sous prétexte de technique, trois fois une scène, quelquefois dix, onze, vingt fois… Pour moi, la première fois est la bonne, la seconde fois je me répète et c'est mauvais, et la troisième fois, c'est exécrable !" Sacha Guitry a décrété immédiatement : "On ne tournera qu'une fois !" Il a réuni tout le personnel avant le commencement du film, il a dit : "Messieurs, vous êtes prévenus, nous tournerons, pour faire plaisir à Michel Simon, une seule fois les scènes. Sous aucun prétexte, sauf si c'est lui qui le demande, on ne tournera une seconde fois, vous êtes prévenus, si c'est mauvais au son, Monsieur l'ingénieur du son en prend la responsabilité, si c'est mauvais à l'image, ce sera le caméraman qui sera responsable !" »

Et le résultat est prodigieux !

Dialoguistes, ces grandes voix du cinéma

Ce qui fait une des grandes spécificités du cinéma français c'est son goût du dialogue, de la chose pensée. Gabin disait que le cinéma c'est trois choses : « Une histoire, une histoire et encore une histoire. » C'est vrai pour le cinéma américain qui ne se refuse aucune extravagance scénaristique, c'est moins vrai en France où le verbe est roi. Une très bonne histoire mal portée par ses dialogues s'effondre vite. Jusqu'aux années 1980, trois princes de la langue se seront partagé les grands dialogues : dans le cinéma des mots d'auteurs, le cinoche percutant, Henri Jeanson (1900-1970) est, avec Jacques Prévert

(1900-1977), l'inventeur du bon mot, de la réplique cinglante ; c'est bien sûr Michel Audiard (1920-1985) qui parachèvera le genre quelques années plus tard. La nouvelle vague leur reprochera d'ailleurs de sacrifier le réalisme des personnages pour accoucher d'un bon mot. Mais que de pépites nous ont-ils laissé !

Henri Jeanson et le « gros » mot d'auteur

Hôtel du Nord, Entrée des artistes, Copie conforme, La Vache et le prisonnier… Derrière ces chef-d'œuvres aux répliques mythiques se cache un homme : Henri Jeanson, celui qui fit une « gueule d'atmosphère » à Arletty et qui donna au cinéma quelques-unes de ses meilleures répliques. Insolent en diable, anticlérical, antimilitariste, son anarchisme bobo fait mouche à chaque fois.

- « Par terre on se dispute, mais au lit on s'explique. Et sur l'oreiller, on se comprend ! » (*Hôtel du Nord*, 1938)
- « Je ne suis pas sceptique. Je ne crois à rien, mais j'y crois fermement… » (*Au royaume des cieux*, 1949)
- « Tu ferais un excellent critique. Tu parles fort bien de ce que tu connais mal… » (*Entrée des artistes*, 1938)

Michel Audiard ou le verbe roi

Michel Audiard fut longtemps la Rolls du cinéma français, celui dont le nom était encadré au générique, celui qui touchait des fortunes pour fignoler un film en quinze petites répliques qui suffisaient à faire passer l'œuvrette pour une création mythique… Une légende, une épée, un cador ! Dans les années 1960, producteurs et réalisateurs se l'arrachent, car ses mots valent de l'or. Cet éternel insatisfait qui vénérait Mozart et la littérature offrit au cinéma français ses plus belles répliques, mais aussi et surtout les plus drôles. En véritable dialoguiste, il ciselait ses textes aux « bouches appropriées », il faisait du « sur-mesure ». Jean Gabin, Lino Ventura, Jean-Paul Belmondo, Bernard Blier, Michel Serrault, Francis Blanche, Alain Delon, Maurice Biraud, Mireille Darc… Tous eurent leur texte fignolé aux petits oignons.

Il commence sa carrière en 1949 dans le film d'André Hunebelle (1896-1985) *Mission à Tanger*, et la termine en 1985 avec *On ne meurt que deux fois* de Jacques Deray (1929-2003). Georges Lautner (né en 1926) sera un de ses meilleurs alliés pour développer sa verve « déconneuse » (*Les Tontons flingueurs, Ne nous fâchons pas, Les Barbouzes…*), qu'il magnifiera en passant lui-même à la réalisation avec Faut pas prendre les enfants du bon Dieu pour des canards sauvages. Huit autres délires pelliculés suivront. Il dialoguera cent six films. Place au maître :

Un intellectuel assis va moins loin qu'une brute qui marche

Michel Audiard était un grand amateur de Céline (1894-1961), qu'il vénérait par-dessus tout ; il lui rendit constamment hommage dans son texte. Contrairement à une idée reçue, il utilisait très peu d'argot, sa langue étant une pure invention.

- « Quand les types de 130 kg disent certaines choses, ceux de 60 kg les écoutent. » (Belmondo dans *Cent mille dollars au soleil*)
- « Je suis ancien combattant, militant socialiste et bistrot. C'est dire si dans ma vie j'ai entendu des conneries. » (Dalban dans *Un idiot à Paris*)
- « Vous êtes jeune et jolie, je ne suis sûrement pas le premier à vous le dire.

  – On me le dit à chaque coup.

  – Ah ?

  – Je veux dire à chaque fois. » (Daniel Gélin et Michèle Mercier dans *Retour de manivelle*)
- « Ton père et moi, tu nous feras mourir de chagrin.

  – Tant mieux, comme ça on ne retrouvera pas l'arme du crime. » (Germaine Montero et Alain Delon dans *Mélodie en sous-sol*)
- « Taxi, taxi, au secours !

  – C'est pas ma direction. » (Ornella Muti dans *Mort d'un pourri*)
- « Attention ! J'ai le glaive vengeur et le bras séculier ! L'aigle va fondre sur la vieille buse !

  – Un peu chouette comme métaphore, non ?

  – C'est pas une métaphore, c'est une périphrase.

  – Fais pas chier !

  – Ça, c'est une métaphore. » (Bernard Blier et Dominique Zardi dans *Faut pas prendre les enfants du bon Dieu pour des canards sauvages*)

Viens voir les comédiens...

En toute chose, il y a les princes et les manants, dans l'humour comme dans le reste. Le cinéma français a compté de merveilleux comédiens plein de drôlerie comme Maurice Biraud, Bernard Blier, Jean Carmet, Darry Cowl, Jean Lefebvre, Francis Perrin, Kad Merad et tant d'autres que l'injustice nous fait omettre ; mais quatre noms ont porté l'humour cinématographique au pinacle : Fernandel, Bourvil, Louis de Funès et Pierre Richard. À ces princes de la comédie, il faut ajouter un miracle : l'équipe du Splendid, composée de Josiane Balasko, Michel Blanc, Christian Clavier, Gérard Jugnot et Thierry Lhermitte qui ont tous eu une très jolie carrière.

Bourvil, l'acteur que l'on aime

André Raimbourg, alias Bourvil (1917-1970) fut, avec Fernandel, l'un des comédiens comiques les plus aimés. Ce visage rond et normand, cet œil coquin, ce nez tordu et ce rire communicatif secouèrent les côtes des Français pendant près de vingt ans. S'il commence sa carrière comme chansonnier, c'est dans le registre du comique-paysan qu'il se fera une place au cinéma, avec des films comme *Le Trou normand* ou *Le Rosier de madame Husson*. C'est l'adaptation du roman de Marcel Aymé, *La Jument verte*, qui en sera l'apothéose ; un film dans lequel il mêle habilement naïveté et rouerie. Les années 1960 marquent sa collaboration avec Louis de Funès, dont il est l'exact contraire. Les deux hommes partageront l'affiche du *Corniaud* et de *La Grande vadrouille*, même s'ils s'étaient déjà croisés dans *La Traversée de Paris*. Acteur en réalité très complet, il pourra montrer l'étendue de son talent avec des films plus sombres comme *L'Arbre de Noël, Les Grandes Gueules* ou *Le Cercle rouge*. Avant de mourir prématurément à l'âge de 53 ans, il nous offrira une dernière comédie : *Le Mur de l'Atlantique*.

Louis de Funès, un génie au pays du rire

Louis de Funès (1914-1983) est le Charlie Chaplin français. Les deux hommes ont un point commun : le génie comique. Mais avant de l'imposer, de Funès passera par toutes les fourches caudines du métier de comédien : figuration, petits rôles dans de grands films, grands rôles dans de petits films. Le premier tournant de sa carrière est son entrée dans la troupe des Branquignols, de Robert Dhéry (1921-2004). Le cinéma le remarque vraiment avec sa légendaire apparition dans *La Traversée de Paris* en boucher teigneux et spolié par un Gabin facétieux. Il gagne encore des galons avec le *Ni vu… Ni connu…* d'Yves Robert (1920-2002), où il apparaît en braconnier roublard. Hélas, malgré un talent reconnu de tous, le succès ne pointe toujours pas le bout de son nez. C'est la pièce *Oscar*, qu'il joue à partir de 1959, qui lui permet de fignoler ce personnage digne de la *commedia dell'arte*, qui se montre tour à tour obséquieux envers les puissants et tyrannique envers les plus humbles. En 1963, il tourne dans *Pouic-Pouic*, où il s'impose vraiment. L'année 1964 sera celle du succès avec *Fantômas, Le Gendarme de Saint-Tropez* et *Le Corniaud*… Succès qui ne se démentira plus. Louis de Funès entre dans la légende des grands comiques de son temps.

Gérard Oury : l'homme qui a fait exploser le box-office de l'humour

Rarement un homme a enchaîné les comédies à succès comme Gérard Oury (1919-2006). Il se met en jambes en 1961 avec *Le crime ne paie pas*, avant de connaître son premier grand triomphe avec *Le Corniaud* en 1965 (plus de onze millions d'entrées), qui sera pulvérisé quelques années après par *La Grande Vadrouille* (plus dix-sept millions d'entrées). Dès lors, les succès s'enchaînent : *Le Cerveau, La Folie des grandeurs, Les Aventures de Rabbi Jacob* (voir le chapitre 8) et *L'As des as* font tous les quatre plus de cinq millions d'entrées… La recette du succès ? « Du travail et une bonne histoire » aurait répondu le réalisateur.

Jean Yanne, le comique râleur (1933-2003)

Cet ancien chanteur et humoriste est venu au cinéma par Jean-Luc Godard (né en 1930). Jean Yanne (1933-2003) joue le mari de Mireille Darc dans *Week-End* (1967), où il incarne un bougon au grand cœur, se plaisant à entretenir l'ambiguïté entre l'acteur et ses rôles. On le compare à Jean Gabin, on loue ses paupières tombantes, sa figure bouffie, sa gouaille de titi parisien et son air triste. Son humour agressif, sans concession aucune, choque toutefois et lui vaut de solides inimitiés. Qu'importe, Jean Yanne trace sa route, se tourne vers la réalisation avec *Tout le monde il est beau, tout le monde il est gentil*, enchaîne avec de nombreuses comédies à l'humour satirique (*Les Chinois à Paris, Je te tiens, tu me tiens par la barbichette*), des parodies de péplum (*Deux heures moins le quart avant Jésus-Christ*) ou des parodies du monde politique (*Liberté, égalité, choucroute*).

Pierre Richard, le distrait gaffeur

Pierre Richard (né en 1934) c'est le rêveur délicieusement gaffeur. Ce « Grand Blond » débute au cinéma dans *Alexandre le bienheureux* (1967), où il joue le rôle d'un paysan un peu dérangé. Il continue par la suite à interpréter des personnages burlesques et bondissants. Jouer les naïfs est une façon pour lui de « révéler les ridicules du monde où nous vivons », ce à quoi il s'emploie de manière réjouissante dans *Le Distrait* (1970) ou *Les Malheurs d'Alfred* (1971). Le grand succès populaire vient avec *Le Grand Blond avec une chaussure noire* (1972) d'Yves Robert (1920-2002), où il interprète un violoniste inoffensif qui se trouve mêlé à une affaire d'espionnage. Le réalisateur Claude Zidi (né en 1934) lui offre *La moutarde me monte au nez* (1974) et *La Course à l'échalote* (1975) en duo avec Jane Birkin, et Francis Veber (né en 1937) lui offre la consécration avec *La Chèvre* (1981), *Les Compères* (1983) et *Les Fugitifs* (1986).

Les facétieux de la pellicule

Jacques Tati, Yves Robert, Georges Lautner, Gérard Oury, Francis Veber, Jean-Pierre Mocky, Philippe de Broca… Ils ont réalisé les plus grandes comédies françaises de ces dernières décennies… Voici un aperçu du travail de ces maîtres.

L'humour onirique de Jacques Tati…

Jacques Tati (1907-1982) a fait rêver des millions de spectateurs avec ses comédies délicates émaillées de petits détails truculents, où le bruit et les onomatopées sont aussi importants que l'image (*Mon oncle*). On se souvient du facteur lunaire de *Jour de fête* ou des estivants improbables des *Vacances de monsieur Hulot* s'affairant d'un quai à l'autre pour prendre leur train… Mais c'est aussi grâce à son personnage de géant voûté et maladroit à la pipe fumante que Tati parvient à nous faire rire. Il se plaît, enfin, à railler l'absurdité de notre société de consommation, de la vie moderne parisienne, ou du franglais, comme dans son film *Playtime* ; une ode drôlatique à l'humanisation du progrès.

Chaud derrière

Le principe de Jacques Tati pour faire rire est simple : il filme des plans d'ensemble où les détails abondent, et c'est au spectateur d'aller débusquer le gag, de travailler lui-même son cadre. Blake Edwards (né en 1922), le père de *La Panthère rose*, s'inspirera de Tati notamment dans *La Party* avec Peter Sellers, où les arrières plans sont souvent aussi importants que les premiers plans.

Yves Robert, le pitre champêtre

Yves Robert (1920-2002) entre par la grande porte du cinéma d'humour en réalisant son premier film en 1958 : *Ni vu… Ni connu…* avec Louis de Funès. Aussitôt, la patte « Robert » est imprimée sur la pellicule. Après avoir réitéré l'expérience « bucolique » avec l'adaptation du livre de Louis Pergaud *La Guerre des boutons* (1961), et avec *Alexandre le bienheureux* (1967) interprété par Philippe Noiret, Yves Robert affiche un goût certain pour la comédie champêtre et bon enfant. Les années 1970 le consacrent avec les deux films du *Grand Blond* et deux chef-d'œuvres qu'il co-écrira avec Jean-Loup Dabadi (né en 1938) : *Un éléphant ça trompe énormément* et *Nous irons tous au paradis*, qui narrent les frasques d'un quatuor de copains quadragénaires. Jean Rochefort, Guy Bedos, Claude Brasseur et Victor Lanoux enchanteront le public. Les dernières années seront moins heureuses en terme de succès commercial, mais Yves Robert, également comédien magistral, aura indéniablement marqué l'Histoire du cinéma humoristique.

Georges Lautner, le tonton déconneur

Celui qui commence sa carrière en tant que second assistant de Sacha Guitry s'impose vite comme le réalisateur incontournable de la comédie policière française de l'après-guerre, même si son travail est très éclectique. C'est essentiellement sa collaboration avec Michel Audiard qui ouvre les portes de la comédie à Georges Lautner (né en 1926), notamment avec le triptyque délirant *Les Tontons flingueurs* (voir le chapitre 21), *Ne nous fâchons pas* et *Les Barbouzes*. Espérons qu'il ne faudra pas attendre la disparition du maître Lautner pour se rendre compte qu'il est l'un des plus grands réalisateurs français.

Quelques-uns de ses films qui ont marqué l'humour au cinéma :

- *L'Œil du Monocle* (1962)
- *Les Tontons flingueurs* (1963)
- *Des pissenlits par la racine* (1963)
- *Le Monocle rit jaune* (1964)
- *Les Barbouzes* (1964)
- *Ne nous fâchons pas* (1966)
- *Le Pacha* (1968)
- *Laisse aller, c'est une valse* (16970)
- *Il était une fois un flic* (1971)
- *La Valise* (1973)
- *Flic ou voyou* (1978)
- *Le Guignolo* (1979)
- *Joyeuses Pâques* (1984)

Francis Veber, délit de Pignon

Ce réalisateur est connu pour réunir à l'écran des duos comiques qui mettent en branle sa mécanique boulevardière et créent des effets burlesques. Francis Veber (né en 1937) tourne successivement *La Chèvre, Les Compères* et *Les Fugitifs*, avec Pierre Richard en dépressif pas très dégourdi et Gérard Depardieu en dégourdi bientôt dépressif. Plus récemment, il a adapté à l'écran sa propre pièce *Le Dîner de cons*, avec Thierry Lhermitte et Jacques Villeret dans le rôle inoubliable de François Pignon.

Les personnages récurrents de Francis Veber

François Pignon ou François Perrin sont les deux personnages récurrents de l'œuvre de Francis Veber.

François Pignon fut incarné par Jacques Brel (*L'Emmerdeur*), Pierre Richard (*Les Compères*, *Les Fugitifs*), Jacques Villert (*Le Dîner de cons*), Daniel Auteuil (*Le Placard*) et Gad Elmaleh (*La Doublure*).

François Perrin fut incarné par Pierre Richard (*Le Grand Blond, Le Jouet, On aura tout vu, La Chèvre*), Patrick Dewaere (*Coup de tête*), Jean-Pierre Marielle (*Cause toujours... tu m'intéresses*), Patrick Bruel (*Le Jaguar*) et Jean-Paul Belmondo (*Le Magnifique* ; Francis Veber refusa d'être crédité au générique en raison d'un désaccord de point de vue avec Philippe de Broca).

L'humour franc-tireur de Jean-Pierre Mocky

Ce réalisateur au franc-parler n'épargne personne dans ses films. Jean-Pierre Mocky (né en 1929) brocarde les institutions et stigmatise l'hypocrisie sociale (*À mort l'arbitre !*). Il aime également mettre en scène de joyeux personnages aux traits bien appuyés, qui suscitent le rire du public. Après son premier succès (*Les Dragueurs*), il tourne avec Bourvil (*La Cité de l'indicible peur, L'Étalon*) mais aussi avec Francis Blanche, Jean Poiret, Richard Bohringer et Michel Serrault.

Philippe de Broca, l'homme de brio

Quand le film *Cartouche* débarque sur les écrans français en 1962, le public découvre le jeune cinéaste Philippe de Broca (1933-2004) en même temps que le fougueux Jean-Paul Belmondo, qui balbutie encore (mais avec talent). Le film n'est pas une comédie au sens burlesque du terme, mais l'humour y est omniprésent et l'on sent poindre un côté taquin chez le réalisateur. Ce qui se confirme avec le film qui inspirera la carrière de Steven Spielberg, *L'Homme de Rio*, qui nous montre un Belmondo bondissant dans la jungle amazonienne à la recherche de son « emmerdeuse » de fiancée. Avec cette galéjade, Philippe de Broca ne sait pas encore qu'il est en train de révolutionner le cinéma d'aventure et de fantaisie, mais il sait au moins qu'il a trouvé sa voie. Il tournera *Le Diable par la queue* (1968), *La Poudre d'escampette* (1971), *Tendre poulet* (1978), *L'Africain* (1983), et surtout son association gagnante avec « l'humoriste » Belmondo : *Les Tribulations d'un Chinois en Chine* (1965), *Le Magnifique* (1973) et *L'Incorrigible* (1975). La magie de Philippe de Broca, c'est le rythme et l'esprit gaulois, un poil rabelaisien.

Adapter une BD ? Tintin !

Au début des années 1960, une production proposa à Philippe de Broca d'écrire une aventure de Tintin pour le cinéma. Le cinéaste se mit à l'ouvrage, commença à écrire un scénario, puis se rendant compte du ridicule, déclina l'offre. La production tourna finalement *Les Oranges bleues*. Mais de Broca ne jeta pas son scénario, et s'en servit pour faire *L'Homme de Rio*. Il est d'ailleurs cocasse de s'amuser à chercher toutes les scènes tirées de l'œuvre d'Hergé... Elles sont nombreuses.

Escalades et grimpettes de Belmondo

Lors du tournage de *L'Homme de Rio*, Jean-Paul Belmondo devait longer le mur d'un hôtel au dixième étage. La scène devait se tourner le matin, mais la soirée avait été bien arrosée. Résultat, c'est un Bebel un peu schlass qui s'acquitte de cette séquence à haut risque.

Nous sommes en 1975, il est six heures du matin et Henri Verneuil tourne *Peur sur la ville*. « Moteur ! » Bebel s'élance sur le toit du métro aérien et poursuit l'assassin Minos. Un groupe de badauds admiratifs observent la scène... « Coupez. » Belmondo descend du train et rejoint Verneuil. Dans la foule, un homme se met à crier : « Bravo Bebel, pour cent briques, je l'aurais pas fait ! » Le comédien se retourne tout sourire : « Moi non plus, mon p'tit pote, moi non plus ! »

Les séries françaises

Depuis les années 1970, la télévision française a produit beaucoup de séries policières, historiques, fantastiques, mais curieusement assez peu de feuilletons humoristiques. Le plus anciens peuvent se souvenir du couple mythique Micheline Presle-Daniel Gélin dans *Les Saintes chéries*, qui narrait les déboires quotidiens d'un couple de Français moyens des années 1960. Mais ce sont les années 2000 qui vont voir fleurir la comédie hilarante, avec des séries comme *Caméra Café, Un gars, une fille* et le génial *Kaamelott* du non moins génial Alexandre Astier.

Caméra café

Un concept simple qui voit le jour en 2001. Le spectateur a le point de vue de la machine à café qui reçoit les confidences des employés d'une entreprise de province. Sept cents épisodes de trois minutes ont été écrits par Bruno Solo (né en 1964) et son acolyte Yvan Le Bolloc'h (né en 1961).

Extrait choisi

On découvre dans *Caméra Café* le quotidien d'Hervé Dumont et de son compère « JC » autour de la machine à café située dans « l'espace détente » de leur « boîte ».

« Jean-Claude. – C'est beau chez moi, maintenant ; j'ai tout refait, hein. La salle de bains, la cuisine, le salon ! J'ai mis des colonnades, ça a d'la gueule ! Pfff…

Hervé (*ironique*). – Oh ouais ça doit être chouette, ouais.

Jean-Claude. – Ouais, j'ai tout refait avec mes mains, même le jardin et le garage.

Hervé. – Tout, tout seul ?

Jean-Claude. – Ouais.

Hervé. – Et ta femme ?

Jean-Claude. – Ah ça, j'ai pas touché, ça. »

Kaamelott, les affreux chevaliers

La série *Kaamelott* nous propose une parodie savoureuse de la légende du roi Arthur et de ses « piteux » chevaliers de la Table Ronde. La série, écrite intégralement par Alexandre Astier (né en 1974), est dédiée à Louis de Funès. La verve de l'auteur témoigne également de son admiration pour Michel Audiard.

C'est pas faux !

- « Seigneur Jacca. – Mais dites-moi, quand on est noble, on n'est pas placé sur des postes à haut risque, dans l'armée de Kaamelott, non ?

  Léodagand. – Non, vous inquiétez pas, on va vous trouver un petit coin tranquille.

  Seigneur Jacca. – Oui, du genre responsable des pigeons voyageurs, ou autre chose…

  Léodagand. – Non, en fait, vous serez à trente mètres devant les troupes, face aux lignes ennemies, vous avez une vue bien dégagée, et le but du jeu, c'est d'essayer d'attraper les flèches des archers d'en face avec la tête. »

- « Arthur. – Franchement, moi je serais vous, je me méfierais de la mode. Un truc où il faut rester une semaine au plumard chaque fois qu'on se coupe, ça tiendra jamais la longueur.

  Merlin. – Vous croyez ?

  Arthur. – Eh non. Comment vous dites que ça s'appelle, déja ?

  Merlin. – La médecine.

  Arthur. – (Rires) Ah non mais qu'est-ce qu'ils vont pas chercher… Pff… »

Les comédies à l'italienne

La comédie italienne, voire sicilienne, qui puise ses racines dans le néoréalisme des années 1950, ne tarde pas, dans les décennies suivantes, à exercer de bien étranges effets euphorisants sur les spectateurs. Car si le genre répond à certains codes, il libère un rire incontrôlable… Des histoires de Totò à Roberto Benigni, la comédie italienne insuffle un esprit délirant, et dévoile au passage de grandes pointures du rire comme Vittorio Gassman, Marcello Mastroianni ou Alberto Sordi.

La comédie à l'italienne : kesako ?

On la dit féroce, grinçante et cynique, elle est profondément incorrecte, iconoclaste et jouissive. À la fois satire sociale et politique, la comédie à l'italienne nous renvoie l'image d'une Italie en profonde mutation, de l'après-guerre aux années 1980, avec son cortège de laissés-pour-compte, de prêtres hypocrites et de matrones indéboulonnables. Inspirée du théâtre italien – la *commedia dell'arte* – et du comique de gestes, la comédie à l'italienne se moque des vices de l'Italien moyen et joue la carte de l'immoralisme pour mieux bousculer les traditions bourgeoises ou la morale de gauche un peu trop bien-pensante.

Un précurseur : la tête à Totò

Antonio de Curtis, dit Totò (1898-1967) est reconnu comme l'un des plus grands acteurs du cinéma italien des années 1950. Ce napolitain à la mâchoire de travers vient de la scène, mais joue pour la première fois dans un film en 1937 (*Arrête avec tes mains !*). Toutefois, les succès ne s'enchaînent qu'après la guerre : Totò tourne, au total, dans plus d'une centaine de films ! Il inaugure le genre de la comédie en se glissant dans la peau d'un Italien misérable, usant de mille ruses pour se dégoter un emploi ou un logement.

Pour faire court

Suite à son adoption par le marquis Giuseppe de Curtis, Totò prend, à presque 40 ans, le modeste nom d'Antonio Griffo Focas Flavio Dicas Commeno Porfirogenito Gagliardi De Curtis de Byzance, altesse impériale, comte palatin, chevalier du Saint-Empire Romain, exarque de Ravenne, duc de Macédoine et d'Illyrie, prince de Constantinople, de Sicile, de Thessalie, du Pont, de Moldavie, de Dardanie, du Péloponnèse, comte de Chypre et d'Épire, comte et duc de Drivasto et de Durazzo… dit Totò.

Quelques répliques de Totò :

- « Madame, je suis à votre entière disposition, corps, âme et entrailles. »
- « Toute limite a une patience. »
- « Hélène de Troie… Troie… Troie : j'ai déjà entendu ce nom quelque part. » (*Troia* voulant aussi dire « truie », voire « prostituée », en italien)

Les grands réalisateurs de la comédie italienne

Parmi les maîtres du genre, on peut citer Pietro Germi et ses savoureuses comédies de mœurs, Luigi Comencini et sa comédie décapante *L'Argent de la vieille*, Dino Risi dans des films à sketchs, Mario Monicelli et son *Pigeon*, ou Ettore Scola avec *Affreux, sales et méchants*.

Pietro Germi, la comédie de mœurs

Réalisateur de drames et mélodrames sociaux, Pietro Germi (1914-1974) aborde avec succès le genre comique dans les années 1960. Il s'attaque avec une férocité réjouissante aux mœurs italiennes et, plus précisément, à la question de la fidélité et du mariage ou de l'honneur patriarcal. On lui doit notamment *Séduite et abandonnée* (1964) ou *Ces Messieurs-dames* (1975), dans lequel il trace un portrait acerbe et drôle de la petite bourgeoisie vénitienne, révélant les séductions et les tromperies de chacun.

Divorce à l'italienne

On se tord littéralement de rire dans *Divorce à l'italienne*, où un Marcello Mastroianni (Le baron Ferdinando Cefalù dit Fefé) à la moustache frétillante cherche désespérément à quitter sa femme pour les yeux de la belle Angela (Stefania Sandrelli). Mais dans une Italie où le divorce est encore illégal, Don Fefé n'a d'autres choix que de monter un stratagème pour surprendre sa femme (Daniela Rocca) en galante compagnie, la tuer, et n'avoir qu'une peine légère pour crime d'honneur…

L'humour décapant et engagé de Luigi Comencini

Luigi Comencini (1916-2007) est l'un des premiers réalisateurs à se lancer sur les rails de la comédie avec sa trilogie rurale *Pain, amour et fantaisie* (1953), qui devient l'année suivante *Pain, amour et jalousie*, dans laquelle il fait jouer le sulfureux couple Vittorio De Sica-Gina Lollobrigida. Celui qui a longtemps considéré *La Grande Pagaille* (une satire de la société italienne au moment de la chute du fascisme) comme son meilleur film, se plaît à représenter les petites gens de l'Italie du Sud ou à se moquer de l'étroitesse d'esprit de la haute bourgeoisie. Il tourne avec l'acteur Nino Manfredi (1921-2004) dans les comédies *À cheval sur le tigre* (1961) ou *Les Russes ne boiront pas de Coca-Cola* (1968), parodie déjantée de films à la James Bond, au titre et aux situations improbables.

L'Argent de la vieille

En 1972, Luigi Comencini tourne *L'Argent de la vieille*, une fable à l'humour corrosif sur fond de lutte des classes, dans laquelle une vieille milliardaire radine invite Peppino et Antonietta (joués par Alberto Sordi et Silvana Mangano), des habitants du bidonville voisin, à jouer aux cartes avec elle. Certaine de pouvoir parier indéfiniment, elle s'arrange toujours pour ramasser le magot et ruiner les espoirs du couple, qui ne désespère pas de prendre sa revanche… C'est affreux, sale, méchant et drôle !

Dino Risi, la comédie du sketch

« La force de la comédie italienne réside, je crois, dans son observation sans indulgence de la réalité » disait Dino Risi (1916-2008). Observation qu'il met en pratique dans ses films, véritables témoignages d'un temps et d'une époque (le miracle économique des années 1960). Il nous entraîne à un rythme effréné dans le road-movie *Le fanfaron*, entre Rome et la Toscane, mais sait aussi, dans un autre registre, nous faire rire avec de féroces parodies historiques (*La Marche sur Rome*).

Le film à sketches accouche d'un Monstre

Dino Risi excelle dans ce genre avec *Les Monstres* (1963), dans lequel le duo inoubliable Vittorio Gassman-Ugo Tognazzi endosse tour à tour les habits du prêtre, du mendiant, du député ou du Don Juan. En compagnie de Mario Monicelli et d'Ettore Scola, Dino Risi récidive quinze ans plus tard avec *Les Nouveaux Monstres*, où il croque les travers de la société italienne avec peut-être encore plus de brutalité, abordant frontalement les thèmes de la religion, de la sexualité et du sexisme ou de la bonne morale dans une société décadente.

Affreux, sales et méchants d'Ettore Scola

Ce film politiquement incorrect nous plonge au beau milieu d'un bidonville de Rome, dans la famille d'un patriarche borgne, Giacinto Mazzatella (joué par Nino Manfredi). Cet homme avare et tyrannique passe son temps à cacher son magot d'un million de lires, reçu en dédommagement après la perte de son œil gauche. Mais c'est sans compter sur les très nombreux membres de sa famille qui décident d'organiser son assassinat… Entre la charité chrétienne et l'idéologie de gauche, Ettore Scola (né en 1931) choisit une voie intermédiaire ; celle du rire, pour dénoncer la situation sociale dans les bidonvilles. Le spectateur rit malgré lui de la crasse et de la violence engendrée par la pauvreté ; façon de nous rappeler qu'« aussi triste que soit leur situation, aussi douloureuse que puisse être leur angoisse, les pauvres n'ont aucune raison de ne pas savoir rire, de ne pas être roublards, méchants, sadiques, sans scrupule, exactement comme le sont les riches ! »

Mario Monicelli, le parodiste de l'histoire

Mario Monicelli (né en 1915) est l'auteur d'un chef-d'œuvre de l'humour italien : *Le Pigeon*. Film charnière de la comédie italienne, il met en scène une bande désorganisée de truands à la petite semaine, qui prépare tant bien que mal le casse de leur vie. L'affaire se corse pour ces loosers magnifiques quand Cosimo, le cerveau de l'affaire, est arrêté pour un vol de voiture. Ses comparses se mettent alors à la recherche d'un pigeon à qui faire endosser le rôle…

Après *Le Pigeon*, Mario Monicelli aborde la parodie historique avec *La Grande Guerre* (1959), où il raconte l'histoire de deux troufions (joués par Vittorio Gassman et Alberto Sordi), tire-au-flanc, trouillards et rois de la débrouille, qui jouent les héros malgré eux. Monicelli nous offre, dans un tout autre genre, une parodie bouffonne à hurler de rire du Don Quichotte de Cervantès : *Brancaleone s'en va-t'aux croisades*, dans laquelle Vittorio Gassman revisite et dynamite le Moyen Âge !

Les acteurs de la comédie italienne

Que serait la comédie italienne sans Vittorio Gassman, Alberto Sordi, Marcello Mastroianni, Nino Manfredi, Vittorio De Sica, Ugo Tognazzi et bien d'autres encore ? Du comique Totò jusqu'au poète décalé Roberto Benigni, les acteurs de la comédie italienne ont interprété avec justesse des personnages cyniques, rusés, bouffons, mais surtout irrésistiblement drôles. Les femmes ne sont pas non plus en reste : Sophia Loren, Claudia Cardinale, Stefania Sandrelli, Agostina Belli, Silvana Mangano ou Daniela Rocca ont également su donner vie à des personnages drôles et touchants.

Vittorio Gassman, le matamore

Vittorio Gassman (1922-2000), ce géant au sourire ravageur, avait déjà prévu sa propre nécrologie, s'adressant aux journalistes en ces termes : « Écrivez ce que vous voulez de moi ; il suffit que vous commenciez en disant : "C'était le meilleur". » Du *Pigeon* de Mario Monicelli au *Fanfaron* de Dino Risi, il montre l'étendue de son talent d'acteur comique, faisant un détour remarqué par le western spaghetti avec *Mais qu'est-ce que je viens foutre au milieu de cette révolution ?* de Sergio Corbucci (1927-1990).

Alberto Sordi, le poltron rusé

Considéré comme le plus grand des acteurs par Mario Monicelli, Alberto Sordi (1920-2003) plante l'archétype du Romain dans les comédies italiennes, en jouant des personnages de tricheurs au grand cœur ou de poltrons machistes, toujours sous l'emprise de leur Mama. Il tourne avec la plupart des réalisateurs du genre : on le retrouve notamment en bidasse truculent dans *La Grande Guerre*, une tragicomédie historique grinçante de Mario Monicelli, ou en père de famille dépassé et risible dans *Une vie difficile* de Dino Risi.

Marcello Mastroianni, le modeste Don Juan

Marcello Mastroianni (1924-1996) disait de lui-même qu'il ne « jouait pas, mais qu'il s'amusait » dans ses films. On retient, en effet, de ce bel Italien n'ayant qu'à battre des cils pour faire tomber toutes les femmes à ses pieds, une bonhomie affable et drôle. Connu pour ses interprétations dans les films de Federico Fellini (1920-1993) (*La Dolce Vita, Huit et demi*), il excelle aussi en rusé Don Fefé dans *Divorce à l'italienne* ou dans les comédies de Vittorio De Sica (*Hier, aujourd'hui et demain, Mariage à l'italienne*), où il forme un duo enjoué et émouvant avec Sophia Loren.

Roberto Benigni, le pitre moderne

Roberto Benigni (né en 1952), ce trublion infatigable connu pour son caractère expansif et passionné, a réalisé de nombreuses comédies, dans la plupart desquelles il tient le rôle principal. Cet éternel enjoué ose mêler l'humour à tous les thèmes ; il raconte ainsi dans *La Vie est belle* l'histoire d'un père qui parvient à sauver son fils d'un camp de concentration nazi, en lui faisant croire qu'il s'agit d'un jeu… L'audace se passe de commentaire…

L'homme à la banane

Roberto Benigni s'est d'abord fait connaître avec *Johnny Stecchino*, une comédie qui repose presque entièrement sur un quiproquo. Dante (Roberto Benigni) pense être recherché pour avoir volé des bananes, alors qu'il est pris en chasse par la mafia, qui croit reconnaître en lui le célèbre truand au cure-dent : Johnny Stecchino. Alors qu'il se rend au théâtre, la foule en colère lui crie « Assassin ! Tu dois payer pour tes crimes ! ». Dante répond alors, pensant à une banane qu'il a mangée sans l'acheter : « Je voulais la payer à la fin du premier acte ! Si vous n'avez pas confiance voici cinq mille lire. » Mais la foule lui rétorque : « Il n'y a pas de prix pour ce que tu as fait ! », d'où cette réplique restée culte : « Oh, mais combien coûtent les bananes à Palerme ? »

L'Amérique, quelle comédie !

Du cinéma muet aux déjantés frères Coen, en passant par les réalisateurs européens immigrés aux États-Unis à l'humour si corrosif, les champions de l'*entertainment* ont toujours répondu présents pour faire hurler de rire les salles obscures.

Histoires sans parole

Buster Keaton, Harry Langdon, Charlot, Laurel et Hardy, Harold Lloyd… Tous ces noms qui ont fait s'esclaffer les salles de patronage de l'après-guerre, tous ces héros du rire qui ont souvent mis leur vie en péril pour divertir leurs contemporains, véritables inventeurs du gag au cinéma, font partie de la légende d'Hollywood.

Buster Keaton, l'acrobate qui n'a peur de rien

Buster Keaton (1895-1966), « l'homme qui ne rit jamais », est célèbre pour son humour flegmatique : il développe une technique corporelle exceptionnelle, des acrobaties et un comique de gestes dont Charlie Chaplin s'inspirera par la suite. Il truffe également ses films de gags mathématiquement étudiés (désignés sous le terme de « mécanique keatonnienne »), pour faire naître des effets burlesques, comme le tir d'un boulet de canon qui détruit une digue dans *Le Mécano de la « Général »* ou l'impossible assemblage d'une maison en kit dans *La Maison démontable*.

« Je souhaiterais être mis en terre avec un jeu de cartes et une rose afin d'être prêt à toute éventualité… »

La cascade la plus dangereuse de l'Histoire du cinéma

Le film *Cadet d'eau douce* est entré dans l'Histoire du cinéma grâce à sa scène finale saisissante, dans laquelle on voit un cyclone ravager les maisons d'une petite ville du Mississippi. Des moteurs d'avion avaient été utilisés pour recréer la force du vent, et une gigantesque grue soulevait les maisons. On y voit à un moment la façade d'une maison bien réelle s'effondrer sur Buster Keaton qui, par chance, passe à travers la fenêtre… La marge d'erreur de la cascade était extrêmement faible, mais l'acteur en est sorti indemne.

Harry Langdon, le clown triste

Sans doute le plus méconnu des comédiens américains de l'époque du muet, Harry Langdon (1884-1944) est au sommet de sa gloire dans les années 1920, jouant dans de nombreux vaudevilles et *talkies* (premiers films parlants), avant de connaître le déclin dans les années 1930. Son personnage est une drôle de créature innocente aux airs enfantins, au bord de la névrose et perpétuellement décalée face à la vie réelle. Artiste accompli – il sait à la fois être troubadour, trapéziste, gymnaste, musicien… – Harry Langdon fait face, dans ses films, à des embuches improbables et délirantes comme dans *Plein les bottes*, où il doit affronter un troupeau de moutons et une tornade, ou dans *Saturday afternoon* où il cherche par tous les moyens à échapper à sa dominatrice de femme…

Harold Lloyd, l'homme au canotier

Harold Lloyd (1893-1971) fut très populaire aux États-Unis grâce à ce personnage de dandy travailleur et romantique qui était aux antipodes des caractères traités par Charlie Chaplin ou Buster Keaton. C'est en 1923 qu'il signe le film *Monte là-dessus !*, où il effectue l'escalade d'un gratte-ciel et où il reste accroché aux aiguilles d'une immense pendule. Cette scène seule immortalisa le personnage dans la conscience collective.

Le mythe Charlot

Charlie Chaplin, alias Charlot (1889-1977), encore appelé *The Tramp* (le vagabond), devient l'un des mythes d'Hollywood, célébré pour son grand talent d'acteur comique. Il se construit un personnage de sans domicile fixe maladroit et candide, aux manières raffinées et à la démarche chaloupée, muni d'une canne, d'un chapeau melon, d'un pantalon tombant et de chaussures trop grandes… Il ne tarde pas à séduire les foules par ses pantomimes et ses séries de gags invraisemblables. Bien que Charlie Chaplin vénérât le cinéma muet (il détestait le parlant), il fit quelques films dialogués dont *Un roi à New York* et *Monsieur Verdoux* (l'histoire de Landru), deux comédies délirantes. Roi du geste, il avait aussi le sens du verbe comme le prouvent quelque-unes de ses pensées :

MOTS D'AUTEUR

- « Tout ce qu'il faut pour faire une comédie c'est un parc, un policier et une jolie fille. »
- « La tragédie stimule le sens du ridicule, car le ridicule est une attitude de défi : il faut rire de notre impuissance face aux forces de la nature. »
- « L'obstination est le chemin de la réussite. »
- « Le point de vue le plus simple est toujours le meilleur. »
- « Lorsqu'on devient célèbre, il faut se choisir un ou deux amis et se contenter d'imaginer le reste. »

Le Dictateur

Charlie Chaplin participe à sa manière à l'effort de guerre en réalisant en 1940 une parodie du régime nazi : *Le Dictateur*, dans laquelle il joue le rôle d'un barbier juif, à la ressemblance troublante avec un certain Adenoïd Hynkel, dictateur de Tomanie. Dans ce film, Charlie Chaplin tourne en dérision la mégalomanie et la cruauté d'Hitler et transforme les symboles du pouvoir nazi (notamment en arborant fièrement un double X sur son uniforme à la place de la croix gammée). Le film est truffé de gags célèbres, comme celui où Hynkel joue avec un globe terrestre gonflable, ou lorsque son homologue de Bactérie, Benzino Napoloni et lui rivalisent sur la hauteur de leurs sièges respectifs… *Le Dictateur* s'achève sur l'un des plus beaux discours du cinéma (en esperanto), dans lequel le barbier juif lance un appel à la tolérance et à la liberté.

« Vous n'y êtes pas du tout ! »

Lors d'un passage à Monaco, Charlie Chaplin voit un jour dans le journal qu'un concours de sosies de Charlot est organisé dans le quartier de son hôtel. Il s'habille en Charlot, se rend anonymement au concours, fait sa démonstration… et finit classé troisième ! (comme lors d'un concours à San Francisco, en 1915, où il n'atteignit pas même le stade de la finale !)

En 1931, Charlie Chaplin rencontre Albert Einstein. Dès leur apparition en public, les deux gloires sont aussitôt acclamées par leur entourage. Charlot se tourne vers l'inventeur de la théorie sur la relativité : « Ils vous applaudissent parce que personne ne vous comprend et moi, ils m'applaudissent parce que tout le monde me comprend. »

C'est moi Laurel, c'est toi Hardy !

L'Anglais Stan Laurel (1890-1965) et l'Américain Oliver Hardy (1892-1957) forment l'un des duos comiques les plus drôles de l'âge d'or du cinéma hollywoodien. De leur contraste physique et de leurs différences de caractères (Laurel le chétif est maladroit et Hardy le corpulent est plutôt le meneur), ils tirent parti d'une mécanique bien huilée, jouant sur différents registres d'opposition et privilégiant le comique de gestes. On les voit ainsi se quereller, entreprendre des danses intrépides ou multiplier les bévues et provoquer des catastrophes en chaîne qui les dépassent. Les deux comiques connurent un succès considérable qui fit d'eux des idoles vivantes. Pourtant, les contrats désastreux qu'ils signèrent avec leurs différentes productions les mirent sur la paille, et ils moururent dans un dénuement total.

Tu parles !

Au début de leur carrière « parlante », Laurel et Hardy doublaient souvent les versions étrangères de leurs films sans connaître les langues, ce qui donnait ces accents un peu chaotiques. Les versions françaises eurent un tel succès auprès du public qu'il fut impossible par la suite de les doubler autrement.

Les slapstick comedies

Les *slapstick comedies* désignent le genre burlesque dans les comédies américaines. Elles cumulent les gags, tartes à la crème et poursuites en tout genre… et sont surtout appréciées pour la performance comique de leurs acteurs, au premier rang desquels l'indétrônable Charlie Chaplin. On peut également citer les duos comiques Jerry Lewis et Dean Martin ainsi que Laurel et Hardy, considérés comme les meilleurs interprètes (ou plutôt pitres !) du genre. Ou encore à la réalisation : Buster Keaton (qui a d'ailleurs intitulé ses mémoires *My Wonderful World of Slapstick*), Ernst Lubitsch, les Marx Brothers…

La drôle de Lubitsch's touch

Happé par Hollywood (exil qu'il regretta toute sa vie), Ernst Lubitsch (1892-1947) y conçoit ses plus grandes comédies, apportant au genre la « *Lubitsch's touch* », mélange sophistiqué du sens du détail et de l'ellipse. Ses films se composent de petits arrangements, qui ne sont bien souvent que les rouages d'une plus grande machination machiavélique. On en a l'illustration avec les comédies *The Shop Around the Corner* (1940) ou encore *To be or not to be* (1983) qui abordent, sous couvert du rire, des thèmes graves comme la montée du chômage ou la résistance au nazisme.

Ninotchka, gare à Garbo qui rit

Avec *Ninotchka* (1939), Ernst Lubitsch tourne en dérision un système soviétique rigide, froid et triste en comparaison avec un Paris opulent et empli de courtisanes. Greta Garbo y tient le haut de l'affiche en interprétant Ninotchka Yakouchova, une fidèle du régime censée remettre dans le droit chemin trois agents secrets russes qui ont succombé aux charmes parisiens… Le film a d'ailleurs été lancé avec le slogan « Garbo rit », pour souligner avec humour que Ninotchka était la première comédie de « La Divine ».

Si j'avais un million

Dans ce court-métrage de 1932, Ernst Lubitsch met en scène un employé modèle découvrant avec stupeur qu'il a gagné un chèque d'un million de dollars ! Quelle est alors la première chose qu'il fait ? On le voit ranger son chèque dans la poche de sa veste, se lever lentement de sa chaise et monter les marches en direction du bureau du président. Il frappe, ouvre la porte et… fait une belle grimace à son patron ! On n'est pas loin de la pub « Au revoir président » de la Française des Jeux !

La screwball comedy de Frank Capra

Frank Capra (1897-1991) est l'un des premiers à lancer le genre des *screwball comedy* dans les années 1930, avec son film *New York-Miami*, suivi de *L'Extravagant Mr. Deeds* ou de *Vous ne l'emporterez pas avec vous*. Le genre de la *screwball comedy* désigne une comédie aux personnages astucieux et aux situations loufoques ou excentriques, qui prend des chemins inattendus. *New York-Miami* est emblématique du genre par son intrigue, lancée dès la première minute du film et qui se poursuit à un rythme particulièrement rapide. On y voit Ellie Andrews qui s'enfuit du yacht de son père pour rejoindre le play-boy qu'elle aime à New York. En chemin, elle rencontre un journaliste (Clark Gable) avec lequel la « bataille des sexes » ne fait que commencer…

Arsenic et vieilles dentelles

Frank Capra réalise en 1944 une comédie à l'humour noir : *Arsenic et vieilles dentelles*, dans laquelle on rit de la mort et des cadavres, ce qui en temps de guerre est pour le moins osé ! Le spectateur suit la folle journée d'un critique new-yorkais (joué par Cary Grant) qui, après avoir découvert un cadavre dans un meuble du salon de sa vieille tante, se retrouve plongé dans un enchaînement délirant d'événements… Frank Capra joue la carte de la surenchère et du farfelu, soutenu en cela par un Cary Grant au mieux de sa forme burlesque.

Les Marx Brothers, les anarchistes de la comédie

Les Frères Marx (Groucho, Harpo, Chico, Gummo et Zeppo) jouent et réalisent des films ensemble jusque dans les années 1950. Souvent caractérisé comme révolutionnaire, le comique des Marx Brothers ne serait cependant être perçu comme une seule réaction à la crise sociale et économique des années 1930. Leurs films ont, certes, un pouvoir subversif, mais se singularisent avant tout par leur humour absurde et leurs scènes burlesques.

Les Frères Marx transposent d'abord à l'écran deux de leurs pièces : *Noix de coco* et *L'Explorateur en folie*, avant de jouer les faux truands dans *Monnaie de singe* (1931). Le film *Plumes de cheval* (1932), satire du monde de l'éducation aux États-Unis et des comportements hypocrites durant la Prohibition, connaît ensuite un très grand succès, tout comme *La Soupe au canard* (1933). Après la guerre, Zeppo et Gummo poursuivent leur carrière de leur côté, tandis que Groucho, Chico et Harpo jouent ensemble dans *Une nuit à l'opéra*, satire du milieu de la musique classique, et dans *Un jour aux courses*, satire du milieu hippique, qui apportent leur lot de répliques cultes et de scènes célèbres. Groucho et Chico réalisent encore quelques films ensemble, avant de se tourner vers la télévision.

Les bons mots de Groucho Marx

Le personnage de Groucho Marx (du verbe *to grounch* : ronchonner en anglais) a marqué les esprits par son allure particulière, sa moustache (qui est en réalité un maquillage) et ses sourcils imposants, ses petites lunettes cerclées, son pas rapide, son accent new yorkais très prononcé, sa légère arrogance, et surtout son humour corrosif.

On retiendra quelques citations :

- « Le meilleur moyen de s'endormir est de s'imaginer qu'il est l'heure de se lever. »
- « Je vous céderais bien ma place, mais elle est occupée. »
- « J'ai passé une excellente soirée. Mais ce n'était pas celle-ci. »
- « Cette nuit une femme a frappé pendant deux heures à ma porte. Au bout d'un moment, je me suis levé pour la laisser sortir. »

Hellzapoppin

Clin d'œil aux rois de la comédie du début du XXe siècle (Mack Sennett, les Marx Brothers ou W. C. Fields…), *Hellzapoppin* (1941) de Henry C. Potter (1904-1977) traite sur un mode burlesque du monde du théâtre et du cinéma. Les us et coutumes de ce milieu nous sont révélés à travers des dialogues absurdes et des personnages insolites, comme le coscénariste Jeff qui souhaite monter une comédie musicale. Un univers loufoque, plein de swings et d'acrobaties, se dessine alors sous les yeux ébahis du spectateur, qui croise tour à tour l'ensemble vocal féminin The Six Hits and a Miss, la troupe de danseuses The Harlem Congerooso ou le duo comique Slim and Slam. Dernier détail de ce film : les sous-titres français ont été écrits par Pierre Dac.

Les comédies d'après-guerre

On retrouve dans les années après-guerre des réalisateurs de talent qui produisent des comédies plus osées que jamais. C'est le cas notamment de Billy Wilder, qui accentue son désir de choquer l'Amérique profonde avec ses comédies épicées. C'est également l'explosion de Jerry Lewis, et l'arrivée de Blake Edwards avec sa série *La Panthère rose*.

Les comédies piquantes de Billy Wilder

Ce maître de la comédie américaine des années 1950 et 1960 s'impose sur les écrans avec son humour corrosif, parfois teinté d'amertume, qu'il met au service de scénarios efficaces aux intrigues trépidantes. Scénariste de Lubitsch (*La Huitième femme de Barbe-Bleue, Ninotchka*), Billy Wilder (1906-2002) passe à la réalisation avec des comédies piquantes où il met en scène des Lolita avant l'heure (Ginger Rogers déguisée en jeune adolescente dans *Uniformes et jupons courts* (1942), Audrey Hepburn dans *Sabrina* (1954) ou la sublime Marylin Monroe dans *Sept ans de réflexion* (1955), dont la jupe se soulève au passage du métro…). Il tourne également *Certains l'aiment chaud* (1959) avec Tony Curtis et Jack Lemmon, son acteur fétiche (qu'on retrouve dans *La Garçonnière* et *La Grande Combine*), et *Embrasse-moi, idiot* (1964) avec Dean Martin et Kim Novak.

- « Faites confiance à votre instinct. Il vaut mieux que les erreurs soient les vôtres, plutôt que celles de quelqu'un d'autre. »
- « Bien sûr, il faut de la subtilité ; mais veillez à ce qu'elle soit évidente. »

Un, deux, trois

Billy Wilder signe l'une des comédies les plus drôles de l'histoire du cinéma avec *Un, deux, trois* (1961) dans laquelle des Russes passent à Berlin-Ouest pour voler la recette du Coca-Cola au représentant de la société (joué par James Cagney). Le film fut taxé d'anti-communisme primaire, car Billy Wilder y caricature à l'extrême des Russes dans le dénuement le plus complet, jaloux du succès économique de l'Ouest… Cependant, les Américains et les Allemands ne sont pas non plus épargnés : les premiers sont représentés comme des arrivistes idiots, tandis que les seconds, très disciplinés, passent leur temps au garde-à-vous et claquent des talons… Petite anecdote sur le tournage du film : surprise par l'édification soudaine du mur de Berlin, l'équipe de production dut en construire une réplique en studio !

Jerry Lewis & mister humour

C'est en 1946 que Jerry Lewis (né en 1926) croise le chemin du crooner Dean Martin (1917-1995). Ils forment ensemble le duo de comiques le plus célèbre depuis Laurel et Hardy. Leurs gags font merveille à l'écran en renouvelant le genre burlesque avec des pitreries plus effrontées que jamais. *Un pitre au pensionnat* (1955), *Artistes et modèles* (1955), *Le trouillard du Far West* (1956)… Autant de fantaisies cinématographiques de qualité inégale qui amusent les Américains. Mais derrière le rire : les disputes. Les deux hommes se supportent de moins en moins, et en 1956 ils se séparent. Jerry Lewis entame alors une carrière en solo. Ce qu'il veut, c'est écrire, jouer et réaliser ; il le fait avec *Le Dingue du palace* (1960), *Cendrillon aux grands pieds* (1960), *Le Tombeur de ses dames* (1961), *Le Zinzin d'Hollywood* (1961), *L'Increvable Jerry* (1962), *Jerry chez les cinoques* (1964) et *Boeing Boeing* (1965). Hélas, dès la fin des années 1960 ses pitreries à répétition n'amusent plus les Américains, et il tourne de moins en moins. Il reste néanmoins l'un des plus grands comiques américains.

- « Le businessman américain est un monsieur qui, toute la matinée, parle de golf à son bureau et qui, le reste de la journée, discute affaires sur le terrain de golf. »
- « Quelle que soit la manière claire et courtoise avec laquelle vous vous adressez à un Parisien, il persistera, avec une obstination butée, à vous répondre en français. »

Docteur Jerry et Mister Love

Sans doute le film le plus drôle et le plus abouti de Jerry Lewis, cette parodie de *Docteur Jekyll et Mr. Hyde* est un feu d'artifice de gags qui préfigurent l'humour des frères Zucker (*Y a-t-il un pilote dans l'avion ?*). La transformation du laid et timide professeur de chimie en crooner de charme est irrésistible.

L'humour macabre d'Hitchcock

Pour le maître du suspense Alfred Hitchcock (1899-1980), le suspense « n'a aucune valeur s'il n'est pas compensé par l'humour ». En effet, même dans ses films les plus graves, Hitchcock distille un brin d'espièglerie. Il utilise son impassible humour *british* pour captiver (et soulager !) le spectateur dans l'expectative, mais aussi pour renforcer la tension dramatique du film. Pour créer cet humour macabre, Hitchcock s'appuie sur des personnages étranges, maniaques et lunatiques, tels que le tueur bourré de tics dans *Jeune et innocent*, ou le dandy étrangleur de *Frenzy*. Des films comme *La Mort aux trousses* ou *Mais qui a tué Harry ?* sont même de franches comédies policières. Le choix récurrent de Cary Grant ou de James Stewart comme acteurs principaux n'est pas étranger au désir de mêler peur et sourire.

Blake Edwards et sa Panthère rose

Perçu par certains comme l'héritier de Billy Wilder, Blake Edwards (né en 1922) adapte en 1961 le célèbre roman de Truman Capote, *Diamants sur canapé*, avec Audrey Hepburn dans le rôle de la drôle et excentrique Holly Golightly. En 1964, il réalise le premier opus de la série *La Panthère rose*, mettant en scène pour la première un certain inspecteur Jacques Clouseau, policier parisien aussi gaffeur que stupide… qui fera la fortune du comédien Peter Sellers. Blake Edwards est un peu notre Philippe de Broca ; il aime les films burlesques rapides et habilement dialogués. Il le prouve avec *La Grande Course autour du monde* (1965), *La Party* (1968), *Victor Victoria* (1982) ou *Boire et Déboires* (1987).

Du grand au petit écran

C'est le générique des films de *La Panthère rose* (qui est le nom d'un diamant) qui inspirera les créateurs de la série de dessin animé qui met en scène les déboires d'un félin rose avec un méchant petit bonhomme.

Mon nom est Bond, James Bond

En Angleterre, les années 1960 virent l'explosion des films de James Bond, initiés avec l'acteur écossais Sean Connery (né en 1930). Les dialoguistes truffèrent les films de petites répliques où le cynisme côtoyait l'impertinence :

- « Je vous ai mis la somme en chiffres ronds, Mr Bond.

  – J'apprécis énormement… les rondeurs… »

- « Je m'appelle Mr Kill.

  – Il y a des noms qui tuent ! »

- « Ma bouche est trop grande, vous ne trouvez pas ?

  – Elle est juste à ma taille. »

- « C'est un fusil pour femmes.

  – Vous vous y connaissez en arme, monsieur Bond ?

  – Non, mais je m'y connais en femmes. »

Les héritiers de la comédie américaine

Aux État-Unis, la comédie est une tradition. Une tradition qui vient peut-être du malheur illustré par cette phrase de Georges Duhamel (1884-1966) : « L'humour est la politesse du désespoir », puisque comme le souligne Woody Allen, 80 % des humoristes sont juifs. C'est la force de Charlie Chaplin, des Marx Brothers, de Billy Wilder, d'Ernst Lubitsch ou de Jerry Lewis, car ils transcendent leur Histoire. Les héritiers de la grande tradition ne dérogent pas à la règle, avec Mel Brooks, les frères Zucker ou les frères Coen, Nora Ephron et Woody Allen. Bien sûr, les comédies sentimentales font toujours recette, mais les trente dernières années marqueront l'ère de la parodie.

Mel Brooks, parodie la bonne soupe

Mel Brooks (né en 1926) est incontestablement un fou génial. C'est lui qui ouvre la voie de la parodie cinématographique. Se moquer des codes en place, c'est son bonheur ; et c'est le film *Les Producteurs* (1968) qui lui ouvrira les portes d'Hollywood. Il commence par railler un monde qu'il connaît bien en tant que producteur de théâtre, celui de Broadway. C'est avec ce premier long métrage qu'il rencontre le charismatique et drôlissime Gene Wilder (né en 1933), qui deviendra son acteur fétiche, avec qui il tournera la parodie de western *Le Shérif est en prison* (1974). La recette fonctionne, et c'est Gene Wilder en personne qui lui apporte son chef d'œuvre sur un plateau : *Frankenstein Junior* (1974), une parodie en noir et blanc du film éponyme. En 1977 sort *Le Grand frisson*, qui se moque des films d'Alfred Hitchcock ; puis c'est au tour de l'Histoire d'en prendre un coup avec *La Folle Histoire du monde* (1881) ; *La Folle Histoire de l'espace* (1987) règle son compte à la science-fiction ; *Sacré Robin des Bois* (1993) désacralise le mythe du bonhomme vert ; enfin sa dernière parodie date de 1995 : *Dracula, mort et heureux de l'être*... dans la même veine que les autres !

Le silence est d'argent

Dans son film *La Dernière Folie de Mel Brooks* (titre original : *Silent movie*), un cinéaste alcoolique tente de convaincre des producteurs de refaire un film muet. Bien sûr, le film, visité par un grand nombre de special guest star comme Paul Newman, James Caan ou Liza Minnelli est muet. Un seul comédien prononce le mot « non » : c'est le mime Marceau.

Les frères Zucker, la parodie de la parodie

David Zucker (né en 1947) et Jerry Zucker (né en 1950), accompagnés de leur fidèle ami Jim Abrahams (né en 1944), sont les grands spécialistes des parodies de films à succès. On leur doit notamment la série *Y a-t-il un flic pour sauver la reine ?*, *Y a-t-il un flic pour sauver le président ?* ou *Y a-t-il un flic pour sauver Hollywood ?*, mais aussi *Y a-t-il quelqu'un pour tuer ma femme ?* et *Y a-t-il un pilote dans l'avion ?*. Après toutes ces questions existentielles, les frères Zucker abordent la parodie du film d'horreur avec *Scary Movie 3* et *Scary Movie 4*, dans lesquels les films *Le Cercle, Psychose* ou *Massacre à la tronçonneuse* sont pastichés.

Steve Martin, le clown au grand cœur

Steve Martin (né en 1945) arrive sur le tard dans le métier, mais son entrée est fracassante grâce à un chef-d'œuvre d'humour de Carl Reiner (1922-) : *Les cadavres ne portent pas de costard*, une parodie des films noirs où le héros, un détective privé un peu looser, se balade de vieux films en vieux films. Un sommet de la parodie, peut-être une des plus réussies du genre.

Une fois le visage de Steve Martin découvert, le voilà parti sur la route du succès avec des comédies telles que *La Petite Boutique des horreurs* (parodie de comédie musicale) ou *Roxane* (une version modernisée et américanisée de *Cyrano de Bergerac*). Dans *Treize à la douzaine* il est inoubliable en père de famille nombreuse dépassé, mais un peu moins dans sa prestation en tant qu'inspecteur Clouseau dans les remakes de *La Panthère rose*.

- « Le sexe n'est pas une réponse, se plaît-il à dire. Le sexe est une question. Et la réponse est : "oui". »

La comédie psychanalytique de Woody Allen

Ce représentant de l'humour juif américain a réalisé de très nombreuses comédies aux imbroglios romantiques, sur fond d'angoisse existentielle. Son humour se traduit dans ses premiers films par des sketchs parodiques, dans lesquels il campe un personnage timide et empoté, qui se fraye tant bien que mal un chemin à travers des situations loufoques. Woody Allen (né en 1935) privilégie ensuite un humour plus sophistiqué, qui s'appuie sur des dialogues plus travaillés et débités à un rythme trépident afin d'enchaîner les blagues et les jeux de mots. Il a notamment recours au monologue intérieur, comme dans *Annie Hall* lorsque les deux personnages se remémorent leur première rencontre, pour approfondir et analyser le caractère de ses personnages.

- « Pour je ne sais quelle raison, les gens en France m'aiment plus qu'en Amérique. Les sous-titres doivent y être excellents. »
- « Mes films sont une forme de psychanalyse, sauf que c'est moi qui suis payé, ce qui change tout ! »
- « En résumé, j'aimerais avoir un message un peu positif à vous transmettre. Je n'en ai pas… Est-ce que deux messages négatifs, ça vous irait ? »

L'autoparodie

L'autoparodie est l'art de se tourner soi-même en dérision. Woody Allen est l'un des meilleurs représentants du genre avec son film *Harry dans tous ses états*, dans lequel il signe une parodie de sa propre existence et de ses défauts (qu'il surmonte justement grâce à l'humour), ou avec *Annie Hall*, qui est une parodie de son propre divorce et de ses difficultés avec les femmes. *Boulevard du crépuscule* de Billy Wilder peut être également vu comme une autoparodie ; c'est une peinture sans complaisance du milieu du cinéma hollywoodien, esquissée à travers la figure d'une star déchue (jouée par Gloria Swanson).

Nora Ephron et la comédie à l'ancienne

C'est peut-être la réalisatrice, scénariste et productrice new-yorkaise Nora Ephron (née en 1941) qui est la plus digne héritière des Frank Capra, Ernst Lubitsch et autres Billy Wilder. Ses comédies sentimentales aux dialogues ciselés sont tendres, critiques et d'un humour très subtil. L'ensemble de son travail est souvent occulté par l'incroyable succès de *Quand Harry rencontre Sally* (1989), avec Billy Crystal et Meg Ryan, mais *Nuits blanches à Seattle* (1993) ou *Vous avez un message* (1998) sont aussi de petits bijoux de drôlerie.

Quand Harry rencontre Sally

On ne peut oublier la fameuse scène de restaurant où Meg Ryan simule en public un orgasme pour appuyer la thèse de « l'homme berné par la femme simulatrice ». Au-delà de cette scène d'anthologie, le film est truffé de répliques jubilatoires sur le mal-être des couples américains.

« Sally. – Et en plus je vais avoir quarante ans.

Harry. – Quand ?

Sally. – Un jour.

Harry. – Dans huit ans.

Sally. – Mais on y est déjà. Ils sont là, je suis au pied du mur, dans le cul-de-sac. Pour vous les hommes, c'est pas pareil. Charlie Chaplin a été père pour la dernière fois à soixante-treize ans.

Harry. – Oui, mais il ne pouvait plus porter son môme.

Sally. – Si je te raconte ma vie, ça sera fini quand on sera encore à Chicago. Il s'est pas passé grand-chose dans ma vie. C'est pour ça que je vais à New York.

Harry. – Pour qu'il se passe plein de trucs ?

Sally. – Oui.

Harry. – Du genre ?

Sally. – Je vais faire une école de journalisme et devenir grand reporter.

Harry. – Comme ça tu écriras ce qui arrive aux autres dans tes papiers ? »

L'humour rebelle des frères Coen

Les deux frères Joel (né en 1954) et Ethan Coen (né en 1957) abordent tous les genres (le film policier avec *Fargo*, le film d'aventures avec *O'Brother* ou la comédie romantique avec *Intolérable Cruauté*) avec un humour qui leur est propre, mélangeant causticité et noirceur pour mieux se moquer des standards hollywoodiens en vigueur. Ils aiment s'entourer d'une palette d'acteurs récurrents (John Turturro, John Goodman, Frances McDormand, Steve Buscemi, George Clooney) pour mettre en scène des personnages burlesques et expressifs, souvent mal dans leur peau, et pas toujours très loin de la folie…

Chapitre 17

Au royaume des humoristes français

Dans ce chapitre :

- De l'âge d'or de la scène comique du début du XXᵉ siècle aux talents de l'après-guerre
- Les humoristes des années 1970, 1980 et 1990 : de Raymond Devos à Pierre Palmade en passant par Coluche
- Les talents de la nouvelle scène comique : des duos déjantés aux one women show

Écrivain, acteur ou chanteur et parfois tout cela à la fois, l'humoriste fait du genre comique sa principale occupation. Lorsqu'il est acteur, ses spectacles sont fréquemment des successions de sketches ou d'imitations ; il est parfois « seul-en-scène » (one man show), parfois accompagné d'un ou de plusieurs drôles de compères pour former un duo, un trio ou plus si affinité. Lorsqu'il est auteur ou chanteur, ses textes sont souvent des pamphlets ou des satires… Des chansonniers de la Belle Époque à la nouvelle scène comique, la lecture de ce chapitre vous plongera dans l'univers loufoque et débridé des humoristes !

Des humoristes de la Belle Époque aux talents de l'après-guerre

Des humoristes se produisant dans le Paris de la Belle Époque (entre la fin du XIXᵉ siècle et le début de la Première Guerre mondiale) aux talents de l'après-guerre usant les planches de l'Olympia ou du théâtre Bobino, la liste des noms qui savent provoquer les rires est longue…

Dans les cabarets de Montmartre

Dans les cabarets, bistrots et autres troquets fumants d'un Montmartre aux allures de village, s'élancent les premiers humoristes : pétomane, poètes ou chansonniers, ils ont plus d'une corde à leur arc pour secouer et faire rire leur auditoire.

Le Pétomane, poète au-delà du c…

Joseph Pujol (1857-1945), plus connu sous le nom de scène délicat et flatteur du Pétomane, est resté célèbre pour la formidable maîtrise de ses abdominaux qui lui permettaient, entre autre, de jouer *Au clair de la lune* en lâchant des gaz de tonalités diverses… Le « seul (artiste) qui ne paie pas des droits d'auteurs » (slogan qui apparaît sur l'affiche de l'un de ses spectacles) parcourt la France et obtient un succès considérable avec son petit théâtre ambulant : le *Théâtre Pompadour*. Parce qu'il a « l'anus aspirateur », l'homme, dont le derrière en dit plus long que sa figure, gagne autant d'argent que les comédiens Sarah Bernhardt (1844-1923) ou Lucien Guitry (1860-1925), avant de redevenir boulanger à Marseille. L'artiste n'était plus dans le vent !

- « Je vais devant moi, sans m'occuper de mes arrières. »
- « Un artiste doit savoir se lâcher sur scène. »
- « Au cours de sa longue vie, il nous a donné le meilleur de lui-même. » (son fils)
- « Le Pétomane est mort. Pet à son âme. » (Frédéric Dard)

Georges Fourest, le poète impossible

Celui qui répondait « oisif » quand on l'interrogeait sur sa profession n'en est pas moins resté actif toute sa vie. On retrouve l'écrivain et poète Georges Fourest (1867-1945) déclamant ses textes poétiquement drôles dans des bistrots parisiens, après un passage par la revue du *Chat Noir*. De sa poésie aux accents africains et gastronomiques, il tire un recueil : *La Négresse blonde*, avant de prolonger la fantaisie de son œuvre en s'adonnant aux épigrammes avec son acolyte René-Louis Doyon (1885-1966). Il s'illustre, enfin, en pasticheur jouissif, pulvérisant le répertoire des grands auteurs classiques en salves impertinentes et cocasses.

Un Cid plus vrai que nature !

Le pastiche le plus connu de Georges Fourest est sans doute celui du *Cid* de Corneille :

« [...] Le soir tombe. Invoquant les deux saints Paul et

Pierre

Chimène, en voiles noirs, s'accoude au mirador

Et ses yeux dont les pleurs ont brûlé la paupière

Regardent, sans rien voir, mourir le soleil d'or...

Mais un éclair, soudain, fulgure en sa prunelle :

Sur la plazza Rodrigue est debout devant elle !

Impassible et hautain, drapé dans sa capa,

Le héros meurtrier à pas lents se promène :

"Dieu!" soupire à part soi la plaintive Chimène,

"qu'il est joli garçon l'assassin de Papa !" »

De drôles de chansonniers

Dès 1880, les lumières des music-halls et des cafés-concerts parisiens attirent tous les milieux artistiques et littéraires. On y rencontre des chansonniers aujourd'hui tombés dans l'oubli, tels Jean Richepin (1849-1926) dont *La chanson des Gueux* lui vaut un mois de prison pour outrage aux bonnes mœurs, Raoul Ponchon (1848-1937) et sa *Chanson vineuse*, Jehan-Rictus (1867-1933), Maurice Rollinat (1846-1903), Gaston Couté (1880-1911) ou Yvette Guilbert (1865-1944). Leurs chansons au vocabulaire pittoresque et argotique provoquent l'hilarité du public.

Aristide Bruant, le chanteur gouailleur

Ce chanteur de music-hall à la dégaine immortalisée par Toulouse-Lautrec (costume de velours noir, longue écharpe rouge tombant dans le dos et chapeau feutré aux larges bords) enchante les habitués des cabarets de la Belle Époque par sa gouaille populaire. Considéré comme le poète de l'argot, Aristide Bruant (1851-1925) joue, en passionné de la langue française, avec les mots, d'une voix puissante et rauque. Il commence à se produire au Café-Concert, puis au Concert des Amandiers où il triomphe avec ses chansonnettes comiques, avant de pousser la porte du Chat noir et du Mirliton, se plaisant à malmener les nantis devant lesquels il se produit. La verdeur, voire la grossièreté de ses propos n'en cache pas moins un travail de longue haleine pour écrire des textes drôles et poétiques. Il a été l'un des initiateurs d'un mouvement de la chanson française : la chanson réaliste, qui a perduré jusqu'aux trois quarts du XXe siècle avec des interprètes comme Édith Piaf.

Le répertoire d'Aristide Bruant

Le « candidat du peuple » (il s'est présenté aux élections législatives de 1898 à Belleville, mais ne recueille que 525 voix) chante des chansons empreintes de l'Histoire du peuple de France, dont les plus connues sont *Nini Peau de Chien* ou *Les Canuts*. Aristide Bruant chante également un Paris peuplé d'arsouilles et d'ouvrières faciles dans des chansons aux titres de brochure touristique : *À la goutte d'Or, À Saint-Lazare, Belleville-Ménilmontant*...

- « Mais on était chouette, en c'temps-là,
  On n'sacrécœurait pas sur la
  Butte déserte,
  Et j'faisais la cour à Nini,
  Nini qui voulait fair' son nid,
  À Monmerte. »
- « Tous les clients sont des cochons,
  La faridondon, la faridondaine,
  Tous les clients sont des cochons,
  Et surtout les ceux qui s'en vont ! »

Les talents de l'après-guerre

Pour répondre à la forte demande de rire des Français qui, dans les années d'après-guerre ont besoin de s'évader, des humoristes tels que Fernand Raynaud, Pierre Repp, Robert Lamoureux et des duos comiques comme Roger Pierre et Jean-Marc Thibaud ou Jean Poiret et Michel Serrault produisent sketchs et chansonnettes en série, maniant avec dextérité la langue française.

Fernand Raynaud, heu-reux !

Observateur talentueux, Fernand Raynaud (1926-1973) est connu pour ses nombreuses chansons amusantes et ses sketchs (*Le Douanier* ou *Le Plombier*) aux mimes et aux formules tonitruantes, dont certaines comme « Bourreau d'enfant ! », « Ça eut payé », « C'est étudié pour » ou « Heu-reux » sont désormais restées cultes. Il incarne dans ses spectacles différentes figures du Français moyen, se glissant tour à tour dans la peau d'un paysan roublard et bon enfant, d'un douanier raciste ou d'un patron pète-sec.

Dis, tonton...

« Allô tonton ? C'est Roro... Oui... [...] J'suis à la frontière franco-belge, tout va bien, épatant, allô ? J'te téléphone au sujet des vingt kilos de bicarbonate de soude. Allô tonton ? Pourquoi tu tousses ? J'te téléphone pour l'bicarbonate ! Le bi-car-bo-nate ! B comme hipipiphoura ! I comme interdit d'séjour ! C comme came ! [...] Il comprend rien à c'que j'lui dit. C'est stupéfiant. »

Robert Lamoureux, get-up, stand-up…

Robert Lamoureux (né en 1920) est le précurseur du stand-up : cette forme particulière de one man show où s'enchaînent les saynètes et histoires drôles, souvent inspirées de la vie quotidienne et mises en scène de façon à paraître improvisées. Très spontané et doté d'un redoutable sens de l'observation, Robert Lamoureux évoque des moments de la vie quotidienne de manière décalée et nonchalante, fait l'éloge de la fatigue, se moque du retour des vacances ou de la chasse au canard… Il est également l'auteur de plusieurs pièces de boulevard et de la série culte : *La Septième Compagnie*.

- « Bien sûr qu'il y a des gens honnêtes, sincèrement droits, sur lesquels on peut compter jusqu'à la mort. Mais ils ne sont pas drôles. Tandis qu'une crapule… »

Pierre Repp, c'est fou !

Souvent décrié pour ses galimatias sonores, Pierre Repp (1909-1986), ce frêle comique au museau de musaraigne, pratique avec réjouissance le bégaiement ou le zozotement à la Darry Cowl. Il aime butter sur les mots, jouer avec les allitérations et aligner les contrepèteries pour interpréter des gags loufoques, tel *Les Crêpes*. On le verra promener sa silhouette hésitante dans une quarantaine de films.

Les Repp de Pierre Crêpes… euh…

« Elle fait des gaufres, bref je passe, elle m'engaufre… elle m'en offre. Je lui dis "Non merci, jamais, à cause du sucre". Vous savez, le sume se croule… le sucre n'se roule… c'est tellement fin qu'on est tout blanc. "Surtout toi", m'dit ma femme, "avec ton nez à piquer les gaufrettes" […] "Oh mon pauvre Monsieur" m'répond la marchande, et pour me consoler, comme elle ne pouvait pas quitter son mougalaufre… ses gaufres, elle n'a pas voulu que je m'en aille sans emmener sa sœurette, une délicieuse sœurette dont je vais vous faire profiter à mon tour. »

Poiret-Serrault, c'est poire et dessert

Le tandem se forme au début des années 1950 et se produit dans les music-halls (chez Les Antiquaires ou Les deux Hortense) et au cinéma, notamment dans le dernier film de Sacha Guitry (1885-1957) : *Assassins et voleurs*. Cette prestation lancera leur carrière au cinéma. Mais c'est surtout sur scène, dans la célèbre pièce *La Cage aux folles*, que le duo est inoubliable dans la peau de Zaza/Albin (Michel Serrault) et Renato (Jean Poiret).

Le permis de conduire un orchestre

« Parce qu'il faut un permis de conduire pour les orchestres ?

– Ben naturellement, depuis six mois on exige le permis, bien sûr. Il y a eu trop d'accidents, trop de couacs, trop de notes écrasées, alors maintenant il faut le permis.

[...]

– Moi, j'ai été témoin d'un accident de grosse caisse dans un passage rapide de la deuxième rapsodie de Liszt.

– Ah, bah oui, elle est mauvaise aussi vous savez...

– C'est pas qu'elle soit mauvaise, elle est mal signalée surtout !

– À quel endroit ?

– C'était dans la montée... Vous savez dans la petite grimpette qu'il y a un moment, ça fait... (il chante)

[...]

– C'est pour cela que vous avez beaucoup de conducteurs qui évitent cette montée, qui prennent un raccourci, qui font... (il chante)

– Bien sûr mais c'est moins pittoresque.

– D'accord mais enfin, on est sûr d'arriver et ça c'est important. »

Les Appels téléphoniques des Frères ennemis

Amis depuis le service militaire, ces deux pince-sans-rire, pas frères pour deux sous, brillent dans la remise à niveau des calembours dans les années 1960 et 1970. Champions de la réplique du tac au tac et de la joute verbale absurde, Les Frères ennemis (Teddy Vrignault, le chevelu, et André Gaillard, le chauve) initieront sans doute les futurs Omar et Fred avec leurs célèbres Appels téléphoniques.

Appels à la pelle !

- « Allô, pourrais-je parler à Monsieur Debussy ?

  – De la part de qui ?

  – De la part de sa mer.

  – C'est vague. »

- « Allô, pourrais-je parler à l'homme invisible ?

  – C'est lui-même.

  – On se voit quand ? »

- « Allô, Sheila ?

  – Non, chai en fache. »

- « Allô, je voudrais parler à Goya.

  – Le peintre ou la chanteuse ?

  – Voyons monsieur, le peintre est mort.

  – Dommage. Et la chanteuse ?

  – Elle chante.

  – Dommage. »

- « Allô, Liliputt ?

  – Oui.

  – Bonjour madame. »

Raymond Devos, le magicien des mots

Ce géant aux faux airs de Gargantua affublé de bretelles a promené sa lourde silhouette sur les plus grandes scènes afin de faire rire le public en parlant de son chien, de la mer, de Jésus ou de sa femme... Des sujets en apparence anodins, qu'il rend comiques et absurdes en prenant les mots au pied de la lettre, les taquinant et les décortiquant pour mieux jouer avec leurs sonorités. Ainsi, lorsqu'un maître d'hôtel à qui il fait part de son désir d'aller voir la mer lui répond : « Vous n'y pensez pas, elle est démontée ! », Raymond Devos renchérit très sérieusement : « Quand la remontera-t-on ? »

Voici quelques-uns de ses bons mots :

- « J'ai le pied gauche qui est jaloux du pied droit. Quand j'avance le pied droit, le pied gauche ne veut pas rester derrière et passe devant... Et moi, comme un imbécile, je marche. »

- « Quand on s'est connu, ma femme et moi, on était tellement timides qu'on n'osait pas se regarder ! Maintenant, on ne peut plus se voir ! »

- « Un ministre, ça ne se vend pas ! Ça s'achète parfois ! Mais ça ne se vend pas ! »

- « Devant un sex-shop, un type tambourinait sur la vitre et disait : "C'est un véritable scandale, retirez-moi ça tout de suite !" Alors le vendeur est sorti et il a dit : "Retirer quoi ?

  – Retirez la buée. On ne voit rien." »

J'ai ouï dire… qu'il y avait un train pour Caen…

Quand Raymond Devos se déchaîne sur les allitérations :

- « Il y a des verbes qui se conjuguent très irrégulièrement. Par exemple, le verbe "ouïr". Le verbe ouïr au présent ça fait "J'ois"… J'ois… Si au lieu de dire "j'entends" je dis "j'ois", les gens vont penser que ce que j'entends est joyeux alors que ce que j'entends peut être particulièrement triste. Il faudrait préciser : "Dieu, que ce que j'ois est triste !" »
- « [...] Je me dis : "bon ! Je vais aller à Caen." [...] Je boucle la valise, je vais pour prendre le car, je demande à l'employé : "Pour Caen quelle heure ?" Y me dit : "Pour où ?" Je lui dis : "Pour Caen !" Y me dit : "Comment voulez-vous que je vous dise quand, si je ne sais pas où ?" Je lui dis : "Comment vous ne savez pas où est Caen ?" Y me dis : "Si vous ne me le dîtes pas !" Mais je lui dis : "Je vous ai dit Caen !" Y me dit : "Oui ! Mais vous ne m'avez pas dit où !" »

Les humoristes de la fin du XXe siècle

L'humour traverse la fièvre des dernières décennies du XXe siècle avec plus de vigueur que jamais. On y trouve un Thierry Le Luron qui traque la rose, un Coluche en salopette qui traque les cons, un Desproges qui réinvente le cynisme, un Pierre Palmade ou une Muriel Robin plus fragiles… Et on y trouve encore des duos (Chevallier et Laspalès), et même des trios (Les Nuls, Les Inconnus)… Tout augmente !

Les années 1970

Dans les années 1970, les humoristes investissent le petit écran et se font connaître à travers des émissions de variétés comme *Le Petit Rapporteur* de Jacques Martin, ou sur scène au Café de la Gare, au Théâtre du Splendid et au Théâtre des Variétés.

Le Café de la Gare

Créé en 1969 par plusieurs acteurs-fondateurs comme Coluche (1944-1986) et Romain Bouteille (né en 1937), Le Café de la Gare devient vite le lieu de rassemblement d'une bande de jeunes comédiens dont beaucoup deviendront célèbres, tels Patrick Dewaere (1947-1982), Henri Guybet (né en 1936), Miou-Miou (née en 1950) ou Martin Lamotte (né en 1947). La bande du Splendid y vient également faire quelques incursions et achève de transformer l'endroit en café-théâtre où délires du rire et spectacles impertinents s'enchaînent en cascade.

La bande du Splendid

C'est dans la salle d'un ancien cinéma pornographique que la bande du Splendid commence à sévir. Sur scène, la joyeuse bande de copains formée dans les années 1970 au lycée Pasteur de Neuilly-sur-Seine s'en donne à cœur joie. Les quatre garçons : Michel Blanc (né en 1952), Gérard Jugnot (né en 1951), Thierry Lhermitte (né en 1952) et Christian Clavier (né en 1952) sont bientôt rejoints par Josiane Balasko (née en 1950) et Marie-Anne Chazel (née en 1951), tandis que d'autres jouent épisodiquement avec la troupe (Anémone, Dominique Lavanant, Martin Lamotte). La bande enchaîne bientôt les succès sur scène (*Amour, coquillages et crustacés, Le Père Noël est une ordure*) et sur grand écran (la série des *Bronzés, Papy fait de la résistance*).

Le Luron du dimanche

Thierry Le Luron (1952-1986) débarque à la télévision en multipliant les sketchs et les imitations dans diverses émissions, avant de présenter sur la première chaîne française, en 1972, *Le Luron du dimanche*. Il y présente des portraits féroces (de Jacques Chaban-Delmas, Jean Nohain, Johnny Hallyday, Dalida, Line Renaud, Valéry Giscard d'Estaing, François Mitterrand…), entouré de sa joyeuse bande (Jacques Collard, Jacques Pessis, Pierre Guillermo, François Diwo, Luc Fournol, Bernard Mabille…). Les détournements de chansons restent l'un de ses exercices de prédilection : il transforme ainsi *Les Petits mots* de Dalida en *Gros mots*, la *Lettre à France* de Polnareff en *Silence*, le *Gigi l'amoroso* de Dalida en *Chi Chi Valentino* ou *Ces gens-là* de Jacques Brel en *Chez les Fafa* (sous-entendu Fabius).

L'emmerdeur de la rose

Alors que Thierry Le Luron n'est plus le bienvenu à la télévision suite à ses boutades à l'humour corrosif contre des politiciens au pouvoir, Michel Drucker (né en 1942) l'invite sur le plateau de son émission en 1984. Le saltimbanque ne le déçoit pas et entonne alors une chanson aux paroles aussi affûtées que tranchantes : *L'emmerdant c'est la rose* (parodie de *L'important c'est la rose* de Charles Trénet) dans laquelle il se moque du gouvernement socialiste. Les images d'archives nous montrent un Michel Drucker qui rit jaune.

Alex Métayer, le militant humoristique

Le « fabuliste ironique du quotidien », ancien gentil organisateur au Club Med, aime se déguiser en petite souris pour observer ce qui se passe dans nos bureaux, nos chambres ou nos fêtes de famille et croquer tous les travers de nos vies quotidiennes. Alex Métayer (1930-2004) passe les automobilistes à la moulinette dans son sketch *La promenade en auto*, où il joue le rôle d'un petit garçon assis sur la banquette arrière, stressé par la conduite plutôt chaotique de son père ; il stigmatise les bobos parisiens qui évitent soigneusement de se mélanger aux prolos (sauf dans les manifs', cela va de soi...) et partent en vacances au Club Med ; ou nous fait hurler de rire avec sa recette des « pâtes à la Boudoni »...

Derrière le rire s'est caché le militant communiste et, à partir des années 1970, Alex Métayer officiait dans la cellule spectacle de l'*OCI*, une organisation trotskyste.

- « Y a trois choses qu'on ne peut regarder en face : la mort, le soleil et le dentiste. »
- « Je n'ai pas peur de rendre heureuse la femme d'un ami. »

Coluche, l'humoriste qui reste haut du cœur

Michel Colucci, dit Coluche (1944-1986), est sans doute l'humoriste le plus important de sa génération. Sorti du Café de la Gare, il impose sa silhouette et sa gouaille en dynamitant tous les poncifs des années 1980. C'est l'époque du renouveau ; François Mitterrand vient d'arriver au pouvoir et la jeunesse a de nouvelles ambitions pour son avenir. Coluche ouvre la voie des « dingues » de Canal+ et se fait le porte-parole de toute une génération qui veut pouvoir emmerder officiellement les vieux cons. Revendiquant sa grossièreté « sans jamais tomber dans la vulgarité » et sa liberté d'expression, l'humoriste s'attaque aux tabous, puis aux valeurs morales et politiques de la société contemporaine. Après cinq ans de galère, il devient célèbre en parodiant le jeu télévisé de Guy Lux, *Le Schmilblick*.

L'humoriste ne recule devant aucune provocation et devient le trublion officiel. Fin 1980, il annonce son désir de se présenter aux élections présidentielles de 1981. Son slogan : « Avant moi, la France était coupée en deux, maintenant elle sera pliée en quatre ». Même si les Français voient là un formidable gag grandeur nature, les intentions de vote qui lui prédisent 16 % des voix inquiètent certains politiques. Des menaces le font se retirer de la course. On ne rigole plus !

Avant de provoquer une dernière fois la vie en juin 1986 sur une route du Sud, il épouse en grande pompe le sémillant Thierry Le Luron en 1985.

Figure 17.1 : Coluche, le bon élève.

Les bons mots de Coluche

- « Le travail, c'est bien une maladie puisqu'il y a la médecine du travail. »
- « Ne buvez pas d'alcool au volant, vous pourriez en renverser. »
- « Camarades morpions, adhérez aux parties ! »
- « L'humour a toujours été contre le pouvoir, quel que soit le régime. »
- « Voleur, c'est quand on trouve un objet avant qu'il soit perdu. »
- « L'art du comique, c'est donner l'impression qu'on fait n'importe quoi quand on a travaillé dix heures sur une mimique ou une phrase. »

Les enquêtes du Petit Rapporteur

ANECDOTE

Le dimanche 19 janvier 1975, à 13h20, en plein déjeuner dominical, la France découvre *Le Petit Rapporteur* lancé par l'indomptable Jacques Martin (1933-2007) et sa bande d'enquêteurs hurluberlus (Piem, Stéphane Collaro, Daniel Prévost, Pierre Desproges, Pierre Bonte). Le concept est simple : rapporter l'insolite, débusquer l'étrange, commenter méchamment la politique, bref : faire rire, faire grincer, faire penser ! L'émission sera diffusée dix-huit mois sur TF1 puis sera reprise pendant quatre ans sur Antenne 2 sous le titre *Par le petit bout de la lorgnette*. L'émission atteindra des crêtes d'audience de 28 millions de téléspectateurs !

Comment ne pas se souvenir de la visite de Daniel Prévost dans la petite ville de Montcuq où il s'entretient avec le maire : « Beaucoup de petites ruelles, Montcuq a l'air très étroit. [...] Ils ne sont pas très nombreux les républicains indépendants, ici c'est surtout les socialistes de Montcuq. [...] La nuit, Montcuq est-il bien éclairé ? [...] Le bus ? Mais je n'ai pas vu l'arrêt de Montcuq. »

Un monument de la télé.

Pierre Desproges, l'insolent génial

Celui qui occupait son temps « à faire semblant d'être amusant publiquement » développe un humour dit de droite, sans toutefois tomber dans le ressentiment poujadiste ou le gag bien franchouillard. Pierre Desproges (1939-1988) brocarde l'argent facile, les vanités ou l'aspiration à la gloire, professe que l'« on peut rire de tout mais pas avec n'importe qui », comme pour excuser sa verve de choc et son humour noir envers ses têtes de turcs préférées (Yves Duteil, Francis Lalanne, Marguerite Duras ou les coiffeurs). On se souvient de son passage iconoclaste au *Petit Rapporteur* et d'une interview de Françoise Sagan (1935-2004) qui portera la littérature à des sommets humoristiques rarement atteints ; on retient ses diatribes terribles au *Tribunal des flagrants délires* ; et on jubile encore de ses étonnantes propositions dans *La Minute nécessaire de Monsieur Cyclopède* comme d'euthanasier un kamikaze ou de ne pas sombrer dans un antinazisme primaire.

Lui qui ne voulait pas de cancer parce qu'il était contre, en mourrera une sale journée d'avril 1988.

Citations immortelles

- « Les Bordelais sont laids alors que leurs femmes sont girondes. »
- « Ce n'est pas parce que l'homme a soif d'amour qu'il doit se jeter sur la première gourde ! »
- « Ma femme est très portée sur le sexe. Malheureusement, ce n'est pas sur le mien. »
- « Je ne suis pas raciste, mais il faut bien voir les choses en face : les enfants ne sont pas des gens comme nous. »
- « Le féminin de «directeur» est «la femme du directeur». »
- « Les aspirations des pauvres ne sont pas très éloignées des réalités des riches. »
- « Au Paradis, on est assis à la droite de Dieu : c'est normal, c'est la place du mort. »
- « L'adulte ne croit pas au père Noël, il vote. »

Les années 1980-1990

Durant ces décennies économiquement moroses, les humoristes regonflent le moral des Français. La création du *Petit Théâtre de Bouvard* va permettre l'explosion d'un nouvelle génération d'humoristes, au même titre que l'émission *La Classe* sur FR3. C'est l'occasion pour des débutants de faire leur première apparition en public : on y découvre notamment Pierre Palmade, Michèle Laroque, Muriel Robin, Anne Roumanoff ou Les Vamps…

Philippe Bouvard et son Petit Théâtre

Philippe Bouvard (né en 1929) est à l'humour ce que le tire-bouchon est à la bouteille. Ce grand journaliste (un des plus fins que la télé et la radio aient engendré et qui fit les grandes heures des samedis soirs dans les années 1960-1970) est également l'animateur et le concepteur des *Grosses Têtes* sur RTL. Au début des années 1980, il lance un petit théâtre du rire où les humoristes doivent improviser sur des thèmes donnés. De ce vivier sortiront Smaïn (né en 1958), Philippe Chevallier (né en 1956) et Régis Laspalès (né en 1957), Mimie Mathy (née en 1957), Michèle Bernier (née en 1956), Les Inconnus, Jean-François Dérec (né en 1957)…

Pierre Palmade, le fou fragile

Pierre Palmade (né en 1968), auteur prolifique de one man show, triomphe sur scène avec sa partenaire Michèle Laroque (née en 1960) dans deux spectacles : *Ils s'aiment* et *Ils se sont aimés*, co-écrits avec Muriel Robin (née en 1955). On lui connaît aussi des sketchs savoureux comme *Le Colonel, Le Joint, Le Scrabble* ou *Laisse c'est pour moi…*

S'il est à la fois le pionnier de la nouvelle scène française humoristique, Pierre Palmade est aussi avec Muriel Robin (voir le chapitre 19) le dernier grand humoriste à user de ce qu'on appelle le « quatrième mur » (le sketch qui ne s'adresse pas directement au public). Il est un peu la jonction entre l'ancienne tradition du chansonnier et l'arrivée des humoristes du *stand-up* (sketch qui raconte une histoire au public).

Le Scrabble

« Non Liliane "Ox" ça n'existe pas. Oui d'accord ça t'aurait fait 30 points avec le mot compte triple mais ça n'existe pas. "Xo" non plus d'ailleurs. De toute façon c'est sûr qu'avec ta gueule on ne peut pas aller bien loin. Quoi ? Mais non, je dis simplement que t'as mis "gueule" en travers du jeu et ça bloque tout le monde ! Tu fais de l'anti-jeu Liliane, à chaque fois c'est la même chose. Bon ben allez, joue Alexandre, qu'est-ce que t'attends ? Érection ? Non un seul R. Ben t'en enlève un. Comment tu connais ce mot toi d'abord ? Comment il connaît ce mot lui d'abord ? Et ben dis donc, à 11 ans ça promet ! […] »

Jean-Marie Bigard, j'en pète et des meilleurs !

L'auteur du Tonyglandyl des Nuls a longtemps écrit pour les autres avant de monter ses premiers spectacles, privilégiant le *stand-up* dans la droite lignée de Robert Lamoureux. Jean-Marie Bigard (né en 1954) n'hésite pas à recourir à un humour grivois, comme dans sa parodie de la chanson Harley Davidson qui devient *Massey Ferguson*. À ceux qui lui reprochent parfois sa vulgarité ou sa manière très crue d'aborder la sexualité, Bigard répond : « Il me semble qu'au contraire le vulgaire va me permettre de dire des vérités indicibles, de dédramatiser nos petites misères, de désacraliser les hiérarchies sociales, les positions des uns et des autres, et, au passage, d'apprendre au malheureux à rire de son malheur. »

La victoire de Timsit... Patrick

Remarqué pour son humour corrosif et n'hésitant pas à aborder les thèmes les plus controversés, Patrick Timsit (né en 1959) enchaîne les sketchs dans diverses émissions télé des années 1990 avant de gagner la scène. On se rappelle tout particulièrement de *Mon ami Bouli*, des *Brèves de comptoir* ou des *Vacances*, mais aussi des *Petites annonces* ou de *La grossesse*. Il aura du mal à surmonter le scandale que créera sa fameuse phrase au sujet des handicapés : « Chez les mongoliens, c'est comme les crevettes, tout est bon sauf la tête. » Il s'en sortira en créant une association pour venir en aide aux trisomiques. Il fit néanmoins avancer le débat sur la question récurrente : « Peut-on rire de tout ? ».

Les Petites annonces

« Il faut se méfier des petites annonces immobilières. Dans l'annonce ils mettaient : "Coquet studio très ensoleillé dans immeuble bourgeois". Attention les annonces il faut traduire, *coquet* ça veut dire *petit*. Le mien est très très très coquet. Il faut se méfier des diminutifs comme coquette studette. Studette c'est un petit studio. Alors coquette studette, c'est carrément la maison des Schtroumpfs. [...] »

Quelques phrases bien senties :

- « Je n'aime pas les femmes qui couchent le premier soir. Je déteste ça, il faut attendre tout l'après-midi. »
- « Avec les femmes, il y a trois étapes : tu les fais rire, tu les fais jouir, tu les fais chier. Et il ne faut jamais passer à la troisième étape avant d'avoir franchi les deux premières. »
- « Parfois, je regarde la télé toute la journée, c'est chiant ! Mais quand je l'allume, c'est pire... »

- « Actuellement, on fait tout pour les handicapés… Regardez les cinémas, ils les ont rendus accessibles aux handicapés physiques. Et la télé, accessible aux handicapés mentaux. »

Monter en groupes

Ils fleurissent dans les années 1990 : voici les duos, trios et quatuors du rire qui enflamment les salles…

Les Nuls pour les Nuls

Les Nuls, alias Chantal Lauby, Alain Chabat, Dominique Ferrugia et Bruno Carette se produisent sur Canal+ à partir de 1987 pour animer un faux journal en direct : le *JTN*, accompagné de fausses pubs et de divers sketchs. Ils enchaînent par une série de fausses définitions du dictionnaire dans *ABCD Nuls*, avant de se tourner vers le cinéma (*La Cité de la peur*).

« 80 % des Français se tuent en mourant »

- « Assurance chômage : pour être sûr de ne jamais retrouver de boulot. »
- « Les risques du métier : son menton a soudainement quitté la paume de sa main droite posée grâce à un coude, et sa tête est venue frapper lourdement le bureau. Une fois de plus, un fonctionnaire s'est tué au travail. »
- « Fait divers : L'homme qui a commis plusieurs viols en région parisienne et qui porte le même nom qu'un coureur cycliste a été condamné à 20 ans de réclusion et élu meilleur grimpeur de la région. »
- « Vous voulez un whisky ?

  – Juste un doigt.

  – Vous ne voulez pas un whisky, d'abord ? »

Les Inconnus parodisiaques

Les Inconnus, formés par le trio Bernard Campan (né en 1958), Didier Bourdon (né en 1959) et Pascal Légitimus (né en 1959) connaissent une très forte popularité dans les années 1990 avec leurs parodies d'émissions télévisées et leurs chansons.

C'est avec la parodie « Belle comme Isabelle » des groupes *new wave* comme Partenaire particulier ou Indochine que le groupe explose véritablement. Ils vont alors s'engouffrer dans la brèche parodique. Le ridicule des émissions de télé leur servira de terreau (*Télémagouille* ou *Tournez Ménage*) ainsi que les *soap* américains au doublage approximatif (*Ça te barbera*, parodie de *Santa Barbara*).

L'efficacité de leur humour tient beaucoup à leur talent de comédiens qui leur permet d'appréhender tous les styles. Ils ne rateront rien ni personne au travers de leurs sketches comme *Les chasseurs, Les pétasses, Les flics, L'éducation nationale, Tout ça ne nous regarde pas, Les sectes*, etc.

Forts de leur succès sur scène et à la télévision, ils se lancent en 1995 dans le cinéma. Leur premier film, *Les trois frères*, est un triomphe et enregistre plus de sept millions d'entrées. Toutes les portes s'ouvrent devant nos trois compères mais un différend juridique va les opposer à leur producteur Paul Lederman (qui possède les droits du nom « Les Inconnus ») et ils se séparent.

Plus bourrés de talent que bourrelés de remords, les trois humoristes amorcent séparément des carrières de comédiens où ils rencontrent, dans des genres plus sérieux, un véritable succès.

Télémagouille, on en a plein les… fouilles

Présentateur. – Qui a été assassiné dans sa baignoire ?

Mamadou. – Maradona.

Présentateur. – Mais non. Bon question plus facile sur la Révolution française. Citez deux révolutionnaires français : Robespierre et…

Véronique. – Jean-Marc Thibaud.

Présentateur. – Non, je vous parle de la Révolution ! L'époque où on décapitait les nobles !

Véronique. – Stéphanie de Monaco.

Présentateur. – Bon passons. Question sport : quelle est la première ville arabe traversée par le Paris-Dakar ?

Mamadou. – Marseille !

Présentateur. – Non, mais non. Quel est le prénom de Miou-Miou ?

Mamadou. – Miou.

Présentateur. – Un vrai prénom !

Véronique. – Stéphanie de Monaco !

Quand Les Deschiens aboient, la caravane passe

Les Deschiens est une série télé diffusée sur Canal+ dans les années 1990, dans laquelle jouent François Morel (le directeur de la fromagerie Morel), Yolande Moreau (sa femme), Olivier Saladin, Philippe Duquesne et Bruno Lochet. On y retrouve pêle-mêle des petites annonces (3615 Code Qui n'en veut), une télé-boutique ou des recettes de cuisine (dont la fameuse boisson magique : le Gibolin) tournés dans un décor minimaliste avec un plan fixe. Chaque comédien représente le stéréotype d'une région (Normandie, Nord-Pas-de-Calais, Sarthe…) en jouant le rôle du Français moyen, souvent inculte.

Les mamies Vamps

Qui ne connait pas Gisèle Rouleau et Lucienne Beaujon, alias *Les Vamps* ? Ces deux mamies sexagénaires interprétées par Dominique de Lacoste (née ne 1958) et Nicole Avezard (née en 1951), vêtues de leur plus beaux fichus, tabliers et bas de contention, s'en donnent à cœur joie sur scène, pimentant la banalité de leur quotidien par des médisances et des coups fourrés qui donnent souvent lieu à des situations burlesques. Le rire fonctionne aussi grâce au caractère des deux personnages : si Gisèle Rouleau, comme son nom l'indique, écrase et profite de la frêle et naïve Lucienne, les deux comparses n'en sont pas moins très attachées l'une à l'autre...

Chevallier et Laspalès, satires dans le tas

Ce duo d'humoristes formé au début des années 1980 se produit au Petit *Théâtre de Bouvard* avant de voler de ses propres ailes, multipliant les « two men show ». Le cinéma ne tarde pas à les appeler et ils tournent dans *Ça n'empêche pas les sentiments* (1997) puis dans l'adaptation de la pièce à succès *Ma femme s'appelle Maurice* (2002).

Leur humour est basé sur l'antagonisme des deux personnages qui pourraient faire penser par certains côtés à Bouvard et Pécuchet (les personnages ridicules de Flaubert) ; Chevalier représentant le sérieux et Laspalès l'irrationnel. Nombreux sont leurs sketches qui partent du quotidien pour sombrer dans l'absurde. C'est le cas du *Train pour Pau* ou du *Restaurant*, ou encore de la *Réception*. Ils n'hésitent pas à jouer avec les mots : « On ne peut servir du saumon fumé en zone non fumeur » ou « Servez-moi deux couverts... Un couteau et une fourchette. »

La nouvelle scène comique

Imitateurs, monologuistes, créateurs de personnages et pasticheurs en tout genre, la nouvelle scène comique présente une plaisante diversité de trublions et tente à tout prix (même cher) de renouveler la scène humoristique.

Laurent Gerra, des imitations piquantes

Surtout connu pour ses imitations de personnalités du monde politique et du show-business, Laurent Gerra (né en 1967) officie longtemps sur scène et à la télévision avec sa consœur Valérie Lemoine (née en 1961), avant de présenter ses one man shows (*Laurent Gerra flingue la télé*) à travers toute la France. On retient, entre autres, *Bêêêlle* (parodie crue de la chanson-phare de la comédie musicale *Notre-Dame de Paris*), *Ma Cabane au fond du jardin* (imitation de Francis Cabrel), *Les aventures de Couillu le Caribou dans l'Grand Nord* (parodie de Céline Dion) ou *Le rap à fromage*...

« Canal+, la chaîne des beaufs qui croient qu'ils n'en sont pas. »

Les snipers de la télé

Depuis quelques années, un nouveau genre d'humour est apparu sur les hauts plateaux télévisés. Pour dynamiser les « molles attitudes », les animateurs se sont peu à peu dotés d'une nouvelle race mutante de comiques que l'on a appelé les *snipers* (tireurs embusqués). Le but étant de s'amuser au détriment des invités en servant des vacheries bien senties. Le premier du genre fut Laurent Baffie dans l'émission de Thierry Ardisson, dont le sens de la répartie corrosive effrayait bien des invités. « L'inventeur du boulot » légua un *modus operandi* qu'utilise aujourd'hui Fabrice Éboué dans la bande à Ruquier. Marc-Olivier Fogiel usa Guy Carlier avec moins de bonheur, mais Stéphane Bern se rattrapa avec Stéphane Guillon. Éric Naulleau est également un *sniper*... avec l'humour en moins.

Laurent Ruquier s'est fait le champion tout catégorie du genre en créant *On a tout essayé*, une émission de dégommage en règle avec Isabelle Alonso, Pierre Bénichou, Gérard Miller, Claude Sarraute, Philippe Geluck, Jean-François Dérec... j'en passe et pas forcément des meilleurs !

Franck Dubosc, pour t...out public

Le beauf dragueur du film *Camping* (Patrick Chirac) a d'abord roulé sa bosse dans les nombreux cafés du Marais, avant de travailler dans les années 1990 aux côtés d'Élie Semoun (né en 1963) dans *Les petites annonces d'Élie*. Dès lors, Franck Dubosc (né en 1963) remplit les zéniths de France avec ses spectacles *J'vous ai pas raconté, Pour toi public* ou *Il était une fois Franck Dubosc*...

« Les femmes, c'est comme les photos, j'aime bien les prendre, mais pas être dessus ! »

Franck Dubosc, c'est le macho maladroit, l'amoureux qui se prend les pieds dans les jupes des filles. Il use de son physique de « beau gosse rieur » comme d'une arme et réussit à donner une unité à ses sketches par ce personnage attachant du fait de ses maladresses.

Le cinéma ne pouvait pas ignorer son physique facétieux et c'est dans le film *Camping* qu'il triomphera dans le rôle de Patrick Chirac, le dragueur des campings.

Élie Semoun, talent à forte tête

Inoubliable en Kevina (adolescente de 13 ans) ou en Cyprien (un type au physique repoussant à la recherche d'une « blonde à forte poitrine »), Élie Semoun collectionne les identités loufoques dans *Les petites annonces d'Élie*, en duo avec Dieudonné ou dans ses one man shows. Quand on l'interroge sur son style d'humour, il reconnaît : « Plus c'est noir et plus ça me plaît. Plus c'est pathétique et plus ça me fait rire. »

- « Je tromperais bien l'ennui avec sa femme… »
- « Un croque-mort est un monsieur qui ne peut avoir que des indigestions. »
- « Les manteaux de fourrure sont habités par de vieilles peaux. »

Éric et Ramzy, joueurs de tours infern…aux

C'est en 1994 qu'Éric Judor (c'est le chauve) et Ramzy Bédia (c'est l'autre) se croisent pour leur plus grand bonheur (et le nôtre). Autodidactes, n'ayant aucune formation théâtrale, ils se lancent à l'assaut des petites scènes parisiennes avec l'humour en bandoulière. En 1997, ils explosent sur Fun radio où ils se montrant véritables trublions des ondes. Repérés par Jean-Luc Delarue, ils font leurs armes sur France 2 où ils triomphent avec *Les Mots*. Il s'agit d'un sketch récurrent où Éric présente chaque soir un nouveau mot à Ramzy qui en donne une définition délirante.

La sitcom *H* sur Canal+ aux côtés de Jamel assoit un peu plus leur notoriété mais ils crèvent le plafond au cinéma dans *La Tour Montparnasse infernale*, sorte de mixte parodique de *Die Hard* et *La Tour infernale*.

Leur passage par le cinéma va orienter leur humour de jeux de mots vers un goût du gag plus visuel. Ils n'abandonnent pas néanmoins ce qui fait le sel de leur talent, les deux mamelles auxquelles leur succès s'abreuvent : le non-sens et la crétinerie.

- « Autant l'hiver éclate, que l'hétéroclite. »
- « Avec quoi ramasse-t-on la papaye ?

  – Avec la foufourche. »

Debout Jamel !

L'homme n'a pas la langue dans sa poche et le fait savoir haut et fort dans un débit de parole étourdissant… Jamel Debbouze (né en 1975) commence sur Canal+ avec ses interventions délirantes dans l'émission *Nulle Part Ailleurs* et ses interventions dans la série télévisée *H*, avant de remplir les salles en présentant des one man shows à l'humour ravageur, le tout avec un naturel toujours bluffant. Sans oublier sa délirante prestation dans le film *Astérix et Cléopâtre* d'Alain Chabat. On le retrouve aujourd'hui au sein du Jamel Comedy Club qu'il a créé pour promouvoir de nouveaux talents.

- « Tes cheveux sont aussi espiègles… que les cheveux d'un oiseau. »
- « On m'aurait dit y'a deux ans que je serais connu, que je ferais de la radio, que je me taperais Ophélie Winter… J'aurais jamais cru ! Sur la tête de ma mère que j'ai fais de la radio ! »
- « Je voudrais dédier ce spectacle à Joney Star qui a le courage d'être aussi moche ! »

- « Je vous demande votre accordance, c'est-à-dire de m'accorder toutes les danses. »

Gad Elmaleh, le prince de la scène

Gad Elmaleh est né à Casablanca en 1971. Fier de ses origines qui nourrissent ses spectacles, c'est au Canada que tout commence entre radio et cabaret. Lorsqu'il débarque à Paris en 1992, il attaque le cours Florent (sans violence). Un peu de scène classique puis c'est *Décalage*, son premier spectacle joué à Montréal. Simultanément, il enchaîne quelques films : *Vive la République* d'Eric Rochant ou *L'Homme est une femme comme les autres* de Zilberman. C'est en 2001, avec son deuxième one man show (*La vie normale*) que sa carrière explose ; le personnage de Choucou, l'amateur de sushis, donnera matière à un film. Consécration totale avec son apparition dans *La vérité si je mens II* et le carton de son troisième spectacle, *Papa est en haut*. En 2007, il est élu « l'homme le plus drôle de l'année ».

- « Moi quand j'ai fini de monter un meuble il a l'air bien mais il me reste toujours dans la main une pièce. Tu vois de quelle pièce je veux parler ? Le genre de pièce qui va nulle part. Tu te dis : "Mais s'ils l'ont mis là c'est bien qu'elle va quelque part." [...] Et bien cette pièce, elle finira dans le plat qui se trouve dans l'entrée. Dans lequel tu trouves plein de choses que tu sais pas quoi faire avec, mais que tu veux surtout pas jeter... »
- « Dans ma famille nous étions trois enfants, un de chaque sexe. »
- « Ce qui nous frappait chez mon père, c'était surtout ses mains. »
- « L'avion reste le moyen de transport le plus sûr ! Ah bon ? Et pourquoi les aéroports on appelle ça un terminal ? »

Cinquième partie
Pour aller plus loin

Dans cette partie…

Pourrions-nous aborder une Histoire de l'humour sans tenter d'en approcher la définition ? Certes, non. Pouvons-nous aborder la question sans tomber dans ce que disait Mark Twain : « L'humour est comme la grenouille, sa dissection lui est fatale » ? Nous l'espérons. Si tel n'est pas le cas, nous sombrerons dans un humour plutôt noir. En tout cas, cette définition pose bien des soucis aux philosophes, d'Aristote à Bergson, et fournit bien des questionnements à un certain Sigmund Freud. Nous verrons également l'importance du rire dans la religion, qui contrairement à certaines idées reçues, y a sa place, et nous finirons avec l'humour utilisé comme une force sociale.

Chapitre 18

L'humour fait-il bon ménage avec la philosophie, la religion et les rapports sociaux ?

Dans ce chapitre :

- Qu'est-ce que l'humour ?
- Les philosophes face au rire
- Religion et humour
- La thérapie par le rire
- Les femmes et l'humour

Grâce à un triple salto intellectuel, nous tenterons d'aborder la définition même de l'humour, conscients de la difficulté de l'exercice. Un petit travail qui nous mettra en jambe pour pénétrer le thème « humour et philosophie ». Pas de raison qu'Aristote ou Nietzsche aient été insensibles aux chatouilles ou à une bonne blague. Nous glisserons ensuite vers la religion pour nous poser une question existentielle : Dieu a-t-il de l'humour ? Certaines émergences politiques ou dérives écologiques tenteraient de le démontrer… Ainsi élevés dans la réflexion, il nous sera aisé de comprendre l'importance thérapeutique de l'humour, avant de terminer par une question cruciale, pour nous les hommes : les femmes ont-elles de l'humour ?

La philosophie du rire

Le rire et l'humour sont des concepts qui ont toujours intéressé les penseurs, d'Aristote à Bergson, de Nietzsche à Freud. Quel est ce moteur étrange qui donne aux hommes l'envie de faire rire son voisin ? Et comme le dit le philosophe du rire André Poiret-Dessaert : « L'homme rit mais pourquoi rit-il ? L'homme pleure mais pourquoi pleure-t-elle ? »

Euh… l'humour, c'est quoi ?

C'est en général là que les choses se corsent ! Certains, comme l'écrivain Dominique Noguez (né en 1942), le définissent comme « l'incendie de la caserne des pompiers », « un inspecteur de police en tutu », « la main du chirurgien dans la vésicule du zouave » ; d'autres comme le dessinateur Ronald Searle (né en 1920) considèrent que « l'humour c'est quelque chose qui met les gens en colère quand on dit qu'ils n'en ont pas. » Comment s'en sortir ? Est-ce « la douleur enjouée » de Charlie Chaplin ? Est-ce, comme le propose Raymond Queneau, « les grands sentiments débarrassés de leur connerie » ? Ou bien l'insondable définition de Woody Allen : « l'humour, c'est le tragique plus le temps » ? Avec ça, nous voilà bien…

La vraie définition de l'humour… enfin !

Autant vous le dire tout de suite, pour ne pas vous laisser croire aux chimères les plus folles, la définition de l'humour n'existe pas. L'humour est parfaitement indéfinissable, et fier de l'être. Nombreux sont les penseurs qui se sont penchés sur la question… et qui s'y sont brisé le sourire. À l'instar de l'amour, en parler c'est ne pas le pratiquer. Parmi les centaines de définitions qui en ont été données, celle de l'auteur britannique Saki (1870-1916) nous semble la plus pertinente : « L'imagination a été donnée à l'homme pour compenser ce qu'il n'est pas. L'humour pour le consoler de ce qu'il est. » C'est simple, c'est beau, c'est vrai.

Qu'en pensent nos têtes couronnées… de succès ?

MOTS D'AUTEUR

- « L'humour ? Insaisissable. » (Paul Valéry)
- « L'humour ? Son père est anglais, sa mère est latine. » (Sacha Guitry)
- « L'humour ne s'apprend pas. C'est comme le jazz, une cadence intérieure. On l'a ou on ne l'a pas. » (Guy Bedos)
- « L'humour est la force de caractère des faibles. » (Claude Roy)
- « La meilleure façon de manquer d'humour c'est d'affirmer qu'on en a. » (Didier Nordon)
- « Le rire, c'est comme le désir : on ne peut pas faire semblant de bander. » (Guy Bedos)
- « Le premier irrespect qu'on doit à la culture, surtout à la télévision, c'est l'humour. » (Bernard Pivot)
- « Chacun prend son humour où il le trouve. » (Jean-Claude Carrière)

Autopsie d'une définition

Le grand spécialiste de la question humoristique, l'universitaire, écrivain et journaliste Robert Escarpit (1918-2000), nous livre sa définition : « L'humour est l'unique remède qui dénoue les nerfs du monde sans l'endormir, lui donne sa liberté d'esprit sans le rendre fou et mettre dans les mains des hommes, sans les écraser, le poids de leur propre destin. »

Cette jolie phrase d'intellectuel nous éclaire-t-elle sur la définition de l'humour ? Pas sûr.

Analyse :

« L'humour est l'unique remède qui dénoue les nerfs du monde sans l'endormir » : « Unique remède » ne convient pas puisque l'amour, la guerre ou les catastrophes naturelles peuvent remplir le même office. Il convient ensuite de savoir ce qu'est un « nerf du monde » et de bien faire la différence entre un monde qui dort et un monde qui ne dort pas (c'est pas simple !).

« L'humour donne au monde sa liberté d'esprit sans le rendre fou » : Compte tenu du nombre de gens qui n'ont pas d'humour, on peut considérer que la moitié de la planète est folle… Et comme les trois-quarts du monde sont composés d'eau, il ne reste que la moitié d'un quart d'hommes libres d'esprit (donc l'humour ne sert à rien).

« Mettre dans les mains des hommes, sans les écraser, le poids de leur destin » : Alors là, je rigole… Notre laboratoire d'analyses « Les Nuls » a pratiqué un grand nombre de pesées de destin et les poids différents interdisent toute théorie. On ne peut comparer un destin tragique (donc lourd) comme celui de J.F. Kennedy avec un destin grêle comme celui de Pierre Poléjak, mort d'un cancer du gros colon à l'âge de trente-huit ans.

Non, monsieur Escarpit, l'humour ce n'est pas ça !

Quand l'humour est philosophie

Aristote se pose des questions, Hobbes croit trouver des réponses, Descartes pense mais ne rit pas, Nietzsche prône le sur-rire, Darwin fait le singe, Bergson nous rase gratis… Ah, ces philosophes !

Aristote s'en pose

Aristote (384-322 av. J.-C.) est incontestablement le plus grand philosophe grec. Le fondateur de l'école péripatéticienne (qui aime parler en marchant et qui, par extension, parle « marchand » en aimant), philosophe à l'esprit clair, s'est beaucoup intéressé au risible et au comique. Il a énoncé bien avant Rabelais que « seuls parmi les êtres vivants, l'homme sait rire », mais sa vision du rire n'est guère folichonne, lui qui dit : « le risible est un défaut et une laideur ». Pour lui, l'ordre et l'harmonie de la cité, fondamentaux de sa philosophie, sont mis en danger par ce rire violent et désordonné qui « déforme le visage et désarticule la voix. »

L'humour à l'index ?

« Pourquoi est-on chatouilleux sous les aisselles et sous la plante des pieds ? N'est-ce pas parce que la peau y est mince et parce qu'on est chatouilleux là où on n'a pas l'habitude d'être touché ? »

Par cette habile métaphore, Aristote ne donne-t-il pas là la meilleure définition de l'humour, déclencheur de rire ? En somme, être titillé là où on n'a pas l'habitude d'être titillé.

Eco du rire

Dans le best-seller de l'écrivain italien Umberto Eco (né en 1932) *Le Nom de la rose*, l'intrigue est basée sur la recherche d'un livre interdit au cœur de la bibliothèque d'un monastère : *La Poétique* d'Aristote, qui est consacré au rire. C'est le frère Jorge de Burgos qui tente de le dissimuler, car le rire est diabolique.

L'aide, c'est Pline

Dans son *Histoire naturelle*, Pline l'Ancien (23-79 ap. J.-C.) creuse un peu plus la théorie d'Aristote : « On attribue au diaphragme la subtilité de l'entendement : voilà pourquoi il est sans chair, mais nerveux et mince. Il est aussi le siège principal de la gaité, comme on le voit surtout par l'effet que produit le chatouillement des aisselles au-dessous desquelles il s'avance ; et la peau de l'homme n'ayant, nulle part ailleurs, plus de finesse, c'est aussi là que le chatouillement se fait sentir de plus près ; aussi, dans les batailles et les spectacles de gladiateurs, a-t-on vu mourir en riant, des hommes dont le diaphragme avait été traversé. »

Oups ! Hobbes ! Descartes s'écarte !

Le philosophe anglais Thomas Hobbes (1588-1679) considérait qu'il fallait s'attacher au rire avec tout le sérieux nécessaire et accoucha d'une des grandes théories du rire. Théorie qui ne donne pas le beau rôle à cette belle manifestation zygomatique, puisqu'il avance que « la passion du rire n'est rien d'autre qu'une gloire soudaine où il est toujours question de se glorifier par rapport à autrui, de sorte que lorsqu'on rit de vous, on se moque de vous, on triomphe de vous et on vous méprise. »

Je ris donc j'essuie... les plâtres !

Curieuse ère que celle qui engendra des humanistes comme Hobbes ou Descartes. Ce dernier ne pense pas différemment de son homologue anglais : « La dérision ou la moquerie est une espèce de joie mêlée à la haine, qui vient de ce qu'on aperçoit quelque petit mal en une personne qu'on pense en être digne. »

Bref, ces deux penseurs qui préconisent le rire en se brûlant ne placent pas l'humour en très bonne place dans la hiérarchie de la pensée. Ils tentent, de façon mécanique et scientifique, d'interpréter le phénomène en prenant la défense des « victimes » : « Les hommes s'offensent grièvement quand on les tourne en ridicule. Pour plaisanter sans offenser, il faut s'adresser à des absurdités ou des défauts, abstraction faite des personnes, et alors toute la compagnie peut se joindre à la risée [...] Rire beaucoup des défauts des autres est un signe de petitesse d'esprit. »

L'humour à la Nietzche

Friedrich Nietzsche (1844-1900), heureusement, balaya d'un revers de pensée fulgurante tous les avares de la philosophie joyeuse, les pinces-sans-rire, les fermés du diaphragme.

- « Si tu veux savoir qui est le bon philosophe, mets-les tous en ligne. Celui qui rit, c'est le bon. »
- « J'ai canonisé le rire. Hommes supérieurs, apprenez à rire ! »

Nietzsche tacle Hobbes

« N'en déplaise à ce philosophe qui, en authentique Anglais, a prétendu discréditer le rire auprès de toutes les têtes pensantes, je serais tenté de classer les philosophes d'après la qualité de leur rire, en plaçant tout en haut de l'échelle ceux qui sont capables du rire d'or. »

Darwin, le rire en monnaie de singe

On connaît surtout Charles Darwin (1809-1882) pour sa théorie sur l'Évolution des espèces. Pas un modèle d'humour, convenons-en. Ses réflexions et expériences lui permettent de mettre sur un pied d'égalité le rire chez le singe, l'enfant, l'idiot et le sauvage : « Les aborigènes australiens donnent carrière sans contrainte à l'expression de leurs émotions : ils sautent et frappent dans leurs mains en signe de joie et poussent souvent en riant de vrais rugissements. Ce sont, évidemment, les choses les plus simples qui les font rire aux larmes. »

Le rire de Bergson nous fait rire jaune

Le rire, c'est « du mécanique plaqué sur du vivant ». C'est avec cette formule célèbre (qui déclenche bien souvent des rires en cascade) qu'Henri Bergson (1859-1941) assoit son autorité philosophique sur le rire. Pour lui, c'est l'insensibilité qui commande le rire, qui n'a pas pire ennemi que l'émotion. Il considère bien sûr que le rire doit avoir une fonction sociale. Nous ne pouvons résister à l'envie de vous régaler de cette petite citation du philosophe : « Le vivant comme tel comporte les trois caractères de la durée : continuité, progrès irréversible, unité indivise. [...] Prenons-en le contre-pied et nous aurons les procédés de fabrication du risible : la répétition, l'inversion et l'interférence des séries. »

Vous ne nous en voudrez pas si nous rejoignons les rangs de Francis Blanche : « Le rire ? Ne m'appelez plus pour ce sujet. Je n'y suis pour Bergson ! »

Freud et le rire sur canapé

Tout le monde connaît Sigmund Freud (1856-1939), le père de la psychanalyse, et son travail sur l'inconscient, le rêve et la névrose. On connaît moins en revanche son travail sur l'humour ; il est l'auteur d'un assez longtemps traité sur le mot d'esprit (*Le Mot d'esprit et ses rapports avec l'inconscient*). Ne nous voilons pas la face, son essai n'est pas très drôle. Bien sûr, le scientifique prêche pour sa paroisse et considère que l'humour provient de l'inconscient, au même titre que le rêve ou le lapsus. L'esprit est pour lui un « jeu transgressif » des interdits, en d'autres termes une soupape pour lutter contre toutes les formes de répression. C'est évidemment dans l'humour noir que les théories de Freud se retrouvent le mieux, cet humour qui « adoucit l'épreuve de la mort pour se donner une liberté de jeu psychique afin de maîtriser la tragique menace du réel. ». Nous vous avions prévenu !

Humour noir et nuage de laid

Freud affirme que « l'humour permet à l'humain de démontrer son refus de se laisser abattre par la souffrance, d'affirmer l'invincibilité de son moi et de faire triompher le principe du plaisir. » C'est une définition « psychanalytique » de l'humour noir.

Cet humour si particulier qui tend à rire de la cruauté du monde et qui sert à exorciser sa peur de la mort. L'humour noir (expression que l'on doit au surréaliste André Breton) est sans tabou, car il tente d'arracher le rire pour ne pas pleurer. Des humoristes comme Pierre Desproges ou Woody Allen en sont de grands représentants, mais beaucoup d'autres ont trempé leur plume dans ce vitriol comique, de Franquin à Dieudonné en passant par Coluche, Tom Sharpe, Ambrose Bierce ou Jean-Bernard Pouy...

- « La hausse du pétrole entraîne des inquiétudes chez les handicapés-moteurs. » (Coluche)
- « Tu aimes bien ta mère ? Alors reprends un bout. » (Pierre Doris)

- « "Il n'y a pas de bonheur parfait !" dit l'homme quand sa belle-mère mourut et qu'on lui présenta la note des pompes funèbres. » (Jerome K. Jerome)
- « Un journal coupé en morceaux n'intéresse aucune femme, alors qu'une femme coupée en morceaux intéresse tous les journaux. » (Tristan Bernard)
- « S'il n'y avait pas la Science, combien d'entre nous pourraient profiter de leur cancer pendant plus de cinq ans ? » (Pierre Desproges)

Humour et religions

Pour beaucoup, le concept « humour et religion » pourrait être une sorte d'oxymore ou un paradoxe. Pourtant, comme on va le voir, Ancien et Nouveau Testaments regorgent d'humour, d'anecdotes savoureuses, de bons mots et de personnages truculents.

L'Ancien Testament a-t-il de l'humour ?

L'Ancien Testament fourmille de jeux de mots et de plaisanteries car l'esprit oriental, sensible aux subtilités du langage, aime jouer avec le verbe. Subtilités qui passent, hélas, assez mal la barrière de la traduction. Il reste néanmoins de multitudes anecdotes croustillantes, de Job à Noé. En voici deux qui illustrent l'humour présente dans la Bible.

Quand Sarah se bidonne

L'Ancien Testament commence fort, puisque quinze chapitres après l'épisode de la croqueuse de pomme, se lève la vieille Sarah, femme d'Abraham, quatre-vingt-dix ans, qui apprend par voix divine qu'elle va être mère. Elle reçoit la nouvelle avec un éclat de rire retentissant. Un an plus tard, elle met au monde Isaac (en hébreu : « qui a ri »). Ce fut le premier rire sceptique et ironique du Livre.

Samson, le bourreau des cœurs

Le fanfaron Samson, à la force surhumaine, défie par bravade les ennemis d'Israël : « Avec une mâchoire d'âne, je les ai mis en tas. » Sa dulcinée, Dalila, traîtresse à la solde des Philistins, parvient à coup de baisers et de compliments à lui arracher le secret de sa force, qui réside dans ses cheveux. Humour ! Humour ! La Bible, déjà là, pointe la faiblesse de l'homme face à la femme vénale.

Je ne la connais ni des lèvres ni des dents

Le péché d'Adam : une pomme, deux poires et… beaucoup de pépins.

- Adam va voir Dieu et lui demande pourquoi il a fait Ève si belle :

  « Pour que tu puisses l'aimer, Adam.

  – Alors pourquoi l'avoir faite si bête ?

  – Pour qu'elle puisse t'aimer. »

- Le sixième jour, Dieu créa l'homme à son image. Aussitôt que celui-ci put parler, il interrogea son créateur :

  « Dieu, pourquoi m'as-tu créé en dernier ?

  – C'est pour qu'au moment où tu seras gonflé d'orgueil, on puisse te rappeler que le moustique est arrivé avant toi. »

Lire la Bible aujourd'hui

On connaît, dans certaines régions des États-Unis, l'importance que revêt la lecture fondamentaliste de la Bible. Récemment, une animatrice de radio, proche des créationnistes, exhorta son auditoire à respecter scrupuleusement les versets de la Bible. Un auditeur « reconnaissant » lui écrivit cette lettre ouverte : « Merci de mettre autant de ferveur à éduquer les gens à la Loi de Dieu. J'apprends beaucoup à l'écoute de votre programme et j'essaie d'en faire profiter tout le monde. Mais j'aurais besoin de conseils quant à d'autres lois bibliques.

– Le Lévitique enseigne que je peux posséder des esclaves, hommes ou femmes, à condition qu'ils soient achetés dans des nations voisines. Un ami affirme que ceci est applicable aux Mexicains mais pas aux Canadiens. Pourriez-vous m'éclairer sur ce point ? Pourquoi ne puis-je pas posséder d'esclaves canadiens ?

– Je souhaiterais vendre ma fille comme servante, tel que c'est indiqué dans le livre de l'Exode, chapitre 21, verset 7. À votre avis, quel serait le meilleur prix ?

– Un dernier conseil. Mon oncle ne respecte pas ce que dit le Lévitique, chapitre 19, verset 19, en plantant deux types de culture différents dans le même champ ; de même que sa femme qui porte des vêtements faits de différents tissus, coton et polyester. De plus, il passe ses journées à médire et à blasphémer. Est-il nécessaire d'aller jusqu'au bout de la procédure embarrassante de réunir tous les habitants du village pour lapider mon oncle et ma tante comme le prescrit le Lévitique, chapitre 21, verset 10 à 16 ? On ne pourrait pas plutôt les brûler vifs, comme ça se fait avec ceux qui dorment avec des parents proches, tel qu'il est indiqué dans le livre sacré, chapitre 20, verset 14 ?

Je me confie pleinement à votre aide ! »

Riez pour nous pauvres pécheurs

Le rire était-il si mal vu que ça dans l'Église catholique ? Et Jésus ? Est-ce que quelqu'un l'a déjà vu rire ? En tout cas, les papes nous ont laissé de drôles de boutades.

Pour l'Église, le rire est-il vraiment du pain béni ?

À partir du IIe siècle, certains docteurs de l'Église comme Clément d'Alexandrie (v. 150-v. 220) condamnent le rire. Selon lui, le rire fait fuir la raison et éveille ou réveille des « passions monstrueuses ». Deux cents ans plus tard, saint Basile de Césarée (329-379) remet le couvert en rappellant que « le rire bruyant et immodéré est un signe d'intempérance ». Un certain nombre d'autres médecins de l'âme (ou docteurs de l'Église) suivront ces doctes paroles.

La Coena Cypriani… Je m'en moque !

En toute chose, il existe son contraire. Dès le Ve siècle apparaît une parodie apocryphe qui tourne les versets de la Bible en dérision. L'œuvre s'appelle la *Coena Cypriani* et reprend toutes les scènes de fêtes et de banquets où sont invités les grands personnages du Nouveau et de l'Ancien Testaments. Jésus apporte un agneau, Ève arrive sur une feuille de vigne, Noé débarque en arche… Cette *Coena Cypriani* est bien sûr un antidote aux rigoristes sermons des pères de l'Église.

Parodie christique d'Alfred Jarry

En 1903, l'auteur Alfred Jarry (1873-1907) commente une drôle de course. Le blasphème n'est pas loin… mais le libre-arbitre non plus.

« Dans la côte assez dure du Golgotha, il y a quatorze virages. C'est au troisième que Jésus ramassa la première pelle. Sa mère aux tribunes s'alarma. Le bon entraîneur Simon de Cyrène, de qui la fonction eut été, sans l'accident des épines, de le « tirer » et lui couper le vent, porta sa machine.

Jésus, quoique ne portant rien, transpira. Il n'est pas certain qu'une spectatrice lui essuya le visage, mais il est exact que la reporteresse Véronique, de son Kodak, prit un instantané.

La deuxième pelle eut lieu au septième virage, sur du pavé gras.

Les demi-mondaines d'Israël agitaient leur mouchoir au huitième.

Jésus dérapa pour la troisième fois, sur un rail, au onzième.

Le déplorable accident que l'on sait se place au douzième virage. Jésus était à ce moment deadheat avec les deux larrons. On sait aussi qu'il continua sa course en aviateur… Mais ceci sort de notre sujet. »

Le rire de Jésus

Au Moyen Âge, on aimait à se poser des questions sur le rire du Christ. Jésus a-t-il rit ? Il est vrai qu'aucun des quatre évangélistes n'a fait mention de l'humour christique. De l'amour, oui, beaucoup d'amour, des pleurs… Au moins trois fois, mais de rire, point. Pourtant, Jésus est l'auteur du premier calembour chrétien avec « Tu est Pierre et sur cette pierre je bâtirai mon église », et on sait que l'homonymie (deux mots ayant la même prononciation mais deux sens différents) et la polysémie (un mot ayant plusieurs sens) fonctionnent aussi en grec. En réalité, dans les Évangiles tout prouve que Jésus maîtrisait l'humour et qu'il s'en servait pour captiver son auditoire. Notamment en utilisant des hyperboles : « Je vous le dis, il est plus aisé pour un chameau d'entrer dans le trou d'une aiguille que pour un riche d'entrer dans le royaume de Dieu » ou encore l'histoire de la paille dans l'œil du frère qui empêche de voir la poutre qu'on a dans son propre œil.

En vérité, je vous le dit : si Jésus est amour, il est aussi humour ; et si ses évangélistes n'ont pas signalé son rire, c'est d'abord qu'ils n'ont pas voulu altérer le message du fils de Dieu qui souffre pour les hommes, mais aussi parce que tous les biographes, depuis la nuit des temps, oublient la dimension humoristique chez les grands hommes.

Jugement au lance-pierres

La plus grande preuve de la maîtrise de l'humour par le Christ est l'histoire de la femme adultère :

Les Pharisiens et les scribes conduisent à Jésus une jeune femme surprise en flagrant délit d'adultère et lui demandent s'il faut la lapider comme le prescrit la loi de Moïse. « Que celui qui n'a jamais péché lui jette la première pierre. »

Ne fait-il pas preuve d'esprit, en prenant les bourreaux à leur propre piège ?

Il existe une extension à cette histoire : une fois la phrase prononcée, une pierre vint rouler au pied de la pauvre victime. Jésus se retourne : « Maman, tu ne crois pas que tu exagères ? »

Qu'en pensent-ils ?

- « Non seulement Jésus est le fils de Dieu mais encore, il était d'excellente famille du côté de sa mère. » (Mgr de Quélen)
- Deux curés se parlent :

  « Pensez-vous que nous verrons un jour le mariage des prêtres ?

  – Nous, non, mais nos enfants peut-être. »
- En 1945, l'écrivain Daniel-Rops publie un livre sur la vie de Jésus qui est un véritable best-seller. Lors d'une soirée, François Mauriac croise madame Daniel-Rops vêtue d'un manteau de vison. Il caresse son épaule en disant : « Doux Jésus ».
- Un Irlandais rentrant chez lui d'un pèlerinage à Lourdes est arrêté à la douane.

  « C'est quoi cette bouteille ?

  – De l'eau de Lourdes. »

  Le douanier vérifie :

  « Mais c'est du cognac ! Ciel ! Un miracle ! Merci sainte Vierge. »
- Jésus fait une tournée au ciel pour s'assurer que tout le monde est heureux. Cela semble être le cas, à l'exception d'un pauvre vieillard qui pleure toutes les larmes de son corps.

  « Qu'y a-t-il ? demande Jésus.

  – J'avais un fils unique sur Terre et je ne peux être heureux sans lui.

  – Comment t'appelles-tu ?

  – Joseph.

  – Et que faisais-tu sur Terre ?

  – J'étais charpentier.

  – Mais alors, je suis ton fils, dit Jésus.

  – Pinocchio ! »

Sérieux comme un pape ?

Et pourquoi donc les papes seraient-ils dénués de tout sens de l'humour ? La charge serait-elle trop lourde pour leurs maigres épaules ? Pourtant, le rire n'est-il pas une sou...pape de décompression ? En fait, nombreux sont les exemples qui prirent les vicaires du Christ en flagrant délire... d'humour.

ANECDOTE

- Un jour que des journalistes demandaient à Jean XXIII (1881-1963) combien de personnes travaillaient au Vatican, il répondit : « La moitié ».
- Pie XII (1876-1958) connaissait le mot fameux de Staline : « Le pape ? Combien de divisions ? » Lorsque Staline mourrut en 1953, Pie XII eut cette réflexion : « Maintenant Staline voit mes légions ! »
- On s'inquiétait beaucoup de la santé de Jean-Paul II (1920-2005) qui répondait : « Moi aussi, je m'inquiète de ma sainteté. »
- Cette histoire fut racontée au journaliste André Frossard par Jean-Paul II :

  Le pape prie et demande à Dieu :

  « Seigneur, la Pologne trouvera-t-elle un jour la liberté ?

  – Oui, mais pas de ton vivant.

> – Seigneur, continue le pape, y aura-t-il encore un pape polonais ?
> – Peut-être, répond Dieu, mais pas de mon vivant. »

Mots pas très catholiques

- « Si Dieu n'est pas marié, pourquoi parle-t-on toujours de sa grande Clémence ? » (Raymond Devos)
- « Un croyant, c'est un antisceptique. » (Raymond Devos)
- « Ma cuisinière aime mieux l'Ave Maria que laver la vaisselle. » (Louis Auguste Commerson)
- « Quand il a pétrit la Terre, Dieu a fait une grosse boulette. » (Alexandre Breffort)
- La mère du poète Francis Jammes, catholique pur sucre, dit à son fils qui venait de recevoir le Protestant André Gide : « Quel dommage qu'il soit protestant ! Ah s'il n'y avait pas eu ce lutin et ce calvaire. »

L'humour, une arme sociale

L'humour et son corollaire, le rire, sont des concepts trop importants pour l'équilibre de l'être humain pour ne pas penser qu'ils peuvent jouer un rôle crucial dans la vie en société. Ils influent sur la santé, bien sûr, avec ce rire censé rallonger l'espérance de vie, mais aussi sur les rapports homme/femme ; l'humour n'est-elle pas une force de séduction massive ? D'ailleurs, que pensent les femmes de l'humour ?

La thérapie par le rire

De son temps, Cicéron prétendait déjà que le rire était cathartique, que la comédie était purificatrice et qu'à ce titre, les pièces d'Aristophane avaient pour but de « corriger le comportement irrationnel et immoral des méchants ». Qu'en est-il vraiment à la lumière des dernières recherches ?

Docteur, j'ai envie de rire, c'est grave ?

Au XVIIe siècle, les médecins qui soignaient les humeurs étaient appelés des humoristes. Quand on y songe, le paradoxe ne manque pas d'humour. Car après tout, ces « humoristes » ne tentaient-ils pas de rendre la bonne humeur ?

Tu ris combien, toi ?

Des enquêtes ont mis en lumière l'importance du rire sur le comportement. On note en moyenne une quarantaine de rires par jour chez les enfants de moins de dix ans ; rires gratuits ou provoqués. Ces rires tombent à moins de vingt (soit six minutes pas jour) à l'âge adulte, montrant par là que le quotidien (travail, conventions sociales) serait un frein à l'épanouissement du rire. Dommage, puisqu'on sait qu'il est un facteur anti-stress plus important que le chocolat.

J'en reprendrais bien une petite dose

Il y a quelques années, certains chercheurs américains ont tenté de démontrer que l'humour pouvait être assimilé à une drogue. Seize volontaires furent soumis à une IRM (imagerie par résonance magnétique) afin d'observer les réactions du cerveau. On donna des illustrations aux cobayes, certaines drôles, d'autres sans aucun sens. Les chercheurs remarquèrent sur l'activité cérébrale des patients que les images les plus drôles activaient les « centres de récompense » dans la partie gauche du cerveau, libérant la dopamine, un neurotransmetteur qui fournit la sensation de plaisir. Ce type de stimulation est similaire à celles provoquées par les drogues, ce qui peut expliquer pourquoi la marijuana fait rire.

Trêve de plaisanteries, les chercheurs espèrent ainsi mieux comprendre les mécanismes de la déprime.

L'hilarité soigne-t-elle ?

Pour un grand nombre de spécialistes, le rire est essentiel à la santé. Il peut prévenir les maladies cardio-vasculaires, atténuer la douleur ou améliorer les fonctions cognitives (raisonnement, mémoire, perception…). D'un point de vue purement physique, le rire permet de mieux oxygéner le corps, de réduire les tensions musculaires, de masser les côtes, de faire travailler le diaphragme et d'augmenter la capacité respiratoire.

À partir d'une série d'études réalisées en 1996, le professeur Rod Martin, un spécialiste du rire au Canada, a conclu « qu'envisager la vie avec humour ou la prendre “avec un grain de sel” aurait des conséquences bénéfiques mesurables sur la santé psychologique et émotive. »

Télékiné

La prise de conscience du rire comme moyen de guérison est apparue aux États-Unis, après la curieuse expérience vécue par un certain Norman Cousins, un journaliste atteint de spondylarthrite ankylosante (maladie qui atteint la colonne vertébrale). Rongé de douleur et cloué dans un fauteuil roulant, il regarde un jour une comédie à la télévision qui le fait tellement rire qu'il en oublie sa souffrance. Il réitère l'expérience plusieurs fois, jusqu'à sa guérison totale. En effet, le rire stimule la sécrétion d'endorphines (opiacés naturels) qui permettent d'atténuer temporairement la douleur, le stress et les angoisses.

Rire en groupe

Certains spécialistes se sont penchés sur la pertinence d'user du rire en thérapie de groupe. Aussi voit-on depuis quelques années la création de « groupes de rire ». Le concept nous vient d'Inde, où le professeur Kataria inventa le yoga du rire. Si vous êtes déprimé, un « rigologue » peut vous remettre sur le droit chemin ; un nouveau moyen de vous défaire de toutes vos inhibitions.

Je suis mort de rire ! Ah bon ?

Le philosophe Théodule Ribot (1839-1916), fondateur de la psychologie dans son livre *La psychologie des sentiments*, coupe la tête à une expression pourtant bien sympathique :

« Quelques aliénistes citent des cas de folie qu'ils attribuent à une joie brusque : un héritage imprévu, une place convoitée. La même thèse a été soutenue pour la mort, qui se produirait brusquement à la suite d'une syncope due au rire. C'est prendre la question sous une forme trop simple. Ce n'est pas la joie qui affole ou qui tue, mais le choc qui est reçu par un être dont l'état est anormal. Il serait plus juste de dire qu'un événement qui, chez le commun des hommes, devrait causer la joie, produit ici un état particulier, pathologique, qui aboutit à la folie ou à la mort. »

Raymond Devos, Lézard 1er

Raymond Devos nous fait, lui, une brillante démonstration en nous expliquant « qu'on l'a échappé belle », que ce rire est une énergie qui fait vibrer les muscles les plus fragiles, c'est-à-dire les zygomatiques, et que si les muscles les plus vulnérables avaient été les muscles fessiers, ben… on serait pas dans la m…

« Nos ancêtres riaient comme ça ! Les primitifs ! L'homme des cavernes ! Le rire caverneux… non… ça n'a rien à voir ! Mais les primitifs, ceux qu'on appelait les primitifs, ils riaient comme ça […] Il y en a un qui devait se taper le derrière plus fort que les autres… Ça lui a durci les fessiers… qui sont devenus moins vulnérables que les zygomatiques… Le rire lui est monté à la gorge et il a fait : "Ha ! Ha !" On venait de passer du rire muet au rire parlant ! Les primitifs… ils ont tout inventé ! »

L'humour et les femmes

Quelle qu'en soit la raison, au fil des siècles les femmes ne semblent pas avoir réussi à faire leur place dans la petite famille des amuseurs. Il faut attendre la fin du XXe siècle pour que la gent féminine commence à se tailler la part du lion, notamment avec la nouvelle scène humoristique. Mais l'exercice reste difficile.

Les femmes seraient-elles moins perméables à un certain type d'esprit ? Ou comme on l'entend beaucoup, ont-elles été écrasées par un patriarcat dominant qui leur aurait barré l'accès à l'humour ?

Les femmes ont-elles de l'humour ?

Vaste problème. Serait-ce sexiste de poser la question sur la différence de perception de l'humour entre les hommes et les femmes ? Sans doute pas, puisque cette différence est « remarquable ». L'humour des hommes semble être un atout pour séduire les femmes, mais les humoristes féminines sont formelles : l'humour des femmes serait plutôt un handicap pour séduire. C'est intéressant quand même ! Cela dit, si l'humour comme arme de séduction massive n'est pas l'arme fatale de la femme, cela n'implique pas qu'elle en est privée.

D'ailleurs, à ce propos on dit : « Femme qui rit à moitié dans son lit », d'accord, mais l'autre moitié… où est-elle ?

Noël au scanner, Pâques au cimetière

Certains chercheurs d'une université californienne n'ayant pas grand-chose à chercher, se sont récemment penchés sur la manière dont notre cerveau traite les blagues et l'humour en général selon qu'il est masculin ou féminin. On fit observer des images humoristiques à quelques cobayes connectés à un scanner IRM. Miracle de la science, on constata des différences notoires dans l'activité des régions du cerveau. Différences qui firent conclure aux chercheurs que les femmes semblent préférer l'humour sophistiqué, comme l'humour narratif ou les jeux de mots, contrairement aux hommes qui rient plus facilement du premier degré des bonnes vieilles blagues.

Ce n'est pas parce qu'une femme a du chien qu'elle doit raisonner à la Nietzsche

Si les femmes ne sont pas spécialistes de bons mots ou de blagues triviales, si nous ne trouvons pas chez la gent féminine d'équivalent à Alphonse Allais, Pierre Dac, Frédéric Dard, Alexandre Breffort et autres manieurs du verbe décalé, c'est sans doute pour une raison plus profonde qu'un simple jeu social. En réalité, par goût intrinsèque, les femmes ne pratiquent pas ou prou l'humour gratuit que les hommes affectionnent. Elles apprécient les jeux d'esprit et les conçoivent en les connectant dans le réel, où vulgarité et grossièreté sont rarement présentes.

Femme de cœur mais femme de tête

Madeleine Brohant était une comédienne de la Comédie française, très réputée dans la deuxième partie du XIXe siècle. Son talent était aussi vanté que son esprit. Un jour qu'un admirateur exalté l'entreprend avec vigueur à la sortie du théâtre : « Vous faites erreur, monsieur, je suis une femme honnête. » Mais la faveur d'un réverbère lui fait découvrir la belle figure de son soupirant : « Mais croyez bien que je le regrette. »

Quelques années plus tard, vivant d'une petite retraite au quatrième étage d'un immeuble, un ami lui reproche d'habiter si haut : « Que voulez-vous, mon cher, à mon âge, c'est le seul moyen qui me reste de faire encore battre les cœurs. »

Femme, humour et bon art

Les temps changent, les femmes changent… Elles sont plus libres financièrement et veulent imposer leur façon de voir les choses. Ce qui explique sans doute le succès phénoménal des romans féminins, et la présence de plus en plus forte des femmes sur la scène humoristique française.

La chick lit, c'est pour faire les courses ?

Cette connexion de l'humour féminin avec le réel explique sans doute le formidable succès, depuis une vingtaine d'années, de la *chick lit*. C'est en 1996 que ce terme apparaît pour désigner un genre littéraire émergent : une littérature écrite par les femmes pour les femmes. Les thèmes abordés sont souvent les mêmes, et tournent autour des questions que se posent les filles : la recherche de l'homme idéal, les désaccords familiaux, le passage de la trentaine et la « vieillesse » qui commence, les enfants, la découverte de l'homme pas idéal du tout, le divorce… L'archétype du genre est sans doute le roman d'Helen Fielding, *Le Journal de Bridget Jones* (1996).

Le personnage fondateur de ces jeunes femmes modernes dans un monde en mutation est Holly Golightly, créée par Truman Capote (1924-1984) dans *Diamants sur canapé* (interprétée à l'écran par la délicieuse Audrey Hepburn).

En France, c'est l'écrivain Nicole de Buron (née en 1929), créatrice des *Saintes chéries*, qui initia le genre en mettant en scène dans une série de romans comiques sa propre vie de femme et de mère. Mais c'est Agnès Abécassis qui sort le mieux son épingle de ce jeu un peu biaisé par la mode économique du genre. Le ton de ses livres est généralement désinvolte, rythmé, avec des dialogues modernes et bourrés d'un humour souvent noir, qui joue sur les situations et les excès.

Jacqueline Maillan, l'oiseau rare

La comédienne de théâtre Jacqueline Maillan (1923-1992) fut cette merveilleuse exception qui confirme les meilleures règles. Son énergie bouillonnante, sa voix de gorge et son rire tonitruant en firent la chérie du boulevard français. Ce fut une des rares comédiennes de théâtre à attirer les foules, comme elle le fit avec *Folle Amanda* ou *Lily et Lily*. Elle eut moins de chance au cinéma, bien qu'elle reste inoubliable en épouse fofolle et inconséquente aux côtés de Louis de Funès dans *Pouic-Pouic* (1963). Elle enregistra un duo mémorable avec Bourvil, où les deux acteurs parodient la chanson *Je t'aime moi non plus* de Gainsbourg. Son dernier spectacle, *Pièce montée* (1991), fut écrit par Pierre Palmade.

Muriel Robin, la succession

Muriel Robin fait ses débuts dans le Petit Théâtre de Bouvard avant d'écrire ses premiers spectacles (*Les majorettes se cachent pour mourir, Un point c'est tout*) avec son « *alter ego* masculin » et acolyte de toujours : Pierre Palmade. Elle travaille également avec Guy Bedos et Élie Semoun pour réaliser de nombreux sketches, dont beaucoup sont restés cultes (*La réunion de chantier, Le répondeur, L'addition*).

Extrait de *L'addition*

« Alors ça fait 110 francs par tête... On paye, hein, on y va ? [...] Pardon, Myriam ?... Ça t'ennuie qu'on partage ?... T'as pris qu'une salade, toi ?... Eh ben, tu vas la payer à part ta p'tite salade ! Hein ? Et puis nous, on divise le reste, on préfère !... Non ?... Ah, vous préférez qu'on fasse le détail ?... Ah, comme vous voulez, moi ça m'est complètement égal, alors... [...] Ça va être simple, ça encore, je l'sens bien, je ne sais pas pourquoi... L'instinct, hein ? Bien, j'peux l'prendre ce stylo, ça marche ça ? (Elle essaye le crayon sur la nappe en papier) Non, je ne vais pas l'faire de tête, j'm'appelle pas Macintosh, ce n'est pas moi ! [...] Nicole, je t'écoute, qu'est-ce que t'as mangé ce soir, Nicole ? Poireau vinaigrette, oui, combien ?... 28 ! Ensuite... Tournedos... 72. Après, dessert ?... Pas de dessert ! Tant mieux, huit et deux, dix, sept et... neuf... dix ! CENT FRANCS ! On a drôlement bien fait de faire le détail, hein ! Dix balles, ça vaut l'coup d'me bousiller la soirée, quand même, hein ! [...] »

Anne Roumanoff, la femme en rouge

De Sciences Po (voulait-elle faire dermato ?) elle ne gardera que quelques copains de promo comme Jean-François Coppé ou Frédéric Beigbeder, et l'envie de s'amuser au détriment de la politique. Elle commence sa carrière d'humoriste en 1987 en usant les planchers des théâtres parisiens. Toujours d'actu après vingt ans de scènes de méninges, la femme en rouge à la chevelure coiffée en épi du bon sens s'attaque aux petits travers de la société, aux tracas administratifs, aux femmes devant la balance, à la blondophobie, aux ados-textos, et bien sûr à son nouveau cheval de bataille : Nicolas Sarkozy.

- « Ça y est, notre président s'est accouplé. »
- « Ils avaient jamais vu ça à Disneyland, Blanche Neige qui épouse le nain. »
- « Notre Camembert Président, il les aime moulées à la louche. »
- « Lui, il dit ce qu'il pense, il fait ce qu'il dit, il dit ce qu'il fait, des fois on aimerait juste qu'il se taise. »
- « Avant on avait la gauche caviar, maintenant on a la droite cassoulet, une petite saucisse avec plein de fayots autour. »
- « Fillon, il a ramené un bonzaï du Japon, pour que Sarkozy, au lieu de faire du jogging, il puisse faire de la balançoire. »

Florence Foresti, le one woman show

Florence Foresti (née en 1973) entame sa carrière d'humoriste par les one woman show à succès : *Manquerait plus qu'elle soit drôle* et *Florence Foresti fait des sketches.* Remarquée par Laurent Ruquier, elle interprète dans ses émissions des personnages truculents tels que Lady Zhouba, Anne-Sophie de La Coquillette ou l'inénarrable et stupide Brigitte. Elle a également réalisé des parodies cultes de nombreuses stars (Céline Dion, Madonna, Paris Hilton, Isabelle Adjani) ainsi que des femmes politiques (Ségolène Royal ou Cécilia Sarkozy).

Une Porsche, une vache, une patate !

Florence Foresti a le don pour croquer les tics et manies du genre masculin et féminin.

« [Les hommes] ça a toujours faim, à n'importe quelle heure de la journée. "T'as faim ?" "Ouais." (*se gratte le ventre*) Et quand tu leur demandes, qu'est-ce que ça veut manger les garçons ? Ça veut toujours manger la même chose : de la viande et des patates. "Qu'est-ce que tu veux aujourd'hui ?" "Un filet d'boeuf !" "Et demain ?" "Une côte de boeuf !" "Et après demain ?" "Un rôti d'boeuf." "Et comme légumes ?" "Une patate !" […] »

Chapitre 19

L'humour, une arme politique et sociale

Dans ce chapitre :

- Histoire des pamphlets
- L'humour selon Clemenceau, Churchill et de Gaulle
- Le rire, une arme contre l'oppression
- Les humoristes engagés

L'humour est une indéniable force politique qui désarme. Comme le disait avec une certaine philosophie le chansonnier Pierre-Jean Vaillard (1918-1988) : « La politique, c'est comme la musique ou la prostitution, il faut commencer jeune. » Forts de cet adage que n'auraient pas renié Alexandre, César, Napoléon, Mozart ou madame Lulu, nous démontrerons que l'humour en politique est peut-être la meilleure armure contre le ridicule.

Le rire politique

Comment ne pas considérer l'humour comme une arme politique ? Des pamphlets de Pasquin aux *Guignols de l'info*, journalistes et artistes ont très tôt usé de leur verve pour dénoncer les scandales ou les abus de pouvoir, en s'amusant des excès ou en parodiant les personnalités en place. Les grands hommes politiques eux-mêmes ont bien saisi l'importance du bon mot ou de la phrase choc, qui parfois les mène vers la postérité plus sûrement qu'un acte politique. Ce n'est ni Clemenceau ni Churchill qui diront le contraire (et pour cause !).

Pan ! fait le pamphlet !

Le pamphlet n'a pas d'âge. Depuis que l'homme s'est constitué en animal politique, le besoin de contester les élites a toujours existé. Même si la technique est parfois méchante, voire violente, elle use très souvent de l'humour, qui reste le chemin le plus efficace pour attirer l'attention des foules excédées.

Des textes trop enflés !

Il existe deux théories sur l'origine du mot « pamphlet » : certains grammairiens y voient la rencontre de deux mots grecs qui, mis ensemble, signifient « je brûle tout » ; mais les étymologistes les plus pointus s'accordent plutôt pour le faire descendre d'une satire célèbre du XIIe siècle intitulée *Pamphile*.

Les statues parlantes de Rome

Au XVe siècle, il existait à la cour pontificale de Rome un tailleur (de vêtements ou de barbes) qui se nommait Pasquin. Ce modeste échoppier, très au courant des potins mondains, les faisait circuler avec bonheur (mes modestes connaissances en latin me font tenter un *felix* potin). À la mort de ce rouspéteur patenté, on découvrit près de chez lui les restes d'une vieille statue, qu'on érigea à sa mémoire et qu'on baptisa Pasquin.

Les Pasquinades romaines

Le pape Sixte Quint (1520-1590), qui était d'origine fort modeste, fit venir sa sœur blanchisseuse auprès de lui dans son somptueux palais romain. Dans les jours qui suivirent, on découvrit une chemise sale sur la statue de Pasquin. Marforio, par l'entremise de l'un des feuillets accrochés sur lui, interrogea son collègue sur la présence de cette chemise… Le lendemain, on put lire la réponse sur Pasquin : « C'est que ma blanchisseuse est devenue princesse. »

Une autre anecdote savoureuse date de l'Occupation française par les troupes napoléoniennes (1809-1813). Une question de Marforio : « Est-il vrai, Pasquin, que tous les Français sont des voleurs ? » La réponse ne se fit pas attendre : « Tous non, mais une bonne partie ! » Réplique beaucoup plus cocasse en italien, quand on sait « qu'une bonne partie » se prononce *una buona parte* (Bonaparte).

Les Pasquinades étaient devenues célèbres, car ces nombreuses piques humoristiques amusaient fort la population. Certains papes tentèrent de faire surveiller l'accès aux deux statues pour les interdire, mais sans succès. L'humour sort toujours vainqueur.

Qui eut cru à Rome que cette modeste statue allait bientôt rivaliser avec celle, plus imposante, de Marforio, dédiée au fleuve ? On vit bientôt fleurir sur les deux statues des petits feuillets manuscrits qui reflétaient l'humeur des quidams. S'initia alors, et pendant près de cinq siècles, un dialogue entre Pasquin et Marforio.

Les Mazarinades, ou l'esprit frondeur

Les Mazarinades sont des vers satiriques et burlesques, ou des libelles (petits écrits satyriques) et pamphlets en prose, publiés du temps de la Fronde et prenant pour cible le cardinal Mazarin (1602-1661), alors principal ministre de Louis XIV, dont l'ascension fulgurante attisait alors les convoitises. D'une légèreté railleuse, certaines Mazarinades pouvaient aussi être des armes politiques très violentes à l'encontre du « parvenu ». On estime le nombre des Mazarinades à 5 000 ou 6 000. La première, datée du 11 mars 1651, est assez parlante sur l'estime qu'avaient les Français pour Monsieur le cardinal :

« Va rendre compte au Vatican
De tes meubles mis à l'encan,
Du vol de nos tapisseries,
De celui de nos pierreries [...]
De tes deux cents robes de chambre,
De tes excès de musc et d'ambre,
De tes habits, vieux et nouveaux,
Du beau palais, de tes chevaux,
D'être cause que tout se perde,
De tes caleçons plein de merde [...] »

Scarron, la peau de vache

D'autres prêtent à Mazarin des sentiments ambigus envers la régente Anne d'Autriche (1601-1666). Les Mazarinades qui émanent de Paul Scarron sont particulièrement virulentes :

Il accuse le cardinal « d'avoir, courretier de Priape
Supprimé le neveu du Pape
Pour plaire à ce beau cardinal
À qui tu servais d'urinal. »

« Illustre en ta partie honteuse
Ta seule braguette est fameuse
C'est fait de toi, cher Tabarin,
On te coupera, pauvre Jules,
Et l'un et l'autre, testicules.

Et lors, Ô cardinal pelé,
Cardinal détesticulé,
N'étant plus n'y femme, ni homme,
Comment paraîtras-tu dans Rome
Mutilé du fatal boudin
Qui t'a fait prince de Gredin ? »

Il y eut aussi, plus anonyme :

« Les couilles de Mazarin
Homme fin,
Ne travaillent pas en vain ;
Car à chaque coup qu'il donne
Il fait branler la couronne. »

Le beau cul de Jeanne Bécu

Dans un pays hautement catholique, les maîtresses des rois étaient rarement bien vues, et la tradition faisait rapidement descendre la favorite vers le statut de courtisane, et la courtisane vers celui de catin. L'opinion publique ne se gratta pas lorsque Louis XV (1710-1774) fit entrer Jeanne Bécu (1743-1793), la future comtesse du Barry, dans son lit. La fille avait du vécu, elle qui venait des meilleurs bordels parisiens. Née à Vaucouleurs, la patrie de Jeanne d'Arc, les pamphlétaires s'en donnèrent à « rancœur joie » :

« France, tel est ton destin
D'être soumise à la femelle
Ton salut vint d'une pucelle
Tu périras par la catin. »

Mais par la bouche des audacieux, les Français n'hésitèrent pas à user du blasphème :

« Je vous salue, Barry, pleine de grâce
Le roi est avec vous
Vous êtes bannie d'entre toutes les femmes
Et la discorde est le fruit
De vos entretiens avec les hommes... »

Les Poissonnades au sel d'amer

C'est à vingt-trois ans que Jeanne-Antoinette Poisson (1721-1764) devient la marquise de Pompadour, en même temps que la favorite du roi Louis XV. Son passage dans le lit royal fera faire des gorges chaudes au Tout-Paris. Celle que les enfants du roi appellent « mama-putain » va déclencher un véritable feu nourri de pamphlets :

« Autrefois, de Versailles
Nous venait le bon goût

Aujourd'hui la canaille
Règne et tient le haut bout.
Si la cour se ravale
De quoi s'étonne-t-on ?
N'est-ce pas de la halle
Que nous vient le poisson ? »

Pour tirer… à l'arc, il faut bander… la corde

Les déboires conjugaux du pauvre Louis XVI (1754-1793) étaient de notoriété publique, et les pamphlets étaient nombreux qui se voulaient moqueurs et conseilleurs à la fois, comme celui-ci, qui sortit le premier dimanche de l'année 1775 :

« À Louis XVI notre espoir
Chacun disait cette semaine :
“Sire, vous devriez ce soir,
Au lieu des rois… tirer la reine !” »

C'est assez élégant. Mais que faire ? Le roi et la reine étaient mariés depuis sept ans et l'Autrichienne ne connaissait du sexe que des histoires mythologiques. Lorsque Louis XVI fut enfin opéré (en 1777) du phimosis (étroitesse anormale de l'orifice du prépuce) qui l'handicapait lors des ébats amoureux, voilà ce que la rue dit :

« D'un priape de conséquence,
On vient de couper le filet ;
Décalottez, chef de la France,
Mais bandez avant, s'il vous plaît ! »

« Qu'ils chantent pourvu qu'ils paient » disait Mazarin, grand psychologue de l'âme humaine. Et Dieu si, aujourd'hui encore, on chante…

Homo politicus, homo deconnus

Dans la grande litanie des hommes politiques, certains ont montré des talents d'écrivain et un sens de la formule particulièrement éprouvé. On l'a vu avec des hommes comme Talleyrand ou Napoléon Bonaparte (voir chapitre 5 page 000) au XIXe siècle. Le XXe siècle a lui aussi connu son lot de bretteurs du verbe aux humours acerbes et caustiques.

- « La France est un pays où il est plus important d'avoir une opinion sur Homère que d'avoir lu Homère. » (Stendhal)
- « La France est un pays qui adore changer de gouvernement, à condition que ce soit toujours le même. » (Balzac)

Trois figures s'imposent d'évidence : Georges Clemenceau, Winston Churchill et le général de Gaulle. Petite visite au pays des fines lames, autant que des fines âmes.

Clemenceau, le Tigre spirituel

Georges Clemenceau (1841-1929) est sans doute l'homme politique français à qui on a prêté le plus de bons mots. Il faut avouer qu'il en a dit beaucoup. Héros politique d'une époque foisonnante, l'homme fut de tous les combats radicaux de gauche : il fut pour l'amnistie des communards, pour Dreyfus, contre les colonies, et pour la séparation de l'Église et de l'État. Toute sa vie, Clemenceau garda un esprit carabin, acquis pendant sa formation de médecin, ainsi qu'une redoutable acuité intellectuelle : il pouvait fusiller d'un mot tout contradicteur qui osait le braver. Le poète et essayiste Charles Péguy (1873-1914) dira de lui : « Il lui sera beaucoup pardonné parce qu'il a beaucoup blagué… »

Rendons à César ce qu'a dit Georges

La fameuse phrase de Charles de Gaulle qui, parlant des Français, les traita de veaux, est en réalité de Georges Clemenceau, comme nous le rappelle le polémiste Léon Daudet (1867-1942) : parlant d'une soirée mondaine où l'homme politique était convié, le sculpteur Rodin dit : « Venez assister à l'hécatombe !

– Hécatombe est bien le mot, avait répliqué Clemenceau, car ces gens sont des veaux ! »

Homme de culture, le Tigre savait qu'étymologiquement, une hécatombe désigne un sacrifice de cent bœufs (au temps de la Grèce Antique).

Les bons mots politiques

- « Il y a deux organes inutiles : la prostate et la présidence de la République. »
- « On ne ment jamais autant qu'avant les élections, pendant la guerre et après la chasse. »
- « La France est un pays extrêmement fertile : on y plante des fonctionnaires, il y pousse des impôts. »
- « La guerre est une chose trop grave pour la laisser aux militaires. »

LE SAVIEZ-VOUS ?

Quand Émile Zola apporta son fameux article sur l'Affaire Dreyfus à Clemenceau, le papier était titré : « Lettre au président de la République ». Clemenceau raya le titre : « Non, il faut intituler cela "J'accuse !", et en énormes caractères ! »

Venin mortel

Clemenceau était un grand spécialiste de la flèche assassine. Beaucoup d'hommes restèrent à la postérité pour avoir été ses victimes.

- Parlant de Maurice Paléologue, ambassadeur et écrivain à la logorrhée pesante, Clemenceau dit : « Cet animal-là, lorsque je l'écoute je suis toujours ébloui mais jamais éclairé. »
- Au président du Sénat Antonin Dubost qui lui disait : « Arrêtez de saboter ma candidature en me faisant passer pour un imbécile. Je ne suis pas plus bête qu'un autre ! », il répondit « Quel autre ? »
- Édouard Herriot, homme politique à l'estomac proéminent, n'échappa pas aux foudres de Clemenceau : « Ce gros jeune homme lyonnais doit s'imaginer qu'il faut manger comme quatre et boire comme six pour gouverner la France. Ce sera le centre mou, pour ne pas dire le ventre mou. »
- « Le maréchal Lyautey, voilà un homme qui a des couilles au cul ! Dommage que cela ne soit pas souvent les siennes. »

Un ministère sinon rien

En 1906, après treize ans d'absence politique en raison du scandale de Panama, Clemenceau fut appelé par le président du Conseil Jean Sarrien. Au moment de passer au buffet pour prendre un verre, le président, courtois, demande à Clemenceau :

« Vous prendrez quoi ?

– L'Intérieur », répond-il.

Est-ce parce que Jean Sarrien n'osa pas le détromper qu'il lui offrit finalement le ministère de l'Intérieur ? La grande Histoire ne le dit pas, mais la petite en est certaine.

Churchill, l'insulaire fin

Winston Churchill (1874-1965) se présente-t-il encore ? Un destin de roman, une carrière politique de plus de soixante ans, deux fois Premier ministre de la Grande-Bretagne, il est, pour beaucoup, le sauveur de l'Europe contre Hitler. Mais derrière l'homme de fer qui s'opposa à tous les rideaux du même ordre, se tient l'homme de tête, l'homme d'esprit. Il fut adulé, détesté, il usa de toutes les ficelles politiques et fit sienne cette devise où l'humour n'écarte pas la profondeur : « Il arrive que l'on change de parti pour préserver ses convictions ; il arrive aussi que certains changent leurs convictions pour préserver leur parti. » Lorsqu'il rejoignit les bancs du parti conservateur en 1924 (qu'il avait quitté en 1905), il usa à nouveau de cet humour tout britannique où l'auto-dérision est reine : « Tout le monde peut retourner sa veste. Mais il faut une certaine adresse pour la remettre à l'endroit. » Des bons mots qui effacent parfois de mauvais gestes.

Satan à gauche

Lors d'une de ses premières campagnes politiques, Churchill fut vivement pris à partie par un opposant dans une réunion publique : « Voter pour vous ? J'aimerais mieux voter pour le Diable ! ». Churchill garda tout son flegme : « Et dans l'hypothèse où votre ami renoncerait à se présenter ? Puis-je compter sur votre soutien ? »

Les grandes phrases politique…ment drôles

- « Comité : un groupe de personnes incapables de faire quoi que ce soit par elles-mêmes, qui décident collectivement que rien ne peut être fait ! »
- « Christophe Colomb fut le premier socialiste : il ne savait pas où il allait, il ignorait où il se trouvait… et il faisait tout ça aux frais du contribuable. »
- « Le succès c'est d'aller d'échec en échec sans perdre son enthousiasme. »
- « Le vice inhérent au capitalisme consiste en une répartition inégale des richesses. La vertu inhérente au socialisme consiste en une égale répartition de la misère. »
- « Quand on a sa propre statue, on commence à regarder les pigeons d'un autre œil. »
- « Après la guerre, deux choix s'offraient à moi : finir ma vie comme député, ou la finir comme alcoolique. Je remercie Dieu d'avoir si bien guidé mon choix : je ne suis plus député ! »

La théorie du trou

Pendant la Seconde Guerre mondiale, les avions de la Royal Air Force faisaient quotidiennement des raids sur l'Allemagne pour tenter de détruire l'effort de guerre nazi ; mais chaque fois les pertes étaient conséquentes, et beaucoup d'avions ne revenaient pas. L'état-major devait absolument trouver une solution pour arrêter l'hémorragie. On fit donc venir un ingénieur. Il observa attentivement les avions qui rentraient perclus d'impacts de balle. Après quelques minutes de réflexion, l'ingénieur laissa tomber un diagnostic étrange : « Il faut blinder les avions là où il n'y a pas de trous ! » Tout l'entourage de s'étonner… Blinder là où il n'y a pas de trous ! Quelle idée ! Pourquoi ne pas blinder simplement là où il y a des trous ? N'est-ce pas plus logique ? « Non, répondit l'ingénieur, parce que c'est les avions qui ont les trous ailleurs qui ne rentrent pas ! »

Eh oui ! L'humour, c'est un peu ça… C'est sortir du chemin pour essayer de blinder là où il n'y a pas de trous !

Un seul but : de Gaulle !

Le général de Gaulle (1890-1970) n'est pas qu'un des acteurs héroïques de la Seconde Guerre mondiale, il n'est pas que l'épée devant le bouclier, il n'est pas que le fondateur de la Ve République, il n'est pas que l'initiateur du suffrage universel, il n'est pas que le chef des veaux, il n'est pas que « *U.S. go home* », il n'est pas que le Québec libre, il n'est pas que « Je vous ai compris », il n'est pas que le plus charismatique des présidents français, il n'est pas que l'auteur de ses *Mémoires*… Il est aussi un homme, un homme français, un homme de France, et comme tel un représentant de l'esprit français. La haute silhouette austère et dégingandée qui a traversé l'Histoire ne semble pas prêter à rire, et pourtant… Si Charles de Gaulle n'était en réalité qu'un petit plaisantin ?

Les portraits du rire

Le général Billotte, son chef d'état-major à Londres, est très clair : « De Gaule aimait rire et savait provoquer le rire pour se faire mieux comprendre. Il était doué d'un humour multiple, tour à tour rose ou noir, ironique ou sarcastique, bienveillant ou féroce, bon enfant ou grimaçant, rarement méchant mais le plus souvent moqueur… »

Un de ses nombreux biographes, Jean-Raymond Tournoux, de renchérir : « Si de Gaulle n'habille pas toujours la plaisanterie d'une légèreté zéphyrienne, l'humour froid atteint des degrés insoupçonnés. La cocasserie burlesque alterne avec l'esprit le plus subtil et presque insaisissable. »

Jean d'Ormesson ferme la parenthèse : « Quand le général est revenu, j'ai beaucoup ri. Des moments exceptionnels. Je vous ai dit déjà que j'étais heureux de savoir que nous allions recommencer à emmerder le monde. D'ailleurs, il y a, dans le Gaullisme, un côté qui me frappe et sur lequel on n'insiste pas assez : c'est son côté comique. »

Pas n'importe quel péquin !

Le général de Gaulle était attentif aux problèmes de la Chine qui baignait en pleine Révolution culturelle. Un de ses collaborateurs lui rapporta un jour que les murs de Pékin étaient couverts d'affiches injurieuses à son endroit. On l'y traitait de « chien d'Occidental »… « C'est bien la première fois que je me fais traiter de chien par des Pékinois ! »

Chic ! Un soldat !

Une soirée est donnée à l'Élysée ; la longue cohorte des smokings et des robes longues vient saluer le chef de l'État quand la splendide Brigitte Bardot, au sommet de sa gloire et de sa beauté, arrive vêtue d'un pantalon kaki et d'une veste à épaulettes, col officier et brandebourgs. On présenta la comédienne au général : « Vous me pardonnerez, mademoiselle, d'être en civil… »

Cambre-toi, fier si courbe

Alors que le président est en visite à Soissons le 11 juin 1964, le maire, faisant preuve d'une attention toute nationale et historique, lui offrit un vase. « Merci, Monsieur, je veillerai à ne pas le casser… »

Assurance tous risques

Le 25 novembre 1965, la fusée Diamant vient de lancer le premier satellite français : Astérix. Lorsqu'on informe de Gaulle du lancement, il lance à son tour : « J'espère qu'on lui a fait ingurgiter assez de potion magique. »

Les phrases qui restent

- « Des chercheurs on en trouve. C'est des trouveurs que je cherche. »
- « Tout Français désire bénéficier d'un ou plusieurs privilèges. C'est sa façon d'affirmer sa passion pour l'égalité. »
- « Comment voulez-vous gouverner un pays où il existe 258 variétés de fromages ? »
- « Il n'y a que les arrivistes pour arriver. »
- « Prenez invariablement la position la plus élevée, c'est généralement la moins encombrée. »
- « Il est vrai que parfois, les militaires s'exagérant l'impuissance relative de l'intelligence, négligent de s'en servir. »
- « Pour faire le blocus de Monaco, il suffit de deux panneaux de sens interdit. »

Les *Mémoires* ont un prix

Une jeune femme à qui l'on demandait ce qu'elle pensait des *Mémoires* du général de Gaulle : « Comme tout bon militaire, il vend chèrement sa vie. »

Le prix de l'humour politique

Tout le monde ne le sait pas, mais depuis 1988 il existe en France un « prix de l'humour politique ». Nos politiciens, qui souvent n'en ratent pas une, se voient donc attribuer une récompense pour la phrase la plus drôle volontairement ou involontairement proférée (et je pèse mon verbe). Voici quelques gagnants ou nominés parmi ces politiciens qui ne disent pas toujours que des bêtises… Ils en font aussi.

- « Voici que s'avance l'immobilisme, et nous ne savons pas comment l'arrêter. » (Edgar Faure)
- « Saint Louis rendait la justice sous un chêne. Pierre Arpaillange la rend comme un gland. » (André Santini)
- « Monseigneur Decourtray n'a rien compris au préservatif. La preuve, il le met à l'index. » (André Santini)
- « Je me demande si l'on n'en a pas trop fait pour les obsèques de François Mitterrand. Je ne me souviens pas qu'on en ait fait autant pour Giscard. » (André Santini)

- « La contraception doit avoir ses règles. » (Bernard Kouchner)
- « Il doit bien rester un angle de tir pour la paix. » (Bernard Kouchner)
- « Quand vous êtes aux Affaires vous manquez de souffle ; quand vous êtes dans l'Opposition vous ne manquez pas d'air. » (Xavier Darcos à des élus PS)
- « Le pétrole est une ressource inépuisable qui va se faire de plus en plus rare. » (Dominique de Villepin)

Canulars politiques

L'Histoire politique française du XXe siècle a retenu deux canulars savoureux. Nous exceptons bien sûr les deux Guerres mondiales, l'Affaire Stavisky ou l'Affaire Elf. Ces deux incroyables mystifications sont révélatrices d'une époque, bien plus qu'un renversement ministériel. Elles montrent combien nos ancêtres avaient encore l'esprit « gaulois », tout en se voulant héritiers des paroles célèbres de Danton : « De l'audace, encore de l'audace, toujours de l'audace ! »

Les politiques veulent tous être à Poil !

En 1910, Paul Birault est journaliste à *L'Éclair*, un important quotidien. Il n'apprécie guère les politiciens d'alors, qu'il juge d'esprit léger. Aussi décide-t-il de leur jouer un tour à sa manière. Il invente donc une figure de la République, un certain Hégésippe Simon, qui est un « précurseur » (on ne saura jamais de quoi) et organise un « Comité d'initiative du centenaire d'Hégésippe Simon ». L'homme prononce cette phrase sublime : « Les ténèbres s'évanouissent quand le soleil se lève. »

Lettre aux députés radicaux

« Monsieur le député,

Grâce à la libéralité d'un généreux donateur, les disciples d'Hégésippe Simon ont enfin pu réunir les fonds nécessaires à l'érection d'un monument qui sauvera de l'oubli la mémoire du Précurseur.

Désireux de célébrer le centenaire de cet éducateur de la démocratie avec tout l'éclat d'une fête civique, nous vous prions de bien vouloir nous autoriser à vous inscrire parmi les membres d'honneur du Comité.

Au cas où vous auriez l'intention de prendre la parole, nous vous ferons parvenir tous les documents vous permettant de préparer votre allocution.

Veuillez agréer, monsieur le député, l'hommage de notre profond respect. »

Réponses au poil

Pas moins de dix-sept députés répondirent favorablement, dont un futur président du Conseil.

« J'accepte avec d'autant plus de plaisir que j'ai personnellement connu Hégésippe Simon, ce grand Français paré de toutes les vertus républicaines. »

Fort de son petit succès, Paul Birault continua de plus belle et envoya une nouvelle lettre à chaque sénateur, leur précisant que l'érection de la statue aurait lieu dans une ville de leur circonscription. L'histoire de l'humour retiendra essentiellement les réponses de la Nièvre, où la ville choisie se nomme Poil :

« Monsieur,

Je vous autorise bien volontiers à m'inscrire parmi les membres du Comité du centenaire d'Hégésippe Simon ; mais à mon plus vif regret, je prévois qu'il me sera sans doute difficile d'être à Poil le 31 mars prochain.

Avec l'expression de ma considération distinguée.

Comte d'Auray »

« Monsieur,

J'ai bien reçu votre lettre du 29 décembre me demandant l'autorisation de m'inscrire parmi les membres d'honneur du Comité d'Hégésippe Simon qui doit être inauguré à Poil. Je suis heureux de vous envoyer mon autorisation.

Beaupin

Sénateur de la Nièvre »

Députés au grand cœur

Qui dira, après lecture de cette affaire, que les députés n'ont pas de cœur ? En 1929, un grand nombre de députés reçoit une lettre déchirante signée par les représentants du Comité de défense poldève : Lyneczi Stantoff et Lamidaëff. Cette lettre fait état de cette belle et noble nation opprimée par le joug soviétique, la nation poldève qui réclame d'être entendue à la SDN (Société Des Nations). Les députés français se réveillent en douceur… Quatre réponses parviennent au Comité de soutien poldève, dont celle-ci, envoyée par Monsieur Boutet, député des Ardennes :

« Monsieur,

Je réponds à votre appel si douloureux en vous disant que le socialiste que je suis est avec les victimes de l'oppression. Mon cœur saigne à la pensée que des hommes qui devraient être libre et heureux sont courbés sous le joug des hobereaux et souffrent dans leur être physique et dans leur être moral. Joignez ma protestation à toutes celles que vous recevrez en faveur des Poldèves. »

Plus c'est énorme…

Messieurs Stantoff et Lamidaëff ne peuvent en rester là. L'indolence habituelle enregistrée sur les bancs de l'Assemblée nationale ne saurait convenir à un tel drame, et une nouvelle lettre est aussitôt écrite. En voici quelques extraits :

« Il y a quinze jours déjà, nous avions cru permit de frapper à votre conscience pour protestation contre les infamies que souffre la nation poldève […] Un cent de nos pauvres frères esclaves ont vu la mort, transpercés par la soldatesque des grands bourreaux terriens […] Notre peuple n'est pourtant pas inconnu pour la grande France de jadis ! Rappelez-vous les lettres de Voltaire à Constance Napuska […] Il faut tarir l'écoulement du sang poldève ! Merci ! Merci !

Lyneczi Stantoff et Lamidaëff »

Branle-bas de combat

Cette fois, la mobilisation est plus générale. Il ne sera pas dit que la députation française reste insensible à la détresse des pays voisins, et les réponses d'encouragement se font plus nombreuses. Dans la masse de courrier reçu, un député se fait néanmoins plus soupçonneux et demande des explications. Qu'à cela ne tienne, dernière salve :

« Honoré, monsieur le député,

Sur l'Histoire de notre malheureux peuple, il n'y a rien guère sûr avant l'an mille. Après sa conquête de Malte, Charles le Téméraire, ambitieux, voulait la couronne des Poldèves mais Charles Quint s'opposa […] Un héros national d'origine israélite, Gellé-foâ, leva l'étendard pour l'indépendance. Avec l'aide généreuse de la France qui envoya le colonel-général Mellet, tandis que l'Angleterre envoyait l'amiral C.D. Bynn, il gagna la bataille sanglante de Tanphepa […] Abandonnant son titre de Kher (Seigneur en poldève), le noble Illis leva une bande de Khô ou Khôn (candidat au suffrage populaire)… »

On évente l'affaire et on la vante

C'est Alain Mellet, un journaliste de l'*Action française* (l'*A.F.*), le fameux journal royaliste de Charles Maurras, qui était à l'origine du canular en voulant aller un peu plus loin que son prédécesseur dans l'affaire de Poil. L'affaire fit rire la France entière tellement le procédé était énorme. Non seulement les lettres sont truffées de gags (Gellé-foâ, C.D. Bynn, bande de Khôn, la bataille de Tanphepa, la capitale de Tchercella), mais la signature elle-même est énorme : Lyneczi Stantoff et Lamidaëff (l'inexistant off et l'ami d'*A.F.*)

Hergé et les Poldèves

Dans la bande dessinée *Tintin et le Lotus bleu*, on croise dans la fumerie d'opium un curieux barbu qui est le consul de Poldévie. L'affaire avait fait suffisamment de bruit pour qu'Hergé en fasse un clin d'œil amusant.

Humour à l'Est : de l'oppression à la mise en bière

S'il est un endroit au monde où le rire fut bien une arme politique, c'est au centre de l'Europe… Cette Europe que l'on dit centrale, où tant de pays ont souffert toutes les larmes de leur corps… d'État, subissant le joug communiste. Triste état dont l'écrivain hongrois Arthur Koestler dira : « On sait qu'Adam et Ève étaient soviétiques parce qu'ils étaient nus, que le fruit qu'ils mangeaient était défendu et qu'ils se croyaient au paradis. »

Sibérie… mais jaune

Ce n'est pas dans la *Pravda* ou le *Troud*, qui relaient les longs discours laborieux de Staline, le pourquoi et le comment du dernier plan quinquennal, ou la « misère » dans laquelle vivent les pauvres Occidentaux, que le travailleur russe pouvait trouver matière à rire. L'URSS préserve ses élites ; s'en moquer, c'est s'en aller… en exil. Les journaux officiels n'offraient donc aucune alternative au sérieux des théories marxistes. Pas de *comics*, pas de *Nimbus*, pas de *Bécassine*, rien qui ne puisse égayer le travailleur de kolkhozes.

Le Krokodil

C'est en 1922 que le journal satiriste *Krokodil* voit le jour en URSS. Le journal se moque essentiellement de l'extérieur : le capitalisme apatride, les fauteurs de guerre anglo-saxons, le cigare de Churchill, la bombe atomique ou le dollar, symbole honnis entre tous. Les plaisanteries « intérieures » ne touchent que les lampistes, les petits, notamment les bureaucrates, les tricheurs et les ennemis du parti.

- « Je fais paraître dans une revue mon nouveau roman sur les kolkhozes, annonce un homme de lettres.

  – Ah ! Vous connaissez bien la vie des kholkhozes ?

– Non, mais je connais bien le directeur de la revue. »

- « Faut-il attendre encore longtemps pour être reçu par le directeur ? demande à son voisin un visiteur dans une usine.

  – Je ne sais. Je suis un nouveau à l'usine, je n'attends que depuis trois mois. »

- Trois agronomes soviétiques sont penchés sur un gros bouquin.

  « Comment allons-nous faire ? C'est le moment des semailles et nous ne trouvons rien au sujet des tracteurs chez Karl Marx… »

Rire dans les pays satellites

- Un Hongrois quitte Budapest pour l'étranger. « Bonjour de Moscou, la libre », écrit-il à un ami dans une première lettre. Puis : « Un salut de la libre Varsovie. » Bientôt : « Amitiés de la libre Prague. » Enfin, l'ami en question reçoit une dernière lettre : « Un salut de Paris du libre Karl Rabinovitz. »

- Un délégué communiste inspecte une école primaire hongroise et interroge les élèves qui ont suivi le cours d'instruction politique :

  « Qui est ton père ? demande-t-il à l'un d'eux.

  – Notre chef bien-aimé, le camarade Staline !

  – Très bien, et ta mère ?

  – La puissante et invincible Union soviétique.

  – Parfait. Et maintenant, que voudrais-tu devenir ?

  – Orphelin. »

- Un voyageur arrive à Prague au temps du communisme « triomphant ». Sa logeuse, très courtoisement, l'informe : « Si vous avez besoin de quelque chose, appelez-moi et je vous dirai comment vous en passer. »

Le mur n'a plus d'oreilles

Aujourd'hui que le mur est tombé, il faut aux pays de l'Est lutter contre d'autres fléaux, comme la mafia ou la télévision occidentale, mais comme le dit le comique russe Mikhaïl Zadornov : « C'est l'humour qui est la dernière ligne de défense du Russe, c'est l'humour qui l'empêche de devenir fou. Rire à travers les larmes est un passe-temps national. Cela permet de relativiser l'absurdité des choses. »

- « Qui dois-je voir pour ouvrir un compte chez vous ? demande une dame à un employé de banque.

  – Un psychiatre ! »

Les humoristes s'engagent

Nous appelons « comiques engagés » les quelques humoristes qui font de leur art une tribune pour leur engagement politique. Même si des artistes comme Coluche ou Thierry Le Luron ont toujours clairement affirmé leur idéal respectif, ils n'ont pas centré leur travail dessus, contrairement à des humoristes tels que Guy Bedos, Christophe Alévêque, Stéphane Guillon, Dieudonné ou, plus anonymement, *Les Guignols de l'info*.

Guy Bedos, la hargne du clown

Guy Bedos (né en 1934), l'homme que l'on hait ou que l'on adore ! Difficile avec un tel caractère de se trouver au milieu d'un sentiment. Thierry Ardisson, Michel Sardou, Guy Lux, Brigitte Bardot, pour ne citer qu'eux, ne le portent guère dans leur cœur. Mais ne mesure-t-on pas la qualité d'un homme au nombre de ses ennemis ? L'humoriste fera ses armes au cinéma dans *Futures vedettes* (un signe) de Marc Allégret, dans *Les tricheurs* de Marcel Carné, ou dans *Le Caporal épinglé* de Jean Renoir. Sa rencontre en 1965 avec Sophie Daumier (1934-2004) lance sa carrière, notamment avec le sketch de Jean-Loup Dabadie, *La drague*.

La drague

« Bedos. – Elle est pas mal ma cavalière, elle est pas terrible, terrible, mais elle est pas mal. Pour une fois, j'ai pas hérité de la plus moche. Y a pas longtemps, je me suis coltiné une géante toute la soirée. Au moins celle-là, elle est à ma taille. Elle est pas terrible mais elle est à ma taille.

Daumier. – Pas du tout mon genre, ce garçon. Moi j'aime les grands blonds, alors je suis servie, comme métèque on fait pas mieux. J'suis sûr qu'il doit être Libanais ou quelque chose… Quelle horreur ! Et puis, il me donne chaud à me coller comme ça, et vas-y que j'te colle, et vas-y que j'te colle… »

L'humour se durcit

Alors que Guy Bedos triomphe dans les deux films d'Yves Robert, *Un éléphant ça trompe énormément* (1976) et *Nous irons tous au paradis* (1977), le ton qu'il prend sur scène se durcit et ses sketchs prennent une tournure essentiellement politique. Ses engagements sont franchement à gauche, et la télé de Giscard lui préfère les iconoclastes du *Petit Rapporteur* avec Jacques Martin et sa bande de joyeux trublions (voir chapitre 17). En 1981, la gauche au pouvoir radoucit ses diatribes anti-droite, et même s'il ne courtise pas les élites de l'ère mitterrandienne, le « fou du roi » perd quelque peu de son importance.

- « Il n'y a pas que des salauds au gouvernement. Il faut rester objectif. Il y a aussi des incompétences. »
- « Depuis qu'ils sont au pouvoir, je n'ai jamais rien demandé aux socialistes. Et il faut leur rendre cette justice, je n'ai rien obtenu. »
- « La gauche dit qu'elle va faire, mais elle ne fait pas. La droite ne dit rien, mais malheureusement, elle fait ! »
- « Soyez sans crainte, le talent n'est pas contagieux. »
- « Je n'attaque pas les gens sur leur physique ; excepté Balladur mais lui, il exagère. »
- « Ça devient difficile d'être de gauche. Surtout quand on n'est pas de droite. »
- « J'ai horreur des gens qui parlent pendant que je les interromps. »

Stéphane Guillon, pitre et campe trop

La spécialité de cet humoriste à l'aiguillon acide est de camper les personnages qu'il « portraiture » dans des positions ridicules. Après les péripéties d'usage inhérentes au métier d'artiste (cours Florent, petits boulots, figuration), Stéphane Guillon (né en 1963) se fait connaître comme caricaturiste-sniper en 2003 dans l'émission *Le Fou du roi* de Stéphane Bern. Il enfonce le clou sur Canal+ dans *Salut les Terriens !*, présenté par Thierry Ardisson. Sa présence chroniqueuse sur les Matinales de France Inter, en 2010, lui permit de tester les limites du droit à l'humour, puisqu'il se fit renvoyer suite à des papiers un peu trop virulents contre certains hommes politiques. Avec ses one man show *Petites horreurs entre amis* (2002) et *Liberté surveillée* (2010), celui qu'on nomme le « dark vanneur » poursuit parallèlement une carrière sur scène.

- « Sarkozy qui fait un discours, c'est Jean-Claude Van Damme qui fait de la politique. »
- « J'énerve un président en place… C'est un message d'espoir pour tous les humoristes qui galèrent. »
- « Le président de la République qui ne peut pas me blairer c'est une consécration, ça vient récompenser vingt ans de travail. »
- « Si l'humour s'arrête là où la méchanceté commence, il ne me reste plus rien. »

Dieudonné, l'humour impossible

Même si pour beaucoup il est difficile de parler aujourd'hui de Dieudonné (né en 1966) en raison de ses prises de positions excessives, il ne saurait être absent d'un chapitre consacré aux auteurs engagés. Il est peut-être l'un des auteurs les plus talentueux de sa génération ; son duo avec Élie Semoun dans les années 1990 connut un immense succès. Séparés en 1997, les deux humoristes continuent des carrières séparées. Au début des années 2000, voulant prendre la défense des Noirs, Dieudonné oppose le fameux « deux poids, deux mesures » qui peut exister entre différentes communautés, et pointe du doigt notamment la communauté juive. Le tir de barrage commence (procès, mise au ban...). L'humoriste s'enfonce alors dans ses prises de positions et fait de l'anti-sioniste et de l'anti-communautarisme son nouveau cheval de bataille.

Au-delà des idées, il est cependant le seul comique en France à se mettre réellement en danger en professant un humour sur le fil du rasoir, accompagné de provocations dérangeantes. Il est sans doute l'artiste pour lequel la phrase apocryphe de Voltaire (en réalité de l'auteur anglais Evelyn Beatrice Hall) est la mieux adaptée de nos jours : « Je ne partage pas vos idées mais je me battrai jusqu'à la mort pour que vous puissiez les exprimer. »

- « Si les gens étaient vraiment intéressés par la réalité, ils éteindraient leur télévision et regarderaient par la fenêtre. »
- « Si on a baissé notre tête toute notre vie, c'est pas parce que nos chaussures étaient jolies. »
- « Je suis un chercheur du rire. Je ne sais pas où je vais, mais je sens que je suis dans la bonne direction. »

Guignols de l'info : marionnettes au pouvoir

La grande aventure des Guignols commence en 1988, quand il s'agit pour Canal+ de pallier le départ des Nuls. Le directeur des programmes décide alors de lancer une émission satirique présentée par des marionnettes en latex. La première équipe ne rencontre guère de succès. La nouveauté met souvent du temps à séduire, et les auteurs ne sont pas encore rodés. En 1990, l'équipe éditoriale change, et c'est l'arrivée de Benoît Delépine, François Rollin et Jean-Marie Gourio. *Les Arènes de l'info* deviennent *Les Guignols de l'info* et sont diffusés en direct : une révolution qui permet aux auteurs de jouer avec l'actu. En 1992, l'équipe est constituée de Benoît Delépine, de Jean-François Halin et de Bruno Gaccio ; c'est le trio de choc qui portera *Les Guignols* au succès que l'on connaît. Quelques imitateurs assureront l'ensemble des voix, comme Béatrice Belthoise, Jean-Luc Reichmann, Jean-Eric Bielle ou encore Nicolas Canteloup, mais le chef de cette basse-cour restera Lecoq... Yves Lecoq.

Un lapin dans la Manche

Les Guignols de l'info ont été inspirés à Alain de Greef, le directeur des programmes de l'époque, par une émission anglaise intitulée *The Spitting Image*. L'émission était d'une méchanceté inouïe et frappait sur tout ce qui bougeait de célèbre en Angleterre : pop stars, comédiens, couronne d'Angleterre, hommes politiques... C'est ainsi que naît en France *Les Arènes de l'info*, première mouture des Guignols.

Atchao bonsoir !

- « PPD. – Voilà sans transition, show business : dans moins d'une heure, Johnny sera sur scène au Stade de France. Alors Johnny, les chiffres de votre spectacle sont fous ! Et les duos... au nombre de six, je crois...

  Johnny. – Ah que non, mon PPD. Que les duos, c'est que à deux... Que à six, c'est un ciseau... »

- « PPD. – Alors monsieur Chirac, le chômage a baissé de 1,4 %. Je suppose que vous êtes satisfait ?

  Jacques Chirac. – Je me réjouis comme tous les Français naturellement.

  PPD. – Pourtant, paradoxalement pour vous, c'est pas très bon si le chômage baisse...

  Jacques Chirac. – Nooon, je suis serein... Pour la chose politique, j'ai ma stratégie, je m'y tiens.

  PPD. – Ah oui, votre stratégie de...

  Jacques Chirac. – De "J'attends". J'attends que Jospin fasse une connerie.

  PPD. – Ben, il l'a déjà fait, là : les sans-papiers par exemple.

  Jacques Chirac. – Non, ça, ça compte pas, c'est des conneries recyclées, c'était à nous, ça. »

Sixième partie

La partie des Dix

Dans cette partie…

Même si on sait que le rire est subjectif et que l'on ne rit pas forcément des mêmes choses, certaines œuvres ont traversé le temps, les océans et franchi les frontières du sérieux. Voici quelques-uns des livres et des films les plus drôles qu'ait produit l'*homo deconnus*. Vous trouverez également une dizaine de façons d'amuser votre entourage avec diverses devinettes, blagues ou autres brèves de comptoirs.

Chapitre 20

Dix moyens d'amuser la galerie

Dans ce chapitre :

- Le bac belge
- Les perles
- Les faux proverbes
- L'école du rire
- Les Monsieur et Madame ont un fils
- Les devinettes
- Les énigmes
- Les blagues
- Les petites annonces
- Les brèves de comptoir

Devinettes, blagues, énigmes… il est toujours bon d'avoir en réserve quelques bonnes façons d'amuser son entourage. Visez large, chaque victime à son humour… À vous de trouver le meilleur angle d'attaque pour terrasser l'adversaire. Qu'il s'agisse de doubler l'oncle facétieux, de dérider la secrétaire du patron, d'amuser un enfant ou de désamorcer une situation épineuse, il y aura toujours un faux proverbe ou une brève de comptoir pour vous aider à déclencher la bonne humeur… et le bon humour.

Le bac belge… mention bien

Qui n'a pas joué une fois dans sa vie à se poser les questions du fameux bac belge ? Amusant d'abord parce qu'il ressemble à une blague belge, mais cocasse également parce qu'il n'est pas sûr que vous ne tombiez pas vous-même dans ces petits pièges rigolos.

Questions

1. Vous mettez votre réveil à sonner à 9 heures du matin, vous vous couchez à 8 heures. Combien de temps pouvez-vous dormir ?

2. Divisez 30 par 0,5 et ajoutez 10. Combien cela fait-il ?

3. Vous entrez dans une pièce avec une boîte d'allumettes à la main, il fait nuit dans la pièce, il n'y a pas d'électricité mais une bougie, une cuisinière et une lampe à pétrole. Qu'allumez-vous en premier ?

4. Un fermier a dix-sept vaches, elles meurent toutes sauf neuf. Combien en reste-t-il ?

5. Votre médecin vous donne trois cachets à prendre à raison de un toutes les demi-heures. Combien de temps pouvez-vous en prendre ?

6. En URSS, est-il possible qu'un homme épouse la sœur de sa veuve ?

7. Le 14 juillet existe-t-il en Grande-Bretagne ?

8. Combien de mois ont 28 jours, sachant que certains en ont 30 ou 31 ?

9. Vous êtes sur la berge d'une rivière verglacée. De l'autre côté se trouve un cerisier. En sachant qu'il n'y a pas de pont et que la glace a l'air fragile, comment allez-vous faire pour aller cueillir les cerises sans vous mouiller ?

10. Un archéologue prétend avoir trouvé des pièces en or gravées de l'année 48 avant Jésus-Christ. Est-ce possible ?

11. Que veut dire cette phrase codée :
« CE__s_tpo___urtA_nTs__i_M_pl__e » ?

12. Roger rencontre deux aveugles. Roger est le frère des deux aveugles, mais les deux aveugles ne sont pas les frères de Roger. Comment cela se fait-il ?

13. Combien de couples d'animaux Moïse a-t-il emporté dans son arche ?

14. Un avion français avec dix Français et dix Suisses s'écrase sur la frontière franco-suisse. Où enterre-t-on les rescapés suisses ?

15. Un gardien de nuit meurt la nuit. Touche-t-il une pension ?

Quelle différence y a-t-il entre un artiste et un prof ?

Une légende urbaine court depuis des années sur la réponse incroyable qu'aurait fait un élève lors du baccalauréat sur un devoir de philosophie. La question était : « Qu'est-ce que le risque ? ». « Le risque, c'est ça ! » aurait écris l'élève, avant de rendre sa copie que le professeur récompensa d'un 18/20.

L'histoire marche avec le courage, le culot, l'inconscience. C'est beau, c'est plein de panache… mais c'est faux ! Cette anecdote est tirée du film *Le Pion* (1978), avec Henri Guybet.

Cependant, une prof avoue avoir eu un jour à la question : « Pourquoi voulons-nous être libres ? » cette réponse : « Pour pouvoir faire cela ! ». La *vraie* prof de la *vraie* vie mit en revanche 0/20 à « l'humoriste » au prétexte que « le sujet n'est pas traité puisqu'un simple exemple est substitué à un raisonnement construit et argumenté, lequel raisonnement constitue l'essence même de l'exercice dissertatif. »

Pourtant, le sujet n'était-il pas parfaitement développé ?

Réponses

1. Vous pouvez juste dormir une heure mais je vous invite plutôt à ne pas vous coucher.

2. Allez, avouez : vous avez répondu 25 ! Hé non, c'est 70.

3. Avant toute chose, il vous faudra craquer l'allumette.

4. On a bien dit sauf neuf. Reposez la calculette, la réponse est dans l'énoncé.

5. Argh ! Ces problèmes d'intervalles… Une heure, évidemment, et pas une heure et demi.

6. En URSS comme ailleurs, si on a une veuve, c'est qu'on est mort, non ?

7. Oui, il existe… de là à dire que les Anglais fêtent la prise de la Bastille, c'est autre chose.

8. Non, ce n'est pas un tous les quatre ans. Tous les mois ont au moins 28 jours.

9. Si vous trouvez des cerises en hiver, je vous paye des clémentines en été.

10. Oui… si vous connaissez un faux-monnayeur qui possède une machine à remonter le temps. La réponse est non, comment dater en se référant à un personnage qui n'est pas encore né ?

11. C'est pourtant simple.

12. Il s'agit de ses sœurs.

13. Moïse n'a jamais mis les pieds sur l'arche de Noé, ou alors en clandestin. D'un autre côté, Noé n'a jamais ouvert la mer Rouge.

14. Pourquoi diable voulez-vous enterrer ces pauvres rescapés ?

15. Si vous avez répondu oui, rassurez-vous, vous en toucherez une pour déficience intellectuelle.

Ajoutons une ultime question pour montrer que nous apprécions nos amis belges :

Pourquoi les Français nagent-ils toujours au fond des piscines ?

Réponse : Parce que dans le fond, ils ne sont pas si cons.

Les perles, ou l'art d'avoir l'air d'un cancre

Les perles sont ces délicieuses petites phrases qui prennent chacun de nous en flagrant délit de « culture déficiente ». Un petit bémol de nos certitudes. Du cancre inconséquent aux usagés qui s'énervent contre l'administration publique en passant par le client qui désire acheter le *Beau vélo de Ravel*, on ne peut s'empêcher de montrer la victime du doigt. Mais attention de ne pas trop se moquer d'autrui, car l'arroseur est souvent arrosé… D'ailleurs, « que celui qui n'a jamais pêché me lance le premier hameçon ! »

Les enfants de Jean-Charles

En 1962, le chansonnier Jean-Charles (1922-2003) publie le premier recueil de perles d'écoliers, *La Foire aux cancres*, qui est également un pamphlet contre l'Éducation nationale.

- La régence fut confiée à Peau d'Âne d'Autriche. Elle prit comme ministre Mazarin. Celui-ci ne sut pas résister aux injections de la reine, et entra aussitôt dans la combinaison de celle-ci.
- En 1875, seuls les hommes entraient dans l'urne. Aujourd'hui, pour être électeur il faut appartenir aux deux sexes.
- Napoléon recrutait ses soldats par la circoncision.
- Henri IV fut tué dans un accident de voiture par un fou nommé Cadillac. Celui-ci fut écartelé par une Quatre-Chevaux.

- Aujourd'hui, nos pères les Gaulois ont complètement disparu, mais ils nous ont laissé de Gaulle.
- Il ne faut pas confondre les Indiens d'Amérique qui aiment les cow-boys et ceux des Indes qui n'aiment que les vaches.
- L'écureuil est un animal, avec une belle queue en panache, comme les mousquetaires.

Les perles du bac… à Laura

Il n'est pas une année où les copies du bac ne rendent pas leur lot de perles… Même quand les élèves mettent un coup de collier. Mais il est encourageant de voir les petits commentaires humoristiques que font parfois les profs… De sacrés numéros pour certains. *Nous les mettons en italique.*

- L'exemple du Titanic sert à montrer l'agressivité des icebergs. *Un exemple dont on se serait bien passé mais qui coule de source.*
- La datation au carbone 14 permet de savoir si quelqu'un est mort à la guerre. *Laquelle de guerre ? Il y en a tellement.*
- Le carré est un rectangle qui a un angle droit à tous les bords. *Contrairement au cercle qui a un angle droit sur un seul bord.*
- Un compas s'utilise pour mesure les angles d'un cercle. *On tourne en rond.*
- Quand deux atomes se rencontrent on dit qu'ils sont crochus. *Et après, ils font la bombe ensemble ?*
- La grammaire ne sert à rien puisqu'elle est trop compliquée à comprendre. *Non, ça c'est la définition de la belle-mère.*
- Marius Pagnol se servait de son accent pour ècrire. *C'est l'accent grave qui me laisse circonflexe.*
- Les mots commençant par *aff* prennent deux f. Exemple : affaire, affreux, Affrique. *Affolant !*
- Blaireau a été le premier à traverser la manche en avion. *Il n'y a pas que dans les avions qu'on parle de manche.*
- La Deuxième Guerre mondiale fut une période de prospérité pour l'Allemagne. *Sauf sur la fin.*
- Les devoirs où il y a des conjugaisons s'appellent des devoirs conjugaux. *Voilà qui est bien dit.*
- Le losange est un carré tordu en biais. *C'est pourtant vrai.*

Les perles de journalistes

Les journalistes ne sont pas exemptés du droit de faire des bourdes. Bien sûr, lire : « Accident ferroviaire : cinq morts dont deux graves » ça fait mauvais genre, mais on sait bien qu'*errare humanum est*, il faut juste ne pas *perserverare* dans le *diabolicum*.

- Les kinés se sont massés contre les grilles de la préfecture. (*Presse Océan*)
- Visiblement, la victime a été étranglée à coups de couteau. (*Journal du Dimanche*)
- Un type qui tue sa femme n'est pas vraiment un assassin. (*Nouvel Observateur*)
- Ses hémorroïdes l'empêchaient de fermer l'œil. (*Charente Libre*)

Inutile d'embêter mon mari avec vos relances… il est mort !

Certaines des perles les plus célèbres nous viennent des lettres envoyées à l'administration ou aux compagnies d'assurance. Elles atteignent parfois des sommets abyssaux (oui, c'en est une).

- Je ne vois pas pourquoi je suis amputé de toute la responsabilité puisque l'autre ne savait pas conduire non plus.
- Depuis son accident, ma femme est pire qu'avant, j'espère que vous en tiendrez compte.
- Si l'un de nous décède le premier, quelle somme toucherai-je ?
- Dans un virage à gravillons, mon derrière a chassé dans une bouche de pompier.
- L'homme m'a alors dit d'aller « me faire enculer » et je lui ai répondu vertement que j'étais veuve.
- Je ne suis pas excitée, j'aime ça, c'est tout.
- Avec vous, quand on est mort, on n'arrête pas de remplir des papiers.
- Dites-moi oui ou dites-moi non mais dites-moi oui !
- Votre lettre n'est pas plus claire que ce coup de téléphone que vous ne m'avez jamais donné…
- Vous n'avez aucun pouvoir et vous en profitez pour l'exercer sur nous.

Les faux proverbes, de vrais bons moments

En matière de proverbes, il y a deux écoles : celle qui professe que les vertus de la phrase lapidaire sont éternelles et valent tous les enseignements, et celle qui enseigne sous l'égide de Charles Nodier (1780-1844) qu'il n'y a pas plus stupide qu'un proverbe puisqu'il n'y en a pas un qui n'ait son contraire. Une fois de plus, il reste un troisième enseignement : celui de l'humour. C'est la voie utilisée par Balzac, Alphonse Allais, Raymond Queneau ou Alexandre Vialatte.

Un peu de transgression, que diable !

Contrairement à une idée (mal) reçue, le proverbe « Tant va la cruche à l'eau qu'à la fin elle se casse » n'est pas tiré d'une fable de La Fontaine mais des *Miracles de Notre-Dame* de Gautier de Coincy (XIIIe siècle). Beaumarchais (1732-1799) récupéra l'objet dans son *Barbier de Séville* et en fit : « Tant va la cruche à l'eau qu'à la fin elle s'emplit. » Jules Renard, le facétieux, préféra s'amuser du mot « cruche » et fit : « Tant va la cruche à l'eau qu'à la fin, elle se case. » Raymond Queneau, le petit malin, en fera : « Tant va l'autruche à l'eau qu'à la fin elle se palme. » Voyez que le jeu est infini.

- « Bien mal acquis profite toujours à quelqu'un. » (Paul Léautaud)
- « L'abbé ne fait pas le moine. » (Balzac)
- « Quand les hirondelles volent bas, les souris dansent parce qu'elles se sont trompées de proverbe. » (François Cavanna)
- (Pour les hommes grisonnants) « Quand il y a de la neige sur le toit, il y a du feu dans la cheminée. » (Anonyme)

Coupage et décollage !

Si l'imagination n'est pas au rendez-vous, on peut très bien s'amuser à mélanger les proverbes existants. Cela donne parfois de drôles de surprises.

- Chat échaudé fait déborder le vase.
- Qui vole un bœuf ne fait pas le moine.
- Loin des yeux, les borgnes sont rois.
- Qui va à la chasse n'amasse pas mousse.
- Qui sème le vent confirme la règle.
- La plus belle fille du monde consent.
- On ne vend pas la peau de l'ours quand le chat n'est pas là.

À votre tour !

Les Monsieur et Madame ont un fils

Au royaume des amuseurs, il est quasiment impossible de passer à côté de ce petit exercice potache qui côtoie avec simplicité l'insupportable et le trait de génie. Le fameux jeu des « Monsieur et Madame », qui consiste à faire trouver le prénom de l'enfant en donnant le nom des parents, est essentiellement composé de calembours. Ce jeu, appelé parfois « faire-part », se retrouve dans de nombreux pays.

L'effet simple

Il est d'usage de commencer par les blagues les plus simples afin de ne pas noyer l'interlocuteur.

- Monsieur et Madame Nerve ont une fille, comment s'appelle-t-elle ?
  Aimée (*Elle m'énerve*).
- Monsieur et Madame Touille ont un fils, comment s'appelle-t-il ?
  Sasha (*Ça chatouille*).
- Monsieur et Madame Teuzmanie ont un fils, comment s'appelle-t-il ?
  Gédéon (*J'ai des honteuses manies*).
- Monsieur et Madame Dimpeau ont une fille, comment s'appelle-t-elle ?
  Colette (*Collecte d'impôt*).

À l'envers

On complique légèrement le procédé, car la plaisanterie fonctionne à l'envers.

- Monsieur et Madame Lapp-Titz ont une fille, comment s'appelle-t-elle ?
  Irène (La Petite Sirène).
- Monsieur et Madame Garcin ont un fils, comment s'appelle-t-il ?
  Lazar (Gare Saint-Lazare).

Et on double

On monte d'un cran. Il s'agit maintenant d'une famille de deux enfants.

- Monsieur et Madame Enfant ont deux filles, comment s'appellent-elles ?
  Hélène et Ludivine (Il est né le divin enfant).

- Monsieur et Madame Hulé ont deux fils, comment s'appellent-ils ?

  Yvon et Jacques (Ils vont éjaculer).

Famille nombreuse

Là, on ne plaisante plus. On entre dans les grandes familles...

- Monsieur et Madame Jyraipas ont deux fils et deux filles, comment s'appellent-ils ?

  Frédéric, François, Chantal, Olympia (Frédéric François chante à l'Olympia, j'irai pas !).

- Monsieur et Madame Bégaye ont cinq fils, comment s'appellent-ils ?

  Jean, Jean, Jean, Jean, Jean (J'en... J'en... J'en... J'en... J'en bégaie).

- Monsieur et Madame Itiative ont un fils et deux filles, comment s'appellent-ils ?

  Sansom, Marielle, Adeline (Sans son mari elle a de l'initiative).

- Monsieur et Madame Vorcée ont onze enfants, comment s'appellent-ils ?

  Eva, Paola, Clément, Maeva, Aude, Anne, Marc, Samson, Marie, Pascal, Eddie (Elle va pas au lac Léman mais elle va au Danemark sans son mari parce qu'elle est divorcée).

Avé l'accent

Pour finir, on corse l'affaire on ajoutant les blagues avec accent. Ce sont souvent les plus approximatives, donc les plus drôles.

- Monsieur et Madame Forme sont allemands et ont trois fils, comment s'appellent-ils ?

  Jésus, Hans, Hubert (Avec l'accent allemand : Je suis en super forme).

- Monsieur et Madame Fontsec ont une fille et un cheveu sur la langue, comment s'appelle-t-elle ?

  Sophie (*Avec un cheveu sur la langue : Saucisson sec*).

- Monsieur et Madame Fototêtedemor ont un fils, comment s'appelle-t-il ?

  Thomas (*Avec l'accent des banlieues : Tu veux ma photo, tête de mort !*).

L'école du rire

Voici un petit exercice facile et amusant qu'avait initié, il y a une quarantaine d'années, le touche-à-tout François Chevais, auteur du *Guide de Saint-Germain-des-Prés*. Prenez un personnage célèbre, et asseyez-le sur les bancs de l'école. Quels pourraient bien être les commentaires sur son bulletin de note ?

- Élève Sarkozy : se rembrunit souvent.
- Élève E.T. : téléphone trop souvent à la maison.
- Élève Robespierre : sème la terreur.
- Élève Tarzan : fait le singe.
- Élève Pythagore : se tient mal à table.
- Élève Vercingétorix : fume des gauloises en classe.
- Élève Descartes : pense mais ne suit pas.
- Élève Balzac : joue la comédie.
- Élève Rembrandt : refuse d'aller au tableau.
- Élève Tom : ne range pas sa case et file un mauvais coton.
- Élève Napoléon : envahit trop l'espace.
- Élève Beatles : n'arrête pas de couper les cheveux en quatre.

Devenez devinettes

Les devinettes, en leur temps, ont fait la joie des familles le soir au coin du feu. Un autre temps où la petite lucarne n'attirait pas toutes les attentions. Pourtant, ces petites pièces de divertissement, souvent drôles, ont toujours leur place. Elles sont parfois amusantes et poétiques, parfois très élaborées, mais elles possèdent une merveilleuse vertu : celle de faire cogiter en société.

Les classiques

Elles sont vieilles comme le monde, mais elles restent inaltérables.

- Trente-deux demoiselles, toutes de blanc vêtues, assises sur des bancs rouges, avec une bavarde au milieu. De qui s'agit-il ? *Les dents, les gencives et la langue.*

- Qu'est-ce qui est plus lourd ? Un kilo de plume ou un kilo de plomb ? *Les deux pèsent un kilo, bien sûr. Mais ma fille de dix ans m'a répondu qu'elle ne savait pas parce que son stylo plume pesait une tonne !*
- Vingt cent mille ânes dans un pré et cent vingt dans l'autre. Combien cela fait-il de pattes et d'oreilles ? *Quatre pattes et deux oreilles puisqu'il n'y a qu'un seul âne ! (Vincent mit l'âne dans un pré et s'en vint dans l'autre).*
- Combien mesure la moitié d'un tout ? *Trois mètres parce que « le tout est de s'y mettre ».*
- Quel est le nouveau dispositif antivol sur les voitures Lada ? *Ils ont agrandi le logo de la marque sur la calandre.*

La devinette selon Toto

La maîtresse pose une devinette aux enfants : « Dix oiseaux sont sur une branche, le chasseur en tue un, combien en reste-t-il ? L'ensemble de la classe répond « 9 » sauf Toto, qui dit « 0, vous ne croyez pas que les autres oiseaux sont restés, quand même ! » La maîtresse sourit : « La réponse était 9 Toto, mais j'aime beaucoup ton raisonnement. » Dans l'après-midi, l'institutrice emmène les enfants se distraire au parc car il fait beau. Toto remarque trois femmes qui mangent des glaces ; l'une la croque sans ménagement, l'autre la mange avec une petite cuillère et la troisième la suçote. Le petit garçon se tourne vers la maîtresse et lui demande laquelle des trois femmes, selon elle, est mariée. L'institutrice regarde les trois gourmandes, fait un sourire un peu gêné et dit : « Celle qui suçote ? » « Non, répond Toto, c'est celle qui a une alliance… mais j'aime beaucoup votre raisonnement. »

L'animal le plus…

Des petites devinettes très pratiques pour amuser les enfants lors des longs voyages en voiture.

- Quel est l'animal le plus rapporteur ? *Le cheval parce que « Je va l'dire à ma mère ».*
- Quel est l'animal qui boit le moins ? *Le zébus parce que « Quand zé bu, zé pu soif ».*
- Quel est l'animal le plus poli ? *Le poney parce que « Ponez la peine de vous asseoir ».*
- Quel est l'animal le plus généreux ? *Le poulain parce que « Quand y en a pou' l'un, y en a pour l'autre ».*

Quelle différence y a-t-il...

Grand classsique des devinettes. Voici quelques exemples du jeu des différences qu'il ne vous reste plus qu'à imiter...

- Quelle différence y a-t-il entre la lettre A et le clocher de l'église ? *La lettre A, c'est la voyelle, le clocher c'est là qu'on sonne.*
- Quelle différence y a-t-il entre une hermine et un petit ramoneur ? *L'hermine est toute blanche avec une petite queue noire, alors que le ramoneur est tout noir... avec une petite échelle sur le dos.*
- Quelle différence y a-t-il entre une assistante de la DASS et un pitbull ? *Le rouge à lèvres.*

Il en faut pour tous les âges

C'est l'écrivain Georges Perec (1936-1982) qui donna son droit d'entrée à la devinette dans le monde de la littérature :

« Quelle différence y a-t-il entre la tour Eiffel, ta chemise et ma famille ?

– ?...

– La tour Eiffel est colossale, ta chemise est sale au col...

– Et... et ta famille ?

– Elle va très bien, merci. »

Énigmes ou le piège du sphinx

Un divertissement vieux comme le monde, qui amusa les plus grands de nos penseurs et philosophes.

Que veut dire le mot « énigme » ?

Le mot provient du grec *ainigma* qui signifie « parole obscure ».

Énigmes en poèmes

« Du repos des humains, implacable ennemie
J'ai rendu mille amants envieux de mon sort
Je me repais de sang et je trouve ma vie
Dans les bras de celui qui recherche ma mort. »

C'est ainsi que Boileau tente de faire découvrir, non pas le comte Dracula, mais la puce.

« Vous connaissez Paris

Eh bien ! mes bons amis

Sans moi, ce beau pays

À coup sûr serait pris ! »

Sympathique anonyme qui tente ainsi de nous faire trouver la lettre « A ».

« Même si je n'ai pas le bonheur de vous plaire,

Je n'en serais pas autrement surpris

Car vous auriez, ami lecteur, beau dire, beau faire,

Jamais je ne serai un jour de votre avis ;

Même en me renversant, je vous en avertis,

Vous ne me feriez pas changer de caractère. »

Eh oui, c'est « non ».

Œdipe, ou parricide la bonne soupe

Dans l'Égypte des pharaons, le Sphinx, monstre fabuleux à corps de lion et tête d'homme, posé aux portes de la cité de Thèbes, dévorait les voyageurs incapables de résoudre ses énigmes. À la question : « Quel est l'animal qui marche à quatre pattes le matin, sur deux pattes à midi et sur trois pattes le soir ? », d'Athènes à Rome tout le monde restait baba. Il faut attendre la venue d'un certain Œdipe, qui trouve aussitôt la réponse : « C'est l'homme qui marche à quatre pattes lorsqu'il est enfant, sur ses deux jambes à l'âge adulte et avec une canne au soir de sa vie. » Le Sphinx, très susceptible et vexé comme un pou, se fracasse la tête sur les rochers, et Œdipe devient roi de Thèbes.

Aucun candidat de *Fort Boyard*, ayant bien répondu aux énigmes du père Fouras, n'est devenu roi de quelque chose. Enfin si… mais la décence ne me permet pas de le dire.

Énigmes pour jouer entre amis

Joindre l'utile (cogiter pour être *ergo sum*) à l'agréable (damer le pion aux copains), c'est le rôle de l'énigme.

- Deux hommes sont retrouvés dans un champ. L'un est mort avec un sac ouvert, l'autre est mort avec un sac fermé. Que s'est-il passé ? *Il s'agit de deux parachutistes.*

- Dans le box des accusés, un homme est accusé d'avoir tué son père. Le juge se lève et dit : « Je ne peux juger cet homme car il est mon fils ! » Comment est-ce possible ? *Le juge est une femme, c'est donc sa mère.*
- Pierre et Antoine sont retrouvés morts dans une pièce fermée. Un guéridon est tombé et il y a juste un peu d'eau au sol avec des débris de verre. Que s'est-il passé ? *Pierre et Antoine sont des poissons rouges.*

Quelle bonne blague !

Impossible de rendre compte de la variété des blagues tellement il en fut composées au cours des siècles. Il s'en crée chaque jour aux comptoirs des bistros, dans les administrations, dans la rue… Certains sont même payés pour en inventer. Voici une petite sélection subjective :

Fume, c'est du Belge !

Impossible de ne pas effleurer la fameuse blague belge…

- Comment le Bruxellois joue-t-il à pile ou face ? *Avec une pince à épiler et une gomme. Une pince à épiler, ça-est-pile, et une gomme, ça-est-face.*
- Combien de Belges faut-il pour changer une ampoule ? *Cinq : un qui monte sur la table et les quatre autres qui tournent la table.*
- Un escalator tombe en panne en pleine heure de pointe : 40 personnes sont restées bloquées pendant cinq heures.
- C'est un Belge qui rencontre une superbe Anglaise. Après un moment il se décide à l'accoster et lui dit : « Je serais très heureux d'avoir un rendez-vous avec vous demain. » L'Anglaise lui répond : « *Never !* » Le Belge réplique: « Neuf heures, neuf heures et demi ? »
- Un hélicoptère s'est écrasé dans un cimetière belge : la police a déjà récupéré plus de 300 victimes.

Fume, c'est des blondes !

Allez, un moment de honte est vite passé… Voici quelques histoires « de blondes » :

- C'est une blonde qui vient d'écraser un poulet. Elle se rend à la ferme la plus proche et dit au fermier :

  « Je viens d'écraser un poulet, je suis désolée, vraiment…

– Bah, c'est pas grave ma bonne dame, z'avez qu'à le manger.

– D'accord, mais qu'est-ce que je fais de sa moto ? »

- Une blonde rentre dans une blibliothéque et elle dit :

  « Un coca, une frite et un bigmac.

  – Madame vous êtes dans une bibliothèque !

  – Ah ! Pardon ! (elle se met à chuchoter) Un coca, une frite et un bigmac. »

Les petites annonces

Quand on parle de petites annonces, on pense à celles d'Élie Semoun qui a su, avec brio et Franck Dubosc, moderniser ce que Pierre Dac avait inventé dans son *Os à Moelle*. Mais souvent, la réalité dépasse la fiction, et les annonces des journaux nous réservent bien des surprises.

Lu dans la presse

L'urgence, la précipitation et parfois le désespoir font écrire de drôles de choses, et comme le papier ne refuse pas l'encre, la presse s'est souvent trouvée complice de petites annonces étonnantes.

- Monsieur, la trentaine, cherche femme, maximum 45 ans, pour relation 12 fois par semaine. Aide financière si nécessaire. (*Quelle vitalité !*)
- Dame, la soixantaine, tendre, affectueuse, assurerait douce et rapide fin de vie à monsieur fortuné. (*Quand c'est demandé si gentiment.*)
- 24 ans, jolie secrétaire, désire mariage avec un gendarme, un docteur ou autre chose. (*Gageons que c'est l'autre chose qui répondit.*)
- Usine de suppositoires recherche pilote d'essai pour expériences délicates. (*Une annonce qui n'est pas sans fondement.*)
- Jeune étudiante instruite en français désire montrer sa langue. (*Et dire 33 ?*)

Avec Pierre Dac, il y a un os

Fondateur de l'école loufoque, Pierre Dac fut, avec son journal *L'Os à Moelle*, le mauvais garnement de la France sérieuse. Ses petites annonces sont restées anthologiques.

- On recherche deux hommes de paille, un grand et un petit, pour tirage au sort.
- Offre bonne place de gardien de vaches. Paiement par traites.
- Manchot vend voiture à bras. Première main.
- Grand gaillard, genre abruti sans spécialité, cherche emploi de bourreau.
- Échangerais voiture de sport endommagée contre chaise roulante en bon état.
- Jeune homme désintéressé épouserait jeune fille laide même fortunée.

Les brèves de comptoir

Pour finir, laissons la voix à la rue, ou plutôt au café. Ce café français où tout se dit, tout s'entend, tout s'extrapole, tout se convoite… Ce bar en zinc où l'on entend toutes les confidences, où l'on retourne tous les gouvernements… Le journaliste Jean-Marie Gourio (né en 1956) fut sans doute l'une des meilleures oreilles de ces comptoirs.

- Il a perdu son taxi parce qu'il buvait trop, maintenant il est chauffeur de car en Bretagne.
- Ça m'inquiète de prendre la voiture bourré, mais en ce moment j'ai pas le choix, je suis tout le temps bourré.
- Chaque jour, t'as trente morts sur la route… Moi, je roule sur le trottoir.
- 40 % des accidents sont provoqués par l'alcool. Ça veut dire que 60 % des accidents sont provoqués par des buveurs d'eau. C'est énorme !
- Le travail d'équipe est essentiel. En cas d'erreur ça permet d'accuser quelqu'un d'autre.
- Il faudrait qu'à l'auto-école on nous apprenne à conduire bourrés, on apprend bien la conduite sur glace.
- « Il est mort hier.

  – Eh ben… c'était pas son jour. »
- Quand on voit ce que consomment les bagnoles, c'est pas un exemple pour les chauffeurs.

Chapitre 21

Dix des plus grandes comédies du cinéma

Dans ce chapitre :

- *Drôle de drame*
- *Certains l'aiment chaud*
- *Les Tontons flingueurs*
- *La Party*
- *La Grande Vadrouille*
- *Frankenstein Junior*
- *Monty Python : Sacré Graal !*
- *Le père Noël est une ordure*
- *Y a-t-il un pilote dans l'avion ?*
- *Bienvenue chez les Ch'tis*

De *Drôle de drame* de Marcel Carné à *Bienvenue chez les Ch'tis* de Dany Boon, dix comédies pour vous faire hurler de rire…

Drôle de drame, de Marcel Carné (1937)

À la fois film burlesque et policier, *Drôle de drame* déroute le public et les critiques par son humour décalé. Sous l'œil du français Marcel Carné, le trio d'acteurs Louis Jouvet (le révérend Archibald Soper), Michel Simon (son cousin Irwin Molyneux, alias Félix Chapel) et Françoise Rosay (Margaret Molyneux), sans oublier un Jean-Louis Barrault en tueur de bouchers, interprètent de façon magistrale des personnages qui ne sont jamais ceux que l'on croit : l'archevêque anglican est ainsi l'heureux père d'une famille de douze enfants élevés dans la foi, qui entretient une maîtresse jouant dans les music-halls…

Docteur Molyneux et Mister Chapel

L'intrigue du film tourne autour de la mystérieuse identité de Félix Chapel, auteur de romans policiers que personne n'a jamais rencontré, et contre lequel le révérend Soper mène une campagne féroce. Ce dernier s'invite à dîner chez les Molyneux, qui viennent juste de renvoyer leur bonne. Pour sauver les apparences, Irwin Molyneux (cousin d'Archibald Soper) invente des excuses maladroites pour justifier l'absence de sa femme qui se trouve en cuisine… Mais l'évêque conçoit quelques soupçons et appelle Scotland Yard. Ce qu'il ne sait pas, c'est que son cousin Irwin et le romancier Chapel ne sont, en fait, qu'une seule et même personne… enfin, croit-on !

Des dialogues à la Prévert… et pour cause

La drôlerie du film doit beaucoup aux dialogues percutants écrits par Jacques Prévert, dans lesquels des phrases reviennent comme des leitmotivs (« Vous lisez les mauvais livres écrits avec la mauvaise encre du mauvais esprit » répète ainsi Archibald Soper), ce qui induit un effet comique. Jacques Prévert truffe également ses dialogues de jeux de mots (la cuisinière déclame ainsi « J'aurais tant voulu être écuyère… tandis que ces casseroles… »), que l'on retrouve dans ce qui reste aujourd'hui l'une des plus célèbres répliques du cinéma français d'avant-guerre : « Moi, j'ai dit bizarre… bizarre ? Comme c'est étrange… Pourquoi aurais-je dit bizarre ? Bizarre… Moi, j'ai dit bizarre, bizarre, comme c'est bizarre ! »

Une ambiance électrique !

Les deux acteurs principaux (Louis Jouvet et Michel Simon) se détestaient cordialement, rendant l'ambiance du tournage électrique. La légende veut ainsi qu'un jour où Jouvet lui dit « Votre rôle est admirable », Simon lui répondit : « Je sais, j'ai refusé le vôtre ».

Certains l'aiment chaud, de Billy Wilder (1959)

Qui aurait pu prévoir que cette parodie des burlesques de muet, au tournage plutôt chaotique et au scénario à peine achevé, deviendrait une célébrissime comédie du cinéma hollywoodien ? « Je serai peut-être le premier à mettre des sous-titres anglais dans un film en anglais », suggère finalement un Billy Wilder ravi de voir qu'à la sortie de son film, le public rit si fort qu'il est difficile d'entendre les dialogues !

Le mélange des genres

L'humour du film repose en parti sur l'ambiguïté sexuelle. Les deux acteurs principaux (Jack Lemmon et Tony Curtis) se travestissent en effet en ravissantes Daphné et Joséphine pour fuir la police en intégrant un orchestre féminin, sans que ses membres ne se doute de rien. L'effet comique est garanti ! Les deux musiciens en herbe se trouvent alors confrontés à des hommes qui les draguent ostensiblement, et doivent eux-mêmes cacher leur trouble devant Sugar, la vamp blonde et naïve incarnée par Marilyn Monroe. Jerry (Jack Lemmon) se répète ainsi inlassablement « Je suis une femme, je suis une femme », pour ne pas révéler sa véritable identité, avant de revenir à la réalité sous la pression de Joe (Tony Curtis) qui lui fait part de la demande en mariage qu'il a reçue d'un milliardaire : « Tu es un homme ! Je suis un homme, je suis un homme… » se répète-t-il alors !

La grande réplique du film reste la dernière jetée à Jack Lemmon qui, enlevant sa perruque, vient d'avouer à son « fiancé » être un homme : sans se démonter, le milliardaire lui répond : « *Nobody's perfect !* (Personne n'est parfait !) ».

Un film qui fait des émules

Dans les années 1980, Dustin Hoffman enfilera, pour un rôle similaire, les robes de Tootsie, sous l'œil de la caméra de Sidney Pollack.

Les Tontons flingueurs, de Georges Lautner (1963)

Considéré comme un monument du cinéma français, *Les Tontons flingueurs* mêle avec allégresse humour noir et langage populaire. Le succès du film est dû en grande partie aux dialogues savoureux de Michel Audiard, qui adapte ici, avec talent, le roman d'Alfred Simonin, *Grisby or Not Grisby*.

Des tontons au passé trouble…

Fernand Naudin (Lino Ventura), un ex-truand rangé, reprend du service quand son vieil ami Louis « le Mexicain » (Jacques Dumesnil) le charge, juste avant de mourir, de régler ses « affaires » et de s'occuper de sa fille Patricia (Sabine Sinjen), qui ne connaît rien du passé louche de son père. Mais c'est sans compter sur les frères Volfoni (Bertrand Blier, alias Raoul, et Jean Lefebvre, alias Paul) qui sont très intéressés par la succession du

« Mexicain ». Fernand doit alors multiplier les astuces pour cacher à Patricia et à son ami Antoine (Claude Rich) la véritable situation…

Quelques répliques cultes

- « Maintenant que tu es dans l'honnête, tu peux pas savoir le nombre de malfaisants qui existent. »
- « J'dis pas que Louis était toujours très social, non, il avait l'esprit de droite. Quand tu parlais augmentation ou vacances, il sortait son flingue avant que t'aies fini, mais il nous a tout de même apporté à tous la sécurité. »
- « Les cons ça ose tout. C'est même à ça qu'on les reconnaît. »
- « Non mais t'as déjà vu ça ? En pleine paix. Y chante et puis crac, un bourre-pif ! Mais il est complètement fou ce mec ! Mais moi, les dingues j'les soigne. J'm'en vais lui faire une ordonnance, et une sévère ! J'vais lui montrer qui c'est Raoul. Aux quatre coins de Paris qu'on va le retrouver, éparpillé par petits bouts, façon puzzle. Moi quand on m'en fait trop, j'correctionne plus, j'dynamite, j'disperse, j'ventile… »
- « Y'a des impulsifs qui téléphonent, d'autres qui se déplacent. »
- « Faut reconnaître c'est du brutal, plutôt une boisson d'homme. »
- « Alors ? Y dors le gros con ?… Bah y dormira encore mieux quand il aura pris ça dans la gueule ! Il entendra chanter les anges le gugusse de Montauban… Je vais le renvoyer tout droit à la maison-mère… Au terminus des prétentieux. »

La Party, de Blake Edwards (1969)

Cette comédie américaine désopilante, réalisée par Blake Edwards, narre les aventures de Hrundi V. Bakshi, un hindou très maladroit. C'est un véritable hommage au film muet qu'aimait tant le réalisateur.

Des gags en cascades

Avec *La Party*, Blake Edwards pousse le burlesque à son paroxysme en enchaînant les gags en cascade. Construits sur le rythme du crescendo, ils provoquent le rire avec un minimum d'effets. La séquence des toilettes est représentative de ce procédé : le héros du film y cumule les catastrophes, alors même qu'il ne cesse de vouloir arranger ou réparer les choses ; le rouleau de papier toilette se déroule tout seul, la chasse d'eau ne s'éteint plus et provoque un « débordement », puis le héros ravage un tableau et fait tomber un morceau de plâtre du plafond, avant de finir sur le toit de la villa envahie par la mousse !

Peter Sellers, l'hindou maladroit

Peter Sellers incarne cet acteur hindou maladroit et hilarant : il se livre à une avalanche de gags en accumulant les maladresses et les gaffes. Il parvient ainsi à saboter un film en détruisant l'un des décors, très coûteux, et achève de ruiner le producteur en saccageant involontairement sa villa lors d'une soirée à laquelle il avait été invité par erreur !

Peter Sellers accentue avec ce film son personnage maladroit initié avec l'inspecteur Clouseau dans *La Panthère rose* (1963) du même Blake Edwards.

La Grande Vadrouille, de Gérard Oury (1966)

Ce grand classique du cinéma français représente le genre comique français par excellence… Le succès du film tient à son scénario palpitant et à la performance des acteurs : Bourvil et Louis de Funès, sans oublier l'acteur comique anglais Terry-Thomas. Cascades et courses-poursuites, acrobaties aériennes : rien n'arrête nos deux héros qui ont pour mission de conduire des aviateurs anglais, lâchés dans un Paris occupé par les Allemands, jusqu'en zone libre.

Louis de Funès, grand-guignolesque

Avec *La Grande Vadrouille*, Gérard Oury choisit de travailler une nouvelle fois avec l'un de ses acteurs fétiches : Louis de Funès (ils avaient déjà tourné ensemble *Le Corniaud*). Il met en avant ce qui fait le comique de l'acteur : ses mimiques, exclamations et exagérations à gogo. Le personnage de Louis de Funès, chef d'orchestre irascible envers les petits, et obséquieux devant les « grands », est une de ses meilleurs signatures. Son duo avec le « neuneu » Bourvil fonctionne à merveille.

Jeux de mots et quiproquos

Les nombreux jeux de mots et quiproquos font tout le piment du film… La séquence du bain turc, dans laquelle Stanislas Lefort (Louis de Funès) et Augustin Bouvet (Bourvil) se prennent réciproquement pour les Anglais (dont « Big Moustaches », Peter Cunningham et Alan Mac Intosh) qu'ils doivent secrètement recueillir est particulièrement drôle, notamment avec l'accent français bien marqué que les deux acteurs emploient.

« Augustin. – Are you ?

Stanislas. – You are…

Augustin. – Happy.

Stanislas. – Glad. Where is Big Moustaches ?

Augustin. – I don't know, and if you don't know I don't know, non ?

Stanislas. – I don't understand.

Augustin. – You, you come with me to pick up Peter.

Stanislas. – Non, you, you come with me to pick up Mac Intosh.

Augustin. – Non, non, non, you, you, you.

Stanislas. – I beg you pardon.

Augustin. – And if you don't come, I, heu, ah merde alors comment on dit... !

Stanislas. – Comment ça «Merde alors», but alors you are French !

Augustin. – You are not English ? »

Le film de tous les records

- Pendant plus de quarante ans, c'est le film français qui a remporté le plus grand succès sur le territoire français, avec plus de 17 millions de spectateurs au cinéma, avant d'être dépassé par *Bienvenue chez les Ch'tis* de Dany Boon en avril 2008.
- Pendant plus de trente ans, il a remporté le plus grand succès sur le territoire français, toutes nationalités confondues, avant d'être dépassé par *Titanic* en 1997.
- Il est maintenant troisième au palmarès des films les plus vus de l'histoire en France au cinéma.
- Le film connut un succès international, y compris en Allemagne où il fut la première comédie présentée à l'écran consacrée à la seconde Guerre mondiale. Il fut même retenu pour une nomination étrangère aux Oscars en 1967.

Frankenstein Junior, de Mel Brooks (1974)

Dans la lignée du *Bal des vampires* de Roman Polanski, *Frankenstein Junior* est à la fois une parodie mais aussi un hommage aux films d'horreur ainsi qu'à l'œuvre de Mary Shelley : *Frankenstein ou le Prométhée moderne*. Le film a d'ailleurs été tourné en noir et blanc et a repris certains décors utilisés lors des deux films de l'américain James Whale : *Frankenstein* (1931) et *La Fiancée de Frankenstein* (1935).

Le retour de Frankenstein

Le petit-fils du docteur Frankenstein souhaite se démarquer de son effrayant aïeul, au point qu'il insiste pour que l'on prononce son nom à l'anglaise (« Frankenstine »). Le jour où il hérite de la demeure familiale en Transylvanie, il décide cependant de s'y rendre pour y découvrir les travaux de son grand-père. Il ne tarde pas à se prendre au jeu des expériences et essaie de ressusciter un cadavre. Les aventures macabres et drôles de Frankenstein ne font, dès lors, que commencer…

Un humour glaçant…

L'américain Mel Brooks utilise le comique de situation et de répétition pour faire rire (ainsi le nom de Frau Blücher provoque sans cesse le hennissement des chevaux), mais il a aussi recours à un humour assez trash : le personnage interprété par Marty Feldman (Igor) est bossu et a des yeux montés sur des roulements à bille, quant à Frankenstein Junior (Gene Wilder), il s'extasie devant des crânes ouverts et malmène ses cobayes… Mel Brooks réchauffe toutefois l'ambiance du film en y introduisant une scène mémorable, dans laquelle notre docteur en herbe et son monstre se lancent dans une joyeuse démonstration de claquettes.

Monty Python : Sacré Graal !, de Terry Jones et Terry Gilliam (1975)

Le *Sacré Graal* est une comédie des Monty Python, réalisée par le britannique Terry Jones et l'américain Terry Gilliam, qui parodie le thème de la légende du Roi Arthur et des chevaliers de la Table ronde, en y incluant bon nombre d'anachronismes. Les épisodes du Chevalier Noir qui continue à se battre même une fois qu'on lui a coupé les bras et les jambes, du terrible lapin tueur, du géant tricéphale ou du pont de la Mort qui ne peut être traversé qu'en répondant à une énigme font désormais parti de la légende « pythonesque » et mettent à rude épreuve les zygomatiques du spectateur !

Le Roi Arthur vs le Chevalier Noir

Le Roi Arthur. – Maintenant écarte-toi, valeureux adversaire.

Le chevalier noir. – Ce n'est qu'une égratignure.

Le Roi Arthur. – Une égratignure ? Ton bras est coupé !

Le chevalier noir. – Non c'est faux.

Le Roi Arthur. – Bien, qu'est-ce que cela alors ?

Le chevalier noir. – J'ai connu pire.

Le Roi Arthur. – Menteur !

Le chevalier noir. – Approche, gros plein de soupe !

Les chevaliers de la Table ronde

Le Roi Arthur (Graham Chapman) essaie vainement de recruter des chevaliers à travers la Grande-Bretagne pour l'aider à découvrir le saint Graal.

Après bien des périples (il tombe, entre autres, sur une bande de paysans anarcho-syndicalistes), il rencontre finalement Sir Bedevere (Terry Jones) lors d'un procès en sorcellerie. Sir Lancelot le Courageux (John Cleese), Sir Galahad le Pur (Michael Palin) et Sir Robin le pas-tout-à-fait-aussi-courageux-que-Sir-Lancelot (Eric Idle) viennent ensuite compléter la fine équipe. La joyeuse bande traverse alors une série de situations burlesques : le chaste Galahad trouve refuge dans le château d'Anthrax, peuplé de tentatrices jouvencelles, quand Sir Lancelot le Courageux croit sauver une princesse retenue prisonnière mais ne fait que perturber les noces du prince Herbert…

Le langage pythonesque

Une bonne partie de l'humour des Monty Python repose sur le décalage créé par l'emploi d'un langue soutenu, aux expressions anciennes et pompeuses, lors de situations tragiques ou, au contraire, par l'emploi d'une langue populaire, parfois vulgaire, pour s'adresser à des personnages de haut rang comme le Roi Arthur.

« Ils durent manger un ménestrel, mais l'allégresse ne les quitta point. »

Le Père Noël est une ordure, de Jean-Marie Poiré (1982)

En 1982, Jean-Marie Poiré adapte avec succès la pièce de théâtre *Le Père Noël est une ordure*, créée en 1979 par la troupe du Splendid, qui se trouve de nouveau réunie à l'écran.

Une série de personnages truculents

Pierre Mortez (Thierry Lhermitte) et Thérèse (Anémone), qui assurent la permanence du standard téléphonique de S.O.S. Détresse Amitié le soir de Noël, reçoivent la visite de personnages plus déjantés les uns que les autres. On croise notamment M. Preskovitch (Bruno Moynot), le voisin attentionné qui vient apporté des doubichous et des klougs « roulés sous les aisselles » immangeables, l'inoubliable Katia (Christian Clavier), un travesti « au bout du rouleau », Josette (Marie-Anne Chazel), la « petite protégée » de Thérèse et son compagnon Félix (Gérard Jugnot) aux pulsions violentes, sans oublier Mme Musquin (Josiane Balasko) qui passe la soirée enfermée dans l'ascenseur…

Quelques répliques cultes

- « Vous ne connaissez pas les hommes Thérèse. Croyez-moi, homme en retard, liaison dans le tiroir ! Et je sais de quoi je parle… »
- « Thérèse n'est pas moche, elle n'a pas un physique facile… C'est différent ! »
- « Je n'aime pas dire du mal des gens mais effectivement, il est gentil. »
- « Je ne vous jette pas la pierre, Pierre, mais j'étais à deux doigts de m'énerver » (elle lève trois doigts)
- « J'ai presque fini mes gants pour mes petits lépreux de Jakarta. Je trouve ça complètement inutile. C'est tout la Croix-Rouge ça. Ils me demandent de faire des gants à trois doigts. Vous ne croyez pas que j'aurai plus vite fait de faire des moufles ? »
- « Oh, une serpillière, c'est formidable Thérèse, je suis ravi, écoutez.

  – Non Pierre c'est un gilet…

  – Ah oui, ah bah bien sûr, ah ben alors bien sûr c'est un gilet : y'a des trous plus grands pour les bras, alors… ! Si vous saviez ce que ça tombe bien, je me disais encore hier soir qu'il me manquait quelque chose pour descendre les poubelles. Je suis ravi Thérèse ! »

Y a-t-il un pilote dans l'avion ?, de Jim Abrahams, David Zucker et Jerry Zucker (1980)

Lorsqu'en 1980 les américains Jim Abraham et les frères Zucker (ZAZ) arrivent sur le marché de la comédie avec ce film, c'est presque l'émeute, la révolution du genre. On n'avait jamais vu un film avec une telle quantité de gags à la minute. C'était même le défi du film. Certes, il s'agit d'une parodie des films catastrophes, et notamment de la série *Airport* et du film *À l'heure zéro*, mais le film est bien plus que ça. Les scénaristes ne s'interdisent rien et usent de toutes les formes d'humour possible : comique de mot, comique de situation, irréalisme, personnages ridicules, situations ubuesques…

Un vol impossible

Alors qu'un Boeing 747 est sur le point de décoller, Ted Striker (Robert Hays), un ancien pilote de guerre traumatisé par les avions, embarque pour suivre son ex-petite amie qui est hôtesse de l'air. Suite à une intoxication alimentaire, pilote et co-pilote tombent dans le coma. Ted Striker doit alors prendre les commandes contre son gré, et le voyage tourne vite à la catastrophe. L'histoire est mince et sans aucune espèce d'importance, seuls les gags comptent.

Un filon juteux

Le succès sera tel qu'il y aura non seulement une suite (*Y a-t-il enfin un pilote dans l'avion ?*), mais le genre donnera naissance à toute une série de films de même nature, comme *Top secret, Y a-t-il un flic pour sauver la reine ?, Y a-t-il un flic pour sauver Hollywood ?*, ou *Y a-t-il un flic pour sauver le président ?*, avec Leslie Nielsen dans le rôle principal.

« Did you ever seen a cock pit ? »

On se souvient de l'acteur Peter Graves, le très sérieux héros de *Mission impossible*, qui joue le pilote et reçoit avec un regard graveleux le jeune Joey dans le cockpit : « Dis-moi, Joey, tu aimes les films de gladiateur ? » ou encore : « Est-ce que tu aimes quand ton chien se frotte sur ta jambe ? » Irrévérence et insolence.

Bienvenue chez les Ch'tis, de Danny Boon (2007)

« Bon, j'ai une bonne et une mauvaise nouvelle.– Je suis suspendu, c'est ça ?– Pire. – Viré !– Pire encore.– Pire que viré, c'est quoi ?– T'es muté dans le Nord ! »

Ainsi commence l'histoire des *Ch'tis* : celle de Philippe Abrams (Kad Merad), responsable d'une agence de La Poste dans le sud de la France, qui se retrouve du jour au lendemain muté près de Lille, dans le Nord-Pas-de-Calais. Quoi de plus effrayant, en effet, que de se retrouver sous des trombes d'eau, en compagnie de gueules noires à l'accent ch'timi ?

Un succès effarant

Le film réalise un raz-de-marée au box-office avec plus de 20 millions d'entrées : *Bienvenue chez les Ch'tis* réalise le deuxième meilleur score derrière *Titanic*, et devance même *La Grande Vadrouille* (17 millions d'entrées). Conséquences du succès du film : la ville de Bergues a vu son nombre de touristes doubler entre 2007 et 2008. De même, les ventes de maroilles (le fromage star du film), de bière Ch'ti et des baraques à frites ont décollées en France ! Enfin, la société de production de l'acteur Will Smith a acquis les droits d'adaptation du film pour en faire une version américaine, sous le titre de *Welcome to the Sticks (Bienvenue chez les ploucs)*. Une adaptation italienne doit également voir le jour (Benvenuti al Sud), jouant de la même manière sur la fracture entre le Nord et le Sud du pays.

Le parler ch'timi

Dany Boon caricature à dessein cette fameuse consonnance du « ch » pour montrer l'océan linguistique qui sépare le Nord du reste du pays.

- « C'est pas compliqué de parler le ch'timi. Par exemple, nous autres, on dit pas : "Pardonnez-moi, je n'ai pas bien saisi le sens de votre question", on dit : "Heiiiin ?". »
- « Pourquoi il est parti avec les meubles ?

  – Parche que c'est peut-être les chiens ?

  – Quels chiens ?

  – Les meubles !

  – Attendez, je comprends pas là.

  – Les meubles ch'est les chiens.

  – Les meubles chez les chiens ? Mais qu'est-ce que les chiens foutent avec des meubles ? Pourquoi donner ses meubles à des chiens ?

  – Les chiens, à lui !

  – Ah les siens ! Pas les chiens ! Les siens !

  – Ouais les chiens, ch'est cha !

  Les chiens, les chats… putain mais tout le monde parle comme vous ici ? »
- « Il est de chez nous le chanteur : Ch'tivy Wonder ! »

Chapitre 22

Dix des romans les plus drôles de la littérature

Dans ce chapitre :

- *Clochemerle*
- *Pourquoi j'ai mangé mon père*
- *L'Histoire de France vue par San-Antonio*
- *Un idiot à Paris*
- *Wilt 1, ou Comment se sortir d'une poupée gonflable et de beaucoup d'autres ennuis encore*
- *Mon chien stupide*
- *Dégâts des eaux*
- *La tour Eiffel et le cocotier*
- *San-Antonio (l'intégral)*
- *Un manchot pour l'Empereur*

Difficile de faire un choix parmi les centaines de livres humoristiques qui jalonnent l'Histoire de la littérature, mais voici en toute injustice une sélection des dix livres les plus drôles.

Clochemerle, de Gabriel Chevallier (1934)

L'année 1934 voit débouler sur les étals des libraires un livre au titre amusant et champêtre : *Clochemerle*. Son auteur, Gabriel Chevallier (1895-1969), qui avait surtout publié un récit de guerre (*La Peur*), ne se doutait pas que son épais roman satirique serait non seulement traduit dans vingt-six langues et vendu à des millions d'exemplaires, mais aussi que son titre donnerait lieu à un nom commun. Aujourd'hui, le terme « clochemerle » sert à désigner un village déchiré par des querelles de clocher.

Nous sommes dans un petit village de la région du Beaujolais, où le flot de la vie coule paisiblement. Clochemerle, perdu au milieu des vignes, se saoule de tranquillité et de bon vin quand le maire, Barthélémy Piéchut, homme à l'ambition farouche, fait construire un urinoir sur la place publique face à l'église. Sacrilège ! Ce geste peu politique va réveiller toutes les consciences, bonnes ou mauvaises, de la population. Tout y passe : corruption, violence aggravée, passions inassouvies et inavouables, délation, bref tout ce qui fait la Gaule. Roman truculent, rabelaisien, égrillard, où l'auteur égratigne l'hypocrisie de la société française, du paysan au prélat, du fonctionnaire au militaire, du politique au vigneron… Un roman satirique à « pisser » de rire.

Pourquoi j'ai mangé mon père, de Roy Lewis (1960)

Si le journaliste-sociologue anglais Roy Lewis (1913-1996), longtemps correspondant du *Times*, a peu écrit, il a cependant offert à la littérature humoristique un de ses plus beaux enfants. En 1960, il publie *What we did to father*, qui sera traduit en français par *Pourquoi j'ai mangé mon père*. Ce livre qui narre les aventures d'une famille préhistorique est conçu dans la meilleure tradition de l'humour anglais. Il avance des choses horribles, sociologiquement démontrées avec un sens du décalage qui frôle le génie.

Première grande trouvaille : les personnages principaux ne s'appellent pas Grrr, Nôhm, Niouk ou Oga, mais Ernest, Édouard, Mathilde, William, Alexandre… Des noms qui posent la nature civilisée de ces personnages truculents (et n'oublions pas, comme le disait Alphonse Allais, « qu'être de quelque chose vous pose un homme, comme être de Garenne vous pose un lapin »). Tous ces chasseurs, gratteurs de silex ou dessinateurs « sur rocher » usent d'un langage châtié et d'une omniscience qui rendent les situations hilarantes. Le narrateur, Ernest, est le fils, celui qui s'affranchira du père. Édouard, c'est le père, le chef de la tribu, celui qui invente le feu, les pointes de lance durcies à la flamme, l'arc… Inventeur de génie, il pousse sa famille à l'exogamie (aller coucher ailleurs pour éviter le sang d'encre), non sans pousser parfois son célèbre cri de ralliement : « *Back to the trees !* » (Retour aux arbres !) On note là toute l'ironie du personnage, qui oscille entre modernité et conservatisme. Dans cette drôle d'histoire, Sigmund Freud et Claude Lévi-Strauss ne sont pas bien loin.

L'Histoire de France vue par San-Antonio, de Frédéric Dard (1964)

Un million huit cent mille exemplaires vendus ! Rêvez jeunesse ! En 1964, fort du succès de la série policière des San-Antonio, les éditions Fleuve Noir décident de publier un hors-série : *L'Histoire de France vue par San-Antonio*, sous-titré *Bérurier à travers les âges*. Un gros livre cartonné, cher, atypique, bref, un échec programmé pour un observateur mal éclairé. C'est sans compter sur le génial patron du Fleuve Noir, Armand De Caro, épaulé par le non moins génial Frédéric Dard (1921-2000) qui signe l'ouvrage. Le livre sera le plus gros succès de San-Antonio.

Nous y suivons les errances du célèbre inspecteur Bérurier qui, pour la circonstance, prend de multiples enveloppes corporelles. Ce bon gros, trivial, grossier, gaulois, égrillard, rabelaisien, pétomane, éructeur, érecteur, aide-rectum, est tour à tour Bérurix, Béruriac, Bérugnan, Lebérul… Il promène sa grosse panse de Français moyen à travers une Histoire de quatre cents pages. L'originalité du livre, hormis sa permanente loufoquerie, réside dans sa construction : elle est double. D'un côté un San-Antonio érudit et pédagogique qui tente de raconter l'Histoire de France à un Béru dépassé par les événements, et de l'autre les grands événements vécus en direct live par les ancêtres de Bérurier, qui gravitent dans l'univers des grands de ce monde.

Histoire d'en rire !

« Ainsi donc, pour conclure cette première leçon, Gros, il faut convenir que notre Histoire commence par une défaite !

– Ce qui n'empêche qu'à l'heure où tu causes, tout le monde chez nous a sa bagnole et son poste de télé, tranche le Mahousse. »

« Formidable ! s'emerveille le Gros. Je sens que cette fois je m'éduque pour de bon, San-A. Jusqu'ici, j'avais beau m'être abonné à *Rustica* et lire chez le coiffeur le *Readère digéré*, ça clochait côté intellect. Maintenant, je vais étinceler en société. »

L'Histoire de France vue par San-Antonio © Éditions Fleuve noir, 1964.

Un idiot à Paris, de René Fallet (1967)

« Il était une fois, à Jaligny-sur-Besbre, un bredin qui s'appelait Goubi. Un bredin, en bourbonnais, est cet être, tout de confusion qu'on nomme *fada* ou *jobastre* dans le Midi. » Goubi est doux, gentil, naïf, pur… Il se croit le fils de Clemenceau et de Mistinguett parce que tant qu'à faire… Les moqueries des villageois, surtout celles de l'insupportable Jean-Marie Laprune, glissent sur lui comme une mauvaise eau sur des ailes d'une colombe. Mais un jour la plaisanterie est plus sérieuse, et voilà que le bredin se retrouve perdu dans la capitale, Paris la Mystérieuse. Les yeux du « poète » s'illuminent et l'aventure commence… Un périple cocasse parsemé de personnages truculents qui mène le bredin des Halles de Monsieur Dessertine, un ancien de l'Assistance Publique comme lui, au lit de la jolie prostituée, La Fleur. Une fable autant qu'une farce jubilatoire, où l'idiot triomphe sur les imbéciles.

René Fallet (1927-1983) est le magicien qui réunit poésie, humanité et humour. Son *Idiot à Paris* qui fait partie de la veine « beaujolais » de son œuvre, est une ode à tous les imbéciles heureux qui révèlent les autres : les malheureux !

Et mon QI, c'est du poulet ?

« Laprune considéra l'innocent d'un œil sévère.

– T'es un beau cochon, Goubi. Un beau pourciau. Y a que… j'ose pas même t'y dire… Y a que t'es enceinte. Que t'attends un petit.

– T'es fou mon pauvre Jean-Marie, pour être enceinte faut être une femme et j'en suis point une.

– Tu connais rien de rien à la science. C'est un cas rare, je dis pas, mais y en a déjà eu en Amérique. Je peux même te dire pourquoi, c'est la faute du poulet aux hormones. T'as été à Moulins, hein, y a trois mois. T'as pas mangé du poulet ?

– Si.

– Eh bien cherche pas, il était aux hormones ton poulet.

– Ah non, il était à la cocotte ! »

Un idiot à Paris © Éditions Denoël, 1967.

Wilt 1, ou Comment se sortir d'une poupée gonflable et de beaucoup d'autres ennuis encore, de Tom Sharpe (1976)

La grande spécialité du Britannique Tom Sharpe (né en 1928) est le roman humoristique burlesque, et *La Grande poursuite* ou *Le bâtard récalcitrant* sont des modèles du genre. Cependant, la palme revient sans aucun doute à la première aventure de son personnage récurrent, Wilt. *Wilt 1, ou Comment se sortir d'une poupée gonflable et de beaucoup d'autres ennuis encore* place la barre très haut en matière de loufoquerie. La plume est alerte et cocasse, délicieusement absurde… Mais que passe-t-il dans la tête de Sharpe ?

Henry Wilt est professeur de culture générale dans un lycée technique londonien où il tente désespérément de faire rentrer du Shakespeare dans la tête de futurs plombiers ou maçons. Ce qui n'est pas une sinécure, d'autant que sa vie privée ne lui apporte que peu de réconfort. Eva, sa femme autoritaire autant que poitrinaire (105 B), ne cesse de le houspiller sur son manque d'ambition et son manque de dureté dans son érection. Les choses pourraient continuer bon an mal an, faisant de la routine un rempart à la dépression, mais le destin en décide autrement en mettant sur le chemin d'Eva, Sally, une Américaine excessivement libérée. Par un jeu de circonstances qu'on ne peut qualifier que de maladroit, Wilt va se retrouver coincé dans une poupée gonflable en même temps que la risée du voisinage. Et s'il assassinait sa femme ? Et s'il déguisait la poupée gonflable pour faire un test avant de passer à l'acte ? Et s'il jetait la poupée dans un puits prêt à être recouvert de béton pour voir comment on se débarrasse d'un corps ? Et si le grutier voyait la scène mais prenait la poupée pour une vraie femme ? Et si Eva était partie en week-end avec Sally ? Eh bien Wilt serait peut-être jeté en prison pour l'assassinat de sa femme !

Érection du culte masculin !

« Mais Henry avait vraiment disparu, emportant dans sa fuite la voiture et l'espoir qu'elle avait mis dans le suçage des seins comme moyen de donner un sens nouveau à son mariage et d'en finir avec ce manque de body-contact dont elle souffrait. Elle finit par laisser tomber, se prépara une bonne tasse de thé, et s'assit dans la cuisine en se demandant ce qui diable avait pu lui faire épouser un cochon de chauviniste mâle comme Henry Wilt, qui n'aurait pas su reconnaître une bonne baiseuse si on la lui avait offerte sur un plateau d'argent, et pour qui le nec plus ultra d'une belle soirée ça voulait dire manger du poulet au curry chez l'Indien du coin et aller voir *Le Roi Lear* au Théâtre municipal. »

Wilt 1 © Éditions du Sorbier, 1982.

Mon chien stupide, de John Fante (1985)

Céline et Alphonse Boudard sont, en France, les meilleurs représentants de l'autofiction, qui consiste à romancer sa propre vie. Les États-Unis, eux, ont John Fante (1909-1983), l'Italo-Américain par excellence, le pauvre « rital » dont la famille est venue chercher fortune dans l'Eldorado américain. Au cœur de l'œuvre foisonnante de ce scénariste-romancier, évolue le personnage de Bandini, qui tient beaucoup de Fante lui-même. Une œuvre où le sombre du tragique côtoie sans pudeur la lumière de l'humour.

Le pauvre Henri Molise (avatar de Bandini), héros de *Mon chien stupide*, est le père d'une famille qui lui pèse. Son rêve : s'enfuir à Rome en plaquant tout. Marre de cette vie de looser qui oscille entre compromissions familiales et course au contrat. La « chienne » Hollywood nourrit son homme en même temps qu'elle le broie, et le scénariste à la petite semaine qu'est Henri n'en peut plus de ce jeu de dupe. Pas plus qu'il ne se sent la force d'être autre chose qu'un écrivain raté. Quand soudain, le destin pointe le bout de son nez… enfin, de sa truffe. Un chien apparaît dans la vie des Molise, et va faire exploser toutes les conventions. Ce chien stupide devient un révélateur des misères américaines. À coup d'ironie mordante, de situations impossibles, la plume de Fante arrache du rire par poignées… du rire jaune, certes.

Rencontre avec un chien

« Il y a une chose terrible dans la cour.

– Quoi ?

– Dieu seul le sait. […] Je crois que c'est un ours.

– Où ?

– Sur la pelouse. Sous la fenêtre de la cuisine.

– C'est peut-être un des gosses.

– Avec de la fourrure ?

– Quel genre de fourrure ?

– De la fourrure d'ours.

– Il est peut-être mort.

– Ça respire. »

Mon chien stupide © Christian Bourgois, 1987.

Dégâts des eaux, de Donald Westlake (1990)

Comme le titra un quotidien new-yorkais : « Donald Westlake est l'homme le plus drôle du monde ». S'il écrivit toutes sortes de romans policiers, les plus remarquables furent ceux qui narrent les déboires d'un cambrioleur looser, John Dortmunder. Concept étonnant puisque vous commencez à lire une aventure en sachant qu'elle va échouer, mais vous y allez quand même… Sacré Donald ! Parmi la quinzaine de livres de la série « Dortmunder », *Dégâts des eaux* est à mettre au-dessus de la pile en terme d'humour.

C'est le matin, blême comme tous les matins qui se respectent. John Dortmunder revient d'un casse raté (évidemment) et a la fâcheuse surprise de découvrir sur le canapé de son salon Tom Jimson, un ancien compagnon de cellule qu'il aurait souhaité ne jamais revoir. Ce dernier, toujours aussi soupe-au-lait, demande à son vieux copain de monter une équipe pour récupérer 700 000 dollars… D'accord ! Le souci c'est que c'est un peu loin… Pas grave ! C'est dans un cercueil… Aucun problème ! Le cercueil est dans un cimetière… Quoi de plus normal ! Le cimetière est par cinquante mètres de fond… Quelle import…. QUOI ? La scène est posée ; le bouillonnant Tom Jimson menace de faire sauter un barrage pour libérer un ancien village des eaux. Dortmunder, cambrioleur au grand cœur, ne peut laisser noyer la vallée par ce demi-fou… Il lui faut obtempérer… Mais comment récupère-t-on un butin par cinquante mètres de fond quand on n'est ni pirate, ni plongeur ni un poisson ?

La mécanique Westlake (1933-2008) fonctionne à merveille : rythme à la mitraillette, démesure des personnages, dialogues absurdes, rocambolesque déjanté !

« Que d'eau ! », pluriel de « que dalle ! »

« Il y a beaucoup d'eau dans ce réservoir, hein ?

– Évidemment.

– Tous ces gens en train de dormir, dit Dortmunder comme s'il réfléchissait à voix haute, essayant d'imaginer. Et soudain, toute cette eau qui arrive. C'est ça ton plan ?

– En train de dormir dans leur lit, dit-il. Ou dans le lit de quelqu'un en tout cas. Tu sais qui sont ces gens ?

Dortmunder secoua la tête, en observant le profil de marbre de Tom.

– Des riens du tout. Des pères de famille qui triment pour un dollar de plus, qui mouillent leur chemise pour rien. Des femmes qui deviennent obèses. Des gamins qui deviennent idiots. […] Une inondation ! C'est la chose la plus excitante qu'ils auront jamais connue dans leur vie, j'ai pas raison ?

– Non. »

Dégâts des eaux © Éditions Rivage, 1988.

La tour Eiffel et le cocotier, de Maxime Vivas (2005)

Si d'aventure vous vivez dans l'île merveilleuse et paradisiaque de Motapa, je vous en conjure, restez-y ! Ne prenez pas comme notre héros l'envie de venir voir la tour Eiffel dans cette merveilleuse ville qu'est Paris, la capitale d'une terre d'asile… de fous !

Le héros débarque à l'aéroport Charles-de-Gaulle bien décidé à visiter la grande dame de fer. Il va d'abord se confronter aux us et coutumes des indigènes du coin dans le métro et dans les *fast-foods*, se heurter aux mœurs des chauffeurs de taxi et des gardiens d'immeubles, des banquiers et des masseuses relaxologues aux huiles essentielles… Il va ensuite se frotter aux modes d'emploi qui font le bonheur de la vie urbaine et civilisée : portables, dépannage en ligne, montage en ligne… Ne disons rien de son premier contact avec ces drôles de chewing-gums roses à ourlet, vendus dans des distributeurs accolés aux murs des églises signalées par des croix vertes clignotantes.

Maxime Vivas observe deux phénomènes universels qu'il brosse en trente-quatre tableaux : les mœurs des grandes villes d'aujourd'hui sont parfaitement normales (pour les citadins), les notices, instructions, schémas de montage sont assurément limpides (pour ceux qui les écrivent)… Quant aux autres, ils ont tous les droits, surtout celui de rester perplexes !

L'habit ne paie pas le moine

« Je demande un renseignement à un policier : il me répond qu'il est postier. Je m'adresse à un agent motocycliste en combinaison orange : il prétend livrer des pizzas. J'avise enfin un homme en treillis bleu, pourvu d'une casquette et d'un pistolet. Quand je m'approche, il porte vivement la main à son arme, me bouscule et entre en courant dans une banque avec un sac à la main, couvé du regard par un collègue stationné près d'un camion carré. J'avise enfin une dame en uniforme et je cours vers elle. Sans me laisser le temps de poser ma question, elle m'avertit qu'elle ne veut rien entendre, qu'on lui a déjà fait le coup de la montre en panne, de l'enfant malade, de la grand-mère mourante, que je devais alimenter « l'heureux dateur » un point c'est tout. Je pense qu'il y a un malentendu, et je m'apprête à le lui dire quand mon attention est attirée par un défilé de fliquettes court-vêtues et très souriantes, suivies par un orchestre. Je demande mon chemin à la chef, elle récupère au vol son bâton qu'elle avait lancé très haut et elle m'en donne un coup sur la tête, sans arrêter de sourire, mais en me fusillant du regard. Pourquoi faut-il qu'à cet instant précis je pense à Motapa, à mes copains qui secouent les kwanaiers géants d'où tombent des kwanas rouges et juteux qu'ils offrent aux filles ? »

La Tour Eiffel et le cocotier © Éditions du Léopard Masqué, 2005.

San-Antonio (l'intégral), de Frédéric Dard

Frédérique Dard a le droit à une deuxième chance, tant son apport dans le roman humoristique est immense. San-Antonio, c'est à la fois cent soixante-quinze romans en cinquante ans, ou un seul roman, celui d'un personnage, celui d'une vie, la vie d'un génie du verbe.

Sa montagne littéraire est tellement élevée que son ascension pose problème. Par quelle face la grimper ? Comment en atteindre le sommet pour la considérer de haut, dans toute son ampleur, dans toute sa complexité ? Ses facettes sont tellement multiples… Il y a du policier, du pastiche, des jeux de mots, des maux de « je », du burlesque, des personnages truculents, du bien rose, du très noir, de la fesse, de la violence, de l'amour, des idéaux…

Et si on s'essayait à une de ses facettes : l'argot ?

La première fois qu'on se gamelle dans du San-Antonio, on n'entrave pas c'qui nous arrive, plein le tarin qu'on en prend, du bonheur à la louche, çà t'explose en pleine poire ! Du coup dans la tronche qui te fait cracher du raisin à tout va ! Y a de la couleur, du jus de cervelle dans les écrits du big Fred. Si on n'est pas tentif on peut s'y casser les ratiches, s'y faire démanger l'oignon, ça oui ! Pas du gribouillage de fiotte ! Le zig a pas le tracsir de se coltiner la littérature à rebrousse-poil, de la torturer, de la malaxer, de lui faire des chiards parfois viceloques mais toujours avec du feu au derche ! Un nouveau Rabelais, le Dard avec son San-A qu'il envoie se mouiller la limace aux quatre coins du cochonnet en compagnie du sieur Bérurier, Béruche pour les aminches… Les deux zigs de la maison poulaga font la nique à tous les demi-sels du mi-temps, tous les apaches qui traînent leurs godasses du 18e arrondissement de Paname aux favelas pouraves et cradoques de Rio la généreuse ! Le beau Fred avec ses carreaux bleus et sa perruque en peau de fesse, il a mis toute la saleté de souffrance du genre foutre qu'est le genre humain dans ses bouquins, il a compris que l'homme vaut pas lerche, mais il a décoré en mettant du zob et de la déconnade… ça, du zob, y en a ! Mais du beau, du gros, du braquemard légendaire, du chibre mythique qui fait reluire les donzelles sous toutes les latitudes et dans toutes les attitudes ! Les dames en pincent fort pour San-Antonio, tandis que Bérurier, c'est le crado qui pince fort ! Il en faut pour toutes les bourses…

Avouez, bande de naves, que japsiner l'argomuche est quand même plus bath que de zyeuter Largo Winch ! Allez les tantouses, aux chiottes les d'Ormessonades, les Bessonnades, les Dutourinneries, la cadémie, les prix qu'on chourave et les choux qu'ont plus de prix… Balayez tous ces gus qui ne sont que des sous-Dard ! Rendez hommage au dabe de la bouquinade et aux branches de ce bel arbre… Dard, Audiard, Boudard, Audouard… C'est pas du cochon, c'est de l'art !

Un manchot pour l'Empereur, de Gordon Zola (2007)

Tiraillés par le sens de la déontologie et celui de la vérité humoristique, ce dixième choix du livre le plus drôle nous a coûté plusieurs nuits blanches et quelques dizaines d'aspirines. David Foenkinos et son *Potentiel érotique de ma femme* auraient dû déontologiquement figurer dans la liste, tellement cet écrivain brillant assume l'humour plein, l'humour fou, l'humour optimiste, qu'on n'excuse en général qu'aux auteurs anglais ou morts. Mais voilà, face à lui se trouvait *Un Manchot pour l'Empereur* de Gordon Zola (né en 1964), un des dix livres les plus drôles jamais écrits. Décision cornélienne, certes, mais l'honnêteté intellectuelle nous oblige à écarter tout égotisme. Désolés David.

De retour de Russie, Eugène Bonplaisir, vieux grognard optimiste et manchot, n'a qu'une obsession : faire évader son héros, ramener de l'exil insalubre Napoléon, « le grand des grands, le stratège divin, l'entourloupeur de Prussiens, le cauchemar des Anglais, le flambeau des masses ! ». S'associant les services d'une fille de joie cocasse, d'un dératiseur cacochyme, d'un comédien homosexuel et d'un couple de termites voraces, le grognard grognon, qui n'a pas ses deux bras dans le même sabot ni peur de s'enrhumer les yeux, s'embarque dans une aventure historico-burlesque qui ne laissera pas l'Histoire indemne.

La version la plus cocasse qui soit sur l'un des vieux mystères de notre Histoire. Mêlant théorie incroyable et course épique au cœur d'une France divisée, cette épopée picaresque et truculente fera dire à Michel Audiard : « Gordon Zola ose tout, c'est même à ça qu'on le reconnaît » ! (Un illustre confrère tente de faire croire, sans doute par jalousie, que cette dernière phrase est apocryphe !)

Nuit d'amour militaire

« Tout y passa. Arabelle sut ce que voulait dire la Grande armée, comprit comment se perçait les lignes ennemies, se contournait les marécages… dans les combats au corps à corps, Bonplaisir n'était pas manchot… il lui raconta tout par le menu, dévoila ses secrets *manu militari,* montra l'exemple, fit des schémas explicatifs, narra la branlée espagnole en utilisant le terrain, songea même à ses vieux camarades de lutte qui auraient aimé partager son sort… vieille solidarité militaire qui fit le ciment des armées, “quand Iena pour Un Iena pour Deux” avait coutume de dire Poivre de Sel, son chef de bataillon… Le lit d'Arabelle fut champ de bataille, champ de ruine, champ de bonheur, chant de bonheur… Elle siffla la marseillaise sur tous les tons de la gamme du plaisir… À cette litanie inspirée, Paisiello aurait pu y composer son chef-d'œuvre… Elle joua du fifre et du tambourin, déploya une contre-offensive à rendre Clausewitz jaloux, enserra les parties en présence, accula l'assaillant à battre en retraite… peine perdu… avec un spécialiste des coups fourrés, le combat était inégal… en deux heures, Eugène Bonplaisir avait vengé la Bérésina et il chantait la victoire : «Eylau Goodbye !» Ennemi défait ! »

Un manchot pour l'Empereur © Éditions du Léopard Masqué, 2007.

Index alphabétique

Disponibles dans la collection « Pour les Nuls »

Culture générale

Histoire

Titre	*Auteur*	*Prix*	*ISBN*
L'Histoire du monde	Philippe Moreau Defarges	22,90 €	978-2-7540-1265-2
L'Histoire de la Belgique	Fred Stevens, Axel Tixhon	22,90 €	978-2-7540-1482-3
La Préhistoire	Gilles Gaucher	22,90 €	978-2-7540-2185-2
La Rome antique	Guy de la Bédoyère, Catherine Salles	22,90 €	978-2-7540-1822-7
La Grèce antique	Stephen Batchelor, Marie-Dominique et Marc Porée	22,90 €	978-2-7540-1602-5
Le Gaullisme	Chantal Morelle	22,90 €	978-2-7540-0821-1
La Chine	Angélina Boulesteix	22,90 €	978-2-7540-1145-7
La Culture générale, 2e édition	Florence Braunstein, Jean-François Pépin	22,90 €	978-2-7540-1628-5
La Culture générale illustrée, 2e édition	Florence Braunstein, Jean-François Pépin	29,90 €	978-2-7540-1275-1
La Révolution française	Alain-Jacques Czouz-Tornare	22,90 €	978-2-7540-0811-2
Les Années 60	Stéphane Benhamou	22,90 €	978-2-7540-0610-1
La Mythologie illustrée	Collectif	29,90 €	978-2-7540-0989-8
Les Grandes Civilisations	Florence Braunstein, Jean-François Pépin	22,90 €	978-2-7540-0605-7
La Première Guerre mondiale	Jean-Yves Le Naour	22,90 €	978-2-7540-0616-3
La Ve République	Nicolas Charbonneau, Laurent Guimier	24,90 €	978-2-7540-0620-0
Le Moyen Âge	Pierre Langevin	22,90 €	978-2-7540-0563-0
Paris	Danielle Chadych, Dominique Leborgne	22,90 €	978-2-7540-0168-7
L'Égypte ancienne	Florence Maruéjol	22,90 €	978-2-7540-0256-1
La Mythologie	Christopher W. Blackwell, Amy Hackney Blackwell	22,90 €	978-2-7540-0257-8
L'Histoire de France illustrée	Jean-Joseph Julaud	29,90 €	978-2-7540-0110-6
L'Histoire de France	Jean-Joseph Julaud	22,90 €	978-2-8769-1941-9

Religion et ésotérisme

Titre	*Auteur*	*Prix*	*ISBN*
Le Tarot divinatoire	Didier Colin	24,90 €	978-2-7540-1826-5
Le Coran	Malek Chebel, Sohaib Sultan	22,90 €	978-2-7540-0982-9
La Torah	Arthur Kurzweil, Victor Malka	22,90 €	978-2-7540-0978-2
Le Christianisme	Richard Wagner, Père Denis Metzinger	22,90 €	978-2-7540-0991-1
L'Islam	Malcolm Clark, Malek Chebel	22,90 €	978-2-7540-0531-9
Le Judaïsme	Josy Eisenberg	22,90 €	978-2-7540-0596-8
La Bible illustrée	Éric Denimal	29,90 €	978-2-7540-0274-5
Le Catholicisme	John Trigilio, Père Pierre Lartigue	22,90 €	978-2-7540-0182-3
La Franc-Maçonnerie	Christopher Hodapp, Philippe Benhamou	22,90 €	978-2-7540-0150-2
Le Bouddhisme	Jonathan Landaw, Stephan Bodian	22,90 €	978-2-7540-0062-8
La Bible	Éric Denimal	21,90 €	978-2-8769-1800-9
Sagesse et Spiritualité	Sharon Janis	21,90 €	978-2-8769-1769-9

Société

Titre	*Auteur*	*Prix*	*ISBN*
L'ONU	Yves Berthelot, Jean-Michel Jakobowicz	22,90 €	978-2-7540-1411-3
La Mondialisation	Francis Fontaine, Sylvie Goulard, Brune de Bodman	22,90 €	978-2-7540-0778-8
L'Instruction civique	Guillaume Bernard, Frédéric Monera	22,90 €	978-2-7540-0979-9
L'Europe, 2e édition	Sylvie Goulard	22,90 €	978-2-7540-1213-3
L'Écologie	Franck Courchamp	22,90 €	978-2-7540-0554-8
La Géopolitique	Philippe Moreau Defarges	22,90 €	978-2-7540-0623-1
La Justice	Emmanuel Pierrat	22,90 €	978-2-7540-0553-1
La Philosophie, 2e édition	Christian Godin	22,90 €	978-2-7540-0460-2
L'Économie	Michel Musolino	22,90 €	978-2-7540-0351-3
La Politique	Philippe Reinhard	22,90 €	978-2-7540-0335-3
La Géographie française	Jean-Joseph Julaud	22,90 €	978-2-7540-0245-5

Sciences et techniques

Titre	*Auteur*	*Prix*	*ISBN*
L'Histoire de l'aviation	Philippe Benhamou	22,90 €	978-2-7540-1146-4
L'Histoire des sciences	Vincent Jullien	22,90 €	978-2-7540-0977-5

Titre	Auteur	Prix	ISBN
La Physique	Dominique Meier (sous la dir. de)	22,90 €	978-2-7540-0915-7
La Conquête spatiale	Michel Polacco	22,90 €	978-2-7540-1143-3
Les Maths	Jean-Louis Boursin	22,90 €	978-2-7540-0093-2
L'Astronomie	Stephen Maran, Pascal Bordé	21,90 €	978-2-8769-1634-0

Beaux-arts

Titre	Auteur	Prix	ISBN
Le Louvre	Daniel Soulié	22,90 €	978-2-7540-1404-5
La Télévision	Marie Lherault, François Tron	22,90 €	978-2-7540-0976-8
Les Séries télé	Marjolaine Boutet	22,90 €	978-2-7540-0912-6
Le Rock	Nicolas Dupuy	22,90 €	978-2-7540-0819-8
L'Histoire de la peinture	Jean-Jacques Breton, Dominique Williatte	22,90 €	978-2-7540-0812-9
La Danse classique	Evelyne Cisneros, Scott Speck, Florence Balique	22,90 €	978-2-7540-1045-0
L'Histoire du cinéma	Vincent Mirabel	22,90 €	978-2-7540-0609-5
Le Jazz	Dirk Sutro, Stéphane Koechlin	22,90 €	978-2-7540-0779-5
L'Histoire de l'art illustrée	Jean-Jacques Breton, Philippe Cachau, Dominique Williatte	29,90 €	978-2-7540-0493-0
L'Histoire de l'art	Jean-Jacques Breton, Philippe Cachau, Dominique Williatte	22,90 €	978-2-7540-0229-5
L'Opéra	David Pogue, Claire Delamarche	22,90 €	978-2-7540-0244-8
La Musique classique	David Pogue, Claire Delamarche	22,90 €	978-2-7540-0151-9

Langue française

Titre	Auteur	Prix	ISBN
L'Humour	Gordon Zola	22,90 €	978-2-7540-1956-9
La Poésie française	Jean-Joseph Julaud	22,90 €	978-2-7540-1700-8
La Littérature française	Jean-Joseph Julaud	22,90 €	978-2-7540-0061-1
Le Français correct	Jean-Joseph Julaud	21,90 €	978-2-8769-1640-1

Régionalisme

Titre	Auteur	Prix	ISBN
L'Alsace	Pierre Kretz, Astrid Ruff	22,90 €	978-2-7540-1994-1
La Corse	Thierry Ottaviani	22,90 €	978-2-7540-1546-2

... en Poche

Titre	*Auteur*	*Prix*	*ISBN*
L'Histoire de la Suisse – tome 1 Des origines à 1815	Georges Andrey	11,90 €	978-2-7540-2262-0
L'Histoire de la Suisse – tome 2 De 1815 à nos jours	Georges Andrey	11,90 €	978-2-7540-2263-7
Sagesse et Spiritualité	Sharon Janis	11,90 €	978-2-7540-1758-9
L'Égypte ancienne	Florence Maruéjol	11,90 €	978-2-7540-1739-8
L'Histoire de France – tome 1 Des origines à 1789	Jean-Joseph Julaud	11,90 €	978-2-7540-0180-9
L'Histoire de France – tome 2 De 1789 à nos jours	Jean-Joseph Julaud	11,90 €	978-2-7540-0181-6
Paris Rive droite	Danielle Chadych, Dominique Leborgne	11,90 €	978-2-7540-0694-1
Paris Rive gauche	Danielle Chadych, Dominique Leborgne	11,90 €	978-2-7540-0695-8
La Culture générale – Histoire, géographie, art et littérature	Florence Braunstein, Jean-François Pépin	11,90 €	978-2-7540-0798-6
La Culture générale – Sciences, sports, loisirs et spiritualité	Florence Braunstein, Jean-François Pépin	11,90 €	978-2-7540-0799-3
La Franc-Maçonnerie	Philippe Benhamou	11,90 €	978-2-7540-0696-5
Le Bouddhisme	Jonathan Landraw, Stephan Bodian	11,90 €	978-2-7540-03148
La Philosophie – tome 1 Antiquité, Moyen Âge et Renaissance	Christian Godin	11,90 €	978-2-7540-0796-2
La Philosophie – tome 2 Du XVIIe siècle à nos jours	Christian Godin	11,90 €	978-2-7540-0797-9
L'Astrologie	Rae Orion	11,90 €	978-2-8769-1999-0
La Littérature française – tome 1 Du Moyen Âge au XVIIIe siècle	Jean-Joseph Julaud	11,90 €	978-2-7540-0611-8
La Littérature française – tome 2 Du XVIIIe siècle à nos jours	Jean-Joseph Julaud	11,90 €	978-2-7540-0612-5
Le Français correct	Jean-Joseph Julaud	11,90 €	978-2-8769-1924-2

Vie pratique

Cuisine

Titre	*Auteur*	*Prix*	*ISBN*
La Cuisine, 2e édition	Bryan Miller, Hélène Darroze	22,90 €	978-2-7540-1989-7

Titre	*Auteur*	*Prix*	*ISBN*
Le Vin, 5e édition	Ed McCarthy, Mary Ewing-Mulligan, Eric Beaumard	22,90 €	978-2-7540-1547-9
Les Cuisines du monde	Philippe Chavanne	22,90 €	978-2-7540-0103-8

Santé

Titre	*Auteur*	*Prix*	*ISBN*
Maigrir avec la méthode Montignac	Michel Montignac	22,90 €	978-2-7540-1586-8
Le Cancer	Pr Jean-François Morere	22,90 €	978-2-7540-2131-9
Contrôler son cholestérol	Carol Ann Rinzler, Pr Eric Bruckert	22,90 €	978-2-7540-1751-0
Le Cerveau	Dr Frederic Sedel, Pr Olivier Lyon-Caen	22,90 €	978-2-7540-2072-5
L'Homéopathie	Daniel Scimeca	22,90 €	978-2-7540-1761-9
Les Maladies cardiovasculaires	Dr Philippe Abastado	22,90 €	978-2-7540-1591-2
Le Sexe, 2e édition	Dr Ruth K. Westheimer, Dr Marianne Pauti	22,90 €	978-2-7540-1497-7
Le Corps humain	Dr Patrick Gepner	22,90 €	978-2-7540-1121-1
La Maladie d'Alzheimer	Christian Derouesne, Jacques Selmes	22,90 €	978-2-7540-1058-0
Améliorer sa mémoire	John B. Arden	22,90 €	978-2-7540-0323-0
Maigrir	Jane Kirby, Dr Jocelyne Raison	22,90 €	978-2-7540-0005-5
Bien s'alimenter	Carol Ann Rinzler	21,90 €	978-2-8769-1897-9

Bien-être

Titre	*Auteur*	*Prix*	*ISBN*
Les Huiles essentielles	Elske Miles	22,90 €	978-2-7540-1596-7
Shiatsu et Réflexologie	Synthia Andrews, Bobbi Dempsey, Michel Odoul	22,90 €	978-2-7540-0981-2
Le Développement personnel	Collectif	29,90 €	978-2-7540-0865-5
Zen ! La Méditation, 2e édition	Stephan Bodian	22,90 €	978-2-7540-0322-3
Le Tai-Chi	Therèse Iknoian	22,90 €	978-2-7540-0137-3

Titre	*Auteur*	*Prix*	*ISBN*
Les Massages	Steve Capellini, Michel Van Welden	22,90 €	978-2-7540-0060-4
La Méthode Pilates	Ellie Herman	21,90 €	978-2-8769-1767-5
Le Yoga	Georg Feuerstein	21,90 €	978-2-8769-1752-1
Le Feng Shui	David Kennedy	21,90 €	978-2-8769-1687-6

Psychologie

Titre	*Auteur*	*Prix*	*ISBN*
L'EFT (Techniques de libération émotionnelle)	Jean-Michel Gurret, Helena Fone	22,90 €	978-2-7540-2067-1
La Pensée positive	Averil Leimon, Gdadeana McMahon, Béatrice Millêtre	22,90 €	978-2-7540-1821-0
L'Adolescence	Michel Fize	22,90 €	978-2-7540-1412-0
Exercices de programmation neuro-linguistique	Romilla Ready, Kate Burton, Béatrice Millêtre	19,90 €	978-2-7540-1593-6
Exercices de thérapies comportementales et cognitives	Rhena Branch, Rob Willson, Béatrice Millêtre	19,90 €	978-2-7540-1592-9
Les Relations amoureuses	Florence Escaravage, Kate M. Wachs	22,90 €	978-2-7540-1499-1
Apprendre mieux	Marie Joseph Chalvin	22,90 €	978-2-7540-1261-4
Le Langage des gestes	Joseph Messinger	22,90 €	978-2-7540-0597-5
La Confiance en soi	Kate Burton	22,90 €	978-2-7540-0647-7
Le Coaching	Jeni Mumford	22,90 €	978-2-7540-0353-7
La PNL	Romilla Ready, Kate Burton	22,90 €	978-2-7540-0169-4
L'Hypnothérapie	Mike Bryant, Peter Mabbutt	22,90 €	978-2-7540-0504-3
Les Thérapies comportementales et cognitives	Rob Willson, Rhena Branch	22,90 €	978-2-7540-0246-2
La Psychologie	Dr Adam Cash	21,90 €	978-2-8769-1802-3

Puériculture

Titre	*Auteur*	*Prix*	*ISBN*
La 1re année de Bébé	James Gaylord, Michelle Hagen, Dr Eric Saban	22,90 €	978-2-7540-1511-0
La Grossesse, 2e édition	Dr Joëlle Bensimhon, Dr Eddleman, Dr J. Stone	22,90 €	978-2-7540-1429-8

Droit pratique

Titre	*Auteur*	*Prix*	*ISBN*
Le Droit du travail	Me Julien Boutiron, Jean-Philippe Elie	22,90 €	978-2-7540-1422-9
Organiser son mariage	Peggy Mignot, Peggy Frey	22,90 €	978-2-7540-1676-6
L'Assurance	Laurence de Percin	22,90 €	978-2-7540-1073-3
Le Divorce	Martine Valot-Forest	22,90 €	978-2-7540-1479-3
L'Immobilier, 2e édition	Laurence Boccara, Catherine Sabbah	22,90 €	978-2-7540-0530-2

Finances personnelles

Titre	*Auteur*	*Prix*	*ISBN*
Payer moins d'impôts, 4e édition	Robert Matthieu	22,90 €	978-2-7540-2397-9
La Bourse	Gérard Horny	22,90 €	978-2-7540-0637-8
Les Finances personnelles	Pascale Micoleau-Marcel (sous la dir. de)	22,90 €	978-2-7540-0630-9

Maison

Titre	*Auteur*	*Prix*	*ISBN*
Un potager	Charlie Nardozzi	22,90 €	978-2-7540-1675-9
Le Bricolage, 2e édition	G. et K. Hamilton, Frank Lecor	24,90 €	978-2-7540-1426-7
Vivre écolo	Liz Barclay, Michael Grosvenor, Franck Laval	22,90 €	978-2-7540-0707-8

... En Poche

Titre	*Auteur*	*Prix*	*ISBN*
Le Code de la route, édition 2011	Permisecole	14,90 €	978-2-7540-2387-0
La Table des calories	Jean-Paul Blanc, Catherine Poggi	11,90 €	978-2-7540-2087-9
Améliorer sa mémoire	John B. Arden	11,90 €	978-2-7540-2388-7
La Cuisine pas chère	Héloïse Martel, André Le Letty	11,90 €	978-2-7540-1772-5
L'Armagnac	Chantal Armagnac	11,90 €	978-2-7540-1613-1
Le Diabète	Dr Alan Rubin, Dr Marc Levy	11,90 €	978-2-7540-1436-6
Les Massages	Steve Capellini, Jocelyne Rolland, Michel Van Welden	11,90 €	978-2-7540-1330-7
S'arrêter de fumer	Pr B. Dautzenberg, Dr D. Brizer	11,90 €	978-2-7540-1293-5
Les Tests du Code de la route	DFC Production	14,90 €	978-2-7540-0751-1

Titre	*Auteur*	*Prix*	*ISBN*
Le Vin	Laure Liger, Yvan-Paul Cassetari	11,90 €	978-2-7540-0087-1
La Cuisine	Brian Miller, Alain Le Courtois	11,90 €	978-2-8769-1872-6
Le Sexe	Dr Ruth	11,90 €	978-2-8769-1956-3
Maigrir	Jane Kirby	11,90 €	978-2-8769-1870-2
Zen ! La Méditation	Stephan Bodian	11,90 €	978-2-7540-0000-0
Le Feng Shui	David D. Kennedy	11,90 €	978-2-8769-1871-9
Un bureau feng shui	Holly Ziegler, Jennifer Lawler	11,90 €	978-2-8769-1949-5
La Méthode Pilates	Ellie Herman	11,90 €	978-2-7540-0223-3
Le Yoga	Georg Feuerstein, Larry Pane	11,90 €	978-2-7540-0063-5
Guérir l'anxiété	Dr Martine André, Dr Charles Eliott, Dr Laura Smith	11,90 €	978-2-7540-1195-2
Les Thérapies comportementales et cognitives	Rob Willson, Rhena Branch	11,90 €	978-2-7540-1074-0
La PNL	Romilla Ready, Kate Burton	11,90 €	978-2-7540-0879-2
La Psychologie	Dr Adam Cash	11,90 €	978-2-8769-1957-0
Le Bricolage	Gene Hamilton, Katie Hamilton	11,90 €	978-2-7540-0373-5

Business

Titre	*Auteur*	*Prix*	*ISBN*
Les Marques	Bill Chiaravalle, Barbara Findlay, Benoît Heilbrunn	22,90 €	978-2-7540-2127-2
Le Marketing opérationnel	Alexander Hiam, Benoît Heilbrunn	22,90 €	978-2-7540-1981-1
Le Service client	Keith Bailey, Karen Leland, Ralph Hababou	22,90 €	978-2-7540-1827-2
Trouver un job	Joyce Lain Kennedy, Nicolas Barrier	22,90 €	978-2-7540-1092-4
Le Marketing, 2e édition	Alexander Hiam	22,90 €	978-2-7540-0688-0
La Comptabilité	Laurence Le Gallo	22,90 €	978-2-7540-0617-0
Créer sa boîte	Laurence de Percin	22,90 €	978-2-7540-0492-3
Le Management	Bob Nelson	21,90 €	978-2-8769-1952-5
Business Plans	Paul Tifany, Steven D. Peterson	21,90 €	978-2-8769-1712-5
La Vente	Tom Hopkins	21,90 €	978-2-8769-1670-8

… en Poche

Titre	*Auteur*	*Prix*	*ISBN*
L'Auto-entrepreneur	Grégoire Leclercq, Marie Gouilly-Frossard	11,90 €	978-2-7540-2025-1
Le Marketing	Alexander Hiam	11,90 €	978-2-7540-1598-1
Le Management	Bob Nelson	11,90 €	978-2-7540-0454-1
Business Plans	Paul Tiffany, Steven D. Peterson	11,90 €	978-2-7540-0094-9
La Vente	Tom Hopkins	11,90 €	978-2-8769-1950-1

Loisirs

Sports

Titre	*Auteur*	*Prix*	*ISBN*
Le Tennis	Patrick McEnroe, Peter Bodo, Guy Tambon	22,90 €	978-2-7540-1757-2
Les Arts martiaux	Jennifer Lawler, Nicolas Dupuy, Éric Le Cam	22,90 €	978-2-7540-1052-8
Courir	Tere Stouffer Drenth, Philippe Maquat	22,90 €	978-2-7540-1044-3
Gym et Musculation	Cyndi Targosz, Jean-Pierre Clémenceau	22,90 €	978-2-7540-1059-7
L'Équitation	Audrey Pavia, Marie Martin	22,90 €	978-2-7540-0732-0
Le Golf	Gary McCord	22,90 €	978-2-7540-0078-9
La Voile	J.-J. Isler, Peter Isler	22,90 €	978-2-7540-0059-8

Musique

Titre	*Auteur*	*Prix*	*ISBN*
Improviser à la guitare	Antoine Polin	14,90 €	978-2-7540-2019-0
Exercices de piano	David Pearl, Marc Rozenbaum	19,90 €	978-2-7540-1337-6
Exercices de guitare	John Chappell, Mark Phillips, Antoine Polin	19,90 €	978-2-7540-1336-9
L'Harmonica	Winslow Yerxa, Jean-Jacques Milteau	22,90 €	978-2-7540-1210-2
DJ	John Steventon, Nicolas Dambre	22,90 €	978-2-7540-1198-3
La Batterie	Jeff Strong, Laurent Bataille	22,90 €	978-2-7540-0352-0
Le Chant	Pamela S. Phillips, Mariette Jost	22,90 €	978-2-7540-0462-6
Le Solfège	Michael Pilhofer, Jean-Clément Jollet	22,90 €	978-2-7540-0586-9
La Guitare basse	Patrick Pfeiffer	22,90 €	978-2-7540-0288-2
Claviers et Synthétiseurs	Christophe Martin de Montagu	22,90 €	978-2-7540-0118-2

Titre	*Auteur*	*Prix*	*ISBN*
La Guitare, 2e édition	Mark Phillips, Jon Chappel	22,90 €	978-2-7540-0124-3
Le Piano	Blake Neely, Marc Rozenbaum	22,90 €	978-2-7540-0102-1
La Guitare électrique	John Chappell	22,90 €	978-2-8769-1983-9

Loisirs créatifs

Titre	*Auteur*	*Prix*	*ISBN*
Créer une BD	Gérald Gorridge	22,90 €	978-2-7540-1883-8
Dessiner des personnages	Kensuke Okabayashi	22,90 €	978-2-7540-1322-2
L'Aquarelle	Colette Pitcher	24,90 €	978-2-7540-0934-8
La Peinture à l'huile	Anita Giddings, Cherry Stone Clifton	24,90 €	978-2-7540-0935-5
Dessiner des mangas	Kensuke Okabayashi, Nobuyuki Anzai	22,90 €	978-2-7540-0494-7
La Couture	Janice Saunders Maresh	22,90 €	978-2-7540-0193-9
Le Dessin	Brenda Hoddinott	22,90 €	978-2-7540-0185-4
Le Tricot	Pam Allen	21,90 €	978-2-8769-1705-7

Nature

Titre	*Auteur*	*Prix*	*ISBN*
Un aquarium	Maddy Hargrove, Mic Hargrove	22,90 €	978-2-7540-0917-1
Le Cheval	Audrey Pavia, Marie Martin	22,90 €	978-2-7540-0367-4
Éduquer son chiot	Sarah Hodgson	22,90 €	978-2-7540-0372-8
Éduquer son chien	Jack Volahrd, Wendy Volahrd	22,90 €	978-2-7540-0152-6

Jeux

Titre	*Auteur*	*Prix*	*ISBN*
Le Scrabble	Eugénie Michel	22,90 €	978-2-7540-1698-8
Les Échecs, 2e édition	James Eade, Vincent Moret	22,90 €	978-2-7540-1870-8
Dungeons & Dragons®	Richard Baker, Bill Slavicsek	22,90 €	978-2-7540-1390-1
Le Casino	Kevin Blackwood, François Montmirel	22,90 €	978-2-7540-0447-3
Le Poker Texas Hold'em	Mark Harlan, François Montmirel	22,90 €	978-2-7540-0448-0
La Magie	David Pogue, Bernard Bilis	22,90 €	978-2-7540-0453-4
Le Bridge	Eddie Kantar, Dominique Portal, Patrice Marmion	22,90 €	978-2-7540-0276-9
Le Poker	Richard D. Harroch, Lou Krieger, François Montmirel	22,90 €	978-2-7540-0123-6

… en Poche

Titre	*Auteur*	*Prix*	*ISBN*
Le Poker en ligne	Mark Harlan, Chris Derossi, François Montmirel	11,90 €	978-2-7540-1871-5
Le Chant	Mariette Jost, Pamelia S. Philips	11,90 €	978-2-7540-1597-4
Le Poker	François Montmirel	11,90 €	978-2-7540-1548-6
La Couture	Janice Saunders Maresh	11,90 €	978-2-7540-1600-1
Un chien	Gina Spadafori, Catherine Collignon	11,90 €	978-2-7540-1320-8
Un chat	Gina Spadafori, Monique Bourdin	11,90 €	978-2-7540-1321-5
Accords de guitare	Antoine Polin	11,90 €	978-2-7540-1009-2
Le Tricot	Pam Allen	11,90 €	978-2-7540-0135-9
Le Dessin	Brenda Hoddinott	11,90 €	978-2-7540-0889-1
La Généalogie	Francis Christian	11,90 €	978-2-7540-0565-4

Langues

Méga kit audio

Titre	*Auteur*	*Prix*	*ISBN*
L'espagnol	Jessica Langemeier	49,90 €	978-2-7540-2024-4
L'anglais	Collectif	49,90 €	978-2-7540-2023-7

Méthodes de langues

Titre	*Auteur*	*Prix*	*ISBN*
L'hébreu	Jil Jacobs, Shifra Jacquet-Svironi	22,90 €	978-2-7540-1752-7
Le latin	Clifford Hull, Steven Perkins, Tracy Barr, Danièle Robert	22,90 €	978-2-7540-0881-5
La Grammaire anglaise	Géraldine Woods, Claude Raimond	22,90 €	978-2-7540-0564-7
Le russe	Vincent Bénet, Oleg Chinkarouk, Serafima Gettys, Andrew Kaufman	22,90 €	978-2-7540-0813-6
Le portugais	Karen Keller, Ricardo Rodrigues	22,90 €	978-2-7540-0831-0
L'arabe	Amine Bouchentouf, Sylvie Chraibi, Aboubakar Chraibi	22,90 €	978-2-7540-0312-4
Le japonais	Eriko Sato, Vincent Grépinet	22,90 €	978-2-7540-0495-4
Le néerlandais	Margreet Kwakernaak, Michael Hofland, Annick Christiaens	22,90 €	978-2-7540-0313-1

Titre	Auteur	Prix	ISBN
Le chinois	Wendy Abraham, Joël Bellassen	22,90 €	978-2-7540-0212-7
L'allemand	Paulina Christensen, Claude Raimond	22,90 €	978-2-7540-0038-3
L'anglais	Gail Brenner, Claude Raimond	22,90 €	978-2-8769-1973-0
L'espagnol	Suzanna Wald, Anne-Carole Grillot	22,90 €	978-2-8769-1974-7
L'italien	Francesca Onufri, Sylvie Le Bras	22,90 €	978-2-7540-0039-0

Guides de conversation

Titre	Auteur	Prix	ISBN
L'espagnol des affaires	David Terradas Agea	5,90 €	978-2-7540-1708-4
L'alsacien	Bénédicte Keck, Léon Daul	5,90 €	978-2-7540-1848-7
Le corse	Jean Chiorboli	5,90 €	978-2-7540-1843-2
L'espagnol du voyageur	David Tarradas	5,90 €	978-2-7540-1709-1
L'anglais des affaires	Claude Raimond	5,90 €	978-2-7540-1519-6
L'anglais du voyageur	Claude Raimond	5,90 €	978-2-7540-1520-2
Le Parler québécois	Marie-Pierre Gazaille, Marie-Lou Guévin, Yannick Resch	5,90 €	978-2-7540-1476-2
Le chti	Pierre-Marie Gryson	5,90 €	978-2-7540-1475-5
Le basque	Jean-Baptiste Coyos, Jasone Salaberria	5,90 €	978-2-7540-1239-3
Le breton	Hervé Le Bihan, Gwendal Denis, Martial Ménard	5,90 €	978-2-7540-1240-9
Le japonais	Eriko Sato, Vincent Grépinet	5,90 €	978-2-7540-0653-8
L'arabe	Amine Bouchentouf, Sylvie Chraïbi, Aboubakr Chraïbi	5,90 €	978-2-7540-0839-6
Le portugais	Karen Keller, Ricardo Rodrigues	5,90 €	978-2-7540-1016-0
Le russe	Vincent Bénet, Oleg Chinkarouk, Serafima Gettys, Andrew Kaufman	5,90 €	978-2-7540-1010-8
L'allemand	Paulina Christensen, Claude Raimond	5,90 €	978-2-7540-0324-7
L'italien	Francesca Onofri, Sylvie Le Bras	5,90 €	978-2-7540-0325-4
Le chinois	Wendy Abraham, Joël Bellassen	5,90 €	978-2-7540-0485-5
Le néerlandais	Margreet Kwakernaak, Michael Hofland, Annick Christiaens	5,90 €	978-2-7540-0484-8
L'espagnol	Suzanna Wald, Anne-Carole Grillot	5,90 €	978-2-7540-0178-6
L'anglais	Gail Brenner, Claude Raimond	5,90 €	978-2-7540-0177-9